팡토마스

이 도서의 국립중앙도서관 출판예정도서목록(CIP)은
서지정보유통지원시스템 홈페이지(http://seoji.nl.go.kr)와
국가자료공동목록시스템(http://www.nl.go.kr/kolisnet)에서 이용하실 수 있습니다.
(CIP제어번호: CIP2015002550)

FANTÔMAS
팡토마스

4

심야의 삯마차

피에르 수베스트르 · 마르셀 알랭 장편소설
성귀수 옮김

문학동네

차례

1
‘파리 갈르리’ 백화점 사장

“너무 피곤한 거 아니에요?”

“아이고, 말도 마세요…… 아주 녹초가 다 됐어요!”

“결국 팔긴 판 모양이죠?”

“천만에요!”

“하긴 아까 그 손님, 별로 수더분해 보이진 않던데……”

“누가 아니래요! 글쎄 발 크기는 39호이면서 37호 반장화를 모조리 내와 신겨달라는 거예요.”

“어머나, 창피해서 그런 게 아니라면야……”

“이봐요, 아가씨들!”

말제르브 대로와 마들렌 광장이 만나는 모퉁이, 세계 각지에서 모여든 사람들로 북적대는 대형 백화점 ‘파리 갈르리’의 두 젊은 여점원이 나누던 대화를 어느 굵직한 목소리가 끊었다.

아니나다를까, 매장 관리자가 저만치 다가오고 있었다.

일류 재봉사의 솜씨가 돋보이는 프록코트 차림이 몸매를 선명히 드러내며 깔끔한 인상을 주는 사람이었다. 그도 그럴 것이, '파리 갈르리'의 사장인 샤플라르 씨는 직원들이 하나같이 단정하고 멋진 차림새로 근무에 임하기를 바라는 입장이었던 것이다.

빈틈 하나 없는 몸가짐과는 별개로 매장 관리자는 무척이나 사람 좋은 사내였다. 매장 고객들의 이목을 생각해 다소 근엄한 어조로 여점원들의 주의를 환기시켰지만, 곧이어 아버지처럼 자상하게 덧붙이는 것이었다.

"자, 자…… 무슨 일인데 그러나?…… 많이들 피곤하지?"

"레르미트 씨, 정말이지 죽을 지경이에요……"

"다들 커미션 받을 생각을 좀 해보라고. 그러면 하루가 좀 견딜 만할 테니까!"

'파리 갈르리' 구두 매장 전담 관리자인 레르미트 씨의 얘기는 글자 그대로 사실이었다. 두 여점원은 이제 마음을 다잡고 열심히 근무할 것이며, 하루의 피로가 말끔히 가실 만큼의 충분한 커미션이 어김없이 주어질 터였다.

'파리 갈르리'는 항상 사람들로 북적거렸고 매일같이 호황이었다. 오전 아홉시부터 오후 일곱시까지 매장의 인파는 줄어들 줄 몰랐고, 여느 해와 다름없이 그해 또한 세계 최대 규모를 자랑하는 대형 백화점답게, 저명하신 백화점 사주 샤플라르 씨의 전설적인 탐욕을 충족할 만큼의 판매액을 기록할 것이 분명했다.

십 년 전만 해도 '파리 갈르리'는 몇몇 기성품과 일부 자잘한 유행 품목에 한정해서 신상품을 판매하는 자그마한 가게였다. 그러다 주도면밀하기로 이름난 샤플라르 씨가 경영을 맡으면서부터 엄청난 속도로 발전을 거듭하게 된 것이다.

잘 정비된 청사진에 의거해 단계적으로 대형화되면서 세 동에 달하는 건물 전체가 화려하게 탈바꿈한 것도 특기할 만했다.

그때부터 '파리 갈르리'는 명실공히 첨단 유행을 선도하는 거점이자, 유럽은 물론 전 세계를 통틀어 가장 중요한 백화점 중 하나로 등극하게 되었다.

현재 시각은 오후 다섯시. '파리 갈르리'의 유명한 문장紋章, 즉 센 강의 급류를 가르는 낡은 갤리선 주위로 '모든 가격에 모든 것을 제공합니다'라는 유명한 선전 구호가 원형으로 새겨진 거대한 괘종시계로부터 다섯 차례의 맑은 타종음이 방금 울려퍼졌다. 하루 중 그 어느 때보다 많은 인파가 점점 후텁지근 답답해져오는 실내 공기에 지친 채, '파리 갈르리'의 명물이라 할 수 있는 어마어마한 규모의 중앙홀을 가득 메우며 연신 이리저리 쓸려다니고 있었다.

백화점 직원들 역시 질세라 너도나도 다가들며, 어떻게 하면 고객 한 명이라도 더 잡아끌까 애쓰는 중이었다.

"무얼 도와드릴까요, 부인?"

"문구류 매장은 어디 있나요?"

"저 끝에서 우측으로 돌아가시면 있습니다."

"감사합니다."

그러는 사이, 유능한 매장 관리자 레르미트 씨는 땀으로 번들거리는 이마를 손수건으로 훔치는 둥 마는 둥, 금세 또다시 이곳저곳을 헤집고 다니는 것이었다.

"혹시 여점원을 찾으십니까, 부인?…… 어이, 거기 한 명 이리로! 마르그리트 양! 내가 부르는 소리 안 들려요? 그리고 당신, 베르트 양…… 지금 판 물품들 죄다 출납 장부에 기입하도록…… 어디 보자, 17프랑에 3프랑이면 총 20프랑에다, 4프랑에 9프랑을 더하면…… 모두 합해 33프랑이로군…… 당신 몫으로 돌아갈 커미션 33프랑은 따로 챙겨두지. 자, 자, 어서 서둘라고!"

아침부터 저녁까지 늘 그런 식이었다…… 아무렴, 레르미트 씨라고 거저 벌어먹고 사는 건 아니다. 백화점 전체에서 자신이 담당하는 매장을 가장 돋보이고 장사 잘되는 곳으로 만들기 위해 온갖 고생을 마다하지 않는 것이다.

지금도 그는 또다시 부지런히 뛰어다니는 중이었다.

"가사용품 매장을 찾으십니까? 6층 오른쪽 상가 끝입니다, 부인…… 네, 에스컬레이터가 설치되어 있지요. 페티코트 코너 바로 다음입니다…… 승강기를 이용하시는 게 좋겠죠…… 이쪽입니다, 부인, 매장 끄트머리에 있어요…… 원, 별말씀을……"

레르미트 씨가 문득 처음 대화를 나누었던 여점원 쪽을 돌아보며 말했다.

"방금 봤나?"

"아뇨, 뭘요?"

"사장님 말이야……"

"샤플라르 씨요?"

"그래, 샤플라르 씨……"

"그게 뭐 어때서요…… 레르미트 씨도 여기서 일하신 지 이 년이나 됐으면, 사장님이 매일 오후 매장을 둘러보시는 거 알 때도 됐잖아요."

"그야 나도 알지…… 하지만 어제 말씀하시기를 오늘 오후에는 오지 않을 거라고 하셨거든. 지방에 출장을 가신다고 말이야……"

"그럼 뭐 생각이 바뀌셨나보죠."

"그러게 말이야!"

"아니면 잘못 보았을 수도 있고……"

"오, 그건 아니야. 분명히 사장님이었어……"

레르미트 씨의 눈썰미는 과연 틀림없었다. 자신들이 어마어마한 백만장자를 스치듯 지나가고 있다는 건 꿈에도 생각지 못하는 사람들 틈에 섞인 채, '파리 갈르리' 백화점 사장 샤플라르 씨는 자신의 집무실로 오르는 승강기를 향해 중앙홀을 가로질러 걷고 있었다.

샤플라르 씨의 집무실은 섬세한 사업가의 재기 넘치는 발상이 고스란히 녹아든, 그 자체로서 백화점의 명소나 다름없는 곳이었다.

유행의 첨단을 이끄는 '파리 갈르리'의 명성과 부에 걸맞게, 샤플라르 씨는 자신의 집무실을 백화점 건물 중심부에 위치시키겠다는 생각을 가지고 있었다.

그래서 그는 2층 홀을 따라 빙 둘러가며 이어진 상가 중 한 곳 정중앙에 널찍한 문짝이 여러 개 달린 넓은 사무 공간을 마련했던 것이다.

샤플라르 씨가 집무실을 비울 때는, 값비싼 가구와 여러 예술 작품들로 가득한 그곳의 문짝들이 모조리 개방되어 누구나 부티 나는 내부 공간을 들여다볼 수 있었다.

반대로 샤플라르 씨가 집무실을 지키고 있을 때는 문짝들을 모두 닫아 밖의 시선을 완전히 차단함으로써, 사장의 숱한 중요 업무를 편안한 마음으로 얼마든지 처리할 수가 있었다.

당연히 사장실은 다른 공간과도 통해 있었다. 한쪽으로는 비서 업무에 종사하는 인원이 사용하는 사무실들이 늘어서 있고, 다른 한쪽으로는 두 개의 작은 대기실 겸 응접실이 자리하고 있어서, 미리 약속하고 찾아온 손님들이 안내를 맡은 직원의 영접을 받거나 사장의 친지들이 그와 가볍게 악수만 건네고는 곧장 사장실로 직행하는 것이었다.

샤플라르 씨는 쇠창살문이 달린 승강기에서 내리자마자, 경비원 두 명의 깍듯한 인사에 가벼운 미소로 답하면서 빠른 걸음으로 상가를 건너갔다.

그는 육십대 정도 되는 나이에 땅딸막한 키, 약간 통통하고 다부진 몸집의 남자였다. 그럼에도 불구하고 뽀얀 혈색에 갈빗대처럼 양쪽으로 다듬은 새하얀 턱수염과 구레나룻 그리고 끊임없이 반짝거리며 움직이는 장난기 어린 푸른 눈동자로 인해 얼굴이 마치 어린아이처럼 보였다.

"이보게, 다니엘…… 지금 당장 발송 서류들부터 처리하도록 하지. 우선 비서실장 좀 불러주게."

샤플라르 씨의 지시를 받은 하인은 꾸벅 인사부터 했다. 적지 않은 세월 수발을 들어오면서 주인에게 어느 선까지 스스럼없이 대해도 되는지 이미 몸으로 체득한 그는 방을 나가기 전에 툭 던지듯 말했다.

"오늘 안 나온다고 하시더니 나오셨네요?"

"응…… 할 일이 워낙 산더미라…… 자, 어서 가보게!"

그제야 하인은 밖으로 나가 방문을 닫았다.

샤플라르 씨는 집무실을 이리저리 서성이며 직원들이 나타나기를 기다렸다.

너무 밝은 조명이 영 거슬리는지, 하인이 켜놓고 나간 전등불을 책상 위의 작은 스탠드 하나만 남긴 채 기계적인 동작으로 꺼나가는 그의 표정은 왠지 백화점에 들어설 때와는 천지 차이였다.

1층 홀을 가로질러 걸어가는 사장을 알아보고 인사를 했던 수많은 매장 관리자들은 필경 입가에 담긴 미소를 근거로, 자신들의 고용주께서 웬일인지 무척이나 기분좋고 행복한 상태였노라고 증언이라도 할 터였다!

그런데 지금은 깊은 수심과 지독한 불안감이 그의 얼굴 전체에 어둡게 드리워 있는 것이었다.

샤플라르 씨는 혼잣말을 중얼거리기 시작했다.

"정말 그애인가? 아님 내가 착각했나? 아, 도대체 내가 지금 무슨 생각을 하는 거지? 맙소사, 오늘밤을 내가 얼마나 고대해왔는데!…… 제발…… 잠깐!……"

순간, 마치 안면근육과 태도를 관장하는 신경세포 하나하나에 전광석화처럼 모종의 지시가 하달된 듯, 샤플라르 씨의 표정과 분위기가 순식간에 이전처럼 넉넉하고 느긋한 상태로 돌아갔다.

"살로몽, 자네인가?"

"네, 사장님. 부르셨습니까?"

정성스레 면도한 자국이 선명한 마르고 키 큰 젊은이가 고등학교 선생 같은 풍채로 방안에 들어와 있었다. 샤플라르 씨의 비서실장인 그 역시 다소 놀란 기색이었다.

"그렇다네, 살로몽. 그래, 별일 없는가?"

"네, 별일 없습니다, 사장님……"

"발송 서류에도 문제없고?"

"네, 별다른 문제는 없는데요……"

"어디 좀 볼까?"

순간, 젊은이의 얼굴에 당혹한 표정이 가볍게 스쳤다.

"저…… 죄송합니다만, 어제저녁만 해도 사장님께서 오늘 회사에 안 나오실 걸로 알고, 제가 '대리인 자격으로' 서명을 다 해서 이미 발송해버렸는데요…… 오늘 나오실 줄은 정말 몰랐습니다."

살로몽 씨의 말하는 목소리가 점점 잦아들고 있었다. 그도 그럴 것이, 어찌 보면 당연한 조처였던 것을 해명하려고 애쓰는 동안, 샤플라르 씨는 그를 등진 채 서서 작은 거울을 통해 연신 턱수염만 다듬고 있었던 것이다.

대체 기분이 좋은 건가, 나쁜 건가?

마침내 다음과 같은 사장의 대답이 떨어지고서야 살로몽 씨는 비로소 안도의 한숨을 내쉴 수 있었다.

"음, 잘 처리했군. 실은 안 나오려고 했는데, 이런저런 이유 때문에 오늘 퐁텐블로에 가질 못하겠더라고…… 아 참, 자네 볼일은 끝났으니 그만 나가보고, 대신 법무팀장 좀 들어오라고 해주게."

잠시 후, 샤플라르 씨는 백화점 법무팀장과 머리를 맞대고 중요한 소송 문제를 논의하기 시작했다.

"레르미트 씨!"

"응, 레몽드 양?"

여직원들 중 가장 예쁘장한 아가씨가 여섯시를 알리는 시계 종소리와 더불어 자신을 부르자, 구두 매장 관리자는 입가에 쾌활한 미소를 잔뜩 머금은 채 홱 돌아보았다.

"무슨 일로 나를 찾았나, 아가씨?"

"저 지금 나가봐도 될까요? 아직 퇴근하려면 한 시간 남았지만요……"

"왜, 많이 피곤한가보지?"

"네, 레르미트 씨."

레르미트 씨는 더이상 묻지 않았다.

"그럼 그렇게 해……"

그는 사람 눈치 읽는 재주를 어느 정도 타고난 사람이었다. 그런데 레몽드 양이 발뒤꿈치를 축으로 앙큼하게 돌아서자 즉시 입가에 미소를 띤 채 헛기침을 하더니 어깨를 으쓱하며 이렇게 말하는 것이었다.

"아, 역시……"

그런 매장 관리자의 태도를 물끄러미 바라보던 다른 여점원이 슬쩍 떠보듯 물었다.

"또 사장님이죠?"

레르미트 씨는 맥빠진 어조로 대답했다.

"그러게 말이야…… 아까 몸이 피곤하다며 얼굴 빨개지는 것 자네도 봤지? 틀림없어. 샤플라르 씨가 십오 분 전부터 와 계시거든……"

"그분한테서 무슨 언질이라도 있었던 거예요?"

"그분이라니?"

"샤플라르 씨 말이에요!"

"아, 사장님이 무슨 조치를 취하셨느냔 말이로군…… 실은 지난주에 날 따로 부르더니 이러시더라고. '이보게, 레르미트, 자네가 데리고 있는 여점원 중 레몽드라는 성을 가진 아가씨가 한 명 있지? 사번이 26번이던가…… 그 아가씨 몸 상태가 아주 좋지 않아. 내가 특별히 신경쓰고 있으니, 혹시 앞으로 자네한테 청하거든 막지 말고 조퇴시켜주게나……'"

"그래서 뭐라고 대답하셨어요?"

레르미트 씨는 다시금 어깨를 으쓱하며 대답했다.

"제기랄, 뭐라고 대답하기는! 그저 꾸벅하는 수밖에……"

사장님의 입김 덕택에 폐점을 한 시간이나 앞두고 제멋대로 퇴근해버릴 수 있는 26번 여점원 레몽드 양이 백화점의 모든 동료들로부터 이리저리 헐뜯김을 당하는 건 어쩔 수 없는 일이었다.

제아무리 원만하고 수더분한 성격의 소유자이고 시쳇말로 남들 눈에 잘 보이려고 '알랑방귀를 뀌는' 타입이라 해도, 진정으로 그녀를 마음에 들어 하는 사람은 주변에 아무도 없었다. 한마디로 모두의 눈에 커다란 눈엣가시로밖에는 보이지 않는 상황. 하지만 그녀는 갈색 머리에 예쁘장한 외모를 지녔으며, 아몬드 모양의 서글서글한 눈매와 잘빠진 몸매의 소유자였다. 아울러 옷 입는 취향에서건, 몸가짐에서건, 음성에서건 타고나지 않고서는 불가능할 만큼 우아한 파리지엔의 세련미를 듬뿍 갖추고 있었다.

그런 그녀에 대해 구두 매장 사람들은 며칠 전부터 일개 계산대 점원이 백화점 사장 샤플라르 씨의 정부情婦로 영전했다며 이러쿵저러쿵 수군대는 것이었다.

"쳇, 하기야 정부가 한 명 더 늘건 줄건 샤플라르 씨에게는 하등 중요할 것도 없는 문제겠지! 어차피 여자야 일찍 굴복하지 않아도 언젠가는 굴복할 게 뻔하고, 일단 굴복했다 하면 쌀쌀맞은 그 알량한 태도로 우릴 깔아뭉개는 건 오래가진 못할 테니 말이야…… 샤플라르 씨로선 자기 백화점 매장에서 옛 정부들과 마주치는 걸 좋아할 리가 없지……"

그다지 명민한 편은 못 되는 레르미트 씨가 여점원들과 죽이 맞아 레몽드 양에 대한 조잡스러운 험담을 실컷 늘어놓는 사이,

당사자인 레몽드 양은 일반인에겐 접근 금지인 계단을 이용해 백화점 지하실에 당도해 있었다. 거기서 모자와 베일을 챙기고, 어깨 위에 두른 스카프를 팔까지 늘어뜨려 정성스레 주름을 잡아 상체를 반쯤 가린 뒤, 다시 중앙홀을 가로질러 걸어갔다.

이제 그녀는 '파리 갈르리' 정문으로 향하는 인파의 움직임을 따라 말제르브 대로로 나섰다.

하지만 마들렌 광장으로 향하다 말고 망설이는 기색으로 걸음을 멈추고 말았다.

'가야 해, 말아야 해?……'

순간적으로 머리를 굴리던 레몽드는 가던 길을 되돌아 걸었고, 평상시처럼 귀가하기 위해 생 라자르 역으로 가는 대신, 말제르브 대로를 따라 우회하다가 이웃하는 길로 슬그머니 빠졌다. 그러고는 거대한 '파리 갈르리' 백화점 건물에 바짝 붙어 있는 것처럼 보이는 어느 작은 여관의 반들거리는 문짝 앞에서 걸음을 멈추었다.

그녀는 힘들이지 않고 슬쩍 문을 밀어 열고는 길고 좁은 통로 끝까지 걸어들어간 뒤, 이어서 나타난 계단을 천천히 올라갔다. 자기가 가는 길을 훤히 꿰뚫고 있으면서도 어딘지 불안하고 초조해하는 기색이었다.

무척이나 깔끔하고도 소박한 대신 희미한 전등 불빛만 어스름하게 비추고 있는 계단을 따라, 레몽드는 두 층을 계속 올라갔다.

바로 앞에 나타난 문을 마저 열고 기나긴 통로를 또다시 한참 들어간 뒤 문득 걸음을 멈춘 그녀는 다시금 고민하기 시작했다.

'노크를 해, 말아…… 그래, 일단 노크는 하자…… 어쨌든 애써 준비한 편지는 전해야 하니까…… 그다음 일이야 어떻게 되는지 두고보지 뭐……'

방금 전 법무팀장이 나간 집무실. 샤플라르 씨는 책상 앞에 앉아 팔꿈치를 괴고 손으로 이마를 짚은 채 깊은 생각에 잠겨 있었다. 감춰진 비밀 출입구에서 가냘프게 두 번의 노크 소리가 들리는 듯했다.

"들어와요!"

샤플라르 씨의 말이 떨어지기가 무섭게 슬그머니 문이 열리더니 레몽드의 모습이 나타났다.

"사장님……"

입을 열다 말고 레몽드는 뚝 멈췄다. 노크를 하고 반응을 기다릴 때만 해도 지금 샤플라르 씨의 얼굴에 서려 있는 기겁한 표정을 보게 되리라고는 전혀 생각지 못했던 것이다.

실제로 사장은 젊은 여자를 보자마자 의자가 뒤로 넘어질 정도로 갑작스럽게 벌떡 일어나 사지를 부들부들 떠는 것이었다.

마침내 그는 겨우 더듬거렸다.

"제…… 제발……"

레몽드는 분명 상대의 입에서 나오려는 부탁의 말을 간파한 듯했다. 곧바로 이렇게 말을 끊었으니 말이다.

"아뇨! 아무 말도 하지 마세요! 당신이 제게 편지를 쓰셨기에 저도 대답을 드리러 온 겁니다."

한데 여자는 샤플라르 씨의 태도에 짐짓 놀라 또다시 말을 멈출 수밖에 없었다.

사장은 힘없는 동작으로 이마의 땀을 쓱 한 번 훔치더니, 좀 전과는 또 다르게 애써 흥분을 감추듯 잔뜩 누그러진 목소리로 이렇게 대꾸하는 것이었다.

"아, 그렇지…… 맞아…… 내가 당신한테 편지를 써보냈지…… 그래…… 대답은?"

레몽드 입장에서는 무엇보다 반가운 질문이었다.

"저의 대답은 이겁니다. 정말이지 저는 말할 수 없이 감동받았고, 무척 흥분해 있습니다. 당신과 마찬가지로 저 역시 가슴이 떨려요…… 하지만 아닙니다! 저는 원치 않아요…… 불가능한 일입니다. 그런 희망은 아예 버리셨으면 합니다. 저를 잊어주셨으면 해요…… 이상입니다!"

여자 쪽도 모종의 감정에 휩싸여 있는 건 분명해 보였다.

아무리 목소리를 가다듬어보려고 애써도 말이 자꾸만 목구멍에 걸려 제대로 나오지 않았다.

레몽드는 재빨리 덧붙였다.

"게다가 저는 오늘 당신이 회사에 나오지 않으시는 줄로 알고 있었습니다. 그래서 답장을 우체통에 넣으려고 했는데, 아까 당신이 지나가는 게 보이더군요. 저를 뚫어져라 바라보셨죠? 그래서 생각을 바꿔 직접 이리로 올라와 답장을 전하기로 한 겁니다. 이 자리에서 구구절절 설명을 늘어놓고 싶지는 않습니다…… 자, 여기 제 답장입니다. 읽어보세요. 더이상 덧붙일 말은 없습니다."

어여쁜 레몽드 양은 간신히 그렇게 말하고는 샤플라르 씨의 부들거리는 손에 봉하지도 않은 편지를 쥐여주었다. 사장은 맥없는 손길로 편지를 책상 위에 떨어뜨리며 더듬더듬 중얼거렸다.

"당신…… 당신은……"

계속 말을 이으려는데, 별안간 손님 대기실 문이 빠끔히 열리면서 웬 여자 목소리가 들렸다.

"지금 혼자 있어요?…… 어머, 죄송……"

보아하니 그 역시 사장의 내밀한 여자친구인 듯한데, 너무 오래 기다리다 지쳐서 집무실 쪽 문을 살짝 열어본 모양이었다.

샤플라르 씨는 그쪽으로는 고개도 돌리지 않고 짜증스럽게 대꾸했다.

"기다려…… 기다리라니까……"

그러고는 레몽드를 향해 다시 말을 이었다.

"정말이지 당신……"

하지만 어여쁜 여점원은 그 곱고 여린 모습 이면에 제법 단호한 의지를 숨기고 있었다.

그녀는 살짝 고개를 숙여 인사하자마자 샤플라르 씨가 뭐라고 한마디 덧붙이기도 전에 재빨리 몸을 돌려 집무실을 빠져나가버리는 것이었다!

필경 레몽드 양은 그렇게 분명한 거절 의사를 밝히면 천하의 샤플라르 씨라도 더는 고집하지 않을 거라 믿는 모양이었다. 적어도 '파리 갈르리' 백화점 사장쯤 되는 바람둥이 사내라면 여자의 거절 의사를 존중할 줄도 알려니 생각했다. 그런데…… 그건 아무래도 착각인 듯했다!

몇 발짝 걸어나가기도 전에 벌써 뒤에서 따라나오는 샤플라르 씨의 발소리가 들리는 것이었다.

그는 소리쳐 부르고 있었다.

"레몽드!…… 레몽드!……"

여자는 점점 걸음을 재촉하고 거의 뛰다시피 해서 겨우 계단에 도착했다.

그때까지도 여전히 샤플라르 씨의 뒤쫓아오는 발소리가 들리고 있었다……

샤플라르 씨가 별 성과 없이 잔뜩 눈독만 들이고 있는 여점원과 대면하던 바로 그 시각, 짙은 금발에 아주 아름답고 매혹적이며 약간은 도도해 보이는 한 여성이 손님들을 대기실로 안내하는 책임을 맡은 경비원 쪽으로 다가서고 있었다. 그녀의 이름은 마틸드 드 브레몽발. 프랑스 분위기가 물씬 풍기는 이름에도 불구하고 외국 혈통이 섞인 듯한 외모였다.

브레몽발 부인은 이곳에도 익히 알려진 여성이었다. 사장의 친밀한 여자친구로 이곳을 드나든 지 워낙 오래되어, 그녀가 '파리 갈르리' 사장의 정부일 거라는 풍문이 여기저기 파다했다.

경비원도 그런 그녀를 별다르게 제지할 생각은 없는 듯했다.

"사장님을 뵈러 오셨습니까?"

"네, 다른 약속이 없으시면요!"

경비원이 사장실 쪽 문을 살짝 열어보더니 돌아와 이렇게 말했다.

"사장님께선 지금 점원 한 명과 얘기를 나누고 계십니다. 아마 해고 문제 때문인 것 같은데, 그리 오래 걸리지는 않을 겁니다. 잠시만 기다리시죠……"

"네, 그래야겠네요."

브레몽발 부인은 경비원의 안내를 받아, 샤플라르 씨의 집무실과 문 하나를 사이에 둔 작은 응접실로 들어섰다.

경비원이 나가자 우아한 여인은 혼자 남아 기다리기 시작했다.

그런데 경비원의 등뒤로 문이 닫히고 얼마 지나지 않아, 조금 전까지만 해도 살짝 미소가 어른거리던 브레몽발 부인의 얼굴이 별안간 혼비백산한 표정으로 돌변하는 것이었다. 그건 이를테면 샤플라르 씨가 기분좋게 백화점에 들렀다가 혼자 남게 되자 곧바로 '깊은 수심과 지독한 불안감'에 휩싸였던 것과 이상하리만치 똑같은 형국이었다.

브레몽발 부인은 잠시 꼼짝 않고 그대로 서 있더니, 이내 안락의자에 털썩 주저앉았다.

'아니야, 내가 미쳤지…… 그럴 리가 없어…… 별 어리석은 생각을 다 하는군. 내가 지나친 상상을 하고 있는 거야……'

불안한 마음을 애써 다잡으면서도 그녀는 온몸의 흥분된 신경을 제대로 제어할 수가 없었다. 곧바로 의자에서 일어난 그녀는 갈피를 못 잡고 서성대기 시작했다.

'내게 그 모든 약속을 하고 난 뒤 행한 온갖 비열한 짓거리와 거짓 맹세들을 깨닫기만 했어도!……'

그러다가 느닷없이 부아가 치미는지 사장 집무실 문을 향해 후닥닥 달려드는 것이었다.

세상에, 아름다운 여인이 아주 단단히 작정을 한 모양이었다!

하지만 문을 살짝 열고 고작 "지금 혼자 있어요?"라는 말을 내뱉기가 무섭게 곧바로 주춤 뒤로 물러나며 문을 도로 닫아버렸다.

표정 또한 좀 전과는 딴판이었다!

곱기만 하던 얼굴이 어느새 비통한 절망감으로 잔뜩 일그러진 것이다.

이제 샤플라르 씨를 기다리는 여인은 더이상 우아하고 도도한 인상의 마틸드 드 브레몽발이 아니었다! 눈에선 불꽃이 튀고 창백하게 질린 입술은 고통으로 부들부들 떠는 가운데, 금방이라도 미쳐버릴 것처럼 화가 난 한 여인이 안절부절못하며 서 있었다.

"아, 저 인간…… 저 인간을……"

그야말로 수세기는 되는 것처럼 시간이 느리게 흘러갔다.

여자는 샤플라르 씨의 집무실 문에 바짝 다가서서 귀를 갖다 댔다.

'대체 무슨 이야기를 하는 거지? 저 인간이 사랑 고백이라도 하려는 걸까?'

순간 마틸드 드 브레몽발의 조심스럽던 태도가 확 달라졌다.

그녀는 거친 숨을 몰아쉬며 중얼거렸다.

"그가 나갔어…… 둘 다 나갔다고…… 아, 이번에는 기필코 내가……"

마틸드 드 브레몽발은 거칠게 문을 열어젖히더니 집무실 안으로 성큼 들어섰다.

곧장 두 사람을 따라나설 작정이었던 그녀는 문득 레몽드가 남긴 편지에 눈길이 가닿자 걸음을 덜컥 멈추었다. 떨칠 수 없는 호기심이 발동했던 것이다.

"그래…… 옳거니…… 이번 기회에 깨끗이 확인해두는 게 낫겠지!"

그녀는 덥석 편지를 집어들자마자 눈으로 훑기 시작했다.

한데 편지를 다 읽고 난 브레몽발 부인의 태도가 또다시 아까와는 천양지차였다.

상처받은 마음에 아직은 씁쓸한 맛이 감도는 미소를 살짝 머금은 채, 그녀는 한숨 섞인 소리로 이렇게 내뱉었다.

"흥, 사내 애간장을 조금 더 태워보겠다는 심사인가?…… 여간내기가 아닌 게 분명해! 아, 제발 신이 우리를 가엾게 여겨주기를……"

그 순간 비밀 계단 쪽에서 발소리만 들려오지 않았던들, 브레몽발 부인은 문제의 편지를 읽고 또 읽고 거듭 읽고 앉았을 터였다.

"음, 다시 올라오는 모양이군…… 내가 여기 있는 걸 그 사람이 발견하면……"

다른 뾰족한 수가 없었다. 그녀는 얼른 응접실로 물러나 급한 일이 생겨서 더이상 기다릴 수 없다는 말을 경비원에게 허겁지겁 남기고는, 그대로 내달려 '파리 갈르리' 백화점을 서서히 빠져나가는 군중 틈새로 섞여들어갔다.

"경리부 직원들을 불러들이라니까!"

"네, 사장님. 그러지 않아도 지금 기다리고 있습니다."

"그래…… 어서 들여보내게……"

샤플라르 씨는 십 년은 더 늙어 보였다. 지치고 갈라진 목소리로, 젖 먹던 힘까지 쥐어짜는 것처럼 힘겹게 말을 뱉어내고 있었다.

잠시 후, 경리부 주요 직원들이 집무실 안으로 속속 들어섰다. 샤플라르 씨는 '파리 갈르리'에서도 아주 중요한 직원 축에 속하는 이들을 되도록 밝은 태도로 맞기 위해 애써 몸가짐을 추슬렀다.

"자, 우선 다들 앉으시오…… 별일 없습니까?"

경리부장이 얼른 머리를 조아려 인사를 하고는 굽실거리며 대답했다.

"네, 사장님. 별일 없이 잘 돌아가고 있습니다."

"어제 수입은 괜찮고요?"

"오, 그럼요, 사장님! 아주 좋습니다…… 49만 7천 프랑이 좀 넘지요……"

"아마도 대판촉행사 때문이겠지?"

"예, 사장님. 물론 행사가 있긴 했습니다만, 직물 신상품이라 그리 비중 있는 행사는 아니었습니다. 사전에 광고도 많이 하지 않았고요……"

"그랬구먼……"

"그런데 말이죠, 사장님. 양탄자 매장에서 매출 실적이 가장 좋았습니다. 다른 것보다도 중동산 대형 양탄자 두 장이 큰 역할을 한 것 같습니다…… 지금 세부 내역을 보고드릴까요, 사장님?"

'파리 갈르리'의 전반적인 재정 현황을 가장 잘 꿰고 있는 경리부장의 말에 샤플라르 씨는 축 처진 어깨를 한 번 으쓱하더니, 얼른 이렇게 대답했다.

"오, 아니오!…… 당신한테 맡길 테니 알아서 처리하시오…… 오늘 저녁은 정말이지 피곤해죽겠다니까……"

"그럼 여기서 곧바로 현금을 정산해 올리겠습니다."

"그러시오."

장시간 지폐를 세던 부장은 샤플라르 씨의 책상 위에 현금 다발을 정리해 내려놓았다.

"여기 있습니다, 사장님."

평상시에는 일일 수입을 꼬박꼬박 챙겨 집무실 구석 금고 속에 쟁여놓던 샤플라르 씨가, 왠지 이날 저녁만큼은 금고의 열쇠 꾸러미를 꺼낼 생각조차 하지 않고 있었다.

"자, 여러분, 더 보고할 내용은 없겠지요?"

그것은 면담이 끝났음을 직원들에게 주지시키기 위해 샤플라르 씨가 단골로 사용하는 표현이었다.

경리부 직원들은 일제히 자리에서 일어났고, 부장이 대표로 이렇게 대답했다.

"네, 사장님. 더이상 보고드릴 내용은 없습니다. 모든 일이 잘 돌아가고 있습니다."

"그럼 다들 내일 봅시다."

다시 한 차례 인사를 한 뒤, 직원들은 점잖은 태도로 사장실에서 빠져나왔다.

한데, 충성스러운 하인들처럼 말없이 돌아나가는 경리부 직원들의 뒷모습을 바라보면서 샤플라르 씨는 왠지 비웃는 듯 묘한 미소를 입가에 흘리고 있었다.

속을 채워 가죽을 덧댄 묵직한 방음 문짝이 철커덕 소리와 함께 닫히기를 기다리던 그는 비로소 기분좋게 너털웃음을 터뜨리더니 곧바로 목소리를 낮추어 중얼거렸다.

"49만 7천 프랑이라! 후후…… 옳은 말씀이야! 수입이 아주 좋은걸!"

샤플라르 씨는 코앞에 놓인 돈다발을 정성껏 챙겨서 지갑 속에 욱여넣고는, 외투깃을 단단히 여몄다.

……잠시 후, '파리 갈르리' 사장은 지극히 평범한 걸음걸이로 백화점을 빠져나갔다. 누구든 어쩌다 그와 몸이 스친다 해도, 멀쩡한 신사의 품안에 그만한 거액이 숨겨져 있으리라고는 짐작조차 못할 터였다.

2
납치

“자네 회중시계 하나 챙겼다며? 그래, 지금 몇시인가?”

“쳇, 몇시는 우라질…… 시계가 아주 골로 가버렸어……”

“태엽 좀 감고 다니지 그랬어!”

“말도 말라구…… 그놈의 짭새들 때문이라니까!”

“자네 회중시계가? 당최 못 알아듣겠구먼……”

“흥, 그야 무리도 아니지……”

“어허, 그러지 말고 어서 털어놔보라구!”

“좋아, 친구. 한번 생각해보라고. 회중시계라고는 가져본 적이 없는 내가 그놈 때문에 얼마나 불편했겠는지…… 어쨌든 배도 실컷 채우고 재미도 볼 겸, 슬슬 몸 좀 풀러 나갔지 뭔가……”

“또 애먼 늙은이 호주머니 털러 나갔단 애기로군?”

“당근이지…… 오동통하니 돈깨나 있어 뵈는 족속 호주머니 공사 좀 해볼까 한 거지. 달빛이 환해질 무렵이면 샹젤리제 대로에서 허구한 날 벌어지는 일 아닌가 말이야…… 아무튼 그날따라 굉장하더라구…… 지갑에, 회중시계에, 금박 이니셜이 박힌 손수건에, 열쇠 꾸러미, 담배쌈지 등등……”

“흠…… 제법 짭짤했구먼그래!”

“말해 뭐하나…… 아주 황홀할 수준이었다니까…… 한데 그놈의 얼간이가 갑자기 족제비처럼 고래고래 소리를 지르는 거야, 글쎄……”

“짭새들이 우르르 몰려들었겠군……”

“그렇지. 갑자기 사방에서 덮치더구먼! 기를 쓰고 몰려오는데 미친 말들이 따로 없더라니까…… 그러고는 어떻게 된 줄 아나? ‘저놈 잡아라, 저놈 잡아’ 하면서 길길이 소리치고 난리인 거야…… 뭐, 어중이떠중이 그렇게 날뛰어봤자 난 늘 한발 앞서지만 말이야……”

“그럼 붙잡히지 않았단 말인가?”

“실은 간신히 빠져나온 셈이지. 몸을 조금이나마 홀가분하게 하기 위해 가지고 있는 것을 모조리 처분했거든…… 담배쌈지는 이리 툭, 지갑은 저리 툭, 헤헤헤…… 마치 축제 때 이리저리 꽃다발 던져주는 기분이더라니까! 날 쫓다 말고 그걸 줍기 위해 엉거주춤 멈춰 서는 인간들 꼬락서니를 봤어야 해…… 어쨌든 그러고도 회중시계만은 끝까지 가지고 뛰었지. 그러다 알카자르 레스토랑 근처에서 숨 좀 돌리려는데, 어디서 나타났는지 짭새 한 놈이 내 앞을 떡 가로막더라구. '서라!' 하면서 말이야…… 그러니 어쩌겠어. 깊이 생각할 것도 없이 시계마저 냅다 던져버렸지…… 그런데도 끈질기게 쫓아오더라구. 난 죽어라 줄행랑 쳤고……"

"그래서 결국 지금은 시계가 없다는 거야?"

"그래서 결국 지금은 시계가 없다, 이거지……"

"이런 실없는 인간 같으니! 그게 대체 언제 벌어진 일인데?"

"그저께."

"참 딱하게 됐구먼…… 한 잔 더 할 거지?"

"그래야지…… 아주 진하게!"

거리의 불량배 '가스불'은 절친한 동료 '황소눈알'과 더불어 거의 한 시간 전부터 진을 치고 있는 술집의 작은 테이블을 주먹으로 쿵 내리쳤다.

"어이, 주인장! 여기 두 잔 더! 제대로 좀 채워주쇼…… 그나저나 지금 몇시쯤 됐소?"

"아홉시 반이외다!"

"옳거니……"

주문받은 압생트 두 잔을 준비하러 주인장이 멀어지자, '황소눈알'은 슬그머니 '가스불'에게 몸을 기울이며 속삭였다.

"근데 정말 그 비둘기 아가씨가 오긴 오는 거야?"

'가스불'은 어깨를 으쓱하며 대답했다.

"글쎄 걱정 말라니까……"

그러면서 자신의 재치를 과시하듯 이렇게 덧붙였다.

"그 비둘기 아가씨는 말이야, 콜롱브에 살거든. 한데 우리가 지금 콜롱브에 와 있단 말이지.* 그러니까 비둘기 아가씨는 결국 우리 눈앞에 나타나실 거라, 이 말이야……"

이제 그는 지저분한 유리병에 담긴 액체를 설탕 조각 위로 일정하게 쏟아붓는 일에 몰두하기 시작했다.

잠시 후 '가스불'은 다시 말을 이었다.

"아, 만에 하나 그 아가씨가 나타나지 않으면, 알다시피 난리가 날 거라, 이거야…… 하지만 꼭 와. 오고야 말 거라구! 이건 5프랑짜리 동전이 둥글다는 것만큼이나 분명한 사실이란 말이지…… 그러니 조바심낼 필요 하나도 없어."

그제야 '황소눈알'도 자기 몫의 압생트를 만들기 시작했다.

두 건달이 사람 많은 술집에서 다른 누구와도 대화를 섞지 않은 채 혹시라도 남이 들을까 목소리 낮춰가며 이런저런 얘기를 나누는 동안, 주인장은 슬슬 문 닫을 준비를 하고 있었다.

---

* '콜롱브(Colombe)'는 파리 외곽 북서쪽에 있는 동네 이름이자, 프랑스어로 '비둘기'라는 뜻이다.

'황소눈알'과 '가스불'이 그렇게 죽치고 있는 장소는 깔끔한 부아 콜롱브 역 바로 맞은편에 위치한 '만남의 광장'이라는 일종의 소규모 카바레였다. 말하자면 역에서 근무하는 사람들이 자주 애용하는 휴식처로, 밤 열시쯤 되면 대부분의 손님이 자리를 뜨는 게 보통이었다.

그래서 주인장도 아무렇지 않게 문 닫을 준비를 하고 있는 참이었다.

마침내 그는 '황소눈알'을 향해 이렇게 말했다.

"뭐, 그만 마시라고 강요하는 건 아니지만 지금부터는 내가 시중을 못 듭니다. 조금 있으면 가게 문을 닫아야 해서요."

주인장으로서는 지극히 당연한 처사였음에도 불구하고, '황소눈알'은 그만 욱하고 말았다.

그는 주먹을 불끈 쥔 채 주인장을 노려보며 거칠게 내갈겼다.

"아니, 뭐가 어째? 우릴 문밖으로 내쫓겠다, 이거야?…… 어디 된통 혼 좀 나보시겠다는 건가?…… 여기 이 친구 '가스불'과 나는 나가고 싶을 때 나갈 테니 어디 맘대로 해봐!"

하지만 큰소리도 딱 거기까지였다.

'만남의 광장' 주인은 예전에 철도회사에서 일하던 전직 화부火夫로, 비록 체구는 작은 편이나 그 이면에 범상치 않은 괴력을 감춘 자였다. 그는 '황소눈알'이 말을 마치기가 무섭게 똑바로 뚜벅뚜벅 다가오더니, 다짜고짜 상대의 멱살을 틀어잡고 의자에서 벌떡 일으켜세우는 것이었다.

"이봐, 함부로 나불대지 않는 게 좋을 거야. 난 시끄러운 건 딱 질색이거든……"

주인장의 일갈에 '황소눈알'은 얼굴이 벌겋게 상기되더니, 부아가 치미는 듯 숨을 헐떡이며 말했다.

"어이, '가스불'…… 자네 뭐하는 거야!…… 날 이 지경으로 내버려둘 건가?…… 이 빌어먹을 주인장을 가만둘 작정이냐구!……"

하지만 '가스불'은 그저 고개를 이리저리 내저으며 멀뚱하니 바라만 볼 뿐이었다. 게다가 주인장이 '황소눈알'을 윽박지르는 사이, 테이블에 남아 있던 압생트 두 잔을 연거푸 후딱 비워버리는 것이었다. 그가 계산대 함석판 위로 술값을 요란하게 던지고는 친구를 향해 툭 내뱉었다.

"어이, '황소눈알'! 그 양반도 자기 권리를 행사하는 거니 아무래도 자넨 으르렁댈 입장이 못 되는 것 같네…… 찍소리 말고 빨리 튀기나 하라구. 우리도 어서 일 나가야지……"

'황소눈알'은 뭔가 불만 섞인 소리를 웅얼대더니, 근엄한 표정의 주인장을 슬쩍 한 번 흘겨본 뒤 친구 뒤를 따라나서며 말했다.

"그래, 좋다구. 일은 나가야지…… 하지만 언제 날잡아서 밤에 저놈의 인간한테도 안부 인사 한번 제대로 해줘야겠어……"

'황소눈알'과 '가스불'은 역 앞 광장으로 나오자마자 서로 투닥거리기 시작했다.

먼저 '가스불'이 '황소눈알'의 어깨를 덥석 붙들며 말했다.

"도대체 자넨 정신이 어떻게 돼먹은 거야? 취한 것도 아니고 말이지…… 한잔 걸치러 들어간 곳에 얌전히 죽치고 앉아나 있을 것이지, 그렇게 아무하고나 대판 붙어버리면 어떻게 하냐고! 아무리 성질 뻗칠 일을 당해도 그렇지……"

"놈이 먼저 내 인간적 존엄성을 뭉갰단 말이야!"

"어허…… 이런 철딱서니 없는 인간하고는…… 인간적 존엄성 웃기고 자빠졌네…… 그딴 건 일찌감치 발로 차버리는 게 나아. 어디 앞장서봐! 자네 존엄성이 어떤지 좀 보자고!"

'가스불'의 걸음걸이가 적잖이 휘청거리는 데 반해, '황소눈알'의 그것은 훨씬 안정돼 보였다.

딱히 목적지도 없어 보이는 두 사내는 역 건물과 부아 콜롱브 제일 전방에 위치한 다른 건물들 사이의 소광장을 가로질러 걸었다.

"오늘은 또 어디 가서 죽치지?"

'황소눈알'의 푸념에 '가스불'은 곰곰이 생각에 빠졌다.

깜빡거리는 가로등 불빛 속에서 그의 실루엣은 평소보다 훨씬 더 앙상할 뿐만 아니라, 온갖 악덕과 궁핍 때문에 더욱 비극적으로 보였다. 한동안 초조한 눈동자를 사방으로 굴리던 그가 급기야 결정했는지 이렇게 말했다.

"제기랄, 별수없구먼…… 이젠 술집에서도 쫓겨난 판국이니 공중변소에라도 가야지…… 그 정도면 제법 기똥찬 은신처가 되어주지 않겠나, 친구……"

'황소눈알'은 고개를 끄덕였다.

건달 두 명이 임시 초소로 정한 길가의 작은 건물로 향하는데, 문득 '가스불'이 걸음을 멈추었다.

"잠깐…… 들어봐!"

'황소눈알'은 얼른 숨을 죽이고 귀를 기울였다. '가스불'이 어둠 속 어느 한 지점을 손가락으로 가리키며 속삭였다.

"안 들려?"

"안 들리는데……"

"이제 온다!"

"누가?"

"아, 이런 멍청이……"

'가스불'은 '황소눈알'의 팔을 대뜸 붙잡고 광장의 어두운 구석으로 끌고 갔다. 얼마 지나지 않아 역사 안으로 요란한 굉음과 함께 기차가 진입했다.

"우리가 기다리던 특급열차야!"

'가스불'이 소리를 죽이며 말했다.

"그 여자가 타고 있다는 그거?"

"당연하지……"

"인상착의는 알고 있는 거야?"

"이 몸이 사진을 한 장 가지고 있거든……"

'가스불'은 호주머니 속에서 상태가 별로 좋지 않은 사진을 한 장 꺼내 역 건물에 매달린 가로등 불빛에 비춰보았다.

"모자와 드레스 모두 푸른빛이고, 구두는 회색이로군. 가죽은 아니고……"

"뭐야, 그렇게 막연해서야……"

"자네한텐 그렇게 보일지 몰라도 난 아니야……"

한데 '가스불'이 별안간 바짝 긴장하며 이렇게 말했다.

"쉿! 지금 이러고 있을 때가 아닌걸. 저기 좀 보라고. 온갖 얼간이들이 쏟아져나오고 있잖아……"

아닌 게 아니라, 부아 콜롱브 역에 도착한 기차에서 방금 내린 수많은 승객들이 역 건물 밖으로 줄줄이 쏟아져나오고 있었다.

대부분 하루종일 일해야 하는 대도시보다 좋은 공기를 찾아서, 그리고 너무 비싼 집세를 피해 파리를 벗어나 선택한 숙소로 서둘러 발길을 옮기는 남녀 직공과 사무원 들이었다.

모두들 다음날 이른 아침 좀더 상쾌한 기분으로 자리를 털고 일어나 다시 직장으로 향하기 위해, 한시라도 빨리 각자의 숙소에 도착해 휴식을 취할 생각뿐이었다.

'가스불'과 '황소눈알'은 외진 구석에 몸을 감춘 채 걸음을 재촉하고 있는 그 사람들을 집요하게 눈으로 좇고 있었다.

이따금 '황소눈알'이 그르렁거렸다.

"이런 우라질, 내 장담하건대 그 여자는 저기에 없어……"

'가스불'은 아무런 대꾸도 하지 않았다. 아무래도 그는 기다리고 있는 여인이 반드시 모습을 드러낼 것 같은 모양이었다.

그것에 대해 얼마나 확신을 갖고 있는지, '황소눈알'에게 이렇게 말할 땐 심지어 목소리가 가볍게 떨리기까지 했다.

"이봐, 저길 좀 보라구…… 그 계집이야…… 사는 게 그리 어려운 편은 아닌 것 같군그래…… 저것 봐, 오른쪽으로 꺾는 건 저 여자 한 명뿐이라구……"

이제는 '황소눈알'도 바짝 긴장이 되는 투였다.

"음, 몸매가 제법 포동포동한걸!"

"그래, 포동포동하지……"

반면 대꾸하는 '가스불'의 목소리에선 적당한 자제력과 무게감이 느껴졌다. 궁리중인 작전을 성공적으로 수행하기 위해 고심하다보니, 어느새 완전한 냉정을 되찾고 있었던 것이다.

그는 계속 말을 이었다.

"중요한 건 저쪽에선 우리를 보지 못해야 한다는 거야. 자네가 나보다 한 열 걸음 앞서서 가게. 나는 뒤따라갈 테니…… 우리가 함께 붙어 있는 걸 들켜선 안 돼…… 그나저나 수레는 자네가 알아서 챙기는 거지?"

"언젠 내가 안 챙겼나……"

'황소눈알'과 '가스불'은 여자의 뒤를 밟기 시작했다.

"여기가 페르방슈 가街 17번지인가요?"

"네, 17번지 맞는데, 누굴 찾아요?"

부아 콜롱브의 페르방슈 가, 주로 노동자들이 거주하는 한 작은 건물 관리인에게 말을 건넨 사내는 함께 와서 길 위에 머물러 있는 동료를 손짓으로 불렀다.

"이보게, 아르튀르, 자네 고객 성함이 뭐라고 했지?"

"레몽드 양……"

건물 관리인은 이름을 듣더니 곧장 이렇게 말했다.

"아, 레몽드 양요…… 이곳에 살아요. 그래, 무슨 용건인가요?"

"새 침대 매트리스를 가지고 왔는데요."

"지금 이 시간에요?"

사내는 대수롭지 않다는 몸짓으로 관리인의 추궁을 받아넘겼다.

"우린 그저 주문받은 대로 해드릴 뿐입니다…… 몇 층인가요?"

솔직히 건물을 지키는 이 위풍당당한 여인은 미처 계산에 넣지 못한 상태였다.

관리인은 거듭 딴전을 부렸다.

"아니, 여봐요, 지금 이 시간에 침대 매트리스를 갈러 오다니…… 설마 진담은 아니겠죠?……"

"왜요? 여자분이 집에 안 들어오셨나요?"

"들어오긴 했지만…… 상인을 마음대로 드나들게 할 수는 없어요……"

"허어…… 이것 참……"

그때 길에 세워둔 수레 곁을 지키던 일행이 관리인에게 다가와 사근사근한 태도로 말했다.

"좀 올라가게 해주세요. 시끄럽게 하진 않을 겁니다. 잠깐이면 돼요…… 서로 좋은 게 좋은 것 아닙니까…… 시간이 늦은 건 우리 잘못이 아니에요. 이제 와서 우릴 나무란다고 아주머니한테 무슨 이득이 되겠어요, 안 그렇습니까?……"

뻔한 얘기였지만 성격 털털한 여인네의 마음을 움직이기엔 안성맞춤이었다. 건물 관리인은 곧바로 한 발 옆으로 물러나 길을 터주었다.

"에휴, 그럼 어서들 올라가봐요! 4층 오른쪽 문이에요…… 아침 일찍 일어나야 하는 세입자들이 있으니 시끄럽게 하지 않도록 각별히 주의하고요……"

"아, 그럼요…… 알겠습니다!"

두 남자는 길가에 대놓은 수레에서 매트리스를 꺼내들고 건물 계단을 올라갔다.

……'파리 갈르리'의 어여쁜 여점원 레몽드는 여느 저녁과 다름없이 르 부용 레스토랑에서 식사를 마치고 나와 생 라자르 역

에서 출발하는 기차를 타고 숙소가 있는 부아 콜롱브로 향했다.

계단을 올라 방에 들어선 지 얼마 안 되는 시점. 소박한 취향의 서랍장 위에 모자를 내려놓은 뒤 막 옷을 벗으려다 말고 그녀는 깜짝 놀라 고개를 홱 돌렸다.

'웬 노크 소리지?'

레몽드는 귀를 바짝 기울인 채 꼼짝 않고 방 한가운데 그대로 서 있었다.

"이상하네…… 아까 밖에서 분명 발소리가 들린 것 같은데…… 내가 잘못 들었나……"

잠시 후 잠자리에 들 준비를 하다 말고 레몽드는 또다시 소스라치며 중얼거렸다.

"정말이지 내가 너무 예민해졌나봐……"

이번에는 창가로 다가가기 위해 걸음을 옮기려던 그녀가 별안간 기겁을 하면서 온몸을 부들부들 떨더니, 그 자리에 못박힌 듯 꼼짝 못하고 있었다.

그도 그럴 것이, 창문 바깥 난간에 웬 사내의 윤곽이 어른거리는 게 아닌가!

손에 권총까지 든 그 남자는 여자를 위협하면서 단호한 어조로 말했다.

"입 뻥긋하면 머리를 날려버리겠어!"

레몽드는 사색이 되어 뒤로 주춤 물러났다.

침입자는 훌쩍 난간을 넘어 방안으로 들어와 되풀이해 말했다.

"내 말 알아들었지? 입만 뻥긋하면 그대로 끝장내버릴 테니 알아서 해……"

그렇게 웅얼거리면서 사내는 건들건들한 자세로 한 발 한 발 여자를 향해 다가왔다.

레몽드는 얼굴이 하얗게 질려 출입문에 등이 닿을 때까지 주춤주춤 뒤로 물러섰다. 난데없이 침입해 들어온 이 낯선 존재에 일말의 저항도 못한 채, 당장이라도 죽을 것 같은 공포감에 휩싸였다. 심지어 뭔가에 홀린 기분마저 들었다.

그녀는 자신을 향해 점점 가까이 다가드는 자의 얼굴에서 조금도 시선을 뗄 수가 없었다. 그야말로 초인적인 노력을 다한 끝에 겨우 몇 마디 말이 그녀의 입 밖으로 새어나왔다.

"왜 이러세요?…… 도대체 누구예요?……"

사내는 비웃듯 킬킬거리며 말했다.

"내가 누구냐고?…… '가스불'이라고 하지…… 그나저나 제법인걸…… 내가 여기 온 용건은 말이야…… 두고보면 알게 돼……"

하지만 그 순간 마력의 주문은 풀린 거나 다름없었다. 몇 마디에 불과했지만 말을 하고 상대의 대꾸도 듣다보니 레몽드는 갑자기 정신이 퍼뜩 들면서 기력이 되살아나는 것이었다.

"저기요…… 부탁인데, 제가 가지고 있는 건 뭐든 드릴 테니

부디 해치지만 말아주세요!"

레몽드는 그렇게 내뱉으면서 별안간 몸을 홱 돌려 문을 열고 밖으로 빠져나가려 했다. 갑작스럽게 행동하면 상대가 미처 대응하지 못할 거라고 내심 계산한 것이다.

하지만 안타깝게도 시간이 허락되지 않았으니……

문을 열어젖히는 순간, 이렇게 뇌까리는 '가스불'의 목소리가 레몽드의 귓전을 때렸다.

"얼굴이나 조심하라구!"

아니나다를까, 가엾은 레몽드의 작전은 착수하자마자 수포로 돌아간 것이나 마찬가지였다.

문을 열자마자 얼굴에 묵직한 주먹 한 방이 날아오면서, '황소눈알'의 느글느글한 목소리가 훅 치미는 것이었다.

"명중!"

그는 사람을 때리는 것이 정말로 즐거운 듯, 가엾은 처녀의 이마를 향해 거듭해서 어마어마한 주먹을 날렸다.

레몽드는 비명 한 번 못 지르고 그대로 쓰러졌다. 가뜩이나 신경이 예민해 있던 터라, 한꺼번에 의식의 끈이 끊어지듯 기절해 버렸다.

뒤에서 모든 상황을 지켜보던 '가스불'이 얼른 몸을 날려 쓰러지는 여자를 받아 안았고, 곧장 침실 바닥에 눕혔다.

그러고 나서 비로소 작업에 박차를 가하기 시작했다.

"됐어, '황소눈알.' 작전이 먹혀들고 있다구…… 큰 소란도 없었고, 모든 게 잘 돌아가고 있어. 이제 매트리스를 가져와!"

'황소눈알'은 아까 매트리스 회사 직원 행세를 하면서 '가스불'과 함께 가지고 올라와 계단에 놓아둔 매트리스를 방으로 끌고 들어왔다.

그는 문을 닫고 나서야 나직한 웃음을 터뜨렸다.

"흐흐흐…… 이런 말 하기는 뭐하지만, 이제 다 된 밥이나 마찬가지야! 아주 잘해냈어…… 만족할 거라구……"

'가스불'도 고개를 끄덕이며 대꾸했다.

"아무렴, 보수도 받을 만큼 받았으니……"

"그래도 계단 쪽 창문이 열려 있었으니 얼마나 다행이야! 그랬으니 내가 문에서 망보는 사이 자네가 빗물받이 홈통을 타고 방에 들어갈 수 있지 않았느냔 말이야!"

"여부가 있겠나, 다행이고말고…… 자, 자, 수다는 그쯤 하고, 좀더 서두르자고!"

가엾은 '파리 갈르리' 여점원의 숙소에서는 그렇게 기이한 사건이 벌어지고 있었다……

한데 '가스불'과 '황소눈알'이란 작자들은 도대체 정체가 무엇인가?…… 무얼 노리고, 무슨 목적으로 이런 짓을 벌이는 걸까?……

둘 다 뭔가를 훔치려는 생각은 털끝만큼도 없는 것 같은데……

소위 '가택침입 강도'의 범주에 속하는 것 같지도 않고……

저놈의 매트리스는 무엇하러 가지고 들어온 걸까?

가엾은 레몽드가 의식을 잃은 채 바닥에 쓰러져 있는 동안, '황소눈알'과 '가스불'은 둘이서 힘겹게 끌고 올라온 물건을 조심스레 바닥에 펴놓았다.

"구석에서부터 뜯어. 나는 반대편을 맡을게!"

두 사내는 심상치 않은 작업에 매달리기 시작했다.

즉, 매트리스 가장자리의 이음새를 조심스럽게 뜯어내면서 안을 채우고 있는 양모를 절반가량 빼내는 것이었다.

특히 '가스불'은 부지런히 손을 놀리면서도 이따금 생각에 잠겨 중얼거렸다.

"정말이지 대단한 발상이었어……"

어느덧 매트리스는 옆구리가 터진 채 속이 넉넉하게 비워져 있었다.

"자, 이제 집어넣어야지!"

'황소눈알'과 '가스불'은 더없이 자연스러운 동작으로 레몽드의 어깻죽지와 발을 각각 들어올렸다.

"하나, 둘, 셋……"

'가스불'이 박자를 붙이자 '황소눈알'이 마지막 마무리를 했다.

"옳거니!"

그렇게 해서 레몽드의 축 늘어진 몸뚱어리는 매트리스 안으로 감쪽같이 들어가게 되었다.

퍼뜩 생각난 듯 '가스불'이 중얼거렸다.

"만약의 경우를 대비해 우리의 '소시지'를 좀더 손봐야 하는 거 아니야?"

"그러게 말이야……"

"나 좀 도와줘!"

잠시 후, 레몽드는 입에 재갈이 물리고 양 팔다리가 모두 결박되었다. 혹시 정신이 들더라도 비명을 지르거나 몸을 뒤척이지 못하게 만들기 위해서였다.

"자, 이제 슬슬 도로 채워넣어야지!"

"그래, 어서 채워넣자."

두 건달은 처음 빼놓은 양모 뭉치들을 매트리스의 빈 공간에 마구 쑤셔넣기 시작했다.

마지막으로 둘은 뜯어놓은 이음새를 도로 단단히 꿰맸다. 이제 그 누구도 매트리스 안에 한 여자의 몸뚱어리가 들어 있으리라고는 짐작조차 할 수 없을 터였다.

구원될 희망이 전혀 없이 한 처녀가 자신의 수중에 완전히 들어왔음을 확신한 나머지, '가스불'은 허벅지를 탁 내려치며 말했다.

"이거야말로 생각만 해도 즐거운 일이 아닌가 말이야!"

그는 '황소눈알'과 함께 매트리스를 아래층으로 운반해 내려가기 시작했다.

그쯤에서 '황소눈알'은 나름대로 재치를 발휘하는 걸 잊지 않았다.

레몽드의 숙소 문을 열고 계단 쪽으로 나서자마자, 일부러 관리인이 듣게끔 이렇게 외쳤던 것이다.

"물론입니다, 고객님! 그 점은 회사에 자세히 보고를 해서, 매트리스를 나흘 안에 다시 가져다드리겠습니다. 그럼 안녕히 계십시오……"

"거기, 신고할 건 없습니까?"

"없는데요. 그저 매트리스 한 장뿐입니다."

"그 안에는 뭐 들어 있는 거 없습니까?"

"없습니다만…… 이 안에 뭐가 들어 있느냐니, 그게 무슨 말입니까?…… 양모 말인가요?"

"혹시 술일 수도 있겠고……"

"아, 술이라뇨! 천만에요! 술을 뭐하러 매트리스 속에 넣고 다닌답니까, 나 원 참……"

몽마르트르 관문 앞에서 입시入市세관원이 짐수레를 제지하자, '가스불'은 수다스러운 직공 연기를 하며 열심히 입을 놀렸다. 이윽고 옆에서 지켜보던 '황소눈알'도 가세했다.

"이젠 낡은 매트리스 하나 파리로 가지고 들어가는 데도 장관

님까지 일일이 신경쓰시게 됐으니, 참 딱하구먼……"

하지만 두 사내가 아무리 농을 부리고 흰소리를 지껄여도 세관원의 주의를 흩트려뜨리진 못했다.

"알았소, 알았으니까 그만 떠들어요…… 매트리스 안에 뭐가 있는지 없는지는 직접 확인해보면 되겠지……"

그러고는 곧바로 송곳을 가지러 가는 세관원……

아뿔싸, 만에 하나 그가 진짜 송곳으로 매트리스를 쑤시기라도 하면, 그러다가 가엾은 레몽드를 찌르기라도 하면, 그녀의 피가 바깥으로 새어나오기라도 하면…… 과연 어떤 사태가 벌어질까?

순간 '가스불'의 뇌리에 퍼뜩 아이디어가 스쳤다.

그는 속으로 엄청 불안하면서도 겉으로는 아주 차분한 태도로 말했다.

"저런, 설마하니 그 몹쓸 연장으로 내 매트리스에 구멍을 내려는 건 아니겠죠?"

"당연히 그럴 생각이오만!"

"오호, 내 매트리스를 완전히 망가뜨려놓겠단 말씀이로군. 감사합니다그려!"

"난 단지 검사를 확실하게……"

"그걸 막겠다는 게 아니라, 그냥 겉에서 툭툭 쳐봐도 되지 않겠느냔 얘기요…… 제기랄, 그 정도만 해도 양모가 들어 있는지 뭐가 들어 있는지 느낄 수 있지 않겠느냐, 이거지!……"

듣고 보니 그럴듯한 얘기였다. 세관원은 마침내 고개를 끄덕였다.

하긴 송곳까지 동원해서 뭘 어쩌겠다는 건가! 세관원이 구멍까지 뚫어가며 물건을 못 쓰게 만들어도 된다는 규정이라도 있나?

"좋아요, 좋아……"

결국 그는 나중에라도 꺼림칙할 일이 없게, 지니고 있던 곤봉 자루로 있는 힘껏 매트리스를 두드리기 시작했다.

급기야 세관원은 이렇게 말했다.

"됐어요, 말랑말랑하구먼…… 양모라고 인정하겠소."

한데 바로 그 말이 떨어지는 순간, '가스불'의 안색이 백지장처럼 변하는 게 아닌가! 매트리스가 꿈틀하는 것이 언뜻 그의 눈에 띄었던 것이다.

워낙 요란하게 두드렸던 터라, 필경 가엾은 레몽드가 깨어난 것이 분명했다.

이를 어쩐다…… 그나마 '황소눈알'이 불쑥 끼어들지 않았다면 곤란한 상황을 모면하긴 힘들었을 것이다.

세관원이 담배 피우는 걸 본 '황소눈알'은 자기도 얼른 담배를 문 채 다가가 이렇게 말했다.

"거, 미안하지만 불 좀 빌립시다, 나리."

덕분에 세관원의 주의가 간발의 차이로 분산될 수 있었다.

물론 그사이 '가스불'이 부리나케 짐수레를 끌고 철책을 지나가버렸다. '황소눈알'도 불붙인 담배를 입에 꼬나문 채 얼른 뒤에 붙어 수레를 밀었다.

"아이고, 이 친구야, 십 년은 감수했네그려…… 아까 곤봉으로 후려치는 거 봤지?…… 맙소사…… 이 안에 넣어둔 고깃덩이를 발견했으면 저 인간 낯짝이 어떻게 변했을지 상상 좀 해보라구!"

'황소눈알'이 가슴 쓸어내리는 소리를 듣는 둥 마는 둥, '가스불'은 이미 자신만의 깊은 생각에 빠져 있었다.

"이제 됐으니 그만 좀 촐싹대게. 십오 분만 더 가면 도착할 테니까……"

어느새 짐수레는 성곽을 따라 뻗은 인적 드문 대로 쪽으로 접어든 상태였다.

도대체 레몽드는 어디로 끌려가는 걸까?

이 불행한 여자를 대체 어찌하겠다는 것일까?……

3
두 건의 불가사의

"이보게, 팡도르, 자네 그 발 좀 치워주면 안 되겠나?"

"발을 치우다뇨, 쥐브? 무슨 말씀인지……"

"맙소사, 고깝게 듣지는 말게나, 팡도르…… 십오 분쯤 전부터 자넨 주도면밀하게도 구두창에 묻은 진흙을 내 소파 쿠션에 닦고 있어…… 무슨 값비싼 소파라서 하는 얘기가 아니라, 단지……"

"쥐브, 어째 점점 소심해지시는 것 같습니다……"

"팡도르 자넨 갈수록 내 비위를 거스르는 것 같아……"

"대체 뭐가 그리 불만이세요?"

"자네 언제까지 그렇게 빈둥대기만 할 텐가?"

"아이고, 제가 졌습니다!"

워낙 선뜻 튀어나온 대답이라, 쥐브의 입가에 자기도 모르게 미소가 번졌다.

"적어도 위선적이진 않군그래. 자넨 자신이 깊은 권태에 시달리고 있다는 걸 인정한 거야, 그것만 해도 대단한 거지. 하지만 충분하다고는 할 수 없네…… 세상에나, 파리에 돌아와 있다고 그렇게 심심해하다니……"

워낙에 너그러운 말투라, 쥐브가 아무리 팡도르를 나무라는 척해도 소용이 없었다.

친구이자 거의 자식이나 다름없는, 그에게서 결코 떼어낼 수 없는 존재인 제롬 팡도르에게 쥐브 형사가 훈계하고 있지 않다는 것은 누구라도 느낄 만했다.

보나파르트 가에 위치한 숙소에서 시간을 보낼 여유가 있을 때면 어김없이 죽치고 들어앉아 있는 자신의 서재 겸 응접실에서 쥐브는 점심식사 때부터 줄곧 팡도르와 마주앉아 잡담과 담소를 나누고 있었다.

쥐브와 팡도르가 어떻게 파리로 돌아왔던가? 나탈*에서 겪은 그 혼비백산할 사건들, 팡토마스의 비밀을 밝혀내기 직전, 그의 딸을 막 붙잡으려는 찰나 그만 뜻하지 않은 반격으로 죽을 위험에 직면했던 두 사람이 도대체 무슨 수로 이렇게 생환할 수 있었

* 남아프리카의 지명.

단 말인가?*

저간의 사정은 이러했다……

처참한 운명을 향해 무시무시한 속도로 내달리던 기관차 위에서 기적적으로 조우한 쥐브와 팡도르는 절체절명의 순간 기지를 발휘해 탄수차炭水車와 기관차를 떼어놓는 데 성공했다.

두 사람이 옮겨 탄 탄수차와 텅 빈 죄수 호송용 객차로 이루어진 열차는 얼마간 제 속도로 달리다가 결국엔 멈춰 섰다.

요컨대 둘은 남아프리카 대초원에 무기도 식량도 없이, 모든 위험에 무방비 상태로 방치된 셈이었다!

천만다행인 것은 쥐브와 팡도르 둘 다 맥없이 쓰러지기에는 너무도 원기 왕성한 근성의 소유자들이라는 점. 당시 모든 상황이 무기력한 죽음으로 치닫는 와중에도 불안감을 결연히 쫓아내고 의지를 북돋우며 정확한 결단력을 발휘하는 가운데, 두 사람은 팡토마스가 계획한 끔찍한 운명에서 벗어난 지 불과 몇 시간 만에 또다시 그와의 싸움을 모색하고, 그 강력한 악당, 악랄한 범죄자, 도무지 종잡을 수 없는 살인의 천재를 쫓는 험난한 모험에 곧장 뛰어들었다.

그때 팡도르는 이렇게 외쳤다.

---

* 팡토마스 시리즈의 여덟번째 에피소드인 『팡토마스의 딸 *La Fille de Fantômas*』에 나오는 내용.

"쥐브! 이번에는 비록 팡토마스가 승리를 거머쥐었지만, 우린 반드시 이를 갚아줄 겁니다!"

"그야 물론이지, 팡도르. 반드시 복수할 거야……"

범죄의 천재 팡토마스의 손에 맥없이 농락당한 처지에서 벗어날 방도가 아직 요원한 가운데, 용기백배한 두 사내는 단번에 의기투합하여 그렇게 외쳤던 것이다!

다만 쥐브는 특유의 정확하고 현실적인 성격에 어울리게, 곧바로 현지 지도부터 탐색하기 시작했다. 잠시 후, 그는 선로 옆 경사지의 수북한 풀 위에 누워 깊은 생각에 잠겨 있는 팡도르의 어깨를 지그시 짚으며 말했다.

"이보게, 팡도르. 지금 자네 마음을 무겁게 누르는 문제가 무언지 나는 알고 있네. 아마도 테디의 운명이겠지? 엘렌* 말이야…… 자네 설마 그 아가씨를 사랑하는 건 아니겠지?…… 만약 그렇다면 정말 끔찍한 일이야. 무엇보다 자네 자신에게 엄청난 불행이 될 거네. 하지만 그 아가씨가 자네한테 호감을 보이고 있긴 하지?…… 아무튼 좋아!…… 어쨌든 자넨 지금 그 아가씨가 어떻게 됐는지, 오로지 그 생각뿐인 게 분명해…… 하긴 논리적으로 충분히 그럴 수 있는 문제지!…… 자, 일어서게, 팡도르! 함께 가서 알아보자고!"

---

* 팡토마스의 딸로, 테디라는 이름의 젊은 남자 행세를 했다.

그길로 쥐브와 신문기자는 숱한 고생 끝에 가장 가까운 역에 도착했다. 거기서 알게 된 사실 역시 두 사람을 경악하게 만들었는데, 내용인즉 기관차 한 대가 급격한 우회 선로를 만나 탈선했다는 것이었다! 단, 기관사가 아무도 타고 있지 않아 인명피해는 전혀 없었고, 사고가 발생한 인근 지역 어디에서도 부상자의 흔적을 찾아볼 수 없다고 했다.

거기서 과연 어떤 결론을 유추해낼 수 있었을까? 간단했다. 테디, 즉 엘렌은 자신이 갇힌 끔찍한 덫에서 아무 탈 없이 기적적으로 벗어난 게 분명하다는 사실!

더이상의 소식은 얻지 못했지만 여자의 안위만큼은 확인한 셈이었다. 완전히 무일푼 상태인 쥐브와 팡도르는 머리를 맞대고 장고長考에 들어갔다. 그리고 늘 그랬듯, 앞으로 어떻게 할 것인가 하는 결정은 쥐브 몫이었다.

"이곳 나탈은 우리에게 결코 좋지 않아. 특히 자넨 여기에서 범죄자로 통하고 있어서, 붙잡힐 경우 자칫 사형에 처해질지도 모르네. 나 역시 자네보다 별로 나을 것 없는 처지이고 말이야. 결국 자네나 나나 이곳 공권력에 도움을 청할 입장은 못 된다, 이거지…… 생각해보게, 팡도르. 우리가 팡토마스에게 대항해 힘을 합쳐 싸운 지도 어언 십 년이 다 되어가네. 그놈을 붙잡기 위해 그 어떤 노력도, 위험도, 전투도 마다하지 않고 뛰어든 세월이 이제 막 십 년이란 말이네. 놈과의 대결에서 승리 직전까지 갔다가 번번이 실패한 것만 따져도 이루 셀 수 없을 거야…… 하지만 팡도르, 이제부터 내 말을 잘 듣게…… 내 영혼을 걸고 맹세하는데, 팡토마스는 지금 그 어느 때보다 우리의 수중에 가깝게 와 있네. 우리가 가할 정의의 보복에 노출될 확률이 그 어느 때보다도 높다는 말일세. 그러니까……"

거기서 잠시 숨을 고르는 쥐브에게 팡도르는 다그치듯 물었다.

"대체 무슨 말씀을 하시려는 겁니까?"

"바로 이런 얘기네. 지난날의 팡토마스는 우리에게 전혀 알려지지 않은 수수께끼 같은 존재였지. 하지만 지금은 그가 누굴 사랑하는지, 대체 누구를 위해 그 모든 난행을 저지르는지 우리가 알고 있어. 한마디로 그가 살아가는 이유를 파악하고 있단 말이지. 팡도르, 자고로 인간의 가슴속에는 정념이랄지 애정, 건드리면 반응할 수밖에 없는 어떤 정서가 있기 마련이네! 지금껏 팡토마스를 제지할 수 있는 것은 아무것도 없었어. 우리가 동원한 그 어떤 술책이나 방법도 그를 옭아매는 데는 실패하고 말았지. 그 이유는 간단하네. 그와 어떻게 싸워야 하는지를 모르고 있었던 거야…… 하지만 이제 우리는 좀더 단단히 무장되었다고 볼 수 있네! 지금까지 팡토마스는 자신을 흠모하는 벨담 부인을 업신여기고 안중에도 없이 행동해왔기에, 그녀를 통해 그를 잡으려던 우리의 시도가 번번이 좌절될 수밖에 없었던 거야. 하지만 이제는 사정이 다르지. 그에게 테디, 즉 엘렌이라는 딸이 하나 있고 천하의 악당이 그 딸을 끔찍이도 위하고 사랑한다는 사실을 알게 되었잖나. 두고보게, 팡도르. 바로 그 애정 때문에 팡토마스는 약해질 것이고, 결국 우리 수중에 떨어지고 말 테니까……"

그러면서 쥐브는 팡도르에게 앞으로 전개될 전투의 전체적인 청사진을 제시했던 것이다. 무엇보다 프랑스로 돌아가 사태를 예의 주시하는 것이 급선무였다.

쥐브는 정체불명의 두개골에서 꺼낸 문서들*을 내내 소중히 간직해오고 있었다. 그 문서들에 담긴 내용 일부는 해석해냈지만, 나머지는 여전히 의미를 알 수 없는 상태였다. 요컨대 그 문서들이야말로 그걸 되찾길 원하는 팡토마스로 하여금 쥐브와 팡도르를 따라 파리로 돌아오게 만들어 결국 그들 손에 붙잡히게 해줄 강력한 미끼인 셈이었다.

"그러니 우린 일단 프랑스로 돌아가자고. 마치 도망치는 것처럼 말이야…… 시침 뚝 떼고 가만히 있다보면 팡토마스가 우리를 추적해올 테고, 결국 승리는 틀림없이 우리 것이 될 걸세!"

쥐브의 말에 마침내 팡도르도 고개를 끄덕였다.

그후 초인적인 저력을 발휘하며 천신만고의 여정을 거친 끝에 두 사람은 남아프리카 해안에 도달했고, 거기서 영국으로 향하는 배에 몰래 승선할 수 있었다. 영국에서 파리로 건너온 지 이

* 『팡토마스의 딸』에 나오는 내용.

제 꼭 여섯 달. 그동안 두 사람은 쥐죽은듯 파리 한쪽 구석에 처박혀 지내는 중이었다……

한 가지 걱정스러운 점은, 늘 침착하고 냉정한 쥐브는 현재의 상황에 잘 적응하는 데 반해, 팡도르는 날이 갈수록 신경이 예민해지고 있다는 사실이다. 전설적인 명성을 자랑하는 형사의 예리한 눈으로 보기에 이 딱한 신문기자는 더이상 안정을 기대하기 힘든 정신 상태로 치닫고 있었다. 젊은이는 툭하면 화를 내고 끊임없이 투덜댔다……

쥐브는 지난 휴가 기간 내내 무슨 일을 했는지에 대한 이렇다 할 해명 없이 다시금 치안국의 직무로 복귀해 일하는 중이었다.

반면 팡도르는 아직 정식으로 라 카피탈 사에 복직하지 못한 상태였다. 하지만 그건 표면상의 문제일 뿐…… 사실 그가 오늘 쥐브와 함께 점심식사를 한 것은, 이제부터 〈로브〉지의 수석 보도기자로 일하기로 뒤퐁 씨와 얘기가 되었다는 소식을 쥐브에게 전하기 위함이었다.

한데, 그 희소식에 쥐브는 당연히 기뻐하며 축하해주었지만, 팡도르 자신은 왜 그런지 점점 더 침울해질 뿐이었다.

지금 쥐브가 팡도르의 그런 태도에 일침을 가한 것도 그럴 만한 이유가 있었다. 팡도르가 쥐브의 응접실 겸 서재에 놓인 소파에 길게 드러누워 있는데, 하필 흙 묻은 구둣발을 팔걸이 쿠션에 떡하니 걸쳐놓아 엉망으로 만들고 있었던 것이다.

그럼에도 팡도르는 여전히 우울한 표정으로 뚱하니 누워 있을 뿐이었다.

아까부터 그 모습을 알게 모르게 유심히 지켜보던 쥐브, 도저히 안 되겠다 싶었는지 친구를 현실세계로 끌어내와야겠다는 생각에 불쑥 입을 열었다……

"이봐, 젊은 친구, 도대체 왜 그러는 건가? 오늘은 아예 죽을 상이로군그래!"

"즐거울 이유가 없으니까 그렇죠, 쥐브!"

"어디 이유나 들어보세!"

"그저 팡토마스의 근황이 궁금할 뿐입니다!"

"아, 그놈의 팡토마스……"

매일같이 서로 얼굴을 마주하다가도 어쩌다 그 무지막지한 살인마의 이름을 입에 올릴라치면 섬뜩하니 돋는 소름에, 누가 먼저랄 것 없이 몸서리를 치는 두 사람이었다.

"팡토마스!"

그 공포의 거장께서는 정말 어떻게 된 것일까?

팡도르는 매일 쥐브에게 똑같은 넋두리를 늘어놓고 있었다.

"어떻게 그에 대한 이야기가 전혀 들리지 않느냐고요! 그의 족적에 대한 정보가 어찌 이렇게까지 없을 수 있느냔 말입니다! 아무래도 우리가 나탈을 떠나지 말아야 했어요……"

신문기자의 불만 섞인 토로가 거듭됨에도 불구하고, 쥐브의 반응은 한결같이 그저 어깨를 으쓱하는 것뿐이었다.

"기다려보게, 팡도르…… 기다려봐……"

쥐브에게서는 불안하거나 초조한 기색이라곤 거의 찾아볼 수 없었다.

"이보게, 젊은 친구. 이번에도 자네는 너무 성급해. 우리가 그 악당 놈의 뒤를 밟지 않은 지 이제 겨우 여섯 달이네. 그렇게 절망할 상황이 아니라는 얘기네…… 이 쥐브를 믿어보라니까! 내가 복수할 거라고 다짐하지 않았나. 반드시 그렇게 될 거야."

쥐브는 내친김에 팡도르의 기분도 전환시킬 겸 이렇게 덧붙였다.

"그나저나 팡도르, 자네 기억하나? 옛날에 자넨 내가 그자에 대해 지독한 편집증을 갖고 있다며 툭하면 나를 나무라곤 했지…… 한데 이제 보니 자네도 똑같은 증상을 보이고 있는 것 같아. 차라리 지금도 산적해 있는 경찰청의 다른 문제들에 관심을 가져보는 게 어떻겠나? 오늘 아침에 내가 거길 갔다가 어떤 기막힌 이야기를 접했는지 아나?"

팡도르는 이미 귀가 쫑긋한 기색이었다.

"기막힌 이야기라뇨? 뭔데요?"

"자, 얘기해줄 테니 잘 들어보고, 자네도 한번 판단해보게……"

쥐브는 착 가라앉은 목소리로 잠시 뜸을 들였다.

"우선 이 여송연에 불부터 좀 붙이고 시작하지. 한 번쯤 피운다고 습관 될 리도 없을 테고…… 자네도 한 대 피울 텐가? 싫어?…… 그럼 궐련으로 하려나?"

쥐브는 질 좋은 아바나산 여송연을 길게 두세 모금 빨고는 얘기를 이어갔다.

"다른 곳도 아닌 이 파리 도심에서 말이야, 정말 황당하고 심각하며 도무지 이해할 수 없는…… 게다가 섬뜩하기까지 한 사건이 벌어졌다네……"

"아, 시간 좀 그만 질질 끌고 무슨 일인지 어서 털어놔봐요, 쥐브!"

"다름이 아니라 유령 얘기네!"

"유령이라뇨! 지금 장난하십니까?"

"오, 장난칠 기분은 전혀 아닌걸. 사정 얘기를 들어보게. 한 일주일 전부터 사람들이 유령을 목격하고 있다는 거야. 정확히 말해, 센 강의 사공들과 선창가 하역 인부들, 노트르담 교각의 수문 관리인들, 심지어 그냥 길 가는 행인들까지 괴이한 현상을 목격했다고들 하네. 비앙쿠르에서 샤랑통에 이르는 구간의 센 강 수면 위, 때로는 수면 밑에서 매일 저녁 이상한 일이 벌어지고 있다는 거지……"

"괴이한 현상이라니, 도대체 무슨 일인데요?"

"오, 아주 특이한 현상이지. 다름아닌 유령의 출몰……"

"유령의 출몰요?"

팡도르는 아연실색한 표정으로 대꾸했다. 아니, 비양쿠르에서 샤랑통에 이르는 센 강 구간에 유령이 출몰한다니! 이를 도대체 어찌 생각해야 한단 말인가?…… 무엇보다 천하의 쥐브가 허튼 소리를 떠벌릴 리는 없지 않은가!

급기야 소파에 축 늘어져 있던 몸을 털고 일어나는 팡도르…… 자세를 바르게 고쳐앉더니, 쥐브를 똑바로 쳐다보며 캐물었다.

"대체 그게 무슨 해괴망측한 말씀이죠?"

"해괴망측한 말이 전혀 아니네, 팡도르. 난 지금 있는 그대로의 사실을 전달하고 있을 뿐이야. 무려 백 명이 넘는 사람들이…… 알겠나? 백 명이 넘는다고 말했네…… 저녁 여덟시 무렵부터 새벽 한시경까지, 그러니까 밤의 어둠이 가장 짙어질 즈음 비양쿠르 다리에서 샤랑통 다리에 이르는 센 강 유역 이곳저곳에서, 뭐랄까, 일종의 강렬한 광채들, 무슨 도깨비불 같은 것들이 수면 위 혹은 아래를 종횡무진 돌아다니는 걸 보았다는 얘기네. 제일 처음 목격한 사람은 센 강을 오가는 사공들인데, 그러지 않아도 기겁을 하면서 경찰청으로 달려와 신고를 했다는군. 그뒤로 여기저기서 그 얘기를 떠들어댄 모양인데, 그러다보니 부정하는 이들도 있고, 똑같은 현상을 목격했다고 증언하는 이들도 나타나더라는 거야. 결국 오늘 오전에는 내가 정식 보고서 형식으로 그 증언들을 접하기에 이른 것이지. '백조' 섬에 정박하는 어느 바지선 사공이 약 십 분 동안 지속된 광채의 움직임을 똑똑히 목격했다는 내용이었어. 그 사람 말로는 처음에는 겁부터 더럭 났지만, 그다음에는 무작정 호기심이 동했다더군. 그래서 배에 냉큼 올라타 문제의 광채를 추적했는데, 어느 정도 거리가 좁혀지자 갑자기 빛이 꺼져버렸다는 거야."

"그래서 어떻게 했대요?"

"어떻게 하긴. 그냥 그걸로 끝이지……"

"당신 생각은 어떤데요, 쥐브?"

팡도르의 질문에 쥐브는 잠시 난처한 표정을 짓더니 이렇게 말했다.

"나도 당최 오리무중이네. 이 문제를 어떻게 봐야 할지 답이 안 나와…… 분명 광채가 있었던 건 사실이라고 봐야지. 너무 많은 사람들이 목격했으니까. 하지만 그 불빛이 도대체 뭐냔 말이야! 어디서 나는 불빛이냐고…… 아무리 생각해도 모를 일이야……"

쥐브는 조금 더 생각하는 표정으로 뜸을 들인 뒤 덧붙였다.

"일단 하룻밤 날을 잡아서 직접 제방을 따라 다녀볼 생각이네. 무슨 일이 벌어지고 있는지 내 눈으로 확인하려면 그 방법밖에 더 있겠나. 그리고 이건 순전히 내 생각이네만, 그 도깨비불 얘기 정도면 자네를 라 카피탈 사에 복귀시켜줄 그럴싸한 기사 하나쯤 나올 수 있지 않겠는가?…… 어떻게 생각하나?"

팡도르는 곧장 수심 어린 표정이 되었다. 갑자기 그가 소파에서 일어나 방안을 성큼성큼 걷더니 말했다.

"지금 제 생각을 말하면 비웃을지도 모르지만…… 솔직히 저는 그런 불가사의한 현상이라든가 이해할 수 없는 일들은 별로 좋아하지 않습니다…… 예전의 그 '노래하는 연못'에 관한 일들* 당신도 기억하시잖아요?"

"그야 물론이지……"

"흠, 아무래도 저는 이번 도깨비불이 별로 얘깃거리로 보이진 않습니다…… 쥐브 당신은 그렇지 않은 모양이죠?"

"오…… 나 말인가?"

쥐브는 여전히 알 수 없다는 표정으로 덧붙였다.

"하여튼 흥미롭긴 하지…… 흥미로운 일이야…… 그게 전부일세!"

쥐브는 더이상 아무 말도 하지 않았다. 이제 두 사람 다 침묵 속에서 생각만 골똘히 하고 있었다.

얼마나 지났을까, 문득 조심스럽기 짝이 없는 노크 소리가 들리는가 싶더니 서재 문이 빠끔히 열렸다. 늙은 하인이 고개를 살짝 들이밀고는, 신사 한 분이 찾아와 뵙자고 한다고 쥐브에게 알렸다.

---

* 팡토마스 시리즈의 다섯번째 에피소드인 『팡토마스의 인질 *Un Roi prisonnier de Fantômas*』에 나오는 내용.

"누굴까?…… 이름은요?"

"여기 명함이 있습니다."

쥐브는 고급 종이로 된 명함을 흘끔 보더니, 별안간 다급한 목소리로 말했다.

"어이쿠, 이거 중요한 사람이군…… 이보게, 팡도르, 정신 좀 추스르고, 내가 손님을 맞이할 동안 주방으로 가 있게나…… 지금 누가 와 있는지 아나?"

팡도르는 고개를 내저으며 대답했다.

"아뇨, 모르겠는데요…… 전 관심 없습니다…… 한데 당신이 여기 사는 건 어떻게 알았을까요?…… 이제는 이곳에서 손님도 맞이하는 모양이죠?"

쥐브는 대답 대신 하인 쪽을 돌아보며 말했다.

"이봐요, 장, 그 신사분이 뭐라고 하던가요? 내 거처는 어떻게 알았대요?"

"그분 말씀이, 경찰청에 가서 어디 사시는지 물었더니, 여러 복잡한 절차를 거친 후에 결국 주소를 알려주더랍니다……"

"그럼 결국 형사사건에 관계된 일인가?"

"아마 그런 것 같습니다…… '지금 즉시, 아주 급하고 중대한 용건'으로 뵈었으면 한댔거든요……"

"알았어요, 들여보내세요."

하인이 물러날 때 팡도르도 자리를 뜨려고 했는데…… 웬일인지 쥐브가 덥석 붙들며 만류했다.

"그냥 있게. 형사사건에 관계된 용건이라면 자네도 함께할 필요가 있지 않겠나…… 지금 날 찾아온 사람은 알아둘 가치가 충분해. 다름아닌 '파리 갈르리' 백화점 사장인 백만장자 샤플라르 씨거든!"

쥐브의 말이 미처 끝나기도 전에 늙은 하인은 유명한 사업가를 서재로 들여보냈다.

정말로 '파리 갈르리' 백화점 사장 샤플라르 씨였다.

백만장자는 쥐브가 내준 의자에 앉으며 입을 열었다.

"선생, 나는 오늘 어떤 터무니없는 사건에 대해 의논하려고 이렇게 찾아왔습니다. 가급적 단둘이 얘기를 나누고 싶은데요……"

다소 거친 느낌을 주는 말이었고, 그럼으로써 제3의 인물이 함께 있는 것에 대한 불편한 심기가 노골적으로 전달되었다.

하지만 쥐브는 아랑곳하지 않고 말했다.

"어서 말씀하시죠, 샤플라르 씨. 여기 있는 이 사람은 제 친구 제롬 팡도르라고 합니다. 저의 분신이나 마찬가지죠. 저에게 말씀하시나 이 친구에게 말씀하시나 결국 똑같습니다……"

샤플라르 씨는 얼른 손짓으로 쥐브의 말을 막으며 말했다.

"더는 얘기 안 하셔도 알겠습니다! 그 누구와도 비교할 수 없는 저명하신 형사님을 이렇게 직접 뵙는 것도 행복한 일인데, 그에 더해 제롬 팡도르 기자까지 알게 된다면 그 이상 즐거운 일이 어디 있겠습니까! 요즘 제롬 팡도르라는 이름을 모르는 사람이 있을까마는, 내게도 그리 낯선 이름은 아니지요……"

신문기자는 가벼운 미소로 인사를 대신했다. 쥐브는 무의식중에 시계태엽을 감았는데, 그건 내심 긴장이 고조될 때마다 은연중에 내보이는 그의 버릇이었다.

공연한 사설로 시간을 허비하는 걸 끔찍이도 싫어하는 쥐브는 어조를 바꿔 큰 소리로 말했다.

"자, 소개는 이 정도로 된 것 같고…… 어디, 얘기를 시작해볼까요! 무슨 일로 저를 찾아오셨나요?"

쥐브의 단도직입적인 질문에 샤플라르 씨는 어디서부터 어떻게 얘기를 풀어나갈지 망설이는 눈치였다.

한동안 눈을 지그시 감고 깊은 생각에 빠져든 듯하던 그는 느닷없이 이렇게 말했다.

"쥐브 씨, 무엇보다 내 정신은 멀쩡합니다!"

"네?"

다짜고짜 튀어나온 엉뚱한 선언에 쥐브는 깜짝 놀랐다.

"내 정신은 누가 뭐래도 멀쩡하다, 이 말입니다, 쥐브 씨. 그런데 흡사 정신이 홀린 것 같은, 도저히 이해할 수 없는 불가사의한 사건이 나에게 일어났지 뭡니까!"

샤플라르 씨는 자리에서 벌떡 일어나 있었다. 그는 무척 흥분한 듯, 쥐브가 멀뚱하니 바라보는 가운데 책상에 기대다시피 하며 서 있었다.

"나는 미치지 않았습니다! 결코 미치지 않았어요! 그런데 악몽에서 헤어나지 못하고 있습니다. 도저히 설명이 안 되는 환영에 시달리고 있단 말입니다…… 내가 누군지 아시죠, 쥐브 씨?"

쥐브는 슬그머니 웃으며 대답했다.

"그럼요. 당신이 '파리 갈르리'의 사장 샤플라르 씨인 건 저뿐만 아니라 치안국의 제 동료들 모두가 아주 잘 알고 있는 사실이지요."

"그렇다면 이제부터 나에게 일어난 일을 상세히 말씀드리겠습니다…… 사흘 전에 나는 앞으로 사십팔 시간 동안 어딜 좀 다녀오겠노라고, 즉 백화점에 나오지 않을 거라고 직원들에게 미리 통보했습니다. 정확히 월요일 저녁에 그렇게 통보했으니, 화요일 내내 출근하지 않았어야 정상이죠…… 내 말 이해하십니까?……"

"물론입니다, 어서 계속하십시오."

"쥐브 씨, 나는 화요일 아침 예정대로 퐁텐블로에 있는 내 사유지 중 한 곳에 있었습니다. 거기서 여러 가지 정원 보수공사라든가 복구, 정비 작업을 지휘했지요. 관리인이 청구한 계산서 사본까지 일부러 이렇게 만들어 가져왔습니다. 한번 보시겠습니까?"

쥐브는 샤플라르 씨가 지갑에서 방금 꺼낸 종이를 기계적으로 살폈다.

"그런데요?"

"그런데 말입니다…… 내가 퐁텐블로에 있던 바로 그 화요일, 같은 날 같은 시각에 나라는 사람이 '파리 갈르리' 백화점에도 있었다, 이 말입니다!"

이번에는 쥐브도 다소 놀란 모양이었다.

"아니, 지금 무슨 말씀을 하시는 겁니까? 당신이 퐁텐블로와 '파리 갈르리'에 동시에 있었단 얘깁니까?"

"그렇습니다……"

"하지만 그건 불가능한 일 아닙니까……"

"불가능한 일이죠. 하지만 사실입니다……"

"맙소사!"

"증거를 보여드릴까요?"

샤플라르 씨는 지갑을 다시 꺼내더니, 또다른 종이를 끄집어내 쥐브 앞으로 내밀었다.

"이걸 좀 보십시오. 방금 전에 내가 화요일 오후 퐁텐블로에서 직접 챙긴 계산서 사본을 보여드렸지요…… 한데 이번에 보여드리는 건 그 화요일 오후 '파리 갈르리'에서 내가 쓴 편지랍니다…… 그러니 같은 날 같은 시각에 나라는 사람이 퐁텐블로에도 있었고 '파리 갈르리'에도 있었단 얘기가 되지 않습니까……"

이번에야말로 쥐브는 어안이 벙벙했다. 두 장의 문서를 면밀히 살피고 서명을 비교해보니, 정녕 뭐라 말해야 할지 알 수가 없었다.

언제부터인가 본능적으로 바짝 다가와 샤플라르 씨의 어깨 너머로 상황을 지켜보던 팡도르가 불쑥 끼어들었다.

"세상에, 그런 바보 같은 이야기가 어디 있습니까, 샤플라르 씨! 그날 퐁텐블로에 계셨다면, 저절로 '파리 갈르리'에는 안 계셨다는 얘기가 되지 않습니까!"

순간, 팡도르보다 예의범절이 좀더 철저한 쥐브가 말을 바로잡았다.

"분명히 뭔가 착오를 하신 게지요…… 이 편지를 월요일 저녁에 쓰고서 월요일과 화요일을 혼동하신 거 아닙니까?"

샤플라르 씨는 풀죽은 태도로 어깨를 으쓱하더니, 그대로 안락의자에 주저앉았다.

"아닙니다! 아니라고요! 확실하지 않거나 증거가 없으면 나는 아예 이야기를 하지 않아요!…… 그날 나는 퐁텐블로에 있었고, 또 '파리 갈르리'에도 있었던 겁니다……"

쥐브와 팡도르가 아무 말 없이 우두커니 지켜보기만 하자, 샤플라르 씨는 다시금 흥분하면서 말을 이었다.

"그 밖에도 참고할 만한 사실들이 더 있습니다…… 내가 어떻게 이 모든 괴이한 사실을 알게 됐느냐 하면, 하루 결근으로 인해 밀린 일거리를 살펴볼 요량으로 오늘 아침 백화점에 나가보았거든요…… 한데 일거리가 전혀 밀려 있질 않은 겁니다! 처음엔 어리둥절했지만 이내 참모들이 다 알아서 처리했으려니 싶어 슬쩍 물어보았죠."

"그랬더니요?"

"아, 글쎄 참모들 얘기가 내가 어제 백화점에 나왔다는 겁니다!…… 나와서 일을 했대요!…… 이런저런 지시도 내리고, 발송물에 서명도 하고 말이죠…… 손님들도 맞았다고 하지 않겠습니까!……"

샤플라르 씨의 음성은 무섭게 떨리고 있었다.

"……아, 그 모든 얘기를 들으면서 정말이지 머리가 터져버리는 것 같았습니다!"

딱한 처지에 빠진 '파리 갈르리' 사장은 말 같지도 않은 얘기를 마치자마자 의자에서 벌떡 일어나더니 쥐브의 손을 거칠게 움켜잡았다.

"이보십시오, 쥐브 씨! 당신은 이 불가사의한 일을 해결해줄 유일한 인물입니다. 그럴 능력을 충분히 갖추고 계신 분이에요…… 제발 부탁입니다, 이 사건을 책임지고 맡겠다고 약속해주십시오……"

쥐브는 샤플라르의 손을 점잖게 거두면서 말했다.

"지금까지 이야기하신 내용을 종합해보면 분명 괴이하고 뭔가 수상한 사건임은 틀림없습니다. 하지만……"

"하지만 뭡니까, 쥐브 씨?"

"어쩌면 아주 간단한 설명이 가능할 것도 같아요……"

"간단한 설명이라뇨?"

쥐브는 잠시 뜸을 들이더니, 종이쪽지에 서둘러 뭔가를 끼적이며 말했다.

"우리 논리적으로 한번 생각해봅시다. 어제 백화점에 나타난 당신을 목격했다는 사람들 말입니다…… 그 사람들이 누구죠?"

"우리 직원들하고 내 집무실 하인들…… 다 합해서 한 스무 명 정도 될 겁니다."

"그들이 모두 당신을 알아본 건가요?"

"모두 알아봤답니다!"

"그렇다면…… 당신이 백화점에서 무얼 했다고 하던가요?"

"아까 말씀드린 대로 일상적인 업무였다고 합니다. 발송물에 서명하고, 잡다한 지시를 내리고, 소송사건들 대책도 세우고……"

"일 처리가 능숙했다던가요?"

"아주 능숙했답니다."

샤플라르 씨는 잠시 기억을 더듬더니 말을 이었다.

"심지어 평소와 비교되게 예사롭지 않은 능숙함이 엿보였다더군요. 특히 이전에는 기대도 하지 않던 무척 유망한 거래를 성사시키기까지 했다는 겁니다!"

마침내 쥐브는 경악을 금치 못하는 표정으로 말했다.

"허어, 그것 참…… 그 거래 얘기는 정말 기상천외하군요! 그

거야말로 누군가 당신 역할을 가로챘을지 모른다는 가설을 받쳐 주는 얘기 같아요. 사실 그것만이 유일하게 가능한 설명일 겁니다. 아주 대단한 능력과 기지를 갖춘 누군가의 소행…… 즉석에서 당신을 대신해 참모들을 마음대로 부린다는 게 결코 쉬운 일은 아닐 테니 말입니다."

그쯤에서 샤플라르 씨는 다시금 쥐브의 팔뚝을 부여잡고 외쳤다.

"오, 아닙니다! 그건 아니에요! 보아하니 쥐브 씨, 당신은 지금 엉뚱한 길로 가고 있군요!…… 당신은 지금 내가 퐁텐블로에 있는 동안 누군가 대신 '파리 갈르리' 백화점에 들어가 사장 행세를 했다고 생각하는 거죠?"

"맞습니다!"

"오, 그럴 리는 없습니다!……"

"하지만……"

"아니에요, 그건 있을 수 없는 일입니다!…… 증거가 있어요. 오늘 아침 내 데스크매트 밑에 편지가 한 장 있었습니다. 아주 개인적인 편지로, 레몽드라는 이름의 백화점 여점원이 써 보낸 편지더군요. 그 아가씨는…… 사실 내가 좋아해서 마음에 두고 있는 여자지요…… 오늘 아침 그 편지를 처음 읽어보았는데, 레몽드 본인이 직접 갖다놓은 것으로 보입니다. 화요일 저녁에 말이죠…… 한데 그때는 내가 퐁텐블로에 있을 때인 겁니다!……

쥐브 씨, 내 얘기 듣고 계십니까? 화요일 저녁에 편지를 가져온 레몽드를 내가 직접 맞이했다는 뜻입니다!…… 그 편지를 펼쳐 본 사람이 바로 나란 말이에요…… 그녀 앞에서 직접 읽어보았고…… 흑심을 품고서…… 그녀와 얘기를 나누기까지 했다는 거 아닙니까!……"

"그랬다고 해서 아까 제시한 가설에서 달라질 게 뭐가 있죠?"

"만약 나 말고 다른 누군가가 내 역할을 했다면, 적어도 그 여자만큼은 눈치채지 않았겠습니까?"

쥐브는 다시 자리에서 일어서며 말했다.

"샤플라르 씨, 꼭 그렇다고 볼 수는 없습니다…… 한번 곰곰이 생각해보십시오. 누군가 당신 역할을 대신했다는 제 가설이 만약 정확하다면, 그 누군가는 필경 당신의 비서진은 물론, 경리 담당 직원들을 비롯해 '파리 갈르리'에 소속된 직원들 모두를 완벽히 속일 만큼 기막힌 변장술을 갖추었다는 얘기 아니겠습니까?…… 그런데 레몽드라는 그 아가씨 역시 속아넘어갔다고 해서 딱히 이상하다고 생각할 이유가 뭡니까?"

"하지만……"

쥐브는 더듬대는 샤플라르의 말을 단호하게 끊고 얘기를 이어갔다.

"아뇨, 더이상 논쟁의 여지도 없는 문제입니다, 샤플라르 씨! 어떤 인간들의 경우 제대로 마음먹고 변장을 하면 어느 정도까지 흉내가 가능한지 당신은 상상조차 할 수 없을 겁니다. 그런데도 아무도 당신 흉내를 내지 않았을 거라고 장담하십니까? 그렇다면 그 모든 괴이한 사태를 대체 어떻게 설명하시겠다는 건가요?"

"아…… 모르겠습니다! 모르겠어요!……"

"아뇨, 악마에 홀렸다는 식의 황당무계한 생각만 버린다면 충분히 이해할 만한 문제입니다."

백만장자 샤플라르 씨의 모습이 어찌나 처량해 보이는지, 쥐브는 입가에 어처구니없는 미소가 번지는 줄도 모르고 이렇게 덧붙였다.

"맙소사, 그렇게 감정적으로 흥분할 일이 아닙니다, 샤플라르 씨! 거듭 말씀드리지만 이건 의심할 여지 없는 사기사건이고, 당신은 그 피해자일 뿐입니다!…… 당신의 사업 현황을 익히 알고 있는 누군가가 당신 자리를 대신 꿰차고 들어가 감쪽같이 당신 흉내를 낸 거예요. 다른 가능성은 없습니다…… 게다가……"

"게다가 뭡니까, 쥐브 씨?"

"당신은 아까 말한 그 아가씨를 오늘 아침에 따로 불러 물어볼 생각도 하지 않으셨죠? 레몽드라는 아가씨 말입니다. 당시 사정을 물어보셨느냔 얘깁니다……"

"아뇨…… 사실을 말씀드리면, 그 아가씨가 백화점에 출근하지 않아서요……"

쥐브는 잠시 입을 다물고 있다가 느닷없이 이렇게 외쳤다.

"이것 보세요, 샤플라르 씨! 솔직히 말씀드려서 이건 정말 웃기는 이야기입니다!…… 다소 황당하게 느낄 수는 있는 사건이지만 그후 신변에 특별히 유감스러운 사태가 벌어진 것도 아니잖습니까? 물론 당신 입장에선 충분히 신경쓰일 만하다는 건 인정합니다…… 어쨌든 저를 믿으십시오. 내일 따로 찾아뵙도록 하겠습니다. 함께 약간의 조사를 진행하고 나면 사건의 진실은 이내 밝혀질 것입니다."

샤플라르 씨가 돌아가고 거의 두 시간가량이 흘렀다. 쥐브와 팡도르는 마주앉아서 '파리 갈르리' 사장이 찾아온 일에 대해 이런저런 이야기를 나누고 있었다.

둘의 의견은 철저하게 엇갈렸다.

젊고 패기 넘치는 신문기자는 사건 자체에 잔뜩 열을 올리는 입장. 그가 보기에 이건 황당하고 놀랍기 그지없는 사건이었다. 하지만 좀더 침착하고 냉정한 쥐브는 그저 사소한 사건 정도로 보고 있었다.

팡도르가 연신 의문을 제기하고 토를 달아도 쥐브는 계속해서 이렇게 대꾸하는 것이었다.

"별로 중요하지 않은 일이야! 전혀 흥미롭지 않다고! 자넨 과장하고 있어. 너무 열을 올리고 있단 말이네!…… 왜냐고? 이 사건을 한마디로 요약해볼까?…… 모든 것은 순전히 샤플라르가 머릿속에서 지어낸 얘기네! 샤플라르가 거짓말을 하고 있단 뜻이지!…… 목적이 뭐냐고? 그건 나도 모르네. 아마 그 사람만의 극히 개인적인 목적이 있을 거야…… 무엇보다 이 사건과 관련해 한 여인이 존재한다는 사실을 간과해선 안 되네. 백화점 여점원이라는 그 아가씨 말이야…… 흠, 자고로 여자가 문제될 경우에는 항상 경계하고 의심해볼 필요가 있지!"

그렇게 몇 번이고 회의적인 추론을 반복해서 늘어놓는 가운데, 갑자기 전화벨 소리가 요란하게 울렸다.

쥐브가 얼른 달려가서 받았다.

"여보세요! 여보세요!……"

그런데 가만히 수화기를 귀에 대고 있던 그의 낯빛이 별안간 파랗게 질리는 것이었다.

쥐브는 연신 이렇게 대꾸했다.

"저한테 맡기십시오…… 저를 믿어야 합니다……"

팡도르로선 무슨 이야기가 오가는지 도저히 짐작조차 할 수 없었다.

쥐브가 전화를 끊자마자 팡도르는 다그치듯 물었다.

"누구 전화인데 그래요?"

혼란스러워하는 기색이 역력한 쥐브는 다짜고짜 이렇게 소리쳤다.

"이보게, 팡도르! 사태가 심상치 않게 돌아가고 있네. 내가 바보였어! 이번 샤플라르 건은 심각한 사건이네!"

"심각하다뇨, 왜요?"

"방금 샤플라르 씨한테서 전화가 왔는데, 경리부 직원들을 만나서 알아보니 화요일 저녁에 자기를 사칭했던 자가 50만 프랑 정도를 도둑질해갔다는 거야……"

"세상에!"

"……한데 그보다 더 놀랄 일은, 그가 애정 공세를 펴오던 레몽드라는 여점원이 집에서 실종되었다는 사실이네……"

"맙소사!"

쥐브는 극도로 흥분한 상태에서 계속 말을 쏟아냈다.

"샤플라르 행세를 하고, 50만 프랑의 돈을 꿀꺽하는가 하면, 젊은 여자를 납치한 누군가가 따로 있다는 얘기지. 팡도르……아, 팡도르…… 뭔가 섬뜩하지 않나?……"

어느새 쥐브와 똑같은 생각에 이른 팡도르 역시 얼굴이 하얗게 질리면서 입술을 피가 나도록 깨물고 있었다.

"쥐브! 정녕 그렇다면…… 그 누군가는 그자일 수밖에 없어요!…… 아, 이건 말도 안 돼!……"

정말 큰일이었다! 쥐브는 얼른 상대의 말을 끊고 나섰다.

"무슨 소리! 정말로 그자가 활동을 재개한 거라면 말 안 되는 일이란 있을 수 없지!…… 어서 내일이 오면 좋겠군."

"내일이라뇨, 왜요?"

"그래야 '파리 갈르리'로 직접 가서 조사를 시작할 수 있으니까."

"지금 당장 시작하지 않고요?"

"아니야. 너무 서두르면 쓸데없이 남의 이목을 끌 수가 있어."

쥐브와 팡도르는 마치 약속이라도 한 듯 서로에게 다가가 짧고 신속한 포옹을 나누었다.

"쥐브!"

"팡도르!"

"정말 우리 짐작이 맞는다면……"

"그래, 우리 짐작이 맞는다면……"

조금 전까지만 해도 밝고 유쾌했던 실내 분위기가, 쥐브도 팡도르도 정확히 꼬집어 거론하지 않은 어떤 예상으로 인해 불현듯 어두워지고 있었다. 그것은 마치 태풍이 몰려오기 직전의 무겁고 답답한 기운과도 같았다.

그토록 침착하던 쥐브마저 떨리는 목소리로 이렇게 중얼거렸다.

"혹시 내가 오판을 하고 있는 건 아닐까?…… 아무튼 슬슬 전운이 감도는 것만은 분명해!……"

4

처녀와 창녀

“어이, ‘표범’, 내 말 알아듣겠어? 이해가 가느냐구! 절대로 실수해선 안 돼! 정말 술 취한 거 아니지?”

“아니라니까요!”

“하여튼 당신 같은 여자들과 뭘 하려면 속 편할 날이 없다니까…… 툭하면 벌벌 떨고 잔소리할 생각만 하는데 어찌 내 속이 안 타겠느냐고…… 아, 그렇게도 겁이 나나?……”

“글쎄 아니라니까, ‘가스불’!”

“아니다, 아니다…… 그저 아니라고만 하지…… 그러기만 하면 만사 오케이라고 생각하는 거야?…… 이봐, ‘표범’, 당신은 그저 저 인형만 잘 지키고 앉아 있으면 돼. 난 좀 돌아다니다 올 테니까…… 잘 보고 있어야 해!”

"어딜 가는데요?"

"그야 '보물단지' 주인한테 가는 거지……"

"그게 누군데?"

"그게 누구냐고? 당신의 혀가 축음기보다 잘 돌아간다는 걸 뻔히 아는 내가 그걸 말해줄 거라 생각하나? 어림 반푼어치 없는 소리 작작 하셔! 도대체 나를 뭘로 보는 거야? 어쨌든 이 정도로 끝내지…… 당신하고 말싸움할 여력도 없으니까…… 거기 내 모자나 이리 줘……"

"일찍 돌아올 거죠?"

"그거야 올 때 되면 오는 거지……"

"나는 나가면 안 되고?……"

"안 돼, 당신은 가만히 처박혀서 놀고먹기만 하면 돼."

'가스불'과 그의 정부 '표범'은 역겨운 냄새가 진동하는 지저분한 방에서 그렇게 토닥토닥 얘기를 나누고 있었다. 벽에는 마지못해 낸 것처럼 코딱지만한 창문이 답답한 쇠창살과 더불어 자리잡고 있었다. 거기를 통해 새어드는 보잘것없는 햇살도, 그나마 실내를 채우고 있는 흉한 집기들을 생각하면 과분한 빛으로 느껴질 정도였다.

그럼에도 막상 '가스불'과 '표범'은 궁색하기 짝이 없는 거처 따위는 안중에도 없었다. 앙상한 체격에 걸음걸이가 휘청거리는데다, 사악하고 음탕한 분위기까지 겸비한 건달 '가스불'이 신경쓰는 문제는 오직 하나, 잘 먹고 잘 퍼마시고자 하는 욕구뿐이었다!

그런가 하면 짜리몽땅한 키에 뒤룩뒤룩 살이 찐 '표범'의 경우는, 아무것도 하지 않고 평생 빈둥거리며 사는 것이 바라는 전부였다!

그러니 아무리 빈티 철철 넘치는 지저분한 집구석도 안주인의 추저분한 천성을 고려하면 그나마 준수한 편이라고 해야 맞을 터였다.

한데 '표범'과 '가스불'은 서로 어떻게 알게 된 것일까?

그것은 매춘부와 건달을 맺어주는 모든 인연에 공통된 진부한 이야기일 뿐이다. 요컨대 어느 하루 파리의 옛 성곽 근처, 이를테면 '마로니에 블뢰' 같은 무도회장에서 둘이 마주쳐 아무 춤이나 닥치는 대로 추다가, 어찌어찌하여 함께 밤을 지내고, 그러다 보니 살림까지 한데 차린 경우였다.

'가스불'이 하는 일이라곤 아무것도 없었다. 먼 옛날 배관공 일을 좀 배운 기억은 어렴풋이 나는데, 그나마 너무 희미해서 쓸모는 전혀 없었다. 게다가 그때의 일을 이따금 떠올리는 것조차도 나른한 대기와 따스한 햇살에 알맞게 데워진 슬레이트 지붕 위에서 느긋하니 즐기던 낮잠의 달콤함을 반추하기 위함이었으니!

'가스불'은 일해서 돈을 벌겠다는 생각을 버린 지 이미 오래였다.

그는 가끔 이런 말을 했다.

"뭔가를 하느라 애쓰고, 땀 흘리고, 손이나 상하는 건 내가 할 일이 아니지…… 아무렴! 그 누구도 나더러 그런 고생 하라고는 말 못해. 돈이 필요하면 그냥 챙기면 될 일. 그게 훨씬 낫다니까. 더 간단하고, 덜 피곤하고 말이야……"

도대체 돈을 어디서 챙긴단 말인가? 분명 자기 금고에서 꺼내오는 건 아닐 터. 복대를 두둑이 채운 채 순풍에 돛 단 것처럼 룰루랄라 귀가하는 그의 모습을 '표범'도 이따금 보긴 했지만, 그 점에 관해서만큼은 어떤 환상도 품지 않고 있었다.

"어디서 그러고 오는지는 모르지만, 또 어떤 얼간이나 등쳐먹었든지 남 호주머니 슬쩍한 거겠지…… 아니에요?"

이럴 경우 절대 대답을 하지 않는다는 것이 '가스불'이 세운 원칙이었다. 일단 여자가 꼬치꼬치 캐묻는 것이 질색이었고, 특히 '표범'에게는 자신이 하고 다니는 일을 절대 알리지 않았다. 단, 예외적으로 술을 너무 많이 마셨을 땐, 이런저런 얘기를 용감하게 털어놓기도 했다.

"아, 글쎄 그렇게 눈 돌아가지 않아도 돼, 벌어먹을. 겁난다고 이빨 덜덜거릴 필요도 없다니까. 그냥 어디 가서 슬쩍해온 거니까……"

그나마 이 정도까지가 '가스불'의 입에서 튀어나오는 이야기의 전부였다.

그렇다면 혹시 정직하게 돈 버는 일이라면 한사코 마다하는 이 한심한 인간이 급기야 남 호주머니 터는 것보다 더 험악하고 사악한 짓에 맛을 들이는 건 아닌가?

그런 의심을 충분히 해볼 만했다. 사실 '가스불'은 건달세계에서 제법 지명도가 있었고, 그런 지명도는 적어도 수중에 칼이나 총을 지녀야 얻어지는 것이었다. '표범'이 질겁하는 것도 바로 그런 점이었다.

'표범'은 그리 나쁜 여자는 아니었다. 왕년에는 가사를 돌보는 하녀였다가 천성이 게으른 탓에 거리의 여자로 전락한 처지…… 저잣거리의 수치스럽거나 체면 구기는 일이라면 안 해본 일이 없을 정도지만, 도둑질만큼은 감히 엄두를 내본 적이 없었다. 하물며 그 이상의 범죄 행위야 말해 무엇하랴!

그럼에도 '표범'은 '가스불'을 사랑하고 있었다. 평균 일주일에 엿새는 술을 마셔 늘 취해 있는 상태나 다름없어서 탈이지, '가스불'도 술만 안 마시면 자기 여자에게 딱히 거칠게 구는 타입은 아니었다.

'표범'은 마음이 내킬 때면 이웃 아낙네들을 상대로 이렇게 털어놓곤 했다.

"그이는 툭하면 마셔대고 이따금 손찌검도 하는데다, 내가 물에 빠져도 눈 하나 깜짝하지 않을 사람인 줄 내 알지만, 그래도 나더러 억지로 몸 팔아 돈을 대라고는 하지 않는다오. 가만 보면 그다지 몹쓸 인간은 아닌 거지……"

실제로 '가스불' 같은 위인이 자기 정부를 수치스러운 거리 매춘으로 내몰지 않는다는 것은 특기할 만한 사실이므로, 사람들은 다들 그를 칭찬하고 알아주는 편이었다. 하지만 생각과는 조금 다른 실상을 알게 된다면 그렇게까지 좋게 봐주지는 않을 터였다. '가스불'이 자기 여자를 밖으로 내돌리지 않고 '집에 처박혀 놀고먹으라'고 하는 이유는 아무데서나 조동아리를 놀리는 그녀의 가벼운 입버릇이 못 미더워서였던 것이다!

마침내 '가스불'은 밖으로 나가 등뒤로 문을 닫고는, 호주머니에 손을 찔러넣은 채 멀어져갔다. 잠시 후, 관리인 앞을 지나칠 때마다 그가 으레 던지는 "안녕하쇼, 아줌마"라는 소리가 '표범'의 귀에까지 들려왔다. 이제 그녀는 혼자 남았다.

그러자 마치 혼자 있게 되어 긴장이 풀린 듯, '표범'은 모처럼 늘어지게 기지개를 켜더니, 노래까지 흥얼거리며 지저분한 방안을 빙글빙글 도는 것이었다. 그리고 어느 순간 자신의 생각을 큰 소리로 나불대기 시작했다.

"됐어, 이제야 나가셨군. 한데 대체 어딜 간 거야? '보물단지' 주인이라니…… 보나마나 또 역겨운 인간 하나 꿰찼나본데…… 거 무지 궁금하네……"

'표범'은 그렇게 혼잣말을 지껄이다 말고 방 한가운데에 멈춰섰다. 그러고는 주먹 쥔 손을 허리춤에 얹은 채 고개를 숙이고 뭔가 골똘히 생각하는가 싶더니, 다시 이렇게 중얼거렸다.

"정말이지 궁금해죽겠어…… 틀림없이 또 뭔가 수상쩍은 일을 꾸미는 모양인데…… 그나마 이번 건은 꽤 짭짤한 모양이지……"

'표범'은 갑자기 요란스레 코를 킁킁거렸는데, 그건 뭔가 기분이 대단히 흡족할 때 나타나는 그녀만의 버릇이었다. 그녀는 손가락을 잽싸게 움직여 길고 치렁치렁한 머리채를 풀어 헤쳤다가 다시 말아올린 다음 핀으로 쪽을 쪄 고정하고는 생각에 잠겼다.

'아무래도 좀 알아봐야겠어. 저 여자라면 뭔가 내게 털어놓을 얘기가 있을 거야, 암!'

창녀는 뒤축이 달아나 너덜너덜해진 신발을 질질 끌다시피 하며 방을 나섰다. 어둠침침하고 악취 풍기는 복도를 더듬더듬 지나 어느 곳에 이르자, 그녀는 뉘어놓은 사다리를 세워 벽에 기대고는 한 단 한 단 기어올라갔다.

도대체 '표범'은 어디로 가는 것일까?

'가스불'과 '표범'이 사는 곳은 사실 여러모로 이상야릇한 장소였다. 원래 '가스불'과 친하게 지내던 어느 장의사師가 살던 곳인데, 그 가엾은 인간이 뇌출혈로 세상을 뜨자 임종을 지켰던 '가스불'의 차지가 된 것이다.

장례식에 참석했던 '가스불'은 그날 저녁 '표범'을 만나 이렇게 말했다.

"내가 말이야, 굉장한 곳을 하나 발견했거든. 내일 우리 살림을 거기로 옮길 테니 그리 알아."

그렇게 해서 바로 다음날 두 사람은 망자가 살던 집으로 이사했다. 장소는 생 투앙 들판의 아주 남루한 구역. 온갖 쓰레기와 고철 조각, 잡동사니가 매일같이 나뒹구는데다 썩은 물이 이곳저곳에서 흘러나오는 공터 한쪽 구석에 자그마한 2층짜리 누옥이 자리잡고 있었다. 1층에는 방이 두 개이고, 사다리와 뚜껑문을 통해 평범한 다락방 겸 2층 공간으로 드나들게 되어 있었다. 옛날에는 헛간이나 외양간으로 쓰였을 게 분명한 건물이 어느 시기 다소 괴팍한 성향의 주인을 만나 모든 벽이 석회로 하얗게 도색되면서 어엿한 살림집으로 거듭난 것이다.

사다리를 다 기어오른 '표범'은 머리 위 뚜껑문을 열고 지붕 밑 다락방으로 상체를 쑥 들이밀었다. 그러면서 혹시 바깥으로 소리가 새어나가지 않을까 무척 신경쓰는 눈치였다.

다행히 옆 건물에서 들려오는 귀에 익은 일상의 소음은 그 누구도 이쪽에서 일어나는 일에 주의를 기울이지 않고 있음을 말해주었다.

그녀는 한쪽 무릎으로 엉거주춤 바닥을 짚은 채 나직이 속삭였다.

"어이, '보물단지', 거기 있어?"

아무 대답도 없었다.

'표범'은 다시 물었다.

"이봐, '보물단지', 거기서 뭐하고 있는 거야? 나도 해칠 생각은 없다구! 그런데도 내가 꼭 올라가야 되겠어?"

여전히 묵묵부답이었다.

'표범'은 슬슬 당황하기 시작했다.

얼른 주위를 두리번거려도, 온갖 고철 조각과 폐품이나 다름없는 가구들, 케케묵은 잡동사니들만 을씨년스럽게 쌓여 있을 뿐 사람의 흔적은 느껴지지 않았다. '표범'은 세번째로 약간 소리를 높여 내뱉었다.

"이봐, '보물단지', 허튼짓하면 좋지 않아!…… 어딘가 숨어 있다면 내 말 잘 들으라구…… 난 뜸들이고 비싸게 구는 거 절대 못 봐줘……"

창녀는 이미 어느 정도 약이 올라 있었다. 두 주먹을 불끈 쥐고서, 자기 몸 하나 방어하는 것은 물론 여차하면 상대를 공격할 태세까지 취하는 것이었다.

하지만 다락 어디에도 인기척 하나 없기는 마찬가지였다.

썰렁할 정도로 너른 공간에 투박하기 짝이 없는 여자의 목소리만 울려대니 그 적막함이 더욱 적나라하게 느껴졌다.

잠시 숨을 고르고 나서 '표범'은 다시금 목소리를 낮춰 중얼거렸다.

"맙소사! 잘못해서 죽어 나자빠진 거 아니야?…… 그럼 '가스불'이 노발대발할 텐데. 난 오늘 저녁 맞아 죽을 테고……"

마지막으로 목청을 높여 불러보는 창녀……

"어이, '보물단지'!…… '보물단지'!"

'표범'은 결코 인내심 많은 여자가 아니었다. 마침내 그녀는 다락방 안으로 훌쩍 올라섰다. 약이 바짝 오르고 속이 부글부글 끓는 눈치였다.

"만에 하나 나랑 놀려고 이러는 거라면 단단히 경칠 줄 알라구! 난 다른 건 몰라도 허세부리는 인간은 딱 질색이야……"

그렇게 으르렁대면서 창녀는 다락방 안의 온갖 잡동사니를 마구 헤집기 시작했다.

부서진 의자와 아이 요람, 큼직한 병풍과 낡은 상자들을 구석으로 거칠게 몰아대는 가운데, 옆이 휑하니 터진 매트리스가 문득 그녀의 눈에 들어왔다.

"어이, '보물단지'! 드디어 네년 잠자리가 보이는구먼! 이제 슬슬 대답 좀 하지그래……"

그러나 흔들림 없는 적막은 여전했다.

점점 부아가 치미는 '표범'…… 매트리스 한 귀퉁이를 와락 움켜잡아 한쪽으로 거칠게 젖히며 소리쳤다.

"어서 대답을 하란 말이야!"

순간 '표범'은 질겁한 얼굴로 동작을 덜컥 멈추었다.

"아이고, 내 이럴 줄 알았다니까…… 이 여자가 아예 골로 가버렸잖아!…… 하여튼 곱게 자란 계집년들이란 항상 이렇다니까!…… 아, 큰일났네. 이를 어쩐다……"

그녀는 두 팔을 부들부들 떨면서 그 자리에 한동안 우두커니 서 있었다. 넋 나간 듯 멍한 그녀의 시선이 가닿은 바닥에는 젊은 여자의 몸뚱어리가 축 늘어진 채 뻗어 있었다!

하지만 '표범'은 중요한 결정 앞에서 주저하며 오랜 시간을 허비하는 여자 또한 아니었다.

보아하니 바닥에 누워 있는 젊은 여자는 두 손이 묶인 것은 물론 두 발까지 벽에 연결된 묵직한 쇠사슬로 결박당한 채 미동조차 없는 상태였다.

무릎을 꿇고 앉아 얼마나 그렇게 이리저리 살피고 있었을까. 별안간 '표범'의 입에서 거의 짐승 울부짖음에 비할 만큼 지랄맞은 외마디 비명이 터져나왔다!……

그러면서도 엉거주춤 상체를 숙인 그대로 꼼짝도 하지 못하는 것이었다. 하얗게 질린 '표범'의 얼굴에서는 식은땀만 뚝뚝 떨어지고 있었다.

사정인즉 이랬다…… '파리 갈르리'의 젊은 여점원 레몽드 양이 양손이 굵은 밧줄로 결박당한 상태에서도 놀랄 만한 유연성과 순발력을 발휘하여 눈 깜짝할 사이에 몸을 뒤집어 '표범'의 한쪽 손목을 덥석 움켜잡았던 것! 동시에 주짓수유술柔術에서 가르치는 싸움 비법 중 하나인 꺾기 기술을 동원해 그 손목을 맹렬히 비틀어버렸다!……

전혀 예상치 못한 고통에 휩싸인 '표범'은 숨을 헐떡이는 가운데 옴짝달싹할 수가 없었다.

여전히 쥐죽은듯 적막한 방안에서 레몽드가 비상하리만치 침착한 목소리로 속삭였다.

"나도 최소한 힘 한번 쓰지 못한 채 당했다는 얘기가 돌아서는 안 되잖아, 안 그래?…… 자, 똑바로 앉으시지!"

"이, 이거 놔……"

"지금 농담해?"

"손목 부러지겠어……"

"오, 천만에! 말만 잘 들으면 다치는 일 따위는 없을 거야……"

레몽드가 마침 손에서 살짝 힘을 빼준 덕에 극심한 통증에서 벗어난 '표범'은 두려움에 벌벌 떨고 있었다.

'가스불'의 가엾은 동반자는 도움을 구하듯 퀭한 눈으로 주변을 두리번거렸다. 하지만 레몽드는 결코 상대에게 여유를 허락할 만큼 만만한 여자가 아니었다. 즉시 매몰찬 일갈이 이어졌다.

"똑바로 앉으라니까!…… 그리고 입 다물어! 내 허락 없이 한 마디만 하면 당장 손목 부러뜨리는 기술을 다시 쓸 테니까!…… 알겠지?"

'표범'은 허겁지겁 고개를 끄덕였다.

"오, 알았어, 알았다구, 얌전히 있을게…… 옴짝달싹 안 하면 되잖아…… 그러니 날 좀 놔줘……"

하지만 레몽드로부터 돌아온 대답은 요란한 웃음뿐이었다.

"오호호호, 바보 같은 소리! 당신이 부탁한 대로 놔주면 상황이 나한테 좋게 돌아갈 리가 없는걸!…… 안 될 말이지…… 이 다락방에서 빠져나가기 전에는 절대로 놔줄 수 없어!"

"여기서 나가겠다고?…… 설마 진짜 그렇게 생각하는 건 아니겠지?"

레몽드는 지극히 침착한 목소리로 단언했다.

"앞으로 십 분 후, 나는 자유의 몸이 될 거야!……"

"설마……"

"아니, 꼭 그렇게 돼!……"

레몽드는 별로 힘도 들이지 않는 것처럼 다시 손목에 힘을 가했고, '표범'은 그에 따라 또다시 비명을 내질렀다.

"으아!…… 이런 빌어먹을!…… 나쁜 년!……"

하지만 아무리 욕을 해도 레몽드의 동작은 한 치의 흔들림 없이 단호했다. 그녀는 다시 꺾기 힘을 조절하면서 질문을 던지기 시작했다.

"입 닥치고, 이제 내가 묻는 말에 대답이나 해!…… 당신 누구야?"

"그건 알아서 뭐하게?…… 뭘 바라는 거야?"

순간 레몽드의 눈에 불꽃이 번득였고 표정도 험악해졌다. '표범'은 아차 싶었는지 얼른 말투를 바꿨다.

"아, 알았어요, 알았어…… 그냥 천박한 여자가 떠들었다 치고 제발 화내지 마요…… 내가 누구냐면…… '표범'이라고 해요……"

"날 납치한 사람의 여자인 모양이지?"

"맞아요, '가스불'의 애인……"

"그자가 '가스불'이야?"

"아니…… 네…… 뭐, 그런 셈이죠……"

'표범'은 거의 제정신이 아닌 듯했다.

레몽드에게 한쪽 손목을 완전히 내맡긴 상태에서 감히 저항하거나 발버둥칠 엄두조차 내지 못하고 있었다. 제대로 덫에 걸린 짐승처럼, 빠져나갈 생각일랑 눈곱만치도 할 수가 없었다.

이제 '표범'은 자신에게 또박또박 명령조로 말하는 이 비범한 여자에게 완전히 기가 꺾여 있었다.

이번에는 창녀가 조심스럽게 물었다.

"이제 나를 어떻게 할 거예요?…… 그만 놓아줘도 되지 않아요?"

"아직 아니야……"

레몽드는 잠시 머릿속에서 생각을 굴리는가 싶더니, 마음을 정했는지 불쑥 이렇게 말했다.

"허튼짓할 생각일랑 버리는 게 좋아, 알겠지?…… 지금부터 철저히 진실만을 말해야 해…… 도대체 당신 남자가 왜 나를 납치해온 거지?"

"그건 나도 몰라요!"

"거짓말!"

"아니, 진짜예요!"

"거짓말이야!…… 누군가 돈을 주고 시켰겠지? 자기 뜻대로 일을 저지른 게 아니란 얘기야. 누가 나를 납치해오라고 시킨 거지?…… 그게 누구야?"

"몰라요!"

"아니, 알고 있어!…… 팡토마스지?"

"팡토마스라니? 천만에요! 그럴 리 없어요! '가스불'은 그 패거리에서 나온 지 이미 삼 년이 넘었다구요!"

순간 레몽드의 입술 사이로 슬그머니 안도의 한숨이 새어나왔다. 실은 '가스불'과 '황소눈알'에게 납치당한 그 순간부터 이 가엾은 처녀는 혹시 자신이 대적해야 할 상대가 저 무시무시하고 불가사의한 공포의 거장이면 어쩌나 하는 우려를 매 순간 곱씹어왔던 것이다……

그렇더라도 지금이 그런 우려에 매달려 의혹 따위나 씻고 있을 때인가?

레몽드는 얼른 목소리를 가다듬고는 이렇게 말했다.

"좋아, '표범.' 그까짓 건 상관없어…… 당신 남자에게 돈을 지불한 사람이 팡토마스든 다른 누구든, 우선 당신은 내가 이곳을 빠져나가도록 좀 도와줘야겠어……"

순간 '표범'은 갑작스러운 동작으로 후다닥 몸을 일으키려 했다. 사실 조금 전부터 '가스불'의 정부는 될 수 있는 한 얌전히 굴면서, 자신을 꼼짝 못하게 옭아매고 있는 여자를 안심시키려 애쓰고 있었다……

"에잇, 나도 더는 못 참아!……"

하지만 발끈하며 높아지던 '표범'의 목소리가 애처로운 비명소리로 바뀌는 건 순식간의 일이었다.

"아아!…… 안 돼!…… 아, 제발…… 살려줘……"

상대가 빠져나가기 직전, 그러지 않아도 내심 경계를 늦추지 않고 있던 레몽드가 더 잽싸고 우악스럽게 손목을 비틀어버린 것이었다!

"더는 못 참으시겠다?…… 그렇담 좋은 결말도 기대하지 말아야지…… 자, 어때?…… 얌전히 굴 거야, 말 거야?……"

레몽드가 비웃듯이 일갈하자, '표범'은 거친 신음 소리와 더불어 간신히 입을 움직였다.

"아아…… 도대체 나더러 어떻게 도와달라는 거야?……"

"일단 날 묶고 있는 이것들부터 풀어."

"그, 그럴 순 없어……"

"아니, 할 수 있어!"

"안 된다니까……"

"아무래도 안 되겠군!"

레몽드는 지지리도 말귀를 못 알아듣는 여자의 손목을 좀더 단단히 그러쥐었다. 그러자 미처 손목을 꺾기도 전에 곧장 반응이 왔다.

"아아…… 안 돼! 안 돼!…… 제발 아프게 하지 마요!…… 나는 당신 납치에 가담하지 않았다고요!……"

하지만 레몽드는 듣는 둥 마는 둥 하며 이렇게 말했다.

"그건 상관없다고 말했을 텐데! 누가 날 납치했는지는 이제 별로 중요하지 않아…… 내 말 잘 들어, '표범.' 당신은 내가 이곳에서 빠져나가도록 도와줘야 해!…… 반드시 그래야만 한다고, 알겠어?…… 나를 돕지 않는데도 이 손목을 놓아줄 바엔 차라리 지금 당장 확!……"

"아악, 제발!……"

"왜, 못할 것 같아?"

아닌 게 아니라 '파리 갈르리'의 이 당차고 예쁘장한 여점원은 얼마든지 용감하고 힘이 넘치며, 때론 무시무시한 행동까지 서슴지 않을 것처럼 보였다. '표범' 정도의 상대를 놓고 벌이는 싸움에서 어영부영 꼬리를 내리기엔 뿜어져나오는 기백과 내공이 왠지 만만치 않아 보인다고나 할까……

이제 '표범'은 애걸복걸 하소연하기 시작했다.

"도대체 나더러 어떻게 하란 말이에요?…… 무엇보다 이렇게 손목을 틀어쥐고 있으니 내가 꼼짝도 할 수 없잖아요! 게다가 당신은 지금 쇠사슬에 묶이고 자물쇠까지 채워져 있기 때문에 내가 도저히 해결할 수가 없어요……"

그런데도 레몽드는 더욱 확고해진 목소리로 대꾸할 뿐이었다.

"당신이 날 풀어줘야만 해!"

'표범'은 거칠게 머리를 젓더니, 이렇게 말했다.

"오, 하느님 맙소사! 대체 이게 무슨 꼴이람…… 차라리 나한테 구체적으로 이래라저래라 지시를 해요! 그렇게 불가능한 얘기만 되풀이하지 말고!"

그러고 보니, 일방적으로 고집을 부린 감도 없지 않았다.

레몽드는 비로소 조목조목 지시하기 시작했다.

"호주머니부터 뒤집어봐! 한쪽 손은 자유로우니 어렵진 않을 거야…… 아 참, 명심해. 조금이라도 허튼짓을 할라치면 그 즉시……"

굳이 말로 다 할 필요조차 없었다. 상대의 이미 욱신거리는 손목에 약간의 힘만 주자, 그 어떤 위협이나 경고보다 신속 명확한 효과가 얻어지는 것이었다!

"아…… 아야…… 이번에는 아무 말도 안 했잖아요…… 당장 호주머니를 까뒤집어 보이면 되죠!……"

'표범'은 자유로운 한 손으로 허겁지겁 치마를 걷어올리더니, 속치마에 붙은 큼직한 주머니를 비우기 시작했다.

"도대체 뭘 원하는 거예요? 보세요, 별거 없잖아요!"

"계속 꺼내봐!"

"이건 내 손수건이고……"

"어서…… 어서 계속해!"

"이건 내 지갑……"

"또!"

"이게 다라니까. 아야…… 좋아요, 이건 주머니칼…… 이걸 찾은 거예요?"

"계속 꺼내봐, 계속!…… 정말 으스러지고 싶어?"

"알았어, 알았다구…… 근데 이걸 어떻게 알았지?…… 아아…… 에잇, 빌어먹을……"

'표범'이 주머니 속에서 단단한 권총 한 자루를 꺼내는 순간(그녀는 정말로 레몽드를 속여서 기회를 만들려 했던 것이다), 레몽드는 한층 더 과격하게 상대의 손목을 비틀었다. 이번에는 통증이 어찌나 심한지 '표범'은 더이상 버티지 못하고 그 자리에 쓰러짐과 동시에, 사용해보지도 못한 권총을 그만 떨어뜨리고 말았다.

결국 상황은 레몽드의 의도대로 진행된 셈이었다. 레몽드는 일단 '표범'이 숨을 돌리고 기운을 차릴 때까지 기다린 뒤, 여전히 그녀의 손목을 틀어쥔 채 이렇게 지시했다.

"자, 이제 내 말 잘 들어! 당신 발로 그 권총을 내 손에 가깝게

밀어줄 수 있겠지? 내가 집을 수 있도록 말이야…… 아니! 손으로 하지 말고 발로 하란 말이야, 발로!…… 내 쪽으로 밀어!…… 그렇지!…… 좋았어!"

'표범'은 레몽드가 요구한 동작을 비교적 정확하게 이행했다. 그 덕분에 이제 레몽드는 권총으로 무장한 상태가 되었다.

"그것 봐, 결국 서로 협동하게 되어 있잖아…… 자, 이제 만에 하나 당신이 날 놔두고 도망치려 하면 그 머릿속에 총알을 박아 넣어줄 테니 명심해!…… 내 말 알아듣겠지?"

'표범'은 얼떨떨한 표정으로 고개를 끄덕이더니 이렇게 물었다.

"그나저나 내가 총 가진 거 알고 있었던 거예요?"

"당연하지…… 아까 무릎 꿇고 앉아 있을 때, 치마 너머로 두툼하게 튀어나온 부분이 다 드러나던걸…… 자, 지금부터는 당신의 주머니칼로 이 손의 밧줄을 좀 끊어줘야겠어!…… 어서! 서둘라고!"

"아이고…… 정말…… 이를 어쩐다……"

"기어이 그 머리통을 박살내주길 바라는 거야?"

'표범'은 어쩔 수 없이 또 복종해야만 했다. 반면 양손이 묶인 상황에서도 교묘하게 권총을 손에 넣은 레몽드는 상대를 효과적으로 위협하며 지배하고 있었다.

"농담하는 거 아니야, '표범'…… 빨리 해!"

레몽드의 손목을 묶고 있던 밧줄은 이 분여 만에 끊어졌다.

양팔이 자유로워진 뒤에야 그녀는 '표범'의 손목을 놓아주었다.

창녀가 훌쩍 뒤로 물러나자, 레몽드는 팔을 쭉 뻗어 상대를 정확히 조준한 채 말했다.

"오호, 아직은 몹쓸 짓 하면 안 되지…… 내 발목을 묶고 있는 쇠사슬은 여전하거든…… 자, 자, '표범', 이제 나한테 역부족인 걸 인정할 때도 됐을 텐데?…… 공연히 시간낭비 말고, 어서 이 쇠사슬이나 풀어!……"

한데 이번에는 목숨까지 위험한 지경에 처했음을 느끼면서도 '표범'이 이를 부득부득 갈며 발악하는 것이었다.

"차라리 날 죽여라!…… 내겐 열쇠가 없단 말이야!…… 이건 정말이라구!……"

하지만 레몽드는 이미 충분한 대책을 마련하고 있었다.

"열쇠는 저기 있어. 저기 오른쪽 트렁크 밑에…… '가스불'이 그 밑에 감추는 걸 내가 살짝 봤지…… 그러니 어서 그걸 꺼내 가져와, 빨리!"

권총을 겨누고 있으니, 또다시 복종하는 수밖에 달리 방도가 없었다.

'표범'은 자물쇠를 열면서 신음 섞인 넋두리를 토해내기 시작했다.

"아이고, 맙소사…… 이를 어째…… 난 이제 내 남자한테 죽었다……"

그러자 열쇠를 꽂을 때부터 안도의 한숨을 토해내며 일어서 있던 레몽드가 한껏 비웃는 표정으로 이렇게 말했다.

"이 마당에 고작 당신 남자의 반응이 걱정돼?…… 이봐요, '표범.' 차라리 그 남자 면전에 대고 '이 어리석은 놈아!'라고 한마디 쏘아주는 게 어때? 적어도 나 같은 여자를 납치해 가두었을 땐 본인 스스로 단단히 지켰어야 한다고 말이야…… 뿐만 아니라, 조만간 내가 직접 다시 찾아뵙겠다는 말도 좀 전해주면 좋겠군…… 자, 그럼 이만!"

'표범'은 그야말로 아연실색한 얼굴이었다.

불현듯 상황 판단이 되었는지 그녀는 뚜껑문을 향해 뚜벅뚜벅 걸어가는 레몽드 앞을 실성한 여자처럼 몸을 날려 막아섰다. 이번에야말로 모든 걸 각오한 모습이었다.

"못 가!…… 가려거든 날 밟고 넘어가야 할 거야!"

그러나 앙칼지게 외치고 나섰음에도 불구하고, 이번 역시 여타 다른 시도들과 마찬가지로 금세 무력화될 운명이었다.

손에 권총을 그러쥔 레몽드는 창녀의 갑작스러운 발악에도 별로 흔들리는 기색 없이 곧장 그 앞으로 다가갔다.

"내가 못 간다고? 정말 어리석은 여자네!…… 어서 비켜, 안 그러면 쏜다!"

레몽드가 위협적인 기세로 다시 한번 팔을 쭉 뻗었다. '표범'은 한 치의 빈틈도 없이 완강한 상대의 태도에 자기도 모르게 주춤주춤 뒤로 물러서고 있었다.

사실 주먹만 불끈 쥐었지 '표범'은 아무것도 할 수 없었다. 그저 그렇게 레몽드를 놓아주는 수밖에……

그로부터 한 시간 후, 다락방에서는 '표범'이 부들거리는 사지를 추스르며 부서진 의자와 아이 요람, 큼직한 병풍과 낡은 상자, 옆이 터진 매트리스 등등, 지금은 자유의 몸이 되어 훨훨 날아가버린 여인의 흔적을 정돈하고 있었다.

애인이 이 광경을 보면 뭐라고 할지 여간 걱정되는 것이 아니었다.

심지어 이 누옥에 당장이라도 경찰관을 비롯한 여러 사람들이 앙갚음하겠다며 난입해 들어올까봐 두렵기까지 했다!……

'표범'은 갑자기 온몸에 오한이 스미는 것을 느꼈다. 아래층, 레몽드가 빠져나갔을 바로 그 문이 요란하게 열렸다가 닫히는 소리가 들린 것이다. 몇 발짝 사람 발소리도 따라 들렸다. 잔뜩 긴장한 채 귀기울이고 있던 '표범'은 금세 누구의 발소리인지 감지했다.

"아이고…… 난 이제 죽었네…… 틀림없이 저건 '가스불'이야…… 내가 내려가면 곧바로 먹이가 날아가버린 걸 알 테고, 이제 난 끝장이다…… 아, 망했어!"

아니나다를까, 아래층에서 우락부락한 목소리가 솟구쳐올라왔다.

"어이, '표범'! 어디 있어? 낯짝 좀 들이밀어봐! '황소눈알'하고 같이 왔어! 어서 술 좀 내오란 말이야!"

"네, 잠깐만 기다려요! 곧 갈게요!……"

무엇이든 기다리는 건 질색인 '가스불'은 어느새 구두 소리를 내며 사다리를 한 단 두 단 기어오르고 있었다……

5
팡토마스의 서명

샤플라르 씨의 숙련된 하인 다니엘이 사장 집무실 문을 조심스럽게 열었다.

보통 아침 시간엔 백화점에 잘 나오지 않는 샤플라르 씨가 그날따라 이른 시각 이미 집무실에 나와 앉아 있는 것은 물론, 딱 한 사람을 제외하고는 어떤 손님도 들이지 말라고 지시해둔 상태였다. 그 '한 사람'이란 오전 열시 반에 방문하기로 되어 있는 쥐브 형사.

쥐브라니!

하인은 겉으론 멀쩡해 보여도 내심 적잖이 놀라고 있었다.

세상에, 쥐브라니! 그 이름을 어떻게 모른 척할 수 있단 말인가! 벌써 탐정들의 제왕, 형사 중의 형사의 실루엣이 아련히 떠오르지 않는가! 신문 지상에서 그 유명한 치안국 경감의 이름을 접하며 얼마나 자주 짜릿한 감동과 열광에 휩싸였는지 모른다. 한데 이제부터 주인님이 그런 유명 인사의 도움을 직접 받게 된다니, 어찌 흥분하지 않을 수 있겠는가 말이다!

아니나다를까, 샤플라르 씨의 말 그대로 오전 열시 반 정각에 쥐브가 도착했다!

"기다리시라고 할까요?"

"오, 천만에! 어서 들어오시라고 하게."

잠시 후, 하인의 안내를 받은 쥐브가 방안에 모습을 드러냈고, 아쉽지만 둘만의 중요한 대화를 그 누구도 방해하거나 엿들을 수 없게끔 하인이 형사반장의 등뒤에서 조용히 문을 닫았다. 다소 창백한 안색의 형사는 의례적인 인사 따위는 하는 둥 마는 둥 질문부터 던졌다.

"무슨 일 없습니까?"

반면 샤플라르 씨는 깍듯한 예절에 무척이나 신경을 쓰는 눈치였다.

"이렇게 일찍 요청에 응답을 해주셔서 뭐라 감사의 말씀을 드려야 할지 모르겠습니다. 물론 50만 프랑을 도난당했다는 걸 깨닫고 어제 전화를 드리면서, 형사님도 이 사건의 심각성을 충분히 인식하실 거라 생각은 했습니다만……"

쥐브는 얼른 상대의 사설을 끊으며 재차 물었다.

"무슨 소식 없어요?"

샤플라르 씨는 당황한 기색으로 형사를 멀뚱히 바라보았다.

"없는데…… 왜 그러시죠?"

"레몽드에게서는 아무런 소식도 없는 건가요?"

"네, 아무 소식도 없습니다…… 어제 말씀드린 대로 그 아가씨가 실종되었다는 것 말고는 아직 아무 소식이 없어요."

순간 쥐브는 샤플라르 씨가 권해서 앉아 있던 넉넉한 안락의자에서 벌떡 일어났다. 그의 몸에 내재된 비상한 유연성을 모르는 사람이 봤다면, 그 나이에 그런 활력과 민첩성을 발휘하는 것에 적잖이 놀랐을 것이다.

"아, 소식이 없다…… 소식이 없다, 이거죠……"

"네, 그렇습니다만……"

"맹세할 수 있습니까?"

이제는 샤플라르 씨도 자리에서 일어났다. 형사의 이런 태도를 그는 전혀 이해할 수 없었다.

갑자기 맹세까지 요구하다니, 도대체 무슨 속셈인가?

샤플라르 씨는 약간 예민해진 상태로 대답했다.

"물론 맹세할 수 있습니다!…… 그녀가 실종된 지금 상태에서 나한테 무슨 소식이 있을 거라고 생각합니까?"

쥐브는 잠시 대답을 미루고 묵묵히 서 있었다.

그는 이 시대 거물급 갑부와의 단독 면담 자리에서 전혀 기죽지 않고(사실 그는 베테랑 형사로서 당대의 내로라하는 유명 인사들을 한두 번 상대해온 것이 아니었다) 지극히 편안한 몸가짐으로 호주머니에 양손을 찔러넣은 채, 호사스럽기 짝이 없는 집무실을 이리저리 서성대기 시작했다.

얼마나 지났을까, 그가 입을 열었다.

"샤플라르 씨, 아직까지 아무런 소식이 없다니 정말 이해할 수 없는 노릇이군요!"

쥐브는 상당히 화가 난 듯 신경질적인 말투로 뚝뚝 끊어가며 다시 말했다.

"정말로 이-해-할-수-없-는 노릇이란 말입니다……"

그러고는 곧장 이렇게 덧붙였다.

"샤플라르 씨, 오늘 아침에 무얼 하셨나요? 무얼 보셨습니까?"

"오늘 아침에요?"

"네, 오늘 아침. 여기에는 어떻게 오셨나요? 어디로 들어오셨죠?"

"그냥 보통 드나드는 출입구로 들어왔습니다만…… 백화점 출입구 말입니다……"

"그리고 곧장 이리로 올라오셨습니까?"

"집무실로 말인가요? 물론이죠……"

"중앙홀을 가로질러서요?"

"네, 중앙홀을 가로질러서요……"

"다른 데 한눈판 곳은 없고요?"

"그럼요, 한눈팔지 않고 곧장 이리로 왔습니다."

"그렇다면 아무것도 보지 못했겠군요?"

샤플라르 씨는 쥐브의 질문이 하나하나 쌓여갈 때마다 점점 거북하고 불안한 심정에 빠져드는 듯했다. 마침내 그는 따지듯 반문했다.

"아니, 도대체 지금 뭐하시는 겁니까? 무슨 뜻으로 그런 질문들을 하는 건가요? 내가 한눈을 팔았는지 안 팔았는지는 왜 물어보십니까?"

"혹시 보시지 않았나 해서……"

잘 알아들을 수 없을 만큼 나지막이 우물거리는 쥐브의 수수께끼 같은 대답이 샤플라르 씨의 예민해진 신경을 마지막으로 톡 건드렸다.

'파리 갈르리' 백화점의 부유한 사장은 더이상 참지 못하고 버럭 외쳤다.

"나 참, 기가 막혀서…… 도대체 무슨 소리를 하는 겁니까? 내가 뭘 보아야 했는데요?…… 이런 제기랄, 제발 시원하게 말씀해보시죠, 형사님!"

하지만 백만장자의 욱하는 반응조차도 지금은 쥐브를 움찔하게 만들 만한 것이 못 되었다. 그는 그저 이렇게 중얼거릴 뿐이었다.

"무슨 수를 써서라도 찾아내야 해…… 어떤 대가를 치르고라도 이 수수께끼를 풀어야 한다고……"

누가 봐도 뭔가 심각한 생각에 깊이 골몰해 혼잣말을 중얼거리는 것으로 보였다. 그런 형사 앞에서 샤플라르 씨는 감히 방해할 엄두를 내지 못하고 있었다.

하지만 그런 상태도 그다지 오래 지속되지는 않았다.

쥐브가 느닷없이 샤플라르 씨의 팔을 붙잡더니, 집무실에서 백화점 매장으로 곧장 통하는 큰 문 쪽으로 끌고 갔다. 그러고는 손가락으로 문짝을 가리키며 물었다.

"이거 사용하는 문입니까?"

샤플라르 씨는 여전히 어리둥절한 표정으로 고개를 끄덕였다.

"그럼 한번 열어보시죠……"

샤플라르 씨는 벨을 눌렀고, 잠시 후 경비원이 달려오자 지시를 내렸다.

"이 문 좀 열어주게……"

출입문이 빠끔 열리자마자, 쥐브는 점점 예절 따위는 신경쓰지 않는 태도로 샤플라르 씨의 팔을 단단히 잡아끌며 홀을 에워싼 매장 쪽으로 걸어갔다.

"자, 이제 잘 보시고 내게 설명 좀 해주시겠습니까?"

난데없는 쥐브의 요청에 샤플라르 씨는 어안이 벙벙해서 아무 말도 못하고 있었다……

대체 그는 무슨 뜻으로 이런 괴이한 행동을 하는 걸까?

혹시 정신이 어떻게 된 건 아닐까?

하는 수 없이 샤플라르 씨는 쥐브가 시키는 대로 주변을 꼼꼼히 살폈지만, 특기할 만한 것은 아무것도 보이지 않았다.

"아니, 대체 뭘 보라는 겁니까? 저기 저곳은 구두 매장이고, 요 앞은 자료 열람실이고, 왼쪽은……"

"어허, 고개를 좀 들어보세요!"

쥐브의 다그치는 듯한 지시에 샤플라르 씨는 자기도 모르게 얼른 고개를 들었다. 그리고 중앙홀의 대형 유리 천장에 시선이 닿기가 무섭게 휘청거리며 뒷걸음질쳤다!

하얗게 질린 이마에 울렁거리는 가슴…… 그의 입에서는 무의식중에 "아!" 하는 신음이 나직이 새어나오고 있었다!

"어떻게 생각하십니까?"

옆에서 쥐브가 물었지만, 샤플라르 씨는 대답할 수 있는 상태가 아니었다.

그저 아까 쥐브가 한 말을 기계적으로 되풀이할 따름이었다.

"이해할 수 없는 일이군요!…… 정말 이해할 수 없는 일이에요!……"

그는 천장에서 한순간도 눈을 떼지 못하고 있었다.

쥐브도 불안정한 심리 상태인 건 마찬가지였다.

"똑똑히 보이죠? 이해할 수 있겠습니까?"

쥐브가 옆에서 계속 물었지만 샤플라르 씨는 고개를 좌우로 흔들기만 할 뿐이었다.

'파리 갈르리' 사장과 치안국 형사반장을 깜짝 놀라게 만든 것은, 누가 보았어도 그야말로 경악을 불러일으킬 만한 것이었다.

유리로 된 거대한 천장 한복판에, 필경 간밤에 휘갈긴 것이 분명한 굵고 진한 글씨가 다음과 같이 아래를 굽어보고 있는 게 아닌가!

즉시 레몽드에게 자유를 되찾아줄 것.

그러지 않으면 최악의 사태가 일어날 터!

이게 대체 무슨 소린가…… 누가 저런 글귀를 써놓았는가? 누구더러 읽으라고? 도대체 저 경고의 의미는 무엇인가? 무엇보다 이런 공공장소의 대형 홀 천장에 저런 수수께끼 같은 글귀를 새긴다는 대범하고 엉뚱한 발상이 어떻게 가능했을까?

쥐브는 샤플라르 씨가 혼자 곰곰이 생각해볼 수 있도록 잠시 시간적 여유를 주었다. 물론 현재의 넋 나간 듯한 상태에서도 생각이라는 것이 가능하다면 말이지만……

이윽고 쥐브는 아이처럼 유순해진 사장의 팔을 다시 붙잡고 집무실로 데려왔다.

그리고 대형 소파에 앉힌 뒤, 그 앞에 팔짱을 끼고 떡 버티고 서서, 흡사 심문관 같은 태도로 그를 뚫어지게 바라보았다.

"샤플라르 씨! 이게 바로 내가 물은 소식이라는 겁니다! 아주 흥미롭고도 수상쩍은 일 아닙니까……"

"아니 그게 다 무슨 뜻입니까?"

"그걸 해명해줄 사람이 바로 당신입니다……"

"내가요? 아니, 그건 또 무슨 말씀입니까?"

쥐브는 샤플라르 씨가 얼버무릴 시간을 더이상 허용하지 않았다.

"아무래도 사실을 있는 그대로 짚어볼 필요가 있겠군요, 샤플라르 씨…… 지금부터 하는 얘기를 잘 새겨들으시기 바랍니다. 그러면 내가 무슨 생각을 하는지 이해하실 수 있을 테니까요. 당신은 레몽드 양에게 구애를 해왔지요?"

"네……"

"그 아가씨는 당신을 매몰차게 대해왔고요?"

"내가 떠나던 날 그녀는 희망을 주지도 않았지만, 그렇다고 심하게 내치지도 않았습니다."

"결국 그게 그거죠. 거부한 거나 마찬가지란 말입니다…… 어쨌든 그러고 나서 당신에게 황당한 사건이 일어난 겁니다. 동시에 두 장소에 있었다는 얘기 말입니다. 퐁텐블로와 이곳…… 흠, 참 이상한 일이긴 합니다…… 아무튼 한 시간 후 당신은 백화점 판매 수익금에 누군가 손을 댄 걸 알아차렸다고 주장했습니다. 자그마치 50만 프랑에 달하는 금액을 말이죠! 그러니 얘기가 한층 더 이상해집니다…… 그리고 결국 오늘 아침, 정부로 삼으려는 당신 의향을 받아들이지 않고 있던 레몽드 양이 실종된 상황에서, 이곳 백화점 유리 천장에 당신을 겨냥해 쓰인 문장이 발견된 거죠…… 당신을 겨냥해 쓰였다는 건, 다시 말해서 아가씨를 풀어주라는 지시를 당신한테 하고 있다는 얘긴데…… 이걸 두고 내가 과연 어떤 결론을 내려야겠습니까?"

순간 샤플라르 씨는 발끈하며 소리쳤다.

"그러니까 결국 당신은 나를 의심하는 겁니까?"

쥐브는 아주 태연하게 고개를 끄덕이며 대답했다.

"바로 그겁니다…… 내 말이 그 말이에요…… 모든 상황이 지금 당신에게 불리해져 있습니다…… 이 모든 것이 한낱 연극일 뿐이며, 레몽드를 납치한 장본인은 바로 당신이라는 얘기지요……"

샤플라르 씨는 분을 참지 못해 자리를 박차고 일어나더니, 쥐브의 어깨를 와락 부여잡고 마구 흔들어대며 고래고래 소리를 질렀다.

"이런 치욕이 있나! 말도 안 되는 농간이야!…… 알고 보니 당신 정말 엉터리로구먼!"

사실 쥐브만한 완력의 소유자라면 백화점 사장쯤 어렵지 않게 뿌리칠 수 있을 터였다. 하지만 그러고 싶지 않았다. 쥐브는 잠시 흔들리는 대로 몸을 내맡기고 있다가, 기운이 빠진 상대가 스스로 손을 놓고 나서야 좀더 가라앉은 목소리로 이렇게 말했다.

"그러니까 끝끝내 당신이 아니란 말입니까? 당신이 아니라고 주장하는 거죠?"

"당연히 아니지요. 나는 그 여자를 납치하지 않았단 말입니다!……"

"그렇다면 누군가 당신에게 앙갚음을 하려고 저런 글을?"

"내게 원한을 품을 만한 사람은 아무도 없어요!"

"혹시 여자가 아닐까요?…… 옛 정부라든가……"

"원한을 살 만큼 관계가 깊었던 정부는 여태껏 한 명도 없었소이다……"

백만장자의 어조가 어찌나 확신에 차 있는지, 쥐브는 순간적으로 동요의 빛을 보였다.

하지만 샤플라르 씨의 집무실로 들어서기 전에 이미 그는 형사 본연의 습관에 충실하게 몇 가지 간단한 조사를 마친 상태였다. 그런 만큼 상당한 정보를 취합하고 있었고, 제법 중요한 의미를 지닌 세부 사항들까지 파악해둔 뒤였다.

"흠…… 그게 정말입니까?"

쥐브의 말에 '파리 갈르리' 사장은 맹세라도 하듯 손을 번쩍 들었다. 쥐브는 다시금 떠보듯 물었다.

"이보십시오, 우리끼리 얘긴데…… 브레몽발 부인, 그러니까

아리따운 마틸드는 그럼 뭡니까?"

"그 여자는 그냥 친구일 뿐입니다! 단순한 여자친구 말이오!…… 그건 그 여자도 직접 증언해줄 거요!…… 옳지, 그녀와 나의 관계를 말보다 더 확실하게 증명해줄 편지가 저기 있습니다……"

샤플라르 씨는 책상 앞으로 뛰어갔다. 그런데 한 손으로 책상을 짚고 허리를 숙여 서랍 자물쇠에 열쇠를 꽂아넣으려는 순간…… 뭔가에 놀란 듯 흠칫 물러서며 더듬거리는 것이었다!

"아니, 이럴 수가!…… 이럴 수가!……"

쥐브도 얼른 다가서며 물었다.

"뭡니까?"

"저기…… 저기 좀 읽어보세요!……"

잠시 후 쥐브는 신경질적으로 이마를 쓱 훔치고는 내뱉었다.

"이런 빌어먹을 일이 있나……"

샤플라르 씨의 초록색 데스크매트 위에 고의적으로 위조한 것이 확실한 필체로 아까 중앙홀 유리 천장에 적혀 있던 것과 똑같은 글귀가 쓰여 있는 게 아닌가!

즉시 레몽드에게 자유를 되찾아줄 것.

그러지 않으면 최악의 사태가 일어날 터!

쥐브와 샤플라르 씨가 만나서 티격태격하며 얘기를 나눈 지 거의 한 시간…… 이제 보니 설득을 당하게 생긴 쪽은 오히려 쥐브였다!

처음에 쥐브는 샤플라르 씨가 뭔가 밝힐 수 없는 목적이 있어서 경찰을 따돌리고 여론을 호도할 속셈으로 터무니없는 연극을 꾸미고 있는 것으로 상상했다. 이를테면 중앙홀 천장에 적힌 글귀를 보면서도 이런 식의 생각을 했던 것이다.

'저 인간이 고의적으로 저렇게 해놓은 게 틀림없어. 여자를 납치한 것도, 저런 글귀를 써놓게 한 것도 저자야……'

더군다나 문제의 그날 브레몽발 부인이 현장에 왔다가 급하게 돌아갔다는 얘기를 경비원을 통해 들은 만큼, 자신의 추측이 틀림없다는 확신은 더욱 신속하게 굳어졌다.

'흠, 너무도 명확한 사건이군…… 샤플라르의 정부 마틸드 드 브레몽발이 그의 다른 여자관계를 질투하고 있었던 게지. 따라서 그녀에게 당할 험한 꼴도 피할 겸, 샤플라르 이자가 레몽드를 납치해놓고서 그 일 자체를 오리무중으로 만들어버린 거야!'

하지만 이 모든 가설과 추측 들 중 지금까지 건재한 것은 하나도 없었다.

자고로 말할 때 속일 수 없는 억양이 있는 법인데, 샤플라르의 억양은 누가 들어도 확신을 불러일으켰다.

쥐브는 사장이 건네준 브레몽발 부인의 여러 편지들을 검토해

보고는, 그녀가 샤플라르의 정부가 아니라는 것을 인정할 수밖에 없었다.

아울러 이 백만장자가 속속들이 드러내는 감정 상태들을 유심히 관찰해본 결과, 그가 정말로 레몽드의 신변에 대해 아는 것이 없다는 것을 인정하지 않을 수 없었다.

그렇다면…… 그렇다면 뭔가?

결국 쥐브는 전날 샤플라르 씨로부터 전화를 받으며 어렴풋이 했던 생각으로 되돌아가고 있었다……

'맙소사, 이건 정말 보통 일이 아니야. 우선, 기발한 능력을 가진 누군가가 하루 온종일 샤플라르 씨 행세를 했는데 아무도 그 사실을 눈치채지 못했어. 이어서 그자는 백화점 수익금 50만 프랑을 빼돌렸지. 뿐만 아니라 레몽드 양이 실종되었고, 또 어느 정체불명의 존재가 그녀를 풀어주라는 지시를 보내왔단 말이야……'

걷잡을 수 없이 전개되는 이 불가사의한 사태 속에서 갈피를 잡지 못한 채, 쥐브는 막연한 생각들만 머릿속에 굴렸다.

'아마도 샤플라르 씨를 사칭한 자가 레몽드를 납치했을 거야…… 그런데 그녀를 납치한 자가 그녀를 풀어주라고 촉구할 리는 없잖아…… 그러면 도대체……'

샤플라르 씨와 쥐브 형사는 둘 다 입을 굳게 다문 채 깊은 생각에 빠져들고 있었다.

먼저 침묵을 깬 사람은 백만장자였다.

"이를 어쩐다…… 이를 어째…… 자칫 일이 커져서 흉한 소문으로 퍼져나가면…… 정말 미치겠구먼……"

"샤플라르 씨, 아무래도 내 생각에는……"

순간, 갑작스러운 노크 소리에 모처럼 재개된 대화가 중단되었다.

아까부터 줄곧 긴장해 있던 샤플라르 씨가 버럭 소리쳤다.

"들어오시오!"

문을 열고 들어온 사람은 무척 난처해하는 기색이었다.

검은색 프록코트 차림의 그 사람은 척 봐도 '파리 갈르리' 백화점 매장 관리자임이 분명했다. 샤플라르 씨가 정한 내규에 따라 깃 구멍에 하얀 카네이션을 달고 있었던 것이다.

사장은 난데없이 면담을 방해한 직원을 당장이라도 내칠 것처럼 노기 띤 음성으로 물었다.

"뭔가?"

매장 관리자는 방금 전보다 불편한 기색이 점점 심해지면서 간신히 이렇게 더듬거렸다.

"저…… 사장님께만 긴히…… 드릴 말씀이 있는데요……"

"무슨 일인데?"

"긴급 사안입니다……"

순간, 잠자코 있던 쥐브가 샤플라르 씨를 바라보며 불쑥 끼어들었다.

"어서 얘기를 들어보시죠."

형사반장이 거들자 비로소 사장은 상기된 태도를 누그러뜨리며 다시 말했다.

"무슨 얘기인지 어서 해보게."

"저기…… 뭐라고 말씀드려야 할지……"

여전히 말 꺼내기를 어려워하는 매장 관리자를 샤플라르 씨는 재차 다그쳤다.

"자, 자, 걱정 말고 어서 이야기해보라니까……"

그러고는 쥐브를 돌아보며 덧붙였다.

"이 친구는 축음기 매장 주임입니다……"

그렇게 소개까지 되자, 사장실에 불쑥 찾아온 이유를 밝히는 걸 더이상 미룰 수 없었다.

주임은 양손을 가슴 위로 포갠 채 떨리는 목소리로 말했다.

"사장님, 저희 매장에서 정말이지 황당한 일이 일어났는데요……"

딱하게도 말조차 제대로 잇지 못하는 그를 보고 쥐브와 샤플라르 씨는 거의 동시에 달려들듯 다그쳐 물었다.

"황당한 일이라니? 어서 말해보시오, 어서!"

잠시 숨을 고르던 주임은 드디어 본격적으로 얘기를 시작했다.

"저희 매장에 비치해놓고 있는 녹음된 축음기 실린더들 대부분이 지난밤 희한하게도 다른 실린더들로 바뀌어 있는 겁니다![*] 게다가 하나같이 똑같은 문장만 녹음되어 있지 뭡니까! 처음에는 누가 장난을 치나 했지만, 이제는 도무지 뭐가 뭔지 모르겠습니다. 방금 전에 제가 한 손님에게 축음기를 보여드렸거든요…… 〈코른빌의 종소리〉라는 제목의 실린더를 꽂고 축음기를 작동시켰는데, 글쎄 처음 듣는 엉뚱한 소리가 흘러나오는 겁니다!……"

"'즉시 레몽드에게 자유를 되찾아줄 것. 그러지 않으면 최악의 사태가 일어날 터!……'"

쥐브가 불쑥 끼어들어 말하자 주인은 깜짝 놀라며 되물었다.

"아니, 그걸 어떻게 아십니까?"

샤플라르 씨가 대신 설명하려고 하자, 쥐브는 얼른 말을 끊고 이렇게 정리했다.

"그냥 해본 소립니다. 신경쓰지 마세요…… 아무튼 축음기 시범 작동은 일단 중단하십시오…… 이상입니다!"

축음기 매장 주인이 나간 다음 샤플라르 씨와 쥐브가 갈수록 흥분되는 마음을 달래고 있는 가운데, 이번에는 백화점 내 영화

---

* 당시의 축음기는 납작하고 둥근 음반이 아닌 원통형 실린더를 장착해 소리를 듣게 되어 있었다.

관 책임자가 찾아왔다.

'파리 갈르리' 백화점 안에 호화로운 영화관을 설치해 운영하는 것은 오래전부터 샤플라르 씨가 품어온 염원이었다.

백화점 고객은 무료로 영화를 관람할 수 있었으며, 영화관은 연일 관객들이 몰려 매일같이 장사진을 이루고 있었다.

그러던 중 해당 책임자가 거의 혼비백산한 모습으로 샤플라르 씨를 찾아온 것이다.

그는 얼굴이 벌겋게 상기된 것은 물론, 머리가 엉망으로 헝클어지고 옷매무새도 먼지투성이에 형편없이 흐트러진 상태로 더듬더듬 말했다.

"사장님…… 방금 정말이지 희한한 일이 벌어져서…… 영화 상영을 엉망진창으로 만들어버렸습니다…… 이번 주에 상영하기로 예정된 영화 필름을 방금 돌렸는데요…… 중간에 느닷없이 다른 내용이 튀어나오는 겁니다!…… 알고 보니 누군가 필름을 자르고 전혀 다른 내용의 필름을 이어붙였지 뭡니까!…… 그 바람에 관객이나 저나 참으로 엉뚱한 장면을 목격하고 말았는데요…… 새하얀 스크린에 갑자기 프로그램과는 전혀 상관없는 괴상한 글귀가 뜨는 거예요……"

그쯤에서 샤플라르 씨는 더이상 들을 필요도 없다는 듯 말을 끊었다.

"알았네, 알았어…… 그 정도면 됐어……"

한편 쥐브는 혼잣말처럼 나직이 중얼거리고 있었다.

"제기랄…… 갈수록 복잡해지는걸…… "

영화관 책임자 다음은 모직물 매장 관리자 차례였다.

"사장님, 정말 끔찍한 일입니다! 저희 매장 옷감들이 밤새 잔뜩 펼쳐진데다, 그 위에 누가 분필로 괴상한 글귀를 휘갈겨놨지 뭡니까! 그 바람에 지나가던 백화점 손님들이 온통 쇼윈도 앞에 몰려들어 도대체 무슨 일이냐, 저게 무슨 뜻이냐 하면서 난리가 벌어졌습니다! 그래서 하는 수 없이 이렇게 직접 찾아뵙고 여쭈려고 온 건데요…… 사장님, 도대체 그게 무슨 뜻일까요?……"

다음으로는 화장용품 매장 수석 여점원이 들이닥쳤다!

치약통의 사용법이 명시된 안내책자마다 괴이한 글들이 반복해서 적혀 있더라는 것이다!

이어서 파리 시내의 서로 다른 우체국에서 날아온 여섯 통의 전보가 사장실로 쏟아져들어왔는데, 하나같이 똑같은 메시지, 위협적인 지시가 담겨 있었다……

즉시 레몽드에게 자유를 되찾아줄 것.

그러지 않으면 최악의 사태가 일어날 터!

사태가 워낙 걷잡을 수 없이 연달아 몰아치는 바람에 샤플라르 씨와 쥐브는 차분히 생각하고 대책을 모색할 시간적, 정신적 여유를 가질 수 없었다.

이윽고 똑같은 내용의 일곱번째 전보가 도착하자 쥐브는 자리에서 벌떡 일어나 결연한 자세로 말했다.

"샤플라르 씨, 이 황당무계한 사태에서 벗어나려면 최대한 신속하게 행동지침을 세워야 합니다. 어쩌면 이번 사건은 두어 시간 전 당신이나 내가 상상했던 것보다 훨씬 더 심각할 수도 있어요…… 솔직히 말해서 나도 지금 상당히 초조한 상태지만, 그렇다고 해서 이렇게 손놓고 있어선 안 되지요. 오히려 이럴 때일수록 적극적으로 대처해나가야 합니다!"

"하지만 뭘 어떻게 대처한단 말입니까?…… 어떻게 해야 하는데요?……"

"우선 매장을 한번 둘러봅시다. '파리 갈르리' 전체를 샅샅이 훑으면서 우리가 미처 발견 못한 것이 있는지 살펴보는 겁니다."

샤플라르 씨도 그보다 낫겠다 싶은 대처 방법이 떠오르지 않았다.

두 사람은 구두 매장과 가사용품 매장, 사진기 매장 등 백화점 내 전 매장을 1층부터 6층까지 꼼꼼히 둘러보았다. 하지만 뭔가 단서가 될 만한 것을 발견하기는커녕, 예의 똑같은 지시와 경고 문구만 사방에서 조여들듯 눈에 들어오는 것이었다. 레몽드 양의 납치와 무관한 샤플라르 씨로서는 도저히 이해할 수 없는 무지막지하고 일방적인 메시지 말이다……

급기야 두 사람은 문구류를 파는 매장 앞까지 와 있었다.

'파리 갈르리'의 사장이 납신 것을 보고 한 점원이 득달같이 달려나오자, 쥐브는 혼잣말로 이렇게 투덜거렸다.

"맙소사, 또 한번 귀 따갑게 생겼구먼……"

하지만 그건 쥐브의 착각이었다.

달려나온 점원은 샤플라르 씨에게 깍듯이 인사를 하고는 지극히 안정된 목소리로 이렇게 말하는 것이었다.

"저, 질문 하나 드려도 되겠는지요, 사장님?"

"물론이네!"

샤플라르 씨는 모든 것을 각오한 심정으로 대답했다.

"여쭙기 죄송합니다만…… 저희의 업무 방식을 불만족스럽게 느끼셨다면 구체적으로 무슨 이유 때문인지 설명을 좀 해주셨으면 합니다……"

직원의 정중한 질문에 사장은 의아한 눈으로 되물었다.

"업무 방식이 불만족스러우냐고? 왜 내가 당신들 업무 방식에 불만을 갖고 있다고 보는 건가? 왜 그런 생각을 하는 거지?"

"상품을 진열해놓은 방식을 고치라고 지시하셨기에……"

"내가 상품 진열 방식을 고치라고 지시해?"

샤플라르 씨는 적잖이 놀란 눈치였고, 점원 역시 어리둥절한 표정이었다.

"사장님 지시가 아니라면…… 그럼 누가 감히……"

마침내 쥐브가 불쑥 끼어들었다.

"말씀중 죄송하지만, 고쳐놓은 상품 진열 상태를 보여주실 수 있습니까?"

일단 그렇게 하는 게 최선이라 판단한 점원은 샤플라르 씨와 쥐브 형사를 서점 코너로 안내한 뒤, 진열된 책들을 손으로 가리켰다.

"보십시오. 저 상태를 도대체 어떻게 이해해야 할지 모르겠습니다! 자동차용 지도책들을 모두 아주 괴상한 방식으로 한데 모아놓지 않았습니까! 무슨 특별한 목적이 있는 것 같은데, 도저히 감을 못 잡겠어요……"

점원은 몹시 속이 상한 모양이었는데, 책의 진열 상태를 보니 충분히 그럴 만했다. 더군다나 그는 취향과 솜씨가 무척 깔끔하고, 자신이 책임지는 진열대에 무척이나 세심한 관심을 기울이는 직원이었으니…… 아닌 게 아니라, 그가 가리킨 진열대의 책들은 아주 엉망으로 배치되어 있었다! 이를테면 책을 활짝 펼쳐놓는다든가 고객의 시선을 끌도록 장점이 부각되게 배치해놓은 것이 아니라, 그냥 봉투 속에 아무렇게나 욱여넣은 상태였다…… 더욱 이상한 건, 그것들마저 서로 높이가 제각각 불규칙하게 쌓아두었다는 것이다!

그 꼴을 물끄러미 바라보던 샤플라르 씨는 어깨를 으쓱했다.

"이걸 과연 일개 직원의 과실로 볼 수 있겠소?"

쥐브를 돌아보며 그렇게 중얼거리던 샤플라르 씨는 문득 놀란 눈으로 덧붙였다.

"아니, 갑자기 왜 그러는 겁니까?"

그도 그럴 것이, 쥐브의 안색이 느닷없이 창백해졌다가 점점 붉게 물들고 있었던 것이다!

뭔가 갑작스러운 영감이 떠오른 게 분명했다.

그는 진열된 책들에서 시선을 떼지 않은 채 연신 뭔가를 중얼거리고 있었다.

"하나, 둘, 셋, 넷, 다섯, 여섯…… 첫째 책더미에는 지도책이 여섯 권 쌓여 있고…… 둘째에는 한 권…… 셋째에는, 가만있자…… 옳지, 모두 열네 권이로군…… 넷째에는 스무 권이고!…… 옳거니, 그럼 그렇지!…… 맙소사!…… 큰일났구먼!……"

쥐브의 태도는 점점 이해할 수 없는 양상으로 치닫고 있었다.

덩달아 초조감이 더해가던 샤플라르 씨가 거듭 물었다.

"이봐요, 쥐브 씨! 대답 좀 해보세요…… 지금 무슨 일이 벌어지고 있는 겁니까?…… 저 엉망인 진열 상태에서 뭔가 특별한 점을 본 거요?"

순간 쥐브는 퍼뜩 정신이 든 사람처럼, 자신만을 바라보고 있는 샤플라르 씨를 향해 대답했다.

"엉망?…… 이것 보세요, 샤플라르 씨. 저건 결코 엉망으로 진열해놓은 게 아닙니다. 저건 누군가의 서명이에요! 아, 우린 지금 엄청난 궁지에 빠져 있습니다, 벗어나려면 아직 멀었어요…… 이제 내가 하는 얘길 잘 들어야 합니다…… 지금 당장 귀가해서 몸조심하고 계세요…… 손님은 일절 받지 말고, 꼼짝 않고 처박혀 있어야 합니다! 아무도 만나지 마십시오. 내일 내가 다시 찾아뵙겠습니다…… 이곳에서 오전 열시에요……"

쥐브는 도무지 알 수 없는 말을 계속 흘리면서 자리를 뜨려고 했다.

그런 그를 샤플라르 씨가 허겁지겁 뒤따르며 말했다.

"제발 내게 귀띔이라도 좀 해주시지요……"

하지만 형사는 걸음을 재촉했고, 이렇게 내뱉으며 멀어져갔다.

"아니요, 안 됩니다! 지금으로선 아무것도 말해드릴 수 없어요! 아직 확실하지 않습니다. 당장은 별수가 없어요. 내일…… 내일 봅시다…… 오전 열시에……"

워낙 갑작스럽고 부자연스러운 작별이라 샤플라르 씨는 그 자리에 멍하니 선 채 더이상 붙잡지도 못했다. 그저 망연자실, 뭘 어떻게 생각해야 할지 막막한 가운데, 자신이 악몽을 꾸는 건지 아니면 저 유명한 형사가 완전히 돌아버린 건지 도무지 갈피를 잡지 못했다.

집에 돌아온 쥐브는 곧장 기상천외한 작업에 몰입했다.

먼저 팡도르에게 하루 동안 있었던 일을 상세히 이야기한 뒤,

알파벳의 모든 글자들을 종이에 차례차례 적어나갔다. 그런 다음 그 글자 하나하나에 알파벳에서 그것들이 제각각 차지하는 순서를 숫자로 기입했다.

그러는 자신을 자못 심각한 눈빛으로 바라보고 있는 팡도르에게 쥐브가 말했다.

"자네도 내가 그 이상한 글귀를 보고 얼마나 어리둥절했을지 이해가 갈 걸세…… 그런데 서점 코너로 가서 언뜻 보기에 엉망진창으로 쌓여 있는 자동차용 지도책들을 보는 순간, 정신이 번쩍 드는 거야. 모든 것이 단번에 이해될 것처럼 여간 흥분되는 게 아니었지. 정말이지 눈 깜짝할 사이에 감이 오더라니까! 오, 따지고 보면 간단해. 자, 여길 보게. 첫째 책더미에는 지도책이 여섯 권 들어 있었지. 여섯이라면 알파벳의 F에 해당하는 순번이야. 둘째 책더미에는 책이 한 권밖에 없었어. 그건 A를 뜻하겠지. 이어서 셋째 책더미에는 열네 권의 지도책이 포함되어 있었네. 한데 열넷이라는 숫자는 두말할 것 없이 알파벳 N에 해당하지. 그런 식으로 계속 따져나가면 20, 15, 13, 1, 19라는 숫자가 도출되고 그 각각에 해당하는 알파벳 T, O, M, A, S가 연달아 나오게 되네. 명백하고 단순하며 간명한 이야기지!"

팡도르는 나지막한 목소리로 대꾸했다.

"그렇군요. 정말 명백합니다, 쥐브…… 당신 말이 맞아요. 불길하리만치 명백해요…… 그렇게 글자들을 맞춰놓고 보니……

영락없는 팡토마스FANTOMAS의 서명이 되는군요!……"

쥐브가 고개를 푹 떨구었고, 팡도르도 잠시 침묵을 지켰다. 얼마나 그러고 있었을까, 신문기자가 불현듯 입을 열었다.

"쥐브 당신 말대로라면, '파리 갈르리'에서 일어난 일련의 불가사의한 사건들은 결국 죄다 팡토마스의 소행이 되는 건가요?"

쥐브는 전혀 망설임 없이 단호한 목소리로 대답했다.

"그렇다네, 팡도르! 이 서명이 그 무엇보다 결정적이야. 착각의 여지가 없는 문제지. 사태의 핵심엔 팡토마스가 도사리고 있네…… 우리가 상대해야 할 자는 바로 팡토마스야……"

쥐브는 잠시 숨을 고른 후 말을 이었다.

"무엇보다 끔찍한 건, 서점 코너에서 오늘 확인했듯 팡토마스가 자신의 이름을 그토록 기이한 방식으로 드러낸 걸로 미루어 볼 때, 앞으로 전개될 싸움이 무척이나 격렬하고 드셀 거라는 사실이야!"

"그건 또 왜죠, 쥐브? 저는 도무지 이해가 안 갑니다!"

팡도르의 반문에 쥐브는 슬며시 웃으면서 대답했다.

"왜냐고? 이런 아둔한 친구 같으니…… 팡토마스가 무엇 때문에 그처럼 수수께끼 같은 방식을 동원해 마치 장난을 즐기듯 자신의 존재를 드러냈겠나? 그것엔 단 하나의 설명만이 가능하네."

"그게…… 뭡니까?"

"정녕 팡토마스가 레몽드를 납치하고 어쩌면 살해했을지도 모르는 유일한 존재라면, 그는 분명 자신의 수수께끼 같은 서명의 의미를 밝힐 사람 역시 나 쥐브 한 사람밖에 없다는 사실을 잘 알고 있을 거야. 유희를 즐기듯 그딴 식으로 자기 이름을 표시하면서 내가 '파리 갈르리' 사건에 뛰어들리라는 걸 미리 계산하고 있었다는 얘기지. 결국 이번 사건은 처음부터 팡토마스 대 쥐브, 쥐브 대 팡토마스의 결전을 위해 계획되고 추진되었다는 뜻이네!"

"그렇군요…… 아, 정말 소름끼치네요!……"

팡도르는 곧이어 특유의 무모한 낙천성을 드러내며 이렇게 외쳤다.

"그런데 말입니다, 쥐브, 다소 섬뜩하긴 하지만 그만큼 매혹적인 싸움이 될 거라 생각합니다! 오, 쥐브!…… 전 정말이지 그 악당 놈이 어디서 뭘 하는지, 무슨 꿍꿍이속으로 어둠 속을 배회하는지 모르는 상태로 답답하게 시간만 죽이기보다는, 차라리 이 한목숨 내걸고 맞붙어 싸워보는 게 소원입니다! 만세!…… 드디어 팡토마스와 대결하게 됐군요!"

6
정체불명의 불빛

“노트르담 종소리가 몇 번 울렸더라? 아, 빛이 눈곱만큼만 더 있어도 내 시계를 볼 수 있을 텐데…… 시인들이 노래하고 연인들이 칭송한다는 밤만 아니었어도 이놈의 구질구질하게 캄캄한 밤에게 실컷 욕이라도 해주는 건데, 에잇!…… 가만있자, 대략 아홉시쯤은 됐겠지?…… 젠장, 비까지 오잖아. 점점 더 어두워지고 말이야…… 대신 화려한 강변 운치를 감상하기에는 안성맞춤이로군……”

팡도르는 아까부터 계속 혼잣말을 중얼거리고 있었다.

그는 노트르담 앞 광장과 경찰대 병영에 인접한 센 강 지류의 프티 퐁 다리와 생 미셸 다리 사이 둑길을 걷고 있었다.

거기서 신문기자는 대체 뭘 하고 있는 걸까?

전날 저녁 쥐브와의 대화가 끝난 다음에도, 팡도르는 결국 자기 자신에 불과한 가상의 대화 상대와 여전히 얘기를 나누고 있었다.

"도대체 이 모든 사태들이 뜻하는 게 뭘까?…… 언제는 숱한 사람들이 센 강에서 이상한 불빛을 목격했다는 얘기가 나돌더니, 이제는 또 '파리 갈르리' 백화점에서 이해할 수 없는 현상들이 마구 벌어지고 말이야…… 이거야 원, 당최 알아먹을 수가 있어야지!"

사실 신문기자는 지금 마음속의 은밀한 우려를 스스로 인정하지 않고 있을 뿐이었다. 그러나 아무리 자신을 속여도, 마음속에 도사린 섬뜩한 걱정과 두려움 때문에 쥐브가 얘기해준 일련의 사건들을 차마 서로 연관시켜 바라보지 못하고 있는 것만은 엄연한 사실이었다.

하지만 '파리 갈르리'를 발칵 뒤집어놓은 작자가 진정 팡토마스라면, 이곳 센 강변에 출몰한다는 정체불명의 불빛들 역시 팡토마스와 관련이 없으리라고는 그 누구도 장담 못할 일이었다. 단, 그것들이 그저 혹하기 쉬운 구경꾼들의 상상 속에 존재하는 것이 아니라 실재하는 불빛들일 때의 얘기지만……

전날 팡도르는 쥐브에게 불쑥 이런 질문을 했다.

"그런데 말이에요, 쥐브. 황금알을 낳는 닭에 관한 옛날이야기 있잖아요…… 거기서 처음 그 닭에 관해 얘기할 때 사람들이 어떤 반응을 보였죠?"

하필 그 순간 다른 생각에 깊이 빠져 있던 쥐브는 팡도르의 이 엉뚱한 질문에 퍼뜩 정신이 든 사람처럼 되물었다.

"응?…… 지금 뭐라고 했지?"

팡도르는 형사의 그런 반응에 전혀 개의치 않는 듯 계속해서 말을 이어갔다.

"제 생각에는, 옛날 사람들은 황금알을 낳는 닭에 관해 길게 왈가왈부하기 전에 그런 닭이 진짜 존재하는지부터 직접 나서서 알아보려고 했을 것 같아요."

쥐브가 무반응으로 일관하는 사이 팡도르는 얘기를 계속했다.

"만약 그렇게 하지 않는다면, 정말로 어리석게 행동하는 게 아닌가 싶거든요……"

그제야 쥐브가 대꾸했다.

"잠깐만! 자네 보아하니 지금 머리가 어떻게 된 모양이로군!"

그럼에도 팡도르는 여전히 차분한 태도로 덧붙였다.

"실은 우리도 그처럼 어리석게 행동하고 있는 건 아닐까 생각 중이거든요……"

"그게 무슨 뜻이지?"

"강물에서 목격됐다는 그 불빛에 관해 이리저리 추론하기 전에 말입니다……"

순간, 쥐브가 벌떡 몸을 일으키더니 당혹한 빛이 역력한 얼굴로 외쳤다.

"아, 맞아!…… 내 정신 좀 봐!…… 깜빡 잊고 있었네! 강물에 나타났다는 정체불명의 불빛이 있었지! 경찰청에 보고서를 제출해야 하는데 이걸 어쩌나…… 난 그 문제보다 당장 내일 '파리 갈르리'에 가보는 일이 더 급한데 말이야……"

이번에는 팡도르가 상체를 일으키며 대꾸했다.

"쥐브, 당신은 예정대로 백화점에 가보세요. 강 쪽으로는 제가 가보겠습니다. 가서 사람들한테 물어도 보고, 증인들을 붙잡고 늘어지면서 흥미로운 정보들을 좀 캐볼게요. 어때요, 괜찮죠?"

"오, 그래준다면야 고맙지……"

쥐브와 팡도르는 다시 나란히 누워 잠을 청했다.

다음날 아침 쥐브는 약속대로 '파리 갈르리' 백화점을 방문했고, 팡도르는 예전에 다니던 라 카피탈 사와 접촉했다가 밤 아홉 시경에 강변 제방을 걷고 있었다.

둑길을 따라 이리저리 어슬렁댄 지 한 시간이 지났는데도 조사에 별 성과가 없자, 팡도르는 기분이 딱히 좋은 편은 아니었다.

애당초 불빛의 존재에 대해 반신반의하던 터라 그것을 직접 목격하지 못하는 것은 그렇다 쳐도, 그 문제에 관심을 보이는 사람과 마주치지 못하고 있는 건 정말 답답한 일이었다.

'밤 아홉시에 혼자서 둑길을 이러고 쏘다니다니 참 멍청한 짓이지…… 아마 아무것도 목격하지 못할 거야. 이 시간에 여길 지나다니는 행인을 만난다는 것도 바늘로 달을 찌르는 격일 테고…… 옳거니, 마침 때맞춰 음료수까지 내려주시네……'

팡도르가 '음료수'라고 맛깔스레 표현한 것은 다름아닌 빗줄기였다. 그러지 않아도 오후 내내 날씨가 꾸물꾸물하니, 두터운 구름들이 하늘을 온통 뒤덮더니만…… 아니나다를까, 이제는 억수처럼 쏟아지는 빗줄기들이 무차별적으로 포도를 때리고 튀어올라, 당분간 수그러들 것 같지 않은 위세를 떨치는 것이었다……

팡도르는 부랴부랴 제방을 거슬러올라가 프티 퐁 다리까지 무작정 달렸다. 거기서 아무 대문 앞 차양 밑이든 몸을 피할 수 있는 곳을 찾아 내처 다리를 건넜다.

"이런 빌어먹을 날씨를 봤나…… 계속 이렇게 비가 내리면 내 조사도 물건너가는 거잖아……"

그렇게 투덜대며 아르프 가 쪽으로 방향을 틀던 팡도르는 별안간 그 자리에 덜컥 멈춰 섰다. 무엇에 놀랐는지 그 순간만큼은 쏟아지는 빗줄기도 전혀 안중에 없는 듯했다.

다름아니라 방금 뭔가가 그를 스쳐지나갔는데, 왠지 주의를 끌 만한 행색이었던 것이다.

자세히 보니, 캄캄한 밤 아홉시임에도 불구하고 마치 동물애호협회에서 만들어준 것 같은 과장된 모자를 머리에 얹은 깡마른 당나귀가 수레를 끌고 있었다. 수레 위에는 필경 헌옷 장사에나 어울릴 잡다한 옷가지들이 수북한 가운데, 낡아빠진 가구들이 뒤죽박죽 쌓여 있었다. 그리고 그 온갖 잡동사니들로 이루어진 위태위태한 짐더미 위에 어떤 나이 지긋한 남자가 아슬아슬하게 걸터앉아, 어깨에 걸친 낡은 사제용 망토와 군경들이 쓰는 이각모에 의지해 쏟아지는 폭우를 간신히 버텨내는 중이었다. 그런데도 기분은 좋은지, 당나귀 등에 채찍질을 힘차게 하면서 노래까지 불러젖히는 것이었다. 안타깝게도 음정은 엉망이었지만, 처음 들어보는 그 노래는 분명 사랑의 연가였다.

잘 자요, 내 사랑……
이 봄을 만끽하오……

팡도르는 눈을 휘둥그레 뜬 채 당나귀와 수레 그리고 노래에 취한 사내를 멀뚱하니 바라보았다.

아르프 가는 폭우에 씻기고 바람에 휩쓸리면서 인적 하나 없는 거리의 모습을 드러내고 있었다. 당나귀는 웬만한 채찍질 따위는 이제 달관한 듯 터벅터벅 제 갈 길을 가고, 사내는 점점 더 크게 노래를 불렀다……

신문기자는 바로 코앞을 지나쳐간 그 기이한 일행, 특히 어깨에 망토를 걸치고 머리에 이각모를 쓴 사내를 한동안 집요하게 쏘아보더니 이렇게 중얼거렸다.

"맙소사, 설마 내가 착각한 건 아니겠지…… 분명 그자야……"

그러고는 곧바로 목청을 높여 소리쳤다.

"부지유*! 부지유!……"

노래를 부르던 남자는 능숙한 솜씨로 고삐를 그러쥐어 가엾은 당나귀를 멈춰 세웠다.

"아니, 누가 감히 남의 이름을 '님' 자도 안 붙이고 불러대는 거야?"

'제기랄, 아주 코가 삐뚤어지게 마신 모양이로군!'

순간 그렇게 속으로 중얼거리는 팡도르…… 사내는 자신을 소리쳐 부른 사람을 알아보자 굴러떨어지듯 수레에서 내려오더니, 길 한복판에 당나귀와 짐 모두를 그대로 방치한 채 득달같이 달려왔다.

"아이고, 이게 누구요. 팡도르 씨 아니시오? 이렇게 만나니 반갑소이다…… 그러지 않아도 목이 칼칼하던 참이었소!"

팡도르는 한때 부랑자로 떠돌던 이 부지유라는 자의 손을 지극히 소탈한 태도로 부여잡고 뜨겁게 악수했다.

"내가 무척이나 반가운 모양이군요…… 특별한 이유라도 있습니까?"

---

* 팡토마스 시리즈 1권과 2권에 등장하는 부랑자.

"아, 그럼요. 방금 내가 목이 칼칼하다고 하지 않았소!"

"그러니까 나더러 술 한잔 사라 이 말입니까?"

"당연하지!"

보아하니 부지유는 상대가 얼마든지 술을 살 의향이 있다는 것을 의심하지 않는 듯했다.

그가 당나귀 쪽을 손으로 가리키며 이렇게 중얼거렸다.

"웬만하면 자가용에 자리 하나 제공하고 싶은데, 보다시피 마침 내 창고에서 짐을 한가득 싣고 오는 중이라……"

"당신 창고라니? 그래, 요즘은 무슨 일을 하는데요?"

부지유는 갑자기 제대로 예를 갖춰 꾸벅 인사하고는 그럴듯한 목소리로 대답했다.

"본인은 재봉사요, 포도주 상인이요, 고철 장수요, 보석상이요, 가수요, 장례식 도우미요, 또한 당당한 세입자로서……"

"당신이 세입자?"

오갈 데 없이 떠돌아다니던 왕년의 부랑자는 뿌듯해마지않는 표정과 자부심 충만한 태도로 떠들어댔다.

"그럼요, 그렇고말고요, 팡도르 씨! 어엿한 세입자올시다!…… 당신이나 장의사, 그 누구와 마찬가지로 나 역시 내 돈 내고 터 잡아 떳떳이 사는 세입자란 말이외다. 자, 그러니 내 가게로 와서 한잔 사기나 하시구려. 여기서 얼마 안 걸리니까……"

팡도르는 부지유가 기발한 수완을 발휘해 가게로 개조한 어느 헛간 같은 곳에서 어언 반시간가량 얘기를 나누고 있었다. 아르프 가에서도 가장 지저분하고 음침한 구석에 자리잡은 그 가게는 경찰서에서 엎어지면 코 닿을 만한 거리에 있었는데, 부지유는 바로 그 점을 어떤 공신력의 징표로 생각하는 듯 특별히 뿌듯해하는 것이었다.

그는 팡도르에게 가게 이 구석 저 구석을 자랑삼아 구경시켜주며 말했다.

"우선 북쪽 벽에는 가구를 들여놓았고, 남쪽 벽에는 옷가지들을 모아두었지요. 서쪽 벽에는 각종 집기들을, 동쪽 벽에는 나머지 잡동사니들을 죄다 갖다 쟁여두었답니다…… 팡도르 씨, 한마디로 여기선 다루지 않는 물건이 없어요! 이제 수익만 좀 남기면 간판도 내걸 생각이랍니다. 상호는 이미 생각해두었죠. '없는 것 없이 사고파는 만물시장!'…… 아하, 어떻소!"

팡도르는 부지유의 그런 자신만만해하는 태도가 그저 즐겁고 재미있어서 한껏 축하하며 기를 북돋워주었다. 부지유는 벽장 한쪽 구석에서 잔을 두 개 꺼내와, 맨바닥에 설치된 수도꼭지를 틀어 물로 씻었다. 신문기자는 기꺼이 이 왕년의 부랑자와 건배하며 외쳤다.

"부지유의 사업이 대박 나기를!"

"팡도르 씨의 연애 사업이 대박 나기를!"

곧이어 뜻밖의 행운으로 이곳에 터를 잡게 된 과정 등, 부지유의 그간 살아온 이야기가 줄줄이 이어졌다.

"……그나저나 팡도르 씨, 옛날 얼굴들은 다 기억납니까? '종지기', '애교마담', 툴루슈 할멈, 나한테 홀딱 반하다시피 한 여자, 그리고 루파르와 '버스 붕붕', '꺽다리' 에르네스틴* 등등 말이오……"

"그럼요, 기억나다마다요, 부지유. 다들 지금은 어떻게 지내나요?"

"새로 생긴 동네에 다들 터를 잡았죠."

"'새로 생긴 동네'라뇨?…… 무슨 뜻이죠?"

"그들 모두 시골에 집을 짓고 살고 있어요……"

"그래요? 시골 어디죠?"

"그게 어디인고 하니……"

얘기하면서 입 끝이 귀에 걸리도록 웃어젖히는 걸 보면, 부지유는 동료들의 지금 처지가 더없이 흡족하게 느껴지는 모양이었다.

팡도르 역시 이 늙은 부랑자의 쾌활함에 전염된 듯 덩달아 웃었다.

사실 부지유와 마주친 것이 팡도르로서는 여간 달가운 일이

---

* 팡토마스 시리즈 1권부터 3권까지 등장하는 인물들.

아니었다. 그만큼 부지유는 재미나는 인물인데다, 팡토마스 일당으로 분류되는 자들과 두루 안면이 있기에 자주 만나볼 가치가 충분했다.

팡도르가 작정하고 물었다.

"그런데 '가스불'하고 '황소눈알'은 지금 어떻게 지내나요?"

그들 이름이 나오자 부지유는 아까와는 자못 다르게 심각한 표정이 되었다.

"오, 그자들로 말하자면…… 뭐랄까, 날 뚜껑 열리게 만들었다고나 할까……"

"그게 무슨 말입니까, 부지유?"

"한마디로 엿같이 굴더라 이 말이외다! 한번 생각해보세요, 팡도르 씨. 당신이 어느 날 떼돈을 벌겠다며 나섰다 치자고요…… 한데 그걸 가지고 괜히 시기해서 친구들이 본 척도 안 한다면 기분이 좋겠습니까?"

"물론 좋지 않죠. 하지만 왜 그런 질문을……"

"두고보면 알 거예요, 팡도르 씨. 내가 정식으로 장사를 시작했다고 하자 '황소눈알'하고 '가스불'하고 '표범' 셋이서 얼마나 시기하고 지랄들인지……"

그러고는 갑자기 손을 쓱 내밀며 자기 심정을 처절하게 토로하는 부지유……

"그렇다고 내가 뭘 뻐기며 사는 것도 아닌데 말이외다. 맙소사, 천만의 말씀이지! 오늘 돈이 있다가도 내일은 빚만 남는 장사인걸…… 나도 다 알고 하는 일이지요. 뭐, 그래도 상관은 없어요…… 어쨌든 그자들과는 이제 별로 볼일도 없으니…… 그나저나 요즘은 제법 재미가 쏠쏠한 모양입디다. 저기 몽마르트르 쪽, 옛날엔 헛간이었다가 지금은 개인주택으로 개조한 건물에서 사는 것 같더라구요……"

부지유와 팡도르의 대화는 계속 장사 얘기를 맴돌고 있었다.

그러다 겨우 질문할 기회를 잡은 팡도르는 속으로 쾌재를 불렀다.

"그런데 말입니다, 부지유. 이따금 제방 쪽으로 다녀보긴 합니까?"

부지유는 워낙 질문받는 것 자체를 좋아하지 않는 타입이라, 팡도르의 물음에 일단 거북스러워했다.

"뭐, 다닐 때도 있고 안 다닐 때도 있고…… 난 되는대로 아무데서나 물건을 사들이고 아무데서나 되팔고 그러니까…… 한데 그건 왜 묻는 거요, 팡도르 씨?"

상대를 잘 파악하고 있는 팡도르는 조금도 당황한 기색 없이 이렇게 대답했다.

"그야 당신 돈 좀 벌게 해주려고 그러죠…… 어때요, 나쁘지 않죠?"

"그럼요. 딱히 점잖지 못한 짓 하는 거만 아니라면야……"

팡도르는 부지유의 우려를 자연스럽게 지워주며 말을 이어갔다.

"이봐요, 부지유, 그 점은 안심해도 됩니다. 그냥 뭐 좀 알아볼 게 있어서 그러니까…… 우리끼리 얘긴데, 혹시 당신 요즘 들어 센 강변에서 뭔가 이상한 거 목격한 적 없습니까?"

부지유는 대번에 상대가 무얼 말하는지 알아차렸다.

"아하, 그 불빛들 얘기로구먼!"

"맞아요, 불빛…… 봤습니까?"

"지금 당신이 내 눈에 보이듯 똑똑히 보았지……"

"그게 뭔지 알고 있나요?"

부지유는 모자를 벗어 낡은 가구들 위에 걸터앉은 팡도르의 무릎에 뒤집어올려놓더니 말했다.

"팡도르 씨, 그것에 관해서는 여러 가지 짚이는 것이 있지만 말이요, 실은 나도 모처럼 신문기자 노릇 좀 해보고 싶다, 이거거든! 요컨대 정보를 순순히 내주고픈 마음은 없단 말씀이지…… 물론 당신이 돈을 주고 사겠다면야……"

"얼마면 되겠소, 부지유?"

"50상팀 정도로 타결 봅시다!"

"좋아요, 그렇게 합시다!"

"그런데 정확히 뭘 알고 싶은 거요, 팡도르 씨?"

"일단 여기 50상팀 받고…… 우선 뭘 보았는지부터 말해봐요."

부지유는 아까 뒤집어놓은 모자 속에 팡도르가 던져넣은 은화를 냉큼 집어들고는 말했다.

"불빛을 보긴 봤죠. 말 그대로 정말 불빛이었어요……"

"그건 알겠는데, 어떻게 생긴 불빛이었느냔 말입니다."

"불빛을 볼 때 흔히 눈에 보이는 그대로죠, 팡도르 씨…… 그냥 불빛 말입니다!"

"나 참…… 자세히 말해달란 말이오, 부지유! 그건 50상팀만큼의 답변이 못 되지 않소!"

"아, 당연히 자세하게 말씀드려야죠, 팡도르 씨! 하지만 솔직히 말해 이 돈으로는 그 정도가 말씀드릴 수 있는 전부거든요…… 불빛이 점점이 센 강 위를 깜빡거리며 떠도는데, 때로는 여기, 때로는 저기, 가까이 또는 멀리, 말 그대로 아무렇게나 나타났다가는 또 사라지지요. 다리와 둑길 위에서도, 아래에서도, 도무지 종잡을 수가 없답니다."

팡도르는 자기도 모르게 새어나오는 웃음을 참을 수 없었다.

"흠, 그것 참 애매모호하네! 그러니까 물위에도, 아래에도 빛이 나타나더라, 이겁니까?"

"그 점을 알고 싶다면 50상팀을 더 내셔야겠는데요, 팡도르 씨……"

"자, 여기 있소! 어서 말하시오!"

"저기…… 솔직히 고백하자면 그것에 대해 아는 건 아무것도 없습니다. 만약 누가 당신한테 다른 얘길 한다면, 진짜로 거짓말하는 거예요!…… 수면 위인지 아래인지는 맹세코 말해 정말 아무것도 몰라요!……"

이 알쏭달쏭한 대답에 팡도르는 자리에서 벌떡 일어나 화난 기색을 그대로 드러내며 말했다.

"부지유, 당신 참 사람 우습게 만드는군요! 1프랑이나 털어가 놓고 정작 아무것도 얘기해주지 않다니! 악덕기자 노릇은 잘했는지 몰라도, 장사꾼으로선 아주 글러먹은 경우 아닙니까! 당신은 불빛이라고는 본 적도 없어요!……"

"본 적이 없다니! 팡도르 씨, 본 적이 없다니!…… 이봐요, 한 나흘쯤 됐을 거요. 밤 열한시쯤 시테 섬 근처에서 분명히 보았고, 자정께는 파이프 담배를 피우다가 퐁 데 자르 다리 근처에서 또 보았다니까."

"그런데도 그 불빛들이 무엇인지 생각을 전혀 안 해봤단 말입니까?"

팡도르의 추궁에 부지유는 장난기 어린 태도로 이렇게 대꾸했다.

"생각이야 왜 안 해봤겠소, 팡도르 씨! 다만 그걸 토해내려면 약발이 좀 돌아야……"

"여기 50상팀 더 있소!"

"그러니까 그게…… 내 생각에는 유령이 아닌가 싶더라구요……"

"아니에요, 부지유. 그건 아니고…… 유령 얘기는 하지 맙시다. 다른 말을, 다른 말을 좀 해봐요!"

"그럼 50상팀 더?"

"아니, 부지유. 50상팀은 안 되고…… 가만 보니 당신 날 우습게 보는 모양인데…… 총 1프랑 50상팀으로 하고 모든 걸 깨끗이 설명해주는 게 어떻소?"

부지유는 잠시 망설이는 듯하더니 떠보듯 물었다.

"선불이오?"

"자, 1프랑 50상팀…… 이제 말해보겠소?"

부지유는 호주머니 속에 돈을 챙겨넣고서야 작심한 듯 얘기를 풀어나갔다.

"뭐, 이렇게 목돈도 챙겼으니, 그 불빛에 대한 내 생각을 모두 이야기해보리다…… 당신도 알다시피, 이 몸이 또 밤에 일어나는 일엔 제법 정통한 편이잖소…… 그런데 성모마리아님 배때기를 두고 맹세컨대, 정말이지 그 일만큼은 도통 모르겠더라니까!…… 당신이 방금 그 요상한 불빛들이 뭐냐고 물었잖소? 한데 나도 그게 정말 궁금하더라는 거요, 젠장…… 혹시 도깨비불이 아닐까?…… 아니라고요?…… 그럼 발광어發光魚의 일종 아니겠소?…… 그것도 아니야?…… 그럼 혹시 투망 어부들이나 등불 걸어두고 낚시하는 사람들 아닐까 싶은데…… 하긴, 배가 보이지 않으니…… 이봐요, 팡도르 씨, 50상팀만 더 주면 안 되겠소? 그러면 가장 그럴듯하다고 생각되는 의견을 공개하리다……"

"어림 반푼어치 없는 소리 작작 하쇼, 부지유. 당신 정말……"

"아, 그럼 20상팀은 어때요, 팡도르 씨…… 이번이 마지막입니다!"

"20상팀은 너무 많소, 부지유."

"그럼 10상팀으로 합시다…… 그걸 아껴야 될 정도로 궁핍한 건 아니잖소, 팡도르 씨?"

신문기자는 호주머니에서 10상팀을 꺼내 건네며 다그치듯 물었다.

"자, 가장 그럴듯하다는 의견이 대체 뭐요?"

"그게 뭐냐면요, 팡도르 씨…… 그 불빛은 다름아닌 염탐중인 독일 첩자들일 거라는 얘기올시다!"

"뭐요? 누가 뭘 염탐한다고? 그것도 말이라고 하는 거요?"

"그럼요, 팡도르 씨! 장담하는데 그건 분명히 독일 첩자들일 겁니다! 그렇게 해서 센 강의 수심을 측정하는 거죠…… 철갑선을 파리까지 침투시켜 경찰청에 포격을 가하려고 말입니다!"

비는 그쳐 있었다.

부지유는 결국 팡도르를 갖고 논 셈이며, 정체불명의 불빛들에 관해 제대로 된 정보를 건넬 만한 사람이 전혀 못 되었다. 신문기자는 그와 헤어진 뒤, 막연한 생각에 잠긴 채 몽마르트르 외곽 방향으로 터덜터덜 걷기 시작했다.

그의 불안감이 갈수록 깊어졌다.

도대체 뭘 믿어야 하나?

어떻게 생각해야 하는가 말이다!

'부지유는 내게 별다른 정보를 주지 못한 게 사실이지만, 다른 한편으로는 내가 묻는 질문을 단박에 이해했거든…… 그렇다면 과연 그 인간은 문제의 불빛들을 목격한 걸까, 아닐까? 하긴, 아무려면 어때…… 오늘 그와 나눈 대화에서 깨달은 점은 그 정체불명의 불빛 얘기가 이미 사방에 떠돌고 있다는 사실이지! 부지유조차도 그 문제에 흥미를 느끼고 있으니 말이야…… 아, 제발 한 번만이라도 직접 보면 좋겠어……'

팡도르는 어느새 프티 퐁 다리 중간쯤에 와 있었다. 부지유의 거처에 너무 오래 머문 탓에 지금은 거의 밤 열한시가 되어 있었고, 처음 이 다리를 건널 때 어느 정도 어둑했던 하늘은 이제 한층 더 캄캄해져 있었다.

팡도르는 다리 난간에 팔꿈치를 괸 채, 소용돌이치며 급류를 이루어가는 흙탕물을 무심코 지켜보고 있었다.

"아! 제발 이 두 눈으로 뭔가를 목격할 수만 있다면…… 그놈의 불빛들을 볼 수만 있다면……"

그렇게 중얼거리는 가운데 특별히 눈에 들어오는 건 아무것도 없었다.

그가 바라보는 저 앞으로는 시커먼 강물이 양쪽 기슭에 부딪치면서 온갖 폐기물과 함께 떠내려가 저멀리 아치형 교각 아래로 천둥소리를 내며 빨려들어가고 있었다. 좌우 어디를 둘러봐도 인적 하나 없는 기슭뿐. 그나마 저만치 생 미셸 광장 쪽에 외투깃을 바짝 세운 경찰관 두 명만이 일정한 보조로 어슬렁거리고 있었다. 그런가 하면 그 바로 우측 오텔 디외 광장에는 야간 순시를 막 끝낸 또다른 경찰관들 모습도 보였다.

파리는 자신의 한복판을 콸콸 흘러가는 강물도, 그 주변을 떠돈다는 정체불명의 불빛들도 안중에 없는 듯 고요한 잠에 빠져들고 있었다……

그것 참 기이한지고!…… 폭풍우가 채 물러가지 않은 이 밤의 적막 속에서 팡도르는 수수께끼 같은 불빛들에 관해 일말의 추측이라도 할 수 있다면 그 어떤 희생도 감내할 수 있을 것 같았다……

"강물 위든 아래든 제멋대로 떠다니는 불빛을 봤다면서도 그것에 대해 조금이나마 그럴듯한 가설이나 견해를 내놓는 사람이 단 한 명도 없다니, 이게 말이 되느냐고! 아, 목격자가 그렇게 많지만 않았어도, 부지유 같은 어리석은 인간한테까지 그놈의 불빛이 나타나지만 않았어도 지금 당장 이따위 조사는 집어치울 텐데!…… 어느 실없는 인간이 장난삼아 꾸며낸 얘기에 휘둘리고 있는 건 아닌지 몰라. 아무 근거도 없는 사실을 부여잡고 말이야…… 하지만 직접 봤다는 사람이 너무 많잖아! 설마 그 사람들이 하나같이 술에 취해서 헛것을 봤겠느냐고…… 그렇다고 발정기가 돼서 정신이 혼미해진 것도 아니잖아!"

비록 혼잣말이지만 팡도르는 애써 농담까지 하면서도, 실상은 무척이나 초조하고 불안한 상태였다. 도대체 뭘 어떻게 생각해야 할지, 믿어야 할지 알 수가 없었다.

난데없이 또 빗줄기가 쏟아지기 시작했다.

마침 여타 구름들보다 훨씬 더 두텁고 무거운 구름 하나가 억수 같은 폭우를 뿌리는 중이었다. 팡도르는 눈 깜짝할 사이에 물에 빠진 생쥐 꼴이 되었다.

"이런, 제기랄!"

그런데 부랴부랴 옷깃을 여미고 얼굴을 후려치는 비바람을 피해 노트르담을 등지려는 찰나…… 무심코 강물 위를 스치는 시선과 더불어 팡도르의 탄식이 숨막힐 듯 새어나왔으니!

"아!……"

바로 그때, 찢어질 듯 터지는 천둥소리가 우르릉대는 거센 울림으로 길게 이어졌다……

지금 이 순간, 팡도르는 거센 폭풍우도 전혀 안중에 없었다. 온몸을 때리는 폭우도 아랑곳하지 않고 그는 다리 중앙을 향해 전속력으로 질주했다…… 잠시 후 난간 위로 상체를 내민 채 그는 자기도 모르게 어딘가를 손가락으로 가리키며 기겁한 목소리로 더듬거렸다.

"저, 저기…… 저기야…… 대체 저게 뭐지?…… 저게 뭐냐고!……"

저만치 20여 미터 떨어진 강물 한복판 시커먼 수면 위에서 너비가 1미터 정도 될 듯한 희부옇고 달무리 같은 광채 하나가 급류 속을 헤치며 전진하다가 잠시 멈춰 서는가 싶더니, 또다시 앞으로 나아가는 것이 아닌가!……

눈곱만큼도 의심의 여지가 없었다!

"불빛이야! 오, 맙소사!…… 드디어 내가 그 불빛을 보고 있는 거라고!"

7
살인

오 분 전부터 '가스불'은 여전히 레몽드가 갇혀 있으리라고 믿는 다락방 사다리 앞에 와서 서 있었다.

평소 성질대로라면 벌써 사다리를 타고 올라가 늑장부리고 앉아 있는 '표범'을 호되게 몰아세웠겠지만, 지금은 왠지 진득하게 화를 누르며 친구 '황소눈알'에게 이런저런 변명을 늘어놓고 있었다.

"여보게, '황소눈알.' 이럴 땐 저 여자를 된통 혼내줘야 하는 건데…… 앞으로는 절대 꾸물거리지 못하도록 말이야…… 그런데 솔직히 말해서, 실은 나도 보통 게으른 사람이 아니거든……"

낡은 침상에 털썩 주저앉아 한쪽 발은 시트 위에 다른 발은 아래로 덜렁덜렁 내려뜨린 채, '황소눈알'은 바닥에서 주워문 담배

꽁초의 연기를 천장을 향해 내뿜으며 고개를 끄덕였다.

"'가스불' 자네가 게으른 건 그럴 수 있네만…… 문제는 겁에 질려 있다는 거야."

"겁에 질려 있다니? 뭐가 무서워서?"

"'표범'이 무서운 거지!"

"'표범'이?…… 내가 왜 '표범'을 무서워한다고 생각하지?…… 이건 또 무슨 헛소리야!…… 사람을 뭘로 보고!"

'가스불'은 친구 앞에서 뭔가 보여줘야겠다는 듯, 반쯤 열려 있는 뚜껑문을 향해 버럭 고함을 질렀다.

"어이, '표범'! 도대체 거기서 언제 내려올 거야?"

곧이어 거의 알아듣기 힘들 만큼 애매한 웅얼거림이 대답으로 돌아오자, '황소눈알'은 지극히 태연하게 또다른 담배꽁초에 불을 붙이며 말했다.

"그것 보라구. 자넨 겁을 집어먹고 있어! 저 위로 당장 쳐올라가지 않는 걸 보면 자기 계집을 겁내고 있는 게 분명해……"

물러터지기로 소문난 '황소눈알'이 지금 '가스불'을 바짝 약 올리는 중이었다.

'가스불'은 마침내 사다리에서 비켜나 '황소눈알'의 한쪽 발을 낚아채 장난스레 바닥으로 끌어내리고는 이렇게 응수했다.

"이봐, 자네가 감히 나를 능멸하고 싶은 모양인데…… 당장 그 입 닥치지 못해?"

'황소눈알'은 얼른 그를 뿌리치며 말했다.

"이런 빌어먹을! 나처럼 약해빠진 사람을 요절이라도 내겠다는 거야, 뭐야……"

그러면서도 상상력이 그다지 풍부하지 못한 탓에 어떤 생각 하나가 떠올랐다 하면 그것에만 죽자고 매달리기 일쑤인 '황소눈알'은 계속해서 이렇게 덧붙였다.

"그래, 자네가 '표범'을 무서워한다고 말했다. 어쩔래!"

"내가 도대체 왜 '표범'을 무서워하는데?"

"그야 자네 목에 방울을 달까봐 그러는 거지!"

"뭐야? 내 목에 방울을 달까봐 무서워한다구? 이런 정신 나간 놈…… '표범'은 내가 맘만 먹으면 언제든 소시지처럼 찌부러뜨리고 벌레처럼 으깨버릴 수 있는 여자야…… 그런데 내가 겁을 낸다니, 맙소사…… 이 딱한 친구야, 자네가 아마도 농을 부리고 싶은 모양인데……"

'가스불'은 말을 하다 말고 또다시 뚜껑문을 향해 버럭 소리를 내질렀다.

"야, 이 정신 나간 여편네야! 안 내려올 거야, 정말? 진짜 날 졸로 보겠다는 거야, 뭐야!"

하지만 '표범'은 여전히 묵묵부답이었다.

'황소눈알'은 옳거니 잘됐다는 듯, 또다시 친구를 집적대기 시작했다.

"여보게, 척 보면 모르겠나? 저 여자가 자넬 무시하는 거라구……"

그러고 보니 '가스불'도 슬슬 그런가 싶은 생각이 들었다.

도대체 '표범'은 저 위에 무얼 하고 앉아 있는 건가? 정녕 대답을 안 하겠다는 건가? 지금 이렇게 계속해서 내려오라고, 내려와서 서방님 목 좀 축이게 해달라고 요청하고 있지 않은가!…… 이게 무슨 특별한 요구라도 되나?…… 여자로서 충분히 감당할 만한 역할 아닌가! 남자가 바깥일을 마치고 귀가했으니, 목도 어느 정도 칼칼하지 않겠는가! 이럴 땐 집에 있는 아녀자가 목 축일 술상 한번 제대로 봐올 수 있지 않은가 말이다!

다시금 사다리 아래로 돌아간 '가스불'은 당장 무슨 수라도 낼 것처럼 외쳤다.

"야, '표범'! 도대체 내려올 거야, 말 거야?"

하지만 다락방에서 새어나오는 소리는 아직도 알아들을 수 없는 중얼거림이 고작이었다.

급기야 '가스불'은 온갖 험악한 욕설을 내뱉으며 사다리를 기어오르기 시작했다.

"에잇, 이 빌어먹을 계집 같으니. 오늘이 제삿날인 줄 알아!…… 당최 도움이 안 돼, 도움이…… 조금만 기다려봐. 내가 버릇을 단단히 고쳐놓을 테니까!"

그렇게 악을 쓰며 사다리를 기어오른 '가스불.' 한데 어찌된 일인지 다락방은 텅 비어 있는 것 같았다.

"아니, 이 여자가 어디 있는 거야?"

'표범'으로부터는 여전히 아무 반응도 없었다.

"어디 처박혀 있는 거냐구! '보물단지'하고 아직 용건이 남아 있단 말이야! 이런 우라질! 냉큼 치맛자락 붙잡고 달려나오지 못해?…… 어서 튀어나와!"

'가스불'은 이제 다락방 한가운데 버티고 서서 뚜껑문을 가리키며 윽박질렀다.

"이놈의 여편네…… 어서 내려가라니까!"

하지만 '표범'의 종적은 계속 오리무중. 반면 밑에서는 '황소눈알'이 조롱이라도 하듯 소리치기 시작했다.

"어이, '표범'! '표범' 어디 있어?"

마침내 '가스불'은 화가 울컥 치밀었다.

그는 머릿속에 떠오르는 온갖 욕지거리를 무차별적으로 내뱉더니, '표범'이 뭔가 비밀스러운 이유 때문에 다락방 구석에 일부러 숨어 있다는 생각으로 이렇게 으르렁댔다.

"이 버러지 같은 년, 네가 어느 구멍에 처박혀 있든 내 기필코 엉덩이를 차서 밖으로 내쫓아버리고 말 테니 두고봐!"

'가스불'은 다락방에 있는 물건들을 닥치는 대로 옮기기 시작했다.

두 손 가득 집기들을 집어들었다가 뒤로 마구잡이로 내팽개쳤다. 그럴 때마다 엄청난 소음과 먼지가 솟아올랐지만, 저 아래에서 얄밉게 이죽거리는 '황소눈알'의 말소리를 잠재우기에는 역부족이었다.

"이봐, '가스불.' 십중팔구 자네가 그 여자 붙잡기는 그른 것 같으이……"

'가스불'은 화가 울컥 치밀어 들고 있던 집기를 내려놓자마자 뚜껑문 쪽으로 달려가 버럭 소리질렀다.

"야, 이 자식아, 그 아가리 못 닥쳐! 자꾸 열받게 할래?"

하지만 순순히 입 닥치고 있을 '황소눈알'이 아니라는 걸 잘 아는 '가스불'은 그 정도로 해둔 채, 다시 잡동사니들을 이리저리 치워가며 '표범' 수색에 들어갔다.

"아, 빌어먹을 계집 같으니…… 정말 안 나올래?"

그때까지도 오로지 사내가 단념하기만을 고대하며 가구 더미 뒤에 꽁꽁 숨어 있던 '표범'은 이러다가 조만간 들킬 거라는 생각이 들었다.

'가스불'은 갈수록 부아가 치밀고 있었다. 아무래도 화가 폭발하기 전에 항복하고 순순히 모습을 드러내는 게 좋을 듯했다.

마침내 '표범'은 가라앉아 길게 늘어지는 목소리로 짐짓 이렇게 말했다.

"아이고…… 잠 좀 편히 자려는데 그것도 안 되나?…… 웬 소란을 그렇게 피워요, 도대체 무슨 일인데요?……"

'표범'이 아무렇지도 않은 듯 어찌나 태연하게 나타나는지, 길길이 뛰던 '가스불'의 성질도 한순간 수그러들지 않을 수 없었다.

"무슨 소릴 하는 거야! 그럼 지금까지 저 구석에서 혼자 염불이라도 외우고 있었다는 거야?"

그 순간 아래에서 '황소눈알'이 이렇게 떠들지만 않았어도 '가스불'은 얌전히 성질을 가라앉혔을 것이다.

"아, 글쎄 내 말이 맞다니까!…… 자네 계집은 분명히 자넬 무시하고 있는 거야, 이 딱한 친구야!"

그 말이 귀에 들어오자마자 '가스불'은 또다시 부아가 확 치밀었다.

그는 뚜껑문을 통해 아래로 소리쳤다.

"어이, 도대체 오늘 왜 그러는 건데? 그놈의 축음기 같은 주둥아리 그만 다물지 못하겠어!"

'축음기' 같다는 야유에 '황소눈알'은 마땅히 응수할 말을 찾지 못한 채, 잠시 기가 꺾여 입을 다물고 있었다. 그제야 '가스불'은 '표범'을 돌아보며 말했다.

"그건 그렇고, '표범', 난 계집이 꿀 먹은 벙어리처럼 입 꼭 다물고 있는 건 질색이야. 대체 거기서 여태 뭘 하고 있었던 거야?"

"그냥…… 아무것도 안 했어요……"

"오호라, 아무것도 안 했다…… 그럴 리는 없을 텐데…… 최소한 '보물단지'랑 수다라도 떨었을 거 아니야, 안 그래?"

"'보물단지'랑요? 오, 천만에요, '가스불'…… 무슨 헛소리를 하는 거예요?……"

순간 '가스불'은 대답 대신 한 손으로 정부의 멱살을 움켜잡고는 다른 손으로 냅다 따귀를 후려갈겼다.

"뭐야? 다시 한번 말해봐, 헛소리?…… 이 여편네가 못하는 소리가 없구먼!…… 어디, 다시 한번 지껄여보라니까!"

그러고는 불쌍한 제 여자가 휘청할 정도로 또다시 애먼 뺨을 냅다 후려갈기는 '가스불.'

건달은 이제 화를 참지 못해 저 혼자 더욱 길길이 날뛰기 시작했다.

정부의 따귀를 두어 차례 후려갈기고 나자, 이번 기회에 여자를 좀더 호되게 다스려야겠다는 생각이 들었다.

마침 바닥에 굴러다니는 오래된 나무막대기가 눈에 띄었다. '가스불'은 얼른 그것을 집어들고는 '표범'을 노려보며 거칠게 내뱉었다.

"모든 게 아무래도 석연치가 않아…… 당신은 여기 아무런 볼 일도 없었거든! 그러니 아무래도 해명이 좀 필요할 것 같은데 말이지……"

'표범'은 섣부른 대꾸를 하지 않으려고 잔뜩 조심하는 눈치였다.

그런가 하면 '가스불' 역시 여자에게 생각할 수 있는 여유를 주지 않으려고 마음을 다잡고 있었다.

그때까지만 해도 그는 딱히 의심이라 할 만한 건 느끼지 않고 있었다.

한데 느닷없이 초조함이 치밀어오르면서, 기분 나쁜 불안감이 별안간 목을 죄어오는 것이었다.

"가만있자…… '보물단지'는 어디 있지? '보물단지'는 왜 이리 조용한 거야?……"

갑자기 그는 얼굴까지 벌겋게 상기된 채 '표범'을 거칠게 떠밀어 다락방 한쪽 구석으로 내동댕이쳤다.

"이런 우라질…… 만에 하나……"

말을 채 잇지 못하는 '가스불'…… 저 속에서 화르륵 불붙은 광기에 찬 분노가 목소리까지 뒤흔드는 것이었다.

"마, 만에 하나…… 만에 하나……"

'가스불'은 아침에 레몽드가 보이지 않도록 정성껏 쌓아놓은 물건들을 눈 깜짝할 사이에 후다닥 허물어버렸다. 모든 것이 치워지자 마침내 텅 빈 매트리스가 그의 눈에 가득 들어왔다!

그는 '표범'이 여자의 도주를 도왔다는 걸 금세 눈치챘다.

"우라질!…… 당신이 그 여자에게 열쇠를 줬어?"

그렇게 외치면서 '가스불'은 '표범'에게 와락 달려들어 어깨를 부여잡았다.

"자, 어디 대답해보실까?……"

'표범'의 얼굴엔 이제 겁에 질린 표정이 완연하게 드러나 있었다.

"이거 놔줘……"

"놔줄 때가 되면 어련히 놔줄까……"

"이거 놔, '가스불'! 아프단 말이야……"

"아프건 말건 내 알 바 아니고…… 여자를 도망치게 해준 게 당신이지? 아니면 아니라고 해봐!"

"아니야! 그렇지 않아!"

'가스불'은 마침내 '표범'을 놔주고는 두 주먹을 잔뜩 그러쥐며 으르렁댔다.

"분명 당신 짓이 아니라고 했겠다?…… 이런 악질 거짓말쟁이 같으니라구…… 내가 이번 기회에 네년 버릇을 단단히 고쳐놓고 말 테니 두고봐!…… 아, 이런 빌어먹을 일이 있나! 이런 잡아죽일 년이 있냔 말이야!…… 있는 고생 없는 고생 다 해서 기껏 일을 만들어놨더니 사람 뒤통수를 쳐?…… 혹시 경찰한테 신고도 한 거 아니야?"

'가스불'은 그렇게 한마디 한마디 내뱉을 때마다 여자의 얼굴을 무자비하게 후려치고 있었다.

'표범'은 애인의 무시무시한 폭력을 오래 견뎌낼 만큼 단단한 여자가 아니었다.

마지막으로 '가스불'이 얼굴에 주먹을 한 대 갈기자, '표범'은 고통에 찬 비명과 함께 거친 신음을 내뱉었다.

"아악!…… 아…… 날 정말 죽일 셈이야?……"

"너 같은 년을 내가 죽인다 해도, 이 세상에서 하찮은 매춘부 하나 사라지는 것에 불과해!"

'가스불'은 바닥에 쓰러진 '표범'에게 계속해서 발길질과 주먹질을 가하고 있었다.

"그러니 어서 대답하란 말이야! 그 여자가 어떻게 도망친 거야?"

"아이고…… 제발 살려줘…… 그냥 저 혼자 달아난 거라고……"

"저 혼자 달아나? 그런 말이 먹힐 거라고 생각해?…… 좋아, 이 썩어빠진 년, 내가 정말 화나면 어떻게 되는지 오늘 단단히 보여주지!"

손과 발로 구타하는 것에 지친 '가스불'은 방금 전에 집어들었다가 옆으로 치워둔 막대기를 다시 움켜쥐었다.

"이 도둑년 같으니! 내 단단히 버릇을 고쳐주겠어!"

버럭 소리를 지르는 동시에 막대기가 허공을 가르더니, 이미 바닥에 뻗어 버둥거리고 있는 '표범'의 어깨 위로 사정없이 내리꽂히기 시작했다.

딱한 '표범'에게는 안된 일이지만, '가스불'은 한번 발동이 걸리면 여간해선 타협을 모르는 인간이었다……

그런가 하면 '표범'도 엄살이 심한 여자는 아니었는데, 그럴수록 '가스불'은 더욱 악착같이 매질을 했다.

"아, 어서 대답하란 말이다, 이년아!"

그는 계속 그렇게 윽박질렀다. 하지만 아무리 펄펄 뛰고 난리를 쳐도 여자에게선 단 한 마디의 해명도 들을 수 없었다.

계속해서 무자비한 몽둥이찜질이 여자의 어깨에 가해지는 가운데, 특히 매서운 한 번의 타격이 목덜미에 얹혔다.

'표범'은 펄쩍 뛰어 일어나 도망치려 했다.

"아악!…… 이러다 사람 죽겠네!"

그 순간 '가스불'의 거센 발길질이 다시금 여자를 바닥에 쓰러뜨렸다.

"오냐, 넌 오늘 나한테 죽었어! 널 완전히 뜯어고쳐놓을 테니까! 자, 어서! 어서 말해! 어서!"

이제 '가스불'은 의자를 집어들었고, 어깨 위로 높이 치켜들더니 그대로 '표범'의 머리 위에 내리꽂았다.

곧이어 눈앞에 펼쳐진 끔찍한 광경…… 그것은 '가스불'도 전혀 예상치 못한 것이었다!

의자의 등받이 부분이 '표범'의 이마에 부딪치자, 머리카락 사이로 새빨간 빛깔이 가늘게 새어나오는가 싶더니, 이내 얼굴 전체가 끈적끈적한 선혈로 뒤범벅되는 것이 아닌가! 뿐만 아니라 여자의 몸 전체가 무시무시한 경련에 휩싸여 사정없이 뒤틀리기 시작했다.

자신의 정부에게 중상을 입혔음을 깨닫자 '가스불'은 뒤늦게 정신이 드는 모양이었다. 그는 들고 있던 의자를 멀리 내던지고는 이렇게 말했다.

"에잇, 지긋지긋한 년 같으니라구…… 이제 일어나서 술이나 가져와! 얘기는 좀 이따 다시 할 테니까……"

하지만 '표범'은 일어나지 않았다.

바닥에 길게 널브러진 그녀의 몸뚱어리는 더이상 꿈쩍도 하지 않았다.

"뭐하는 거야, 지금?"

툭 내뱉는 그의 목소리가 자기도 모르게 떨리고 있었다……

아무런 반응이 없자 '가스불'은 얼른 무릎을 꿇고 '표범'을 붙잡아 일으켜보았다. 전혀 의식이 없는 듯 축 늘어진 상태였다.

'가스불'은 아무 말도 못하고 부들부들 떨었다. 무슨 말을 할지, 어떻게 할지, 아무런 갈피도 잡을 수 없었다. 옴짝달싹하지 않는 정부의 몸뚱어리를 멍하니 응시한 채 두 팔을 축 늘어뜨린 그의 이마에는 식은땀이 송골송골 맺혀 있었다.

'가스불'은 아찔한 기분에 아무것도 생각할 수가 없었다. 그는 '표범'이 왜 아무 말 없이 꼼짝도 하지 않는지 아직도 이해할 수가 없었다. 다만 무언가 엄청난 사태가, 끔찍한 상황이 목전에 닥쳐와 있다는 것만 어렴풋이 느낄 뿐이었다.

그러다 어느 순간 갑자기 울화통이 확 치밀었다!

도대체 왜 사사건건 이런 난처한 사태만 일어나는가. 하는 일마다 골칫거리이고, 불안에, 걱정에, 아슬아슬한 상황만 거듭되는가 말이다! 지금도 '표범'은 자기가 기절해버리면 모든 일이 순조롭게 넘어갈 거라 생각하는 모양이지만…… 한데 기절한 게 맞긴 하겠지?

"어이, '표범'! 이 몹쓸 계집아! 어서 일어나라구……"

그렇게 버럭 소리를 질렀지만, '가스불'의 목소리는 분명 떨리고 있었다.

'표범'은 여전히 미동도 하지 않았다. 그제야 '가스불'은 여자의 가슴이 전혀 들썩거리지 않는다는 것, 즉 숨을 쉬고 있지 않다는 사실에 생각이 미쳤다.

그는 정부의 몸뚱어리 옆에 쪼그려앉더니, 머리채를 잡아 바닥에 마구 찧으며 말했다.

"말 좀 해보라구, 이 굼뜬 계집아…… 온갖 품위 있는 척은 다 해놓고 이제 와서 시침 뚝 떼고 발뺌하겠다는 거야?"

결국 '가스불'도 서서히 지치는지, 악을 쓰던 목소리에 점점 힘이 빠져나가고 있었다.

그는 '표범'의 머리채를 놔주었다. 쿵 하고 머리가 바닥에 부딪히는 순간, 그는 자기도 모르게 움찔했다.

여자의 입가에 타액과 섞여 불그스레한 빛깔로 번진 핏자국이 눈에 들어왔다.

'가스불'은 정부의 차가운 입술에 손바닥을 갖다댔다.

그제야 상황의 심각성을 또렷이 깨달은 '가스불'……

식은땀이 관자놀이에 맺히는 가운데 그는 이렇게 중얼거리고 있었다.

"맙소사, 완전히 골로 가버린 모양이네! 이를 어쩐다…… 아무리 두들겨 패도 이런 적은 없었는데…… 이제 이 일을 어쩌지?……"

방금 전 자신의 손으로 참혹하게 살해한 정부를 눈앞에 둔 채, '가스불'은 넋이라도 나간 듯 꼼짝 않고 있었다. 잠시 후 그는 중얼중얼 혼잣말을 했다.

"아, 이럴 순 없어…… 정말 죽은 거면…… 이거 큰일 아니야…… 이런 낭패가 있나!……"

바로 그때, 아래에서 '황소눈알'의 목소리가 불쑥 치고 올라왔다.

"내가 뭐랬어, '가스불'! 그 계집이 자네 목에 방울을 매달 거라고 했잖아!…… 그래서 여자는 무조건 두들겨 패야 하는 거라구, 이 친구야……"

'가스불'은 아무 대꾸도 하지 않고 있다가 별안간 뚜껑문 쪽으로 후닥닥 달려갔다.

그는 친구를 소리쳐 부르면서 황급히 사다리를 타고 내려갔다.

"왜 그래? 나 불렀어?"

아래에는 '황소눈알'이 놀란 눈을 끔뻑거리며 서 있었다.

'가스불'은 다짜고짜 눈을 부라리며 으르렁댔다.

"너 당장 내 앞에서 사라져! 어서 꺼지란 말이야!…… 당장 꺼지지 않으면 가만있지 않을 거야!"

그러고는 아무런 설명도 없이 친구의 멱살을 덥석 붙잡고는 곧장 밖으로 내동댕이쳤다.

하지만 기세등등하던 모습과는 달리 '가스불'은 문을 닫아걸자마자 휘청하는 몸을 겨우 가누며 얼른 벽에 기대는 것이었다.

자신의 과오로 인해 저 위 다락방에 싸늘한 시신으로 누워 있는 여자 생각이 그를 후들후들 떨게 만들고 있었다.

시신이라니…… 아니야, 그럴 리가 없다! '표범'은 죽지 않았을 것이다…… 그깟 매질로 죽을 여자가 아니지 않은가!…… 게다가 '가스불'이 자신의 손으로 '표범'을?…… 말도 안 돼……

그러나 그 건달은 지금껏 살아오면서 시체들을 워낙 많이 보아온 터라, 착각을 할 리는 거의 없었다.

잘못 얻어맞는 바람에 재수없이 저세상으로 가고 만 온갖 여자들…… 그들은 하나같이 처음에는 '표범'처럼 수족을 부르르 떨다가, 곧이어 끔찍스러운 모습으로 온몸이 경직되지 않았던가!

그나저나 둘이 멀쩡하게 동거하던 집안에서 여자를 두들겨 패 죽였으니, 조만간 사람들 눈에 띄고 말 텐데……

'가스불'은 친구이자 정부였던 한 여자에 대한 회한의 감정에 젖을 틈도 없이, 언제 경찰이 들이닥칠지 모른다는 생각에 몸서리를 쳤다. 머릿속에는 벌써부터 판사들과 감옥 그리고 소름끼치도록 섬뜩한 어떤 그림이 어지러이 맴돌고 있었다.

이를테면 창백한 새벽녘, 오랏줄과 족쇄에 묶인 한 남자가 떠들썩한 군중을 헤치며 종종걸음으로 어디론가 다가가는데, 거기엔 무시무시한 기계가 위협적인 모습으로 설치되어 있는 것이다…… 다름아닌 단두대!…… 한데 잠시 후 목이 잘려나갈 그 불행한 남자의 얼굴을 보니…… 바로 '가스불' 자신이 아닌가!

마치 죽은 사람처럼 얼굴이 창백하게 질린 '가스불'은 무릎을 털썩 꿇었다.

밖에서는 아까 쫓겨나간 '황소눈알'이 야유하는 목소리가 계속 들려오고 있었다.

"그것 보라니까, 이 친구야! 내가 뭐랬어! 여자가 안 내려올 거라고 했지!"

8
패닉

지친 기색이 완연한 샤플라르 씨는 방금 자신의 중요하면서도 위엄 넘치는 서명을 휘갈긴 수많은 문건들을 집무실 책상 위 서류함으로 밀어넣었다.

그의 안색은 무척이나 창백해 보였다.

사실 전날 레몽드를 풀어주라는 수많은 정체불명의 경고문들에 하루종일 시달린 이후, 지금 이 시각까지 '파리 갈르리' 사장의 심기를 크게 어지럽힐 만한 사건은 일어나지 않고 있었다.

쥐브와 헤어지고 나서 샤플라르 씨는 곧장 귀가했고, 클럽에 나가지 않은 것은 물론 일찌감치 잠자리에 들었다. 다음날 아침 일어났을 땐, 간밤에 숙면을 취하지 못했기 때문인지 다소 피곤하긴 했으나, 달리 새로운 사건이 터졌다는 소식도 없었고 전날의 사태와 연관된 것으로 보일 만한 그 어떤 징후도 눈에 띄지 않았다.

샤플라르 씨는 평소 습관과는 다르게 아침 일찍 '파리 갈르리' 집무실로 출근했다. 참모들이 미리 나와 있었으나 그에게 특별한 보고를 하지는 않았다.

"지금 즉시 회계 서류들을 준비해줘요."

그렇게 지시해서 가져온 서류들에 그가 방금 서명을 다 마친 상태였다. 오전 열한시가 거의 다 되었는데도 쥐브로부터 아무런 소식도 없자, 샤플라르 씨는 다소 의아해하며 자신이 직접 형사에게 전화를 걸어봐야겠다고 생각했다. 그는 수화기를 들고 전화를 걸었다.

아무런 신호도 떨어지지 않았다.

"도대체 전화국 업무가 왜 이 모양이야…… 이러니 사람이 미치지…… 아가씨들이 아예 작정하고 전화를 연결하지 않는 모양이군!……"

그렇게 혼잣말로 투덜거리던 샤플라르 씨는 별안간 말을 멈추고 생각에 잠겼다.

'가만있자, 이게 왜 이런 거지?……'

곧이어 벽을 따라 천장 쇠시리 장식까지 이어진 전화선에 눈길이 가닿자 그는 화들짝 놀라지 않을 수 없었다.

'아니, 어떻게 이런 일이……'

누군가 침착하게 가위로 자른 듯 보이는 전화선……

마침내 '파리 갈르리' 사장의 입에서 어이없다는 탄식이 새어 나왔다.

"맙소사! 이러니 아무리 전화를 돌려도 먹통일 수밖에……"

샤플라르 씨는 일단 마음을 추스른 뒤, 서류함 밑으로 손을 뻗어 비서실로 연결된 호출 벨을 더듬었다.

한데, 웬일인지 손에 만져지는 것이 아무것도 없었다……

샤플라르 씨는 버럭 짜증을 내며 외쳤다.

"아, 이런!…… 도대체 어떻게 된 거야? 누가 감히 이런 짓을?……"

그는 얼른 무릎을 꿇고 전선을 살펴보았다.

"전화도, 호출 벨도 선이 끊겼잖아!…… 아, 빌어먹을!"

샤플라르 씨는 벌떡 일어서자마자 비서실로 통하는 문으로 내달렸다.

문손잡이를 잡자마자 힘껏 돌려서 당기는데…… 어찌된 일인지 문은 꿈쩍도 하지 않았다! 바깥쪽에서 잠겨 있는 것이다.

샤플라르 씨의 얼굴이 금세 납빛으로 굳었다.

그는 무슨 생각을 할 겨를도 없이 곧장 비서실과 연결된 문을 포기하고 비밀 계단으로 통하는 집무실의 또다른 출입구 쪽으로 달려갔다.

"아니…… 여기도 잠겨 있네?……"

불안감이 목까지 치밀어 말도 잘 나오지 않았다.

다시 집무실 한가운데로 돌아온 샤플라르 씨는 창백해진 안색으로 멀뚱하니 선 채 속으로 중얼거렸다.

'도대체 이게 어떻게 된 일이지?……'

마침내 모든 상황이 역부족임을 깨닫자, 덜컥 두려움이 엄습하는 가운데 자기도 모르게 외쳤다.

"사람 살려!…… 도와줘요!…… 누구 없습니까?"

'파리 갈르리' 사장은 자기 집무실에서 있는 힘을 다해 구조 요청을 하기 시작했다.

다행히 그 노력은 허사로 끝나지 않았다. 비서실에서 누군가가 그의 외침 소리를 들은 듯했고, 잠시 후 사람들이 잠긴 문 앞까지 달려와 안을 향해 소리치기 시작했다.

"사장님, 안에 계십니까? 부르셨습니까, 사장님? 무슨 일이십니까?…… 무슨 일이 있나요?"

그런가 하면 비밀 계단 쪽으로도 사환 한 명이 요란하게 달려 올라와 잠긴 문 너머로 외쳐댔다.

"잠깐 기다리세요, 사장님. 여기 왔습니다!……"

다행스럽게도 구조 요청이 무위로 끝나지 않았고 특별히 불안한 상황이 벌어진 것도 아니라는 데 생각이 미치자, 샤플라르 씨는 다시금 안정을 되찾았다.

"문을 부수고 들어오게!…… 자, 어서…… 문을 부수라고!"

시간은 얼마 걸리지 않았다. 한쪽에서는 비서실 직원들이, 다른 한쪽에서는 사환이 한꺼번에 사장 집무실로 쏟아지듯 들어왔다.

"무슨 일입니까?"

"별일 없으신가요?"

글쎄…… 샤플라르 씨는 뭐라고 말해야 할지 난감했다.

도대체 문은 누가 잠갔는가? 전화선은 누가 끊어놓았는가? 호출 벨 전선은 누가 절단했는가? 직원들에게 신경질적으로 물어보았지만, 그 누구로부터도 속시원한 답변을 들을 수 없었다.

"방에 들어간 사람이 아무도 없는데요……"

사환의 대답이었다.

"저희도 오늘 아침에는 사장님 방에 들어가지 않았습니다!"

비서진의 대답도 마찬가지였다.

아울러 저마다 한마디씩 밑도 끝도 없는 생각들을 표명하는 가운데 걱정 가득한 온갖 이야기들이 집무실 안을 떠들썩하게 채웠다. 모두들 전날 일어난 사건들을 떠올리면서, 레몽드의 신상에 대한 정체불명의 경고문과 이 어처구니없는 사태를 어떻게든 연관시키는 것이었다.

하지만 샤플라르 씨만큼은 흥분을 애써 가라앉히며 정신을 가다듬고 있었다. 겁에 질린 직원들을 상대로는 그 어떤 딱 부러진 설명도 들을 수 없음을 깨닫자, 그는 곧바로 그들 모두를 원위치시켰다. 그리고 이렇게 지시했다.

"백화점 경비대장을 당장 올라오라고 하시오!"

'파리 갈르리'는 모든 신생 대형 백화점들이 그렇듯, 총인원 십여 명 규모의 사설 경비대를 갖추고 있었다. 그들은 백화점의 인파 속에 뒤섞여 이리저리 돌아다니면서, 도벽이 있는 손님들이나 전문 절도범들의 준동을 사전에 차단하는 임무를 담당하고 있었다.

사장의 긴급 호출을 받은 경비대장이 득달같이 달려왔다. 오전 열한시가 거의 다 되어가는 시각, 무슨 이유인지 방에 들어설 때부터 무척 흥분한 기색이었다.

경비대장은 '파리 갈르리' 사장의 창백한 안색을 보자마자 다짜고짜 입을 뗐다.

"알고 계셨습니까?"

"뭘 말이오?…… 전혀 모르고 있는데…… 또 무슨 일인지 어서 말해봐요!"

사설 경비대 책임자는 가까운 의자에 털썩 주저앉았다. 그는 학식을 제법 갖춘 인물로, 무슨 일에든 항상 역사적 지식을 자랑하는 버릇이 있었다.

그는 이번에도 역시 과장되게 비장한 태도로 말했다.

"아, 사장님…… 아무래도 보르자*의 시대가 도래했나봅니

* 르네상스 시대 이탈리아의 가문. 독을 사용한 암살과 권모술수로 유명하다.

다!……"

"보르자의 시대라니? 무슨 소릴 하는 거요? 좀 자세히 설명해 봐요!"

"꽃들이 독을 뿜어내고 있습니다!"

"뭐요? 꽃들이 독을 뿜어내?……"

순간 극도로 예민해진 샤플라르 씨는 경비대장에게 바짝 다가서며 다시 물었다.

"꽃들이 독을 뿜어내다니?…… 당신 지금 제정신이오?…… 대체 어떤 꽃들이 독을 뿜어낸다는 거요?!"

"조화造花들이……"

"도대체 무슨 소릴 하는 건지…… 좀더 자세히, 자세히 얘기해봐요!"

그제야 경비대장은 의자에서 일어났다.

퇴역한 보병대위로 성격 털털한 그는 전통을 중시하고 형식과 예법을 충실히 지키려고 애쓰는 사람이었다. 늦게나마 깍듯이 거수경례를 붙이고 나서, 그는 공식 보고를 할 때 사용하는 어조를 유지하며 이야기를 시작했다.

"사장님, 극히 유감스러운 소식을 전해드립니다. 오늘 아침 여자 손님 세 분이 조화 매장을 둘러보다가 실제와 똑같이 만든 카네이션의 향기를 맡았는데, 그만 꽃에서 발산되는 모종의 물질에 중독되어 혼절했습니다. 그래서 저희가 급히 의무실로 옮겼고, 장시간 동안 응급처치를 비롯해 다양한 조치를 취한 끝에 겨우 의식을 회복시킬 수 있었습니다……"

경비대장은 평소의 버릇을 버리지 못하고 이렇게 보고를 마무리했다.

"……아무래도 보르자의 시대가 도래한 모양입니다!"

구두 매장 관리자인 레르미트 씨가 때맞춰 집무실로 들어오지 않았다면, 계속해서 또다른 역사 지식을 늘어놓았을지도 모른다. 레르미트 씨는 직원이 불시에 사장실로 들어오는 것을 별로 좋아하지 않는 샤플라르 씨의 성격을 잘 알고 있음에도 불구하고, 아무 예고도 노크도 없이 불쑥 방안에 들어섰다. 심지어 사장실 출입구를 지키는 경비원마저 거칠게 밀치면서 안으로 난입해 들어온 것이다.

아니나다를까, 그는 제정신이 아닐 만큼 흥분해 있었다. 얼굴이 붉게 상기되고, 이마엔 땀방울이 송골송골 맺혔으며, 머리는 마구 헝클어진 것이, 척 봐도 극도의 흥분 상태임을 알 수 있었다.

"사장님, 저희 매장에서…… 저희 구두 매장에서…… 방금 너무나도 끔찍한 일이 발생했습니다…… 손님 두 분이 오셔서 한 분은 27프랑 75상팀짜리 송아지 가죽 반장화를, 다른 한 분은 46프랑 95상팀짜리 사냥용 황갈색 가죽 장화를 신어보았는데요…… 갑자기 무섭게 비명을 질러서 얼른 다가가 살펴보니, 구두 깔창에 숨겨진 예리한 면도날이 발바닥을 베어버린 겁니다……"

한데 레르미트 씨의 이야기가 미처 끝나기도 전에 뒤에서 그를 거칠게 밀치며 뛰어들어오는 사람이 또 있었으니, 다름아닌 장갑 매장 관리자였다. 유난히 키가 크고 깡마른 체형에 창백한 안색 때문에 동료들로부터 '해골'이라는 별명으로 불리는 남자였다.

그 역시 혼비백산한 기색으로, 마치 알코올중독자처럼 부들부들 떠는 뼈마디 앙상한 두 손을 샤플라르 씨 쪽으로 내밀며 이렇게 말했다.

"사장님…… $6\frac{1}{4}$치수의 스웨이드 가죽 장갑 안에 누가 끔찍한 화학물질을 넣어둔 것 같습니다! 그 장갑을 착용해본 손님 다섯 분이 마치 황산에 덴 것처럼 손의 피부가 죄다 벗겨져서 지금 난리도 아닙니다……"

그렇게 샤플라르 씨가 자신의 집무실로 혼비백산 난입한 주요 직원들로부터 자초지종을 듣고 있는 사이, '파리 갈르리' 백화점의 중앙홀 천장을 두른 코니스 근처에서는 두 개의 목소리가 혹시라도 아래까지 들릴세라 낮고 조심스럽게 중얼거리고 있었다……

백화점 분위기를 더욱 멋스럽게 하려고 두른 장식용 휘장 두 곳에서 새어나오는 그 음성들은 되도록 소리를 죽이려고 굉장히 애쓰는 것 같았다.

"어지럽지 않습니까?"

목소리 중 하나가 묻자 나머지 하나가 대답했다.

"아니, 대신 엄청 덥군……"

"그러게요…… 2층에서 데워진 공기가 여기까지 곧바로 올라와서 그런가봅니다……"

"그나저나 이 휘장들은 튼튼하겠지?"

"걱정 마세요. 살펴보니까 재질도 아주 만족스럽고 단단히 고정되어 있더군요……"

대화는 잠시 끊겼다가 다시 이어졌다.

"방금 구두 매장 보셨어요?"

"응, 정말 끔찍하더군. 손님 두 명이 실려나갔어……"

"장갑 매장도 마찬가지입니다……"

"보기에도 참 딱하더군!……"

"이만 내려가보는 게 어떨까요?"

"아니야, 그냥 계속 숨어 있는 게 나을 것 같네. 여기서는 사람들 눈에 띄지 않고 모든 걸 볼 수가 있으니까…… 아, 제기랄, 놈이 아주 일을 제멋대로 벌여놓고 있어……"

이 같은 목소리가 새어나오는 장식용 휘장 두 곳은 1층 화장용품 매장을 굽어보고 있었다. 그런데 바로 그 매장에서 느닷없이 끔찍한 비명소리가 솟구쳤다. 도저히 인간의 것이라고 하기 어려울 만큼 거칠고 절절한 울부짖음이었다.

그와 동시에 휘장 너머로 두 얼굴이 조심스레 비어져나왔다.

"오, 맙소사!"

"어떻게 된 건지 아시겠어요?"

"당연히 알다마다!"

백화점 중앙홀 천장의 장식용 휘장 너머에 모습을 감추고 있는 두 사람은 다름아닌 미셸 형사와 쥐브 반장이었다!

쥐브는 전날 저녁 샤플라르 씨와 헤어진 뒤 팡도르를 다시 만났다. 그 자리에서 팡도르는 센 강변의 수수께끼 같은 불빛에 대한 조사를 자신이 맡기로 했다. 덕분에 그 문제에서 당분간 손을 뗄 수 있게 된 쥐브는 경찰청으로 들어가 치안국장 아바르 씨의 승인하에 '파리 갈르리' 백화점에 출몰하는 자의 정체를 밝혀내기 위한 전략 수립에 전념할 수 있었다.

일단 쥐브는 미셸을 데리고 나서기로 했다.

사실 이 젊은 민완형사의 헌신적인 정신자세와 용기 그리고 재능은 이미 오래전부터 파악, 인정해오던 터였다.

요컨대 팡도르 다음으로 쥐브를 옆에서 잘 보필해줄 만한 인재가 바로 미셸 형사인 것이다.

그런 미셸과 더불어 쥐브는 '파리 갈르리'로 향했다. 다음날 배달할 물품들을 준비하느라 직원들이 바쁘게 들락날락하는 틈을 이용해, 두 사람은 아무도 눈치 못 채게 잠입해 들어갈 수 있었다.

쥐브의 계획은 간단명료했다.

그는 미셸을 데리고 백화점 제일 위층까지 올라갔다. 거기 어디서 몸을 숨긴 채 뭔가 새로운 사태가 일어날 때까지, 그리하여 누구든 의심스러운 사람이나 흥미로운 상황을 목격할 때까지 관찰을 계속하겠다는 것이었다……

밤새도록 뜬눈으로 지키고 있어서인지 쥐브와 미셸은 아침이 되자 정신이 다 몽롱해지는 기분이었다. 자고로 인간의 기력에는 한계가 있는 법이고, 제아무리 왕성한 체력이라도 결코 무한정 버틸 수 있는 건 아니다. 구두 매장과 장갑 매장, 조화 매장의 난데없는 참사들은 이처럼 두 형사의 치열한 감시활동이 슬슬 느슨해지기 시작할 무렵에 발생했던 것이다……

하지만 그날의 참극은 결코 그 정도로 마무리되고 말 성질이 아니었으니…… 방금 화장용품 매장으로부터 중앙홀 전체를 뒤흔들며 솟구쳐오른 울부짖음의 정체를 파악했다는 쥐브의 말은 거짓이 아니었다.

한 젊은 여자가 백화점측에서 많은 고객들의 편의를 위해 특별히 설치한 향수 자동 판매대의 분무기 쪽으로 다가갔다. 한데 여자가 그 장치를 가동시키기 위해 손잡이를 누르자마자 얼굴 가득 염산용액이 분사되었으며, 지금은 눈이 상하고 얼굴도 엉망진창 헐어버린 상태로 어디론가 실려가고 있었다!

"미셸!"

"네, 쥐브!"

"팡토마스가 저 정도까지 지독하게 몰아붙인 적은 없었는데 말이야……"

"이제 어떡하죠?…… 뭘 해야 하나요?"

"글쎄…… 뭘 해야 할지 마땅히 떠오르질 않는군…… 괴롭지만 그냥 이대로 기다리고 있을 수밖에…… 아, 앞으로 어떻게 될지 정말 모르겠어! 이보게, 미셸. 오늘밤 그나마 어둠을 이용해 이 알 수 없는 사태의 전모를 밝혀낼 작은 단서라도 찾아낼 수 있다면, 내 인생 십 년을 갖다 바쳐도 여한이 없겠네……"

미셸은 잠시 아무 대꾸도 하지 않다가, 특유의 돌발적인 질문을 불쑥 내밀었다.

"그나저나 쥐브, 정말 팡토마스의 짓이라면 도대체 그 이유가 뭘까요?"

"표면상으로는 레몽드의 자유를 찾아주기 위해서지……"

"하지만 반장님은 레몽드를 납치한 사람도 팡토마스일 거라면서요?"

"아, 그건……"

쥐브는 달리 대답할 말이 없었다. 방금 미셸이 지적한 바로 그 점이야말로 지금 이 형사 중의 형사를 무엇보다 곤혹스럽게 만드는 문제였던 것이다.

쥐브가 생각하기에도 그것은 도무지 해소할 수 없을 것 같은

딜레마였다. 레몽드를 납치한 주범이 정녕 팡토마스라면, 대체 그는 무슨 목적으로 여자를 납치했으며, 지금은 또 무엇 때문에 그녀의 자유를 요구하고 있는 것인가?

달리 생각해서 만약 그가 여자를 납치하지 않았다면, 범인은 도대체 누구란 말인가? 샤플라르가 납치하지 않았다는 건 너무도 분명하지 않은가!……

오전에 매장 분위기를 발칵 뒤집어놓았던 일련의 처참한 사태들이 잠잠해지고 나서, 당분간 조용하고 단조로운 시간이 이어지는 가운데에도 쥐브와 미셸은 장식용 휘장 속에 숨은 채, 여전히 사람들로 붐비는 백화점 이곳저곳을 바짝 정신 차려 감시하고 있었다. 오전에 발생한 사태들에 대한 이야기가 사람들 사이에 돌지 않게끔, 백화점측에선 가장 효과가 확실한 자금을 푸는 방법으로 일시적이나마 안정 조치를 취한 게 분명했다.

쥐브가 미셸에게 다음과 같은 말을 던진 것은 바로 그런 지금의 상황을 의식해서였다.

"기분 참 이상하군…… 거의 양심의 가책이라도 느낄 정도야……"

"양심의 가책이라뇨? 무엇 때문에요?"

"우리 둘이 여기서 이러고 있는 것 말이네……"

"팡토마스를 감시하는 거요?"

"그건 아니지. 팡토마스를 감시하는 거야 당연히 우리가 해야 할 직무일 뿐이고…… 이렇게 아무 말 없이 저 아래를 지켜보고만 있는 것 말이야……"

"……?"

쥐브는 종종 그렇게 알쏭달쏭한 방식으로 이야기를 하곤 했는데, 이번에도 미셸은 단도직입적으로 다그쳐 물었다.

"무슨 말씀인지 설명 좀 해보세요. 못 알아듣겠습니다!"

"그게 말이야…… 지금 내게 떠오른 생각은 말일세…… 저 아래에서 세상 모르고 이리저리 거닐고 있는 딱한 인간들에게 큰 소리로 이렇게 말해주고픈 마음이 간절하다는 거지…… '여러분, 조심하십시오! 여러분 주변에 팡토마스가 있습니다!……' 솔직히 지금 우리는 아무런 경고도 해주지 않은 상태에서 사람들이 범죄자와 맞닥뜨릴 때까지 기다리고 있는 것 아닌가! 팡토마스가 제 모습을 드러내고 싶어할 때까지 말일세…… 요즘 매일같이 이곳 '파리 갈르리'에서 온갖 가증스러운 범죄가 일어나고 있다는 사실을 경찰청도, 백화점측도 사람들에게 공개적으로 알릴 생각이 조금도 없는 것 같아. 양측 모두 철저히 함구하겠다는 의도가 여실히 보인단 말이지…… 하지만 그건 오히려 팡토마스한테 싸움의 주도권을 넘겨주는 처사가 아닐까? 차라리 사람들에게 '조심하십시오, 위험합니다!' 하고 소리쳐주는 것이 보다 정당한 처사가 아니겠느냔 말일세."

쥐브는 잠시 숨을 고른 뒤 다시 말을 이었다.

"미셸, 저 아래, 사람들로 북적대고 있는 홀을 좀 내려다보라고! 저 모든 사람들이 아무것도 모른 채 팡토마스의 공격에 노출되어 있다는 걸 생각하면 끔찍하지 않은가?"

한데 쥐브의 말이 기다리던 신호라도 되는 듯, 더할 나위 없이 무시무시하고 황당한 사태가 또다시 벌어지는 것이었으니……

우레와 같은 굉음과 함께 중앙홀 천장 한복판에 매달린 거대한 샹들리에가 십자형 철제빔에서 떨어져나와, 수백 명의 찢어질 듯한 비명소리를 가르며 1층에 있는 불행한 사람들 머리 위로 추락하는 것이었다!

거대한 샹들리에가 박살나자마자 쥐브는 이렇게 소리쳤다.

"내려가자!…… 지금 내려가야 해!"

서로의 눈짓을 신호로 두 사람은 휘장을 박차고 뛰쳐나와 기둥을 붙잡고 미끄러지더니, 기계체조 선수 버금가는 유연성을 발휘하며 1층 바닥에 안전히 착지했다.

두 형사는 이번에야말로 어떤 희생을 치르고라도 사태의 전모를 정확히 파악하고 싶었다.

눈앞에 펼쳐진 광경은 아비규환 그 자체였다……

거대한 '유성'의 추락 직후 잠시 동안 심상치 않은 적막이 이어졌다. 그러더니 아니나다를까, '파리 갈르리'에 있는 모든 사람들의 울부짖음과 아우성이 귀가 먹먹할 정도의 소란을 만들어냈다.

백화점 손님들은 물론, 직원들까지 남녀노소 모두 일종의 패닉 상태에 빠져, 조금이라도 먼저 출입구 쪽으로 다가가고자 서로를 밀치고 넘어지는가 하면, 그대로 유리창으로 돌진해 보도 위로 뛰쳐나가서는 피투성이 몰골로 마들렌 광장과 말제르브 대로 쪽으로 무작정 내달리는 것이었다.

쥐브는 한눈에 상황을 판단했다.

반면 쥐브보다는 생각이 깊지 못하고 좀더 다혈질인 미셸은 긴급 출동한 소방수들이 희생자 구조 작업을 하고 있는 중앙홀 한가운데로 급하게 달려들어 동참할 태세였다. 쥐브는 얼른 그를 붙들며 말했다.

"아니! 아니야!…… 거긴 인원이 충분하니 우리까지 가세할 필요 없어!"

쥐브는 영문도 모른 채 끌려오는 미셸을 데리고 직물 매장 쪽으로 달려가, 판매대 밑에 몸을 숨겼다.

"잘 보라고……"

"뭘 말이에요?"

미셸은 눈만 휘둥그레 뜬 채 두리번거렸다.

순간 판매대를 박차고 뛰쳐나가며 소리치는 쥐브……

"잡아라!"

동시에 호주머니에서 빼든 브라우닝 권총을 그는 거대한 에스컬레이터가 있는 방향으로 겨누었다.

과연 쥐브는 무엇을 본 것일까?

백화점 내의 모든 사람들이 일부는 패닉 상태에 빠져 출입구 쪽으로 쇄도하는가 하면 다른 일부는 자기 한몸 바쳐 부상자를 돕느라 이리저리 바삐 움직이는 가운데, 쥐브는 방금 에스컬레이터 바로 옆에서 딱 한 번 봐도 금세 누구인지 알 만한 사람의 실루엣을 포착한 것이다!

큰 키에 날렵한 체형, 근육질 몸매에 착 달라붙는 어두운 색조의 정장이 세련된 취향을 돋보이게 하지만 얼굴만큼은 철저하게 검은 복면으로 가린 남자…… 여유만만하다못해 거의 초연하고, 심지어 주위의 모든 것에 경멸의 시선을 던지는 듯한 저 범상치 않은 분위기!

쥐브는 벽력같이 외쳤다!

“팡토마스!…… 저기 팡토마스다!…… 저놈 잡아라!”

쥐브는 권총을 들이대면서도 중간에 우왕좌왕 몰려 있는 사람들이 자칫 다칠까봐 차마 방아쇠를 당기지는 못하고 있었다. 그런가 하면 미셸은 서둘러 달려나가려다 판매대에 쌓여 있던 직물 두루마리를 모조리 엎는 바람에 그와 더불어 나뒹굴고 말았다. 엄청난 양의 두루마리에 깔리고 뒤엉킨 채 안쓰럽게 발버둥만 치고 있는 미셸…… 이제 그는 아무런 도움도 될 수 없을 터.

그렇다면 자칫 낭패할지도 모를 이 절체절명의 순간, 과연 누가 그에게 힘이 되어줄 수 있겠는가?

쥐브는 욱하고 치미는 울화통에 이를 악다문 채, 팡토마스를 향해 내쏘듯 달리기 시작했다. 앞길에 가로거치는 사람들은 이제 주먹으로 마구 내칠 수밖에 다른 도리가 없었다.

"팡토마스! 팡토마스다!…… 저놈이 바로 팡토마스야! 잡아라!……"

아직도 중앙홀은 엄청난 소음으로 떠내려갈 정도였지만, 팡토마스가 이쪽을 알아봤다는 걸 쥐브는 바로 직감할 수 있었다. 악당은 잽싸게 몸을 돌려 2층을 향해 여전히 작동중인 에스컬레이터에 올라선 뒤, 쓱 돌아보며 끌끌 혀를 찼다.

"쥐브, 그렇게 목 터져라 소리지를 것까지야……"

하지만 쥐브 쪽에서도 내심 혀를 차는 건 마찬가지였다.

아까 팡토마스를 잡으라고 고래고래 소리지른 건 결코 경솔한 행동이 아니라, 나름의 계산에 의한 행동이었던 것이다!

'그렇게라도 쫓기고 있다는 걸 알리면 에스컬레이터를 타고 도망칠 것이고, 비교적 사람이 적은 2층으로 이동하면 이 권총을 맘놓고 사용할 수 있을 테니…… 흠, 놈에겐 별로 이로울 게 없지!'

쥐브 역시 에스컬레이터에 훌쩍 올라탄 뒤, 여차하면 방아쇠를 당길 태세로 집요하게 권총을 겨누었다. 하지만 명중 가능성이 좀더 확실해지기 위해서는 안정된 바닥을 디딜 때까지 참고 기다릴 필요가 있었다.

팡토마스는 어느새 2층에 거의 다다라 있었다.

쥐브가 다시 버럭 외쳤다.

"그만 포기해…… 넌 죽은 목숨이야!"

그러고는 냅다 방아쇠를 당기는 쥐브……

하지만 팡토마스는 이미 간발의 차이로 몸을 납작 숙인 상태였다. 동시에 그의 손은 에스컬레이터의 오른쪽 난간 바로 뒤, 기계를 작동시키는 스위치를 움켜잡았다.

그야말로 전광석화 같은 동작과 더불어 기막힌 상황이 벌어지고 있었으니……

2층을 향해 멀쩡히 전진하던 에스컬레이터가 갑작스레 덜컹 멈추는가 싶더니, 반대 방향으로 빠르게 후진하는 것이 아닌가! 이런 사태를 전혀 예상하지 못한 쥐브는 그만 균형을 잃을 수밖에 없었다. 연이어 발사된 총알은 엉뚱하게도 천장을 향했고, 그는 1층을 향해 데굴데굴 굴러떨어졌다……

그나마 다행인 것은 전날 '파리 갈르리'의 내부 구조를 철저히 연구해두었다는 사실. 현재 그는 사장인 샤플라르 씨 못지않게 매장의 배치를 속속들이 꿰고 있었다.

그래서인지 여기저기 타박상을 입고 에스컬레이터 밖으로 튕겨져나간 뒤에도 쥐브는 여전히 기세등등했다.

"뭐하나, 미셸! 어서 계단으로 와! 2층 상가 쪽에는 따로 출구가 없다고! 놈은 이제 독 안에 든 쥐야!"

산사태처럼 무너져내린 직물 두루마리에서 간신히 빠져나온 미셸은 쥐브를 따라 계단을 달려올라갔다. 마침내 2층 상가에 다다랐으나 매장 어디에도 사냥감의 자취는 눈에 띄지 않았다.

"도대체 어디야? 어디 있는 거지?……"

쥐브가 으르렁대자 미셸이 숨을 몰아쉬며 대꾸했다.

"가버렸어요. 사라졌습니다…… 도망친 모양이에요……"

순간 쥐브의 뇌리에 아차 하는 생각이 스쳤다.

그는 몸을 홱 돌리더니, 저만치 멀어져가는 팡토마스의 모습을 말없이 노려보았다.

사정인즉 이랬다. 출구가 없는 2층 상가의 막다른 구역에 몰리게 된 악당은 순간적인 기지를 발휘하여 즐비하게 늘어선 매장 판매대 위로 훌쩍 뛰어올라갔다. 그러고는 추적자들이 정신없이 쇄도해오는 길목에 비스듬하게 서서 마치 마네킹 같은 포즈를 취하고 있었던 것이다…… 쥐브와 미셸은 급하게 달려가느라 그런 대담하고 교활한 술책까지 미처 내다볼 수 없었고, 결국 가짜 마네킹 앞을 무심코 지나쳤던 것!

팡토마스는 이제 그들의 사정권을 훌쩍 벗어나 사라지고 있었다……

9
시체

샤플라르 씨의 아름다운 여자친구 마틸드 드 브레몽발은 뒤부아 로路 모퉁이 로랑 피샤 가에 위치한 집에서 나와 자신의 부티나는 자가용 리무진에 올랐다.

"클리시 광장으로 가줘요. 생 페테르스부르 가 귀퉁이에서 내릴 거예요."

브레몽발 부인이 행선지 주소를 툭 던져주자 정장 차림의 기사 두 명은 다소 놀란 눈치였다.

정말 알 수 없는 노릇이 아닌가! 멋진 레스토랑도, 화려한 극장도, 정말이지 변변히 가볼 만한 곳 하나 없는 그런 구역에 지금 이 시각 우아한 여주인께서 어인 일로 행차를 하신단 말인가……

하지만 일단 떨어진 지시에 토를 단다는 것은 고용인으로서 감히 생각할 수 없는 일이었다. 기사 한 명이 크랭크를 돌려 시동을 걸자, 자동차는 곧장 강력한 엔진의 힘으로 힘차게 부르릉거리기 시작했다. 자동차는 어두운 밤길을 뚫고 뒤 부아 로의 우거진 덤불을 따라 선회해, 에투알 광장 쪽으로 나아갔다.

그날따라 브레몽발 부인의 옷차림은 비교적 간편했다. 온갖 드레스들과 으리으리한 모피 외투, 깃털 장식이 달린 풍성한 모자 등 부富의 수준에 걸맞은 의상들을 넉넉히 갖추고 있으면서도, 오늘은 왠지 단순한 망토와 검소한 모자로 충분하다고 생각한 모양이었다. 신발도 평범한 반장화를 신었고 검은 장갑을 착용한데다, 한창 유행인데도 불구하고 앙증맞은 핸드백 하나, 보석 장신구 하나 몸에 지니고 있지 않았다.

자가용 리무진의 푹신한 좌석에 편안한 자세로 파묻혀 있는 브레몽발 부인은 누가 보든 부러워할 만한 모습이었지만, 정작 그녀 자신의 심정은 무척이나 우울하고 수심으로 가득했다.

평상시 초연하고 도도하기만 하던 그녀의 표정에도 언뜻언뜻 혼란스러운 잡념과 불안한 기색이 어른거리고 있었다.

도대체 브레몽발 부인은 어디로 가는 것일까?

그리고 무슨 생각을 하고 있는 걸까?

그토록 유연하고 섬세하던 태도는 다 어디로 가고, 무슨 연유로 이따금 몸서리를 쳐가며 레이스 장식이 달린 애먼 손수건 자락만 신경질적으로 질겅대고 있는 것인가?……

브레몽발 부인은 자기도 모르게 블라우스 앞자락 사이로 손을 넣어 차가운 금속성 감촉의 작은 물건 하나를 만지작거리고 있었다. 그것은 다름아닌 초소형 권총의 손잡이…… 귀중한 예술품처럼 근사하게 세공되어 있었지만, 언제라도 사람에게 치명타를 입힐 수 있는 무시무시한 살인 도구인 것만은 분명했다!

자동차는 미끄러지듯 유유히 전진하고 있었다.

고풍스러운 오귀스탱 수녀원에서 울리는 듯한 아홉 번의 종소리가 현재 시각을 알리는 가운데, 생 페테르스부르 가에 들어선 자동차는 보도 옆에 나란히 멈춰 섰다.

브레몽발 부인은 때마침 악몽에서 깨어난 사람처럼 움찔했다. 맥없이 풀린 듯한 눈동자와 뭔가 골똘한 생각에 잠긴 얼굴로 그녀는 주춤주춤 몸을 추스르며 중얼거렸다.

"자…… 정신 차려야지……"

기사가 얼른 앞좌석에서 뛰어내려 차문을 열어주었다.

브레몽발 부인은 평상시의 침착함을 완전히 회복한 듯, 우아한 자태로 차에서 내렸다.

시동을 꺼야 할지 그대로 켜두어야 할지 판단을 내리지 못한 채 그저 주인의 지시만을 기다리고 있는 운전기사에게 그녀는 이렇게 지시했다.

"알프레드, 난 괜찮으니까 지금 즉시 집으로 돌아가요!"

브레몽발 부인은 그대로 자동차에서 멀어져 생 라자르 역을 향해 생 페테르스부르 가를 걸어내려갔다.

그녀는 뭔가에 바짝 귀를 기울인 채, 무척이나 신중한 걸음걸이로 걷고 있었다.

잠시 후, 로랑 피샤 가 방향으로 멀어져가는 자동차의 엔진 소리를 들으며 그녀는 이렇게 중얼거렸다.

"이제야 자유롭게 행동할 수 있겠네. 더이상 감시당할 일도 없겠고……"

그러면서도 혹시나 하는 마음에 걸음을 멈추고 홱 뒤를 돌아보았다. 과연 자동차는 온데간데없이 사라진 상태…… 그녀는 걱정 어린 표정으로 혼잣말을 중얼거렸다.

'지금 이 시각에 내가 여기서 뭘 하려는 건지 무척이나 궁금하겠지…… 그래도 하는 수 없지 뭐!'

이제 그녀는 왔던 길을 되돌아 걷기 시작했다. 즉 생 페테르스부르 가를 따라 클리시 광장 쪽으로 거슬러올랐는데, 그곳에는 수많은 맥줏집들이 어둠 깔린 거리마다 불그스레한 조명을 밝히고 있었다.

브레몽발 부인은 걸음을 재촉했다.

광장의 반을 건너간 그녀는 별안간 달리기 시작했고, 결국 클리시 로 모퉁이에서 정차하는 생 투앙행 전차를 잡아탔다.

"어디까지 가십니까?"

차장이 묻자 브레몽발 부인은 짧게 대답했다.

"성문 앞까지요."

차장은 표를 끊어주면서도 자못 의아해하는 눈치를 감추지 못했다. 이렇게 세련되고 우아한 자태의 여자 승객이 밤 아홉시 반이 넘은 시각에 생 투앙 성문 앞 같은 인적 뜸한 장소를 찾는다는 것이 여간 이상해 보이지 않았던 것이다.

한편 브레몽발 부인은 갈수록 초조하고 예민해지는 기색이 역력했다. 예정대로 전차가 생 투앙 성문 앞에 멈춰 서자, 그녀는 마치 꼭두각시가 움직이는 것처럼 자리에서 일어나 하차했다.

원래는 혼잡한 구역이었지만 밤이 되어 인적이 드물었다. 마침 추적추적 비가 내리고 있었고, 성곽을 따라 이어진 가로등이 축축한 아스팔트 보도 위로 불빛을 뿌리는 가운데, 부랑자나 취객 들의 불안정한 실루엣 몇 개만 눈에 어른거렸다.

브레몽발 부인은 움찔 몸서리를 치며 중얼거렸다.

"이러다가 자칫 쥐도 새도 모르게 갈지도 모르지만 어쩔 수 없는 일이야…… 하여튼 두고보자고…… 어떻게 된 일인지 좀 알아봐야겠으니까……"

젊은 여자는 길게 이어진 성곽을 따라 걷기 시작했다. 적막 속, 주변을 에워싸는 어둠에 잔뜩 긴장한 채 그녀는 연신 좌우를 두리번거렸다. 저만치서 느릿느릿 순찰을 돌고 있는 순경 두 명이 눈에 들어오자 그나마 조금 안심이 되었다. 그녀는 더욱 걸음을 재촉했다……

그 순경들에게 다가가 뭘 좀 물어보려고 하는데, 하필 그 순간 난데없는 마차 소리가 바로 옆 포도에서 들려왔다. 덜컹거리는 그 느낌이 어찌나 거슬리는지 브레몽발 부인은 자기도 모르게 걸음을 멈추고 소리나는 쪽을 흘끔 쳐다보지 않을 수 없었다.

삯마차 한 대가 그녀를 향해 다가오고 있었다…… 겉모양으로 미루어, 아주 늦은 밤시간대에 도시를 이리저리 가로지르며 운행하는 심야 마차인 것이 분명했다. 사람 걸음걸이로도 충분히 따라잡을 만큼 느리게 터덜터덜 걷는 앙상한 골격의 말 한 필 뒤로, 마차꾼 한 명이 수없이 비를 맞아 칙칙하게 색이 바랜 베이지색 망토를 걸친 채 마부석에 웅크리고 앉아 있었다. 어둠 속 푸르스름한 가로등 불빛에 희뜩희뜩 비쳐 보이는 하얀 가죽 재질의 실크해트형 모자조차 너무 무거운지 마차꾼은 반쯤 조는 듯 맥없는 모습이었다. 그런가 하면 삯마차는 바퀴에 고무도 입히지 않아, 울퉁불퉁한 길 위를 심하게 덜컹거리며 구르고 있었다.

브레몽발 부인은 잠깐 그 마차를 불러 세울까 생각하다가 속으로 이렇게 중얼거렸다.

'무슨 마차가 저렇게 형편없을까……'

이윽고 마차는 여자가 서 있는 곳까지 바짝 다가왔다. 브레몽발 부인은 일단 머뭇거리면서도, 안에 승객이 있는지 없는지를 말해주는 운행 표시 깃발부터 찾아보았다.

하지만 마차 자체가 너무 낡은 모델이어서 그런 것은 있지도 않았다.

한데 언뜻 마차꾼의 얼굴에 눈이 간 브레몽발 부인의 안색이 창백하게 돌변하는 것이었다!

여자는 부들부들 떨리는 입가로 숨막힐 듯한 신음을 내뱉었다.

"어머나, 세상에……"

자기도 모르게 비틀비틀 몇 걸음 다가가던 브레몽발 부인은 문득 결심이 선 듯 마차꾼을 불렀다.

"여기요!"

하지만 뜻밖의 손님의 부름에 멈춰 서기는커녕, 마차꾼은 갑자기 자세를 추스르더니 늙어빠진 말을 향해 채찍을 휘두르며 이렇게 외치는 것이었다.

"이랴! 이랴!"

브레몽발 부인 역시 질세라 소리쳤다.

"이봐요, 마차꾼! 마차꾼!……"

난데없이 쏟아지는 매서운 채찍질 때문인지 마침내 늙은 말이 분발하자, 마차는 덜컹거리는 소리를 요란하게 내며 멀어져갔다……

모든 상황을 멀리서 지켜보던 순경 한 명이 불쑥 나섰다.

"어이, 거기 삯마차! 손님이 부르지 않소!…… 대답 좀 해주지 그러쇼!"

정말이지 이상한 마차꾼이었다…… 사실 삯마차 운행수칙상,

정거장에 정차해 있지 않은 상황에서 마차꾼은 손님의 부름에 일일이 응하지 않을 권리가 있었다. 그런데도 순경의 말 한마디에 그만 기겁을 한 듯, 유난히 쩔쩔매며 주춤주춤하는 것이 아닌가……

마차꾼은 갑자기 고삐를 바짝 당겨 늙고 비쩍 마른 말을 급히 세우더니, 천천히 방향을 바꿔 브레몽발 부인이 서 있는 방향으로 되돌아갔다.

한데 이번에도 그 앞에서 멈추지 않고 잰걸음으로 지나치려는 듯 보이자, 여자는 또다시 부리나케 마차꾼을 불렀다.

"이봐요, 마차꾼!"

결국 마차는 저만치서 순경들이 다가오는 걸 확인하고야 덜컥 멈추었다.

"어서 타요! 타라니까!……"

마차꾼이 재촉하자, 이번에는 브레몽발 부인 쪽에서 주춤대는 눈치였다. 하지만 이내 마차에 올랐고, 바로 문이 닫혔다. 행선지가 어디인지도 말하지 않았는데 마차는 서둘러 출발했다……

사실 그 이상한 심야 삯마차의 문짝을 여는 순간, 브레몽발 부인의 표정은 이루 형언할 수 없는 공포 그 자체였다. 그녀는 심야 삯마차에 올라탄 것 자체로 인해 주체할 수 없도록 다리가 풀린 상태에서 얼떨결에 마차 안으로 빨려들다시피 했다. 하물며 제대로 정신 차릴 경황도 없는 상태에서 끔찍스러운 뭔가를 목격했으니……

마차 안에는 다른 승객이 있었다!

쿠션을 갖춘 긴 의자 위, 차체가 덜컹거릴 때마다 떨어질 것처럼 위태위태한 상태로 축 늘어져 있는 것은 분명 거무튀튀한 사람의 형태, 젊은 여자의 험하게 다친 몸뚱어리였다!

자고 있는 걸까? 혼절한 걸까? 도대체 이 여인은 누구란 말인가?

방금 전 어디선가 본 얼굴이 분명한 마차꾼이 재촉하는 소리를 들었음에도 브레몽발 부인이 주춤할 수밖에 없었던 것은 바로 마차 안의 그 일그러진 몸뚱어리 때문이었다.

어쨌든 그녀는 마차에 올랐고 문을 닫았다. 마차꾼은 기다렸다는 듯 거세게 채찍을 휘둘렀고, 의외의 빠른 속도로 마차를 몰았다. 덕분에 순경들과의 거리가 순식간에 벌어져, 이제는 누가 비명을 지르거나 소리를 쳐 불러도 들리지 않을 상황이 되었다……

아니나다를까, 브레몽발 부인은 연신 숨을 헐떡이며 허둥대고 있었다.

"어머나, 이를 어쩌나…… 세상에, 큰일났네…… 이를 어쩌지……"

마차가 출발하자마자 그 반동으로 인해 브레몽발 부인은 의자 위에 늘어진 여자 몸뚱어리에 엎어지다시피 했다. 그런데도 여자는 무슨 말을 하기는커녕, 꿈쩍도 하지 않았다……

의자 위로 내동댕이쳐진 마틸드 드 브레몽발은 자세를 추스르려 애쓰면서 정체불명의 여자를 향해 말했다.

"이보세요…… 이봐요…… 정신 차려요!"

역시 아무런 반응도 없었다.

바로 그때였다. 마틸드 드 브레몽발은 불현듯 등골이 오싹해지면서 극도의 불안과 공포감이 무섭게 엄습해오는 것을 느꼈다! 그녀는 얼른 여자의 몸뚱어리에 달려들어 손을 덥석 쥐어보았다…… 얼음장처럼 싸늘했다!

팔도 치켜들어보았지만 손을 놓자마자 맥없이 떨구어졌다. 그제야 브레몽발 부인은 자신이 마차 안에 죽은 여자의 시신과 함께 있다는 사실을 깨달았다! 살해당한 사람의 몸뚱어리를 가득 싣고 마치 유령처럼 도시를 떠돌아다닌다는 옛날이야기 속 심야 삯마차가 실제로 존재한다니!

"죽은 이 여자는 누구지?…… 대체 누구의 시신인 거야?……"

브레몽발 부인은 그렇게 중얼거리는 가운데 서서히 정신을 잃어갔다……

음산한 마차 속에서 얼마나 오랫동안 덜컹거리며 시달렸을까. 브레몽발 부인은 밤의 서늘한 기운에 간신히 정신을 차리고 눈을 떴다. 가까스로 의식이 돌아오자, 그녀는 가능한 한 빨리 상황을 파악해야겠다는 생각에 고개를 쳐들었다.

순간 마차가 심하게 덜컹거리면서 바닥에 엎어지는 브레몽발 부인…… 동시에 머리를 어딘가에 부딪혔는데, 하필 죽은 여자의 무릎이었다! 기겁하여 몸을 일으키자마자, 이번에는 반쯤 열린 마차 유리창 밖으로 악몽에 시달려 펄펄 끓는 듯한 머리를 내밀었다. 브레몽발 부인은 캄캄한 어둠을 응시하면서 어떻게든 현재의 위치와 방향을 가늠해보려고 애썼다.

"저 숲이…… 혹시 불로뉴 숲인가?…… 그래, 틀림없어! 마차를 불로뉴 숲으로 몰고 가는 거야…… 그쯤에다 시체를 버리려는 거겠지…… 혹시 거기서 나도 어떻게 하려는 건 아닐까…… 아니지, 감히 그럴 순 없을 거야……"

그렇게 중얼거리는데, 마차가 문득 방향을 틀었다. 시커멓게 우거진 숲 다음으로 눈에 들어온 것은 포장된 널찍한 길이었다. 줄줄이 그어진 전차 선로가 가로등 불빛을 받아 반짝이고 있었다. 그리고 얼마 지나지 않아 또다시 방향을 돌린 마차는 제법 경사가 가파른 내리막길을 한동안 무섭게 내달리더니, 인적 하나 없이 불만 밝혀진 한적한 거리로 접어들었다. 그제야 브레몽발 부인은 자신이 어디쯤 와 있는지 알아차릴 수 있었다!

"음, 여긴 오퇴유 가로군…… 그런데 대체 어디로 계속 가는 거지?……"

브레몽발 부인은 불안하고 초조한 마음에 시달리다못해, 이제는 과도하게 두근대는 심장이 압박을 견디지 못하고 저 혼자 폭발할 것 같아 두려울 정도였다.

그녀는 이 무시무시한 삯마차를 모는 장본인이 다름아닌 '가스불'임을 처음부터 눈치채고 있었다! 나아가 그는 못하는 짓이 없다는 것을, 파리의 가장 밑바닥 인생을 살면서 마약이든 절도든 살인이든 닥치는 대로 손을 대는, 건달 패거리 가운데 아주 널리 알려진 존재라는 사실까지 죄다 꿰뚫고 있었다!

'어쩌면 수상쩍은 약속 장소로 가고 있는 건지도 몰라…… 그렇다면 거기서 자기와 똑같은 끔찍한 범죄자들을 만나겠지…… 아니면 단순히 이 시체를 어딘가 외진 곳에 유기하려고 장소를 물색하는 걸까? 성곽 주변의 적당한 빈터를 골라서 말이야……'

그런 생각을 굴리면서 마틸드 드 브레몽발은 한편으로 푸앵뒤 주르 근방의 거리를 비롯해 지형 등 인근 지역의 지리를 기억해내려고 애썼다.

'정녕 파리를 벗어나겠다는 건가?…… 아니지. 그러려면 입시세관소를 거쳐야 하는데, 이런 끔찍한 심야 삯마차를 모는 마차꾼에게 그것처럼 위험한 일은 없을 테니까…… 시체 하나 버리기 위해 그런 모험을 감행할 위인은 못 되잖아…… 그렇다면 대체 어디로 가는 걸까?'

솔직히 말해 브레몽발 부인은 지금 완전히 방향감각을 잃은 상태였다. 물론 오퇴유에는 여러 번 다닌 적이 있지만, 이처럼 한산하고 외진 곳은 오늘이 처음이었다. 이러다가 혹시 그르넬과 자벨 지구가 포함된 험한 구역 쪽으로 가는 것 아닌가 하는 생각마저 들었다.

'도대체 어디로 가는 거지? 어디로 가는 거냐고……'

죽은 여자의 시체와 함께 마차에 갇힌 브레몽발 부인. 머릿속에 떠오르는 것은 오로지 초조한 궁금증뿐……

문득 마차의 속도가 심상치 않게 변했다. 불과 몇 분 전 숲속 한적한 길을 지날 때는 말이 저 혼자 알아서 잰걸음을 내딛게 내버려두더니, 다시 밝은 구역으로 들어서자 채찍질을 가해 보다 넓은 보폭으로 달리게끔 몰아붙이는 것이었다.

처음에는 장터, 그다음에는 성당 건물. 갑작스럽게 방향을 튼 뒤로는 테오필 고티에 로의 풍경이 마치 꿈속처럼 브레몽발 부인의 시야를 빠르게 지나쳐갔다. 지금은 필경 센 강 쪽으로 달리고 있었고, 조만간 미라보 다리를 건널 터였다……

여자의 시체에 이리 채이고 저리 채이면서, 브레몽발 부인은 이 음산한 마차 안에 어떤 사태가 벌어지고 있는지는 꿈에도 모른 채 느긋하게 순찰이나 돌고 있는 거리의 순경들을 기가 막힌 심정으로 바라보고 있었다.

당장이라도 그들을 소리쳐 부르는 것이 그리 어렵진 않을 텐데도, 브레몽발 부인은 워낙 겁에 질려서인지 차마 입 벌려 소리지를 엄두가 나지 않았다!

루브르-베르사유 노선 전차 선로를 건너면서 다른 때보다 더 심한 진동을 느낀 가엾은 브레몽발 부인은 마차가 미라보 다리로 진입하기 전 원형 광장을 지나고 있음을 감지했다. 지하철 공사 때문에 잠시 속도를 늦추던 마차가 결국 다리에 들어서자, 강의 안개와 더불어 시원한 공기가 유리창을 통해 들어와 브레몽발 부인의 얼굴을 쓰다듬기 시작했다.

아니나다를까, 조금만 더 가면 정말로 험악한 자벨 지구로 접어들 판이었다.

도저히 이대로는 안 되겠다 싶었는지 그녀는 불쑥 몸을 일으켜 마부석과 객석을 차단하고 있는 칸막이용 유리창을 열었다. 그러고는 마차꾼의 옷자락을 거칠게 움켜쥐고 마구 잡아당기며 이렇게 소리쳤다.

"'가스불', 당장 마차 세워요! 대체 뭐하는 짓이야!……"

그러나 마차는 계속 굴러갔고, 마차꾼은 더더욱 채찍질을 가했다.

"세워요! 세우라니까!…… 지금 세우지 않으면 큰일날 줄 알아! 이게 뭐하는 짓이냐니까!…… 당장 멈춰요, '가스불'! 멈춰!……"

브레몽발 부인은 그야말로 길길이 악을 썼다.

그제야 마차꾼은 겨우 속도를 늦추기 시작했다.

이어서 그는 거칠게 고삐를 잡아당겼고, 귀에 거슬리는 차축 소리와 함께 차체가 덜컹하더니 드디어 마차가 보도 옆에 나란히 정차했다……

브레몽발 부인과 '가스불'은 거의 동시에 보도 위로 뛰어내렸다.

비록 안색은 아직도 창백한 편이었지만, 브레몽발 부인은 거의 평정을 되찾은 듯했다. 반면 '가스불'은 마치 시체처럼 낯빛이 푸르죽죽해진 채 부들부들 떨고 있었다……

그렇다고 두 사람 다 흥분한 감정 상태에 휘둘리고만 있을 때가 아니었다. '가스불'이 먼저 목소리를 낮게 깔며 말했다.

"쉿! 소리 좀 지르지 마시오! 자칫 잘못하다가는……"

하지만 브레몽발 부인은 할말이 많았다.

"이봐요, '가스불.' 내가 이 일을 어떻게 이해해야 하는 거죠? 저 죽은 여자는 누굽니까? 도대체 무슨 짓을 저지른 거예요?……"

'가스불'은 삯마차꾼의 복장 속에 착용하게 되어 있는 묵직하고 그로테스크한 채찍에 신경쓰느라 상황이 어떻게 돌아가는지 깨닫지 못한 듯했다. 젊은 여자의 질문에 답하는 대신, 그는 오히려 위협적인 태도로 다그쳐 물었다.

"그보다 당신은 어떻게 된 거요? 내 뒤를 밟았소?…… 내가 이 마차를 모는 걸 알고 있었던 거요?"

하지만 브레몽발 부인 역시 대답보다 물어볼 말이 더 급한 건 마찬가지였다.

"저 여자가 대체 누구냐고요!…… 정말 당신이 저 여자를……"

그렇게 서로 따지고 묻는 가운데 '가스불'도 처음의 당황한 상태에서 차츰 회복되어가고 있었다. 그는 작정한 듯 브레몽발 부인의 팔뚝을 움켜잡고 거칠게 흔들며 말했다.

"내가 묻는 말에 어서 대답이나 해요! 어쩌다가 나와 마주친 거요? 나를 미행한 거냐고 묻지 않소!"

브레몽발 부인은 일단 이 흉악한 악당의 말부터 들어주는 게 낫겠다는 생각이 들었다.

"아니에요, '가스불.' 그건 아닙니다. 당신 마차가 우연히 지나가기에 알아본 것뿐이에요. 마차 안에 뭘 싣고 다니는지도 처음엔 까마득히 몰랐고요……"

"그럼 내 구역에서 뭘 하고 있었던 거요?"

"당신 집을 찾아가려고 했죠……"

"내 집을? 당신이 내가 사는 집을 찾아오려 했다고?…… 내 집에 와서 뭐하게?"

"레몽드 소식 좀 알아보려고요…… 그 여자가 대체 어떻게 된 건지……"

"레몽드?…… 아, 레몽드…… 빌어먹을……"

'가스불'은 당황하는 기색이 역력했다. 레몽드가 도망쳤다는 얘기를 털어놓아야 할까?

결국 그는 되는대로 지껄이기 시작했다.

"내게 돈을 주고 그 여자를 납치하라고 시켰을 때만 해도 당신은 이렇게 말했지. 내겐 아무 귀찮은 문제도 없을 거라고, 그저 그 여자를 사라지게만 해달라고 말이야…… 아, 그런데 이제 와서 내 뒤나 밟고 있다니…… 이거야 원, 참는 데도 한계가 있지……"

브레몽발 부인은 인적 없는 미라보 다리 한가운데에서 흉악하기 짝이 없는 사내와 단둘이 마주보고 있는 지금이 자신에게 얼마나 불리한 상황인지 잘 알고 있음에도, 전혀 위축된 모습을 보이지 않았다. 오히려 단호한 태도로 일갈했다.

"이 팔 놔요! 나에게 겁주려고 해봤자 소용없으니까! 만약 날 죽이면 당신도 대단히 곤란해질걸! 지금 이 죽은 여자 때문에 곤란한 것과는 비교가 안 될 만큼 말이야!……"

그 기세에 눌렸는지 '가스불'은 순순히 여자의 팔을 놓아주었다.

"진작 그럴 것이지…… 자, 그럼 슬슬 대답해볼까요…… 레몽드는 지금 어디 있습니까?"

'가스불'은 우선 거짓말을 하려고 했다.

"죽었소이다…… 저기 있는 저 여자가……"

하지만 투박하기 짝이 없는 거짓말이었다. 아니나다를까, 브레몽발 부인은 당장 떠들썩한 웃음을 터뜨리며 비웃기 시작했는데, 정말 듣기 거북스러울 정도로 요란한 웃음이었다.

"어설픈 거짓말은 안 하는 게 좋아요, '가스불'!…… 저 안에 늘어져 있는 여자가 레몽드가 아니라는 것 잘 알아요! 레몽드는 죽지 않았고 다만 도망쳤을 뿐이라는 걸 나도 알고 있단 말입니다!…… 자, 그러니 지금 그 여자가 어디 있는지 한번 말해봐요!"

'가스불'은 여자의 태도에 버럭 울화가 치미는지 주먹을 불끈 쥐어가며 악을 썼다.

"이런 빌어먹을! 내 이럴 줄 알았지…… 그걸 아는 거 보면 당신은 분명 내 뒤를 캐고 다녔던 거야……"

"흠, 그럴지도 모르고…… 어쨌든 대답이나 해요!"

"뭘 말이오? 레몽드가 지금 어디 있느냐고? 그건 나도 모르지! 도망친 건 사실이지만, 어디에 가 있는지까지는 난들 어찌 알겠소…… 저기 죽어 있는 여자가 누구인지도 알고 싶소?…… 내 정부 '표범'이외다…… 당신 설마 이제 와서 나를 엿 먹일 생각은 아니겠지? 그래도 내 여자인데 저렇게 때려죽인 것도 따지고 보면 모두 당신 탓이니까……"

"내 탓이라니?"

"그래, 당신 탓! 당신의 그 잘난 계집년을 도망치게 해준 게 바로 저 여자니까!……"

브레몽발 부인은 아무런 대꾸도 하지 못했다.

그저 반쯤 죽은 것처럼 창백한 얼굴로 미라보 다리 난간에 몸을 기댄 채, 소용돌이치며 흘러가는 흙탕물을 황망한 눈으로 내려다볼 뿐이었다.

수상쩍은 관계의 두 공모자 사이에는 한동안 무거운 적막이 흐르고 있었다.

마침내 브레몽발 부인이 먼저 입을 열었다.

"그래, 저 여자는 이제 어떻게 할 거죠?"

'가스불'은 맥없이 어깨를 으쓱하며 대답했다.

"그걸 내가 알면 얼마나 좋겠소…… 아, 정말 저 짐 때문에 미치겠소이다! '표범'이 죽어서까지 사람 속을 썩인다니까…… 정말 저 시체를 어떻게 처리해야 할지 답이 안 나와요, 답이……"

"마차는 당신 건가요?"

"아뇨, 오늘밤만 빌린 거외다."

"정확히 말해봐요. 빌린 거예요, 훔친 거예요?"

"돌려줄 거니까 훔친 건 아니오! 그렇다고 말하고 빌린 것도 아니지만……"

브레몽발 부인은 그만 입을 다물고 잠시 난감한 생각에 잠겼다.

아! 우아한 아름다움을 자랑하는 브레몽발 부인의 화려한 파티에 참석차 로랑 피샤 가의 아파트 응접실을 뻔질나게 드나들었던 사람들이 만약 지금 그녀의 모습을 본다면…… 그토록 세련되고 곱기만 하던 여인이 인적 없는 쓸쓸한 다리에 우두커니 서서, 무시무시한 심야 삯마차꾼이자 알고 보면 흉악한 살인범과 남몰래 대화를 나누고 있다니…… 얼마나 기겁할 일이겠는가!

브레몽발 부인과 건달 '가스불'은 도대체 어떤 관계인가? 도핀 지구의 남부러울 것 없이 부유한 건물주가 무엇이 부족해 애먼 처녀를 납치하고 자기 정부를 살해한 불량배와 어울리고 있느냔 말이다!

"당신은 나더러 레몽드를 납치해달라고 하면서, 그 여자가 사라져줘야만 한다고 분명히 말했소!……"

"이것 봐요, '가스불'! 흰소리 그만하고…… 지금이라도 내가 시키는 대로 잘만 하면, 단두대만큼은 피할 수 있을 거예요!"

"뭐요? 단두대?……"

여자의 입에서 무시무시한 형틀 얘기가 슬쩍 흘러나오자 '가스불'은 또다시 흥분하여 부들부들 떨기 시작했다.

"단두대라니!"

벌써부터 칼날의 싸늘한 감촉이 목 언저리에 전해지는 느낌이었다.

그는 부글부글 끓는 듯한 목소리로 더듬거렸다.

"만에 하나 내가 단두대에 오르게 되면…… 당신도 무사하지만은 않을 거야……"

하지만 그런 위협도 브레몽발 부인의 한 점 흔들림 없는 태도 앞에서는 전혀 맥을 못 추었다.

"이봐요, '가스불'…… 나는 목숨 따위에 미련이라곤 조금도 없는 여자예요. 난 그 무엇에도 더이상 집착하지 않아요…… 지금 나는 순전한 선의로 충고하는 거니까 새겨듣도록 해요! 우선 당신은 '표범'의 시체부터 빨리 처리해야 합니다. 아울러 저 마차를 도둑맞았다는 신고가 들어가면 절대 안 돼요. 내 말 잘 들어요…… 당신이 마차 안에 시체를 싣는 걸 다행히 아무도 목격하지 않았다면, 바로 그 점을 철저히 이용해야 합니다. 아까 언뜻 보니 죽은 여자에게 레몽드가 입었던 옷을 입힌 모양인데 맞나요?"

"내가 입힌 게 아니라, '표범'이 첫날 그 여자 옷을 빼앗아 스스로 입고 있었소…… 내 손에 죽었을 때 그대로입니다. 난 옷은 전혀 건드리지 않았어요……"

"좋아요…… 레몽드가 몸에 지녔던 장신구에는 손을 댔나요?…… 혹시 가지고 있어요?"

'가스불'은 고개를 저으며 대답했다.

"아뇨, 그런 거 전혀 없소이다. 설사 내가 좀 챙겼다 해도, 당신한테는 아무것도 돌아가지 않을 거요…… 솔직히 이 모든 짓을 뒤에서 사주했으니 내가 약간 챙기는 것쯤 그냥 모르는 척해 줄 수도 있는 것 아니오? 이제껏 당신을 위해 온갖 고생을 해온 데다 이제는 단두대 걱정까지 해야 할 처지인데 말이지……"

'가스불'은 내친김에 하고픈 말을 마구 쏟아낼 기세였지만, 브레몽발 부인이 지갑에서 두둑한 돈다발을 꺼내자 금세 입을 다물었다.

"자, 자, 돈이라면 여기 얼마든지 있어요, '가스불'…… 이보다 더 줄 수도 있어요! 그러니 레몽드가 가지고 있던 장신구는 내게 넘겨요!"

푸르스름한 지폐 다발을 휘둥그레진 눈으로 냉큼 받아 호주머니에 쑤셔넣는 '가스불'…… 그와 더불어 브레몽발 부인의 목소리에도 한층 더 힘이 들어갔다.

"장신구요, '가스불'…… 어서 내놔요!"

그제야 건달은 다른 호주머니 속에서 보잘것없는 자그마한 반지 두 개를 꺼냈다.

"여기 있소이다…… 또 뭐 필요한 거 있소?"

브레몽발 부인은 아무 말 없이 그것들을 낚아채고는 곧장 마차 앞으로 뛰어갔다. 그러고는 문을 활짝 열고, 치밀어오르는 역겨움을 애써 억누르면서 죽은 '표범'의 손가락에 레몽드의 반지를 끼워주었다.

"자, 이제 나 좀 도와줘요, '가스불'! 이 시체를 물에 던져야 하니까……"

"'표범'을 물에 던진다고?…… 당신 정신이 어떻게 된 거 아니오? 바로 내일이든 일주일 후든 시체가 발견되고 말 텐데……"

"어서 시키는 대로 하기나 해요, '가스불'! 발견되면 다들 레몽드의 시체로 생각할 거예요. 물론 당신한테는 아무 피해도 가지 않을 테니 걱정 말고…… 난 레몽드가 죽은 걸로 알려지길 바라요."

하긴 '가스불' 입장에서는 이제 와서 시키는 대로 하지 않을 도리도 없었다. 밤이 되면서부터, 아니, 전날부터 제정신이 아닌 상태로 온갖 일을 치렀기에, 그는 이제 정신적으로 아주 무기력한 상태에 빠져 있었고 그 어떤 말에도 저항하고 따질 기력이 남아 있지 않았다.

"맙소사! 시키는 대로 할 수밖에……"

밤이 깊었고, 바람은 거셌으며, 비는 억수같이 내리고 있었다. 미라보 다리 위에는 사람 한 명 보이지 않았다. 덕분에 두 공범은 아무런 방해도 받지 않고 일을 수행할 수 있었다.

'가스불'은 '표범'의 축 늘어진 몸뚱어리를 마차에서 끄집어냈다. 어깨를 붙잡고 끌어내린 시체가 얼마나 무거운지, 그는 브레몽발 부인을 쳐다보며 하소연했다.

"거 좀 도와주시오, 젠장……"

하지만 그건 브레몽발 부인이 거들 수 있는 일이 아니었다.

"난 못해요…… 난 못합니다……"

'가스불'은 혼자서 힘겹게 다리 난간까지 시체를 끌고 가 낑낑대며 들어올렸고, 이내 캄캄한 허공 속으로 떨어뜨렸다.

음산한 물소리가 들렸고 그와 더불어 물보라가 튀었다.

거센 급류가 범죄의 흔적을 모두 지워버린 건 순식간의 일이었다!

센 강은 살해당한 '표범'의 몸뚱어리를 시커먼 물결로 집어삼키고는, 아무 일도 일어나지 않은 듯 유유히 흐르고 있었다……

10
바지선의 젊은이

"어이, 젊은 친구, 혹시 개 보는 거 좋아하시오?"

"그럼요, 공짜 구경거리가 따로 없죠……"

"공짜라서 좋다는 건가? 그래, 뭐 그럴 수도 있지…… 아무튼 개들은 참 팔자도 좋아, 안 그러오?"

"그러게 말입니다!"

"그저 녀석들만 같으면 좋겠어……"

"아니라곤 말 못하죠……"

"그래, 아무튼 녀석들은 모든 권리를 누리고 우리는 온갖 의무만 짊어진다고 봐도 될 거요. 자랑스러운 이 나라의 국민인데도 그 점만큼은 별수없다니까…… 자, 자, 이리 온, 아조르…… 저것 보라구. 자기 털을 깎으려는 눈치니까 오려고도 안 하는 거

보란 말이야……"

"털 깎는 걸 싫어하는 모양이죠?"

"아마도. 이리 와, 아조르…… 오히려 시원해서 즐거워해야 정상일 텐데 말이지…… 이리 오라니까, 아조르…… 하여튼 고집불통이에요. 그나저나 그 흔하디흔한 발바리조차 너도나도 왜 꼭 사자처럼 털을 깎아달라고 하는지 알 수가 없어…… 그놈의 유행이 뭔지 말이야……"

"딱히 불평할 일은 아니죠…… 그걸로 장사를 하시잖아요."

"물론 그야 그렇지! 나야 개나 고양이 털 깎아주면서 먹고사는 사람이니까. 돈만 된다면 교황을 독일 황제로 만들어주는 것도 굳이 마다할 일이 아니지……"

"맞는 말씀입니다."

두 사람은 제방 위에서 그런 얘기를 나누고 있었다.

우측으로는 간결한 모양의 회색 그르넬 다리가 뻗어 있고, 정면에는 가느다란 관목들이 무성한 '백조' 섬이 자리잡고 있었다. 그리고 좌측에는 트로카데로 공원이 층층이 펼쳐져 있었다.

그런가 하면 저 뒤쪽으로는 요란한 기중기 소음과 증기기관의 식식대는 소리 그리고 공사 감독관의 고함소리와 더불어, 기다란 철근들을 짊어진 일꾼들이 바지선 선적 작업을 위해 바삐 오가고 있었다.

그날따라 화창한 봄 날씨였고, 햇살은 센 강 수면 위에서 마음껏 노닐고 있었다. 그 물속에서 아조르는, 땅딸막한 체구에 벌건 혈색, 걷어올린 셔츠 소매 아래 팔뚝이 짙게 그을린 사내의 계속되는 부름에도 아랑곳하지 않고 열심히 버둥대며 헤엄을 치고 있었다.

"이제 그만하고 나오라니까, 아조르! 요 청개구리 같은 녀석!…… 저놈 좀 보라구. 여간 음흉한 녀석이 아니라니까!…… 저러다 언젠가는 말을 듣겠거니 생각하면 큰 오산이라오, 아무렴! 어떤 놈들은 물에 들어가는 걸 싫어하기도 한다는데, 저 녀석은 물에 한번 들어갔다 하면 도무지 나올 줄을 모르니……"

통통한 체격의 남자는 동물의 털을 깎고 손질해주는 애완동물 미용사였다. 아닌 게 아니라, 그의 옆에는 비눗물이 가득 담긴 나무통 두 개와 반짝거리는 이발기가 담긴 작은 상자 하나가 놓여 있었다.

남자는 계속해서 말을 이어갔다.

"하긴 웬만하면 나도 화를 낼 만한데 워낙 개를 좋아하다보니…… 하여튼 저런 거짓말쟁이에 도둑놈 심보도 따로 없을 거요. 그래도 난 괜찮다니까…… 녀석들하고 이리저리 씨름하며 지내다보면 하루해가 금세 가버리니까 말이야…… 자, 자, 아조르, 어서 이리 온!"

한편 그와 함께 한담을 나누던 젊은이는 애완동물 미용사의 말에 자기도 모르게 웃음을 흘리며 대꾸했다.

"그래도 저 정도로 애들이 말을 안 들으면 하루에 일하시는 양이 무척 적어질 텐데요……"

"평균 3프랑 50상팀에서 4프랑 정도 번다오…… 어서 나오라니까, 아조르! 허어, 망할 놈…… 그나저나 오전 열시에 이렇게 한가로이 두 손 호주머니에 찔러넣고 있는 젊은이는 대체 하는 일이 뭐요?"

젊은이는 창피한 듯 기어드는 목소리로 말했다.

"일정한 직업이 없습니다……"

"그렇다고 불규칙한 일거리가 있는 것도 아니겠지?"

"뭐, 가끔씩 일이 있긴 하죠."

"흠, 몸은 그다지 신통해 보이지 않는데……"

애완동물 미용사는 눈썰미만으로도 같이 이야기를 나누는 젊은이가 어느 정도 야무진 사람인지 금세 알아보았다.

실제로 그리 단단한 타입은 아닌 듯했다.

기껏해야 열여덟 살밖에는 되어 보이지 않는 젊은이는 빈약한 체구와 피로에 찌든 얼굴 그리고 신열기가 짙은 흑갈색 눈동자가 전체적으로 왠지 연약한 인상을 주고 있었다. 그런가 하면 옷은 완전히 부랑자 차림새로, 새해 첫날 성聖 실베스트르 축제를 기해 혹시 잔심부름 거리라도 없나 사람들 사이를 어슬렁대는 딱한 젊은이의 몰골 그 자체였다.

"그래, 딱히 실해 보이지는 않아…… 고된 일 같은 건 아예 엄두도 못 낼 것 같은데……"

"웬걸요, 이래 봬도 사지 멀쩡한 젊은이입니다!"

"그렇긴 하겠지…… 한데 배짱은 좀 있는 편인가?"

"그거 하나는 정말 자신 있죠."

"그럼 일 한번 해보려오?"

"아, 당연히 하죠! 제게 주실 일감이라도 있습니까?"

순간, 둘 사이의 대화가 잠시 끊겼다.

물에서 나올 생각을 전혀 안 하던 아조르가 문득 한기를 느꼈는지 제방으로 냉큼 올라와, 미용사를 향해 멍멍 짖어대며 달려오는 것이었다. 바짝 다가들자마자 제멋대로 몸을 흔들어 사방으로 물기를 떨어내는 아조르……

"어허, 이놈 봐라! 몸은 좀 다른 데서 털고 오면 어디가 덧나냐? 꼬리가 무슨 성수채라도 되는 줄 아는 모양이지? 이 녀석……"

애완동물 미용사의 말에 젊은이도 히죽 웃으며 한마디했다.

"재밌네요…… 개들은 물에서 나오면 으레 가까이 다가와 난리를 피우며 물기를 떨어내야 직성이 풀리나보죠."

"이게 다 젊은 친구를 환영하느라 그러는 거외다……"

"에이, 설마요……"

"그래, 이리 온, 아조르…… 아 참, 아까 일 한번 해보겠다고 했지?……"

"아, 네……"

미용사는 거꾸로 엎어놓은 나무통을 깔고 주저앉아 무릎 사이에 아조르를 놓고 까칠한 솔로 털을 다듬어주며 말했다.

"특별히 하고 싶은 일이라도 있는 거요?"

"아무 일이든 기회만 된다면 괜찮습니다……"

"바지선 타는 일은 어떻소?"

"아, 좋죠!"

"그럼 '잔 마리'호에 가서 한번 알아보구려…… 저기 보이는 저 목재 바지선 말이오…… 가서 드니 영감을 찾아 얘기를 해봐요. 그 배 사공인데 성격 털털하고 좋은 사람이외다. 젊은 일손을 하나 구한다고 하더군……"

주위의 모든 시계탑에서 정오를 알리는 타종 소리가 일제히 울려퍼지자, 무겁고 뜨거운 햇살이 내리쬐는 강가 제방에는 그야말로 사람 그림자 한 점 보이지 않게 되었다.

'잔 마리'호 앞에는 하천 운항만 삼십 년 경력인 늙은 뱃사공 드니 영감이 아내인 잔과 나란히 앉아 담소를 나누고 있었다. 남편과 거의 나이가 같은 잔은 잔뜩 그을리고 주름진 얼굴에 편안한 미소를 머금은 할멈이었다.

"이봐요, 임자. 당신은 그러니까 내가 잘했다고는 생각하지 않는단 말이지?"

"아무래도 신중하지는 못한 것 같아요……"

"혹시 그것 때문에 나쁜 일이라도 벌어질 것 같나?"

"또 모를 일이죠……"

"배를 훔쳐가는 일은 없겠지?"

"설마요……"

"안에 실은 골재들도?……"

"그런 일은 없을 거예요, 여보. 다만……"

"다만 뭐야? 당신은 매사에 겁이 많아서……"

"지금도 당신은 잘 알아보지도 않고 아무나 고용하잖아요…… 그런 건 신중한 행동이 못 된단 말이에요. 아무리 당신이 뭐라고 해도 그건 신중하지 못한 행동이라구요……"

거기까지 얘기한 드니 할멈은 자리에서 일어나 수프를 가지러 갔다. 노부부는 오늘 바지선 앞에 설치해놓은 차양 아래에서 모처럼 야외 점심식사를 즐기려던 참이었다.

한데 할멈의 기분이 왠지 언짢았다.

이유인즉, 바로 두 시간 전 바지선에서 제방에 걸쳐놓은 좁다란 판자로 한 젊은이가 다가와 한다는 얘기가, 자기 이름은 루이인데 일자리를 찾고 있다는 것이었다.

"그래? 할 줄 아는 게 뭔가? 배는 좀 타봤고?"

드니 영감이 그렇게 묻자, 젊은이는 솔직하게 대답했다.

"뭐 별로 할 줄 아는 건 없습니다만, 뭐든 맡은 일에는 성의를 다하는 편입니다. 저기 애완견 돌보시는 분이 보내서 왔는데요.

배에서 일할 젊은이를 찾으신다고 해서요……"

"먹고 자는 것만 해결해주고 따로 품삯은 없는데, 그래도 괜찮겠나?"

"네, 그것도 괜찮습니다……"

"좋아, 그럼 나도 오케이네!"

워낙 성격이 털털하다보니 드니 영감은 그 이상 다른 건 묻지도 않았다. 그가 보기에 사지 멀쩡하고 일할 의욕만 있는 젊은이라면 누구든 충분히 함께할 자격이 있었다.

드니 영감은 할멈에게 이렇게 설명했다.

"급료 대신 먹고 자는 것만으로도 족하다는 젊은이에게 일거리를 안 준다면 그건 너무 야박한 거 아닌감…… 혹시 임자가 보기에 그 친구 옷차림이 별로 깔끔하지 않아서 마음에 걸리는 거 아니야?"

그러자 할멈은 다소 뾰로통해진 얼굴로 대꾸했다.

"여보, 그게 아니라…… 솔직히 말해서 그 젊은이 인상이 왠지 꺼림칙하단 말이에요……"

현재 시각은 오후 세시. 해가 다소 기울자 제방에도 서서히 그늘이 지기 시작했고, 평상시처럼 지나다니는 사람들도 드문드문 눈에 띄었다. 물가에 일렬로 늘어선 낚시꾼들은 하수구로 인해 조직적으로 오염된 센 강의 수질을 용케 견뎌낸 물고기들에게 하나같이 거들떠보지도 않는 미끼를 드리우고 있었다.

드니 부부가 선주를 만나러 뭍으로 내려간 시각. 갑판까지 썰렁한 바지선 '잔 마리'호의 선체 측면을 따라 별안간 누군가의 목소리가 솟구쳤다.

"헌옷 삽니다!…… 헌옷 팔아요!……"

다름아닌 부지유였다!

그는 예의 그 앙상한 당나귀가 끄는 수레에 헌옷가지를 잔뜩 싣고서 배 옆으로 천천히 지나가고 있었다.

"어이, 이봐요!"

"엉? 누가 나를 불렀지?"

"거기 헌옷 장수 맞나요?"

"아, 예! 젊은이가 날 불렀소?"

"네, 잠깐 서보세요. 물건 좀 봅시다……"

"예, 예…… 천천히 내려오십시오."

그날 아침 배의 일꾼으로 고용된 바로 그 젊은이가 왕년의 부랑자를 불러 세운 것이다.

젊은이는 부리나케 배에서 내려와 수레 옆으로 다가왔다.

"너무 비싼 건 아니죠?"

부지유는 넓적한 얼굴 가득 되도록 환한 미소를 지으며 대답했다.

"아이고, 파리 전체에서 이만한 가격에 물건 파는 장사꾼 있으면 나와보라고 하세요! 그나저나 우리 젊은 분한테 필요한 게 뭘까?…… 옳지, 부티나는 연미복이 딱이겠구먼!…… 실은 방금 전에 어느 장의사한테서 사들인 옷이거든요…… 왜요, 별로 맘에 안 드쇼?…… 얼룩만 좀 제거하면 괜찮은데…… 그래도 싫다면 하는 수 없고…… 벨벳 바지는 어떻소?…… 엉덩이는 좀 기웠지만 아주 괜찮은 게 하나 있는데……"

부지유는 계속 지껄이면서 수레 이곳저곳을 쑤시고 다녔다. 그러더니 아예 그 위로 기어올라가 이 옷 저 옷 끄집어내 보여주었다가는 다시 팽개치고 또다른 옷을 찾아 들쑤시는 것이었다.

"이것도 맘에 안 들어요? 허어, 그것 참…… 보아하니 꽤 까다로운 양반일세…… 아직은 손님 취향에 맞게끔 옷들이 정리돼 있지 않아서 이렇다오……"

젊은이는 좀더 자세히 살펴보기 위해 수레 옆에 바싹 달라붙어 직접 헌옷 더미를 뒤지기 시작했다.

"좀 튼튼하고 질긴 옷을 찾는데요……"

"그러면서 별로 비싸지 않은 거겠죠?…… 손님들이 찾는 것이 다 그렇죠 뭐…… 요즘 사람들은 정말 염치가 없어졌어요…… 무조건 거저먹기로 제일 그럴듯한 것만 찾는다니까!"

"오, 그런 건 아니에요! 값은 충분히 쳐드릴 겁니다!"

젊은이의 말에 부지유는 잔뜩 거드름을 피우며 대꾸했다.

"허허, 값을 쳐주는 것에도 여러 가지가 있다오, 젊은 친구……

자고로 좋은 옷 구하는 데 너무 비싸다며 따지는 건 있을 수 없는 일이지, 암!……"

한데, 워낙 과장된 언사와 제스처를 즐기는 사람이라 계속 허세를 부릴 것 같던 부지유가 문득 정색을 하고 묻는 것이었다.

"그런데 갑자기 왜 그러고 있소?…… 표정이 왜 그래요?…… 그건 여자 옷이잖소?"

그랬다. 젊은이는 방금 수레에서 짧은 검은색 원피스를 꺼내더니 이리저리 뒤집으며 한참을 살펴보고 있었다. 그리고 점점 흥분한 기색이 역력해지면서 얼굴마저 창백하게 질리는 것이었다.

"여자친구한테 줄 옷을 찾고 있었던 거요?…… 에이, 진작 얘기할 것이지!…… 그럼 단박에 딱 맞는 물건을 찾아줬을 것 아니오!"

하지만 부지유의 그런 참견 역시 멋쩍게 차단당하고 말았다.

계속 옷을 살펴보던 젊은이가 아까와는 완전히 달라진 목소리로 불쑥 질문을 던졌던 것이다.

"잠깐, 이 옷은 대체 어디서 구한 겁니까?"

"예? 그 옷을 어디서 구했느냐구요?"

"그래요. 당신한테 이 옷을 판 사람이 누굽니까?"

"그건……"

사실 부지유는 호기심 많은 사람은 딱 질색이었다. 어찌 보면 자연스러울 수도 있는 질문에 갑자기 짜증이 난 듯, 그는 젊은이의 손에서 문제의 원피스를 냉큼 낚아채고는 말했다.

"이것 봐요, 젊은 친구! 그건 당신이 상관할 문제가 아니지! 게다가 나는 주제넘게 구는 친구들은 아주 질색이거든…… 이왕 이렇게 됐으니 딱 하나만 얘기해주지. 내 이름은 부지유, 비록 헌옷가지를 구해다 팔지만, 이 한목숨 정직하게 벌어먹고 사는 사람이외다! 그러니 공연히 사람 귀찮게 만들거나 쓸데없이 갖고 놀 생각이라면 아예 꿈 깨는 게 좋을 거요…… 자, 그럼 이만 실례!……"

부지유는 수레에서 훌쩍 뛰어내리더니 당나귀 고삐를 틀어쥐고 곧장 자리를 떴다.

한데 젊은이가 계속 따라붙으며 이렇게 말하는 것이었다.

"아니, 갑자기 왜 이러세요? 이대로 가면 어떡합니까! 그 옷이 맘에 든다니까요!……"

"그럼 사겠다는 거요?"

"여부가 있습니까……"

부지유는 잠시 망설였다. 실은 의외의 수지를 맛볼 수 있겠다는 계산과 차마 드러내놓지 못할 또다른 생각 사이에서 고민하는 중이었다. 그는 당나귀 고삐를 여전히 틀어쥔 채 불쑥 물었다.

"그나저나 나한테 아까 같은 질문들을 늘어놓은 이유가 대체 뭐요?"

"그건…… 그냥 호기심에서……"

"오, 그래요?……"

"사실 이 옷들을 다 어디서 구했을까 궁금하던 차였습니다…… 그 옷이 왜 축축이 젖어 있는지도 궁금하고……"

"축축하다니?…… 나 원, 별 헛소리 다 듣겠네!"

부지유는 당나귀 고삐를 홱 끌어당기며 내뱉었다.

"가자, 가리발디!…… 괜히 시간만 낭비한 것 같다. 이랴!"

하지만 또다시 따라붙는 젊은이……

"거참, 장사 이상하게 하시네요! 그 옷을 팔 생각이 없는 겁니까?"

마침내 부지유의 인상이 잔뜩 구겨졌다. 지금 이 순간 그가 바라는 건 당장 이 자리를 벗어나는 것이었지만, 그렇다고 구미 당기는 거래를 내칠 용기가 있는 것도 아니었다.

"옷값으로 얼마를 낼 거요?"

"얼마를 원하십니까?"

"3프랑 50상팀?"

"안 돼요. 3프랑으로 합시다."

"그럼 3프랑 10상팀!…… 당장 성냥을 한 갑 사야 하는데, 마침 잔돈도 떨어졌으니……"

하지만 젊은이는 농담을 할 기분이 아니었다. 그는 호주머니에서 은화 몇 닢을 꺼내 바로 건네며 말했다.

"자, 3프랑입니다. 어서 옷 주시오!"

잠시 후, 부지유는 떠나고 젊은이는 다시 바지선으로 돌아왔다. 그는 깊숙한 배 밑창으로 내려가더니 방금 사온 옷을 조심스럽게 펼쳤다. 젊은이는 연신 혼잣말을 중얼거리고 있었다.

"오, 맙소사…… 도대체 이게 어떻게 된 거지?…… 내가 잘못 볼 리는 없는데…… 암, 착각일 리 없어! 이 옷은 분명 내 옷이야! 내가 '파리 갈르리'에서 점원으로 일할 때 입던 옷이라고!…… '가스불'이 나를 납치한 날 밤 바로 이 옷을 입고 있었지. '표범'이 이 옷을 강제로 벗겨서 꼬불쳐둔 걸 내가 도망쳐나오면서 미처 챙기지 못했단 말이야. 맞아, 바로 그 원피스라고!…… 한데 이게 어떻게 헌옷 장수의 수레 속에 처박혀 있는 거지? 게다가 물에 잠겨 있었던 것처럼 이렇게 흠뻑 젖은 상태로 말이야…… 아, 아까 더럭 겁만 안 났어도 자세히 물어보는 건데!"

그랬다. 바지선에 취직한 젊은이는 다름아닌 레몽드. '가스불'과 '황소눈알'에게 납치되었다가 '표범' 덕분에 기사회생으로 탈출한 '파리 갈르리'의 여점원이었던 것이다! 그녀는 지금 무슨 이유에서인지 자신의 정체를 효과적으로 감추기 위해 남장을 하고 있었다. 한참을 골똘한 생각에 잠겨 있던 그, 아니, 그녀는 이렇게 내뱉었다.

"나를 곤경에 빠뜨린 장본인이 누구인지 꼭 밝혀내야 해! 이 모든 일의 내막을 철저히 규명해야만 한다고! 그래서 내가 겪은 고통을 반드시 갚아주고야 말 거야!…… 반드시!……"

"어이, 젊은이!"

"네, 선장님!"

"방금 무슨 소리 못 들었나?"

"못 들었는데요……"

"뭐 본 것도 없고?"

"자고 있어서요……"

"허어, 거참 이상한 일이로군!"

때는 자정이었다. 구름 사이로 반쯤 가려진 달이 희미한 빛만 겨우 던지는 가운데, '잔 마리'호의 갑판은 사물을 거의 분간하기 어려울 만큼 어둠침침했다.

그럼에도 드니 영감은 바지선에서 약간 떨어진 수면 위 무언가를 살펴보기 위해 애쓰고 있었다. 그는 할멈과 함께 작은 선실에 있다가 반쯤 몸을 내밀고는, 화물창에 매트리스를 깔고 잠을 자던 젊은이를 불러 깨운 것이다.

"난 분명 봤는데…… 답답하게도 그게 뭔지는 모르지만 틀림없이 봤어…… 자기 전에 창가에서 파이프 담배나 한 대 더 피우려고 담뱃가루를 다지다가 퍼뜩 눈에 띄었거든……"

기분이 찜찜한지 연신 중얼거리는 영감에게 젊은이는 한층 예민해진 목소리로 다그쳐 물었다.

"무얼 보셨는데요, 선장님?"

"글쎄…… 거 왜 부연 거 있잖아…… 막상 이러고 보니 나도 할멈처럼 겁부터 더럭 나는구먼…… 어, 저기다!…… 저것 좀 보라구!……"

드니 영감이 느닷없이 센 강 한복판을 손으로 가리켰다. 거기, 마치 달무리처럼 희미하게 빛나는 뭔가가 물에 둥둥 뜬 채 물살을 거슬러오르고 있었다.

드니 영감은 계속 혼자서 떠들어댔다.

"도대체 저게 뭐냐구! 유령인가? 원한에 사무친 망령이야? 아, 저건 분명히 흉한 일이 일어난다는 징조일 거야!…… 어, 자네 갑자기 왜 그래? 어딜 가는 거야? 어어, 이런……"

옷을 반쯤 걸치다 만 젊은이가 느닷없이 드니 영감을 한쪽으로 밀치더니, 그대로 물속에 뛰어드는 게 아닌가!

기겁을 한 드니 영감은 길길이 소리치며 발을 동동 굴렀다.

"지금 뭐하는 짓이야? 어서 돌아와!…… 이봐, 젊은이…… 어서 돌아오라니까!"

영감이 목이 쉬어라 고래고래 소리지르는 가운데 젊은이는 기막힌 수영 솜씨를 자랑이라도 하듯, 시원스레 물살을 가르며 헤엄치고 있었다. 전문적인 수영 교사가 봐도 한 점 나무랄 데 없는 실력이었다! 그렇게 젊은이는 얼마 되지 않아 부연 불빛 코앞까지 가닿았다……

그러나 아뿔싸! 마지막 한 번의 스트로크를 남겨두었을 즈음,

전등이 순간적으로 꺼지듯 불빛이 갑자기 사라지는 것이었다!

무모한 견습선원의 모습이 거의 보이지 않게 된 바지선 위에서는 여전히 드니 영감의 고함소리가 솟구치고 있었다.

"돌아와! 돌아오라니까!…… 만약 유령이라면 섣불리 자극하지 않는 게 좋다구!"

젊은이는 그제야 바지선으로 돌아왔다.

갑판에 오르자 그는 이렇게 툭 내뱉었다.

"제가 공연한 소란을 부린 것 같아요. 아무것도 보진 못했습니다. 도착한 순간 사라져버리더라구요……"

드니 영감은 아무 대꾸도 하지 못했다. 막상 젊은이가 멀쩡한 모습으로 갑판에 기어오르자 덜컥 겁부터 나는 모양이었다.

잠시 후 간신히 용기를 내어 그가 말했다.

"아무것도 보지 못했다면서 뭐가 어떻게 사라졌는지는 또 어떻게 안단 말인가!? 당최 말이 돼야 말이지! 그러지 말고 어서 말해보라구!"

젊은이는 난처한 듯 어깨를 으쓱하며 대답했다.

"선장님, 말씀드린 대로 정말 아무것도 못 봤습니다! 뭐든 사소한 점이라도 눈에 들어왔다면 당연히 말씀드리죠…… 이런 일은 속이고 자시고 할 문제가 아니지 않습니까?"

드니 영감은 한동안 뚱하니 입을 다물다가 다시 말을 이었다.

"그럼 아까 자네가 물위로 고개를 내밀었을 때도 아무 소리 못

들었단 말인가?"

"전혀요…… 게다가 그건 물위가 아니라 물밑에 있는 것 같던데요…… 선장님도 보시지 않았습니까. 7, 8미터 남겨두고 제 앞에서 그 불빛이 곧바로 사라져버리는 걸 말입니다!"

드니 영감은 마지못해 고개를 끄덕이면서도 침울한 표정으로 중얼거렸다.

"아, 눈앞에서 일이 벌어졌는데 멍하니 손놓고 있어야 한다니!…… 말만 꼬박꼬박 잘하면 뭐해. 아무리 교육받은 신세대면 뭐하냐구…… 젊은 사람들이 정작 급한 상황에서는 영 정신을 못 차리니……"

그러고는 곧장 젊은이에게 이렇게 일렀다.

"아무튼 다음에 또 그 불빛이 나타나거든, 그렇게 가까이 다가가서 보는 짓은 하지 말게나. 공연히 이 '잔 마리'호까지 재수가 없어져…… 그나저나 어서 가서 그 옷부터 갈아입으라구. 자칫 감기 걸리기 십상이니까…… 아 참, 그리고 내일 날이 밝거들랑 할멈한테는 이 일에 대해 일절 말하지 말게. 어쩌면 자네 때문에 배가 재수없어졌다고 원망할지도 모르니까, 어떻게든 이 일과 관련된 것처럼 생각할 수도 있으니까 말이야……"

11
심야의 삯마차

오를로주 제방에 위치한 파리 경찰청, 아니, 좀더 정확하게는 경찰청 별관 정문 앞에 이르러 마차에서 내린 팡도르는 파리 시 교통과 사무실로 통하는 닳고 닳은 지저분한 계단을 휘파람을 불며 달려올라갔다.

그는 여러 개의 행정부서들을 쏜살같이 파고들어가면서, '노점 손수레' '장례식' '생활 쓰레기' 등등의 표지가 다닥다닥 붙어 있는 무미건조한 통로를 줄줄이 건너뛰었다.

그리하여 마침내 당도한 곳은 반투명 유리문으로 차단된 널찍한 사무실 앞이었다. 무척 지저분한 그 출입문에는 시커먼 글자로 이런 안내문이 새겨져 있었다.

팡도르는 결연하게 안으로 들어섰다.

"안녕하십니까?"

"여어, 팡도르 아니시오!…… 요즘은 어떻게 지내시나? 정말 오랜만에 보는 것 같은데……"

"뭐, 그럭저럭 지내고 있습니다."

"나쁜 일은 없는 거죠? 여전히 라 카피탈 사에서 일하고요?"

"오…… 물론입니다!"

"한데 당신이 쓴 그럴듯한 기사를 본 지도 꽤 오래된 것 같은데……"

"그러게 말입니다…… 하지만 어쩌겠어요. 누구나 나름의 취향이 있는 건데…… 그걸 쉽게 포기하고 아무 기사나 내깔길 순 없죠."

"아 참, 그렇지! 당신은 팡토마스 전담 기자지! 다른 악당이 감히 당신의 칭송을 받는다는 건 있을 수 없는 일이지……"

경찰청 직원은 그렇게 말하며 장난스럽게 킬킬댔다.

사실 이곳 분위기는, 정보력에서 훨씬 앞선 덕에 이미 오래전부터 팡토마스에 대한 실없는 농담이 자취를 감춰버린 치안국과는 많이 달랐다. 파리 경찰청 일반직 공무원들 사이에선, 내로라하는 형사들의 추격을 거듭 따돌려온 수수께끼 같은 악당에 관한 이야기가 일종의 잡담처럼 용인되는 분위기였다.

어쨌든 팡도르가 팡토마스를 두고 실없는 농담이나 하는 것을 좋아할 리는 없었다. 이 공포의 거장을 어떤 정신 상태로 바라보아야 하는지 그는 너무도 잘 알고 있었다. 그 불가사의한 악당이 얼마나 많은 파괴 행위와 범죄 행각을 저질러왔는지 훤히 꿰고 있는 그로서는, 아무리 단순한 농담이라도 그런 악마가 연루된 이야기에 장난스러운 대꾸를 하고 싶은 마음은 좀처럼 들지 않았다.

팡도르는 툭 던지듯 말했다.

"자, 자, 팡토마스 얘기는 그 정도로 해두고요…… 오늘은 그와는 상관없는 일로 왔습니다."

"하긴, 요즘은 그자도 얌전히 지내는 것 같더이다…… 그래, 무슨 용건으로 온 거요?"

"뭐 하나 물어보려고요."

"뭔데요?"

"규정위반 삯마차들을 계류장으로 송치하는 일은 누가 맡고 있지요?"

"문제가 된 마차라도 있습니까?"

팡도르는 히죽 웃을 뿐 구체적인 설명은 건너뛰고 재차 물었다.

"뭐, 거의 그런 셈이죠…… 그 일을 누가 맡고 있나요?"

"내가 담당입니다."

"아, 그렇군요!…… 난 또 마차꾼들과 관련한 벌금 부과나 공공 관련 민원만 취급하는 줄 알았지요……"

팡도르의 말에 공무원은 어깨를 으쓱하며 대꾸했다.

"모든 걸 다 다룹니다. 덕분에 아주 죽을 맛이에요……"

"오후 네시까지 꼬박 말이죠……"

"오전 열시부터 꼼짝도 못합니다!"

"그것 참 고되겠군요……"

그렇게 대충 맞장구를 쳐주던 팡도르, 더이상 본론을 미루면 상대가 짜증날까 염려되어 곧장 얘기를 이어나갔다.

"그건 그렇고, 당신이 담당이니 말인데요. 혹시 이 문제를 좀 아시나 해서 묻겠습니다…… 우선 여기 이것 좀 읽어보세요."

그러면서 팡도르가 건넨 것은 아바스 통신사가 매일 전 세계에 보내는 전문의 일부로, 요컨대 파리의 여러 경찰서에서 간략한 보고 형식으로 작성한 사건 요지였다.

팡도르와 친분이 있는 경찰청 직원은 그가 건넨 종이를 흘끔 보더니, 처음부터 끝까지 소리내어 읽기 시작했다.

오늘 오전 두시경 미라보 다리 위에서 버려진 삯마차를 한 대 발견했다. 오퇴유 경찰서 소속 422번과 439번 순경은 순찰 중 문제의 삯마차를 발견하자마자 마차꾼을 찾았으나 결국 실패하고, 마차를 계류장에 송치했다. 한 가지 주목할 점은 무척

구식 모델에 관리가 엉망인 그 삯마차에서 시체 냄새가 심하게 났다는 사실이다.

"그런데요?"

경찰청 직원의 질문에 팡도르는 다시 정색을 하고 물었다.

"이게 사실이냐는 겁니다!"

"글쎄요, 아마도 사실이겠죠……"

"여기서 확인해줄 수 없나요?"

"확인하는 거야 어렵지 않죠. 한데 무슨 범죄와 관련이라도 있는 것 같아서 이러는 건가요?"

팡도르는 얼른 어깨를 으쓱하고는 아무렇지도 않은 척 말했다.

"오, 꼭 그런 건 아니고…… 뭐, 별로 중요하다고 생각하는 건 아닙니다만, 요즘 기삿거리가 하도 없어서요…… 이 사건을 좀더 자세히 파고들어 기사를 쓰면 괜찮을 것 같거든요. 제목은 '시체를 실어나르는 삯마차' 정도면 좋겠고 말이죠……"

직원은 자리에서 벌떡 일어나 활짝 웃었다.

"하하, 그것 봐요, 팡도르! 항상 그럴듯한 기사만 찾아다닌다니까……"

그러면서 직원은 묵직한 자료철 한 권을 펼쳐 이리저리 훑었다.

잠시 후 그는 이렇게 말했다.

"맞아요, 정확합니다! 그런 일이 있었어요. 16구 경찰서에서 제출한 보고서를 찾았습니다. 미라보 다리와 베르사유 로가 만나는 모퉁이에서 삯마차가 발견되었군요. 말 혼자 제멋대로 걷고 있는 상태였고요…… 마차꾼 없이 오랫동안 서 있다보니 지루했던 모양입니다. 그래서 혼자 돌아다니기 시작했는데, 그러다보니 순찰중인 순경들 눈에 띄었겠죠…… 마차 안에서 시체 냄새가 났다는 것도 사실이군요. 경찰 보고서에 정확히 그렇게 명시되어 있는걸요…… 그 밖에 더 알고 싶은 건 없습니까, 팡도르?"

"그 삯마차 번호가 어떻게 되죠?"

"14.032로군요."

"14.032라…… 잠깐, 어디에 좀 적어놓아야지!…… 옳지, 됐고…… 아, 마차꾼 이름은 뭘로 나오나요?"

"빅토르 타르폴랭이군요."

"주소는요?"

"플랑드르 가 32번지……"

"아이고, 고맙습니다!"

"뭘요, 이 정도 가지고……"

"아, 그런데 말이죠……"

"또 뭡니까?"

"이런 경우 보통 어떤 식으로 처리하나요?…… 그러니까 이번 같은 경우 순경들이 순찰중에 버려진 삯마차를 발견하고 나서 구체적으로 어떤 조치를 취했느냐는 겁니다."

"일단 말의 고삐를 붙잡고 마차를 경찰서까지 끌고 가죠. 거기서 보고서를 작성한 뒤 다음날, 그러니까 오늘 아침에 삯마차와 말 모두 계류장에 송치한 걸로 되어 있군요."

"그럼 계류장에서는요?…… 거기선 어떤 조치가 이루어지죠?"

"우선 경찰서장 명의의 총괄 보고서를 통해 14.032번 삯마차가 공공도로상에 버려진 채 발견되었다는 사실을 확인하고 나서, 따로 서류를 조회해 해당 삯마차의 마차꾼 이름을 찾아냅니다. 그런 다음 순경을 통해 삯마차가 발견된 사실과 계류장에 송치된 사실을 마차꾼에게 통보하는 정도죠."

"그러면요?"

"맙소사, 그럼 다 된 거죠, 팡도르! 조만간 마차꾼 타르폴랭은 마차 유기 건으로 징계위원회에 소환될 겁니다. 아마도 징계위원회에서 소정의 벌금 부과와 며칠간의 영업정지 조치를 취하겠죠……"

"그럼 마차는 어떻게 되나요?"

"삯마차요? 아, 그건 마차꾼 타르폴랭이 계류장에 직접 나와서 신분 확인을 받고 벌금만 내면 금방 돌려받게 되어 있어요."

"거기서 나던 시체 냄새는요?"

"아이고…… 나더러 그것까지 어쩌란 말입니까?"

직원은 어느새 느긋한 공무원의 모습으로 돌아가 있었다. 그는 푹신한 가죽 의자에 몸을 묻은 채 본연의 무사태평한 자세로 돌아가 얘기를 이어갔다.

"나 이거야, 원…… 내친김에 차근차근 이야기해드리지요. 이렇게 한번 생각해봅시다…… 이번처럼 버려진 채 발견된 삯마차가 아니라, 그냥 보통 삯마차가 순찰중인 순경 두 명한테 수상쩍은 냄새가 나는 상태로 적발되었다고 치자고요. 그 즉시 상응하는 조사가 이루어질 겁니다…… 모르긴 해도 그 경우엔 신고든 고소든 치안국에 곧장 관련 내용이 올라갈 테니까 전혀 어려운 점이 없겠지요. 하지만 이번 경우는 삯마차에서 풍기는 괴이한 냄새를 따지기 전에 오퇴유 경찰서에서 문제의 마차를 계류장으로 견인해가야만 했던 겁니다. 공공도로에 버려진 상태였으니 그것이 우선적으로 처리해야 할 급선무 아니었겠어요? 아닌 게 아니라 오퇴유 경찰서에서도 당장 내 업무 소관에 해당하는 서류를 작성해온 걸 보면, 치안국에서는 여태 그놈의 고약한 냄새와 관련한 고발은 접수되지 않은 것 아니겠습니까? 삯마차를 처음 발견한 순경 두 명은 그들 나름의 판단하에 보고서를 작성한 것이고, 그걸로 그들 소임은 다한 거겠죠. 그렇다고 마차꾼이 그걸 문제삼을 리도 없고 말입니다…… 말이야 바른 말이지, 자신이 직접 연루된 일이 아니라면 그깟 일쯤 대수롭지 않게 넘어가버리지 않겠습니까?…… 그러니 내가 굳이……"

"손 털지 못할 이유가 없단 말이군요?"

"뭐, 꼭 그런 뜻이라기보다는…… 내가 새로이 보고서를 작성할 위치에 있는 건 아니라는 얘기죠."

팡도르는 그만 웃음을 터뜨리고 말았다.

"아하하하…… 이 나라의 행정 절차라는 게 참 우습군요…… 그렇게 생각하지 않습니까?"

원만한 성격의 경찰청 공무원은 고개를 설레설레 흔들며 이렇게 대꾸했다.

"나야 그 일로 먹고사는 입장이니…… 말해봐야 누워서 침 뱉기일 뿐이라오!……"

'이놈의 기자 일이 지긋지긋한 건, 만나봐야 할 사람들이 왜 꼭 그렇게 생소한 지역에만 처박혀 사느냐는 거지. 이번에도 시체 냄새 나는 삯마차가 발견됐다고 했을 때부터 당장 조사 좀 해봐야겠다는 생각이 들었는데, 아니나다를까! 플랑드르 가 32번지인지 도깨비 소굴인지에 사시는 타르폴랭인가 뭔가 하는 사람을 만나야 한다는 거 아니야! 플랑드르 가 32번지라니, 신나죽겠군! 어디 보자, 여기가 37번지니까…… 거의 다 와간다는 얘긴데…… 오, 이런…… 이런…… 설마 저 공터가 32번지란 말이야?…… 꽤 을씨년스러운 분위기인데…… 버섯 재배용 지하실을 만든다든지 은행 사환들을 데려다 토막내 죽이기엔 정말이지 꿈의 장소 같아!……'

경찰청을 나올 때만 해도 제롬 팡도르는 전혀 망설임이 없었다. 비록 오랜 시간 언론인으로서의 직무를 거의 팽개치다시피 해온 몸이지만, 그럼에도 불구하고 명민한 신문기자의 영혼과 본능은 여전히 그의 내부에서 살아 꿈틀대고 있었던 것이다. 팡도르는 항상 기발한 아이디어가 샘솟는 정보 제공자로서 주변을 향해 더듬이를 세우고, 충격적인 기삿거리가 될 만한 사건이라면 언제 어디서든 낚아챌 준비가 되어 있었다.

실은 아침에 라 카피탈 사 자신의 책상 앞에 앉아 아바스 통신사로부터 날아든 전문을 받아 읽었을 때부터 제롬 팡도르는 전혀 주저함이 없었다.

'시체 냄새가 나는 삯마차라…… 오호라, 이거 흥미 만점인 걸……'

워낙 창의적인 사고와 왕성한 상상력의 소유자이다보니, 문제의 삯마차가 하필 센 강 근처에서 발견되었다는 사실에 먼저 주목하게 되는 건 어찌 보면 당연했다. 그나저나 그 정체불명의 불빛이 나타나는 건 센 강 수면 위인가, 아니면 물속인가?

정말이지 가당치 않아 보이거니와 그런 괴이한 발상을 합리화해줄 어떤 단서도 아직은 없는 상황이지만, 팡도르는 왠지 모르게 정체불명의 불빛과 버려진 채로 발견된 삯마차 사건을 서로 연관시켜서 따져보고 있었다……

그래서 내심 타르폴랭이라는 삯마차꾼이 센 강 유역의 괴이한 불빛에 관한 열쇠를 쥐고 있을지 모른다는 기대를 갖고 발길을 재촉하고 있는 것이다.

'자고로 삯마차꾼이라 하면 마음 깊은 곳에서 자기 직업이 원하는 만큼 큰 수익을 가져다주진 못할 거라는 생각을 하기 마련이지. 그럼에도 항상 진지하고, 늘 거리를 주시하면서 자신이 어디로 가고 있는지 촉각을 곤두세우는 자들이 또한 삯마차꾼이야…… 직업상 수많은 사물을 접하면서 그것들을 섭렵하고, 언제나 바깥세상을 향해 열린 의식으로 매사를 관찰하며, 숱한 현상에 관심을 가질 수밖에 없는 사람들이지. 그러면서도 평범한 속인들에게는 있는 듯 없는 듯 존재하는 거리의 떠돌이라고나 할까!…… 좋아, 그런 삯마차꾼을 오늘 취재하면서, 뭔가 흥미로운 사실을 캐내지 못한다면 말이 안 되지……'

그런 생각을 굴리면서 팡도르는 계속 걸음을 옮기고 있었다. 많은 이들의 눈에는 안정되어 보일지 모르지만 사실 신문기자의 삶이란 더없이 격하고 혼란스럽기 마련이다. 그것에 더해 지금 팡도르는 자신을 더욱 빨리 앞으로 전진하게 만들 또하나의 큰 걸음을 내디디려 하고 있는 것이다!

현재 시각 플랑드르 가는 학교가 파한 뒤 부모가 찾으러 올 때까지의 소중한 자유 시간을 구슬치기에 아낌없이 쏟아붓는 개구쟁이 몇몇만 드문드문 보일 뿐. 그곳을 지나는 팡도르의 마음 또한 편안하기 그지없었으며, 언제든 행동에 돌입할 태세가 되어 있었다.

그런데…… 이 낯선 거리를 점점 더 깊이 파고드는 동안 그는 자기도 모르게 인상을 찌푸리며 기자로서의 천분에 대한 불만을 곱씹는 것이었으니……

"여기 이쯤이 32번지 맞는데…… 이거야 원, 주변에 누구 하나 물어볼 사람도 없고…… 가만있자, 어딜 통해서 안으로 들어가지?…… 이놈의 울타리 너머를 들여다볼 수만 있어도 좋겠는데……"

팡도르는 저만치에서 보일 때부터 멋대로 '공터'라고 판단해버린 장소 앞에 드디어 당도해 있었다.

그곳은 검게 칠한 판자들을 잇대어 만든 높은 나무 울타리로 둘러싸여 있었다. 아무리 보아도 작은 틈새나 눈을 갖다댈 구멍 하나 없는 것 같았다.

팡도르는 울타리를 따라 걸으며 특이한 점이 없나 세세히 살펴보기도 하고, 누군가 달려나와주길 기대하며 지팡이로 냅다 두드려보기도 하다가 이렇게 중얼거렸다.

"아니, 파리 경찰청에서 따놓은 주소가 플랑드르 가 32번지라면, 바로 그 플랑드르 가 32번지에 타르폴랭이라는 작자가 살고 있어야 마땅한 것 아닌가!"

바로 그때였다. 갑자기 입을 다무는 팡도르…… 인적 없는 보도에 붙박인 듯 서 있는 그에게 난데없는 공포심이 엄습했다.

옛날 파리에 횡행하던 황당하고 수수께끼 같은 이야기가 갑자기 그의 머릿속에 떠오른 것이다.

'그러고 보니 내가 어렸을 적에 심야 삯마차에 관한 이야기가 사람들 사이에 떠돌곤 했지…… 살인자들이라면 다 아는 그 마차는 한 해 내내 그들에게 희생된 사람들의 시체를 정체 모를 공동묘지로 운반한다고 했어…… 언뜻 황당한 이야기처럼 들릴지 모르지만 만에 하나 사실에 근거한 부분이 조금이라도 있다면? 심야의 삯마차라는 것이 정녕 존재했다면?…… 아니, 아직도 그것이 실재한다면?…… 그리고 내가 지금 그 흔적을 밟아 여기까지 온 거라면?……'

하지만 신문기자는 대찬 웃음을 토해내며 곧바로 음산한 생각을 떨쳐버렸다.

"아하하하…… 내가 미쳤지! 흔적을 밟긴 무슨 흔적을 밟았다고…… 타르폴랭인가 뭔가 하는 자를 직접 만나보지도 못했으면서 이 무슨 해괴망측한 잡념이냐고!"

지금은 우선 생각을 치밀하게 정리하고 조사 계획을 명확히 확정할 때였다. 팡도르의 생각은 거침이 없고, 행동에는 머뭇거림이 없었다.

'그래, 타르폴랭이라는 자가 삯마차꾼이라고 했지. 자고로 삯마차꾼이라면 말을 부리면서 마차를 굴려 먹고사는 사람이지. 그렇다면 대개는 자기가 사는 곳 근처에 단골 술집 하나 정도는 있기 마련이야. 여기서 당장 타르폴랭을 찾지 못하면 최소한 그

가 다니는 단골 술집이라도 반드시 찾아내야겠어.'

팡도르는 플랑드르 가를 다시 거슬러 돌아나오면서 근처에 늘어선 선술집 네다섯 군데를 닥치는 대로 훑었다.

"아주머니, 혹시 타르폴랭이라는 마차꾼을 아십니까? 분실물 때문에 그러는데요……"

그러나 누구에게 물어도 돌아오는 대답은 다음과 같았다.

"모르는 사람인데요……"

마지막 술집에서도 소득이 없자, 팡도르는 짜증스럽게 중얼거렸다.

"혹시 경찰청에 가짜 주소를 제출한 거 아니야? 아니, 그럴 가능성은 별로 없어…… 삯마차꾼들에 대한 관리는 비교적 철저한 편이니까…… 그럼 도대체 어떻게 된 거야!"

팡도르는 아무래도 자신이 무턱대고 광분하는 것 같아 플랑드르 가 32번지 공터 주변의 건물 관리자들까지 일일이 찾아다니며 수소문하는 것은 일단 유보한 채 오던 길을 되돌아 걸어갔다. 한데 길에서 쑥 들어간 골목 막다른 지점에 마차가 드나들 만한 대문이 있고 그 위에 함석판으로 '빨래터'라 쓰인 팻말이 걸려 있는 게 문득 눈에 들어왔다! 약간은 음산하고 불량한 기운이 감도는 일종의 주막이었다.

누추하기 그지없는 그곳의 외관을 이리저리 살펴보면서 팡도르는 속으로 중얼거렸다.

'음, 평범한 마차꾼들이 드나들 만한 술집은 아닌 것 같고…… 그보다는 동네 건달들 단골 술집 분위기인걸…… 죽음의 냄새를 풍기고 다닌다는 삯마차의 주인이라면 적어도 척 봐서 정직하고 깔끔하다고 느낄 만한 타입은 아니지 않겠어! 자, 일단 들어가서 살펴보기로 하지!'

아까 다른 술집들에선 다짜고짜 타르폴랭이라는 마차꾼을 아느냐 묻고 다니던 팡도르, 이번에는 보다 섬세한 접근 방법을 취하기로 했다.

그는 중산모자를 뒤로 한껏 젖혀쓰고 앞머리도 아무렇게나 헝클어뜨린 채, 가능한 한 불량스러운 걸음걸이로 술집에 들어섰다. 거칠게 열어젖힌 문짝을 발뒤꿈치로 차서 닫은 뒤 툭 내뱉었다.

"안녕하쇼, 친구들!"

그러고는 카운터로 다가가 팔꿈치를 괴고 아무렇게나 의자에 걸터앉았다.

가게 안에 손님이라고는 저만치 앉아 돈을 세고 있는 깡마른 남자 한 명밖에 보이지 않았다.

팡도르는 눈치채지 않게끔 슬쩍슬쩍 그를 관찰했으며, 이쪽에 전혀 신경쓰지 않고 있다는 것을 확인하자 주문받으러 온 종업원에게 태연한 목소리로 말했다.

"멜레카스*로 한 잔 주게……"

그러고는 곧장 무심코 내뱉듯 이렇게 덧붙였다.

"타르폴랭은 안 왔나보지?"

겉으로는 아무렇지도 않은 척했지만, 그 순간 팡도르는 두방망이질하는 가슴을 달래느라 혼이 나고 있었다.

실제로 그것은 대단한 위험부담을 각오해야 하는 한마디였다. 지금 들어와 앉아 있는 술집은 필경 여러모로 수상쩍은 장소일 터, 타르폴랭을 아는 이가 만약 지금의 상황을 목격한다면 낯선 사람이 그를 찾고 있다는 사실에 적잖이 놀라고 경계할 터였다……

만에 하나 주문을 받은 종업원이 눈치 없이 반문이라도 하면 어쩔 셈인가?

하지만 다행히 신문기자는 운이 좋은 편이었다.

종업원은 팡도르의 질문에 바로 대답하는 대신, 가게 뒷방 쪽문으로 다가가 이렇게 외치는 것이었다.

"저기요, 혹시 오늘 타르폴랭 못 봤어요?"

드디어 마차꾼의 행방을 찾았구나 생각하며 팡도르가 속으로 쾌재를 부르는 가운데, 웬 성깔 사나운 여자 목소리가 들려왔다.

"누가 찾아?"

그러자 종업원은 자기 멋대로 이렇게 대답하는 것이었다.

"마권쟁이인가봐요……"

---

* 코냑과 머루주를 섞은 술.

팡도르는 몰래 무릎을 치며 속으로 중얼거렸다.

'옳거니! 나를 마권업자로 생각하는군!'

관상 보기를 즐겨 하는 이곳 종업원이 신문기자에게 부여한 마권쟁이라는 신분은 필경 술집 주인에게 특별한 비중으로 다가오는 모양이었다.

얼른 마권업자인 척하며 종업원과의 대화를 다시 이어가려는 찰나, 불쑥 나타난 술집 여주인의 슬리퍼 끄는 소리가 팡도르의 시선을 끌어당겼다.

저쪽에서 머리 헝클어진 뚱뚱한 여자가 앞가슴을 출렁이며 다가오고 있었다.

그녀는 팡도르를 뚫어지게 바라보더니 물었다.

"타르폴랭한테 무슨 볼일이시죠?"

팡도르는 전혀 당황한 기색 없이, 지저분한 잔에 담긴 멜레카스를 한 모금 꿀꺽 삼킨 뒤 손등으로 콧수염을 쓱 훔치고 나서 바닥에 침을 퉤 뱉었다. 그 동작 하나하나가 전혀 급할 것 없는 심정을 드러내고 있었다.

마침내 팡도르가 대답했다.

"좋은 건수가 하나 있어서 그러는데……"

"아, 그래요? 한데 지금은 여기 없는데요……"

팡도르는 여전히 대수롭지 않다는 태도로 술을 한 모금 더 마신 뒤, 이번엔 이렇게 물었다.

"요즘 여기 자주 옵니까?"

"아뇨, 점점 뜸하네요."

"여전히 일이 불규칙한가보죠?"

"갈수록 심한 편이죠."

"마차는 어때요?"

"아, 그건 항상 32번지에 대놓죠."

"그 공터 말이오?"

"네, 거기요…… 실은 거기에 차고 같은 걸 하나 지었거든요."

"잠도 거기서 잡니까?"

"아뇨, 그렇진 않을 거예요."

"그럼 그 친구를 언제쯤 볼 수 있는지도 모르겠군요?"

"모르죠."

문득 그쯤에서 더이상 질문하는 것은 좋지 않겠다는 생각이 들었다.

"쳇, 하는 수 없군. 다음 기회로 미루는 수밖에……"

잔돈 몇 푼과 함께 그렇게 내뱉고는 별다른 내색 없이 술집을 빠져나오는 팡도르…… 거리로 나서자마자 손바닥을 문지르며 중얼거렸다.

"아, 저 아주머니한테서 좀더 속속들이 얘기를 끌어냈어야 하는데…… 그래도 몇 가지 흥미로운 정보는 얻어낸 셈이야. 중요한 건 역시 32번지가 마차를 대놓는 장소라는 거지. 아울러 타르폴랭이 불규칙하게 일한다는 것과, 그놈의 끔찍한 술집에 자주 드나든다는 것…… 흠, 이 정도면 별거 아니라면 아니고, 대단하다면 대단할 수도 있는 수확이지!"

팡도르는 거의 본능적으로 방향을 홱 틀어, 검은색 울타리로 둘러싸인 문제의 32번지 앞으로 다시금 다가갔다.

'타르폴랭이 저 안에 없다는 것만 확인되면, 한번 안으로 들어가볼 수도 있겠는데…… 하지만 울타리를 넘어가는 수밖에 없으니 참 골칫거리로군…… 자칫 불법침입죄로 영락없이 철창신세를 지게 될지도 모르잖아……'

때마침 날이 어둑해졌고 비까지 슬금슬금 내리다 말다 했다. 우중충한 날씨가 계속됨에 따라 거리에는 이제 사람 하나 보이지 않았고, 일찌감치 어둠이 깔리는 분위기였다. 마침내 팡도르는 시계를 들여다보며 속으로 중얼거렸다.

'흠, 지금 시각이…… 정각 여섯시!'

신문기자는 플랑드르 가를 가로질러 맞은편으로 건너간 뒤, 주변을 빠르게 두리번거렸다.

'위험부담은 있지만, 한 번쯤 시도해볼 만한 일인 건 확실해. 마침 아무도 없잖아……'

그는 마지막으로 한번 더 주변을 면밀히 둘러보았다.

'혹시 이웃 건물에서 나를 보고 있는 건 아닌가?…… 음, 아닌 것 같군. 창문들이 죄다 반대편을 향하고 있고…… 그 밖의 건물

들은 너무 멀리 떨어져 있어…… 여전히 아무도 지나다니지 않고…… 좋아, 지금이다!'

팡도르는 호주머니에서 신속히 권총을 빼들고 총알을 점검했다.

'혹시 무슨 일이 벌어질지 모르는 일이니까……'

다시 권총을 집어넣은 뒤, 팡도르는 드디어 행동에 돌입했다!

"하나…… 둘…… 셋!"

힘차게 도약한 신문기자는 높이 솟은 나무 울타리의 상단을 덥석 붙잡았고, 곧바로 반동을 이용해 안으로 몸을 날렸다.

순식간에 그는 검은 울타리 안쪽에 착지해 있었다.

"야호! 생각보다 어렵진 않군!"

잡초와 온갖 쓰레기 더미로 둘러싸인 넓은 땅덩어리가 펼쳐진 가운데, 저만치 판자로 지은 헛간이 눈에 들어왔다. 팡도르는 그쪽을 향해 득달같이 달려가 문을 두드렸다. 아무 반응이 없자 그는 과감하게 한쪽 문짝을 밀었고, 문이 열리자 안으로 들어섰다……

'맙소사, 버젓이 출입문이 있는 것도 모르고 힘겹게 울타리를 뛰어넘다니, 이런 멍청한 놈이 있나! 이게 문이라는 것쯤은 한 번 쓱 보고도 알아야지…… 쥐브라면 단박에 알아차렸을 텐데 말이야…… 내가 한 짓을 알면 그 양반이 또 얼마나 놀려댈까!'

검은 나무 울타리로 둘러싸인 플랑드르 가의 은신처를 무사히 빠져나오면서, 팡도르는 그런 생각을 곱씹고 있었다.

도대체 거기선 무엇을 보고 나온 걸까? 사실 딱히 충격적이거나 중요하다고 할 만한 건 없었다.

그래도 삯마차꾼 타르폴랭이 최근에 직접 지었다는 헛간을 눈으로 확인한 팡도르는 언뜻 보아도 대단히 흥분한 모습이었다.

과연 그곳은 뭔가 오염된 냄새, 썩는 냄새, 이를테면 시체 냄새에 잔뜩 찌들어 있었다!

관리를 전혀 안 한 듯 무척 지저분한 공간에는 14.032 번호판이 붙은 낡은 삯마차 한 대만 덩그러니 서 있었다.

팡도르는 마차를 면밀히 살폈지만, 수상쩍은 점은 전혀 발견하지 못했다. 나아가 헛간 구석구석까지 살펴보아도, 특별히 주목할 만한 것은 눈에 띄지 않았다. 그럼에도 팡도르의 지금 심정은 그렇게 즐거울 수가 없었다……

'이번 나의 취재 결과는 이렇게 요약될 수 있겠군. 현재 파리에는 타르폴랭이라는 이름의 삯마차꾼이 돌아다니고 있다. 그의 주거지는 플랑드르 가로 되어 있지만 거기에 늘 붙어 있지는 않는 편이고, 대신 시체 냄새 나는 헛간 안에 삯마차만 덩그러니 놓여 있다…… 말은 보이지 않는다…… 그 밖의 다른 단서는 전혀 없다…… 요컨대 이상의 모든 정보가 별것 아닐 수도 있지만, 그래도 충분히 도움은 된다는 거지!……'

그런 생각을 하면서도 팡도르의 머릿속 한편에는 수수께끼 같은 심야 삯마차에 관한 옛이야기가 여전히 맴돌고 있었다. 그래서인지, 플랑드르 가 32번지의 헛간과 마차에서 썩는 냄새가 난다는 사실이 여간 찜찜한 것이 아니었다. 삯마차꾼 타르폴랭의 종적이 묘연하다는 점도 왠지 수상하기만 하고……

묘하게도 바깥에서는 전혀 보이지 않던 출입구를 안쪽에서 열고 플랑드르 가로 되돌아나온 팡도르…… 끝끝내 신문기자 노릇을 포기하지 않고, 결국에는 실력을 발휘하고야 말았다. 이미 늦은 시각임에도 불구하고, 그 지역에서 타르폴랭을 알 만한 건물 관리인이나 장사꾼들을 일일이 찾아다니며 꼬박 한 시간이 넘는 면담을 진행했던 것이다.

그 결과 얻어낸 대답은 한마디로 이런 식이었다.

"오, 그 사람에 대해 설명하기는 쉽지 않습니다…… 그가 32번지에 사는 삯마차꾼이라는 건 다들 알지만, 거리를 지나다니는 모습이 눈에 띌 뿐 그 이상 아는 게 전혀 없으니까요…… 그것도 항상 마부석에 앉아 있기만 하고, 마차에서 내려 집에 들어가는 것은 한 번도 본 적이 없습니다…… 게다가 막상 마차를 몰며 일하는 날도 무척 드문 편이지요. 어쩌면 다른 곳에 또 일자리가 있어서, 특별히 할 일이 없는 날에만 여기 나와 마차를 모는지도 모릅니다…… 그것도 보통 밤 열시쯤이나 돼서 일을 나가고 새벽 일찍 돌아오는 것 같더라구요……"

이 같은 정보는 삯마차꾼 타르폴랭에게 적잖이 신비스러운 분위기를 부여했고, 그럴수록 팡도르는 더더욱 달가울 따름이었다.

신문기자는 이미 타르폴랭이라는 존재에 관해 지극히 처절한 사연을, 이름하여 심야의 삯마차에 얽힌 비극적 이야기를 이리저리 짜맞춰보고 있었다!

12
대참사

"샤플라르 씨, 백화점측의 여러 조치에도 불구하고 이미 언론을 통해 일반 시민들에게까지 널리 알려진 그대로, 최근 '파리 갈르리'에서 벌어진 일련의 사건들은 정말이지 이해할 수 없는 인재人災의 성격이 너무나도 짙습니다. 이에 경찰청에서는 귀하의 백화점에 대해 심히 걱정스러워하고 있다는 점을 아셔야 할 겁니다…… 공권력의 개입을 철저히 차단한 상태에서 그와 같은 가증스러운 짓을 저질렀다는 건 분명 법의 심판을 받아야 할 일이니까요……"

쥐브는 차분하면서도 단호한 어조로 나지막이 이야기하고 있었다. 이에 샤플라르 씨는 하늘을 향해 두 번이나 팔을 들었다 놨다 하면서 답답해죽겠다는 듯 하소연했다.

"아이고, 도대체 내가 어떻게 하면 좋겠습니까? 이 일의 책임을 모두 나한테 돌리는 것은 정말 너무한단 말입니다! 평소에 세금도 꼬박꼬박 내죠, 기부도 넉넉히 하는 편이죠. 그런 내가 공권력의 보호를 받으면 받았지 어찌 이럴 수가 있습니까? 경찰청에서 이런 소동을 탐탁지 않아 한다는 말씀은 왜 하시는 건가요? 누구는 이런 사태를 끝장내고 싶지 않아서 이러고 있습니까? 내가 그럴 수 있도록 도와주는 것이 경찰이 할 일 아닌가요?…… 샹들리에를 떨어뜨린 게 나입니까? 향수 분무기 안에 염산을 넣은 게 나냐고요! 내가 손님이 신을 구두 밑창에 면도날을 끼워놓았다는 겁니까? 네? 그런 거예요?……"

"그야 물론 아니죠……"

"그럼 대체 뭡니까?"

"이보세요, 샤플라르 씨. 어쩔 수 없는 일입니다! 당신 입장은 옳기도 하고 틀리기도 해요!…… 지금 나는 당신에게 지시를 내리러 온 게 아닙니다. 그저 하나의 견해를 전달하러 온 거예요…… 무작정 그렇게 화내지 말고, 내 친구 팡도르의 얘기를 경청하시는 게 좋습니다…… 나에 대해서는 한쪽으로 치우쳐 있다고 얼마든지 나무랄 수 있습니다. 하지만 팡도르에 대해선 과연 그럴 필요가 있을까요? 가만히 생각해보면, 이 친구야말로 경찰청과는 완전히 별개의 입장을 가진 사람 아니겠습니까?"

아까부터 쥐브와 샤플라르 씨의 대화를 묵묵히 듣기만 하던 팡도르가 비로소 입을 열었다.

"쥐브 형사의 말이 맞습니다. 최근 '파리 갈르리'에서 벌어진 참사에 대해 경찰청 고위직에 있는 분들이 무척 당혹해하고 있는 것은 사실이에요. 샤플라르 씨의 책임이 아닌 것은 분명하지만, 조금 다른 관점에서 볼 경우 그런 사정을 용인할 수 없다는 것 또한 엄연한 사실입니다. 방금 경찰청이 오히려 사장님을 보호해야 하는 거 아니냐고 말씀하셨죠? 저 역시 전적으로 동감입니다! 부정하지 않아요! 하지만 경찰청으로선 사장님 곁에 쥐브 형사를 파견함으로써 보호 임무에 최선을 다하고 있는 것도 분명한 사실입니다. 다만 쥐브 형사가 아직 범인을 체포하지 못했기에 사태가 갈수록 심각해질 수 있다는 것이 문제지요…… 사장님은 경찰이 적극적으로 개입해야 한다고 말씀하시지만, 과연 어떤 식으로 개입해야겠습니까? 경찰청에서는 백화점의 질서유지 문제가 이미 사장님 능력 밖의 일이 되었음을 솔직하게 공표하고, 공공안전을 위해 '파리 갈르리'를 폐쇄 조치한다는 시행령을 준비중입니다. 아무래도 그렇게 하는 것이 사장님에게도 좋지 않겠습니까?"

지금은 오후 다섯시에 거의 임박한 시각……

쥐브와 팡도르는 '파리 갈르리'의 드넓은 지하 공간을 아침부터 샅샅이 수색했다. 어쩌면 팡토마스가 낮시간대에 그곳을 은신처로 삼고 있을지 모른다는 가정 때문이었다. 하지만 의심스러운 점은 아무것도 발견하지 못했고, 사소한 사건 하나 없이 오후 시간이 지나갔다.

그럼에도 쥐브와 팡도르는 전혀 안도와는 거리가 먼 심정이었다.

현재 '파리 갈르리'를 지배하고 있는 평온한 기운은 그들이 보기에 일시적인 휴전 상태일 뿐, 당장이라도 어떤 사태가 벌어질지 알 수 없었으니…… 여하튼 꼼꼼한 수색이 아무 성과 없이 끝나자 쥐브와 팡도르는 기진맥진한 상태로 샤플라르 씨의 집무실을 찾았고, 샤플라르 씨는 그 두 사람을 즉시 맞아들였던 것. 거기서 쥐브와 팡도르는 다시 한번 제반 사실들을 치밀하게 되짚어보고 있었다.

지금까지 자행된 참극의 진짜 원인, 그 내막은 과연 무엇이란 말인가?

레몽드의 행방은?

그녀의 자유를 요구하는 자는 도대체 누구인가?

누가 그녀를 납치했는가?

이 복잡한 문제를 풀려는 쥐브와 팡도르의 노력이 힘을 잃어갈수록, 사태를 일으킨 장본인을 정확히 파악할 가능성이 희박해지는 건 당연했다.

다만 이 문제에 관한 샤플라르 씨의 결백은 넘칠 만큼 증명된 것이나 다름없었다.

뿐만 아니라 사장으로부터 직접 넘겨받은 자료는 물론이고 그의 하인들을 통해 비밀리에 조사해온 내용을 토대로, 쥐브는 샤플라르 씨의 여자친구인 마틸드 드 브레몽발과 관련한 모든 의혹 역시 깨끗이 포기하기에 이르렀다!

쥐브는 팡도르에게 이렇게 말했다.

"그 여자 쪽은 조사할 필요가 없네. 혐의를 둘 여지가 전혀 없는 셈이지…… 마틸드 드 브레몽발은 단순히 샤플라르 씨의 친구일 뿐이야. 정부나 애인이 아니란 얘기지. 그러니 레몽드를 납치할 이유도 없다는 결론이 나오네. 설사 이유가 있다 해도 그 여자가 무슨 수로 레몽드를 납치했겠나?"

쥐브와 팡도르는 지금까지 해답을 찾기 위해 그토록 고생해온 갖가지 참사들을 처음부터 다시 머릿속에 그려가며 열띤 논의를 이어가고 있었다.

"팡토마스가 이들 사건에 연루되어 있다는 건 이제 의심의 여지가 없어졌네. 우선 일을 진행하는 방식이 그렇고, 백화점 이곳저곳에 자신의 존재를 각인한 기발한 수법들이 영락없는 그의 스타일이야! 그러다 결국에는 내가 그와 직접 대면까지 하지 않았는가 말이야…… 요컨대 범인은 팡토마스 그자라고!…… 한데 문제는 그가 범인이라는 사실과는 별개로, 어떤 면에서는 그가 피해자인 듯도 하다는 사실이네. 누구한테서 어떤 피해를 당했느냐고? 일단 지금으로선 레몽드의 자유를 요구하는 자가 바로 팡토마스 그자인 것 같네. 결국 여자를 납치한 건 그가 아니라는 얘기지. 그런데 레몽드를 납치했을 뿐 아니라, 퐁텐블로에 있던 샤플라르 씨를 사칭해 50만 프랑을 슬쩍한 장본인도 다름 아닌 팡토마스라는 게 거의 기정사실처럼 여겨지고 있거든……"

팡도르는 형사의 얘기를 반론 없이 경청한 뒤, 이렇게 덧붙였다.

"그런데 하나 잊고 있는 게 있습니다, 쥐브. 센 강 주변에서 목격되고 있는 그 정체불명의 불빛 말이에요…… 그것 역시 관심을 갖고 지켜봐야 할 문제라고 생각합니다. 정확히 이유를 댈 수는 없지만, 왠지 저는 그 문제와 관련해서도 팡토마스를 떠올려야 할 날이 조만간 닥칠 거라는 예감이 들거든요!"

결국 팡토마스라는 존재는 쥐브와 팡도르 두 사람 모두에게 끊임없이 괴로움을 안겨주는 공통의 화두이자 관심사인 셈이었다.

아, 물론 그들은 개인적으로 그 악당을 결코 두려워하지 않았다. 그들은 언제든 목숨을 걸고 악당과의 일전에 나설 각오가 충분히 되어 있는 상태였다. 다만 어둠 속에서 암행하는 그의 존재를 느낄 때마다 움찔움찔 진저리가 나는 것은 어쩔 수 없었다……

샤플라르 씨와 더불어 '파리 갈르리'의 여러 사건들을 이야기하다 말고 쥐브는 불쑥 그 지긋지긋하리만치 가공할 이름을 입 밖에 냈다.

"그런데 말입니다, 샤플라르 씨. 나는 당신을 노리고 공격하는 자가 다름아닌 팡토마스가 아닐까 생각해본답니다…… 팡토마스 말입니다!"

쥐브는 그 네 음절을 발음하면서 샤플라르 씨의 얼굴을 유심히 살폈다.

팡토마스!

아직도 처벌받지 않은 채 미궁에 빠져 있는, 아니, 어쩌면 영영 처벌이 불가능할 온갖 범죄 행각의 악명을 마치 후광처럼 두른 그 이름을 듣는 순간, 샤플라르 씨의 얼굴이 백지장처럼 창백해졌다.

"팡토마스…… 아, 팡토마스라니…… 정말로 팡토마스가 나를 노리고 있단 말입니까? 아, 쥐브 씨, 난 두렵습니다…… 솔직히 고백하자면, 나 역시 그 무시무시한 악당을 생각하고 있었기에 지금 몹시 무섭습니다…… 당신 생각대로 정녕 우리가 팡토마스를 상대해야만 한다면, 지금까지 벌어진 일들보다 훨씬 지독한 재앙까지도 걱정해야 하는 거 아닙니까?……"

샤플라르 씨는 고개를 푹 숙이고 뭔가 끔찍한 상상에 시달리는 듯하더니, 조심스럽게 말을 이었다.

"하지만 쥐브 당신 같은 형사가, 형사 중의 형사라 칭할 정도의 인물이 아무리 팡토마스라지만 그 악당 앞에서 기가 죽은 발언을 한다는 건 도저히 받아들이기 힘들군요…… 이미 당신은 수도 없이 그의 행동을 무력화하는 데 성공한 전력이 있습니다!

비록 일시적이기는 했지만 그를 상대로 한 싸움에서 여러 차례 승리를 거두기도 했어요…… 그런데 이제 와서 싸움을 포기할 겁니까?"

샤플라르 씨의 말에 쥐브는 대차게 웃음을 터뜨리더니, 그 어떤 불안의 기미도 느껴지지 않는 차분한 목소리로 이렇게 대답했다.

"샤플라르 씨, 팡토마스와의 싸움을 포기할지도 모른다고 생각하는 것은 나와 여기 있는 제롬 팡도르 두 사람을 당신이 잘 모르기에 가능한 일입니다!…… 팡토마스 그 인간이 갖은 범죄를 저지르며 파괴를 일삼는 한, 목숨걸고 싸워 이길 준비가 되어 있는 우리 두 사람과의 운명적인 대결을 결코 피할 수 없을 겁니다……"

"그럼 아까 한 걱정스러운 얘기들은 다 뭡니까?"

"말 그대로지요…… 백화점이 인파로 들끓는 상황에서 팡토마스가 집요하게 당신을 괴롭힌다면 어떤 사태가 벌어질지 생각만 해도 소름이 끼칠 때가 있다는 것뿐입니다…… 아무튼 샤플라르 씨, 우리 두 사람은 이만 실례해야겠습니다. 이쯤에서 조사를 재개해야겠어요……"

싸움을 포기할지 모른다는 샤플라르 씨의 추측만으로도 상당히 기분이 상한 쥐브는 점잖으면서도 다소 삭막한 분위기의 목례를 끝으로 '파리 갈르리' 사장실을 빠져나왔다. 쥐브 형사는 중앙홀이 내려다보이는 난간에 기댄 채 팡도르와 더불어 이야기를 나누기 시작했다.

"저것 좀 보게나, 팡도르! 세계 방방곡곡에서 모여든 사람들이 매장마다 통로마다 서로 밀치고 부닥치며 바글거리는 저 광경을 말이네…… 저 수많은 인파가 팡토마스의 공격에 무방비로 노출되어 있다는 생각을 하면 소름이 돋지 않나?"

한데 쥐브가 그처럼 총체적인 성찰에 깊이 빠져 있는 동안, 팡도르는 실질적인 행동 계획에 대해 고민하고 있었다.

"쥐브, 그나저나 앞으로 어떻게 할 생각입니까?"

"계속 뒤지고 다녀야지……"

"또 어딜 무슨 수로 뒤진단 말입니까? 만약 팡토마스가 아예 작정하고 짐승처럼 어느 구석엔가 잔뜩 웅크리고 숨어 있다면……"

순간 쥐브는 상대의 말을 끊고 이렇게 말했다.

"바로 그거야! 짐승처럼 웅크리고 숨어 있는 곳에서 스스로 뛰쳐나오게 만들어야지!"

"무슨 뜻인지 자세히 설명해주십시오."

"요컨대 우린 이곳에서 할 일을 아직 끝내지 못했다는 뜻이네! 지하에서는 아무것도 찾아내지 못했지…… 그러니 팡토마스가 그곳에는 없는 것 같고…… 자, 이젠 나머지 층들을 뒤져봐야겠지?……"

너무도 태연한 쥐브의 말에 팡도르는 놀란 표정으로 멀뚱하니 바라보았다.

"쥐브, 당신이 하는 말에는 늘 알 수 없는 수수께끼가 스며 있는 것 같아요…… 우선, 이곳 지하에 팡토마스가 숨어 있지 않다고 어떻게 그리 확신합니까? 물론 샅샅이 뒤져보기는 했지만, 워낙 미로처럼 복잡하고 넓은 공간이니 놈이 우리의 추적을 따돌리지 말라는 보장도 없지 않습니까? 그렇다고 다른 층들을 추가로 뒤져서 놈을 찾아내리라는 확실한 보장이 있는 것도 아니고 말이죠…… 당신도 보았지만 그 다른 층들이라는 게 조금 전까지만 해도 발 디딜 틈 없이 사람들로 북적대지 않았나요? 그야말로 풀밭에서 바늘 하나 찾기 아니겠습니까!……"

팡도르의 얘기를 묵묵히 듣고 있던 쥐브는 그의 어깨에 손을 얹고 진지한 어조로 말했다.

"여우, 하이에나, 그 밖의 어떤 짐승도 자기만의 소굴이 있는 법이네…… 사냥개들은 거기까지 미칠 수가 없지. 그렇지만 우리는 사냥감을 잡아야 하네…… 자, 팡도르, 이럴 때 사냥꾼은 과연 어떻게 해야 할까?"

"미끼를 놓아야겠죠. 하지만 우리는……"

"그래, 팡도르. 우리는 미끼를 놓아야 하는 거네."

"또 수수께끼 같은 말씀이군요!"

"천만에! 내 생각이 궁금한가? 좋아, 나나 자네나 서로를 신뢰하는 입장이니 주저 없이 얘기해주겠네…… 팡도르, 이제부터 우리 둘은 이런저런 이야기를 나누면서 '파리 갈르리'의 모든 매장을 이곳저곳 뒤지는 척하며 돌아다닐 걸세. 특히 후미진 곳이 제일 많고 사람은 제일 적은 가사용품 매장을 돌아볼 거야…… 그러면 우리는 틀림없이 팡토마스가 도사리고 있는 앞을 지나치게 될 걸세. 결국 틀림없이……"

이쯤에서 팡도르는 무슨 얘기인지 눈치챈 모양이었다.

"오호라, 이제야 알겠습니다! 틀림없이 팡토마스가 먼저 우리에게 덤빌 거라는 말씀이군요! 그렇게 자신의 위치를 노출할 거라고요……"

"바로 그거지!"

"말하자면 방금 전에 말씀하신 비유로 돌아가서 우리 둘이 미끼가 되자, 이거죠? 사냥꾼을 요절내고 싶어하는 팡토마스의 욕구에 편승해서 역으로 그를 때려잡자? 그가 선불리 공격하는 틈을 노리자?……"

흥분을 감추지 못하는 팡도르를 지그시 바라보며 쥐브는 지극히 당연한 일에 동의를 표하듯 이렇게 대답했다.

"옳거니, 그게 바로 내 생각이네……"

반시간 전 서로 교감한 대범하기 이를 데 없는 계획에 따라 쥐브와 팡도르는 '파리 갈르리'의 모든 매장을 샅샅이 훑고 있었다.

물건들을 조사하는 척 판매대 이곳저곳을 살피면서, 동시에 알게 모르게 주변을 경계하는 것이었다. 매 순간 어떤 사태가 벌어질지 각오와 경계를 늦추지 않으면서 말이다……

하지만 되도록 자연스럽게 보이려고 애쓰는데도 두 사람의 거동과 행보에는 어딘지 부자연스러운 구석이 있었다. 매장마다 점원들이 다가와 안내를 하려고 하면 어김없이 손을 내저으며 만류하는 것이었다…… 뿐만 아니라 뭔가 수상쩍은 기운을 느꼈다 싶으면 갑자기 걸음이 빨라지면서 가만히 있는 사람들을 마구 밀치는 것이었는데, 이따금 손님들이 발끈하며 항의를 하기도 했다.

"아니, 뭐 이런 사람이 다 있어!…… 그렇게 급하면 이런 시간에 쇼핑하러 오는 건 피했어야지!"

"거 좀 조심합시다!……"

하지만 쥐브와 팡도르는 그 정도 항의와 욕을 얻어먹는 것쯤 별로 개의치 않았다. 심지어 쥐브는 팡도르에게 이렇게 속삭이기까지 했다.

"이 사람들 가운데 섞여 있으면 우리도 크게 위험하진 않을 걸세. 팡토마스가 감히 총을 쏠 엄두는 내지 못할 테니 말이야. 우리로서는 안전을 보장받고 있는 거나 다름없지……"

두 사람은 이제 가구 매장 앞에 와 있었다. 거긴 긴 통로를 따라 구경하는 손님들도 적고 물건 사는 사람들도 드문드문 눈에 떨 뿐, 지나다니기가 훨씬 수월한 편이었다.

팡도르가 조용히 말했다.

"조심하세요! 어쩌면 이곳이 가장 위험한 장소일지 모릅니다. 하얀 목재 가구들이 하나같이 의심스러워요…… 실은 아까 저 멀리서……"

팡도르는 미처 말을 맺지 못했다.

쥐브가 느닷없이 소리를 버럭 지른 것이다.

"엎드려! 엎드려!……"

쥐브와 팡도르는 얼른 바닥에 엎드렸고, 그 순간 어디선가 총이 발사되었다. 총알은 간발의 차로 살짝 비껴가, 좀더 먼 벽에 걸린 구리 냄비들에 명중했다!

이어서 사람들의 찢어질 듯한 비명소리……

점원들과 손님들은 사태의 진상을 파악할 엄두는 내지 못한 채, 또 참사가 터졌다는 생각에 우왕좌왕 어쩔 줄을 몰랐다.

"사람 살려! 도와줘요!……"

매장은 눈 깜짝할 사이에 텅 비어버렸다.

한편 쥐브와 팡도르는 납작 엎드린 상태에서도 전혀 냉정을 잃지 않고 있었다.

"자, 정신 똑바로 차리게!"

쥐브가 기개 충만한 소리로 외치자, 팡도르도 곧 화답했다.

"네, 걱정 마십시오!"

둘은 거의 동시에 몸을 일으켰다.

사람들이 비명을 지르며 갈팡질팡하는 사이로 두 사람은 욕조들을 포개어놓은 곳 너머, 분명 팡토마스로 추정되는 자의 상체가 어른거리고 있는 지점을 향해 쏜살같이 내달렸다.

하지만 어쩌랴, 안타깝게도 이미 한발 늦은 상황!

권총을 겨눈 상태로 득달같이 달려들었건만, 충분히 가까워졌다고 판단하기 직전, 팡토마스는 숨은 곳을 박차고 뛰쳐나와 복잡하게 가로지른 통로들 속으로 내빼는 것이었다.

"저기 도망친다!"

"왼쪽입니다! 왼쪽이에요!……"

"옳지, 축음기 매장 쪽으로 갔다!……"

"아…… 안 보입니다!"

"이쪽이야, 이쪽!"

숨막힐 듯한 추격전이 이어졌다.

저만치 앞에서 보였다 사라졌다 하며 도망치는 자를 두 사람은 도중에 가로거치는 각종 판매대들을 신속히 건너뛰면서 악착같이 뒤쫓았다.

그들이 지나치는 매장과 통로마다 사람들은 기겁을 하며 비명을 질러댔다.

쫓기는 팡토마스는 사람들의 주의를 끌지 않게끔 조용히 도망치는 데 반해, 쥐브와 팡도르는 오히려 권총을 앞세우며 요란스럽게 뒤쫓는 것이었다.

"멈춰라!…… 거기 서지 못해!"

"저놈 잡아!"

그들이 지나가는 길목마다 집단적인 패닉 상태가 벌어졌다. 여자들은 혼절했으며, 남자들은 닥치는 대로 주먹을 휘두르면서 사람들을 밀쳐내고 층계 쪽으로 길을 텄다.

과연 팡토마스는 이번에도 추격을 따돌릴 것인가?

순간, 악당의 머릿속엔 새로운 전술이 떠올랐다.

지금 이 상황에서 쥐브와 팡도르에게 총을 겨누는 건 십중팔구 총알만 낭비하는 꼴이었다. 두 사람 다 왼쪽 오른쪽으로 날렵하게 몸을 날려 피하기 때문에, 권총으로는 여간해서 맞추기가 어려웠던 것이다. 이에 팡토마스는 좀더 나은 방법을 생각해냈다. 계속 도망치면서 지나는 길목의 조명등을 하나씩 쏘아 맞추는 것!

그러다보니, 가뜩이나 사람도 없는 판매대들이 차츰차츰 어둠에 잠식당했고, 그에 따라 매장 전체가 공포 분위기에 휩싸여 갔다. 이제 쥐브와 팡도르는 어둠 속에서 윤곽을 거의 알아볼 수 없는 상품 더미들만 눈앞에 마주하는 꼴이 되고 말았다……

형사가 악에 받쳐 소리쳤다.

"팡도르, 놈을 보면 무조건 쏴!"

하지만 애석하게도 팡토마스는 완전히 모습을 감춘 뒤였다.

쥐브와 팡도르는 아연실색한 채 그 자리에 멈춰 섰다.

터무니없는 난장판이 벌어진 곳에 아무도 머무르려 하지 않았기에, 이제는 매장 전체가 텅 비어 있었다.

"어디에 있는 거지?"

가쁜 숨을 고르며 나직이 중얼거리는 쥐브……

팡도르는 문득 형사의 팔을 잡아끌며 다급하게 속삭였다.

"저길 좀 보세요……"

수많은 조명등이 깨져나가 어두컴컴해진 매장 한 곳 기둥 아래로부터 희미하고 창백한 불빛 하나가 서서히 올라오고 있는 게 아닌가!……

어둠에 눈이 익숙해질 즈음, 팡도르는 전방 30미터 조금 못 미치는 지점에서 팡토마스의 어렴풋한 실루엣을 포착했다. 때마침 작동시킨 승강기가 천천히 올라오는 가운데, 팡토마스는 승강기 입구 외벽에 비스듬히 기대서 있었다. 그걸 타고 현장을 소리 없이 빠져나가는 동안, 아직 어둠 속 어딘가에 상대가 숨어 있으리라 착각할 쥐브와 팡도르는 시간만 허비하고 말 거라는 계산인 듯했다.

순식간에 상황을 파악한 쥐브가 이렇게 속삭였다.

"잘 들어, 팡도르. 이제부터 소리 없이 저놈한테 다가가는 거야…… 그리고 놈이 승강기 안으로 들어갈 때 나도 따라 타는 거지!"

"저도요, 쥐브!"

"안 돼, 팡도르! 예전에 놈이 얼마나 교활한 수완을 발휘했는지 생각해봐. 이번에도 팡토마스의 꿍꿍이가 어떤지 알 게 뭔가? 승강기 속에는 내가 뛰어들 테니, 자네는 여기 남게. 만에 하나 놈이 의도적으로 나를 승강기 속에 끌어들인 거라면, 자네라도 남아서 추격을 계속해야 하지 않겠나…… 이쯤에서 서로 떨어져 움직이는 것이 놈의 계략에 걸려들 확률을 낮추는 방법일 거야."

쥐브의 신속한 계획은 그런대로 나무랄 데 없었다.

팡도르는 고개를 끄덕여 동의를 표했다.

더는 허비할 시간이 없었다.

형사와 신문기자는 가능한 한 소리나지 않게 바닥을 살금살금 기어 승강기 쪽으로 다가갔다.

팡토마스는 더이상 이쪽을 신경쓰지 않는 눈치였다.

이제 남은 거리는 10미터 안쪽…… 악당은 승강기 문을 열고 느긋하게 안으로 들어섰다.

아, 바로 그 순간, 캄캄한 어둠 속에 몸을 숨긴 채 권총까지 겨눈 상황에서, 쥐브와 팡도르는 마음만 먹으면 팡토마스의 목숨쯤 얼마든지 좌지우지할 수 있을 터였다!

한데 방금 전만 해도 격렬한 싸움의 열기에 휩싸여 상대를 가차없이 쓰러뜨릴 각오로 미쳐 날뛰던 두 사람이 사냥감이 거의 수중에 떨어졌다 싶은 지금에 와서는 뒤에서 공격하는 것을 왠지 비겁하게 여기는 것이었으니……

더군다나 놈은 지금 독 안에 든 쥐나 마찬가지였으니……

팡토마스가 승강기에 오르기를 숨죽여 기다리던 쥐브, 대차게 소리를 내지르며 달려들었다.

"실례 좀 합시다, 팡토마스!"

악당이 승강기 문을 닫기 직전 안으로 훌쩍 뛰어든 쥐브는 다짜고짜 상대의 어깨를 와락 움켜잡았다.

곧이어 불붙은 격렬한 몸싸움……

팡토마스는 악랄하게도 쥐브의 손등을 덥석 깨물었다. 하지만 형사는 단단히 움켜잡은 어깨를 놔주지 않았다.

"잡았다! 팡도르, 놈을 잡았어!"

쥐브의 외침 소리가 텅 비다시피 한 매장 전체로 울려퍼지는 가운데, 팡도르도 힘차게 화답했다.

"기운내요, 쥐브! 조금만 더 버텨요!"

쥐브는 몸싸움 와중에 간신히 승강기 버튼을 눌렀다.

그와 동시에 승강기는 경찰청장 레핀 씨가 이끌고 온 경찰들이 운집한 1층을 향해 쏜살같이 하강했다.

쥐브의 승리가 확실한 상황…… 형사의 입에서 예기치 않은 탄식이 새어나온 건 바로 그때였다!

"어어…… 이런 제기랄!……"

팡토마스의 어깨에서 손을 떼지 않고 있던 쥐브는 아차 하는 순간 상대의 몸이 승강기를 벗어나 승강기 통로를 따라 상승하는 느낌을 받았다. 승강기 자체는 계속 하강하고 있는데 말이다……

도대체 이게 무슨 일인가?

"도와줘, 팡도르!"

고래고래 소리를 질러대는 쥐브의 머리 저 위에서, 그에 화답하듯 조롱하는 음성이 울리고 있었다.

"이보게, 쥐브. 승강기를 사용하는 방법이 어찌 딱 하나뿐이겠나!"

잠시 후 1층에 멈춘 승강기 바닥에 쥐브는 거의 정신을 잃은 상태로 널브러져 있었다. 그나마 승강기가 착지하면서 덜컹하는 반동으로 인해 서서히 정신이 돌아오고 있는 상태였다.

팡토마스…… 팡토마스는 어디 있지?

고개를 들자, 악당이 머리 위 저 까마득한 허공에 마치 공중에 붕 뜬 것처럼 대롱대롱 매달려 있는 것이 가까스로 눈에 들어왔다!

"빌어먹을! 허리춤에 갈고리를 부착하고 있었던 거야…… 그래서 내가 승강기를 타고 아래로 내려가는 동안, 놈은 통로 중간에서 멈춘 채 저렇게 매달려 있는 거라고!…… 이제 다시 올라가는 승강기만 잡아타면 다른 층을 통해 달아나는 건 시간문제겠지……"

그렇다면 팡도르는 지금 무얼 하고 있는가?

이제 막 1층에 도착한 쥐브에게는 주변이 별안간 환해진 상태였기에, 상대적으로 승강기 통로 안은 어두컴컴한 굴뚝처럼 보였다.

하지만 6층 어둠 속에 있는 팡도르는 정반대의 상황이므로 승강기 통로 안이 어느 정도 훤히 들여다보일 테고, 그럼 결국 팡토마스의 움직임을 훨씬 더 자세히 간파할 수 있을 터였다.

"쏴! 쏘라고, 팡도르!"

쥐브가 고래고래 악을 쓰자, 저 위에서 팡도르의 대답이 메아리처럼 들려왔다.

"놈이 안 보입니다!"

필경 팡토마스는 이미 도망치고 없는 모양이었다!……

쥐브는 다시금 정신을 바짝 차리고 이렇게 소리쳤다.

"놈은 아마 4층에 있을 거다! 그만 내려와, 팡도르!"

곧바로 승강기를 박차고 나온 쥐브는 계단을 향해 달려갔다. 하지만 한두 걸음 오르기도 전, 난데없이 엄청난 인파가 우르르 쏟아져내려오는 것이었다!

처음 6층에서 시작된 패닉 현상이 이제 백화점 1층에까지 퍼져온 셈이었다. 모두가 미친듯이 절규하는 가운데 출구 쪽으로 죽어라 질주하고 있었다.

"비켜요! 비켜!"

중앙홀을 향해 쏟아지듯 밀려내려오는 인파에 거의 휩쓸리다시피 하면서도 쥐브는 악착같이 사람들을 헤치며 계단을 올라가려 애썼다. 닥치는 대로 팔꿈치를 휘두르는가 하면 험악하게 인상을 쓰다보니, 그를 범죄자로 오인한 사람들이 지레 앞에서 물러나기도 했다.

얼마 안 가 두 개 층을 숨가쁘게 달려올라간 쥐브는 갑자기 신문기자를 소리쳐 불렀다.

"팡도르! 팡도르!…… 저기야! 저기!"

여행용품 매장이 위치한 4층 난간 너머로 상체를 내밀고 있는 팡토마스의 모습이 언뜻 보인 것이다.

잠시 후, 두 사람은 서로 약속이라도 한 듯 완벽한 작전을 수행하기 시작했다.

앞뒤 출입로 외엔 중간에 다른 출구가 없는 긴 띠 모양의 여행용품 매장…… 쥐브는 앞쪽에서, 팡도르는 뒤쪽에서 진입해 들어갔다.

팡토마스는 이제 그 둘 사이에 끼여 어디로도 도망칠 수 없는 상태였다.

"정신 바짝 차리게, 팡도르! 놈이 이 안에 숨어 있어……"

"당신도 조심하세요, 쥐브!…… 여차하면 발사하는 겁니다!"

쥐브와 팡도르는 총을 잔뜩 그러쥐고 경계 태세를 취한 채, 서로 반대 방향에서 조여들어가고 있었다.

잠시 후, 팡도르의 입에서 갑작스러운 탄식이 터져나왔다.

"오, 맙소사!"

"왜? 뭐야?"

"저기 트렁크…… 트렁크를 봐요!"

팡도르의 손이 가리키는 쪽으로 고개를 돌리자, 백화점의 각 층에서 바깥의 배달용 짐마차로 곧장 화물들을 이동시킬 수 있게 만든 나선형 미끄럼틀을 통해 거대한 트렁크 하나가 빠르게 빠져나가고 있었다.

"트렁크!…… 트렁크를 붙잡아야 해!"

쥐브와 팡도르는 둘 다 그 쪽으로 내달리며 고래고래 소리를 질렀다.

필경 문제의 트렁크 안에 팡토마스가 도사리고 있을 터! 과연 그다운 기발한 발상이었다……

쥐브는 전혀 망설임이 없었다.

"놈은 이제 독 안에 든 쥐야!"

미끄럼틀 안으로 훌쩍 뛰어들어간 쥐브는 뼈가 부러지는 위험도 아랑곳하지 않은 채 트렁크를 따라 쏜살같이 아래로 몸을 날렸다. 팡도르 역시 주저하지 않고 그뒤를 따른 것은 물론이다.

정말이지 현기증이 날 정도로 빙글빙글 가파르게 돌아가는 화물용 미끄럼틀이었다……

이리저리 치이고 부딪혀가며 긴 통로를 빠져나온 쥐브와 팡도르는 말제르브 대로변에서 대기중인 배달용 짐마차 앞으로 차례차례 나뒹굴었다. '파리 갈르리' 백화점 앞은 방금 비명을 지르며 빠져나온 인파와 무슨 일인지 구경하러 모여든 행인들로 이미 북새통을 이루고 있었다.

두 사람은 머리가 띵하고 몸 이곳저곳이 쑤시는 가운데 잠시 그대로 길바닥에 웅크리고 있었다. 마침내 쥐브가 먼저 몸을 추스르며 일어섰다.

"가만…… 트렁크!…… 트렁크 어디 있어?"

두리번거리던 눈에 저만치 문제의 트렁크가 들어오자, 쥐브는 득달같이 달려가 트렁크를 열었다.

트렁크는 비어 있었다!

"아, 이런!……"

"왜요? 뭡니까?"

"놈의 계략에 또 속았네, 팡도르…… 팡토마스는 우리가 덥석 물 줄 알고 텅 빈 트렁크를 미끼 삼아 내던진 거야! 놈은 아직도 백화점 안에 있어……"

하지만 이제 와서 어떻게 다시 건물 안으로 들어간단 말인가!

백화점 출입구들은 글자 그대로 사람들로 미어터질 지경이었다.

그걸 뚫고 안으로 들어간다는 것은 미친 짓이나 다름없었다.

"이쪽으로! 이쪽으로!……"

쥐브는 한순간도 머뭇거리지 않았다. 방금 내팽개치듯 두 사람을 밖으로 토해낸 나선형 미끄럼틀의 난간을 두 다리와 양팔로 단단히 지탱하면서 다시 거슬러올라가는 것이었다. 쥐브가 선택한 길이라면 팡도르 역시 주저함이 있을 수 없었다……

얼마쯤 기어올라갔을까. 엄청나게 많은 사람들이 한꺼번에 내지르는 듯한 비명소리가 무시무시한 소음과 더불어 백화점을 뒤흔들듯 울려퍼지는 것이 아닌가! 찢어질 듯한 절규가 여기저기서 솟구치고 비통한 흐느낌과 처절하게 서로를 부르는 소리가 뒤섞이는 가운데, 연달아 들리는 둔탁한 굉음이 모든 것을 집어삼키려 하고 있었다……

"이건 또 뭐지?……"

안간힘을 다해 기어오르던 쥐브와 팡도르…… 미끄럼틀 밖으로 훌쩍 뛰어내리니 2층 층계참이었다.

둘은 숨 돌릴 틈도 없이 곧장 중앙홀 쪽으로 달려갔다.

아니나다를까, 석횟가루가 부옇게 일어나 앞이 잘 보이지 않을 정도로 짙은 먼지가 일대를 매캐하게 뒤덮고 있었다! 끔찍하게 일그러진 얼굴로 어디로 가야 할지 갈피를 못 잡고 우왕좌왕 발버둥치는 사람들…… 글자 그대로 악몽의 한 장면 같았다! 쥐브와 팡도르가 보는 앞에서 피투성이가 된 사람들, 극심한 통증으로 숨을 헐떡거리는 부상자들이 갈팡질팡 오가는 가운데, 자기

들끼리 마구 부딪치고, 떠밀고, 때로는 한꺼번에 넘어져 그 위를 또 밟고 지나가는 아비규환의 참상이 처절하게 펼쳐지고 있었다.

"오, 맙소사…… 이럴 수가!"

입을 다물지 못하는 쥐브. 도무지 무슨 일이 벌어진 건지 알 수가 없었다. 바로 그때 갈라터진 목소리로 그의 정신을 번쩍 들게 한 건 옆에 있던 팡도르였다.

"쥐브! 쥐브!…… 계단요! 계단을 좀 보세요!…… 중앙계단이 무너져내렸나봅니다!"

저것 역시 팡토마스가 저지른 짓이란 말인가!

저것이 정녕 그 사악한 자가 준비해둔 대참사란 말인가!

그게 아니면 사람들이 한꺼번에 몰려 그 하중을 견디지 못하고 무너져버린 것일까?

어쨌든 '파리 갈르리'를 대표하는 명물 중 하나인 이중으로 돌아드는 대형 나선계단이 지금 신기루처럼 무너져내려, 그 엄청난 잔해 더미 아래에 수천의 희생자들, 수백의 시신들을 깔아뭉개고 있었다!……

'파리 갈르리' 백화점 일대를 거의 마비 상태로 만든 대혼란은 한 시간 이상이나 이어지고 있었다. 레핀 씨와 투니 씨를 비롯한 파리 경찰청 소속 고위 경찰간부 전원이 그 불길한 현장에 달려와 있었다.

숭고한 희생정신과 민활한 기동력을 자랑하는 소방관들도 급파되어 구조 작업에 몸을 아끼지 않았다.

폐허가 되다시피 한 백화점을 줄줄이 빠져나오면서 선혈을 뚝뚝 떨어뜨리는 들것들은 공권력의 특별 호위하에 길게 열을 지어 후송되었고, 마들렌 광장과 말제르브 대로에 구름처럼 모여든 구경꾼들은 입을 다물지 못한 채 그 처참한 광경을 지켜보고 있었다……

쥐브와 팡도르 역시 평상시의 태도 그대로 모든 노력을 다해 사태 수습에 나섰다. 그들의 지칠 줄 모르는 희생정신은 이런 비극적인 사태를 맞아 더할 나위 없는 빛을 발하고 있었다.

상황이 겨우 안정 국면으로 들어서면서 구체적인 사상자 수도 윤곽이 잡혀갔고, 체계를 갖춘 의료진도 속속 현장에 도착했다.

현직 경찰청장인 레핀 씨가 간호사들을 인솔하며 지나가던 쥐브를 따로 불렀다.

"이보게, 쥐브 반장……"

"네, 청장님."

레핀 씨는 차마 질문이 입 밖으로 나오지 않는 모양이었다. 그는 잠시 마음을 진정시키려 애쓰더니 간단명료하게 물었다.

"팡토마스 짓이오?"

쥐브가 고개를 끄덕이는 것으로 답을 대신하자, 레핀 씨는 어깨를 축 늘어뜨린 채 깊은 탄식을 내뱉으며 자리를 떴다.

"아, 큰일났구먼……"

대참사가 발생한 시점엔 이미 귀가했다가 소식을 듣자마자 사고 현장으로 달려온 샤플라르 씨는 저녁 일곱시에 파리 시 경찰청장과 독대했다.

레핀 씨는 대꾸를 허용치 않을 것 같은 단호한 어조로 이렇게 말했다.

"샤플라르 씨, 내일 중으로 백화점 폐쇄를 명하는 정식 영장이 발부될 겁니다…… 도저히 있을 수 없는 사태가 일어났어요……"

따지고 보면 역시 피해자에 불과했지만, 샤플라르 씨는 그저 죄인처럼 고개를 떨굴 수밖에 없었다!

13
날고기를 가진 사내

"이봐, 팡도르, 요 맹랑한 친구야. 어쩌면 속 긁는 얘기가 될 수도 있겠지만 엄연한 진실이니까 내가 널 붙잡고 얘기 좀 해야겠다…… 넌 정말이지 바보 멍청이 아니면 한참 뭘 모르는 순둥이 촌놈처럼 행동하고 있어. 네가 천치 중의 천치인지, 아니면 세련된 수완가인지 도무지 판단을 내릴 수가 없단 말이다…… 도대체 부지유가 너한테 뭐라고 말했지?"

팡도르는 지금 자신을 상대로 열심히 혼잣말을 하는 중이었다.

사실 신문기자는 언제부터인가 혼자 있을 때 그렇게 혼잣말을 중얼거리곤 했는데, 그건 고대 철학자들을 본받아 자신의 생각을 정확히 다듬으려면 무엇보다 그것을 소리내어 입 밖에 내는 것이 특효라는 걸 실감하면서 자기도 모르게 생긴 버릇이었다.

이날도 팡도르는 그르넬 다리에서 시작해 트로카데로 쪽으로 이어지는 센 강 제방 위를 걷고 있었다.

옷차림은 수수하다못해 차라리 변장을 했다고 할 만큼 의외였다.

무엇보다 머리 위엔 챙이 다 풀어헤쳐질 만큼 낡아빠진 밀짚모자를 쓰고 있었는데, 그것은 기나긴 변장술의 마무리에 불과했다. 깃 없는 헐렁한 셔츠 단추는 여기저기 떨어졌고, 낡은 저고리 아래엔 쭈글쭈글하게 구겨진 누르스름한 바지, 그 밑으로 비죽이 드러난 닳아빠진 헌 신발……

도대체 쥐브의 훌륭한 친구가 그런 괴상한 옷차림을 한 채 오후 세시 센 강의 둑길 위에서 무얼 하고 있단 말인가?

사정을 알려면 그가 중얼거리는 혼잣말에 귀기울여보는 것이 좋을 터!

"부지유가 네게 한 얘기가 뭐였느냔 말이다! 바로 이렇게 말했지…… '일전에 말이야, 내가 그르넬 선창에 정박해 있던 '잔마리'호 앞에서 거동이 좀 수상한 젊은 견습선원을 만났거든. 그 친구가 여자 옷을 사더니만 내게 이상한 질문들을 자꾸만 하더라니까……' 부지유가 그렇게 얘기했단 말이지. 더도 덜도 아니고 딱 그렇게…… 팡도르, 넌 이제 최악의 경우를 상정한 싸움에 제대로 들어선 셈이라고!"

신문기자는 자신이 어떤 절체절명의 싸움에 돌입했다는 상상

속에서 줄기차게 혼잣말을 뇌까리며, 트로카데로 방향으로 천천히 둑길을 걷고 있었다.

잠시 후, 그는 이렇게 덧붙였다.

"팡도르, 너는 지금 부지유가 말한 그 수상쩍은 견습선원을 센강에 출몰하는 정체불명의 불빛과 연관시켜야겠다는 생각을 하고 있지만, 그런 너의 가정에 일말의 신빙성을 부여할 증거나 단서는 세상 어디에도 없다는 걸 알아야 해…… 따라서 다시 말하건대, 만약 재수 좋게도 네 가정이 옳은 것으로 밝혀진다면 넌 스스로 위대한 인물로 자부해도 되겠지만, 그 반대로 밝혀진다면 천하의 엉뚱한 멍텅구리로 취급받아도 싸다는 것만은 명심해야 할걸…… 그만큼 너는 지금 되는대로, 거의 무작정 행동하고 생각하는 중이거든. 마치 물고기의 꼬리지느러미가 대양의 파도에 어떤 영향을 미치는지를 연구하는 과학자처럼 막연하기 짝이 없는 단서에 매달리는 꼴이란 말이야!……"

혼잣말을 하는 것이 나쁠 건 없지만, 팡도르는 그런 무익한 일에 만족하고 말 싱거운 사람은 아니었다.

전날 벌어진 '파리 갈르리'의 비극적 사건은 그의 마음을 온통 뒤흔들었고, 그 일에 관해 쥐브와도 오랫동안 이야기를 나누었다. 그뒤로 팡도르는 팡토마스라는 이름이 또다시 거론되는 한 그 어떤 처절한 사건과 괴이한 현상도 자신의 모든 것을 걸고 뛰어들어 반드시 해결하고야 말겠다는 의지를 더욱 굳힌 상태였다.

하지만 쥐브와 팡도르가 모든 점에서 같은 의견인 것은 아니었다.

백화점 참사로 인해 극도로 흥분한 형사는 팡토마스와 관련한 단서와 흔적을 찾아 하루종일 건물 내부에 대한 조사를 더 적극적으로 전개해야 한다고 주장한 반면, 팡도르는 다른 조치를 취해야 한다는 의견이었다.

"이보세요, 쥐브. 제 생각에는 이 모든 수수께끼의 열쇠를 자꾸 '파리 갈르리'에서만 찾으려고 고집하기 때문에 실마리가 풀리지 않는 것 같습니다. 지금까지 백화점 사태를 통해 우리가 깨달은 것은 딱 하나, 바로 팡토마스가 연루되어 있다는 사실입니다. 그 밖에 얻어낸 이렇다 할 정보는 하나도 없어요. 우리를 고생시키는 난해한 문제는 따로 있단 말입니다. 즉, 팡토마스가 구체적으로 어떤 역할을 하고 있느냐는 거죠. 정녕 그가 레몽드를 납치한 것인지, 아닌지…… 그것은 '파리 갈르리'를 뒤진다고 해서 답이 나오는 문제가 아니지요! 게다가 당신은 센 강 주변에 출몰하는 정체불명의 불빛에 대한 조사는 철저히 무시하고 있어요. 그건 잘못된 태도입니다. 거기엔 분명 팡토마스다운 뭔가가 숨어 있거든요…… 그 기이한 현상이 팡토마스의 소행과 무관하다고 장담할 사람이 어디 있겠습니까! 그러니 그 일에 대한 조사를 지금이라도 단행해야 합니다. 제가 보기에 그 불빛 현상은 이번 사태의 해결에 아주 민감한 요인으로 작용할 여지가 큽니다."

하지만 쥐브는 대답 대신 어깨를 으쓱하며 이렇게 말했다.

"어허, 또 그 소리! 또 그 소리……"

그러고는 훌쩍 자리를 뜨고 마는 것이었다.

어쨌든 쥐브가 팡도르의 주장에 조금도 신뢰를 부여하지 않는 것과 마찬가지로, 팡도르 역시 쥐브의 회의적인 태도를 수긍하기에는 여간 고집 센 젊은이가 아니었다.

'칫, 천하의 쥐브 형사께선 '파리 갈르리'에 아예 처박혀 사시라지! 난 나대로 그르넬 다리 쪽을 좀 둘러보면서 부지유가 해준 얘기나 검증해봐야겠어.'

안타까운 점은 자고로 가장 멋들어진 계획과 그 계획의 실행 사이에는 종종 극복하기 어려운 난관이 존재하기 마련이라는 사실! 막상 '잔 마리'호가 정박해 있는 선창이 가까워지자 팡도르의 머릿속엔 다음과 같은 문제점들이 떠오르는 것이었다.

'저런, 배 위에 있는 사람들에게 접근해서 이것저것 말을 걸 만한 적절한 핑곗거리가 없잖아…… 아무 이유 없이 무턱대고 젊은 견습선원에게 다가가 얘기 좀 하잘 수도 없는 일이고 말이야……'

사실 창의력 풍부하고 기발한 수완으로 똘똘 뭉친 팡도르의 상상력에 비추어 평상시 그런 핑곗거리나 이유쯤 갖다붙이는 건 일도 아니었다. 하지만 이번만큼은 아무것도, 그 어떤 신통한 계획도 머릿속에 떠오르지 않았다.

어떻게 해야 하나?

그나마 바지선 짐꾼들 사이에 섞여들어갈 막연한 희망으로 일부러 옷도 남루하게 입은 팡도르…… 저만치 정박한 배에서 선적이나 하역 작업이 전혀 진행되고 있지 않다는 걸 확인하면서부터, 의심받지 않고 배에 오를 구실을 생각해내느라 내내 골치를 썩이고 있었던 것.

팡도르는 우울한 얼굴로 마치 꿈이라도 꾸듯 '잔 마리'호를 그대로 지나쳐 걸었다. 흘끔 보니 갑판 위는 썰렁해 보였다. 그는 조금 떨어진 선창가에 걸터앉아 다리를 늘어뜨리고는 물끄러미 하늘을 바라보았다.

물을 잔뜩 머금어 금방이라도 비를 뿌릴 것 같은 구름들이 드센 바람에 실려 몰려들었고, 그만큼 어둠은 빠르게 내려앉고 있었다……

'이 시간에 벌써 배를 채우러 갔을 리는 없는데…… 부지유 얘기로는 그 젊은 견습선원을 척 보면 알아볼 수 있고, 운만 좋으면 쉽게 접근할 수도 있을 거라고 하던데……'

이날 따라 팡도르는 기분이 다소 침울했고, 표정도 무척 어둡기만 했다. 무엇 하나 뜻대로 되는 일 없이, 조사에 임하는 자신의 태도도 영 서먹하게만 느껴지는 것이었다. 쥐브가 잘못된 길을 가고 있는 것 같지만, 실은 팡도르 역시 어디로 향할지 명확한 답을 가진 건 아니었으니……

지금 누가 봐도 빈둥거리며 시간이나 때우는 것처럼 보이는 팡도르, 사실 그 누구보다 깊은 생각에 빠져 있었다.

이상한 기척에 무심코 뒤를 돌아본 팡도르의 시야에 이쪽을 뚫어져라 쳐다보고 있는, 덩치는 크지만 비쩍 마른 마스티프 잡종견 한 마리가 들어왔다.

"이리 온! 착하지, 어디 이리 와봐!…… 그 녀석, 참 수더분하게도 생겼구나…… 뭐, 그다지 잘생긴 건 아니지만…… 꼬리도 자른 것 같고, 귀는 왜 또 그렇게 축 늘어졌어…… 그래도 보기는 괜찮네……"

신문기자는 원래 동물을 좋아했다. 스스럼없이 개를 불러 손으로 만져주자, 녀석은 촉촉한 눈망울로 늘어지게 기지개를 켜며 좋아했다. 팡도르는 이 새로운 말동무와 계속 이야기를 나누었다.

"맙소사, 가엾기도 하지. 아무래도 지금 너에게는 푸짐한 사료가 제일 필요할 것 같구나!…… 그런데 어떡하니, 내가 지금 가진 게 아무것도 없는데…… 제발 날 그런 눈으로 보지 말거라. 그래봤자 소용없어. 호주머니 속에 신통한 뼈다귀 하나 없는걸! 너 도대체 어디서 온 거니? 주인이 누구야? 그러고 보니 목걸이도 없네! 아무래도 떠돌이 개인 모양이구나…… 제기랄, 이거 골치 아프게 생겼군! 정말 주인 없는 떠돌이 개인데 내가 멋도 모르고 정을 준 거라면, 앞으로 날 졸졸 따라다닐 게 뻔한데…… 그렇다고 널 집에 데리고 갈 수도 없고 말이다. 왜냐하면 우리 집 관리인이 너희 견공들을 집에 들이는 걸 무지 싫어하거든…… 내 말 알아듣겠니?"

팡도르는 그 떠돌이 개를 가엾이 여기며 따뜻한 마음으로 나직이 속삭였다. 그러면서 계속 손으로 어루만지고 머리를 긁어 주자, 그 허기진 동물은 여러 차례 혀로 손을 핥아 고마움과 애정을 표하는 것이었다.

"그래, 그래…… 그다지 잘생긴 건 아니지만 참 착한 녀석 같다……"

그렇게 새로 만난 친구와 정을 들이려는데, 등뒤에서 나지막하고 굵은 목소리가 들렸다.

"그거 당신 개요?"

팡도르는 부리나케 일어서며 대답했다.

"아닌데요…… 왜 그러시죠?"

그와 동시에 신문기자는 방금 말을 걸어온 사람을 뚫어지게 바라보았다.

묘한 느낌을 주는 남자였다. 큰 키에 당당한 체격, 넓은 어깨, 전체적으로 튼튼해 보이긴 하지만 왠지 모르게 흔히 하는 표현대로 '인상 한번 더럽게 생긴' 타입이었다.

싸구려 검은 정장 차림이었고, 다소 크다 싶은 중산모자를 좁은 이마 깊숙이, 서로 붙을 정도의 수북한 눈썹에 닿을락 말락 눌러쓰고 있었다.

핏발 선 작은 눈이 유난히 반짝거렸다.

너무 커 보이는 콧구멍 아래 잘 다듬지 않은 붉은 콧수염이 두꺼운 입술을 수북이 덮고, 마치 불붙은 것처럼 붉게 달아오른 얼굴에선 왠지 사악하고 음험한 기운이 짙게 배어났다.

팡도르는 이 모든 것을 쓱 한번 훑어보는 것으로 파악해버렸다. 특히 손이 특별했는데, 투박하고 큼직하면서도 그런대로 잘 관리된, 어딘지 정체가 불분명한 노동자의 손 같았다…… 손톱은 말끔하면서도 바짝 깎은 상태였고, 옷소매 아래로 속옷은 보이지 않았다. 신발은 두꺼운 가죽에 밑창이 넓은 평범한 구두였다.

자, 그럼 이자는 센 강변에 무슨 용건이 있는 걸까?

팡도르는 다시 질문했다.

"그건 왜 묻는 겁니까?"

"그냥 알고 싶으니까…… 남이야 묻든 말든!"

사내가 어깨를 으쓱하며 대단히 무례한 투로 툭 내뱉자, 팡도르도 지지 않고 응수했다.

"내가 이 개와 이야기를 나누는데 당신이 끼어든 것 아닙니까!…… 우린 둘이서 아주 잘 통하고 있으니, 제3자는 필요 없거든요!"

팡도르는 되도록 공격적이면서도 빈정대는 말투로 내뱉었다.

내친김에 이 낯선 자의 무례한 호기심을 호되게 꼬집어주자는 심사였다.

"흠, 그러니까 내가 방해가 됐단 말이로군…… 그렇다면 당신 나를 모른단 말인가?"

"지금 그 말은, 내가 당신을 알면 방해로 여기지 않았을 거란 얘기요?"

"그야 두고봐야 아는 거고……"

대답 하나하나가 여간 알쏭달쏭한 게 아니었다. 팡도르는 아무래도 이 낯선 자의 속내를 좀더 명확히 들어봐야겠다고 생각했다. 한데 그때까지 신문기자 뒤에 얌전히 앉아 있던 개가 느닷없이 대화에 왈칵 끼어드는 것이 아닌가!

녀석은 낯선 사내에게 금방이라도 달려들듯 이빨까지 드러내며 으르렁거렸다.

"허어, 그놈 잘생겼다! 옳지, 옳지…… 녀석이 아주 날 물려고 하네!"

사내는 그렇게 말하고는, 한층 낮은 목소리로 마치 혼잣말을 하듯 덧붙였다.

"하여튼 저놈의 동물들, 본능은 못 말린다니까……"

그러고는 생뚱맞게 처음 한 질문을 되풀이하는 것이었다.

"그러니까 당신 개가 아니란 말이지?"

사내가 내뱉은 말의 진의를 파악하느라 정신을 딴 데 쏟고 있던 팡도르는 얼떨결에 대답했다.

"그렇소, 내 개는 아니오. 아마 누군가 잃어버린 개 같은데……"

사내는 아무런 대꾸 없이 잠시 생각하는 듯하더니, 이렇게 말했다.

"녀석을 데려갈 거요?"

"내가요? 천만에요……"

"그럼 내가 데려가리다."

"키우시게?"

"흠, 키운다고?…… 이봐, 젊은 친구, 난 데려간다고만 했어……"

"결국 그게 그거 아닙니까?"

"천만에! 데려가는 것과 달리, 키우는 건 억지로 되는 게 아니지."

"당최 무슨 말인지 모르겠네……"

"그럴 줄 알았소."

팡도르는 점점 더 당혹스러운 기분이었다. 낯선 사내와의 대화가 갈수록 미궁에 빠져드는 느낌이었다. 그 속에는 가슴을 두방망이질하게 만드는 일종의 수수께끼가 숨어 있는 것 같았다……

여전히 으르렁대는 개를 쓰다듬기 위해 팡도르가 몸을 숙이며 말했다.

"이것 봐요. 아무래도 녀석이 당신을 쉽게 따라나설 것 같진 않은걸…… 왠지 편안한 기색이 아니야……"

"나를 쉽게 따라나서는 자는 아무도 없어!"

워낙 예기치 못한 대꾸라 팡도르는 깜짝 놀라 그를 쳐다보며 이렇게 묻지 않을 수 없었다.

"도대체 당신 누구요?"

하지만 사내는 듣는 것 같지도 않았다.

대신 자신의 생각을 정리하듯 단호한 어조로 말했다.

"나는 좋아 보이는 것은 무조건 데려간다…… 반드시……"

개는 이제 낯선 자를 향해 송곳니를 완전히 드러내며 점점 더 사납게 으르렁댔고, 팡도르는 마치 개의 편이라도 들어주듯 그 사이를 가로막았다. 하지만 사내는 팡도르의 태도엔 전혀 아랑곳하지 않고 여전히 혼잣말을 하듯 말을 이었다.

"흐르는 시간 속에서 끝까지 남는 친구란 드문 법이지…… 하지만 개는 달라. 개는 친구가 될 수 있어…… 친구 말이야…… 나는 정말 친구가 필요하거든……"

그러고는 갑자기 목청을 돋우며 버럭 외쳤다.

"친구?…… 까짓 강제로 사귀어버리지!"

팡도르는 갈수록 심상치 않은 기운을 느끼며 대꾸했다.

"강제로? 그건 친구 사귀는 데 별로 좋은 방법이 아닌데…… 특히 개가 좋아하게 만들려면, 내 생각엔 다정하게 대해주는 길밖엔 없을 것 같은데 말이지……"

"글쎄…… 과연 그럴까? 젊은 친구, 다정함 따윈 별로 효력이 없다는 걸 당신도 곧 알게 될걸……"

사내는 몇 걸음 뒤로 물러나는 듯하더니, 느닷없이 개를 향해 휘파람을 불었다.

"자, 어서 가자! 이리 온, 어서 가야지!……"

그렇게 개를 부르면서 사내는 호주머니를 뒤져 붉고 끈적거리는 뭔가를 꺼냈는데, 팡도르로선 그게 무엇인지 얼른 알 수 없었다.

"개한테 뭘 주려는 겁니까?"

"날고기……"

"날고기를 호주머니 속에 넣어 가지고 다닌단 말입니까?"

"아마도……"

바로 그때였다.

악이 받칠 대로 받친 개가 겅중겅중 뛰어가더니, 앙칼지게 짖어대며 낯선 자를 향해 달려드는 게 아닌가!

"조심해요!"

자기도 모르게 소리쳤지만, 다음 순간 눈이 휘둥그레져 멍하니 서 있는 팡도르……

낯선 사내는 개의 공격을 꼼짝도 하지 않고 고스란히 받아냈다. 송곳니들을 살짝 피해 내뻗은 한 손으로 개의 모가지를 와락 그러쥐었는데, 누가 봐도 별로 이렇다 할 완력을 동원하는 것 같지는 않았다. 사내는 곧바로 십여 걸음 떨어진 곳으로 가 개의 몸뚱어리를 내팽개쳤다……

"자, 이런 게 바로 다정함의 결과라오! 제대로 봤겠죠, 젊은 친구? 나는 분명 날고기를 대접했는데, 녀석은 내 목을 물어뜯으려고 했지. 아주 배은망덕한 녀석이야…… 하긴 나야 반갑지…… 아무튼 개도 사람이나 마찬가지라니까!"

팡도르는 점점 더 어안이 벙벙할 따름이었다. 방금 목격한 장면을 도저히 이해할 수가 없었다……

조금 전까지 그가 어루만져주었던 가엾은 개는, 배부르기는커녕 허기에 굶주려 있음에도 불구하고, 낯선 자가 내민 살코기를 거부했다!…… 이유가 뭘까?…… 아울러 점점 더 사납게 으르렁대는 개를 자꾸 데려가려고 고집부리는 낯선 자의 염세적인 태도는 도대체 무슨 의미란 말인가?……

마침내 팡도르가 한마디했다.

"그만 녀석을 놔주시죠! 당신을 따라가기가 싫은 모양입니다."

"녀석에게 의견을 물은 적 없소이다! 내가 데려가는 것에 대해 개들의 의견을 물으면 백이면 백 싫다고 할 테니까……"

낯선 사내는 그렇게 말하면서 개에게 다가갔다. 아까 자신의 공격이 무산된 것에 충격을 받은 녀석은 땅바닥에 납작 엎드린 채 끙끙대면서도 여전히 이빨을 드러내고 있었다.

사내는 이제 아예 명령조로 말했다.

"좋든 싫든 넌 나를 따라와야 해!…… 내가 널 겁낼 거라고 생각하느냐?"

팡도르는 자기 눈앞에서 벌어지고 있는 일이 하도 놀랍고 뜻밖이라 아무 말도 못한 채 그 자리에 멍하니 서 있을 뿐이었다.

낯선 자는 신문기자의 존재 따윈 까마득히 잊은 듯했다. 호주머니에서 손수건을 꺼내 흡사 밧줄처럼 돌돌 말더니, 개의 목에 단단히 잡아매는 것이었다.

"이제 날 따라나설 수밖에 없다는 걸 너도 알 거다."

개를 끌어당겨 몇 걸음 앞으로 나서게 만들면서, 그는 집요한 말투로 중얼거렸다.

"그러면 또 물려고 할걸요!"

팡도르가 외치자, 낯선 사내는 고개만 슬쩍 돌려 신문기자를 바라보며 이렇게 툭 내뱉었다.

"그게 당신이랑 무슨 상관인데?…… 자, 난 이만 실례하겠소!"

상대의 갑작스러운 작별 인사에 속수무책인 팡도르…… 실은 조금 전부터 몹시 불안한 심리 상태로 깊은 생각에 빠져들고 있었다. 정체불명의 낯선 자가 방금 전까지 서 있던 자리를 흘끔 보니, 개에게 날고기를 주려 했던 바로 그 지점 바닥에 붉은 반점들이 묻어 있는 것이었다!

신문기자의 머릿속은 점점 더 혼란스러워졌다……

'정말 이상한 일이야. 녀석은 떠돌이 개라 분명 집과 먹이가 절실했을 텐데, 다정한 태도로 내어준 살코기를 거부했거든…… 고기를 거부하는 개라면 소설에서나 읽을 수 있는 내용인데, 혹시 고기에 독이 들어 있었을까…… 그래도 대부분의 굶주린 개들은 아무 의심 없이 덥석 물게 되어 있는데 말이야…… 그러니 그건 설명이 안 되고…… 도대체 뭘까?…… 똑똑한 개라면 꺼릴 특별한 고기?…… 흠, 정말이지 찜찜한 일이야. 비록 싸구려 옷이지만 저리 멀쑥하게 차려입은 사람이 호주머니 속에 피가 뚝뚝 듣는 날고기를 가지고 다니는 것도 이상한 일이고…… 생각할수록 이상하다니까……'

팡도르는 계속 머리를 굴리면서, 멀찌감치 개를 끌고 걸어가는 낯선 사내의 뒤를 밟았다.

그런데 어느 순간 제롬 팡도르가 걸음을 뚝 멈추면서 얼굴이 하얗게 질리는 것이었다……

어느새 그의 이마에는 굵은 땀방울이 송골송골 맺혀 있었다.

'아뿔싸, 내가 깜빡한 건가? 내가 제대로 본 거야?…… 저자는 푸주한이야…… 푸주한이 틀림없다고!'

신문기자는 부리나케 걸음을 되돌려 둑길 바닥을 샅샅이 살폈다.

'아까 그 고깃덩어리를 어디에 던졌더라?……'

과연 여기저기 떨어진 붉은 핏방울이 눈에 들어왔다.

'저기다! 흔적이 남아 있어…… 아, 고깃덩어리를 센 강에 던

진 게 분명해!'

팡도르는 붉은 핏방울 자국을 응시하면서 망연자실 서 있었다.

그러다가 이내 머리를 흔들며 중얼거렸다.

"이러다가는 돌아버리겠어! 도무지 알 수 없는 일들만 일어나니 머리가 버텨내지 못할 지경이야! 어디를 둘러봐도 끔찍한 일, 잔악한 범죄들뿐이니…… 아…… 아니야, 그럴 리가 없어…… 내가 착각한 거야…… 내가 잘못 본 게 분명하다고!……"

아무리 입을 다물고 진정하려 해도, 일부러 다른 생각을 하려 해도 어쩔 수가 없었다.

팡도르는 주먹을 불끈 쥔 채 이를 악물며 중얼거렸다.

"그래…… 아까 그 가엾은 개의 목에 손수건을 묶으려고 허리를 숙였을 때 난 틀림없이 봤어! 옷 사이로 살짝 드러난 셔츠에 온통 피가 묻어 있는 것을…… 아, 가증스러운 놈……"

불빛이라곤 거의 한 점도 눈에 띄지 않는 밤이었다.

벌써 네 시간째 끈질기게 제방을 어슬렁대면서 누가 '잔 마리'호에서 내려오는지 주의깊게 감시하던 팡도르는 이제 슬슬 짜증이 나고 있었다.

'혹시 배 위에 아무도 없는 것 아니야?…… 에잇, 이젠 이판사판이다!'

아까 낯선 사내와 마주친 이후 평상시와는 달리 계속 정신이 혼란스럽기만 한 신문기자는 바지선과 선창을 이어주는 보잘것 없는 판자로 성큼성큼 다가갔다.

"여보세요! 안에 누구 있습니까?"

젊은이의 외침 소리에 두 사람이 갑판 위로 모습을 드러냈다.

그중 앞으로 나선 사람은 그때까지 축 늘어져 졸고 있던 드니 영감이었다.

"무슨 일이시오?"

팡도르는 판자 위로 올라서며 대답했다.

"혹시 이 배의 선장이십니까?"

"그렇습니다만, 무슨 용건이시오?"

순간 팡도르는 제대로 옷을 갖춰입지 않은 것을 살짝 후회했다.

지금처럼 실업자 같은 복장으로는 도무지 말발이 서지 않을 게 뻔했다.

그래도 팡도르는 뻔뻔스럽게 대답했다.

"뭐 좀 여쭐까 하고요!"

드니 영감은 몇 걸음 더 앞으로 나서며 말했다.

"일단 배로 올라오시구려, 거기 판자에 계속 서 있지 말고. 그러다가는 배가 조금만 흔들려도 강물에 떨어지고 말 거요! 게다가 이런 밤에는……"

팡도르는 가볍게 흔들리는 판자를 얼른 지나 배의 갑판 위로 올라섰다.

"이거야 원, 너무 어두워서 뭐가 보여야지요…… 자칫 발이라도 헛디뎌 물에 빠질까 걱정됩니다!"

"잠깐 거기 그대로 계시오. 가서 등불을 가져올 테니까."

드니 영감은 아래로 내려갔고, 팡도르는 캄캄한 어둠 속에 꼼짝 않고 서 있었다.

그러면서도 제방의 가로등 불빛 덕분에 희미하게나마 바라다보이는 갑판 저쪽에서 이쪽을 뚫어져라 응시하고 있는 젊은이 한 명을 놓치지 않았다.

'옳거니, 저자가 바로 부지유가 얘기한 젊은 친구?'

신문기자는 더이상 머리 굴리지 않고 곧장 젊은이 쪽으로 걸음을 뗐다.

참으로 이해할 수 없는 상황이 벌어진 건 바로 그때였다!

고작 한두 걸음 다가갔을 뿐인데, 난데없이 가슴에 손을 갖다 대더니 새어나오는 비명을 억지로 삼키면서 비틀비틀 뱃전으로 뒷걸음치는 젊은이…… 결국 물속으로 첨벙 떨어지고 말았다!

"맙소사!…… 도와줘요!"

팡도르가 기겁을 하고 외쳤다.

마침 드니 영감이 등불을 치켜들고 갑판 위로 올라왔다.

"왜 그래요? 무슨 일인데?"

팡도르는 배 뒤쪽, 젊은이가 떨어진 곳으로 달려가며 다급하게 말했다.

"배에 타고 있던 견습선원이 방금 물에 빠졌습니다!"

"견습선원이?"

순간 드니 영감의 목소리에 긴장이 풀렸다.

"아, 그 친구라면 걱정할 것 없소이다…… 물고기 저리 가라 할 정도로 헤엄을 잘 쳐요! 난 그 친구가 어디로 갔는지 잘 안다오. 아주 버릇을 붙였다니까…… 자, 저쪽을 잘 지켜봐요! 저길 가려고 일부러 물에 뛰어들었을 테니……"

팡도르는 드니 영감이 가리키는 방향을 눈을 부릅뜬 채 바라보았다.

드니 영감이 말한 대로 느긋하게 헤엄을 치고 있는지는 모르나, 워낙 어두운 밤이라 물에 몸을 던진 젊은이의 모습은 여간해서는 알아보기가 쉽지 않았다. 그런데…… 센 강 한복판에(그걸 보는 순간 얼마나 놀랐는지!) 일전에 프티 퐁 다리 위에서 한 번 본 적이 있는 기상천외한 불빛, 그 달무리 같은 불빛이 가물가물 떠 있는 것이었다!

14
살아 움직이는 갑옷

"커피 드릴까요, 주인님?"

"그래, 바티스트. 오늘 저녁은 커피하고 샤르트뢰즈*도 한 잔 마셔야겠네."

"샤르트뢰즈를 드시게요?"

"응……"

"주인님, 그건 안 됩니다!"

"아, 한 번만 눈감아주게나!"

"의사 선생님이 술은 절대로 마시면 안 된다고 했습니다."

"하여튼 의사들이란 허구한 날 지긋지긋한 소리만 해댄다니

---

* 증류주에 약초를 넣어 담근 술.

까……"

"그래도 건강만큼 중요한 건 없지요."

"이보게, 바티스트. 그건 그렇지만 술 한 잔 마신다고 꼭 고주망태가 되도록 퍼마시는 건 아니잖나! 오늘은 정말이지 너무 우울해서 기분전환 좀 할 필요가 있단 말이야…… 그놈의 돌팔이 의사가 떠드는 온갖 잔소리와 지시사항은 이제 지겨울 뿐이네! 지금 내게 필요한 건 딱 술 한 잔뿐이라고!"

지난 세월 샤플라르 씨를 성심껏 모셔온 충복은 고개를 설레설레 저으며, '파리 갈르리' 사장이 방금 식사를 끝낸 식탁에서 멀어져갔다. 의사의 지시를 절대적으로 신봉하고 따르는 것이 곧 주인을 위하는 길이라 확신하는 입장에서, 바티스트는 기어이 술을 마시겠다는 샤플라르 씨의 태도를 쉽게 이해할 수가 없었다.

그럼에도 불구하고 충직한 하인은 지하실에서 샤르트뢰즈 한 병을 꺼내와 샤플라르 씨가 앉은 식탁 위 작은 잔에 아주 조금만 따랐다.

"뭐 더 필요하신 건 없습니까?"

주인이 혹시라도 술을 더 탐낼까봐 술병을 꼭 움켜잡은 채 하인은 조용히 물었다.

샤플라르 씨는 고개를 저으며 대답했다.

"아니, 이제 됐네. 가봐도 좋아……"

이어서 그는 호주머니에서 담뱃갑을 꺼내 시가 한 대를 집어 들고는 바티스트가 옆 소형 탁자에 미리 갖다놓은 작은 등불로 불을 붙였다.

"자네도 어서 가서 잠자리에 들게나. 옷은 혼자서 갈아입겠네……"

"잠이 안 오시나보죠?"

"응, 전혀…… 발코니를 거닐면서 시가 한 대 피우고 책이나 좀 읽다가 자야겠네. 기다릴 필요 없어. 어서 가보게, 바티스트……"

"그럼 이만 물러가겠습니다, 주인님."

"잘 자게, 바티스트. 내일 보자고……"

바티스트는 깍듯이 고개를 숙인 다음 발소리를 죽이며 멀어져 갔다.

샤플라르 씨는 '파리 갈르리' 직원들 사이에선 무척이나 깐깐하고 버거운 사장으로 통했지만, 자기 집 하인에게만은 매우 다정다감하고 인정 많은 사람이었다.

주인과 하인이 그야말로 완벽하게 죽이 맞는다고나 할까! 바티스트는 샤플라르 씨의 지시라면 불구덩이 속에라도 뛰어들 사람이었고, 샤플라르 씨는 그런 바티스트를 위해 자신의 유언장에 이미 어마어마한 액수의 유산을 책정해놓은 상태였다.

바티스트가 나가자, 샤플라르 씨는 앞에 놓인 저녁식사의 흔적들을 멀찍이 치웠다. 그는 커피를 홀짝이면서 이따금 황금빛으로 반짝이는 샤르트뢰즈를 조금씩 입에 갖다댔다. 그런가 하면 간간이 시가 연기를 입에 머금고는, 참나무 재질의 천장을 향해 균일한 간격으로 뿜어대는 것이었다.

샤플라르 씨의 집은 눈부신 정원이 내다보이는 호화로운 저택으로, 몽소 공원을 따라 쭉 뻗어 있는 뮈리요 가에 위치해 있었다.

지금 그는 매일 식사를 하는 커다란 참나무 식탁 앞에 앉아 있었다. 식탁 자체가 으리으리하게 장식된 예술품으로, 더할 나위 없이 귀중한 애장품 목록에 충분히 속할 만했다.

비록 그는 졸부에 불과하고 이렇다 할 예술 교육을 받지도 못했지만, 주변 지인들 가운데 풍부한 교양을 갖춘 사람이 워낙 많다보니 그 자신이 직접 나서지 않아도 이런저런 희귀한 소장품들을 많이 접하고 또 확보할 수가 있었던 것이다.

그러나 오늘 저녁 샤플라르 씨는 자신의 소장품들을 둘러보고 싶은 기분이 영 아니었다. 여느 때 같았으면 식사를 마친 다음 1층에만도 여러 개가 있는 방을 일일이 돌아다니면서, 벽에 걸려 있는 거장의 그림들과 오래된 서랍장 위의 희귀한 조각상들, 선반과 유리장 속에 모셔둔 골동품들을 감상하는 게 보통이었다.

한데 이번만큼은 그런 거장들의 솜씨를 돌아보며 명상에 잠기는 대신, 식탁에 팔꿈치를 괴고 이마를 손으로 짚은 채 우두커니 앉아 있기만 하는 것이었다. 샤플라르 씨는 그렇게 침울한 생각에 한없이 잠겨 있었다!

아닌 게 아니라, 지난 몇 주 동안 이 남자의 처지는 정말로 기구하기 그지없었다.

그날이 언제였던가. 퐁텐블로에서 돌아오자마자 누군가 자신의 이름을 사칭해 '파리 갈르리' 사장 노릇을 했다는 사실에 기겁을 하고, 그것도 모자라 어여쁜 여점원 레몽드의 실종으로 충격과 슬픔에 시달린 이후, 거의 매일같이 새롭게 터지는 사건과 걱정거리에 얼마나 정신없이 시달려왔는가 말이다!

그러다 결국 오늘 낮, 그야말로 가장 걱정해온 사태가 벌어졌으니…… 마지막에 일어난 사건 때문에 파리 경찰청에서 결정적으로 백화점에 폐장 조치를 내린 것! 이는 사업하는 사람 입장에서는 내일을 기약하기 어려울 만큼의 엄청난 타격을 의미했다. 과연 '파리 갈르리'가 다시 문을 열게 되리라고 그 누가 장담할 수 있겠느냔 말이다!

샤플라르 씨는 급기야 레핀 씨가 이 일에 개입하게 된 것이 한스럽기 그지없었다. 평소에도 그 사람을 분에 넘치는 자리나 꿰차고 있는 어리석은 무능력자로 여기던 차였다.

여태껏 사업을 해오면서 지극히 작은 반발이나 난관에 부딪치는 것조차 별로 익숙지 않은 백만장자 샤플라르 씨로서는 파리 경찰청이 자신의 백화점 사업에 감 놔라 배 놔라 하는 것 자체를 도무지 이해할 수 없었다!

"저들이 기어이 내 가게를 폐쇄했어……"

처음 소박하게 사업을 시작했을 때를 늘 잊지 않고 있는 샤플라르 씨는 지금 엄청난 규모로 성장한 자신의 사업체도 여전히 '가게'라는 소박한 단어로 부르고 있었다.

"쳇, 도대체 그렇게 한다고 무슨 득이 되는지를 모르겠단 말이야. 그렇게 한다고 팡토마스가 잡힐 것 같아?…… 대체 무슨 목적으로 백화점을 폐쇄하는 거냐고!"

말은 그렇게 하지만, '파리 갈르리'에 대한 폐쇄명령이 최소한 적법한 요건을 갖춘 납득할 만한 조치였음을 전적으로 부정하기에는 너무 진솔하고 원만한 성격의 소유자가 또한 샤플라르 씨였다.

'아, 그나저나 정말 지긋지긋해죽겠어! 매일 이렇게 굵직굵직한 사건이 일어나니 말이야…… 도대체 어떻게 결판이 날지 모르겠어……'

샤플라르 씨는 속으로 중얼거리며 자리에서 일어나, 몽소 공원이 아닌 거리로 향한 유리창에 신열로 뜨거워진 이마를 갖다 댔다.

'어, 지금 집수리중이었나? 거참 이상하군…… 바티스트도 내게 아무 말 안 하고, 비서도, 건축가도, 그 누구도 내게 언질이 없었는데…… 뭐, 별로 중요하지 않은 공사인 모양이지……'

1층 전체를 가로지르는 대형 회랑 높이에 설치된 비계에 문득 시선이 가닿은 샤플라르 씨는 다시 눈을 돌려 귀족풍의 저택들이 즐비하게 늘어선 거리 쪽을 바라보았다. 때는 밤 아홉시. 다들 극장이든 클럽이든, 그 밖의 사교계 모임 장소든, 한창 외출해 있는 시각이라 그런지 주택가의 거리는 한산하기 짝이 없었다.

조금 떨어진 곳에 깡마른 말 한 필과 더불어 정차해 있는 허름한 마차가 시야에 들어오자, 백만장자는 나직이 중얼거렸다.

"저런 형편없는 꼬락서니하고는!…… 파리 시내에 저렇게 고무바퀴도 갖추지 않은 삯마차가 아직도 돌아다닌단 말인가! 도대체 저런 허접스러운 마차를 누가 잡아탈까? 마차꾼은 또 어디 있는 거야?……"

실은 아무 할 일도 없는 자신의 상황이 짜증스럽다보니 그렇게 말이 나왔을 뿐이다.

솔직히 말하자면, 샤플라르 씨가 방금 세세히 관찰하며 꼬집은 삯마차는 파리 시내를 돌아다니는 여느 삯마차와 별로 다를 것이 없었다. 조금 더 더럽고 낡아빠졌다는 것 말고는 말이다……

샤플라르 씨는 얼마간 더 마차를 바라보면서, 고객에게 만족감을 줄 리 없는 운송수단을 저대로 방치한 파리 시 교통당국의 허점에 대해 신랄한 비판을 계속했다. 그런 다음 창가에서 벗어나 식당 한가운데에 있는, 휴식할 때마다 즐겨 사용하는 큼직한 흔들의자에 털썩 몸을 맡겼다.

여전히 시가를 피우고 있던 샤플라르 씨는 문득 목이 말랐다.

조용히 잔에 물을 따르고 단숨에 들이켜 갈증을 해소한 그는 나이에 비해 유연한 동작으로 의자를 박차고 일어나 다시금 창가로 다가갔다.

"한데 저 삯마차는 대체 저기서 뭘 하는 걸까? 내가 조금만 소심했다면 쥐브 형사가 소개해준 그 제롬 팡도르라는 신문기자처럼, 저 유명한 옛날이야기 속 죽음의 심야 삯마차라도 떠올렸을 거야…… 맙소사, 별 쓸데없는 소릴 다 하고 있군! 죽음의 심야 삯마차라니! 하여튼 신문기자들 제멋대로 떠드는 꼴하고는…… 아이고, 헛소리 그만하고 나도 가서 잠이나 자야겠구먼…… 내일은 내무부와 경찰청에 들러서 '파리 갈르리' 관련 문제를 일괄적으로 해결해봐야 할 테니까……"

이제 완전히 창가를 떠난 샤플라르 씨는 타다 남은 시가를 재떨이에 떨군 뒤 회랑을 건너가려다 말고 덜컥 걸음을 멈추었다.

"거기 누구야?"

그의 목소리는 텅 빈 계단을 통과하면서 먼 메아리로 울려퍼졌으나, 돌아오는 대답은 전혀 없었다.

"거 이상하군…… 누구 발소리가 들린 것 같은데……"

샤플라르 씨는 어깨를 으쓱한 뒤 다시 걸음을 뗐다.

'혹시 바티스트가 정리를 하러 돌아다니는 건지도 몰라……'

그런 생각으로 작은 방의 문을 살짝 열어보았으나 안은 어두컴컴했고, 바티스트의 모습은 보이지 않았다.

"허어, 내가 꿈이라도 꾸는 건가……"

백만장자는 그렇게 중얼거린 뒤, 다시 걸음을 옮겼다. 한데 회랑 끝에 이르자, 또다시 걸음을 멈추고 이렇게 말하는 것이었다.

"아, 안 되겠어…… 직접 눈으로 확인하지 않고서는 밤새 불안해서 못 견딜 것 같아!"

조금 전에 들린 소리가 다름아닌 식당에서 난 게 틀림없다는 생각이 퍼뜩 스치자, 샤플라르 씨는 참지 못하고 왔던 길을 기어이 되돌아갔다. 하지만 식당 전등 스위치를 돌리는 순간, 역시 텅 비어 있는 공간을 확인할 따름이었다.

"좋아! 그러니까 결국 내가 완전히 정신 나간 놈이라 이거지! 아무도 움직이지 않고 아무도 걸어다니지 않았는데 나 혼자 몽유병에 걸려 난리치고 있다, 이거지…… 이거야, 원…… 신경과민이라는 게 역시 몹쓸 것이긴 하군…… 이러다가는 헛것이라도 보겠어!"

샤플라르 씨는 혼자 넋두리를 하면서 식당을 나와, 다시 회랑을 지나 침실 쪽으로 걸음을 옮겼다. 분명 자신이 착각했다는 확신이 들자 걸음부터 빨라졌고, 더이상 희미한 소음 따위에도 신경이 가지 않았다. 심지어 그는 걸어가면서 경쾌한 휘파람까지 부는 것이었는데……

아뿔싸, 그 경쾌한 휘파람이 별안간 목구멍 속으로 말려들듯 툭 끊기는 것이 아닌가!

샤플라르 씨는 지금 회랑의 대략 절반쯤 되는 곳, 그러니까 한쪽으로는 식당, 다른 쪽으로는 침실에 이르는 통로 중간 지점에 와 있었다. 그가 서 있는 곳 우측으로는 저택 현관에 이르는 멋진 철제 계단의 난간이 바라보이고, 좌측으로는 고풍 찬연한 고블랭 태피스트리가 거대한 벽면을 장식하는 가운데, 국립박물관보다는 미국 설탕 부호의 애장품으로 더 어울릴 만한, 현란한 솜씨로 세공된 옛 갑옷들이 줄지어 진열되어 있었다.

한데 방금 전, 그렇게 늘어선 갑옷들 중 하나가 살짝 움직이는가 싶더니, 스스로 받침대를 벗어나 천천히 팔을 흔들면서 앞으로 걸어나오는 것이 아닌가! 샤플라르 씨는 분명 그런 광경을 본 것 같았고, 아니, 보았고, 지금도 똑똑히 보고 있었다!

갑옷의 투구 눈높이에 뚫린 구멍에서는 이글이글 타오르는 불길이 느껴졌다.

얼마나 큰 충격을 받았는지, 백만장자는 그만 공포에 질려 기절할 것만 같았다……

하지만 그 또한 오랜 세월 인생사의 온갖 정신적, 육체적 난관에 부딪치며 힘겨운 싸움을 버텨온 투사의 정신력을 갖추고 있었다.

샤플라르 씨는 이내 자신을 추슬렀고, 머릿속으로 적절한 대처 방법을 모색했다.

이제는 걷는 것도 모자라 자신의 귀중한 검을 저멀리 던져버린 채 이쪽을 향해 잰걸음으로 뛰어오는 갑옷을 바라보며 그는 서서히 뒷걸음질치며 바지 주머니를 뒤졌다……

늘 도둑이나 강도의 표적이 되고 있다는 것을 잘 아는 부자들이 그러하듯, 샤플라르 씨 역시 항상 무기를 휴대하고 있었다. 잠시 후, 은세공과 백금 상감이 눈부신 그의 브라우닝 권총이 요란하게 불을 뿜었다!

모두 합해 여섯 발의 총탄이 갑옷에 맞았으나 다마스쿠스 강철 재질에 튕겨나가 회랑의 구석으로 날아가버렸다. 그 바람에 그림과 조각상 들이 부서지고, 깨지고…… 그동안 살아 움직이는 갑옷은 계속 앞으로 전진하고……

총알이 다 떨어진 샤플라르 씨는 그 자리에 멈춰 가만히 버티고 서 있었다.

그리 오래 기다릴 필요는 없었다. 투구의 면갑 틈 사이로 웬 남자 목소리가, 그것도 무척 침착하고 낭랑한 목소리가 이렇게 빈정댄 것이다!

"총질은 이제 다 끝난 거요, 샤플라르 씨? 당신의 옛날 갑옷들이 그깐 시시한 권총쯤 너끈히 물리칠 만한 재질이라는 걸 모르셨소?…… 자, 이제 우리 점잖게 얘기나 나눠보실까?"

샤플라르 씨는 일부러 목소리에 힘을 줘가며 외쳤다.

"당신은 누구요? 내게 원하는 게 뭡니까?…… 당장 나가지 않으면 하인을 부르겠소……"

하지만 면갑 너머의 낯선 자는 여전히 비아냥대는 어조로 상대의 말을 끊었다.

"오호, 진정하시지! 꼭 어린애같이 행동하시는구려. 내가 누구냐고 물었소? 무얼 원하느냐고? 지금 하인을 부르겠다고 위협하는 거요? 천하의 샤플라르 선생께서 고작 생각해낸 임기응변이 그 정도라니…… 우선 하인들은 절대로 당신을 도우러 오지 않을 거요. 아까 클로랄*을 탄 포도주를 마시는 바람에 다들 곯아떨어졌거든…… 내가 누구냐고? 후후, 그건 조만간 알게 될 테고……"

"도대체 원하는 게 뭐요?"

"내가 원하는 거라…… 흠, 그 질문이 그나마 좀 낫구먼. 좀더 지적이야……"

불청객은 갑자기 어조를 바꿔, 이번에는 거칠고 강압적인 목소리를 버럭 내질렀다.

"열쇠! 당신 금고 열쇠를 내놔!"

"하지만 그건……"

"열쇠를 내놓으라고 분명히 말했어. 난 같은 말 두 번 하지 않아. 열쇠를 당장 내놓지 않으면 죽여버리겠어!……"

갑옷 속, 도무지 정체를 알 수 없는 자의 태도가 어찌나 완강하고 권위적인지 샤플라르 씨는 감히 거부할 엄두를 내지 못했다.

* 최면 진정제의 이름.

게다가 제아무리 대단한 강도질이라 한들 이 어마어마한 재산을 얼마나 축낼 수 있겠나 싶은 생각도 없지 않았다.

그는 천천히 열쇠를 꺼내 상대의 철장갑 손바닥 위에 올려놓았다.

"자, 이제 금고 암호를 말해주셔야지? 암호 말이야……"

그것 역시 거부해봤자 득 될 게 없다고 판단한 샤플라르 씨는 힘없이 말했다.

"일, 끈기, 의지요. 그렇게 글자를 맞추고 나면 금고문이 열립니다……"

"오, 과연 멋진 좌우명이로군!"

실제로 금고를 열게 해줄 암호를 공개한 샤플라르 씨는 완전히 체념한 상태였다.

다만, 지금 눈앞에 있는 강도가 비록 자신을 결박하고 도움을 청할 수 없게 한 뒤 집안을 몽땅 털어간다 해도, 몸에 상해는 입히지 않을 거라는 생각을 하고 있었다……

한데 그런 계산을 하는 사이 갑옷 속 존재가 또다시 비아냥거렸다.

"여허, 샤플라르 씨. 이렇게 순순히 모든 것을 알려주다니 정말 생각 잘하셨소이다! 이제야 슬슬 말이 통하는 것 같군그래…… 아무렴, 그래야지! 우리 둘 다 바보는 아니잖소, 안 그래요?"

더 할 얘기가 남아 있다는 투의 빈정거림에 샤플라르 씨는 내심 철렁하며 물었다.

"또 뭘 원하는 거요?"

"흠, 그건 차차 알게 될 거요. 그나저나 얼굴이 무척 창백하구먼! 아주 안돼 보여요. 어디 불편한 데라도 있소?…… 무서워서 그러오? 저런, 가엾기도 하지! 이래 봬도 난 당신의 딱한 사정을 충분히 이해하고 있다오, 샤플라르 씨…… 자, 자, 우선 어디든 앉아서 얘길 나누는 게 좋겠소. 앉아요, 앉아…… 내가 허락하리다!……"

집주인인 샤플라르 씨는 혼비백산해 벌벌 떠는 반면, 불청객인 갑옷인간은 더없이 차분한 태도였다. 완전히 기진맥진해 저항할 기력을 상실한 백만장자는 그가 쓱 내민 의자에 맥없이 주저앉았다.

낯선 자는 다시금 빈정거렸다.

"이제 좀 어떻소? 괜찮아요?…… 흠, 그거 다행이로군! 자, 그럼 슬슬 얘기나 해볼까?"

"도대체 원하는 게 뭐요? 당신은 누구요?"

"오호, 한꺼번에 너무 많은 것을 물어보는군…… 하긴 당신이 그토록 궁금해하는데다, 나 또한 대답 몇 마디로 당신을 기쁘게 해줄 수 있다면야 굳이 마다할 이유는 없겠지…… 내가 누구냐고 물으셨소, 샤플라르 씨? 아마 당신도 아는 이름일 거요…… 자, 그럼 정식으로 내 소개를 하리다……"

그때까지만 해도 능글능글 유연하기만 하던 자의 목소리가 갑자기 쇳소리처럼 거칠고 차갑게 돌변하더니 이렇게 내뱉었다.

"나는 팡토마스요!"

"팡토마스!"

그 무시무시한 이름 앞에서 샤플라르 씨는 갑작스러운 경기에 사로잡힌 것처럼 가슴에 손을 얹고 벌떡 일어섰다. 마치 미칠 듯이 뛰는 심장을 애써 붙잡아두려는 것처럼 보였다.

"팡토마스라니! 당신이 팡토마스란 말이오?…… 도대체 나한테 뭘 원하는 거요?"

그랬다…… 공포의 거장 팡토마스는 아까 비계를 타고 창문으로 들어와 갑옷 속에 숨어서 샤플라르 씨를 기다리고 있었던 것이다! 팡토마스는 이렇게 대답했다.

"내가 원하는 게 뭐냐고? 후후, 그거야 아주 간단하지. 아무렴, 간단하고말고…… 하지만 당신은 단단히 마음먹어야 할 거야…… 샤플라르 씨, 지금까지는 내가 슬슬 웃어가며 얘기했지만 이제부터 하는 얘기는 달라…… 거의 명령이나 다름없으니, 정신 바짝 차리고 귀담아듣도록 하라고."

샤플라르 씨가 찍소리도 못하는 가운데, 팡토마스의 얘기가 이어졌다.

"우선 지금 당장 당신 백화점 여점원 레몽드가 있는 곳을 대…… 그 멍청한 쥐브가 어떻게 생각하든, 당신이 잡아 가두고 있는 그 레몽드 말이야…… 내 말 알아듣겠어? 지금 당장 레몽드를 자유의 몸이 되게 해주지 않으면 그땐 정말……"

순간 샤플라르 씨는 털썩 무릎을 꿇더니 울부짖듯 말했다.

"아, 맹세합니다……"

"그땐 정말 당신 죽은 목숨이야!"

샤플라르 씨는 잠긴 목에서 겨우 갈라져나오는, 거의 신음 소리나 다름없는 목소리로 중얼거렸다.

"하느님께 맹세코 나는 레몽드를 잡아 가두지 않았소…… 목숨을 걸고 말하는데, 나는 레몽드를 납치하지 않았단 말입니다……"

그러나 어쩌랴, 팡토마스의 신념은 이미 확고하니!……

레몽드를 납치한 자는 백화점 사장이라는 것이 이 악당의 움직일 수 없는 신념이었다.

'파리 갈르리'의 일개 여점원의 행방을 왜 그토록 찾는지, 그 목적이 무엇인지는 알 수 없지만, 팡토마스가 단순한 맹세에 좌지우지될 사람이 아닌 것만은 분명했다. 그는 자신의 오류를 순순히 인정할 사람이 아니었다.

팡토마스가 철장갑을 낀 오른손을 어깨 위에 거칠게 얹자, 샤플라르 씨는 충격을 견디지 못하고 그대로 바닥에 쓰러졌다.

"분명히 말하지만 레몽드를 납치한 사람은 당신이야! 앞으로 십 초 여유를 줄 테니, 그녀를 어디에 가두었는지 털어놓으라고. 자, 센다. 하나…… 둘…… 셋……"

"오, 제발…… 절대 그렇지 않습니다……"

"넷…… 다섯…… 여섯……"

"내 명예를 걸고 맹세하오. 당신이 뭔가 잘못 알고 있는 겁니다…… 아, 제발 죽이지 마요……"

"일곱…… 여덟……"

"레몽드를 찾을 수만 있다면 나도 뭐든 내놓을 거요……"

"아홉……"

"오, 제발……"

"열! 내 분명 경고했겠다!……"

샤플라르 씨의 생애 마지막 순간을 알리는 살벌한 말 한마디가 떨어짐과 동시에, 팡토마스의 몸이 앞으로 확 쏠렸다. 다음 순간, 무시무시하고 끔찍한, 악몽 속에나 나올 법한 장면이 펼쳐졌다!

팡토마스는 홍갑 속에서 점토가 두텁게 발린 축축한 수건을 하나 꺼냈다. 그리고 무릎으로 가엾은 백만장자의 가슴팍을 짓눌러 꼼짝 못하게 하고는, 그 신종 가면을 상대의 얼굴에 덮어씌웠다.

장시간 반죽된 듯 보이는 축축한 점토는 백화점 사장의 얼굴에 풀로 붙인 듯 찰싹 달라붙었다. 수건 너머로 그의 부들부들 떠는 턱과 콧구멍, 마지막 숨을 몰아쉬기 위해 헐떡이며 벌어진 입의 윤곽이 고스란히 드러났다!

샤플라르 씨는 아무런 저항도 할 수가 없었다.

몇 차례의 격렬한 발작이 몸을 뒤흔들었고, 두 팔이 마지막 경련을 일으키며 허공을 휘저었다. 뭔가를 할퀴려는 듯 일그러진 손가락, 활처럼 휜 몸통…… 얼굴을 덮은 답답한 점토 수건을 들썩이며 터져나오는 단말마의 호흡과 점점 붉어져 이젠 보랏빛으로, 검은색으로 변색되어버린 두 귀를 팡토마스는 지긋이 내려다보고 있었다!

잠시 후, 샤플라르 씨의 몸에선 그 어떤 미동도 느껴지지 않았다.

죽은 것이다!

'파리 갈르리'의 사장은 이제 형언할 수 없는 고통을 거쳐 흉측하게 경직되어버린 한 구의 시체에 불과했다.

그제야 팡토마스는 천천히 일어섰다.

희생자의 얼굴에 들러붙어 있던 점토 수건을 떼어낸 뒤, 그는 몸을 숙여 죽은 자를 찬찬히 들여다보더니 뿌듯해하는 목소리로 말했다.

"오늘 시도한 새로운 방법이 그런대로 쓸 만하군! 결과가 아주 훌륭해. 잘나신 샤플라르 씨의 얼굴이 전혀 망가지지 않았잖아…… 조금 있으면 표정도 풀어질 테고, 얼굴 전체가 원래 상태로 돌아갈 거야. 좋았어…… 아주 좋았어!"

살인마는 만면에 흐뭇한 표정을 가득 띠고서 자신이 빚어낸 죽음의 작품을 한참 동안 내려다보았다. 그는 살인 도구인 점토

수건을 아무렇게나 둘둘 말아 호주머니에 넣은 뒤, 마치 고된 일을 끝내고 작업복을 벗는 선량한 사람처럼 팔다리를 차례차례 빼내며 천천히 갑옷을 벗었다.

"자, 이제 슬슬 금고 구경이나 하러 갈까…… 그러고 나서 둘 다 철수해야지!"

분명 '둘'이라고 중얼거린 팡토마스…… 둘이라니!…… 누가 또 있단 말인가?

15
시체 안치소

제롬 팡도르가 '잔 마리'호에 올랐을 때 과연 무슨 일이 벌어진 걸까? 바지선의 그 젊은이는 왜 센 강으로 떨어졌을까?

사실 '파리 갈르리'의 여점원 레몽드인 그 젊은이는 영문도 모른 채 험한 일을 겪은 뒤, 당분간 남자로 변장해 부랑자 패거리에 섞여들어 은신하리라 마음먹은 상태였다. 그리고 때마침 배의 고물 쪽에서 얼마 전 부지유한테 산 여자 옷가지를 이리저리 살피고 있는데 느닷없이 팡도르와 맞닥뜨린 것이다……

레몽드는 문제의 여자 옷을 뚫어져라 조사하고 있었다. 이리 뒤집어보고 저리 뒤집어봐도 도무지 영문을 알 수 없었다. 부지유의 헌옷 더미에서 발견한 이 검은 옷은 암만 봐도 자신이 백화점에서 일할 때 입었던 바로 그 옷이 아닌가 말이다!……

납치된 직후 불한당 같은 '가스불'의 강압에 의해 억지로 벗어야 했던 옷이 어떤 연유로 부지유의 손에 들어갔나?

마치 물속에 오랫동안 잠겨 있기라도 한 것처럼 여기저기 진흙이 묻은 채 축축이 젖어 있는 이유는 또 무엇인가?

'표범'이 그 옷을 입었고, '가스불'의 손에 무참히 살해당한 뒤 결국 센 강에 던져졌음을 알 리 없는 레몽드로선 이 모든 수수께끼의 해답을 떠올린다는 것이 거의 불가능했다.

그렇게 혼자 배의 고물에 웅크린 채 골머리를 앓다가 문득 고개를 들었을 때, 마침 배 위로 올라온 팡도르와 눈이 마주쳤던 것!

그 순간 가엾은 처녀의 머릿속을 스친 생각이 과연 무엇이기에?……

무슨 비밀스러운 목적이 있어서 그런 행동을 한 걸까? 그저 낯선 남자가 나타나서 덮어놓고 몸을 피하려다 그렇게 된 것일까?

실제로 레몽드는 검은 옷을 그대로 움켜쥔 채 순간적으로 몸을 일으켰고, 센 강의 검은 수면으로 곤두박질쳐 떨어졌다……

하지만 과연 수영 솜씨는 수준급이었다! 처음 얼마간은 흐르는 물결에 그대로 몸을 맡겼으나, 이내 힘차게 팔을 휘저어 '잔마리'호가 정박해 있는 선창의 반대 방향으로 물살을 가르며 나아가는 것이었다.

한데 그렇게 거센 물살에도 아무 문제 없이 헤엄쳐가던 몸의 움직임이 마치 마비된 듯 뻣뻣해진 건 눈 깜짝할 사이의 일이었다.

"사, 살려…… 살려줘요……"

숨가쁜 목소리로 구조 요청을 했지만, 이미 레몽드의 몸은 저만치 아래로 휩쓸려 내려가는 중이었다. 귓가로 출렁대는 노한 물결에 금방이라도 숨이 넘어갈 듯 위험천만한 상황이었다!

이내 두 눈을 감고 몸을 내맡긴 레몽드…… 아주 잠깐 머릿속에서 요란한 종소리가 들리는가 싶더니, 경련이 인 듯 목구멍이 답답하게 잠기면서 모든 것이 끝…… 의식을 잃었다.

더이상의 발버둥치는 모습은 수면 위에서 완전히 사라진 상태.

캄캄한 강물 속 어딘가로 레몽드의 몸이 휩쓸려들어가던 바로 그즈음, '잔 마리'호의 갑판 위에서는 드니 영감과 제롬 팡도르가 난데없이 또 나타난 정체불명의 불빛을 눈이 휘둥그레져 바라보고 있었다!……

처음에는 뭐라 갈피를 잡을 수 없이 혼란스러운 그 무엇, 끊임없이 윙윙거리는 느낌 같기도 하고, 어디에서 오는지 모를 온기 같기도 한, 흡사 어둠 속에 슬그머니 섞여들어가 은은히 빛나는 광채 같기도 한 무언가가 느껴졌다……

그러더니 곧바로 그 모호한 느낌의 혼돈 가운데 보다 분명한 감각들이 서서히 눈을 떠갔다!

추웠다. 끔찍할 정도로 추웠다. 얼음장 같은 냉기였다…… 그런가 하면 갑자기 뜨거운 기운이 물어뜯었고, 격한 진동이 몸을 가르고 지나갔다. 날카로운 바늘 끝이 신경을 찌르는 듯하더니, 별안간 고통에 찬 울부짖음이 터져나왔다……

울부짖음? 아니, 꼭 그런 건 아니었다. 오히려 사방이 조용했다. 아주 무겁고 거대하며 깊은 침묵, 세상 그 무엇도 흔들 수 없는, 단단하기 그지없는 대리석 깊숙한 곳에나 존재할 법한 무無의 적막이 자리잡고 있었다……

한데 이 모든 것을 누가 느끼고 있는 것일까?

도대체 누구?

그 '누구'는 지금 스스로에게 이런 질문을 던지고 있었다……

'내가 누구지? 지금 어디 있는 걸까? 내가 죽은 거야, 산 거야?……'

몇 초가 흘렀는지, 몇 분이 흘렀는지…… 아니, 몇백 년이 흘렀는지…… 지금 벌어지고 있는 상황을 도무지 이해할 수 없다는 생각만 오롯이 머릿속에 떠오를 뿐이었다.

아울러 물어뜯는 듯한 뜨거운 기운, 얼음장같이 차가운 냉기 등 기이한 느낌들도 더욱 강렬해지고 있었다……

이윽고, 이런 착란과도 같은 인상에 한참을 시달리던 자의 입에서 느닷없이 힘없는 목소리가 새어나왔다.

"아, 기억이 나…… 난 죽었어…… 난 레몽드야……"

죽었다니? 그게 무슨 말인가!

죽은 자가 어떻게 기억을 한단 말인가!

가엾은 여자는 그렇게 차츰 현실로, 삶의 영역으로 돌아오면서 힘겹게 느릿느릿 생각을 되살리고 있었다!

레몽드는 깨어나고 있었다.

센 강에 빠진 레몽드가 기적적으로 생환한 것이다! 한데 서서히 의식을 회복하면서 묘한 궁금증이 고개를 들었다. 그녀는 살아 있었던 걸까? 그보다는 죽었다가 다시 살아난 것 아닐까?

자신의 죽음을 어찌나 생생히 실감했던지, 레몽드는 살아 있다는 것이 오히려 어색했다!

그러나 혼절한 상태에서 거의 정지될 정도로 약화됐던 혈액순환이 힘겹게 회복세로 들어서더니, 이제는 제법 정상적인 흐름을 찾아가고 있었다.

급기야 레몽드는 완전히 깨어나 사물을 이해하고 반응할 수 있게 되었다.

'여기가 어디지? 내게 무슨 일이 일어난 거지?'

근육이 아파오면서 뼈마디가 으스러지고 온몸이 부서지는 것 같은 느낌이 엄습했다. 그러면서 센 강을 헤엄칠 때의 기억이 선명하게 떠올랐다. 수영 동작이 점점 무거워지면서 갈수록 힘겨워지고, 결국에는 헤엄을 계속 칠 수 없는 상태가 되어 그때부터는 그냥 물에 몸을 맡기고 있었던 것이…… 그러다 자기도 모르게 서서히 물속으로 잠겨들기 시작한 것이…… 딱 거기까지! 그 이상은 아무런 기억도 나지 않고, 더는 아무것도 알 수가 없었다.

아직 몸의 기운은 전혀 사용하지 않은 채 머릿속만 이리저리 굴려보는 레몽드……

몸안에 점진적으로 다시 태동하는 생명력. 혈관 속에 약동하는 피가 모든 것을 되살리고 새롭게 기력을 불어넣는 것을 그녀는 가만히 음미하고 있었다.

'가만있자, 우선 뭐든 보여야 할 텐데……'

아닌 게 아니라, 죽음 직전까지 곤두박질쳐 완전히 탈진한 상태였기에, 레몽드는 미처 눈뜰 생각조차 못하고 있었다! 마치 누가 일부러 붙여놓은 것처럼 눈꺼풀이 좀처럼 움직이지 않았다. 하지만 축 늘어진 감각을 안간힘을 다해 깨우면서 그녀는 마침내 눈을 떴고, 앞을 바라보았다……

선명하게 보이는 것은 아무것도 없었다. 가까스로 식별되는 이 희부연 빛은 무엇일까? 시야 가득 들어오는 이 불투명한 광채는…… 대체 무어란 말인가?

처음에는 뭐가 뭔지 알 수 없었지만, 차츰 어렴풋하게나마 넘겨짚어보았다. 두서없는 신음 소리만 흘리던 입에서 잠시 후 이런 중얼거림이 새어나왔다.

"담요…… 담요인가?……"

자기 입에서 나오는 목소리를 듣자 정신이 더욱 선명해지는 것 같았다.

방금 전까지 모든 감각을 옥죄면서 사물 식별과 현실 인식을 힘들게 하던 불안감은 서서히 잦아들고 있었다.

레몽드는 벌떡 몸을 일으켜 앉았다. 뭔가 차갑고 단단한 물체 위에 있다는 느낌이 들었다. 가만히 살펴보니 담요를 온몸에 둘둘 말고 있었다. 그녀는 몸을 들썩이더니 팔을 뻗어 담요를 떨구었다. 주위를 둘러보던 그녀의 입에서 "아!" 하는 탄식이 새어나온 건 바로 다음 순간이었다. 레몽드는 지독한 환각에라도 사로잡힌 듯, 무시무시한 악몽 속으로 다시 곤두박질치는 느낌이었다……

도대체 여기가 어디란 말인가?

그녀는 기다란 대리석 테이블 같은 데 앉아 있었고, 아까 담요를 벗어던진 바람에 반쯤 벌거벗은 알몸이 드러나 있었다.

아래쪽 바닥에는 불그스레한 타일이 깔려 있었다.

채광·환기창으로부터 희부옇게 새어들어오는 것 같은 은은한 빛이 실내를 부드러이 감싸는 가운데, 그녀와 마찬가지로 새하얀 담요에 둘둘 말린 물체들이 다른 대리석 테이블들 위에 널려 있는 게 눈에 들어왔다.

레몽드는 자기도 모르게 중얼거렸다.

"내가 지금 어디에 있는 거지? 여기가 어디야?…… 시체 안치소 아냐?…… 내가 익사한 줄 알고 건져내 장사 지낸 거야? 세상에!……"

말이 제대로 나오지 않았다.

한데 좀더 오래 사방을 둘러보자 시체 안치소에 있다는 생각이 차츰 수그러드는 것이었다.

정신을 차리고 보니 낯선 벽에 글자 그대로 악마적인 공포감을 불어넣을 만한 물건들이 걸려 있는 게 아닌가! 천장에서 시작된 기다란 줄에, 인간의 끔찍한 유골들이 벽을 가릴 정도로 촘촘히 매달려 있었다. 희끄무레한 조명 속에서 뼈들이 묘한 빛깔을 띠고 있었고, 눈구멍이 퀭한 두개골은 끝이 없는 침묵의 위령가를 읊조리기라도 하듯 하악골을 흔들거리며 섬뜩한 몰골을 드리우고 있었다……

'해골이라니! 도대체 이게 다 뭐지?…… 그것도 각양각색의 크기와 모양새로 저렇게나 많이……'

자석에라도 끌리듯 눈을 떼지 못하는 레몽드는 그중 강건한 체구를 가졌던 망자의 것으로 추정되는 장대한 유골에 특히 시선을 고정하고 있었다. 그 밖에 상앗빛이 나는 가늘고 섬세한 뼈대도 있었는데, 아마 여자나 아이들의 몸인 듯했다. 마지막으로 특별히 약해 보이고 가느다란 뼈들은 거의 아기나 다름없는 연령대의 몸에서 나온 것이 틀림없었다!

요컨대 레몽드가 있는 장소는 마치 문어가 촉수로 먹이를 끌어모으듯, 온갖 종류의 인간 해골을 모아놓은 곳 같았다.

더럭 겁이 나면서 얼굴이 파랗게 질린 레몽드. 금방이라도 다시 기절할 것 같은 기분에 얼른 시선을 돌린다는 것이, 하필 옆의 대리석 테이블들에 눈길이 닿았다.

아까는 잘 보이지 않던 눈이 지금은 사물들을 훨씬 명료하게 식별했다.

그리고 그것은 섬뜩한 죽음의 기운을 더욱 실감나게 느끼게 됐다는 것을 의미할 따름이었다!

그녀 옆에 위치한 두 개의 대리석 테이블 위에는 마치 수의처럼 하얀 담요로 돌돌 만 두 개의 형체가 놓여 있었는데, 도무지 그 정체를 가늠할 수가 없었다.

그리고 그 너머…… 잘 보이지 않는 저것은 또 무얼까?……

순간 레몽드는 기겁을 하며 대리석 테이블에서 훌쩍 내려섰다.

끈적끈적하고 차가운 타일의 느낌이 발바닥에 고스란히 전해졌다. 레몽드는 끝에 있는 몇 개의 대리석 테이블 쪽으로 허겁지겁 다가갔다.

"세상에! 맙소사!……"

레몽드는 숨을 헐떡이며 말을 잇지 못했다.

문제의 마지막 대리석 테이블들에서 제아무리 대범한 상상력의 소유자라도 감히 그려볼 수 없을 만큼 참혹하고 역겨운 무언가를 보았던 것이다!

섬세한 팔다리의 형체로 미루어 아직은 젊은 나이인 듯한 죽은 여자의 몸뚱어리가 다소곳이 눕혀 있는데…… 완전히 부패가 진행된 모습이었다! 보랏빛으로 변색된 육체가 무시무시한 인광을 발하고 있었다. 한쪽 눈알은 이미 어디에선가 떨어져나가 음산한 구멍만 빈자리로 남아 있는 상태…… 오른쪽 볼의 반쪽은 너덜너덜 해체되는 과정에 있었다. 복부로 말하자면, 인간의 몸이 시체로 전락할 때 그 뒤처리를 맡아주는 역겨운 구더기들의 소굴이 된 지 이미 오래인 듯했다……

레몽드는 흠칫 뒤로 물러서며 계속 신음을 토해냈다.

"오, 맙소사…… 저게 뭐야……"

한데 뒷걸음질을 치는 와중에 또다른 대리석 테이블에 몸이 부딪혔는데, 묵직하고 물컹한 뭔가가 둔탁한 소리와 함께 바닥에 툭 떨어지는 것이었다!

그걸 흘끔 보자 레몽드의 얼굴이 한층 더 창백해졌다.

다름아닌 사람의 한쪽 다리였다! 엉덩이에서 뚝 떨어져나온 다리인데, 이상하게 허벅지의 살점이 전부 멀쩡한 상태 그대로였다.

대신 발과 장딴지는 뭔가로 꼼꼼히 긁어낸 듯 뼈가 훤히 드러나 있었다……

"아무래도 내가 미쳤나봐…… 내가 미쳐가고 있다고……"

가엾은 레몽드는 이마에 손을 짚은 채 방의 맞은편을 향해 필사적으로 달려갔다.

그런데 아차! 방금 자신이 하얀 담요에 돌돌 말려 꼼짝없이 누워 있던 곳 앞을 허겁지겁 지나치다가, 바닥에 떨어진 바로 그 담요에 다리가 걸려 비틀하더니 그대로 바닥에 구르고 말았다……

게다가 손으로 뭔가를 붙잡았는데, 그게 그만 몸 위로 구르면서 함께 바닥에 나뒹구는 것이었다. 레몽드는 끔찍한 두려움에 휩싸여 부리나케 몸을 일으켰고, 그와 동시에 문득 팔을 타고 느껴지는 싸늘하고 축축한 기운에 움찔했다. 살펴보니 그것은 따로 잘려나간 누군가의 팔에서 뚝뚝 흘러나오는 차가운 핏방울이었다!

레몽드는 다시 한번 필사적으로 달음박질쳤다.

실내가 그리 넓은 편은 아니었기에, 맞은편 벽까지 달려가는 것은 그리 오래 걸리지 않았다. 레몽드는 벽에 딱 달라붙어 선 채 꼼짝 않고 주위를 살폈다.

머릿속에서 온 세상이 빙글빙글 돌아 정신이 하나도 없었다. 하얀 수의에 시신들이 돌돌 말려 있는 대리석 테이블들, 알몸 상태로 구더기가 득실거리는, 고깃덩이나 다름없는 시체, 벽을 따라 마치 죽음의 무도라도 추듯 흔들거리며 빼곡히 매달려 있는 유골들…… 그 어느 것도 지금은 레몽드의 눈에 들어오지 않았다.

글자 그대로 꼼짝달싹하지 않고 서서 빠개질 것처럼 아픈 머리를 감싸쥔 채, 죽음이든 광기든 점점 더해만 가는 이 공포로부터 자신을 어서 해방시켜주기를 바랄 뿐이었다!……

도대체 여기는 어디인가? 무슨 일이 벌어지고 있는 것인가?……

그나마 다행인 것은 극심한 두려움 속에서도 그런 본질적인 의문을 계속해서 머릿속에 떠올리고 있다는 사실이었다. 레몽드는 자신이 왜 이런 경험을 해야 하는지 도무지 이해할 수가 없었는데, 바로 그런 의식 때문에 아직까지 제정신을 잃지 않고 있었고, 고통 속에서도 머릿속이 완전히 광기에 휘둘리지 않을 수 있었던 셈이다.

'여기가 어딜까?'

그나마 원래 드센 기질의 소유자이고 웬만한 일에는 끄떡없는 강인한 신경을 지녔기에 줄기차게 그런 질문을 물고 늘어질 수 있었다.

마침내 그녀는 궁금해하는 것을 넘어 주변에 널린 기분 나쁜 죽음의 공포를 떨쳐내고 무엇이든 단서를 찾아내려고 눈을 부릅떴다!

그녀가 있는 곳은 분명 지하실이었다. 아까 채광·환기창으로 들어온다고 여겼던 부드러운 빛은 사실 천장에 매달린 몽롱한 분위기의 등불에서 흘러내리는 조명이었다.

어떻게 이곳에 들어왔을까?

처음에는 의식하지 못했던 이 의문점이 머릿속에 떠오르자, 한쪽 벽에 문 두 개가 뚫려 있는 것이 비로소 눈에 들어왔다.

그리고 거의 동시에 질겁한 비명소리가 그녀의 입술 사이로 터져나올 뻔했다!

두 개의 문 중 한 곳에서 방금 가느다란 빛줄기 하나가 번뜩였는데, 그것은 그 문 너머에서 누군가가, 즉 살아 있는 누군가가 이쪽을 지켜보고 있음을 의미했다!

레몽드가 아닌 다른 여자였다면, 그것을 단박에 구원의 신호로 간주하고 누군가의 존재를 말해주는 그 빛 쪽으로 무작정 달려갔을 것이다. 레몽드가 아닌 다른 여자라면 최소한 살려달라 고래고래 소리라도 질렀을 것이다. 하지만 레몽드는 그런 경솔함과는 정반대되는 감정과 반응을 보였다.

'도망쳐야 해! 어떻게든 도망쳐야 한다고!…… 무슨 수를 써서라도 이곳을 벗어나야만 해! 되도록 빨리…… 하지만 어떻게?……'

그 와중에도 레몽드는 자신이 지금 반라의 상태임을 머릿속에 떠올렸다. 과연 그런 상황에서 탈출을 시도할 수 있을까? 극히 작은 성공 가능성만을 믿고 무작정 저 광원光源을 향해 뛰어들어야 할까? 천만에, 아니다!

그러고 보니 사람을 으스스하게 만드는 신열이 그녀의 온몸을 휘감고 있었다. 주위에 널린 시체들이 흐릿한 눈동자로 일거수일투족을 감시하는 것 같은데도 불구하고, 레몽드는 그사이를 용감하게 걸어나갔다.

'저기 어디…… 걸칠 만한 옷을 좀 본 것 같은데……'

레몽드의 기억은 틀림없었다.

저만치 구석에 온갖 옷가지가 뒤죽박죽 쌓여 있었다. 레몽드는 부랴부랴 그 속을 뒤졌다. 어쩌면 그렇게 하나같이 지저분하고 역겨운 넝마들뿐인지. 죄다 강바닥의 진흙 같은 물질로 푸르죽죽하니 더럽혀 있었다. 지금 이곳에서 영원한 잠에 취해 누워 있는 불행한 사람들이 입었던 옷들이 분명했다. 하지만 레몽드는 조금도 개의치 않았다. 그녀는 부들부들 떨리는 손으로 열심히 넝마들을 헤집어, 기어이 치마 하나와 블라우스, 넉넉한 외투를 건져냈다. 그 옷들을 갖춰입는 데는 삼 분이 채 걸리지 않았다. 차갑고 끈적거리는 축축한 옷을 입으면서도 레몽드는 그렇게 기쁠 수가 없었다. 옷을 입는 동안 그녀는 연신 이렇게 중얼거렸다.

"그래, 나가는 거야! 이제 여기서 나가는 거라고!"

마지막으로 옷더미 옆에 버려져 있는 헌 신발까지 챙겨 신은 다음, 레몽드는 약간의 소음이라도 날까봐 조심조심 숨소리를 죽여가면서 불빛이 새어나오지 않는 둘째 출입구를 향해 걸음을 떼었다.

'나가는 거야…… 여기서 나가는 거라고……'

속으로 계속 자기암시를 하며 한 발 한 발 옮기던 레몽드, 첫째 문을 지나치는 순간 덜컥 걸음을 멈추더니 온몸을 부들부들 떨었다.

'세상에…… 이럴 수가……'

레몽드는 한 손으로 천천히 벽을 짚은 채 가만히 귀를 기울였다. 바로 옆방에서 비교적 큰 소리로 떠들어대면서 이곳에 즐비한 망자들의 잠을 방해하는 누군가의 말소리를 레몽드는 두 눈 부릅뜬 채 귀기울여듣고 있었다……

16
삯마차꾼의 비밀

“거리 분위기가 정말 고요하군…… 아무 일 없이 너무 조용해. 사람도 지나다니질 않고…… 아무 소용도 없고 불필요할 것 같은 이딴 잠복이나 고집하고 있다니, 나 혹시 정말 바보 아니야? 컴컴한 구석에 처박혀 이러고 있는 내 꼴이 꼭 꿔다놓은 보릿자루 같잖아!…… 그만 집어치워?…… 아니야, 그럴 순 없지…… 나로 말하면 임무 하나는 확실히 책임지는 성격 아닌가…… 밤새 감시하기로 결심했으면 하는 거지…… 그나저나 담배가 떨어졌네…… 까짓, 한 갑 사러 잠깐 자리 좀 뜨지 뭐…… 이왕 사 피우는 거 ‘에집시엔’으로 할까…… 그건 좀 비싸긴 해…… 아니지, 내가 누구 때문에 지금 이 고생인데. 저 샤플라르 영감더러 담배를 사내라고 해도 모자란 판국에…… ‘스카페를라티' 정도면 적합하겠지…… 쓸데없는 낭비는 금물이니까. 그러잖아도 요즘 자금 사정이 영 시원찮은데 말이야…… 어디 보자, 마지막으로 한번 더 살펴보고…… 아무도 없지? 좋았어…… 자, 뒤로 돌앗! 잠시 후 다시 돌아오마!……"

그렇게 혼잣말을 중얼거리고 있는 자는 다름아닌 민완기자 제롬 팡도르…… 한 시간 전부터 뭐리요 가 한쪽 구석에 진을 친 채 '파리 갈르리' 백화점 사장 샤플라르 씨의 저택을 집요하게 감시하고 있었다. 쥐브의 대담한 친구 제롬 팡도르가 어리석은 흰소리까지 늘어놓으며 혼잣말을 중얼거리는 것은 같은 값이면 경쾌한 기분으로 조사를 펴나가기 위함이었다.

전날 팡도르는 센 강 주변을 중심으로 매일같이 벌어지는 수수께끼 같은 일들을 해명해줄 어떤 단서를 얻어볼까 하는 마음에 바지선 '잔 마리'호에 올랐다.

특히 지금은 옷장수로 변신한 왕년의 부랑자 부지유가 말한 묘한 분위기의 수상쩍은 젊은이를 직접 만나 이런저런 조사를 해보겠다는 것이 구체적인 목적이었다.

하지만 일련의 예기치 못한 사태로 인해 그 젊은이와 대면할 기회조차 가질 수 없었던 것. 젊은이가 느닷없이 물속에 빠지질 않나, 며칠 전부터 흉흉한 소문만 무성하게 만들며 제롬 팡도르의 심기를 어지럽히던 센 강의 불가사의한 불빛이 불쑥 나타나질 않나……

그 정체불명의 불빛의 뜻하지 않은 출현을 천하의 제롬 팡도르가 그냥 놓치고 있을 리 없었다. 그는 드니 영감과 함께 서둘러 작은 나룻배를 내려 불빛을 향해 전속력으로 노를 저어갔다. 하지만 그 정체를 눈으로 확인할 수 있을 만큼 제때에 다가가는 데는 실패하고 말았다. 아까까지만 해도 곧잘 헤엄치고 있던 젊은이의 모습이 감쪽같이 사라졌다는 사실을 확인하고 경악을 금치 못한 게 전부였다.

처음에 드니 영감은 젊은이가 수영을 잘하니 걱정할 필요 없다고 분명 말했건만…… 불과 몇 분 후 자신이 한 말을 후회하지 않을 수 없었다.

능숙하게 물살을 가르며 다시금 뱃전으로 돌아올 줄 알았던 젊은이가 아무리 불러도 응답이 없고, 시커먼 강물 속에 완전히 자취를 감춰버렸으니 말이다.

팡도르는 그가 익사한 건지, 아니면 도망친 건지 알 수가 없었다.

모든 것이 워낙 불분명했고 기분 나쁘게 아리송한 면을 갖추고 있어서 팡도르는 여간 혼란스럽고 찜찜한 것이 아니었다.

하필 왜 신문기자가 배에 오른 그 순간 물에 빠져버린 것일까? 그러고 나선 도대체 어떻게 된 걸까? 그가 사라진 것과 불빛의 난데없는 출몰이 무슨 관계라도 있는 걸까? 그놈의 불빛은 대관절 무엇이기에 이토록 사람을 골치 아프게 만들까?

늘 그렇듯 잔뜩 신경이 예민해진 팡도르가 드니 영감을 악착같이 물고 늘어지며 이것저것 캐물은 건 당연했다.

하지만 '잔 마리'호의 선장에게서는 이렇다 하게 흥미롭거나 확실한 정보는 전혀 나오지 않았다. 그저 이런 정도……

"대여섯 번은 내 두 눈으로 직접 봤지요…… 그 망할 놈의 불빛이 갑작스럽게 아주 잠깐 나타나 우리 배 앞뒤로 왔다갔다하는 거요. 한밤중에 나타날 때도 있고, 초저녁에 나타날 때도 있고 말이지…… 아무튼 나타나기 전후로 아무 조짐도 보이지 않다가 갑자기 불쑥 나타나고 그래요…… 그러니 내가 당신한테 따로 이야기해줄 만한 게 뭐가 있겠소! 다른 바지선 사람들한테도 한번 물어보쇼. 아마도 내가 얘기한 거랑 별반 다르지 않을 거외다……"

팡도르는 드니 영감의 충고를 곧장 실천에 옮겼다. 난데없는 불빛의 출몰에 깜짝 놀라 젊은이와 면담하려던 원래의 계획은 까마득히 잊고, 센 강변을 따라 여기저기 정박하고 있는 다른 바지선들에 대한 세밀한 탐문 조사에 나선 것이다.

하지만 '혹시나' 했던 모든 것은 '역시나'로 끝나고 말았다. 아무리 바지선에 오르고 마주치는 뱃사람들마다 붙잡고 물어봐도 그럴듯한 단서나 정보는 나올 기미가 없었던 것이다. 물론 배의 주인이든 고용인이든, 팡도르의 질문에 기꺼이 응하기는 했다. 모두들 그 불빛을 목격했고, 하나같이 놀라면서 나름대로 그에 대한 추측과 설명을 갖다붙이기는 했으나, 어느 것도 진지하게 고려해볼 만한 가치는 없는 내용들이었다.

팡도르는 센 강 주변에서 만난 모든 뱃사공들, 그중에서도 특히 '잔 마리'호의 선장에 대한 불만을 투덜투덜 입으로 되뇌며 발걸음을 돌려야 했다.

"에잇, 빌어먹을…… 아까 낮에 제방에서 나한테 접근해 개를 데리고 가버린 인간에 대해서는 아예 물을 생각조차 못했잖아……"

집에 돌아온 팡도르는 그날만큼은 숙제를 전혀 건드리지 못했음을 자인하지 않을 수 없었다. 흥미로운 정보를 캐내기는커녕, 사소한 추적의 실마리조차 잡아내지 못한 것이다.

팡도르는 다시금 혼잣말을 중얼거렸다.

"좋아, 친구. 자넨 오늘 완전히 공친 거야! 아무래도 방향전환이 필요할 때인 것 같네……"

그런데 어느 쪽으로 방향을 틀어 조사를 진행해야 한단 말인가? 어떤 사건, 어떤 사실을 대상으로 정보를 캐낸단 말인가? 졸음을 물리쳐가며 얼마나 장시간 고민했을까. 차츰 머릿속에서 구체화되는 생각이 하나 있었으니……

마침내 팡도르는 두 주먹을 불끈 쥐고 침대에서 벌떡 일어나 앉았다.

'그렇지! 이럴 때일수록 절대 한눈팔지 말고 주시해야 할 사람이 있지. 매시간 감시를 소홀히 할 수 없는 존재가 있어…… 자칫 끔찍한 위험에 빠질지 모르는 사람…… 다름아닌 샤플라르 씨 말이야!'

그런 생각과 더불어 팡도르의 얼굴이 새로운 영감으로 환하게 빛났다.

'''파리 갈르리'에서 지금까지 벌어진 비극적 사태의 본질은 과연 무엇일까? 왜 그런 일들이 일어난 거지? 납치와는 상관도 없는 샤플라르 씨더러 레몽드를 풀어주라고? 결국 백화점은 폐쇄되었지. 한데 그렇다고 샤플라르 씨가 안전해진 걸까?…… 아니지. 그에게 원한을 품고 일을 벌인 누군가가 이제는 백화점이 아닌 몽소 공원에 있는 그의 자택을 직접 찾아가 마찬가지로 험악한 일을 벌일 수도 있다는 뜻이지…… 맙소사, 내가 이러고 있을 때가 아니야. 대체 쥐브는 지금쯤 뭘 하고 있는 건지…… 뭐, 알아서 하겠지! 절대로 시간낭비 할 사람은 아니니까…… 좌우간 이제부터는 몽소 공원이 주목해야 할 장소인 것만은 분명해!'

그렇게 해서 시작된 팡도르의 작전은 샌드위치로 점심을, 삶은 달걀 하나로 저녁을 때워가며 무려 열 시간에 걸친 감시활동으로 이어졌다. 그리고 다음날 저녁이 되어서야 비로소 아무 일 없을 거라는 결론과 함께 잠복근무 자체가 공연한 호들갑이 아니었느냐는 반성을 낳기에 이른 것이다.

오후 내내 죽치고 기다렸던 일이 무위로 끝나자, 팡도르는 인적 뜸한 거리에 줄줄이 늘어선 가로등을 고려해 절묘하게 자리 잡았던 어둑한 구석에서 벗어나 몽소 가로 나섰다. 그러면서 또 다시 혼잣말을 하기 시작했다.

"공공의 이익을 위해서라면 까짓 배고픔이나 목마름 따윈 얼마든지 견디면서 밤을 꼴딱 새우겠는데, 맛난 담배를 참는 건 정말이지 못할 노릇이라니까! 그것만은 인간의 힘을 벗어난 고역이야. 바란다고 되는 게 결코 아니지…… 그나저나 담뱃가게는 또 어디 있는 거야?"

팡도르는 신속하고 충분하게 욕구를 채웠다.

결코 부자가 아닌 팡도르는 50상팀을 내고 경제적인 가격의 담배 네 갑을 꾸역꾸역 호주머니 속에 욱여넣고, 아울러 딱성냥도 세 통이나 챙겨넣고는 다시 샤플라르 씨의 저택으로 돌아갔다.

지금은 밤 열한시가 거의 다 되어가는 시각. '파리 갈르리'의 부유한 소유주가 사는 귀족적인 거리는 인적 하나 없이 썰렁하기만 하고, 팡도르는 눈에 띌지도 모른다는 생각은 아예 접은 듯 (그러면서도 되도록 건물에 붙어서) 뚜벅뚜벅 보도를 걸어가고 있었다.

'하루, 이틀, 사흘…… 아무 일도 일어나지 않는 이 썰렁한 광경을 앞으로 며칠이나 더 우두커니 지켜보고 있어야 하는 거지? 사흘 밤 정도면 충분할 것 같은데 말이야! 오늘 쥐브를 만나 미리 얘기하지 못해 아쉽지만, 앞으로 사흘 밤이 지날 때까지 내

눈에 아무것도 띄지 않으면 그땐 내 계획을 털어놓고 의논을 해야겠어……'

그렇게 머리를 굴리며 걷던 팡도르, 갑자기 오른쪽 7층짜리 건물에 바짝 붙어섰다.

아울러 낮은 탄식을 뱉어내면서 두 주먹을 불끈 쥐는 것이었다.

"이런 맙소사, 설마 내가 뭘 잘못 보고 있는 건 아니겠지?…… 이거 보통 일이 아닌걸!"

신문기자는 하루종일 아무 소득 없이 바라만 보던 저택 방향을 조심스럽게 고개를 빼고 응시했다.

"분명 어떻게든 알아낼 방법이 있을 거야…… 그렇지, 번호를 보면 되겠군! 음, 조금은 위험하겠지만…… 아, 이런 제기랄!"

제롬 팡도르는 그럴듯한 계획을 실행하려는 순간 일이 꼬여버린 걸 느낀 사람처럼 낭패감 짙은 목소리로 내뱉었다.

"보아하니 이쪽으로 지나가겠다는 얘긴데…… 어떡하지? 어디로 숨어야 하나? 들키지 않고 볼 수 있어야 하는데……"

어쩔 줄 몰라하는 팡도르. 그러나 필요 이상으로 오래 지체하지는 않았다. 오던 길을 후다닥 되밟아 걸어가더니 옆 길목으로 재빨리 돌아들어서는 그곳에서 꼼짝 않고 기다리는 것이었다.

과연 제롬 팡도르는 무엇을 기다리고 있는 것일까?

처음에는 한적한 거리에 아무 소리도 들리지 않았다. 주위에 널려 있는 부자들의 거처에서 무도회도 이렇다 할 연회도 열리지 않는 밤 이슥한 시각. 모두들 잠이나 자는 모양이었다. 그렇다고 클럽이나 레스토랑의 야회에 참석했던 '올빼미족'들을 태운 마차가 돌아오기에는 너무 이른 시각이었고, 하인들은 숙소로 올라간 지 이미 오래였다.

두꺼운 커튼으로 가려진 방의 창문들 너머에서 하인, 집사, 하녀 들이 꾸벅꾸벅 졸면서 주인의 귀가를 기다리고 있는 광경이 눈에 선했다. 일단 주인의 잠자리부터 봐주어야 비로소 자기들만의 안락한 수면이 허락되는 것이다.

쉽게 깨지지 않을 거리의 적막한 분위기를 간파한 팡도르는 호주머니 속에 손을 넣어 능숙한 동작으로 브라우닝 권총의 장전 상태를 점검했다.

"이만하면 준비 완료! 좋아, 붙어보는 거야! 맞거나 틀리거나 둘 중 하나겠지. 어차피 이판사판이야!"

신문기자는 입을 다물고 다시 귀를 기울였다.

멀리 샤플라르 씨의 저택 방향에서 말발굽 소리가 들려오는데…… 분명 지쳐빠진 말이 완충장치가 엉망인 사륜마차를 덜컹거리며 비틀비틀 끌고 오는 소리였다.

'내가 잘못 본 게 아니라면…… 만약 진짜 그 마차라면 어떡하지? 이제야 이 모든 사태의 열쇠를 손에 쥐는 건가?'

이제 말발굽 소리는 팡도르가 숨어 있는 길모퉁이에 거의 다가와 있었다. 그는 얼른 등을 돌려 마차가 자신을 지나치게 했다. 그리고 몇 미터쯤 거리가 벌어졌다는 판단이 들고 나서야 부리나케 돌아서서 마차를 향했다. 한데 멀어져가는 마차를 바라보는 그의 안색이 무서우리만치 창백하게 변하면서 눈까지 휘둥그레지는 게 아닌가!

"맙소사! 정말이네! 틀림없어……"

도대체 팡도르는 그다지 특별할 것도 없는 마차에 왜 그렇게까지 놀라며 주목한 것일까?

그가 방금 기겁을 하며 바라본 마차는 깡마른 말이 끄는 그저 그런 낡은 삯마차였다. 마차꾼은 푸석푸석한 가죽 재질의 하얀 실크해트에 여러 겹의 장식용 옷자락이 펄럭이는 깃 넓은 밤색 망토 차림이었다. 암만 봐도 역 주변에 흔히 돌아다니는 지저분하고 낡은 마차 중 하나로, 어디에 살짝 부딪히기만 하면 금세 산산조각날 것처럼 관리 상태가 형편없어 보인다는 것이 그나마 특징이라면 특징이었다.

'틀림없어! 전혀 의심의 여지가 없다고! 저건 플랑드르 가의 그 수상한 헛간에서 내가 조사했던 그 삯마차야. 미라보 다리 위에 버려졌던 바로 그 삯마차, 심야의 삯마차 말이야…… 아, 저게 대체 샤플라르 씨 댁에 무슨 볼일이 있었던 거지?'

무척 흥분한 상태에서 눈 깜짝할 사이에 뇌리를 스치는 생각임에도 팡도르는 간명하고 확고한 결론을 이끌어냈다. 그는 후닥닥 뛰어나가 마차를 따라잡았다. 평상시 운동으로 충분히 다

져진데다 유연하고 민첩한 팡도르로서는 식은 죽 먹기나 다름없는 일이었다.

마차를 앞서가 정지시킬 것인가, 말을 붙잡을 것인가, 아니면 마차꾼을 덮칠 것인가? 아니지, 그럴 권리는 없지……

팡도르는 곧바로 마음을 정했다.

'무엇보다 마차의 행선지를 알아내는 것이 좋겠군……'

여유 있게 차체에 따라붙은 팡도르는 마치 고양이가 소리 없이 도약하듯 차체 뒤쪽 돌출부에 훌쩍 뛰어올랐다. 그렇게 몸을 날려 아슬아슬하게 착지하고, 동시에 허리 반동을 이용해 마차의 지붕을 붙들어 몸의 균형을 유지하는 모든 동작은, 탁월한 운동신경을 갖춘 그로서는 A, B, C에 해당하는 기본동작에 불과했다……

팡도르는 마차 뒤에 매달린 채 속으로 중얼거렸다.

'워워…… 이 근사한 마차 안에서 뭔가 수상쩍은 일이 벌어지고 있다는 가정하에, 누구든 날 가로막는 놈은 그대로 끝장날 각오를 해야 할걸!'

하지만 얼마 안 있어 팡도르는 용감하게 뛰어든 이 모험의 결과를 그리 낙관할 수만은 없게 되었다. 무엇보다 마차 안에 누가 있느냐가 관건이었다. 팡도르는 애당초 마차 뒤에 보통 뚫려 있는 작은 유리창을 통해 안을 들여다볼 수 있을 거라 생각하고 있었다. 한데 이 마차에는 그런 구멍이 아예 없었다. 워낙 오래된 모델이라 그런 모양이었다.

또다시 팡도르의 독백이 이어졌다.

'음, 아무래도 다른 방법을 생각해내야겠군…… 가만있자, 마차 지붕으로 기어올라가 갑자기 마차꾼의 귀를 움켜잡으면…… 그렇지! 내가 시키는 대로 하지 않고는 못 배기겠지.'

그러나 간단하게만 여겨졌던 그 동작이 별안간 만만치 않은 일이 되고 마는 것이었다.

뒤에 훌쩍 올라탈 때까지만 해도 완만한 속도로 굴러가던 마차가 갑자기 속도를 높이더니, 무척 빠르게 전진하는 것이 아닌가!

팡도르로서는 남아 있는 운동신경을 총동원하지 않을 수 없는 상황! 길바닥에 내팽개쳐지지 않기 위해서는 악착같이 마차에 매달려야 하는데, 그것마저 그리 쉽지 않았다.

'이 빌어먹을 마차꾼이 혹시 내가 뒤에 매달린 걸 눈치챈 거 아냐? 아무래도 날 팽개치려고 이런 난리를 부리는 것 같아……'

실제로 마차는 터덜터덜 나아가던 상태에서 맹렬히 질주하는 상태로 돌변했다. 에투알 광장을 눈 깜짝할 사이에 가로지른 마차는 이제 전속력으로 뒤 부아 로를 달리고 있었다.

'계속 이대로 가다가는 뼈도 못 추리겠는걸……'

팡도르는 절체절명의 순간에도 여전히 속으로 이죽거렸다.

마차는 느닷없이 오른쪽으로 방향을 틀면서 보도의 턱에 한 차례 부닥치고는, 오퇴유 방향의 긴 성벽을 따라 대로를 달려갔다.

'맙소사! 대체 어딜 이렇게 가는 거야? 어딜 가는 거냐고!……'

어느덧 팡도르의 표정도 잔뜩 굳어 있었다. 마차 뒤에 악착같이 매달린 상태에서, 그는 구두창이 자꾸만 미끄러지는 것을 느꼈다. 그러는 가운데 지붕 위쪽 편하게 잡을 수 있는 손잡이로는 아무리 애를 써도 손이 닿지를 않는 것이었다.

대로는 여기저기가 울퉁불퉁해 마차가 특히 심하게 흔들렸다. 그런데도 말은 아랑곳하지 않고 지그재그로 달렸다.

'그래, 틀림없어! 내가 뒤에 달라붙어 있는 걸 마차꾼이 눈치챈 거야! 말이 이렇게 미친 듯 달리면서 빌어먹을 마차를 엉망으로 끌고 가는 건 결코 우연이 아니야. 날 떨어뜨리려는 속셈이지. 흥, 하지만 결코 일이 그렇게 되지는 않을걸……'

팡도르는 계속 마차 뒤에 악착같이 달라붙었다.

방금 앙리 마르탱 로를 건너 불로뉴 숲 쪽으로 꺾어들자, 달빛에 젖은 우울하고도 고즈넉한 라 뮈에트 공원이 나타났다.

이제 삯마차는 오퇴유 역까지 성곽을 따라 이어진 대로를 달리고 있었다.

'멋진 동네로군…… 흠, 하지만 이 구역을 지나면 상황이 나빠지지. 불로뉴 로만 건너고 나면 푸앵 뒤 주르에 인접한 나대지 쪽에 다다르는데, 거긴 약간 험악한 구역이야. 정말 거기까지 갈까?'

겉으로는 애써 아무렇지 않은 척하고 있으나, 팡도르의 심리 상태는 안정과는 거리가 있었다. 수상한 마차 꽁무니에 매달린 채 시달리고 있는 이 불길한 여행은 어쨌든 그를 당혹스럽게 만들었다.

아, 마차 안을 들여다볼 수만 있다면! 그래서 이 몹쓸 심야 삯마차를 타고 돌아다니는 수수께끼의 승객이 누구인지 알아낼 수만 있다면!

하지만 지금 상황에서 그건 어림도 없는 욕심이었으니……

팡도르는 이따금 마차 굴러가는 속도가 다소 늦춰졌다 싶을 때마다 까치발을 하고 마차꾼의 정체를 파악하려 애쓰며 속으로 연신 중얼거렸다.

'저놈의 마차꾼은 분명 내가 뒤에 달라붙은 걸 처음부터 알았을 텐데, 어떻게 한 번도 뒤를 돌아보지 않지?'

순간 팡도르는 다시 한번 움찔했다.

때마침 불로뉴 로를 건넌 마차가 뮈라 대로로 접어들더니, 전혀 속도를 늦추지 않은 채 푸앵 뒤 주르 고가교高架橋를 향해 전속력으로 비탈을 질주하는 것이었다…… 이는 곧 센 강이 점점 가까워지고 있다는 뜻이었다! 오, 설마……

자기도 모르게 팡도르의 머릿속에는 옛날 파리에 횡행하던 괴담 하나가 스멀스멀 피어올랐다. 살해당한 사람들의 시신을 감쪽같이 유기하기 위해 센 강까지 운반한다는 심야의 삯마차에 관한 전설 말이다!

아, 그건 한낱 터무니없는 낭설일 뿐…… 팡도르 같은 민완기자가 그딴 허황한 얘기에 잠시라도 현혹되다니 말도 안 될 일이다!

점점 초조해진 팡도르는 불편한 자세를 더이상 견디기 힘들었다. 이제는 정말 브라우닝 권총을 허공에 대고 발사해서라도 강제로 마차를 세워야 하나 말아야 하나 진지하게 고민하기 시작했다.

바로 그때였다. 누군가 제지했는지 아니면 무슨 변덕이 났는지, 달리던 말이 현저하게 속도를 늦추는가 싶더니 길 한복판에서 별안간 걸음을 뚝 멈추고는 헐떡이는 숨을 고르는 것이 아닌가!

이때다 하는 생각에 팡도르는 지체 없이 마차에서 훌쩍 뛰어내렸다. 이어서 잽싸게 마차 문 쪽으로 달려가 권총을 휘두르며 버럭 외쳤다.

"꼼짝 마!"

팡도르는 부리나케 손잡이를 움켜잡고 문을 거칠게 열어젖히면서 다시 한번 소리쳤다.

"움직이면 쏜다!"

한데 경첩이 달아날 것처럼 요란한 소리를 내며 문이 열림과 동시에 팡도르는 흠칫 한 발 물러설 수밖에 없었다.

"아니, 이럴 수가……"

마차 안은 텅 비어 있었다!

혹시라도 다른 쪽 문을 통해 도망쳤을 수 있다는 생각에 팡도르는 주변을 빠르게 두리번거렸으나, 마차를 중심으로 반경 30~40미터, 그러니까 사람이 내달렸을 만한 거리 내에는 쥐새끼 한 마리 보이지 않았다. 팡도르는 묵묵히 앉아만 있는 마차꾼에게 달려들었다.

"이봐, 마차꾼! 안에 누가 타고 있었나?…… 응?"

그런데 웬일인지 마차꾼은 대답은커녕 고개조차 돌리지 않았다.

"대답하란 말이야!"

감정이 격해진 팡도르는 시침떼고 있는 마차꾼이 무슨 범죄자라도 되는 듯 권총을 겨눠 여차하면 쏠 것처럼 들이댔다.

"당신도 어서 손들어! 허튼짓하면 쏜다!"

대로 주변 공터에까지 쩌렁쩌렁 울릴 정도로 요란법석을 떠는데도, 마차꾼은 손을 드는 것은 물론 어디 하나 꿈쩍하지 않고 가만히 앉아 있었다.

아무래도 마차꾼의 분위기가 심상치 않았다. 팡도르는 여차하면 이쯤에서 격렬한 난투극이 벌어질지도 모른다는 생각에 잔뜩 방어자세를 취한 채, 잠깐 동안 꼼짝 않고 서 있었다.

"에잇, 빌어먹을!"

팡도르의 입에서 악에 받친 기합 소리가 새어나옴과 동시에 격한 동작이 뒤를 이었다. 그는 전광석화처럼 마부석 위로 뛰어올라 마차꾼을 덥석 붙잡았다.

한데 바로 그 순간 팡도르의 몸이 움찔하는가 싶더니, 마치 무엇에 된통 두드려맞은 것처럼 비틀비틀 다시 바닥으로 떨어지듯 내려와 부들부들 떠는 것이 아닌가!

그는 못 볼 것을 본 사람처럼 사시나무 떨듯 몸을 떨면서 간신히 이렇게 내뱉었다.

"죽었어…… 죽었다고…… 죽은 사람이야……"

대책 없는 시간이 흐르고 있었다…… 팡도르는 거의 의식이 없는 것과 마찬가지인 상태로 그 자리에 멍하니 서 있었다. 그만큼 방금 확인한 상황은 가공할 충격과 황당함으로 그의 정신과 육체 모두를 휩쓸고 있었다!

도대체 이게 어인 일이란 말인가? 또 무슨 불길한 수수께끼 속으로 휘말려들었단 말인가?

마차에서 몇 발짝 떨어져 있던 팡도르는 다시 주춤주춤 가까이 다가가 마부석에 못박힌 듯 앉아 있는 마차꾼을 유심히 올려다보았다.

그러고는 이곳까지 자신을 싣고 끔찍한 질주를 해온 마차 이곳저곳을 샅샅이 살펴보는 것이었다. 신문기자의 입에서는 연신 이런 중얼거림이 새어나오고 있었다.

"죽었어…… 마차꾼이 죽어 있단 말이야…… 대체 언제 죽은 거야?…… 조금 아까만 해도 분명 이 마차를 몰고 있었잖아……"

그러다 문득 이렇게 외치는 팡도르.

"아하, 그럼 그렇지! 이런 멍청한…… 이제야 알겠군!"

마부석을 살피던 그의 눈에 자초지종이 낱낱이 드러나는 건 시간문제였다. 일단, 아무리 위협을 가해도 반응이 없는 마차꾼은 실제로 죽은 사람이었다! 여러 겹의 장식용 옷자락이 나풀거리는 밤색 망토 차림에 가죽 재질의 실크해트형 모자를 푹 눌러쓰고 옷깃을 잔뜩 추어올려, 가까이 들여다보기 전에는 산 사람인지 죽은 송장인지 잘 알 수가 없었다. 더군다나 의자 나무 등받이에 단단히 묶여 있는 터라 흐트러짐 하나 없이 꼿꼿한 자세를 유지할 수 있었고, 손에 쥔 고삐 또한 줄로 묶여 고정된 상태였다. 당연히 손 역시 무릎과 하나로 묶여 있어, 시체임에도 불구하고 지금까지 진행되어온 음산한 연극 속의 살아 있는 배역이 가능했던 것이다!

진상을 충분히 파악한 팡도르의 혼잣말이 다시 이어졌다.

"그런데 말이야, 아무리 산 사람처럼 앉아 있었다 해도 송장이 마차를 모는 건 좀 무리 아닐까?"

죽은 자를 잠시 마부석에 그대로 놔둔 채 팡도르는 다시 마차 문을 열고, 이번에는 좀더 깊숙이 안을 들여다보았다. 순간 시체 썩는 냄새가 훅 치밀어올랐고, 그는 뒤집히는 속을 간신히 달래며 이렇게 중얼거렸다.

"아, 냄새 한번 고약하군…… 역시 일전에 이 마차를 조사했을 때의 내 판단이 정확했어! 이놈의 마차는 이미 끔찍한 운행을 수없이 해온 거야. 무수한 시체를 싣고 다녔던 거야……"

별안간 신문기자의 입에서 거의 기쁨의 환호성이라 할 만한 탄성이 터져나왔다.

"옳거니! 이제야 알겠다! 마차가 아무 문제 없이 굴러간 이유가 바로 여기 있었구나! 이거 완전 어린애 장난인걸! 마부석에 앉아 있는 저 죽은 마차꾼은 가짜 고삐를 쥐고 있었어. 진짜 고삐를 쥐고 말을 몬 장본인은 이 안에 따로 앉아 있던 놈이라고! 여기 이 줄…… 벽에 난 구멍을 통해 마부석 바로 밑으로 말과 연결된 줄을 잡고 조종하니 아무도 눈치 못 챌 수밖에……"

하지만 그 정도 발견으로 만족할 팡도르가 아니었다.

죽은 자가 마부석에 앉아 멀쩡한 마차꾼 행세를 할 수 있었던 방법은 대충 설명이 됐는데, 실제로 마차를 몬 장본인이 발각되지 않고 현장을 벗어난 과정은 여전히 오리무중이었던 것이다.

"이걸 밝혀내지 못한대서야 말이 안 되지!"

지체 없이 마차 안으로 들어간 팡도르…… 좌석에 앉자마자 또다시 탄성을 내질렀다.

"아, 이런! 세상에…… 이런 간단한 것도 눈치 못 채다니!"

푹신한 좌석에 앉아 편하게 자세를 잡는가 싶었는데, 갑자기 바닥에 깔린 양탄자 일부가 그만 발 무게를 지탱하지 못하고 밑으로 쑥 꺼지는 것이 아닌가! 마차 바닥에 사람 한 명 드나들 만한 구멍이 뚫려 있고, 양탄자는 용수철로 고정되어 그 위를 살짝 덮어 가리는 기능만 하고 있었던 것이다!

그제야 팡도르는 정체불명의 또다른 마차꾼이 어떻게 이 심야 삯마차를 벗어나 추격을 피할 수 있었는지 완벽히 이해하게 되었다.

"놈이 보기 좋게 날 따돌린 거야……"

보다 확실하게 마무리짓기 위해 신문기자는 가상의 탈출 상황을 직접 재연해보기로 했다. 먼저 좌석에 앉은 다음, 구멍난 부분의 양탄자 덮개를 발로 지그시 누르면서 그대로 몸을 빠뜨리자, 아니나다를까, 마차 아래 길바닥에 발이 닿았다. 이어서 두 개의 뒷바퀴 차축 아래로 빠져 달아나는 것은 식은 죽 먹기나 다름없었다.

팡도르는 삯마차의 비밀을 밝혀낸 것이 뿌듯하면서도, 한편으로는 분에 못 이겨 쉴새없이 혼잣말을 토해냈다.

"이런 간단한 속임수에 당하다니…… 도저히 나 자신을 용서할 수가 없어! 놈을 이런 식으로 놓치다니 말이야…… 마차에 도사리고 있던 놈은 팡토마스가 분명해! 그놈이 이곳까지 마차를 몰고 온 거야. 내가 바보같이 죽기 살기로 매달려 있는 동안, 놈은 속도를 늦추기에 적당한 이곳 공터까지 마차를 몰고 와 감쪽같이 밑으로 빠져 달아나버린 거라고! 마차가 갈팡질팡하며 몇 미터를 저 혼자 굴러가게 내버려둔 채 슬그머니 밑으로 빠져나간 거지…… 제기랄, 내가 뛰어내려 마차 문으로 달려갈 때까지만 해도 팡토마스가 그다지 멀리 벗어나진 못했을 텐데 말이야……"

팡도르는 분해서 펄펄 뛸 것 같은 심정이었다. 대범함을 자랑하던 방금 전과는 천지 차이로, 그는 방심했던 자신을 매몰차게 몰아붙이며 자책하고 있었다.

"그걸 생각했어야 하는데…… 생각을 좀 했어야 하는데……"

그러다 문득 부르르 몸서리를 치며 이렇게 말하는 것이었다.

"가만있자, 지금 내가 된통 궁지에 빠진 것 같은데…… 팡토마스는 이미 현장을 벗어났고, 나만 여기 시체 냄새 진동하는 마차에 남아 있으면…… 이러다가 순찰 도는 순경들과 맞닥뜨리기라도 하는 날엔……"

그렇게 두서없는 생각을 굴리는 가운데, 갑자기 또다른 생각이 퍼뜩 그의 뇌리를 스치고 지나갔다.

"아차, 저 죽은 사람! 저 사람은 대체…… 누구지?"

팡도르는 다시 마부석으로 뛰어올랐다. 그리고 마차꾼이 쓰고 있는 모자를 부리나케 벗겼다.

시체의 얼굴이 달빛 아래 고스란히 드러나자, 팡도르는 뒤로 흠칫 물러나며 이렇게 소리쳤다.

"아니, 이 사람은…… 샤플라르!…… 샤플라르 씨 아냐!"

심야의 삯마차 마부석에 떡하니 앉은 자세로 꽁꽁 묶여 죽어 있는 마차꾼이 다름아닌 샤플라르 씨임을 깨달은 순간부터, 팡도르는 이러다 정신을 놓아버리는 것 아닌가 싶을 정도로 혼란스러웠다!

그러나 그것도 잠시…… 이내 흥분을 가라앉히고 평정을 되찾으면서, 팡도르는 이렇게 중얼거렸다.

"나 혼자서는 이 모든 해괴망측한 일을 도저히 처리하기 힘들겠어…… 그렇다면 오직 한 가지 방법밖에는 없겠군. 지금 당장 쥐브를 만나보는 것!"

그렇다. 쥐브를 만나서 의논하겠다는 것이 팡도르의 마지막 결론이었다. 하지만 지금 이런 상황에서 갑자기 어떻게 쥐브를 찾아간단 말인가?

'마차를 여기 이렇게 놓아둘 수는 없어. 길이 아무리 한적해도 다른 마차 한 대쯤은 지나갈 수도 있잖아…… 누구든 이 심야 삯마차에 죽은 마차꾼이 앉아 있는 걸 본다면, 나중에 쥐브가 본격적으로 조사할 때 성가신 상황이 발생할 수 있어…… 흠, 그렇다고 내가 마차를 직접 몰고 경찰서까지 갈 수도 없고…… 더군다나 팡토마스가 있었던 자리를 대신 차지하고 보나파르트 가까지 간다는 것은 차마 못할 짓이지…… 자, 그럼 어떻게 한다?'

난처한 상황인 것만은 분명했지만, 제롬 팡도르는 온갖 종류의 꾀가 많은 젊은이였다. 일단 일 분 만에 문제의 심야 삯마차를 사람들 시선이 조금이라도 덜 닿을 만한 공터로 이동시켰다. 그런 다음 좀더 확실하게, 말의 고삐를 풀어서 거꾸로 다시 맸다.

대충 조치가 끝나자 팡도르는 정신적 충격과 싸워 이기기 위해 일부러 더 낙천적인 목소리로 중얼거렸다.

"자, 이제 슬슬 가봐? 송장과 마차와 말, 이렇게 셋이서 공터에 잠깐 머물며 휴식이나 취하라지…… 약 한 시간 후에는 이 몸이 쥐브를 모시고 돌아올 테니 말이야!"

말을 마치기가 무섭게 팡도르는 달리기 시작했다. 센 강까지는 100미터가 채 안 되는 거리. 그는 베르사유 거리 근처면 택시를 잡을 수도 있을 거라 생각하며 고가교 방향으로 내처 달렸다.

끔찍한 일을 당한 지 얼마 되지도 않아, 그렇게 팡도르는 다시 싸울 채비를 다지고 있었다. 쥐브를 데려와 죽음의 심야 삯마차 주인을, 저 가엾은 샤플라르 씨의 시신을 유린한 악마를 하루빨리 추격할 생각에 잠시도 지체할 수가 없었다.

17
도미니크 위송

오후에 센 강 제방에서 제롬 팡도르에게 접근해 떠돌이 개를 반강제로 데려간 수수께끼 같은 행색의 사내 이름은 도미니크 위송이었다. 그는 푸앵 뒤 주르 고가교에 이르는 포장 상태가 부실한 도로와 철로 사이 자벨 제방에 위치한 어느 소박한 주거지에 살고 있었다.

도미니크 위송에 대해서는 동네에서도 이 정도 이상을 아는 사람이 거의 없었다. 다만 그에 관해 몇몇 기분 나쁜 소문들이 돌고 있기는 했다.

요컨대 그에 대한 좋지 못한 평판들 대다수는 보통 무덤 파는 인부라든가 사형집행인 같은 부류의 사람들에게 쏟아져, 사실 사회에 없어서는 안 될 그런 봉사자들을 왕따시키기 일쑤인 터무니없는 악담들과 본질적으로 유사했다.

하지만 도미니크 위송은 무덤 파는 인부도 아니고 사형집행인도 아니었다. 아니, 누구도 그와 같은 직종이 그와 어울린다고 생각할 리 없었다.

그렇다면 도미니크 위송이 하는 일은 무엇일까?

자벨 지구에서 그에 대해 알려진 거라곤 다부지고 단단한 체격을 갖추었으며 불그스레한 혈색에 약간 무섭게 생긴 인상이라는 것, 이웃 누구도 들어가본 적 없는 그의 거처에는 역시 다소 무섭게 생기고 말없는 노동자 네다섯 명이 자주 드나든다는 것 정도였다. 반면 파리의 또다른 동네에서 도미니크 위송은 그다지 평판이 좋은 것은 아니지만, 제법 유명 인사 축에 드는 인물이었다.

파리 의과대학 뒤편, 생제르맹 대로에 면한 본관 건물과 학생들 사이에서 '실습실'로 불리는 새로 지은 별관들 사이에는 작은 거리가 하나 나 있는데, 두 개의 오솔길로 나뉘어 있어서 걸어가다보면 강도라도 불쑥 튀어나올 것 같은 음습하고 후미진 장소들이 더러 있었다.

도미니크 위송의 가게가 위치한 곳이 바로 거기였다. 주인 이름이 금색 글자로 번쩍거리는 제법 규모가 큰 가게인데, 유리창이 커다란 그 가게를 사람들은 일종의 미신적 두려움 때문에 똑바로 들여다보길 꺼렸다.

사실상 도미니크 위송은 거의 공무원이나 다름없었다. 아버지가 같은 직업에 종사했기에, 현재 그가 하는 일은 일종의 가업인 셈이었다. 즉, 대대로 그의 가문은 의학 연구에 필요한 뼈대와 유골 등 밀랍으로 주형을 뜬 다양한 해부학 표본들을 대학을 상대로 독점 제작하고 판매해왔던 것이다!

자고로 부자들의 임종이 온갖 호화판 장례의식과 기도, 추도 연설들로 채워지는 데 반해, 가난한 자의 죽음은 춥고 배고픈 요람에서 시작해 홀로 세상을 하직하는 병원 침대에 이르기까지 지긋지긋하게 시달려온 비참함과 궁핍이 그 대단원을 장식하기 마련이다.

병원에서 죽는 사람들은 가족이나 지인이 시신을 회수해 적절한 비용을 치르고 장례까지 치르는 경우가 있는 반면, 완전히 방치되어 결국 의사들의 처분에 전적으로 맡겨지는 경우도 허다하다. 이는 곧 그동안 보살핌을 받아온 대가로 망자가 자기 몸을 지불하는 것과 마찬가지인 셈이다.

그런 경우 망자의 시신은 대부분 계단식 강의실에서 간략한 해부학 실습을 거친 뒤, 파리 시가지에서 흔히 볼 수 있는 밤색 대형 마차에 실려 실습실로 내정된 별관 지하의 시체 안치실로 운반된다.

거기서 시체들은 의사들 손에 맡겨져, 우리 몸에 아직도 숨어 있을 해부학적 비밀들을 캐내 의학 발전을 도모하겠다는 미명하에 몇 날 며칠에 걸쳐 너덜너덜해질 때까지 분해된다.

서툴기 짝이 없는 의과대학생들의 메스가 죽은 자의 몸뚱어리를 사정없이 헤집는 해부대 위에서도 불행한 이들의 시신이 의학계에 제공하는 의료 서비스는 멈추지 않고 진행된다.

요컨대 매도자도 매입자도 가늠하기가 쉽지 않은 일종의 거래가 이루어지는데, 그 거래는 잘게 해체된 시신이 계단식 강의실 급사들에 의해 어딘가로 옮겨지는 바로 그 순간부터 이미 합법적으로 시작된 것이나 마찬가지다.

만약 가엾은 망자가(이제는 한낱 해부용 몸뚱어리에 불과하지만) 의과대학생들 손에 지나치게 망가지지 않았다면, 즉 사지가 멀쩡하다면, 따로 잘 거두어져 철두철미하게 비밀이 지켜지는 가운데 일정한 액수를 받고 도미니크 위송에게 넘겨진다. 그러면 도미니크 위송은 거기서 살을 발라내고 뼈만 남겨 하얗게 표백 처리를 하고, 용수철을 끼워서 재조립하는 과정을 모두 거친 뒤, 다시 팔아넘기는 것이다. 그렇게 해서 완성된 인간의 전체 유골은 75프랑에서 100프랑을 호가한다. 아울러 두개골만 따로 최대 20프랑까지 받고 팔 수가 있다!

시체 구매자이자 유골 판매자이기도 한 도미니크 위송의 이 같은 음산한 사업은 사실 거기서 끝나는 것이 아니었다.

실제로 그는 합법적인 독점권을 보유한 채, 해부학 박물관의 자료라 할 수 있는 모든 물건을 다루는 사람이었다. 그가 운영하는 가게에는 병적인 결함을 보여주는 온갖 끔찍한 인체 표본들이 공포와 혐오감을 불러일으키며 전시되어 있었다. 예컨대 연주창으로 뭉그러진 뼈대라든가 일그러진 손, 암세포에 좀먹은 신체 부위, 그 밖에도 누구나 보면 질겁할 만한 신체적 기형 사례들이 즐비하게 갖춰져 있는 것이다.

도미니크 위송의 가게는 글자 그대로 죽음의 만물상이라 해도 과언이 아니었다……

질병과 가난 혹은 악운이 인간의 육체에 가할 수 있는 모든 해악이 그곳 선반과 진열대에 정교하게 구분되어 전시되고 있었다. 한마디로 모든 것이 도미니크 위송의 밥줄인 셈. 그만큼 그를 찾는 고객들이 많았고, 다들 후한 값을 치러가며 그런 끔찍한 물건들을 사들이는 것이었다. 물론 두개골을 사다가 담배 케이스로 쓰기도 하고, 연회실 천장에 언젠가는 자신들의 모습이 될 인간의 유골을 주렁주렁 매달아놓는 것을 재미로 아는 그런 고객들이 진지한 의사와 의대생 들 눈에 일종의 변태나 또라이로 보이는 건 당연한 일이었지만 말이다!

아무튼 유골 판매가 도미니크 위송의 사업에서 가장 중요한 비중을 차지하는 분야인 것만은 분명했다.

준비 단계에서 세밀하고 주의깊은 일솜씨를 요하긴 했지만, 그만큼 규칙적이고 안정된 판매 경로와 많은 수입을 보장해주었던 것이다.

도미니크 위송은 이따금 술에 찌든 목소리를 걸쭉하니 내질러 가며 이렇게 말하곤 했다.

"모든 게 결국은 썩은 몸뚱어리야! 그리고 썩은 몸뚱어리는 항상 살 사람이 있게 마련이지!"

도미니크 위송이 해부학 자료들을 손보는 장소는 당연히 의과대학이 위치한 구역에서 한참 벗어나 있었다. 그가 일하는 '공장'은(실제로 그는 좀 특별한 의미의 소규모 공장을 운영하고 있었다) 정확히 자벨 지구에 위치해 있었다. 그 작은 공장 건물을 놓고 사람들은 정체를 정확히 알진 못해도 은연중에 느껴지는 감感을 통해 손가락질을 해가며 서로 수군거리곤 했다.

아무튼 그 공장의 널찍한 작업실 두 곳에서 도미니크 위송은 이미 부패가 진행중인 시체들을 가게 진열대에 전시할 수 있을 만큼 청결하고 새하얀 유골들로 가공해내는 것이었다.

높은 담벼락을 둘러친 그곳 마당으로 대형 마차가 시체들을 운반해오면, 도미니크 위송이 직접 나서서 망자에게는 대기실이나 마찬가지인 일종의 탱크 속에 차곡차곡 시체를 부렸다.

매달 그는 그렇게 엄청난 양의 시체 더미를 탱크 속에 뒤죽박죽 채워넣었다. 용량이 웬만큼 채워졌다 싶으면 곧바로 밀폐했는데, 무려 열두 달 동안 방울져 뚝뚝 떨어지는 물을 그곳으로 통과시켜 인체의 잔해와 더불어 곧바로 하수구를 통해 배출되게 했다.

열두 달이 지나 탱크를 개봉할 때가 되면, 그 안에 쌓여 있던 끈적끈적한 유골에는 썩어 문드러진 살 찌꺼기만 드문드문 붙어 있는 것이었다. 그러면 비로소 도미니크 위송과 그의 몇몇 조수들의 역겹고 끔찍한 진짜 작업이 시작되었다. 누더기처럼 붙어 있는 마지막 살점들을 세세하게 긁어 떨궈낸 다음, 남은 뼈들을 생 클루의 파릇한 언덕 주변 탁 트인 사유지에 가져다 가지런히 늘어놓았다.

내리쬐는 햇볕을 고스란히 받는 가운데, 뼈들은 그곳에서 습기와 우중충한 빛깔을 벗어던지게 된다. 마침내 뼈들이 공장으로 다시 돌아오면, 남은 일은 가느다란 송곳으로 일일이 구멍을 뚫고 금실로 하나하나 꿰어, 완벽한 인체 유골의 형태가 갖춰질 때까지 다소 복잡한 법칙에 준해 조립을 진행해나가는 것이었다……

결국 도미니크 위송은 그렇게 죽음과 끊임없이 대면하며 그 친밀함 속에서 삶을 이어가고, 그로부터 삶의 양식을 구해 살아가는 가운데 지금의 기이한 영혼을 갖게 된 셈이다!

목이 말라 마시는 게 아니라 취기 속에 모든 것을 무화시키고자 술을 마시는 말기 알코올중독자로서, 그는 발작적으로 고개를 드는 분노 상태에서 의식이 거의 완전히 둔화되는 극단적 의기소침 상태까지 자유자재로 넘나드는 일이 허다했다. 주체할 수 없는 광기에 휩싸여 작업실을 홀랑 뒤집어엎고, 고래고래 소리를 질러가며 대리석 테이블 위에 있는 뼈다귀들을 닥치는 대로 조수들에게 마구 던져대다가도, 한순간 일체의 것에 무관심해진 듯 끝 모를 침묵 속에 빠져드는 일이 다반사였다.

어쨌든 그는 누구한테도 의존하는 법이 없었다.

하는 일 자체가 정식 허가를 받은 일이기도 하거니와, 그는 사람들이 여러 잡다한 이유를 들먹여가며 흔히 신경쓰는 문제 따위엔 전혀 개의치 않았다. 예컨대 어쩌다 일부 공무원과 일 문제로 이야기를 나눌 경우가 생겨도, 자신의 음침한 직업을 두둔하기 위해 신성한 학문적 관심사라느니 고통받는 인류를 구원하기 위한 의학 발전이라느니 하는 틀에 박힌 문구를 입에 올리는 일은 거의 없었다. 그저 자기 공장에서는 "죽음이 존중받고 있다"고 단언하는 것이 다였다! 다만 말이 그럴 뿐, 누가 직접 와서 확인이라도 하겠다고 하면 그다지 달가울 건 없는 일이었다.

돈도 많이 벌어 넉넉한 부자임에도 불구하고 도미니크 위송은 끔찍스러운 생활을 꾸려나가고 있었다. 항상 죽음을 가까이 대하며 살아야 하는 이 사내는 죽는다는 것에 대해 엄청난 두려움을 갖고 있었다. 유물론을 절대적으로 신봉하는 그는 썩어가는 시체에 온갖 야비한 욕설을 퍼부으면서도, 언젠가는 자기도 마지막 순간을 맞이할 것이고 그 시체와 다름없는 꼴이 될 거라는 생각에 불현듯 몸서리를 치는 것이었다.

그는 무엇보다도 친구가 전혀 없고 솔직한 이야기를 허심탄

회하게 나눌 수 있는 동료가 단 한 명도 없다는 사실에 괴로워했다. 조수들은 그를 두려워했고, 그와 상관없는 사람들은 무슨 예감 때문에 미리 조심하는 건지 그와 마주치지 않으려고 알아서 몸을 피하는 것이었다. 심지어 짐승들조차 그의 몸에서 어렴풋한 죽음의 냄새를 맡는지 사납게 짖어대거나 무작정 도망치곤 했다.

"마시자! 더 마셔! 계속 퍼마시자구!…… 이 세상에서 유일한 낙은 바로 술이야, 술! 나는 죽은 모든 것, 모든 살점, 모든 문둥병, 사람 몸뚱어리의 모든 끔찍한 모습을 술 속에 차곡차곡 보관해놓은 사람이라구! 그런 내가 어떻게든 살아보겠다고 내 몸만은 술에 담그지 않는다면 그게 말이 되는 소리야?…… 사람들은 썩은 냄새 난다 어쩐다 해가며 나를 경멸하지. 다들 나를 경계한단 말이야…… 쳇, 맘대로 하라지! 난 상관 안 해! 어차피 그래봤자 언젠가는 죄다 뻗어서 내 공장을 찾아올 테니까…… 그러면 통 속에 실컷 묵혀놨다가 그 잘난 뼈들을 발라내 한꺼번에 내다팔 거야! 그렇게 해서 돈을 번다고 놈들은 야유하고 비난하지만, 결국 나는 그런 놈들 덕에 또 돈을 버는 셈 아니냐구!……"

밤이었다. 가까운 오퇴유 성당에서 방금 자정을 알리는 종소리가 울렸지만, 도미니크 위송은 술병을 앞에 놓고 앉아 늦은 시각일랑 전혀 개의치 않고 늘 마시는 독주의 양을 굳이 채우는 것이었다.

주위엔 언제나처럼 끈적끈적 붉은 피가 흥건한 해부용 테이블들이 아무렇게나 늘어서 있고, 여기저기 반쯤 조립되거나 반쯤 살점을 떼어낸 뼛조각들이 지저분하게 나뒹굴고 있었다. 그 모든 것 위에는 통통하게 살찐 파리들이 붕붕거리며 날아다니고……

작업실 안쪽에는 시체들이 담겨 있는 열두 개의 큼직한 탱크들이 배열되어 있었다.

도미니크 위송이 매일 죽음을 만지고 거래하며 이익을 챙기는 이 음산한 작업실에서 만약 누가 반시간이라도 혼자 지낸다면, 그런 상상을 하는 것만으로도 몸서리를 칠 것이 분명했다.

썩은 살점을 하수구로 내려보내기 위해 탱크 속으로 찬물이 방울방울 떨어지는 소리 말고는 완벽한 적막이 지배하는 작업실…… 미세한 소리조차도 이곳에서만은 뭔가 불길하고 처참한 결과로 이어질 것 같은 느낌을 주었다. 만에 하나 물방울 떨어지는 소리 외에 다른 소리가 들린다면 순간적으로 기겁을 하는 건 물론이고, 그곳 해부대에 너덜너덜한 상태로 누워 있든, 유골 신세가 되어 벽에 주렁주렁 매달려 있든, 아니면 유령들처럼 하얀 수의에 두루뭉술하게 말려 아직도 작업자의 손을 기다리고 있든, 죽은 망자의 입에서 슬그머니 새어나오는 한탄이나 흐느낌으로 여겨질 법했다!

한데 도미니크 위송은 다행히도 자신의 작업실에서 풍기는 음산한 분위기엔 거의 무감각한 눈치였다. 워낙 오랜 세월 그곳에서 지내며 온갖 형태의 부패 과정을 바로 코앞에서 지켜보고 역겨운 해체 과정을 가까이하다보니, 이제는 보면서도 보지 않고, 냄새 맡으면서도 냄새 맡지 않으며, 만지면서도 만지지 않는 절대적인 무감각, 무관심의 경지에 들어선 듯했다.

게다가 극심한 알코올중독 단계에 도달해 있기 때문인지, 지쳐 둔해진 그의 감각체계는 더이상 섬세한 지각을 할 수 없는 지경이었다. 요컨대 일종의 꼭두각시처럼 살고 있는 셈인데, 역시 그 자신에게는 다행한 일이 아닐 수 없었다. 만약 그렇지 않았다면 이미 오래전에 미쳐버렸을지도 모르니 말이다……

방금 새로 한 잔을 따라 벌컥 들이켠 도미니크 위송이 갑자기 불안한 기색을 보이며 자리에서 벌떡 일어나 외쳤다.

"누구요?"

그러고는 잠시 입을 다문 채 잔뜩 귀를 기울였다. 또다시 대문을 부술 것처럼 격렬하게 두드리는 소리가 들리자, 그는 후닥닥 밖으로 뛰쳐나가며 소리쳤다.

"거기 밖에 누구요? 대체 누가 온 거야?"

대문 너머에서 금속성의 울리는 목소리가 응답해왔다.

"나다, 도미니크. 어서 문이나 열어!"

"네, 엽니다. 곧 열게요…… 맙소사, 그런데 무슨 일이십니까?"

"열어보면 알 거 아냐! 나더러 지금 그걸 동네방네 다 들리게 떠들란 말인가? 어서 문부터 열라는데 무슨 말이 그렇게 많아!"

마지막 일갈이 분명 효과가 있었다.

도미니크 위송은 이런 시각에 누가 자신을 보러 왔는지 아는 모양이었다. 평소 같으면 완전한 확신이 들 때까지 누구에게도 결코 대문을 열어주지 않을 만큼 신중하던 그가 지금은 헐레벌떡 달려나가고 있으니 말이다! 이윽고 대문이 빠끔히 열렸다.

도미니크 위송은 허둥대며 말했다.

"들어오십시오…… 어서 들어오세요…… 아니, 그런데 이건 뭡니까?"

"짐작이 갈 텐데……"

뭔가 큼직한 물체를 뒤에 끌면서 쓱 들어선 자는 괴이한 옷차림을 하고 있었다.

얼굴에 새카만 복면을 쓰고 어깨에도 마찬가지로 새카만 망토를 걸쳤으며, 손에도 검은 장갑을 착용하고 있었다…… 밤이라 잘 보이지 않을뿐더러, 누구인지 정체를 분간할 수도 없는…… 비장하면서 어딘지 권위가 묻어나는 자세로 당당히 버티고 선 모습……

그렇다! 바로 그 모습, 그 무시무시한 분위기의 실루엣은…… 모두가 두려워하면서 수군대는 팡토마스의 실루엣이었다!

이 야심한 시각, 공포의 거장 팡토마스가 죽음의 상인 도미니크 위송을 만나러 온 것이다!

술에 한창 절어 있던 도미니크 위송도 이 희대의 살인마만큼은 단번에 알아보았다!

둘이 처음 대면한 게 아닌 것만은 누가 봐도 확실했다.

앞장서 걸어가는 팡토마스에게 도미니크 위송이 조르듯 물었다.

"선생님…… 가져오신 게 무엇인지 제발 말씀해주십시오…… 무얼 그렇게 끌고 오신 겁니까?"

팡토마스는 대답 대신 툭 내뱉었다.

"문이나 닫아, 도미니크!"

한데 지시를 즉시 이행하려던 도미니크의 입에서 나직한 탄식이 새어나왔다.

"아니, 저건…… 선생님! 집 앞에 마차가 한 대 서 있는데요…… 누구 마차죠? 혹시 아십니까?"

"멍청이!…… 문이나 닫으라니까!"

이번에는 도미니크도 전혀 토를 달지 못했다. 누구나 팡토마스 앞에 서면 저항할 힘을 잃고 모든 기력, 모든 대담성이 단번에 사라져버리는데, 죽음의 상인 역시 예외는 아니었다. 지시에 따라 대문을 닫아걸고 나서야 도미니크 위송은 끌고 온 짐을 비로소 땅에 내려놓은 '공포의 거장'에게 다시 질문했다.

"선생님, 도대체 지금 가지고 오신 것이 무엇입니까?"

그제야 팡토마스는 이렇게 대답했다.

"이런 답답한…… 아직도 짐작이 안 간단 말이냐? 시체다!"

"시체요?"

"그래. 시체를 하나 줄 테니 나 대신 처리해봐. 솔직히 나는 좀 골치가 아파서……"

팡토마스의 말에 도미니크 위송의 목소리가 갑자기 높아졌다.

"아, 시체라뇨, 선생님!…… 설마하니 살해당한 사람의 시체를 가져오신 건 아니겠죠? 제 생각에는……"

팡토마스는 어깨를 으쓱하며 말을 가로막았다.

"아무것도 생각할 필요 없어. 그저 복종만 하면 돼. 나한텐 좀 성가신 시체라서 가져왔으니, 자넨 잘 처리해서 일 년 후에 유골 형태로 내다팔면 되는 거야. 그 밖에 어떻게 처리해도 난 상관 안 해. 성가신 시체라서 그냥 주는 거니까…… 어차피 이런 걸 처리하는 게 자네 직업 아닌가!"

"하지만……"

"됐어!"

"저기, 하지만……"

"됐다고 했을 텐데!"

팡토마스의 억양은 도미니크 위송 같은 사람이 감히 맞설 수 있는 것이 아니었다.

팡토마스는 다시 말을 이었다.

"할 얘기가 있으니 들어가자."

"제 공장에 말입니까?"

"그래. 자, 자, 어서!"

손님인 팡토마스가 주인인 도미니크 위송을 거의 이끌다시피 하고 있었다. 그는 건물에 아주 익숙한 사람처럼 문을 활짝 열고 시체 썩는 악취가 가득한 작업실로 성큼성큼 걸어들어갔다. 그리고 자기 앞에서 벌벌 떨고 있는 도미니크 위송을 위아래로 흘겨보며 말했다.

"딱하기는…… 아직도 술을 퍼마시는 건가? 이러니 내가 자넬 위해 아무것도 해줄 수 없는 거야! 자고로 술 퍼마시는 사람치고 입이 무거운 경우가 없으니까……"

"저는 입 한 번 뻥끗한 적 없습니다, 선생님!"

"알고 있어. 다만……"

바로 그때였다. 얘기를 하다 말고 문득 입을 다문 팡토마스, 깜짝 놀랄 만큼 격한 동작으로 후닥닥 앞으로 달려가는 것이 아닌가! 갑작스러운 광기에 사로잡힌 사람처럼 작업실을 대각선으로 가로질러 달려가더니, 낡은 옷가지가 쌓여 있는 한쪽 구석에 털썩 무릎을 꿇는 것이었다……

너무도 뜻밖의 광경에 도미니크 위송은 다급히 물었다.

"선생님! 무슨 일입니까? 왜 그러세요?……"

팡토마스는 손에 웬 여자 옷 한 벌을 움켜쥐고는, 극도로 흥분한 탓에 목까지 잠겨 간신히 새어나오는 목소리로 중얼거렸다.

"이 옷…… 이 옷 말이야……"

"예? 그 옷이 왜요?……"

"이거 어디서 났나?"

"어디서 났느냐고요?"

"이 옷을 어디서 발견했느냔 말이다! 누가 입고 있었지?"

"그게…… 그게 말입니다……"

순간 팡토마스는 벌떡 일어나 도미니크 위송에게 달려들었다.

"어서 대답해, 도미니크! 솔직하게 대답하지 않으면 명줄이 끊길 줄 알아!…… 이 옷 어디서 난 거야?"

두려움으로 얼굴이 하얗게 질린 도미니크 위송은 힘겹게 더듬더듬 대답했다.

"벌써…… 오래전 일입니다……"

"뭐, 오래전 일? 열흘 전…… 아니, 보름 전?"

도미니크 위송은 정신이 거의 오락가락할 지경이었다.

"아니, 그게 아니라…… 제가 잠시 착각한 모양입니다. 한 시간이나…… 두 시간 전인데요……"

"거짓말……"

"아닙니다, 선생님…… 진짜예요……"

"그래?…… 그럼 누가 입고 있었는지 말해봐! 어느 시체에서 벗긴 옷인지 말이다! 어서 말해!…… 말하란 말이야!"

도미니크 위송은 순간적으로 격하게 몸부림을 쳐 팡토마스의 손아귀를 벗어나는 데 성공했다. 그는 근처에 있는 널찍한 해부대를 훌쩍 뛰어넘어, 마치 그 뒤에 숨듯 몸을 가린 채 이렇게 대답했다.

"맙소사! 선생님…… 도대체 왜 이러십니까? 왜 갑자기 옷을 가지고 이러세요? 종종 옷을 다 입고 있는 시체를 가져다주는 공급자들이 있다는 거 잘 아시잖습니까! 그 옷은 어떤 젊은 여자한테서 벗겨낸 겁니다. 그 여자가 그런 시체들 가운데 끼어 있었거든요…… 아무튼 저한테서 헌옷을 구해가는 부지유라는 작자가 있는데, 그 친구한테 한 번 팔았던 옷입니다…… 물론 그 친구는 제가 옷들을 어디서 어떻게 구하는지 전혀 알려고 하지 않고요……"

한데 도미니크 위송이 그렇게 말하는 내내, 팡토마스는 처음에 격분한 것 같았던 태도가 점점 누그러지더니 이제는 어떤 고통스러운 일 때문인지 여간 괴로워하는 게 아니었다.

검은 복면 너머에서 중얼중얼 새어나오는 탄식만으로도 그가 얼마나 극심한 절망감에 시달리는지 가늠할 만했다.

"아! 이건 신의 저주다…… 운명이 내게 등을 돌린 거야…… 이런 걸 인과응보라고 해야 하나?……"

하지만 곧장 감정을 추스르는 기색이 역력했다. 단 한 번도 두려움에 사로잡혀본 적 없는 이 사내…… 자신의 육체를 정신의 결단에 복속시키는 데 너무나도 익숙해 있는 게 틀림없었다!

그가 다시 이렇게 물었을 때는 지극히 안정되고 차분한 목소리였다.

"어느 젊은 여자에게서 이 옷을 취했단 얘기지? 그게 언제였나?…… 어디에서였지?…… 자세히 설명해봐."

"전혀 기억이 안 납니다……"

"기억해내야 한다."

"선생님, 그런데…… 왜 그걸 갑자기?……"

"왜?…… 지금 나한테 왜냐고 묻는 건가? 잘 들어라, 도미니크…… 나 팡토마스에겐 딸이 하나 있다. 아주 아끼는 딸이지. 이름은 엘렌…… 그애를 되찾기 위해 나탈에서 목숨까지 잃을 뻔했어.* 그애를 위해서라면 지금이라도 이 목숨 따윈 얼마든지 내던질 수 있어. 내 몸에 흐르는 피의 마지막 한 방울까지 쏟아버릴 수 있단 말이다. 내 말 알겠나, 도미니크? 나 팡토마스에게 딸이 하나 있다는 얘기다. 그러나 내 딸 엘렌은 이 아버지를 끔찍이 혐오하고 있지. 나를 천하의 악당으로 알고 있거든…… 그만큼 그애는 순수하고 고결한 성품을 지닌 처녀야! 한데 지금으로부터 한 달 전, 그애를 다시 보게 된 거다. 레몽드라는 이름을 사용하면서 '파리 갈르리' 백화점 점원으로 살아가고 있더군…… 내 말 듣고 있나, 도미니크? …… 바로 그 레몽드, 내 딸이 나와 재회한 바로 그날 감쪽같이 사라져버렸단 말이다! 누군

* 『팡토마스의 딸』에 나오는 내용.

가에게 납치당한 것 같은데…… 누구 소행인지 도무지 알 수가 없어…… 한데 그 장본인이 어쩌면 오늘 내가 자네한테 가지고 온 시체의 주인일지도 모른단 얘기지…… 바로 샤플라르 말이야!"

"이, 이게…… 샤플라르의 시신이란 말입니까?"

"그래. 하지만 그런 건 이제 아무래도 상관없어! 중요한 건 이 옷이지…… 잘 들어. 자네가 죽은 여자한테서 얻어냈다는 이 옷은 내 눈에 익은 옷이다. 바로 내 딸 엘렌이 입고 있었던 옷, 레몽드가 입었던 옷이라는 얘기지…… 그러니 레몽드가 죽었다는 뜻 아니겠어? 아, 내 손으로 반드시 원수를 갚아주고 말 거야……"

팡토마스가 처절한 어조로 얘기하는 동안 도미니크 위송의 얼굴은 극심한 공포의 빛에 완전히 휩싸여 있었다. 그것을 지켜보던 팡토마스는 다시 한번 기대를 품어봐야겠다는 생각을 문득 했다. 그는 열에 들뜬 듯한 손길로 복면을 벗었다. 마치 죽은 자의 얼굴처럼 창백한 얼굴이 나타났다. 파르르 떠는 입술…… 눈망울 가득 금방이라도 쏟아져내릴 듯 아슬아슬 고인 눈물 너머에서는 날카로운 안광眼光이 뿜어져나오고 있었다.

이제 그는 거의 간청하듯 말하고 있었다.

"도미니크 위송, 내게 거짓말을 했다고 말해주게…… 내 딸이 죽지 않았다고 말해줘…… 어서……"

도미니크 위송은 자기도 모르게 손을 들어 이마를 훔쳤다. 거의 한 시간쯤 전부터 갑작스레 들이닥친 격한 감정의 소용돌이에 휘둘리다보니, 거나하게 취해 있던 기분은 어디 가고 지금은 다시 멀쩡한 정신으로 돌아와 있었다.

"팡토마스…… 그러고 보니 기억이 납니다…… 그런데 판단을 좀 내려주십시오. 저는 더이상 모르겠습니다. 도무지 이해가 안 가는 일이거든요…… 지금 들고 계신 그 옷 말입니다…… 따님이 입었다는 옷요…… 제가 그걸 죽은 사람에게서 챙긴 게 벌써 두번째랍니다!"

"두번째라니?"

"네, 두 번이에요!"

"지금 무슨 얘길 하는 건가?"

"저도 정말 모르겠어요…… 제가 하는 얘기를 잘 듣고 한번 판단을 해주십시오!…… 실은 이렇게 된 겁니다. 한 보름 전인가요. 센 강에 빠져 익사했다는 한 여자의 시체가 이곳에 오게 되었지요. 그 여자가 바로 그 옷을 입고 있었습니다. 그런데 말이에요, 그 옷을 제가 부지유에게 팔았거든요…… 물론 부지유가 그 옷을 누구한테 되팔았는지는 저도 모르지요…… 한데 바로 오늘 오후, 센 강에서 익사했다는 젊은 남자의 시신이 당도했는데, 그자의 경직된 손에 또 그 옷이 돌돌 말려 있는 게 아니겠습니까!"

"젊은 남자라니? 자네 미쳤구먼!"

"맹세합니다. 정말 그랬다니까요!"

하필 도미니크 위송의 이 음산하고 지저분한 구석에 딸의 옷이 두 번씩이나 처박혀 있었다니…… 팡토마스 역시 그 희한한 사정을 이해할 수 없는 건 마찬가지였다.

"아, 제발 기억을 되살려봐! 노력해보란 말이다! 물에서 건져냈다는 처음 그 여자가 어땠나? 젊고 예뻤나? 금발이었나? 아니면 갈색 머리였어?…… 그애가 내 딸 맞아?……"

팡토마스의 처절한 물음에 도미니크 위송은 머리를 심하게 가로저으며 대답했다.

"맙소사, 그걸 제가 어떻게 말할 수 있겠습니까! 이곳에는 이름 없는 시체들이 수시로 들어왔다 나갑니다. 그 생김새를 제가 일일이 기억하고 있을 순 없지요……"

충분히 납득할 수 있는 대답이었다. 팡토마스는 한동안 풀죽은 사람처럼 아무 말 없이 무겁게 흐느끼고만 있었다. 그러다 갑자기 자세를 바로 하며 이렇게 말했다.

"도미니크…… 그 여자가 혹시 반지를 끼고 있던가?"

"아닙니다, 선생님……"

"아니야, 그럴 리가 없어…… 반지를 끼고 있었다는 걸 내가 아는데! 반지 말이다!…… 아, 이런 도둑놈 같으니! 네놈이 가지고 있지? 어서 내놔봐! 내 눈으로 직접 확인해야겠다! 내 딸이

끼던 반지인지 금방 알아볼 수 있을 거야!"

"하지만 전 가지고 있지 않습니다! 정말 없어요, 팡토마스!……"

도미니크 위송은 그렇게 대답하면서 얼굴색이 점점 하얗게 변해가고 있었다.

그리고 거듭, 이번에는 좀더 단호한 어조로 부인하려 했지만 덜컥 입을 다물 수밖에 없는 상황이 벌어졌다! 그야말로 눈 깜짝할 사이에 해부대를 훌쩍 뛰어넘은 팡토마스가 와락 달려들어 그의 목을 단단히 틀어쥔 채로 일갈하는 것이었다.

"반지! 도미니크 위송, 반지를 내놓으란 말이다!…… 이 옷을 입고 있었다는 죽은 여자의 반지!"

더이상 버텼다가는 이대로 죽을 것이 확실해 보였다. 도미니크 위송은 하는 수 없이 이렇게 말했다.

"저, 저기요…… 알았습니다…… 우선 이것부터…… 놔주세요…… 반지를 드릴게요……"

"아, 이제야 알아듣는군!"

팡토마스는 목을 풀어주자마자 상대를 거칠게 밀어냈다. 그러면서 다시 허튼수작을 할라치면 가차없이 응징하겠다는 태도를 확고하게 보였다.

"자, 반지는 어디 있나? 어서 내놔봐!"

도미니크 위송은 서둘러 비밀 서랍을 철컥 열었다.

잠시 안을 뒤지던 그는 팡토마스가 볼 수 있도록 대리석 해부대 위에 금반지 두 개를 던져놓았다.

"여기 있습니다!"

도미니크 위송이 애당초 더러운 탐욕으로 챙겨 가지고 있던 반지를 냉큼 낚아채 확인하자마자 그대로 주저앉고 마는 팡토마스!……

세상을 벌벌 떨게 만들던 고문 기술자, 그 어떤 잔혹함도 서슴지 않던 악마, 제아무리 지독한 악행도 마다하지 않는다던 희대의 살인마가 평범하기 짝이 없는 반지 두 개 앞에서 왈칵 울음을 토해내는 것이었으니!…… 아, 딸이 끼고 있던 반지들…… 그것은 곧 딸이 죽었음을 의미했다!

그때였다. 두 사람 다 별안간 흠칫 놀라며 서로를 마주보았다.

"뭐죠? 무슨 일이죠?"

도미니크 위송이 먼저 속삭였다.

아닌 게 아니라, 무슨 소리가 들리고 있었다……

팡토마스는 잠시 진지한 표정으로 귀를 기울이더니, 금세 신경 끈 듯 내뱉었다.

"쳇, 아무것도 아니야. 길에 누가 지나가는 모양이지……"

그러고는 다시 몸을 숙인 채 서글프게 반지를 어루만졌다.

두 남자를 잠시나마 긴장시켰던 바깥의 소리는 지극히 평범한 소음이었다. 울퉁불퉁한 포장도로 위를 굴러가는 삯마차 소리 말이다!

18

팡토마스의 딸

레몽드는 갈수록 커져만 가는 걱정과 더불어 그 자리에 꼼짝 않고 서서 귀를 기울이고 있었다. 얼굴이 창백하게 질린 상태로 얼마나 오랫동안 그러고 서 있었을까. 그녀는 이제 죽음이 우글거리는 낯설고 위험천만한 곳에 와 있다는 사실조차 까마득히 잊고 있었다.

벽 저편에서 들려오던 목소리들이 한층 커져가는데, 그중 한 목소리는 격하게 터져나오고 있었고, 나머지 한 목소리는 겁에 질린 듯 힘겹게 더듬거렸다.

레몽드는 극도의 공포심에 휩싸여 계속 중얼거렸다.

"세상에…… 이럴 수가……"

마침내 그녀의 귓가에 말다툼 소리가 들려왔고 누군가의 거친 목소리가 무언가를 지시하고 있었다.

"반지! 도미니크 위송, 반지를 내놓으란 말이다!……"

그랬다. 레몽드가 방금 의식을 회복한 지하실 바로 옆방에서 서로 얘기를 나누는 목소리는 다름아닌 팡토마스와 도미니크 위송의 것이었다!

레몽드가 깨어난 곳은 의과대학 실험용 자재 공급자이자 유골 제작자의 작업 공간이었고, 천신만고 끝에 그곳을 빠져나가려던 그녀의 발길을 멈추게 한 것은 바로 유골 제작자와 팡토마스의 대화 소리였다.

처음에는 그냥 사람 목소리라는 것만 분간할 수 있을 뿐, 대화 내용까지는 파악되지 않았다.

하지만 이내 무슨 얘기가 오가는지 알아들을 수 있게 되자, 레몽드는 기겁하지 않을 수 없었다.

"팡토마스야! 저기 있는 사람이 팡토마스…… 내 아버지라고!"

레몽드, 즉 엘렌의 머릿속에는 팡토마스라는 이름만으로 순식간에 연상되는 처절한 사건이 아직도 생생했던 것이다!

아, 저 팡토마스라는 희대의 악당, 범죄의 제왕인 아버지로 인해 나탈에서 겪어야 했던 끔찍한 고통과 공포의 시간들…… 그러나 팡토마스는 분명 그녀를 사랑하고 있었던 것이다! 딸이 물에 빠져 죽은 것으로 알고 아버지로서 저렇게 가슴 아파하며 흐느끼고 있지 않은가……

엘렌이자 레몽드인 이 처녀의 마음 한편이 아버지의 슬픔 때문에 흔들리고 있는 것이 분명했다. 그러나 어이하랴, 아무리 마음이 흔들려도 저 사람이 저지른 가공할 범죄 행각만큼은 잊을 수가 없는 것을……

물론 딸이 죽었다고 생각하니 흐느껴 울 수도 있고, 그만큼 사랑하는 마음이 절실할 수도 있을 것이다. 하지만 레몽드는 팡토마스가 숱하게 자행해온 피도 눈물도 없는 살인 행각들과 파렴치하고 잔혹한 행위들을 결코 덮어둘 수가 없었다. 지금 이 순간 만감이 교차하면서 정신이 다 아찔했지만, 그녀는 나탈에서의 마지막 나날들, 특히 팡토마스가 살해한 래티시아*를 머릿속에 떠올리고 있었다! 뿐만 아니라 호화 여객선 '브리티시 퀸' 선상에 팡토마스가 페스트균을 유포한 일이라든가 역시 그에 의해 팡도르와 쥐브 그리고 그녀 자신에게 닥쳤던 절체절명의 위험한 순간들이 주마등처럼 뇌리를 스치고 지나가는 것이었다!……

아니다! 설사 팡토마스의 슬픔에 공감되는 부분이 있고, 그가 가슴 아프게 딸을 그리워하며 "내 딸이야! 내 딸이라고! 아, 내 딸……" 이렇게 울부짖고 있다 해도, 레몽드이자 엘렌의 증오심은 누그러들 줄 몰랐다. 더군다나 지금까지 벌어진 모든 사태 속에는 아직도 이해가 확실히 가지 않는 몇몇 수수께끼들이 남아

* 엘렌의 유모이자 가정교사.

있었다.

물론 레몽드는 '표범'의 도움으로 '가스불'의 손아귀에서 벗어난 뒤, '파리 갈르리'에서 벌어진 모든 사건들의 배후에 팡토마스가 있다는 것을 어렴풋이 짐작하고 있었다.

그럼에도 도대체 누구의 지시에 의해 자신이 납치되었는지에 대해서는 아는 것이 아무것도 없었다. 아울러, 사태 돌아가는 걸 웬만큼 판단할 줄 아는 그녀도 자신의 납치에 샤플라르 씨가 연루되었으리라는 생각은 전혀 해본 적이 없었다.

게다가 지금 이 시각, 팡토마스는 왜 그녀가 죽었다고 생각하는 것일까?

당연히 레몽드는 '가스불'의 손에 '표범'이 살해되었다는 것을 알 리 없었다. 그러니 도미니크 위송의 작업실에 실려온 자기 옷을 입은 여자 시체가 누구인지도 알 수 없었다. 청년 뱃사공 루이로 행세하며 지내는 동안 부지유에게서 사들인 그 옷, 전날 센강에 떨어졌다가 정신을 잃는 와중에도 끝끝내 손에서 놓지 않았던 바로 그 옷이 왜 그 죽은 여자의 몸에 입혀져 있었는지 레몽드는 전혀 감을 잡을 수 없었다.

도대체 이 모든 복잡다단하고 황당무계한 사태가 의미하는 것은 무엇일까?

지금까지 그녀가 헤쳐나오려고 발버둥친 모든 끔찍한 사건들, 팡토마스의 존재감이 줄기차게 감지되는 그 가공할 사건들은 과연 어떤 동기를 숨기고 있는 것일까?

옆방에서 벌어지고 있는 은밀한 상황에 잔뜩 귀기울이던 레몽드는, 팡토마스가 그간의 사태를 완전히 장악해온 것은 아니라는 사실을 깨닫고 일순 어리둥절했다.

이제야말로 조물주께서 그동안의 지독한 악행에 대해 아버지를 벌하는 것 같기도 했다!

"흠, 아버지도 이제 임자를 만난 거겠지……"

그렇게 중얼거리는 레몽드, 아니, 팡토마스의 딸 엘렌의 머릿속에는 정의의 사도나 마찬가지인 두 명의 명콤비 쥐브와 팡도르의 모습이 선명하게 떠오르는 것이었다.

'정말 그분들은 모든 걸 알고 있을까?'

순간 그런 생각도 들었지만 이내 머리를 절레절레 흔드는 그녀……

그렇다, 팡도르와 쥐브도 상황을 지켜보고만 있을 뿐, 사태를 주도하며 장악하고 있지는 못한 게 분명했다. 어제만 해도 '잔 마리'호에 오르는 제롬 팡도르를 알아보고 엉겁결에 물속으로 뛰어들고 말았지만, 그가 그렇게 여기저기 조사를 하고 다니는 걸 보면, 아직은 사태의 진상을 제대로 파악 못해 단서를 찾아 헤매고 있다는 뜻이 아니겠는가!

어쨌든 지금 이곳에 우두커니 서서 그런 복잡한 문제들을 언제까지 생각만 하고 있을 순 없었다.

도미니크 위송이든 팡토마스든 언제 불쑥 이곳 시체 안치소로 들어올지 모르는 일이었다.

모르긴 해도 팡토마스는 레몽드의 옷을 쥐고 있었다는 젊은 사내의 시체를 확인하려 들 것이 분명했다. 도미니크 위송은 지금 눈앞에 서 있는 악당의 말이라면 무엇이든 거절하지 못할 만큼 잔뜩 겁을 집어먹은 눈치였다. 어쩌면 둘 다 이곳으로 비집고 들어올지도 모르는 일…… 더는 이렇게 우물쭈물할 시간이 없었다. 당장 도망쳐야 했다!

가엾은 레몽드는 조심조심 벽을 더듬어가며 이 음산한 곳을 벗어나려고 애썼다.

마침내 출구에 다다라 떨리는 손길로 문을 열었다.

밖은 모래가 깔린 마당인데, 야심한 시각의 희끄무레한 달빛 아래 을씨년스러운 분위기가 물씬 풍기고 있었다.

'도망쳐야 해!……'

레몽드는 모든 정신력과 기력을 집중하여 오로지 탈출만을 염두에 두면서, 미세한 소리도 내지 않으려고 잔뜩 긴장했다.

그렇게 한 발 한 발 마당을 가로질러가던 중 문득 고개를 돌리자, 저만치 담요에 싸여 아무렇게나 버려진 사람 몸뚱어리 같은 것이 눈에 들어왔다.

드디어 대문 앞에 당도하자, 문득 녹슨 경첩에서 소리가 나면 어떻게 하나 걱정이 되었다. 아, 만약 그 소리를 듣고 누가 나오기라도 하면……

다행히 문은 아무 소리 없이 빠끔 열렸다.

간신히 들키지 않고 밖으로 나선 레몽드…… 하지만 아직은 끝난 게 아니었다. 도미니크 위송의 수상쩍은 거처를 나서자 그녀 앞에 푸앵 뒤 주르 고가교에 이르는 도로가 펼쳐졌는데, 바로 가까이에 웬 삯마차가 한 대 정차해 있는 것이었다!

레몽드는 그 자리에 멈춰 선 채 한동안 두방망이질하는 가슴을 달래느라 꼼짝도 할 수 없었다……

아마도 버려진 마차 같았다. 상당히 낡은 모델인데, 깡마른 말이 기진맥진한 몰골로 매여 땅에 못박힌 듯 서 있었다.

마차꾼은 보이지 않았다.

레몽드는 용기를 내어 가까이 다가가 마차 안을 흘끔 들여다보았다.

아무도 없었다.

좀더 자세히 이곳저곳을 살피는데, 바퀴에 반쯤 걸쳐진 채 땅에 늘어져 있는 마차꾼의 망토가 눈에 들어왔다. 장식용 옷자락이 여러 겹 달린 밤색 망토였다……

'마차꾼은 어디로 간 걸까?……'

그런 생각과 더불어 레몽드는 자기도 모르게 아까 도미니크 위송의 작업실 근처에서 본 사람 모양의 형체를 떠올렸다.

하긴 지금 그게 무슨 상관인가!…… 당장 도망치는 일이 급할 뿐.

레몽드는 다시금 기운을 차렸다.

지금이야말로 대담한 기지가 필요한 때!

남아프리카 나탈의 평원에서 성장한 그녀에게 말을 모는 것쯤은 식은 죽 먹기나 다름없었다.

'그래, 어차피 주인 없는 마차일 거야…… 이걸 사용하면 더욱 빨리 이곳을 벗어날 수 있겠지!'

레몽드는 묵직한 마차꾼용 망토를 휘둘러 걸친 뒤, 마부석에 훌쩍 뛰어올랐다. 지체 없이 고삐를 틀어쥔 다음 앙상한 골격의 말을 향해 채찍을 휘둘렀다.

마차는 덜컹하는 소리와 함께 서서히 움직이기 시작했다.

저만치 떨어진 작업실 안에서 팡토마스와 도미니크 위송의 귀에 들린 바로 그 소리였다!

한편, 심야 삯마차를 성곽 근처 나대지에 잠시 놔두고 비교적 사람 왕래가 많은 푸앵 뒤 주르의 거리 쪽으로 헐레벌떡 달려간 제롬 팡도르에겐 그동안 무슨 일이 있었는가?

그는 지나던 택시를 급하게 불러 세운 뒤, 두둑한 요금을 제시하면서 보나파르트 가로 전속력 질주해달라고 부탁했다.

제롬 팡도르는 쥐브의 특별한 호의로 치안국 형사반장의 사적인 거처에 마음대로 드나들 수 있는 특권을 이미 오래전부터 누리고 있었다.

팡도르는 따로 갖고 있는 열쇠로 문을 따고 들어가, 형사가 곤히 자고 있는 침실까지 우당탕 뛰어들어갔다.

"쥐브! 쥐브!"

"꼼짝 마! 움직이면 쏜다!"

전광석화처럼 침대에서 몸을 일으킨 쥐브 형사…… 왼손으로 이미 전등 스위치를 돌리고, 오른손으로는 권총을 겨눈 상태였다!

팡도르는 아차 하는 생각에 순간적으로 뒤로 흠칫 물러서며 외쳤다.

"무슨 짓이에요! 접니다, 쥐브!…… 팡도르라고요!…… 이거야 원…… 그러다 사람 잡겠어요!"

하지만 쥐브는 상체를 세우고 침대에 앉은 채, 아직 잠에서 덜 깬 듯 눈을 깜빡거리며 그대로 꼼짝도 하지 않았다.

잠시 후 생각을 하나하나 끌어모으는 기색이 역력한 얼굴로 느릿느릿 중얼거리는 쥐브……

"뭐야…… 팡도르 자네였어?"

"네, 저예요! 이제 알아보시는 거예요? 어서 정신 차리고 일어나세요!"

"일어났네……"

"에이, 아직 어림없는걸요……"

"자네가 보기엔 우스울지 모르지만 난 조금 아까 겨우 잠이 들었단 말이네……"

왠지 쥐브는 천하태평인 것 같았고, 그럴수록 팡도르는 점점 안달이 났다.

"이것 보세요, 쥐브! 제가 지금 중대한 소식을 가져왔단 말이에요!"

"맙소사…… 또 무슨 황당무계한 얘길 하려고 그러나?"

사실 쥐브는 아직 맑은 정신으로 돌아오지 못한 상태였다. 그는 평소 잠을 자도 늘 경계 태세를 유지하느라 거의 선잠에 머무는 경우가 많은데, 그래서인지 이따금 깊은 잠에 빠질 땐 다시 깨어나 제정신을 차리는 데 조금 시간이 걸렸다.

팡도르는 비록 겉으로는 투덜대고 있지만, 친구에게 몇 분 정도 시간 여유를 주어야 한다는 걸 잘 알고 있었다.

그는 우선 수돗가에서 대야에 물을 가득 담아 쥐브에게 가져다주며 이렇게 말했다.

"자, 일단 여기 얼굴을 좀 담가보세요, 쥐브. 정신을 맑게 하는 데는 이보다 더 나은 방법이 없으니까!"

쥐브는 두말없이 고분고분 따랐고, 팡도르는 대야를 제자리에 갖다놓은 뒤 의자에 걸쳐져 있던 옷가지를 형사에게 던져주었다.

그제야 맑은 정신이 돌아온 듯, 쥐브는 바지를 마저 건네는 팡도르를 바라보며 이렇게 말했다.

"그나저나 대체 무슨 일인가? 어서 말해보게. 나도 이제 준비가 다 됐으니까……"

"그거 듣던 중 반가운 소리네요…… 잠은 완전히 깬 거죠?"

"그렇다니까…… 어서 얘기나 들어보자고."

"샤플라르가 죽었습니다!"

"뭐, 죽어?"

"네, 살해당했어요…… 그리고 팡토마스를 잡을 뻔했는데, 그만 놓쳤습니다!"

쥐브는 이제 잠이 깬 정도가 아니라 정신이 번쩍 들었다!

더군다나 팡토마스의 얘기까지 튀어나오자 얼굴색이 하얗게 질리는 것이었다…… 자기 일신의 문제를 놓고는 결코 두려움이라는 걸 모르는 그도, 방금 팡토마스가 저지른 새로운 살인 소식에는 부르르 몸서리가 쳐졌다.

그러면서도 머릿속에 일말의 의혹이 스치는 것이었으니……

쥐브는 대뜸 물었다.

"죽다니…… 팡도르, 샤플라르가 죽었다는 게 확실한가? 만약 그렇다면 정말 끔찍한 일인데……"

"네, 끔찍한 일이죠! 말씀하신 그대로입니다. 기어이 팡토마스가 또 한 건 저지른 거예요…… 자, 어떻게 된 건지 한번 들어보십시오……"

팡도르는 평상시의 냉철하고 명석한 언변을 유감없이 발휘해가면서 약 십여 분에 걸쳐 자기가 경험한 내용을 간명하게 정리해 들려주었다. 어쩌다가 '파리 갈르리' 사장의 저택을 감시할 생각을 하게 됐는지, 어떻게 심야 삯마차에 눈길이 갔고, 어떻게 그 마차 뒤에 매달려 힘겨운 질주를 했는지, 팡토마스가 죽은 샤플라르를 마차꾼인 척 마부석에 앉혀둔 채 마차 안에서 어떻게 말을 몰았는지, 급기야 어떻게 마차에서 탈출해 자취를 감추었는지……

"그래서 일단 마차부터 어디 가지 못하도록 공터에 몰아넣은 뒤, 당신을 만나러 이렇게 헐레벌떡 달려온 거라고요!"

제롬 팡도르는 다소 흥분한 표정이면서도 내심 자신의 일 처리에 만족한 듯 뿌듯함이 담긴 억양으로 이야기를 끝맺었다.

한데 쥐브는 대뜸 이렇게 대꾸하는 것이었다!

"이런 멍청한!……"

"네? 지금 저한테 하신 말씀이에요?"

"아냐, 아니야…… 하느님께 올린 말씀이지……"

그렇게 농을 부리면서도 쥐브는 대답 대신 평소 부아가 치밀 때의 버릇 그대로 발을 쿵 하고 구르더니 거듭 내뱉었다.

"혹시 내가 악몽을 꾸고 있는 건 아닌지 모르겠네! 몽유병에 걸린 거 아니야? 샤플라르가 죽다니!…… 그가 살해당하다니…… 일이 그렇게 되면, 레몽드를 납치한 자가 누구인지, 팡토마스가 진정 원하는 것이 무엇인지, 이번 사건에서 샤플라르의 역할이 대체 무엇인지 등등 온갖 수수께끼 같은 문제들이 완전히 미궁에 빠질 수도 있는 것 아닌가 말이야!……"

쥐브는 자리를 박차고 일어나 전화기를 집어들고는 거칠게 전화를 걸었다.

"쥐브, 지금 어디에 거는 겁니까? 누구한테 전화하는 거예요? 경찰청에 하는 건가요?"

"아니야…… 샤플라르 씨 댁 집사하고라도 얘기를 좀 해보려고……"

"왜요?"

"그야 자네가 착각한 게 분명할 테니까 그렇지! 자네가 방금 한 얘기를 도저히 액면 그대로 믿을 수가 없으니까!……"

"아니, 왜 그렇게 생각하는 거죠?"

"무서워서 그렇다네…… 무서워서!"

쥐브는 한참 동안 전화를 걸었으나 교환수의 응답은 전혀 없었다.

전화 걸 때 진득하니 기다리는 편은 원래 아니었지만, 오늘따라 쥐브는 더더욱 짜증이 났다.

십여 분을 기다린 뒤에야 응답을 해온 교환수 아가씨에게 쥐브는 버럭 고함부터 질러댔다.

"이보시오, 아가씨! 정말 너무하는 거 아니오? 통화가 이렇게 안 돼서야 원……"

"저쪽에서 응답을 안 하는데요, 고객님……"

"무슨 소리요, 그럴 리가!……"

"전혀 응답이 없습니다."

교환수는 지극히 단호하고 확고한 목소리로 대답했다. 쥐브는 극도로 흥분한 상태였지만 어쩔 수가 없었다.

마침내 그는 전화기를 내려놓으며 나직이 으르렁댔다.

"빌어먹을! 샤플라르 씨 댁에서 이렇게 전화를 안 받을 리가 없는데…… 하인이라도 누구 하나쯤은 있을 거 아냐!…… 이제 어쩐다?……"

쥐브는 다짜고짜 팡도르의 팔을 움켜잡더니 정신없이 바깥으로 끌고 나갔다.

마침 지나가는 삯마차 한 대를 불러 세운 뒤, 쥐브는 샤플라르의 집주소를 던지며 요금은 두둑이 주겠노라고 약속했다.

"빨리 좀 갑시다! 어서요!"

마차가 달리는 동안 팡도르와 쥐브는 서로 아무 말도 하지 않았다. 그만큼 어지러운 생각 속에 깊이 파묻혀 있었던 것. 대략 십오 분 후, 둘은 '파리 갈르리' 사장 댁 문 앞에 이르러 마차에서 내렸다.

쥐브가 초인종을 울렸으나 아무도 나오지 않았다.

그는 팡도르에게 의미심장한 눈짓을 하면서 중얼거렸다.

"오, 이런…… 이러면 정말 곤란해지는데……"

쥐브는 다시금 저택 안이 떠나가도 상관없다는 듯 요란하게 초인종을 울려댔다.

마침내 팡도르가 조심스레 말했다.

"다들 아주 깊은 잠에 곯아떨어졌을지도 몰라요!"

형사는 이제 방법을 바꾸지 않을 수 없었다. 초인종으로는 아무 효과가 없다는 걸 인정하고, 주먹질과 발길질을 가리지 않고 문을 마구 두드려대는 것이었다!

그렇게 법석을 떤 지 몇 분쯤 되었을까, 쥐브와 팡도르의 입에서 동시에 환호에 가까운 탄성이 터져나왔다.

"됐다, 됐어!…… 누가 나온다!"

먼저 누군가 나올 차비를 하는 듯 발소리가 들렸고, 이어서 약간 거친 목소리가 새어나왔다.

"거기 누구십니까?"

"경찰이오! 문 열어요!"

잠시 후 문이 열렸고, 늙은 하인 장이 얼굴을 내밀었다.

척 봐도 경황이 없는 표정이었다.

그는 얼마 전부터 자기 주인과 함께 이런저런 일을 의논해오던 사람들임을 알아보자마자 느닷없이 이렇게 말했다.

"아이고, 선생님들. 난리가 났습니다! 끔찍한 일이에요! 아무래도 누가 저한테 마취제나 수면제를 먹인 것 같아요…… 글쎄 아무 소리도 못 들었다니까요…… 맙소사…… 우리 주인님이 사라지셨습니다! 집은 온통 털렸구요! 금고가 강제로 열렸답니다…… 아이고, 이를 어쩌지…… 큰일났어요!"

쥐브와 팡도르는 늙은 하인의 두서없는 하소연을 더 듣고 있을 시간이 없었다. 실제로 샤플라르 씨 댁에 심상치 않은 일이 일어난 게 확실해지자, 쥐브는 팡도르가 해준 얘기를 더는 의심할 수가 없게 되었다.

그는 신문기자의 어깨에 손을 얹고는, 어리둥절해하는 하인은 제쳐둔 채 이렇게 지시했다.

"가세나, 팡도르! 필요하다면 목숨을 내놓는 한이 있어도, 이제는 우리 두 사람이 이 빌어먹을 사태의 진상을 낱낱이 밝혀내야 해. 우리가 팡토마스를 잡아야만 한다고……"

"여기가 확실한가?"

"오, 그럼요! 틀림없습니다!"

"역시 우리가 당했군그래……"

"아니, 이럴 리가 없는데……"

"젠장!"

"말까지 거꾸로 다시 매놓았는데……"

"거꾸로 매놓아서 뭐가 어쨌다는 건가?"

"그렇게 해놓으면 마차가 움직이질 못하죠!"

"얼마나 꼼짝 못하게 만들어놨으면 이렇게 감쪽같이 사라질 수 있을까!……"

불과 한 시간 전 신문기자가 심야 삯마차를 방치해두었던 바로 그 장소 근처까지 택시를 잡아타고 부랴부랴 달려온 두 사람, 요금을 계산하자마자 문제의 공터를 향해 서둘러 걷기 시작했다. 그리고 마침내 현장에 도착했지만, 마차는 온데간데없고 글자 그대로 텅 빈 공터가 두 사람을 맞이하는 것이었다!

한데 이상한 건 팡도르가 기겁을 할 정도로 놀라고 있는 반면, 쥐브는 그럴 줄 알았다는 듯 더없이 침착하다는 사실이었다.

쥐브가 조용히 말했다.

"이보게, 팡도르. 여기 이러고 있어봐야 아무 소용 없어. 마차도 샤플라르의 시체도 여기서는 찾을 수 없을 걸세."

"하지만……"

"어허, '하지만'이라고 할 것도 없다니까!"

"그게 대체 무슨 말씀이세요?"

쥐브는 너털웃음을 터뜨리며 이렇게 말했다.

"허허, 그것 참…… 무슨 말이냐고? 내 말은, 아까 집에서도 잠깐 내비쳤지만, 자네가 정말 멍청이 짓을 했다, 이 말이네! 정말이지 어처구니없는 실수를 했어……"

"아, 좀더 자세히 설명해주세요!"

"설명이고 자시고 할 필요도 없는 문제야…… 자넨 정말 운좋게도 팡토마스가 죽은 마차꾼을 태운 채 몰고 있던 삯마차와 맞닥뜨렸네. 그야말로 대단한 발견이고 엄청난 수확인 셈이지. 한데 그걸 그냥 방치해두고 나를 찾아 달려오는 천하의 어리석은 짓을 하고 만 거야! 시체와 마차가 사라질 게 뻔한 상황에서 말이지……"

"하지만……"

"내 생각에 이건 전혀 어렵지 않은 얘기라네, 팡도르…… 잘 들어봐. 자네가 마차에서 내렸을 때 팡토마스는 과연 뭘 하고 있었을까?"

"그거야 이미 말씀드린 대로 마차 바닥에 난 구멍을 통해 밑으로 빠져 달아나지 않았습니까!"

"천만에! 그는 달아나지 않았네."

"네? 달아나지 않았다니……"

"그렇다니까, 이 멍청한 친구야! 단지 잠시 물러나 있었을 뿐이지. 그리 멀리 떨어지지 않은 곳으로 말이야."

"멀리 떨어지지 않은 곳?"

"당연하지! 그가 했을 행동을 잘 더듬어보라고…… 자네가 마차 뒤에 올라탄 걸 팡토마스는 알고 있었겠지, 안 그런가? 그래서 신경쓰였을 테고…… 그가 어떻게 했지? 오, 그는 자네처럼 순진하고 어설픈 존재가 아니네. 조용히 마차 밑으로 빠져나가긴 했지만, 그대로 줄행랑을 치진 않았어. 모는 사람이 없는 상황에서 당연히 말은 걸음을 멈추었고 말이야…… 자넨 마차 뒤에서 내려 여기저기를 살폈고…… 나름대로 사태의 진상을 짜맞춰보았지. 그런 다음 마차와 시체를 이곳까지 몰고 온 거야.

그러고는 나를 찾으러 왔고…… 자, 이제 그 모든 과정이 진행되는 동안 팡토마스가 어떻게 했을지 짐작이 가나?"

그제야 팡도르는 고개를 푹 떨구며 중얼거렸다.

"그러니까 지금 하시려는 말씀은, 제가 현장을 벗어나자 그동안 어딘가에 숨어서 엿보고 있던 팡토마스가 득달같이 달려와 말을 다시 맨 뒤 마차를 끌고 도망쳤다, 이 말이죠?"

"두말하면 잔소리지!……"

점점 우울한 마음이 더해가면서 팡도르는 한동안 입도 뻥끗할 수 없었다.

"그럼…… 이제 어디로 가죠?"

급기야 기어드는 목소리로 묻는 팡도르에게 쥐브는 툭 내뱉었다.

"그야 눈 딱 감고 잠이나 자러 가야지! 이제 와서 샤플라르가 살해됐다고 경찰에 알려봤자, 자네가 범한 경솔한 실수 때문에 우리 둘 다 엄청난 욕만 얻어먹게 될 테니까…… 이제 우리가 할 수 있는 최선의 일은 사태가 어떻게 전개되는지 잠자코 지켜보는 것뿐이야……"

사실 쥐브가 그런 식으로 말하는 건 좀 야박하다고 할 수 있었다. 물론 팡도르가 잘못하긴 했지만, 그가 알아낸 엄청난 사실의 가치로 미루어볼 때 잘못은 비교적 경미한 편이었기 때문이다. 아무튼 팡도르로선 지금까지 두 사람 다 악착같이 물고 늘어지던 수수께끼를 풀 수 있는 절호의 기회를 놓친 것에 대해 속이 상하는 것만은 어쩔 수 없었다.

쥐브와 팡도르는 사태가 전개되는 양상을 고민하는 가운데 이런저런 이야기를 나누며 대로를 따라 걷고 있었다.

너 나 할 것 없이 이야기에 푹 빠져 있던 두 사람은, 베르사유로를 따라 도는 걸 깜빡한 채 그냥 발길 가는 대로 걸었고, 어느새 푸앵 뒤 주르 고가교 쪽으로 향하고 있었다.

"결국 팡토마스가 우리를 또 한번 엿 먹인 셈이로군! 역시 공포의 거장이면서, 무엇보다도 이번엔 신출귀몰의 진수를 유감없이 선보였다 할 수 있지……"

바로 그때였다. 별안간 쥐브의 말을 가로막으며 무언가에 놀라는 팡도르……

"어어…… 저런!…… 조용히 해봐요, 조용히!……"

그러더니 갑자기 한쪽 팔을 번쩍 쳐들면서 소리치는 것이었다.

"어이, 마차꾼! 마차꾼!…… 이쪽이오, 이쪽!…… 어이, 이봐요!"

갑작스러운 팡도르의 태도를 이해 못한 쥐브는 팔을 붙잡고 만류했다.

"자네 갑자기 왜 그래? 우릴 못 태우겠다는 것 같은데…… 이미 손님이 찼나보지!"

하지만 팡도르는 여전히 마차를 소리쳐 부르고 있었다.

"마차꾼! 마차꾼!……"

순간 쥐브도 사태를 깨달았다.

"그 심야 삯마차인가? 자네가 말한 그 마차야?"

"네…… 아, 이러다 놓치겠어!……"

팡도르가 부르는 소리는 음산한 삯마차꾼의 귀에 들어갔다. 그럼에도 승객을 태울 상황이 아닌 것이 분명했다. 누군가 자신을 부르고 있다는 걸 알아챘지만, 그 즉시 고삐를 바투 잡더니 방향을 틀어 도망치려 했다.

팡도르는 조금도 지체하지 않았다.

마차를 반드시 붙잡고야 말겠다는 결심이 순식간에 그를 행동으로 몰아갔다. 이미 다리에 들어선 마차는 서둘러 방향을 돌리는가 싶더니, 금방이라도 도망갈 태세였다. 팡도르는 쥐브를 놔둔 채 죽을힘을 다해 마차 쪽으로 내달렸다.

"서라! 거기 서!…… 안 그러면 쏜다!"

그러나 마차꾼은 그딴 위협은 안중에도 없는 모양이었다.

이미 완전히 방향을 튼 마차는 팡도르에게 등을 보이고 있는 상태. 총을 쏘아 맞춘다는 것도 쉽지 않은 상황이었다!

하지만 워낙 젊은데다 지금은 욱하는 심정까지 복받쳐오른 팡도르는 죽어라 달린 끝에 마차를 거의 따라잡았다.

덕분에 하마터면 숨이 넘어가는 줄 알았지만……

불굴의 의지를 갖춘 젊은이답게 팡도르는 마지막 순간 달리는 마차의 끄트머리를 덥석 움켜잡았고, 반쯤은 매달리고 반쯤은 질질 끌려가는 상황을 유지했다.

실은 조금만 운동신경이 모자랐다면 마차 밑으로 빨려들어가 뼈도 못 추릴 수도 있는 상황이었다. 보통 사람 같으면 그 정도에서 추적을 포기했을 테지만, 팡도르에게 단념이라는 건 상상조차 할 수 없는 단어였다!

마차꾼이 제아무리 무자비하게 채찍질을 해대도, 깡마른 말의 질주 능력에는 한계가 있었다. 팡도르는 마차와 아슬아슬한 간격을 계속 유지하고 있었다.

미친 듯한 질주는 과연 오래 지속될 수 없었다. 마차꾼이 푸앵뒤 주르 고가교에서 자벨 지구의 둑길까지 이어지는 내리막길로 갑작스레 방향을 틀었던 것이다. 무게중심이 분산되는 틈을 노려 팡도르는 마차 뒤를 붙잡았던 손을 놓고 말의 머리 쪽으로 재빨리 몸을 날렸다. 어깨 위로 쏟아지는 무자비한 채찍질엔 전혀 개의치 않으면서, 그는 마차를 전복시키기라도 할 것처럼 깡마른 말을 길 옆으로 거칠게 밀어붙였다……

이때 운명의 여신마저 신문기자의 팔을 들어주는 상황이 벌어졌다!

난데없이 코앞으로 달려든 사내로 인해 놀란 말이 앞발을 치켜들며 발버둥을 치자, 그만 마차 바퀴 하나가 보도 턱에 부딪히면서 차체가 심하게 요동을 치는 것이었다.

"거기 그대로 있어! 움직이지 마!"

팡도르는 버럭 외치면서 뛰어올라 마차꾼을 덮쳤다. 무릎으로 상대를 내리눌러 완전히 제압한 뒤, 모자를 벗기고 얼굴을 들여다보았다.

"아니…… 이럴 수가!……"

불에라도 덴 듯 화들짝 놀라며 상대에게서 몸을 뗀 팡도르…… 마차꾼의 얼굴을 확인한 순간 그의 머릿속에는, 나탈에서 알게 되었다가 끔찍한 상황에 봉착해 그만 행방이 묘연해진 아리따운 처녀…… 그렇다, 팡토마스의 딸 엘렌의 얼굴이 어둠 속의 섬광처럼 떠오르는 것이었다!

여자는 반쯤 넋이 나가 있는 신문기자를 밀쳐내고 일어나 당당한 목소리로 외쳤다.

"그래요, 팡도르! 네, 저 레몽드입니다! 엘렌이에요!"

바로 그때, 센 강 한복판으로부터 난데없는 비명소리가 밤의 적막을 찢으며 솟구쳐올랐다……

"도와줘, 팡도르! 사람 살려!……"

다름아닌 쥐브의 목소리였다!

적어도 그 순간만큼은 제롬 팡도르의 뇌리에 심야의 삯마차도 팡토마스의 딸도 더이상 존재하지 않았다!

쥐브가 지금 도움을 요청하고 있지 않은가!

쥐브가 위험에 처해 있지 않은가 말이다!

팡도르는 지체하지 않고 외쳤다.

"쥐브! 조금만 더 버티세요!…… 제가 갑니다!"

제롬 팡도르는 미친 사람처럼 제방을 가로질러 달렸고, 옷을 입은 채 머리부터 물속으로 뛰어들었다. 그리고 저멀리 쥐브의 비명소리가 들리는 방향, 물이 튀는 소리가 요란하게 들려오는 그곳을 향해 전속력으로 헤엄쳐갔다……

19
강바닥에서

대체 무슨 일이 일어난 것일까? 쥐브는 왜 도와달라고 비명을 질러댄 걸까? 어떤 위험에 처했기에 가뜩이나 바쁜 팡도르에게 도움을 요청해야만 했던 것일까?

실은 신문기자가 심야 삯마차를 악착같이 뒤쫓아 목숨을 걸고 방향을 틀어 세우는 사이, 쥐브 역시 그를 돕기 위해 안간힘을 쓰고 있었다.

하지만 날렵하고 유연한 팡도르가 도망치는 마차를 따라잡는 동안, 결코 젊다고 할 수 없는 쥐브는 아무리 전속력으로 달린다 한들 한참 뒤처질 수밖에 없었다.

숨이 턱까지 차오르는 걸 느끼면서 쥐브는 연신 이렇게 내뱉었다.

"빌어먹을! 이런 빌어먹을!…… 팡도르가 위험할지도 모르는 상황인데, 명색이 형사반장인 내가 저 빌어먹을 마차꾼을 이대로 지켜봐야 한다니……"

죽어라 달려가던 쥐브는 갑자기 휘청하는 현기증과 함께 그 자리에 멈춰 설 수밖에 없었다. 난데없는 옆구리 통증이 치밀면서 바닥에 털썩 주저앉을 정도로 고통스러웠다.

끔찍한 통증 때문에 잠시 추적을 중단해야만 했다. 지금 당장 젊은 팡도르처럼 민첩한 몸을 가질 수 있다면, 그리하여 젊은 친구 혼자 저 위험천만한 싸움을 감당하지 않게끔 도울 수만 있다면 자기가 가진 모든 것을 다 내줄 수 있을 것 같았다.

아픈 옆구리를 감싸쥐면서 쥐브는 이를 악물고 다리 난간에 기대섰다. 저 아래 아치 사이로 시커먼 강물이 굽이쳐 흘러가고 있었다. 조금 전까지만 해도 달빛 환하던 밤이 지금은 캄캄한 어둠으로 바뀌어 있었다.

그런데 통증 때문에 구부정하게 서서 숨을 헐떡이다 말고, 갑자기 낮은 탄식을 뱉으며 몸을 곧추세우는 쥐브……

"아니…… 저, 저건……"

그는 눈이 휘둥그레진 채 한밤중의 수면 위 어느 지점을 향해 자기도 모르게 팔을 뻗고 있었다.

쥐브는 환상 같은 것에 현혹되는 사람이 아니었다.

아무리 두뇌를 혹사해도 비현실적인 어떤 것이 눈에 보인 적은 한 번도 없었다. 그가 보는 것은 항상 실제로 존재하는 것이었다!

교각에서 약 20여 미터 떨어진 강 한복판에서, 주위의 어둠과 극명하게 대비되는 큼직한 달무리 같은 불빛이 조금씩 고가교 방향으로 나아가고 있는 게 아닌가!

깜짝 놀란 쥐브는 팡도르도 심야 삯마차도 까맣게 잊은 채 이렇게 중얼거렸다.

"맙소사…… 정말 불빛이 떠다니네……"

파리 시민들의 심기를 은근히 어지럽히면서 팡도르의 호기심을 강하게 발동시켰던 문제의 불빛에 대해 사실 쥐브는 큰 비중을 두지 않겠다는 입장이었다. 그만큼 '파리 갈르리'에서 벌어지는 상황이 그에게는 훨씬 더 심각한 양상으로 비쳤던 것이다. 하지만 지금 이 순간 그는 누구보다도 혼란스러웠다.

하필 심야 삯마차가 저리 가까운 곳에 서 있는 이 순간 불빛이 출현한 것은 가뜩이나 예민한 쥐브의 신경을 극도로 자극하고 있었다……

과연 저 정체불명의 불빛의 출몰을 팡토마스라는 이름이 연루된 사건들과 연관지어 생각해야 할까? 아, 미친 짓이고 어리석은 발상 같지만…… 그래야 할 가능성이 아주 없지만은 않았다!

안타깝게도 지금 쥐브에겐 생각할 시간이 그리 많지 않았다. 다른 어느 때보다도 행동! 바로 행동으로 나설 결심이 시급한 때였다! 쥐브는 옆구리 통증도 죄다 잊은 채 팡도르 쪽을 흘끔 건너다보았다. 젊은이는 이미 마차를 장악한 듯 보였다. 쥐브는 욱하는 기분으로 다리 난간을 넘어 오로지 내면에서 부글대는 용기에만 귀를 기울인 채, 저 아래 물속으로 뛰어들었다!

허공을 가르는 짧은 시간 동안 쥐브의 뇌리에는 이런 생각이 스치고 지나갔다.

'이번에야말로 저 불빛의 정체를 알아내야만 해……'

쥐브는 빼어난 수영 실력을 갖췄지만, 다이빙 자체의 충격을 감안해야 했다. 푸앵 뒤 주르 고가교는 수면으로부터 상당히 높이 위치해 있어서, 그곳에서 다이빙을 할 경우 수면에 부딪히는 충격은 실로 엄청날 수밖에 없었다. 그럼에도 쥐브는 다이빙 정석에 맞는 입수 동작을 전혀 고려하지 않고, 급한 마음에 무작정 물에 뛰어들었던 것이다.

물에 떨어지자마자 쥐브는 반쯤 정신이 얼얼한 상태로 일단 아무 저항도 못한 채 흐르는 물살에 몸을 맡겼다. 그나마 차가운 물의 온도 때문에 정신이 금세 제자리로 돌아왔다. 쥐브는 수면 위로 떠오름과 동시에 힘차게 역영力泳을 펼쳤다.

다른 곳은 대체로 물살이 평온했지만, 쥐브가 방금 떨어진 곳은 교각의 아치형 기둥 아래로 강폭이 좁아졌다 다시 트이는 곳이라, 유속이 제법 빠르고 격했다.

지금도 이미 물살에 상당히 휩쓸려 떠내려간 상태……

쥐브는 자기도 모르게 이를 갈았다.

'제기랄…… 이러다가는 불빛이 있던 자리를 찾을 수나 있을까 몰라……'

물에 흠뻑 젖은 옷이 방해가 되고 주위가 캄캄해서 방향 식별도 어려운 상황이지만, 쥐브는 수영의 달인답게 상류 쪽으로 거슬러올라갔고, 마침내 환호의 탄성을 내질렀다!

"옳지, 저기다! 저기야!……"

불과 10여 미터 전방에서 문제의 불빛을 포착한 것이다.

'도대체 저게 뭘까?'

이제 쥐브는 추위도 피로도 전혀 느끼지 않았다. 더더욱 힘을 다해 불빛 쪽으로 헤엄쳐갈 뿐이었다.

이제 얼마 남지 않은 거리…… 조금만 더 가면 손을 뻗어 닿을 수도 있는 상황……

바로 그 순간, 난데없이 악에 받친 고함소리가 그의 입에서 터져나왔다!

"아, 빌어먹을!"

바로 앞에 있던 불빛이 갑자기 사라져버린 것이다! 마치 누가 낚아채기라도 한 듯, 멀쩡하던 불빛이 눈 깜짝할 사이에 자취를 감춰버렸다……

'틀림없이 눈앞에 있었는데…… 두어 번 팔을 저으면 닿을 거리였는데……'

속으로 그렇게 중얼거리며 계속 앞으로 나아가던 쥐브, 끔찍한 경험이 자신을 기다리고 있을 줄은 꿈에도 생각지 못하고 있었다. 그런데 뭔가가 그의 발목을 붙잡는가 싶더니, 아무리 용을 쓰려 해도 온몸에 힘이 쑥 빠지는 게 아닌가! 무언가에 사로잡히는 느낌이랄까…… 하지만 무엇에? 지금으로선 알 수가 없었다. 쥐브의 몸이 서서히 가라앉고 있었다……

이런 절체절명의 상황에서 벗어나기 위해서는 무엇보다 냉정한 정신 상태가 필요했다.

다행히 쥐브는 정신을 잃지 않고 있었다.

더이상 물에 떠 있기 힘들다는 판단이 들자, 그는 아예 작심하고 양껏 숨을 들이켰다.

'흠…… 뭔가에 걸린 것 같은데……'

이런 경우 기댈 수 있는 대책은 오직 하나뿐…… 공연히 저항하느라 기운을 빼기보다는, 힘과 호흡을 비축한 채 상황을 지켜보는 것이 훨씬 현명했다.

한데 아무리 기다려도 발목이 저절로 풀려날 기미는 없어 보였다. 쥐브는 돌연 몸부림을 침으로써 발목에 얽힌 뭔가를 떨쳐내려고 시도했다. 몸을 한껏 움츠렸다 별안간 쭉 뻗으면 발목에 감긴 것이 헐거워지리라는 생각이었다……

그런데 아뿔싸!

쥐브가 물속에서 그런 처절한 노력을 하는 도중, 엄청나게 강렬한 광채가 눈앞에 번쩍하며 나타나는 것이 아닌가! 아까 사라진 그 정체불명의 불빛이 분명했는데, 정작 쥐브가 놀란 것은 그 빛 속에서 눈에 들어온 정말이지 뜻밖의 광경 때문이었다!

그때까지만 해도 발목을 붙잡고 있는 것이 질긴 수초나 떠다니는 밧줄일 거라 생각했는데…… 한마디로 물속에 그가 붙들려 있는 건 그런 우연한 요인 때문이 아니었다. 쥐브는 지금 그보다 훨씬 더 위험한 상황에 처해 있었다!

자세히 내려다보니 저 아래 강바닥을 거니는 잠수부의 반짝이는 헬멧이 눈에 들어오는 것이었다. 잠수부는 한 손에 강력한 손전등을, 다른 한 손에는 쥐브의 발목을 감은 밧줄을 단단히 틀어쥐고 있었다!

지금까지 센 강을 배회하며 정체불명의 불빛을 좌지우지한 장본인이 다름아닌 저 잠수부였다니! 바로 그 잠수부가 강바닥에 발을 디딘 채 이제는 쥐브의 발목을 올가미로 잡아당기고 있었다.

분명 많은 사실을 깨닫게 해주는 광경이었다! 쥐브의 뇌리엔 이런 생각이 스치고 지나갔다.

'팡토마스야! 저건 팡토마스일 수밖에 없어! 나는 이제 끝난 거야……'

그럼에도 불구하고 늘 패기 넘치는 쥐브는 다시금 몸부림을 쳐보았다.

관자놀이에 핏대가 불거지고 반쯤 질식할 것 같은 와중에, 그는 이 곤경에서 벗어날 유일한 동작을 시도했다.

잠수부가 계속 줄을 당기고 있는 상황에서, 쥐브는 재빨리 몸을 틀어 오히려 더 빠른 속도로 깊숙이 가라앉았고, 그 바람에 순간적으로 느슨해진 매듭에서 발을 빼낼 수 있었다.

마침내 탈출에 성공한 쥐브는 힘차게 팔을 저어 수면으로 올라왔고, 크게 심호흡을 했다. 그러면서 또다시 닥칠 싸움에 대비하는 것이었다!

아, 그러나 과연 쥐브가 싸울 수 있을 것인가?

지금 상대는 물속에 웅크린 채 모든 동작에서 완벽한 자유를 구가하는 상태이다. 반면 쥐브는 장시간 허우적대며 숨을 참느라 기진맥진해 있을 뿐 아니라, 차가운 물의 파고드는 냉기는 물론 잔뜩 물먹은 옷의 무게로 당장이라도 가라앉을 것 같은 악조건에 시달리는 중이었다.

아니나다를까, 천신만고 끝에 수면으로 떠올랐나 싶었는데, 다시금 기분 나쁜 올가미의 감촉이 발목을 휘감더니 몸 전체가 아래로 꺼져드는 느낌이 엄습하는 것이었다……

이젠 어쩔 도리가 없었다. 희망은 오직 하나뿐…… 팡도르에게 도움을 요청하는 수밖에!

"도와줘, 팡도르! 사람 살려!……"

쥐브는 필사적으로 소리쳤고, 더는 수면에 떠 있을 수가 없어

다시 물속으로 곤두박질치며 몸부림을 쳤다.

"쥐브! 조금만 더 버티세요!…… 제가 갑니다!"

팡도르는 쥐브의 찢어질 듯한 비명소리가 솟구친 수면 위 어느 한 지점을 향해 빠르게 헤엄쳐 나아갔다.

"조금만 버텨요!……"

팡도르는 죽어라 역영을 펼치면서 있는 힘껏 소리쳤다. 아울러 물속에 어른거리는 정체불명의 불빛을 그 역시 감지하고 있었다. 그것은 가공할 사태가 지금 당장 목전에서 벌어지고 있음을 의미했다.

팡도르가 달무리 같은 불빛에 다다른 바로 그 순간, 쥐브는 더 이상 수면에서 허우적대기를 포기하고 물속으로 빨려들기 시작했다.

수면 아래를 들여다본 신문기자는 잠수부가 강바닥에 서서 올가미를 갖춘 밧줄로 쥐브의 다리를 꼼짝 못하게 장악하고 있다는 걸 단번에 파악했다.

어떻게 해야 하나?

팡도르는 우선 크게 숨을 들이켠 다음, 호주머니에서 칼을 뽑아들고 물속으로 자맥질해 들어갔다. 쥐브를 구출하는 데 오랜 시간이 걸려선 안 되었다.

그 절체절명의 순간, 신문기자가 머릿속에 떠올린 구상은 실로 기발했다. 그는 그것을 기적과도 같이 신속하게 실행에 옮겼다.

우선 잠수부의 반대 방향에서 불빛에 접근했다. 잠수부는 무거운 헬멧을 쓴 상태로 쥐브의 몸을 제압하느라 정신이 없었기에, 뒤쪽에서 누가 다가오는 것을 알아차리지 못하고 있었다. 팡도르는 빠른 속도로 잠수부에게 다가갔지만, 다짜고짜 부둥켜안고 몸싸움이나 하는 미련한 시도는 하지 않았다. 그 대신 손에 쥔 단도로 산소통에 연결된 호스를 끊어버렸다.

효과는 즉각 나타났다!

호흡기 속으로 갑작스레 새어들어온 물에 기겁을 한 잠수부는 밧줄은 물론 불빛의 정체이기도 한 손전등마저 놓아버린 채, 사지를 버둥대며 괴로워하기 시작했다.

그사이 팡도르는 쥐브의 옷깃을 부여잡고 힘차게 수면 위로 솟구쳐올랐다!

눈 깜짝할 사이에 벌인 활약으로 팡도르는 많이 지친 상태였지만, 정신만은 바짝 차리고 흐르는 물살에 그대로 몸을 맡겼다.

마침내 어느 다리 아래 기둥을 지나면서 장식 부조에 돌출한 굵은 쇠고리를 덥석 움켜잡는 데 성공한 팡도르는 쥐브의 머리를 수면 위로 잡아올리며 버티고 있었다……

"팡도르……"

"쥐브!"

"내가 살아난 것 같구먼……"

"네, 그런 것 같네요!"

"음, 숨을 쉬니 이리 좋은 걸 말이야……"

"그래요…… 이제 좀 기운이 나는 겁니까?"

"차츰 좋아지고 있네!"

"그럼 어서 이 쇠고리를 잡으세요. 저도 슬슬 힘이 부치고 있습니다……"

쥐브는 즉시 시키는 대로 했고, 둘은 교각의 기둥 장식에 달려 있는 쇠고리를 함께 그러쥔 채 매달려 있었다.

"팡도르…… 아까 그놈 팡토마스였지?"

"그럴 가능성이 큽니다……"

"아 참, 삯마차는 어떻게 됐나?"

"전복됐어요. 아마 제방에 그대로 방치되어 있을 겁니다."

"마차꾼은?"

쥐브의 질문에 팡도르는 다짜고짜 웃음부터 터뜨리더니 이렇게 대답했다.

"나 참…… 이봐요, 쥐브! 뭐가 그렇게 급하십니까? 우린 방금 물에 빠져 죽을 뻔했어요! 지금도 자칫하면 언제 이 거센 물살에 휩쓸릴지 모르는 상황입니다…… 그런데도 덮어놓고 질문만 하고 있을 겁니까? 하여튼 단단히 붙잡고 계세요. 안 그러면 둘 다 물귀신이 될지도 모르니까…… 제가 그 질문에 대답하면

잡고 있는 쇠고리를 혹시 놓치시기라도 할까 걱정됩니다……"

"아니, 왜?…… 그 마차꾼이 누군데?"

"쥐브, 그 마차꾼이 말입니다, 바로 엘렌이에요! 그리고 레몽드이기도 하고요! 샤플라르가 눈독 들이고 있던 '파리 갈르리' 여점원 있잖아요…… 즉, 레몽드가 다름아닌 팡토마스의 딸 엘렌이더라, 이겁니다!"

팡도르의 마지막 말을 쥐브는 심장이 멎을 것 같은 충격으로 받아들였다.

그게 정녕 사실이란 말인가!

그런 일이 과연 가능하단 말인가!

레몽드가 엘렌, 즉 팡토마스의 딸이라니……

그 심야 삯마차를 몰던 마차꾼이 엘렌이라니……

팡도르가 농담삼아 타박한 것처럼, 쥐브는 지금 팡토마스와 관련해 얻은 수확에 너무 흥분해 현재 두 사람이 처해 있는 아슬아슬한 입장은 까맣게 잊을 정도였다.

"팡토마스의 딸이었다니!…… 아, 그 여자가 팡토마스의 딸이었다니!"

호들갑을 떠는 쥐브를 바라보며 팡도르는 또다시 대차게 웃음을 터뜨렸다.

더군다나 젊은 민완기자는 방금 전 이른바 공포의 거장이 자행한 음험한 범행 시도를 보기 좋게 무력화하지 않았는가 말이다! 팡도르는 무엇보다 쥐브의 목숨을 구할 수 있었던 것이 그렇게 뿌듯할 수가 없었다.

"맞습니다! 누가 아니래요…… 바로 그 여자입니다! 역시 그 아버지에 그 딸 아니겠습니까! 팡토마스는(그가 바로 잠수부였던 거죠) 물속에서 당신과 티격태격하고, 그동안 저는 그의 자랑스러운 혈육인 레몽드와 물위에서 옥신각신하다니요……"

"그래, 그 여자는 어떻게 처리했나?"

"아, 그게 말이죠…… 저는 당신의 비명소리를 듣자마자 마차도 레몽드도 그냥 팽개치고 무작정 물에 뛰어들었거든요…… 당최 다른 생각을 할 수가 있어야죠!"

팡도르의 대답에 쥐브는 한동안 입을 다물고 있었다. 그러는 가운데, 방금 익사 직전까지 갔던 괴로운 기억과 더불어 팡도르의 눈물겨운 헌신을 머릿속에 되새겨보았다.

지금 눈앞에 있는 이 용감한 젊은이는 그를 구하기 위해 조금도 주저함 없이 모든 위험을 무릅쓰고 몸을 던졌던 것이다!

잠시 감정이 복받쳐 목이 메는 것을 꾹 참는 쥐브…… 고마운 마음을 일부러 나무라는 투로 이렇게 표현했다.

"자네는 어쩌면 그렇게 바보 같은 짓만 골라서 하나! 나야 그냥 빠져 죽게 내버려두지 그랬어! 자넨 지금 심야 삯마차를 공터에 처박아두고 나한테 달려온 것과 똑같은 실수를 범한 걸세…… 레몽드를 그냥 놔두고 왔으니, 이제 한동안 그녀를 다시 보기는 그른 것 아닌가!"

이번에는 팡도르도 질세라 똑같이 장난기 섞인 어조로 받아쳤다.

"흠, 그러게 말입니다…… 제가 또다시 멍청한 짓을 저질렀네요! 그녀도 데리고 왔어야 하는데 말이죠…… 한데 말입니다, 쥐브. 솔직히 그건 별로 신중하지 못한 방법일 수도 있어요. 만약 그랬다면 잠수부와 싸우는 광경을 그녀가 지켜봤을 테니 말입니다. 사실 제가 보기에 그 잠수부는 지금쯤……"

"그러게 말이야. 그 잠수부…… 난 왠지 그가 센 강 바닥을 오늘 마지막으로 산책한 건 아닌가 싶어 은근히 걱정되는군…… 그나저나 그놈이 팡토마스인 건 맞나?……"

쥐브와 팡도르는 계속 쇠고리에 매달려 팡토마스를 비롯한 이런저런 문제에 관해 이야기를 나누었다.

지독히 살벌한 위험에서 벗어나 이제 막 죽을 고비를 넘겼음에도 머릿속은 여전히 오랜 세월 매달려온 수수께끼로 가득한 두 사람…… 바로 그것이 그들의 천성이니 어이하랴!

잠수부의 헬멧 속에 숨은 얼굴은 과연 팡토마스였을까?

그들이 본 자가 정녕 공포의 거장이었던가?

만약 그렇다면 도대체 그는 어두컴컴한 강바닥에서 무얼 하고 있었던 걸까?

그리고 무엇보다 지금 팡토마스는 죽은 것일까?

쥐브는 부리나케 팡도르를 흔들어대며 말했다.

"자, 자, 여기서 이럴 게 아니라 어서 움직이자고! 이만하면 쉴 만큼 쉬었으니, 이제 제방 위로 올라가야지. 혹시 레몽드가 우릴 기다리고 있는지 알게 뭔가……"

두 남자는 매달려 있던 쇠고리를 놓고 제방 쪽으로 헤엄쳐갔다.

아니나다를까, 아무도 없었다.

두 사람이 팡토마스와 사투를 벌이는 동안 레몽드에게는 도망칠 시간이 충분했을 터. 심지어 무슨 꿍꿍이속인지 옆으로 누워 있던 마차를 애써 바로 세운 뒤 그것까지 몰고 도망쳤다.

수수께끼 같은 심야의 삯마차는 그렇게 해서 다시 한번 자취를 감추고 말았다!

팡도르와 쥐브는 인적 없는 제방 위를 이리저리 돌아다니다가, 그 정도에서 추적을 접기로 했다. 아무래도 이 밤에 더이상의 소득은 없을 것 같았다. 완전히 탈진에 가까운 몸 상태에다 축축이 젖은 옷이 몸에 달라붙어 걷기조차 힘든 상황이었다.

"쥐브, 이거 몸이 아주 얼어붙을 지경이네요……"

"나 역시 마찬가지네……"

"이제 어떻게 하죠?"

"우선 몸부터 말려야겠지……"

"좋아요, 그런데 어디서요?"

쥐브는 어깨를 으쓱하더니 팡도르를 잡아끌며 말했다.

"좋은 생각이 떠올랐네! 자벨 화물기차역이 여기서 오 분 거리지. 거길 가면 아무 기관차나 화실火室에서 몸 좀 녹일 수 있을 거야. 기관사한테는 어쩌다 물에 빠졌다고 얘기하면 되겠지. 다들 털털한 사람들이니까 그 정도쯤은 허락해줄 걸세!"

"그래요, 어서 가죠!"

팡도르는 흔쾌히 따라나섰다.

20
우연의 연속

사실 레몽드가 도미니크 위송의 음산한 작업실에서 탈출해 우연히 발견한 마차를 몰아 도망치기 시작한 후부터 사태는 정말 이지 걷잡을 수 없는 흐름을 타고 있었다. 마침 그 근처를 지나던 팡도르에게 발각되어 한바탕 곤욕을 치르는 와중에 난데없이 쥐브의 비명소리가 들렸고, 그 바람에 다시 인적 없는 제방 위에 홀로 남겨진 팡토마스의 딸 엘렌…… 아직은 도미니크 위송의 공장에서 충분히 떨어진 상태가 아니었기에 그녀의 머릿속엔 한 가지 생각밖에 없었다…… '도망쳐야 한다. 어떻게 해서라도 가능한 한 빨리 이 지역을 벗어나야 한다!'

대담무쌍하고 불굴의 투지를 갖추었음에도 팡토마스의 딸은 극도의 공포와 피로감에 지칠 대로 지친 상태였다. 하지만 이내 자신을 추스르고 다시금 사태를 헤쳐나갈 각오를 다졌다.

그녀의 머릿속은 빠르게 돌아가고 있었다.

'그 남자는 어디로 간 거지? 대체 무슨 일이 벌어진 거야?…… 도와달라고 소리친 사람은?…… 아, 쥐브!…… 세상에, 쥐브와 팡도르라면 난 승산이 없는데……'

그렇다고 여기 마냥 주저앉아 있을 것인가?…… 천만에!

그녀는 전복된 마차 옆으로 달려가, 남아프리카 평원에서 팡 토마스의 딸로 성장한 독특한 이력이 말해주듯 범상치 않은 능력을 발휘하여 차체를 바로 세웠고, 마부석에 의연히 올라타 전속력으로 도망쳤다. 바로 그즈음, 팡도르는 강바닥에서 정체불명의 잠수부와 사생결단을 치르는 중이었고 말이다!

'어디로 가야 하지?'

그때까지만 해도 레몽드는 자신이 해야 할 행동에 대해 깊이 생각하지 못하고 있었다. 입에서 울분과 두려움이 뒤섞인 탄식만 연신 새어나올 뿐, 마부석에 똑바로 선 채 채찍을 맹렬하게 휘두르며 무조건 전속력으로 달리는 것이었다. 당장은 오로지 도미니크 위송의 저주받은 작업실은 물론, 쥐브와 팡도르로부터도 되도록 멀리 벗어나는 것만을 생각할 따름이었다.

바람에 흔들리는 가스등 불빛으로 희미하게 밝혀진 그르넬 제방을 따라 마차는 한참을 달리고 또 달렸다.

이윽고 레몽드, 즉 엘렌의 마음도 차분히 가라앉기 시작했다.

언뜻 돌아봐도 미행하거나 감시하는 눈은 없었다. 이제 푸앵뒤 주르 고가교로부터 멀리 떨어진 듯했고, 추적을 완전히 따돌려 비로소 안전해진 셈이었다.

엘렌은 깡마른 말의 고삐를 다시금 거칠게 그러쥐며 머리를 굴리기 시작했다.

'팡도르였어! 분명 팡도르였다고! 이젠 그도 내가 누군지 알겠지…… 아, 도대체 이 모든 기구한 사연을 어떻게 이해해야 할까? 나란 인간은 결국 아버지의 희생자가 될 운명이란 말인가? 언제 어딜 가나 팡토마스와 마주쳐야만 한단 말이야?…… 이제 어떻게 해야 하지? 어디로 숨어야 하느냐고……'

차가운 밤바람뿐만 아니라 골치 아픈 상황까지 가세해, 깊은 생각에 잠긴 엘렌을 몸서리치게 만들고 있었다.

그러고 보니 어깨에 걸친 마차꾼의 망토 말고는 옷도 변변히 입지 못한 상태였다.

이대로 날이 밝기 시작하면, 그녀의 묘한 옷차림에 사람들의 시선이 끌릴 게 분명했다.

남의 주목을 끌지 않으려면 무엇보다 마차부터 적당히 처치하는 것이 급선무였다.

방금 앵발리드 광장을 건너 인적 뜸한 제방을 따라 달리면서, 여자는 당장 마차를 버리고 이대로 파리를 벗어나 아예 교외로 도망칠 것을 심각하게 고려하고 있었다. 그런 그녀에게 예기치 못한 또다른 상황이 몰아쳤다!

길가의 덤불숲 그늘에서 웬 목소리가 불쑥 들려온 것이다.

"어이, 마차!"

그와 동시에 털털한 분위기의 한 남자가 모자를 손에 쥔 채 두 팔을 크게 휘저으며 마차 앞으로 쓱 나섰다.

'이건 또 뭐야?'

속으로 중얼거리면서 레몽드는 무의식중에 채찍을 움켜잡고 여차하면 도망칠 태세를 갖췄다.

한데 갑자기 튀어나온 훼방꾼치고는 전혀 악의가 없어 보였다. 밤의 희미한 빛 속에 어렴풋이 드러난 사내의 모습은 지저분한 프록코트 차림에 중산모자, 목소리는 약간 코맹맹이에 흥얼거리는 말투 그리고 다소 비틀대는 걸음걸이였다.

"마차꾼…… 사람 안 태울 거요?"

순간 레몽드는 속으로 쾌재를 불렀다.

이거야말로 밑천 얼마 안 들이고 그럴듯한 변장을 할 수 있는 기회가 아닐까!

이런 고마운 기회를 놓칠 수는 없었다.

레몽드는 최대한 마차꾼처럼 가장하며 물었다.

"어디로 모실까요, 손님?"

"내 가게로 갑시다! 이봐요, 마차꾼, 안 된다고는 하지 마쇼. 요금은 현물로 두둑이 쳐줄 테니까…… 이래 봬도 좋은 술이 그득하외다. 나처럼 대단한 장사꾼이 당신과 건배 한잔 하겠다는데 설마 싫다고 할 거요?……"

마차 앞으로 바짝 다가와 주절대는 사내를 골똘히 바라보던 레몽드, 그만 가슴이 철렁하고 말았다.

아, 세상에나…… 이 우연은 또 뭐란 말인가! 이 남자…… 이 남자는……

레몽드는 애써 아무렇지도 않은 척 어깨를 으쓱하며 다시 물었다.

"손님 가게가 어디쯤인데요?"

"젊은 친구, 거긴 한마디로 파리에서 가장 세련된 구역이라 할 수 있지…… 게다가 당신이 지금 마주보고 얘기하는 이 사람도 보통 사람이 아니라, 이거야!…… 그런 이 몸을 실어나른다면 당신 마차로서도 대단한 영광일 거요…… 솔직히 말해 정말이지 다리가 아파죽겠거든!…… 내 가게는 아르프 가에 있다오…… 그걸로 부족하다면 내 이름도 밝혀드리지. 나는 부지유라 하오. 기성복을 파는 장사꾼이지…… 주문대로 맞춰서 팔기도 한다오……"

그랬다. 얼근히 취한 몸으로 레몽드가 모는 삯마차를 불러 세운 남자는 왕년에 부랑자로 떠돌다 지금은 헌옷을 비롯한 온갖 잡화를 다루는 장사꾼 부지유였다!

하긴, 누가 됐든 무슨 상관이랴!

팡토마스의 딸은 재빨리 결정을 내렸고, 곧바로 그가 마차를 타기 좋게 갖다댔다.

"자, 출발합니다!"

세상에…… 여기서 부지유와 다시 마주치다니!

레몽드는 그를 알아봤지만 그는 레몽드를 알아보지 못했다.

청년 뱃사공 루이로 잠시 '잔 마리'호에서 선상 생활을 했던 레몽드…… 그녀는 다름아닌 부지유에게서 자기가 예전에 입었던 옷을 산 뒤, 제롬 팡도르를 피하려고 그 옷을 손에 쥔 채 센 강에 뛰어들지 않았던가!

레몽드는 처음에 부지유와 맞닥뜨렸을 당시 품었던 의문점, 즉 '표범'에게 갈취당한 옷이 어떻게 그의 손에 들어가게 되었는지를 이번 기회에 확실히 알아내겠다고 마음먹었다.

이제 레몽드는 마부석에 편안히 앉아 느긋이 말을 몰고 있었고, 깡마른 말 역시 삯마차를 끄는 별 볼 일 없는 늙은 말이 다 그렇듯 꾸벅꾸벅 조는 듯한 걸음걸이로 터벅터벅 걷고 있었다. 반면 부지유는 무척 안달을 내며 앉았다 일어났다, 코를 킁킁거리고 난리였다.

마침내 왕년의 부랑자는 마차 문밖으로 상체를 쓱 내밀더니, 한창 생각에 젖어 있는 레몽드의 팔을 덥석 붙들고는 이렇게 물었다.

"어이, 마차꾼!"

“네, 손님?”

“도대체 이 마차 안에 방금 전까지 누가 탔던 거요?”

“그건 왜요, 손님?”

“맙소사, 냄새가 왜 이리 지독해!……”

당황한 상대가 무어라 대꾸하기도 전에 부지유는 계속 말을 이었다.

“제기랄, 모처럼 내 돈 내고 삯마차 한번 얻어 타려는데 재수 참 더럽게 없구먼! 이보쇼, 마차꾼. 당신 마차 정말이지 형편없어! 마치 영구靈柩마차 같은 느낌이 들잖소! 잠깐, 내게 좋은 생각이 있어! 잠시 마차 좀 세웁시다!”

순간 레몽드는 가슴이 또 한번 철렁했다. 저만치 하원 건물 앞에서 외롭게 경비를 서고 있는 순경 두 명이 눈에 띄었던 것이다. 혹시 부지유가 저 공권력의 수호자들에게 뭔가를 호소하려는 것은 아닌가?

하지만 그건 아니었다. 부지유는 과연 기막힌 아이디어를 생각해냈다!

“잠깐 세우라니까! 아무래도 나도 위로 올라가야겠소이다!”

“위로 올라가다뇨?”

“그렇소! 당신 옆 마부석에 말이오!”

부지유는 초로에 접어든 나이에 비해 상당히 민첩한 동작으로 이미 자신의 생각을 실행에 옮기고 있었다. 마차 문을 활짝 열고 훌쩍 뛰어내리는가 싶더니, 곧바로 레몽드 옆으로 뛰어올라 털썩 주저앉는 것이었다.

그는 뿌듯해하는 표정으로 손바닥을 비비며 떠들기 시작했다.

"이것 보라고. 여기가 저 안보다 훨씬 낫잖아! 저 안은 시체 냄새가 난다고!…… 어허, 이보시오, 마차꾼 양반. 꼭 사형수라도 된 것처럼 홍겨워 보이는구려! 그래도 당신처럼 수완 좋은 사람은……"

갑자기 부지유의 말이 뚝 끊겼다…… 그는 입을 다물지 못하고 휘둥그레진 눈으로 레몽드를 바라보고 있었다. 한동안 긴장된 침묵이 흐른 끝에 그가 말을 이었다.

"당신 그러고 보니 사람 기를 탁 막히게 만드는 구석이 있구먼! 숨겨진 모습이 있었어!…… 남자인 줄 알았는데 여자야!…… 어디…… 가만있자……"

부지유의 불안하고 어리둥절한 표정은 점점 도를 더해갔다.

그는 이제 레몽드 쪽으로 완전히 몸을 돌린 채, 그녀의 생김새를 하나하나 뜯어보고 있었다.

이윽고 생각이 정리된 듯 그가 말했다.

"이것 참 재미있는 일이로구먼! 이봐요, 마차꾼, 나 당신을 어디선가 한번 본 것 같은데 말이지……"

"그럴 리가요!"

"아니야, 틀림없이 본 적이 있어! 난 확실하지 않으면 말을 안

하는 사람이거든. 분명 어디선가…… 당신이 남자였을 때 본 적이 있다니까……"

"나 원, 별 해괴망측한 소리 다 듣겠네!"

"오, 천만에!"

부지유는 이제 말을 멈춘 채, 생각에 집중하고 기억을 떠올리려 애썼다.

마침내 삯마차가 아르프 가 모퉁이를 돌아 부지유의 가게가 위치한 허름한 건물 앞에 서자, 이 왕년의 부랑자는 여전히 자신을 알아볼까 초조해하고 있는 레몽드의 팔을 다짜고짜 붙잡고 끌어내렸다.

"내가 어떻게 불러드리면 될까, 부인. 아니, 아가씨…… 마차꾼 아가씨!…… 아니지…… 예전에는 루이였지! 내게서 여자 옷을 산 젊은 친구 루이 말이야…… 자, 자, 우선 나랑 같이 들어가서 한잔하자구! 그러고 나서 사연이나 좀 들어봅시다……"

그로부터 두 시간 후, 두 사람은 부지유의 가게 안에서 한 명은 바닥에 아무렇게나 주저앉고 다른 한 명은 낡은 궤짝에 기대앉은 채 이런저런 이야기를 나누고 있었다.

부지유는 어느새 레몽드의 절친한 친구가 되어 있었다. 그는 자신을 전혀 경계하지 않는 듯 보이는 젊은 처녀에게 미래에 대한 포부를 대차게 늘어놓았다.

그가 거의 자동적으로 술부터 한 잔 쓱 비우고는 말했다.

"사실 나라는 사람은 장사가 별로 안 맞아! 솔직히 말해서 나는 탐험가의 영혼을 가진 인간이지…… 그런데 이곳 아르프 가는 별로 탐험할 일이 없는 곳이야. 그래서 이쯤에서 장사를 접을까 하는데……"

"그럼 앞으로는 뭘 하시게요?"

"음…… 여행이나 하지 뭐……"

"여행을 하신다고요?"

"그렇지. 은퇴하고 슬슬 여행이나 다니는 거지……"

"그동안 돈을 많이 모으셨나봐요, 부지유 씨?"

"오, 천만에! 번 돈을 죄다 포도주 장사에 쏟아부었는걸!"

"그래서 어떻게 됐는데요?"

"다 까먹었지 뭐. 아무튼 더이상 구질구질하게 고생하는 건 질색이야. 헌옷이나 팔고 잡동사니나 주우러 다니는 건 이제 정말 지긋지긋하다니까…… 난 말이야, 부유한 거지나 한번 돼볼까 해……"

"부유한 거지요?"

"진짜 그만한 직업이 없다니까! 이봐요, 부인. 아니, 아가씨. 아니, 마차꾼 아가씨…… 내가 앞으로 할 일은 이런 거외다. 우선 지금의 이 장사를 죄다 처분하는 거요. 그건 어렵지 않은 일이지…… 사실 재고도 거의 남지 않은 상태니까. 그런 다음 슬그머니 페나르 영감으로 변신해 모나코로 자리를 옮기는 거요. 모나코를 터전으로 삼아 거지 노릇을 하는 거지! 거기 부자들이 돈 만지는 곳을 어슬렁대면서 그들로부터 푼돈을 야금야금 뜯어낸다, 이거요. 어떻소, 괜찮은 생각 아닌가?"

"음, 꽤 그럴듯한 생각이군요…… 하지만 거기까지 가려면……"

"작은 당나귀가 한 마리 있으니 그걸 타고 가면 되지."

"보통 여행길이 아닐 텐데……"

"허허, 생각만큼 그리 힘들지는 않을 거요. 한때는 나도 자가용이 있었지만, 역시 당나귀가 낫더군! 조금 느리긴 해도, 무엇보다 확실하게 목적지에 당도한다니까…… 참, 그나저나 좋은 생각이 하나 떠올랐는데……"

"뭔데요, 부지유 씨?"

"혹시 당신 마차하고 말을 처분할 생각이 있다면 말인데……"

순간 레몽드는 귀가 번쩍 뜨였다.

그러지 않아도 어떻게 처치해야 하나 고민인 이 짐덩이를 부지유가 나서서 해결해줄 수만 있다면…… 팡토마스의 딸은 얼른 이렇게 제안했다.

"그럼 말이에요, 부지유…… 제가 마차와 말을 넘길 테니 20프랑만 주시죠."

"오호, 그게 정말이오?"

"네, 그렇다니까요! 단돈 20프랑하고 제대로 입을 옷 한 벌만 주세요."

"이번에는 남자 옷이오, 여자 옷이오?"

"여자 옷이오……"

"저런, 그럼 좀 비싸지는데……"

"무슨 소리예요, 부지유! 대신 마차하고 말을 내놓잖아요!"

부지유는 고개를 절레절레 흔들며 잠시 생각을 굴리더니, 마침내 결정을 내렸다.

"흠, 정 그렇다면 마차를 좀더 살펴봐야겠는걸……"

부지유는 옷장사를 시작하고부터 조금이나마 이득이 될까 싶어 툭하면 써먹던 걸음걸이를 그대로 옮겨, 마차를 세워둔 바깥으로 절뚝절뚝 나가보았다.

그리고 마필 도매상 노릇을 했던 사람답게 전문가다운 눈으로 고삐며 마구 상태를 이리저리 살펴보더니, 입을 비죽이 내밀며 말했다.

"마차는 땔감용으로 안성맞춤이구먼! 한데 말은…… 살아 있기나 한 거요?"

레몽드는 발끈했다.

"살아 있기나 하냐니요? 우릴 여기까지 데려다준 말이에요!"

"그것만으론 부족하지……"

부지유는 말에게 다가가 어깨를 툭툭 두드리며 말했다.

"안녕, 친구. 흠…… 아무래도 순종은 아닌 것 같고…… 그나저나 꼬리는 튼실한지 모르겠구먼!"

"꼬리라뇨?"

"그렇소. 갈기도 괜찮아야 하는데 말이지……"

"갈기는 또 왜요?"

"나한테는 그런 게 무척 중요하거든!"

그러고는 별안간 다시 말이 많아지는 부지유……

"부유한 거지로 자리잡기 위해 모나코로 갈 때 말이오, 여행하는 동안은 어떻게든 연명해야 하지 않겠소? 그래서 이 말을 데려가는 동안 나름대로 소소한 사업을 하나 꾸려볼까 해서……"

"어떤 사업요?"

"녀석의 말총을 뽑아서 반지하고 시곗줄을 만드는 거지. '가스불'이라고 내 단짝 친구가 있는데 예전에 그 친구가 내게 가르쳐준 기술이라오. 그게 제법 잘 팔린다니까……"

십오 분 전부터 부지유와 레몽드는 허름한 가게 안으로 다시 들어와 있었다. 둘은 이제 거의 합의에 도달한 상태였으며, 부지유는 레몽드에게 검은색 서지 천으로 만든 짧은 치마와 줄무늬가 있는 인도 스타일의 긴 윗옷을 내주었다. 또한 큼직한 꽃장수용 바구니도 덤으로 주었다.

부지유는 비록 현물을 내주는 것엔 후했을지 모르나, 마찻값을 현찰로 지불하는 문제에 대해서만큼은 여간 인색하게 굴지 않았다.

하지만 레몽드 역시 악착같이 받아내려고 했다.

어차피 조금 전 아주 흥미로운 이름을 하나 언급한 부지유의 곁을 굳이 서둘러 떠날 필요가 없어진 터라, 얼마든지 시간을 갖고 물고 늘어질 요량이었다.

사실 '잔 마리'호의 젊은 뱃사공 루이 행세를 한 것이 들통났을 때부터, 레몽드는 이 헌옷 장수가 바짝 경계해 쉽게 입을 열지는 않을 거라 지레짐작했기에 질문 같은 걸 해볼 생각일랑 아예 접고 있었다.

하지만 부지유에게서 알아내야 할 것이 한두 가지가 아니었다.

마침내 왕년의 부랑자가 말했다.

"이것 보시오, 아가씨. 20프랑은 너무한 거야…… 10프랑은 쳐주겠소이다. 그것도 램프가 제대로 작동한다면 말이지만……"

"그럼 어디 볼까요?"

팡토마스의 딸은 왕년의 부랑자와 함께 다시 밖으로 나섰다. 부지유의 손에는 기름을 채운 양철통이 들려 있었다. 그는 불이 꺼진 채 방치된 마차 램프 안에 기름을 채워넣었다.

"이래 봬도 내가 램프 다루는 데 일가견이 좀 있지…… 자, 이제 불을 붙입니다!……"

그러나 부지유는 "불을 붙입니다"라고 외치면서 몸은 잔뜩 뒤로 빼고 있었다.

정말이지 누가 봐도 어설프기 짝이 없는 자세였다. 한마디로 어떻게 손을 대야 할지 안절부절못하는 눈치였다. 이건 아니다 싶은 생각이 스치는 가운데, 별안간 질겁한 탄식이 레몽드의 입에서 튀어나왔다!

"어머나, 세상에!……"

큰일이었다!

그만 양철통이 마부석에 엎어지면서 부지유의 입에 물린 담배에서 떨어진 불티와 서로 반응하는 바람에, 순식간에 마차가 화염에 휩싸이는 것이었다……

"어어…… 이런 멍청한!…… 어서 불을 꺼야 해!"

뒤늦게 펄펄 뛰는 부지유…… 하지만 이미 불붙은 마차를 어찌한단 말인가!

낡은 목재로 만들어진 괴이한 삯마차는 마치 성냥처럼 타들어가고 있었다.

일 분도 채 안 돼서 이미 화재는 걷잡을 수 없는 상태로 치닫고 있었다. 하지만 재난은 거기서 끝난 게 아니었다. 갑작스러운 화기火氣에 기겁을 한 깡마른 노마老馬가 반쯤 그을린 몸으로 아르프 가를 따라 미친듯이 질주하기 시작한 것이다.

"맙소사!……"

부지유의 탄식에 레몽드 역시 자기도 모르게 중얼거렸다.

"세상에…… 이를 어째!"

둘은 누가 먼저랄 것도 없이 멀어지는 마차를 쫓아 죽어라 달리기 시작했다.

그야말로 하나의 거대한 횃불이 아르프 가를 지나 프티 퐁 다리 앞으로 치닫는 중이었다……

말은 완전히 혼비백산한 상태였다.

화염이 점점 자기 몸으로 옮겨붙는 것 같은 느낌에, 가엾은 짐승은 다짜고짜 보도로 침범해 올라서는가 싶더니, 노트르담 광장 쪽 프티 퐁 다리로 급하게 방향을 트는 것이었다.

한데 바로 그 순간, 불행하게도 심야 삯마차는 보도의 턱에 부딪혀 튀어오르면서 다리 난간을 굽어보는 가로등을 들이받더니 그 너머로 아슬아슬하게 걸쳐지는 것이었다!

곧바로 달려온 부지유와 레몽드의 눈앞에는 정말이지 기상천외한 광경이 펼쳐져 있었다. 활활 타오르는 마차가 다리 난간 너머에 대롱대롱 매달려 있다시피 하고, 말은 네 다리로 보도를 굳건히 디딘 채, 수면 위로 곤두박질치려는 마차의 무게를 가까스로 지탱하고 있었다!

"제기랄! 이런 우라질 노릇이 있나…… 사람 미치고 팔짝 뛰게 만드는구먼!……"

부지유의 입에서는 거친 탄식이 마구잡이로 튀어나오고 있었다.

이윽고 완전히 연소된 마차는 정확히 두 개로 쪼개져버렸다. 뒷바퀴를 단 차체가 강물에 떨어져 그대로 사라져버리는 가운데, 남은 앞부분 반쪽만 지탱하게 된 말은 순간적으로 비틀하며 앞으로 몸이 쏠렸다.

그 와중에도 부지유는 정신을 추슬러 우선 말부터 바로잡더니, 차축과 연결된 두 개의 앞바퀴를 유심히 바라보며 말했다.

"오호라, 이것도 꽤 재미나겠는걸! 잘하면 경주용 마차인 줄 알겠어…… 경마장에서 흔히 구경할 수 있는 이륜마차 말이야…… 이봐요, 아가씨. 내 뭐랬소…… 곧 죽어도 이 몸은 멋쟁이가 될 거라 했잖소!"

부지유는 저 혼자 껄껄 웃다 말고 레몽드로서는 가장 흥미롭다고 해야 할 말을 덧붙였다.

"아무래도 오늘밤 안으로 내 페가수스의 말총을 좀 뽑아두어야겠어. 그런 다음 내일 '서푼에 술 한 잔'에 가서 '가스불'더러 시곗줄 만드는 방법이나 좀 전수해달라고 해야지!"

레몽드는 고개를 끄덕여 동의를 표했다.

사실 그 순간 팡토마스의 딸은 부지유의 그 말을 "'가스불'은 '서푼에 술 한 잔'이라는 술집에 자주 얼굴을 내민다'는 뜻으로 새겨듣고 있었다……

어쨌든 레몽드는 삯마차가 깨끗이 자취를 감춰준 것만으로도 기분이 그리 나쁘지 않았다.

21
꽃 파는 여자

‘서푼에 술 한 잔’은 주로 흉악한 건달과 파렴치한 악당 들이 자주 드나드는 싸구려 술집으로, 늘 떠들썩한 분위기에 언제든 대형 사고가 터질 소지가 다분한 곳이었다.

“말한 그대로 해치우는구먼!”

“달걀값은 자네가 치르는 거야!”

“아무래도 자넬 능가하려면 낙타라도 대령해야 하겠는걸!……”

“아, 뭐 이 정도 갖고…… 별것도 아닌데……”

“그토록 짧은 시간에 삶은 달걀 열두 개를 아무것도 안 마시고 먹어치우다니…… 이런 돼지 같은 친구, 건강 하나는 떼놓은 당상이겠어!……”

‘몽파르나스의 바리케이드’를 위시해서 ‘짭새들의 공포’, 일명

'개구리'라 불리는 티틴, 그리고 '뺑쟁이'와 '서푼에 술 한 잔'의 주인장에 이르기까지, 술집 안 터줏대감들은 다들 동경 어린 감탄을 금치 못하며 환호를 터뜨리고 있었다.

떠들썩한 탄성의 대상은 오직 한 사람, 그곳에 모인 모든 이의 형제이자 친구, 허리에 군살 하나 없는 '가스불'이었다.

'가스불'은 방금 내기를 걸었고, 정말이지 엄청난 과업을 성공적으로 수행한 상태였다. 즉 아무것도 마시지 않으면서 쉬지 않고 열두 개의 삶은 달걀을 먹어치운 것이다!

바지가 흘러내리지 않도록 두른 빨간색 허리띠 너머로 출렁이는 뱃살이 넘칠 듯 범람하는 '뺑쟁이'가 이렇게 말했다.

"내 미리 충고 하나 하겠는데, 언제든 자네 모가지가 달아날 때가 되면, 단두대에 오르기 전에 오늘 해치운 이 메뉴를 꼭 다시 주문해서 본때를 보여주라고. 천하의 데블레*라도 그 앞에서는 혀를 내두르며 내빼고 말걸!……"

그러자 옆에 있던 '개구리'가 맞장구를 쳤다.

"아무렴, 질렸다며 풀어줄지도 모르지……"

'가스불'은 가슴을 한껏 펴고 카운터에 기대선 채, 친구들의 온갖 찬사를 의젓하게 감상하고 있었다. 그러다가 변두리 억양이 물씬 풍기는 기름진 목소리로 대뜸 내뱉었다.

---

* Anatole Deibler(1863~1939), 프랑스에 실존했던 유명한 사형집행인.

"어허, 은근슬쩍 칭찬만으로 입 닦으려 하면 섭섭하지…… 만날 말로만 잘한다 잘한다 하지 말고, 뭔가 좀 그럴듯한 걸 줘봐, 이 사람들아!"

"하긴, 목이 상당히 마를 거야?"

"죽을 지경이네!"

이에 구부정한 어깨와 안짱다리가 특징인 '짭새들의 공포'가 앞으로 쓱 나서며 말했다.

"좋아, 내가 한턱 쏘지…… 어이, 주인장, 내 말 안 들려? 여기 한 잔 가득 부으라니까!"

'서푼에 술 한 잔'의 주인장이 그런 주문을 못 들을 리 없었다. 탁월한 술장사꾼인 주인장에겐 아주 특별한 감각이 있어서, 단골들의 영혼 속에 깊이 잠재되어 있는 술꾼 본능을 기막히게 읽어낼 줄 알았다.

"모두가 서로에게 한 잔씩 돌리는 걸로 하는 게 좋겠죠?"

슬그머니 떠보자, 아니나다를까, '가스불'이 호기롭게 외쳤다.

"그야 두말하면 잔소리지!"

주인장은 서둘러 물었다.

"모두 몇 명이죠?"

일곱 명이었다. 주인장은 술 일곱 잔을 부랴부랴 따랐다.

"건배!"

"건배!"

"크하…… 잘도 넘어간다!"

약속이라도 한 듯 단번에 잔이 비워지자, 이번에는 가게 차원에서 특별한 배합으로 섞어 만들고 '몽둥이찜질'이라 이름 붙인 혼성주를 새로 부었다.

그렇게 한 순배 떠들썩하니 돌아가는 가운데, 단골들보다 훨씬 영악한 주인장은 제조법에 통달한 혼성주를 절대 입에 갖다 대지 않고 슬그머니 바닥에 부어버리는 것이었다. 그는 한껏 분위기를 띄우며 이렇게 외쳤다.

"자, 이제 여섯 잔 남았습니다!"

아니나다를까, 떠들썩한 환호가 여기저기서 뒤를 이었다.

"저 친구, 삶은 달걀을 꿀꺽하더니만 기가 펄펄 사는 모양이야!"

"어이, '가스불'! 그렇게 술 많이 마시면 '불꽃' 꺼질까봐 걱정 안 되나? 심지가 젖으면 불붙는 것도 곤란할 텐데 말이야……"

"내버려두게나! '가스불'이 아니라 '알코올램프'인가보지 뭐."

그렇게 각자 나름대로 재치를 짜내 농을 던지고 있었다.

하지만 정작 '가스불'은 이미 그 모든 것이 안중에도 없는 듯 보였다.

반시간 전 내기를 시작할 때부터 얼근한 상태였던 그는 또다시 술이 들어가자 완전히 취해버렸다. 어깨 위에서 이따금 고개를 끄덕끄덕하더니 얼굴이 창백해지는가 하면, 가게 안이 제법 후텁지근함에도 불구하고 등줄기를 따라 오싹한 기운이 훑고 지나가기도 했다……

아무래도 평상시보다 어딘지 안 좋은 상태였다. 가뜩이나 비쩍 마르고 키만 훤칠해 엄청 위태위태해 보이는 체격이 도저히 버티지 못하고 금방이라도 허물어질 것 같은 눈치였다.

그걸 본 '뺑쟁이'가 중얼거렸다.

"달걀 때문인지 독주 때문인지 모르겠네…… 저 친구 좀 보라고…… 눈이 막 돌아가잖아…… 저러다 눈이 그대로 튀어나오는 거 아닌지 모르겠어!"

건달 패거리 모두가 걱정보다는 신기해하는 마음으로 '가스불' 주위에 몰려들기 시작했다. 그는 이제 거의 기계적인 동작으로 연거푸 술잔을 비웠고, 자기가 무엇을 마시는지 의식하지 못하는 술꾼 특유의 무모함 속에서 계속 술을 요구했다.

그렇게 다들 '가스불'을 중심으로 웅성대고 있는데, 웬 여자가 가게 안으로 들어섰다.

거의 소녀라 해도 과언이 아닐 만큼 앳된 처녀였는데, 허름한 옷차림에 머리는 잔뜩 헝클어진 꼴이었지만, 생기가 도는 눈빛과 발그레한 볼에선 상당한 매력이 풍기고 있었다. 그녀는 제비꽃이 잔뜩 담긴 커다란 꽃바구니를 한쪽 팔에 끼고 있었다.

"여러분, 꽃 사세요! 꽃요! 거저 드리는 거나 다름없는 가격이랍니다!"

꽃 파는 아가씨는 거침없는 태도로 들어와 낭랑한 목소리로 외쳤다.

"어이, 아가씨!"

처음 꽃 파는 아가씨를 부른 사람은 '짭새들의 공포'였다.

카운터 쪽으로 다가온 처녀는 사람들을 흘끔 돌아보았다. 그 중에서도 특히 '가스불'을 유심히 바라보는 눈치였다.

건달이 계속 말을 걸어왔다.

"그 꽃바구니 전부 해서 얼마면 되나?"

"10프랑짜리 금화 한 닢이면 돼요."

"뭐야? 말도 안 돼…… 뭐가 그리 비싸!"

"그 정도면 산 값 그대로 파는 건데요……"

"닥쳐! 누굴 바보 취급하는 거야?"

"오, 천만에요! 그럴 리가요……"

"시끄러워!"

'짭새들의 공포'는 꽃 파는 아가씨의 어깨를 와락 그러쥐더니 카운터 쪽으로 거칠게 끌어당겼다.

"자, 한 잔 마셔! 거 있잖소, 주인장! 여기 이 아가씨에게 한 잔 따라봐…… 가만 보니 제법 괜찮은 색시 같은데……"

꽃 파는 아가씨는 치근거리는 사내를 완강하게 뿌리치고는, 전혀 겁에 질린 티 없이 또박또박한 목소리로 내뱉었다.

"이 손 치우지 못해요!"

그런 다음, 알딸딸하게 취한 상태에서도 골똘한 눈초리로 자신을 바라보고 있는 '가스불'을 가리키며 물었다.

"이분은 왜 이래요?"

"흠, 뱃속이 어떻게 됐나보지……"

"당신이 이분을 취하게 만든 건가요?"

아가씨의 갑작스러운 질문에 '뺑쟁이'는 얼떨떨한 표정으로 대답했다.

"나? 아니!…… 그런데 아가씨가 이 친구 임자야?…… 거 보아하니 겁이 없구먼. 어린 아가씨가 말이야…… 저 친구가 혼자 술도 못 마시는 줄 아나? 다 큰 어른인 거 안 보여? 도대체 그쪽한테 어떻게 해야 하는데?"

꽃 파는 아가씨는 작심한 듯 '가스불' 앞으로 다가가 빤히 쳐다보며 지극히 차분한 어조로 말했다.

"자기 취한 거 맞아? 우리 아기…… 제비꽃 한 다발 줄까?……"

순간 주위에서 한꺼번에 폭소가 터졌다.

아, 말도 안 돼! 정말 맹랑한 아가씨 아닌가…… 어설프기 짝이 없는 애교 몇 마디면 제아무리 극심한 복통도 단번에 가라앉힐 수 있다는 눈치다! 지금 천하의 '가스불'을 갓난아기처럼 어르고 있지 않은가! 그것도 아주 진지하게……

하지만 사람들의 주의력은 금세 느슨해졌다.

난데없이 출현한 이 아가씨에 대한 관심과 농담은 이미 시들해지기 시작했고, 사람들은 그녀를 내버려둔 채 또다른 화제에 매달렸다.

불쑥 얘깃거리를 끄집어낸 사람은 이번에도 '짭새들의 공포'였다.

"그나저나 누구 아는 사람 있나? 심야 삯마차와 샤플라르 영감 건에 대해 짭새들이 어떻게 처리하고 있는지 말이야……"

아무도 선뜻 나서서 대꾸하는 사람이 없었다. 심지어 '뺑쟁이' 조차 그 얘기는 금시초문인 모양이었다.

마침내 '개구리'가 말했다.

"어쩌면 '가스불'이 뭔가 얘기해줄 수 있는지도 모르지. 하지만 지금 저 친구 상태로는 아무리 물어봤자 소귀에 경 읽기일 것 같군그래……"

하지만 '뺑쟁이'는 계속 그 문제를 물고 늘어졌다.

"그놈의 '파리 갈르리' 사장 살해사건은 정말 보통 사건이 아니라던대!"

그럼에도 '짭새들의 공포'가 심드렁한 반응을 보이자, '뺑쟁이'는 발끈하듯 덧붙였다.

"글쎄 진짜라니까! 실은 내가 부리는 계집 중 한 명이 요령 좋은 짭새 한 놈과 친하게 지내거든…… 그래야 길거리에서 편하게 영업을 할 수 있으니까…… 아무튼 내가 그 짭새 녀석한테서 얻은 정보가 있다구!"

"그래, 무슨 대단한 정보인데?"

"일이 줄줄이 벌어진 것 같더라고. 샤플라르 영감이 팡토마스 손에 죽은 것 같다는 거야…… 그런 다음 삯마차로 어딘가에 운반되었는데, 그 와중에 마차하고 시체가 모조리 사라져버렸다나 봐! 그것도 쥐브의 단짝이라는, 반은 신문기자이고 반은 탐정이나 마찬가지인 팡도르인지 팔푼이인지 하는 녀석 면전에서 말이야……"

쥐브라는 이름이 튀어나오는 순간, 술집 안에는 묘한 분위기가 감돌았다! 이른바 형사 중의 형사로 유명한 그와 평소 언제 어디서든 맞닥뜨릴 수 있다는 생각에 흠칫하지 않을 사람은 그 안에 아무도 없었던 것이다.

아, 누가 감히 그를 모른다고 하겠는가!…… 그는 누구도 함부로 만만히 볼 수 없는 부류에 속했다. 마음만 먹으면 누구든 단숨에 잡아 가둘 수 있고, 잡힌 쪽이 조금이라도 시침을 뗀다거나 엄살이라도 부릴라치면 가차없이 죄목을 부풀려가며 혼을 빼놓는, 그야말로 무시무시한 형사였던 것이다!

이제는 모두 그 화제를 중심으로 너나없이 떠들어대는 분위기였다.

주인장은 다섯번째 잔을 돌리고 있었고, 가장 극성스러운 술꾼들은 슬슬 더위를 느끼기 시작했다. 다들 머리가 빙글빙글 도는 가운데 테이블에 아무렇게나 걸터앉아 가게 이쪽 끝에서 저쪽 끝으로 고래고래 고함을 질러댔다.

"알고 보니 별로 쓸 만한 정보도 아니구먼 뭘 그래! 죄다 짭새들이 지어낸 시시껄렁한 얘기들뿐이잖아…… 샤플라르 그자는 죽지 않았어. 멀쩡하다고!"

"그가 멀쩡하다고?"

'몽파르나스의 바리케이드'가 쩌렁쩌렁 한마디하자, '뺑쟁이'는 앉아 있던 테이블에서 내려와 동료에게 바짝 다가들더니 따지듯 물었다.

"자네 제정신이야? 분명 취한 거 아니지?…… 그자가 멀쩡하다고? 좋아, 그럼 무슨 근거로 그런 허풍을 떠는 건지 이 자리에서 한번 공개해보지그래! 여기 있는 친구들을 졸로 보는 게 아니라면 자기 말에 책임을 져보라고!"

다행히 '몽파르나스의 바리케이드'는 자신이 속한 세상을 잘 아는 사람이었다. 물론 그는 이 구역 출신은 아니었다. 몽마르트르에서 위세를 떨칠 일도 없는 만큼, 그는 이 동네 패거리들과 특별한 볼일도 없는 입장이었다. 하지만 그 역시 뒷골목 생리라면 나름 이력이 난 몸인데다, 멘 로에서는 제법 알아주는 거물이었다.

그런 '몽파르나스의 바리케이드'가 '뺑쟁이'의 으름장에 조금이라도 위축될 리는 만무했다.

더군다나 지금 상대는 술에 절어 있는 상태이며, 주제넘게 떠들어대는 것 역시 이곳 '서푼에 술 한 잔'의 밀주가 독으로 작용한 때문이 아닌가!

'몽파르나스의 바리케이드'는 점잖게 타일렀다.

"공연히 광분하지 말게나. 설명을 원한다면 이걸 보면 돼……"

그러면서 털이 수북한 가슴, 볼록하게 솟은 셔츠 속에서 때묻은 조간신문을 한 부 쓱 꺼내 내밀었다.

"이 안에 모든 얘기가 들어 있지…… 자, 여기 이 기사를 읽어 보라고. 샤플라르는 자네나 나처럼 멀쩡한 것으로 알려졌으며, 단지 백화점이 문 닫는 동안을 틈타 스위스를 여행중이라고 되어 있다니까. 그 증거로, 오늘 아침에도 경리부에 이런저런 지시를 내리려고 편지를 보냈다지 않은가 말이야…… 자, 직접 읽어 봐. 거기 죽 나와 있으니까……"

과연 '몽파르나스의 바리케이드'의 얘기는 모두에게 신선한 충격이었다!

처음에는 다들 그가 흰소리를 지어낸다고 생각했지만, 막상 신문을 살펴보고는 분명한 사실임을 인정하지 않을 수 없었다.

한 치의 오차도 없는 정확한 진실!…… 틀림없이 '파리 갈르리'에는 샤플라르 씨의 임박한 귀환을 알리는 편지가 당도했다. 신문에 기사화된 만큼 확인된 사실로 볼 수밖에 없었다!

친구들을 대신해 큰 소리로 기사를 낭독한 '뺑쟁이'는 아직도 뭐가 뭔지 몰라 어리둥절한 모양이었다.

"도무지 알다가도 모르겠구먼! 그럼 마차에 타고 있는 샤플라르 영감의 송장을 봤다는 그놈의 팡도르인지 뭔지 하는 친구 얘긴 대체 뭐냐고?"

아무도 선뜻 나서서 대꾸하는 사람이 없었다…… 다만 실제로 죽지도 않은 사람의 죽음에 얽힌 이 사건에는 뭔가 특별한 내막이 있을 거라는 추측만 무성할 뿐이었다. 이를테면 경찰측의 은밀한 의도 같은 것이 작용한 사건이라고나 할까. 어이없게도 그것이 제대로 먹힌 셈이었다!

모처럼 다들 입을 다물고 이 석연치 않은 상황에 어리둥절해하며 생각을 굴리는 사이, 꽃 파는 아가씨가 또 관심의 대상으로 떠올랐다.

그때까지 아가씨는 카운터에서 여전히 술만 퍼마시는 '가스불' 곁을 얌전히 지키고 있었다. 이제 그녀는 아예 건달의 팔짱까지 낀 채 다정하게 속삭이고 있었다.

"자기야, 나랑 가자, 응? 술 너무 많이 마셨어! 바람 좀 쐬면 기분이 좋아질 텐데…… 어서 가자, 응?……"

별안간 사람들 사이에서 웃음이 터져나왔다.

"히야, 저것 좀 봐! 여자가 아주 제법인걸!"

이윽고 그녀 주위로 술꾼들이 꾸역꾸역 모여들었다. 다들 제대로 서 있기조차 힘들 만큼 취해 있었다. 정말이지 뭣도 모르는 이 맹랑한 아가씨가 된통 한번 혼이 나고 싶어서 이러나? 자고로

'가스불'은 만취한 다음날 험악하기로 소문난 불한당이니 말이다…… 술 마신 다음날 그의 지독한 숙취 후유증은 술꾼 동료들 가운데서도 유명했다.

벌써부터 주변에서는, 어느 날 갑자기 사라진 그의 옛 정부 '표범'도 그 후유증의 '매운맛'을 톡톡히 보았을 거라는 소문이 자자했다.

그럼에도 불구하고 꽃 파는 아가씨가 굳이 '가스불'에게 달라붙어 끝끝내 데리고 나갈 기세였기에, 술집 안에선 졸지에 뜨거운 환호성이 터져나왔다.

"브라보! 정말 대단한 아가씨야! 브라보!…… 저런 여자가 여남은 명만 더 있으면 좋겠구먼!…… 저런, 전혀 떨지도 않잖아!"

꽃 파는 아가씨는 우글거리는 다른 불량배들 따윈 안중에도 없는 듯했다.

그녀는 '가스불'을 반강제로 이끌며 가게 문을 나섰다.

"어때요, 훨씬 낫죠? 내 말 잘 들려요, '가스불'?…… 자, 정신 좀 차려봐요!…… 오, 손은 신경쓰지 마요…… 내가 일부러 등 뒤로 묶은 거니까…… 애써봤자 소용없을 거예요! 조금만 반항하면 개죽음당할 수도 있답니다!"

'가스불'은 따지듯 발끈했지만 이미 형편없이 맥빠진 목소리였다.

"도대체 당신 누구요?"

"어머나, 날 못 알아보겠어요?"

둘은 '서푼에 술 한 잔'에서 얼마간 떨어진 외진 공터에 와 있었다.

아가씨가 건넨 암모니아수를 한 모금 마셔서 그나마 약간 정신이 돌아온 '가스불'…… 난데없이 등뒤로 손이 결박당한 상태인데다 바짝 들이댄 총구 앞에서 덜컥 겁이 난 그는, 술집을 나오자마자 자기 집으로 데려가기는커녕 낯선 공터로 끌고 와 다짜고짜 이래라저래라 협박을 일삼는 이 묘한 아가씨의 정체를 가늠하기 위해 어둠 속에서 쩔쩔매고 있었다.

꽃 파는 아가씨는 여전히 위협적인 어조로 말을 이었다.

"나를 못 알아보신다니 정식으로 소개하죠, '가스불.' 당신 앞에 서 있는 이 꽃 파는 아가씨는 사실 레몽드랍니다!…… 예전에 당신이 잡아 가두었지만 용케 달아났던 레몽드요! 그 레몽드가 당신한테 진 빚을 갚으려고 이렇게 다시 온 거예요!"

그제야 '가스불'은 온몸을 부들부들 떨었다. 자칫하면 마지막 순간이 그리 멀지 않을 수도 있다는 것, 꽃 파는 아가씨로 감쪽같이 변신한 레몽드의 저 총구가 결코 어설픈 장난이 아니라는 것을 그는 직감하고 있었다.

건달은 이제 눈물까지 글썽이며 더듬거리기 시작했다.

"빚, 빚을 갚다니…… 내가 무슨 짓을 했다고?……"

"흠, 과연 그럴까?"

레몽드는 아주 의연하고 자신만만해 보였다.

"내 말 잘 들어요, '가스불.' 우리 서로 시간낭비 하지 맙시다…… 당신은 나라는 사람을 잘 모르겠지만, 내 말을 신뢰하는 게 좋을 거예요. 어차피 지금은 내가 강자니까…… 그러니 내가 하는 말을 잘 듣고 솔직하게 대답해야만 해요. 나를 도와야 한단 말입니다. 그러면 그 대가로 목숨은 안전하게 보장받을 수 있어요. 하지만 그러지 않고 나를 속이려 들거나 순순히 따르지 않는다면……"

"순순히 따르지 않는다면?"

'가스불'은 벌벌 떨면서도 슬그머니 물었다.

"한 방에 골로 보내버리지!"

레몽드는 아무 스스럼 없이 권총을 똑바로 겨누며 내뱉었다.

"이제 알아듣겠어요?…… 자, 어떻게 할 거죠?"

'가스불'은 저항하고 싶은 마음이 그다지 들지 않았다.

분명 그에게 불리하게만 돌아가고 있는 상황. 기껏 취기에서 깨어났다 싶었지만, 양손이 결박당한 채 외나무다리에서 마주치듯 원수 같은 여자와 맞닥뜨린 상태이니 말이다.

아무래도 지금은 잔꾀나 부릴 때는 아닌 듯했다. 그는 완전히 궁지에 몰렸음을 시인하고 순순히 털어놓았다.

"무엇을 알고 싶소?"

"왜 나를 납치했지요?"

"누가 시켜서 그런 거외다……"

"그것만으로는 설명이 안 되는데……"

"대가로 돈을 받았소."

"그럴 줄 알았어…… 누가 시킨 거죠?…… 돈 준 사람이 누구예요?"

순간 '가스불'의 얼굴이 보기 흉하게 일그러졌다. 적당한 말을 찾는 눈치였다.

"음…… 그건 말해줄 수 없소!"

"어허, 이거 왜 이러시나…… 자, 어서 말해요!"

"그걸 말하면 내 목숨도 끝장날 거요……"

"말하라니까, '가스불.' 내 손에 들린 총이 안 보이나?"

'가스불'은 점점 더 갈등하는 기색이었다.

"당신 생각에는 누구 같소?"

갑작스레 툭 튀어나온 반문에, 이번에는 레몽드 쪽에서 당황하는 눈치였다.

레몽드에게 혹시 짚이는 사람이라도 있는 걸까? 그녀 입장에서도 자기 입으로 그걸 토해내는 게 여간 끔찍스럽지 않은 모양이었다…… 설마 납득할 수가 없어서일까?…… 감히 '가스불'을 찾아가 그런 짓을 사주하고 돈을 지불할 만큼 대담한 자라면 과연 누구일까? 도대체 누가……

이미 오래전부터 스스로 묻고 또 물어온 그 질문에 대해, 레몽드는 단 하나의 대답 말고는 생각할 수가 없었으니…… 그것은 피와 공포의 이름…… 다름아닌 아버지의 이름이었다!

그렇다. 무슨 짓이든 거칠 것 없이 해치울 수 있는 존재이자, 자신의 모든 불행을 유발한 장본인으로 레몽드가 내심 지목할 만한 자가 아버지 말고 또 있겠는가!

레몽드는 나지막한 목소리로 이렇게 중얼거렸다.

"누구일 것 같으냐고? 아…… 팡토마스……"

자기도 모르게 내뱉은 그 이름과 함께 레몽드는 무섭게 몸서리를 쳤다.

한데 그녀의 고통스러운 입장을 전혀 눈치채지 못한 듯 '가스불'은 아무렇지도 않게 대꾸했다.

"팡토마스? 오, 천만의 말씀이오! 일단 난 그가 요즘 무얼 하며 지내는지 전혀 모르고 있소. 게다가 그쪽 패거리는 죄다 흩어진 걸로 알고 있는데…… 아무튼 팡토마스는 아니올시다!"

"그럼 누구지?"

"굳이 말하자면…… 그자한테 상당한 관심을 갖고 있는 누군가라고나 할까……"

"어서 속시원히 말하는 게 좋을걸!"

"어허, 글쎄 얘기한다니까!…… 팡토마스에게 일종의 우정이라 할 수 있는 각별한 감정을 가진 어느 여인이외다…… 반대로 당신한테는 엄청난 앙심을 품고 있었지. 당신이 팡토마스의 연인이 되려 한다고 생각했으니까!"

"팡토마스의 연인이라니!……"

자신이 팡토마스의 딸임을 잘 알고 있는 레몽드로선 어떤 연유로 그런 오해가 생겼는지 어이가 없을 뿐이었다.

그깟 터무니없는 앙심을 촉발한 동기야 무엇이든 별로 중요하지 않았다. 지금 레몽드가 알고 싶은 건 바로 그 여인의 이름일 뿐…… 그래야 이 모든 사태를 되돌려놓을 수 있지 않겠는가!

레몽드는 다급하게 캐물었다.

"도대체 그 여자가 누구지?…… 누구냐고!"

"마틸드 드 브레몽발이오……"

마틸드 드 브레몽발?

레몽드는 그와 유사한 이름을 떠올리려고 재빨리 기억을 뒤졌지만 도무지 생각나는 얼굴이 없었다. 한마디로 생전 처음 들어보는 이름이었다!

이번에는 다시 이렇게 물었다.

"그 여자의 주소는?"

'가스불'로서는 더이상 감추거나 계산할 필요가 없었다.

"로랑 피샤 가에 살고 있소. 아주 부자지…… 멋쟁이인데다 냉철하고 상당히 강단도 있는 여자요…… 어쨌든 당신을 도망가게 내버려둔 일을 가지고 내가 '표범'을 두드려 패서 요절내버렸지 뭐야……"

그날 자정, 브레몽발 부인은 집 앞에 정차한 자동차에서 사뿐히 내려서고 있었다.

"제비꽃 사세요…… 제비꽃 좀 사세요! 행운을 가져다주는 꽃이랍니다……"

브레몽발 부인은 꽃 파는 아가씨에게 동전 몇 닢을 훌쩍 던져주고는 집으로 들어갔고, 자동차는 다시 출발해 멀어져갔다.

꽃 파는 아가씨 레몽드는 잠시 그대로 서서 고개를 숙인 채 생각에 잠겨 있다가, 마찬가지로 자리를 떴다.

암담한 생각에 젖어 거리를 걸으며 레몽드는 혼잣말을 중얼거렸다.

"저 여자야! 바로 저 여자라고! 틀림없이 저 여자가 맞아!…… 아, 빚을 단단히 갚아주고야 말겠어…… 그나저나 '가스불'이 약속을 지켜야 할 텐데…… 저 여자한테 아무 말도 하지 않겠다는 약속 말이야……"

22
살아 있는 시체

"빨리 좀 갑시다, 부지유!"

"가고 있잖소, 팡도르 씨!"

"꼭 거북이 같습니다그려!"

"오, 천만에! 거북이라니…… 그저 손수레를 밀고 가는 사람이올시다……"

"그깟 손수레에 뭐 그리 대단한 게 실려 있다고…… 설마 그 정도가 무겁다고 말하려는 건 아니죠?"

"이봐요, 팡도르 씨, 그래도 수레는 수레인 거요. 그만한 무게는 있는 법이지…… 게다가 지금 배가 텅텅 비었단 말이오!"

"이봐요, 부지유, 당신 정말 엄청 뻔뻔하구먼! 내가 분명 저녁 식삿값을 두둑이 드렸잖소! 배고프다는 얘길 하면 안 되지……

그놈의 배는 고마움도 모른단 말이오?"

"오, 내 말은 그게 아니라…… 입이 바짝 말라서 좀 그렇다는 것뿐이올시다."

"말하자면 목이 칼칼하다 이거요, 부지유?"

"내 말이 그 말이오, 팡도르 씨."

"그야 일 다 끝내고 나면 실컷 마실 수 있는 것 아니오! 억지는 그만 부려요. 그래봤자 소용없으니까. 그리고 지금 우린 늦었어요!"

두 사람은 어디를 가고 있는 것일까?

팡도르는 모자도 쓰지 않은 채 낡은 윗도리와 색 바랜 바지 차림이었고, 부지유는 축축하고 더럽기 짝이 없는 큼직한 거적을 덮은 손수레를 밀고 있었다.

알레지아 가에서 방금 벗어나 제방 쪽으로 방향을 튼 팡도르는 둑길을 따라 걸으며, 오후 10시가 다 되어가는 이슥한 밤시간 잉크빛으로 굽이쳐 흘러가는 강물을 흘끔흘끔 돌아보곤 했다.

평상시와 다름없이 오늘도 말이 많은 부지유가 불쑥 내뱉었다.

"이봐요, 팡도르 씨, 그 돈 말인데……"

"무슨 돈요, 부지유?"

"그자가 지불할 돈……"

"그 돈이 왜요?"

"그 돈은…… 내 몫이 되는 거요, 당신 몫이 되는 거요?"

"당연히 당신 몫이죠, 부지유."

"정말요?"

"물론이죠!"

"약속할 수 있겠소?"

팡도르는 잔뜩 불안해하는 상대를 빤히 바라보며 대차게 웃음을 터뜨렸다.

"아하하, 뭐 그러지요. 약속하겠습니다!…… 그나저나 이런 상황에 내가 그 돈을 슬쩍하기라도 할까봐 걱정되는 겁니까?"

부지유는 겸연쩍은 듯 어깨를 으쓱하면서도 여전히 안심이 안 되는 모양이었다.

"오, 그야 난들 어찌 알겠소…… 돌아가는 상황이 워낙 묘한 데다 당신이 지금 하는 행동도 기발하기 짝이 없으니, 나로선 당신이 뭐든 못할 게 없다고 생각할 수밖에……"

"좋아요, 부지유…… 다른 건 몰라도, 지금 이 순간 여차하면 내가 당신 엉덩이를 걷어찰 수도 있다는 것 하나만은 장담하리다! 자꾸 그딴 헛소리 늘어놓으면서 늑장만 부린다면 말이오!"

부지유는 달리 대꾸하는 대신 옆으로 침을 한 번 퉤 뱉고는 이렇게 말했다.

"이보쇼, 팡도르 씨, 당신답지 않게 너무 그러지 마쇼! 만약 당신이 내 엉덩이를 발로 차면, 나도 가만히 당하고 있지만은 않을 테니까……"

"그래, 어쩔 셈인데요, 부지유?"

"글쎄올시다…… 번쩍 들어 패대기라도 쳐버릴까……"

왕년의 부랑자가 농담조로 으르렁대자 팡도르는 또다시 웃음을 터뜨렸다.

"아이고, 정말이지 못 말릴 사람이라니까…… 그러다가 물건 상하면 어쩌려고……"

"오, 팡도르 씨. 물건이야 신선하든 상했든 똑같은 값을 쳐주는 걸로 되어 있다오!"

팡도르는 다시 한번 웃더니, 문득 걸음을 멈추고 사방을 둘러보았다. 어딘지 초조한 눈치였다.

"부지유, 아직 멀었소?"

"한 200미터쯤 남았죠……"

"그 이상은 아니죠?"

부지유는 손수레를 놓고는 모자를 치켜올려 난처한 기색으로 이마를 긁적이더니 말했다.

"그래요. 그자의 집에서 기껏해야 200미터 떨어져 있는 거요, 지금. 다만 길이 워낙 오르막이라……"

"그래서요?"

"아…… 그냥 뭐…… 오르막길만 아니었어도 지금보다 더 가까워지지 않았겠느냐는 얘기지……"

팡도르 같은 민완기자에게는 참으로 불만스러운 일이나, 어쨌든 느려터진데다 요령부리는 재주만 그득한 부지유 같은 파트너와도 합심해서 일을 잘 치러내야 할 상황이었다.

신문기자는 시계를 꺼내 보더니 이렇게 말했다.

"부지유, 지금 시각이 밤 아홉시 사십오분이오! 이제 행동을 개시할 시간이란 얘기지…… 자, 당신 손수레에서 그 거적이나 좀 치워주시겠소? 자, 자, 화끈하게 결행합시다!"

그렇게 말하면서 묘한 행동에 착수하는 팡도르……

먼저 신발부터 벗더니, 그다음에는 윗도리를 벗는 것이었다!

그는 벗은 옷가지들을 챙겨, 최근 바지선에서 내려진 큼직한 돌덩이 두 개 사이의 틈새로 보이지 않게 밀어넣으며 말했다.

"밤에 이곳을 지나는 노숙자들이 가만 놔두기만 한다면, 내일 아침쯤 다시 챙겨입을 수 있겠지…… 아차, 부지유, 대개 맨발이던가요, 아니면 양말을 신었던가요?"

그 순간 누군가 지나가다 들었다면 무슨 말인지 전혀 몰랐을 얘기가 부지유에게는 무척 간단하고 분명한 의미로 다가가는 듯했다.

그럼에도 불구하고 왕년의 부랑자는 다시금 모자를 젖히고는 이마를 긁적이며 과장되게 난처한 기색을 보이는 것이었다.

"뭐해요, 어서 대답해줘요!"

팡도르가 재차 묻는데도 부지유는 그다지 서두는 기색이 없었다.

"뭐, 그야 워낙 제각각이니까…… 이런 사람들도 있고 저런 사람들도 있죠…… 아무튼 내가 데려간 사람들은 대개 양말이 없었지 싶은데…… 또 아닌 경우도 있었고……"

"아, 하긴 당신이 데려가는 경우에는 손수 죄다 발가벗겨서 미리 챙길 걸 챙겼을 테니까…… 내 말이 맞죠?…… 내가 옷을 입고 가면 저쪽에서도 의외다 싶겠지?……"

"쳇, 그것도 옷이라고……"

부지유는 팡도르의 행색을 위아래로 훑겨보면서 잔뜩 비아냥대는 어조로 중얼거렸고, 팡도르는 곧장 대꾸했다.

"이봐요, 부지유, 도대체 무슨 말을 하는 거요? 내가 멀쩡한 정장을 버리고 싶을 만큼 부자가 아니라는 걸 모르고 하는 소립니까!…… 자, 자, 잡담은 이 정도로 그만 끝내자고요!"

팡도르는 지극히 게으른 표정으로 손수레에 걸터앉아 있는 부지유에게서 벗어나 강물 쪽으로 걸어가기 시작했다.

'아차, 깔개를 갖고 오는 걸 깜빡했네…… 아야, 아야야…… 이놈의 자갈들 때문에……'

양말조차 신지 않은 맨발로 들쭉날쭉 거친 둑길 바닥을 간신히 지나, 팡도르는 물가로 다가가고 있었다.

뭔가 기상천외한 일을 벌이려는 속셈이 분명했다. 사실 센 강 주변에 그의 관심을 끌 만한 특별한 점은 전혀 눈에 띄지 않았던 것이다……

"부지유, 계단이 어디 있죠?"

"좀더 오른쪽으로 가봐요, 팡도르 씨!"

"아, 저기 보이는군……"

팡도르는 둑길에서 뻗어나간 좁다란 계단을 통해 센 강으로 한 발 한 발 걸어내려갔다.

급기야 바로 수면 위까지 다다른 신문기자는 한동안 머뭇거리고 있었다.

"음…… 부지유, 물이 상당히 차가울 것 같군요!"

"아마 맛도 별로일 거외다, 팡도르 씨! 아무렴, 근사한 '초록빛 액체'맛에야 비할 리 있겠소!"

그런 식으로 압생트 빛깔을 떠올리는 가운데, 부지유는 이런 상황에서조차 더할 나위 없는 희열을 음미하는 표정이었다.

마침내 부지유는 벌떡 일어나 팡도르가 머뭇대고 있는 제방의 계단 쪽으로 다가와 말했다.

"뭐하쇼, 용기를 내봐요! 완전히 체념해야 한다니까! 어쨌든 당신은 지금 절망한 사내 아니오!"

"그건 또 무슨 소립니까?"

"나 참…… 당신은 지금 물에 빠져 죽은 사람이잖소!"

맞는 말이었다! 팡도르는 쥐브와 팡토마스의 이름을 마구 뒤섞어가며 알아들을 수 없는 넋두리를 중얼중얼 늘어놓더니, 한 차례 깊은숨을 들이켰다. 이제는 돌이킬 수 없는 일…… 그는 결연한 자세로 계속 계단을 내려가 물이 목까지 차오르도록 얼음장 같은 센 강 속으로 몸을 담갔다.

"어이, 팡도르 씨! 수온이 어느 정도요?"

부지유는 뭔가 재미나는 일을 앞에 두고도 사람을 놀리지 않으려고 자기 딴엔 무척이나 애쓴다는 투였다.

"이봐요, 팡도르 씨! 내가 비록 당신을 좋아하고 존경하지만, 지금 그렇게 셔츠에 바지까지 입고 물장난치는 모습은 참 어리석어 보이는 게 사실이외다!…… 정말이지 너무 웃기는 익사자가 아니오!"

물론 팡도르는 전혀 농담할 기분이 아니었다……

작심하고 머리끝까지 물속에 담근 다음, 그는 부랴부랴 물 밖으로 나와 둑길로 올라왔다.

이가 달그락거리고 온몸이 덜덜 떨렸다.

"부, 부지유……"

"왜요, 팡도르 씨!"

"내가 계속 이렇게 벌벌 떨고 이가 달그락거리면 어쩌죠?"

"오, 그렇게 보여서는 정말 안 되겠죠……"

부지유는 세번째로 이마를 긁적이며 짐짓 난처한 표정을 지었다.

이 낯익은 동작과 표정은 필경 어떤 기발한 영감과 관련이 있는 듯했다. 아니나다를까, 왕년의 부랑자께서 곧장 이런 충고를 날리는 것이 아닌가!

"우선 좀 뛰는 게 좋지 않겠소, 팡도르 씨? 더군다나 지금 당신 몸 상태는 너무 깨끗해요…… 아무래도 흙먼지 위에서 좀 구르는 게 좋겠어……"

"아, 꼭 그래야만 할까요, 부지유?"

"오, 당연하지!…… 이래 봬도 내가 숱한 익사자를 보아온 사람이라는 걸 잊지 마쇼."

팡도르로선 어쩔 도리가 없었다……

그는 고분고분 말 잘 듣는 아이처럼 제방 위를 가로세로로 달리면서 혈액순환을 정상화했다.

간신히 이가 달그락거리지 않게 되자, 이번에는 부지유의 말대로 모래 위를 구르기 시작했다.

한참을 그러고 나니 몰골을 알아볼 수 없는 지경에까지 이르렀다.

젖은 옷에는 진흙이 덕지덕지 묻었고, 방금 전만 해도 가르마를 중심으로 깔끔하던 머리 역시 엉망진창 헝클어져 영락없이 물에 빠져 죽은 사람 그대로였다.

마침내 팡도르는 부지유 앞에 서서 걱정스러운 표정으로 물었다.

"어때요, 부지유. 이 정도면 된 것 같습니까?"

부지유는 헛기침을 몇 번 하더니 머뭇머뭇 말했다.

"글쎄요, 뭔가 좀 부족한 것 같은데……"

"또 뭐가요?"

"표정이 너무 편안해……"

팡도르는 즉시 이런저런 표정을 지어 보였고, 그 사이사이 일일이 부지유의 견해를 물었다.

"어떤 표정이 제일 맘에 듭니까, 부지유?"

하지만 이미 부지유는 점잖게 대답할 수 있는 상태가 아니었다……

왕년의 부랑자는 배꼽이 빠져라 폭소를 터뜨리는 가운데, 일견 어이가 없으면서도 재미있어죽겠다는 얼굴로 팡도르를 쳐다보기만 하는 것이었다.

마침내 숨이 넘어갈 듯 웃어젖히다 말고 이렇게 말했다.

"아이고, 나 죽겠다…… 이보쇼, 팡도르 씨…… 제일 힘이 덜 드는 표정이 낫겠소이다……"

"나도 그렇게 생각해요, 부지유!"

"아울러 주변의 모든 것을 관찰할 수 있는 표정이어야겠죠."

"옳지, 이걸로 해야겠군……"

그렇게 해서 팡도르는 일단 보기 흉하게 인상을 찌푸린 뒤, 눈 하나만 슬그머니 뜨고 입 가장자리 한쪽을 볼썽사납게 일그러뜨리기로 했다.

"어서 서두릅시다, 부지유! 시간이 없어요…… 내 영구차 어디 있지?"

"설마 여기서부터 타고 가겠다는 건 아니죠, 팡도르 씨?"

"당연히 타고 가야죠!"

"오르막길인데……"

"그러니까 좀더 힘껏 밀란 말입니다! 대신 돈은 당신 거라고 하지 않았소!"

이번만큼은 팡도르의 말투가 상당히 권위적이었고, 어떠한 대꾸도 허용치 않을 기색이었다.

부지유는 얼굴을 잔뜩 찌푸린 채 시키는 대로 했다.

"그럼 어서 올라타기나 하쇼!…… 정말 불공평하다니까……"

부지유는 원래 화가 나도 오랫동안 꽁하는 성격이 아니었기에, 투덜대면서도 어딘지 농담조의 분위기가 섞여 있었다.

그는 손수레를 팡도르 앞에 끌어다놓고 큰 거적을 들추며 물었다.

"그런데 몸무게가 얼마요?"

"68킬로그램인데요……"

부지유는 한숨부터 내쉬며 대꾸했다.

"그야 보통때 그렇다는 것일 테고…… 지금은 온통 젖었으니 그보다 훨씬 더 나간다고 보면 되겠네. 아이고……"

이제 팡도르는 그런 푸념 따위에 신경쓸 여유가 없었다. 그는 곧바로 수레 위에 누운 뒤, 다리를 쭉 뻗고는 이렇게 말했다.

"자, 갑시다, 부지유! 절대로 실수하면 안 돼요! 지금 이 순간부터 정해진 지시대로 따라야 하는 겁니다, 명심하세요. 나는 죽은 사람이고, 우린 서로 말을 하면 절대 안 됩니다!……"

부지유는 신문기자의 얼굴과 몸 위로 묵직한 거적을 냅다 덮어씌우며 내뱉었다.

"그만하면 됐소이다! 도대체 몇 번을 말하는 거요. 내가 바보인 줄 아나……"

팡도르는 거적 한쪽을 걷어 빠끔히 얼굴을 내밀고는 침울한 목소리로 물었다.

"마지막으로 하나만 물읍시다…… 이 거적, 전에도 사용했던 거요?"

"아니올시다, 팡도르 씨."

"맹세할 수 있어요?"

"오, 그럼요!"

"흠……"

팡도르의 얼굴이 다시 거적 속으로 들어가자, 부지유는 맥빠진 기합 소리와 함께 수레 손잡이를 들어올렸다.

"누구야? 이 시간에……"

밤 열시 반을 알리는 종소리가 울린 지 얼마 안 되는 시각, 도미니크 위송의 목소리에는 이런 시각에 남의 집 문을 두드리는 사람에 대한 불편한 심기가 고스란히 배어 있었다.

하지만 이내 귀에 익은 부지유의 음성이 들리자, 그런 불편한 심기도 순식간에 사라지고 말았다.

"위송 씨, 접니다. 부지유예요!"

"무슨 일이오, 부지유?"

"누굴 좀 데려왔습니다!"

"누굴 데려와?…… 당신 미쳤소?"

"그게 아니고요, 위송 씨…… 아이고, 그나저나 목말라죽겠습니다…… 문 좀 열어주시죠!"

잠시 후, 문의 빗장을 여는 소리가 부지유의 귀에 들렸다.

아니나다를까, 의과대학 실험용 자재 공급자의 얼굴이 문틈으로 반짝 나타났다.

"용건이 뭐요, 부지유?"

"다름이 아니라, 시신 한 구 가져왔습니다……"

그제야 문이 활짝 열리며 도미니크 위송의 밝은 목소리가 터져나왔다.

"아, 마침 제때에 가져왔구먼! 그러지 않아도 막 물건이 떨어지려는 참이었소! 남자요, 여자요?"

평소와 달리 오늘 부지유는 다소 과묵한 편이었다.

도미니크 위송이 던지는 질문에 그는 이렇게 대답했다.

"물에 빠져 죽은 남자입니다…… 값은 30프랑이고요. 그 밑으론 곤란합니다!"

"30프랑이나? 꿈도 참 야무지오, 부지유……"

"웬걸요, 그 정도는 받아야죠."

가격이 그 정도라면 서로 말씨름이나 하고 있을 때가 아니었다. 도미니크 위송은 부지유와 손수레 속의 익사자를 일단 안으로, 작업실에까지 들어오게 했다.

지금까지 거래해오면서 부지유는 그토록 많은 시체들이 도미니크 위송의 손에 난도질당한 음산한 공간을 직접 구경한 적이 단 한 번도 없었다. 사체 처리 전문가는 팡도르를 덮고 있는 거적을 아무렇지도 않게 홱 젖혀버렸다.

조금 전 부지유와 서로 조율한 끝에 설정한 팡도르의 일그러진 표정이 환한 불빛 아래 고스란히 드러났다.

"흠…… 나쁘진 않군. 맘에 듭니다! 크게 상한 구석도 없고…… 30프랑 받을 가치가 충분히 있는 것 같소, 부지유!"

한데 도미니크 위송의 말에 그만 부지유는 자제심을 잃고 이렇게 덧붙이는 것이었다.

"그럼 옷을 벗겨가도 되겠습니까?"

"그러시구려……"

"또 팔 물건이 한 무더기입니다……"

하지만 그날 밤만큼은 사업 얘기를 하지 않기로 했었다.

그는 얼른 말을 바꿔 이렇게 얼버무렸다.

"좋아요. 아무튼 다시 오겠습니다, 위송 씨…… 다시 올게요……"

탐욕스럽기 짝이 없는 영감쟁이의 갑작스러운 태도 돌변에 도미니크 위송은 어리둥절했다.

불현듯 이상한 생각이 든 도미니크 위송은 팡도르의 몸뚱어리(신문기자는 최대한 죽은 사람의 모습으로 가장하고 있었다)와 점점 더 안절부절못하며 고개까지 돌리고 있는 부지유를 번갈아 쳐다보았다.

급기야 도미니크 위송이 불쑥 물었다.

"뭡니까? 뭐 하실 이야기가 있는 것 같은데……"

"아, 아무것도 아닙니다! 아무것도 아니에요!"

"뭐가 아무것도 아니라는 거죠?"

"그게 그러니까…… 아닙니다, 당신이 오해하는 거예요!"

이제는 진짜로 어안이 벙벙할 지경이었다. 처음에는 단지 어렴풋한 의심만 들던 것이, 점점 뚜렷한 의혹으로 구체화되고 있었다.

대체 무슨 얘기를 하려다 마는 것인가……

도미니크 위송은 더 거칠게 다그치기로 했다.

"오늘밤에는 일 처리가 왠지 말끔하지 못하네요?"

"원 별말씀을…… 그럴 리가요……"

"좋습니다. 그럼 이건 어디서 건지셨소?"

"뭐 말입니까?"

"맙소사, 이 시체 말입니다!"

"여기서 200여 미터 떨어진 곳에서 물에 뛰어들더군요……"

"스스로 물에 뛰어들었다고요?"

"그러니까 그게…… 네, 그렇습니다. 자기가 물에 뛰어들었어요……"

부지유는 점점 더 정신없는 티를 냈고, 그럴수록 도미니크 위송은 더더욱 집요해졌다.

마침내 잔혹한 사내는 묘한 너털웃음을 터뜨리며 이렇게 말했다.

"아, 어차피 모두 썩은 고깃덩어리인 것을…… 부지유 당신도 남들과 하나 다르지 않다는 걸 알아야지! 언젠가는 내가 당신 뼈다귀를 살살 발라내 이곳 어딘가에 널어놓을 거란 말이지…… 젠장, 아무리 거짓말해봐야 소용없어. 내가 얼마나 눈치 빠른 사람인데……"

"하지만……"

"오, '하지만'은 무슨 '하지만'…… 내가 진실을 대신 말해줄까?…… 저기 저 친구가 스스로 물에 몸을 던진 것이 아니라, 부지유 당신이 강제로 빠뜨린 거 아니오?…… 내심 이런 계산을 했겠지. 시체를 가져다주는 대로 도미니크 위송이 족족 사들이더라, 그러니 강물에 떠다니는 아무 놈 하나 건지면 하루 발 뻗고 잘 지낼 수 있다. 옳거니! 이런 장땡이 있나! 하지만 요즘 물건이 좀 달려야지. 그러지 말고 내가 직접 물건을 만들어봐?…… 헤헤, 잔꾀치곤 그런대로 기발하단 말이거든…… 이봐요, 부지유, 정말이지 대단한 발상이오! 아이고, 이거 내가 너무 주절댔군…… 당신 얼굴이 영 똥 씹은 표정인데, 이제 그만 털어놓지 그러쇼! 30프랑 때문에 저 젊은 친구를 물에 빠뜨려 죽였다고 고백하란 말이오……"

걸걸한 목소리에 되는대로 지껄이던 도미니크 위송은 느닷없이 딱한 부랑자의 어깨를 덥석 붙들고 마구 흔들어대며 이렇게 말했다.

"계속 아니라고 할 거요? 맙소사, 부지유. 당신 정말 졸장부로구먼…… 사람 죽이는 거, 그거 별거 아닙니다!…… 헤헤, 심지어 재미있기까지 한걸!…… 아, 나야 뭐 죽음을 가지고 장사한다며 사람들이 손가락질해대긴 하지만…… 다들 어리석은 바보들이지 뭐…… 부지유, 당신은 어떻게 생각하오? 당신이 저지른 일이 그보다 백배는 더 나쁜 짓 아니겠소?……"

도미니크 위송의 발작적인 웃음과 흉악한 표정에 갈수록 주눅이 든 부지유는 별안간 후닥닥 몸을 떨쳐 상대의 손길을 뿌리치고는 이렇게 말했다.

"맹세컨대 그런 일은 없습니다!…… 대체 날 어떻게 보고 그런 말을 하는 거요?"

하지만 도미니크 위송은 또다시 대차게 웃음을 터뜨리며 말을 끊었다.

"이것 보시오, 친구. 당신 정말 대단한 일을 한 거요!…… 왜 군이 아니라고 하는지 모르겠구려…… 당신은 시체들을 팔고 나는 그것들을 사고…… 서로가 서로에게 의미 있는 일을 하는 건데……"

그러더니 갑자기 울화통이 치미는지 부지유에게 달려들어 목을 와락 움켜쥐는 것이었다!

"아, 결국에는 불고 말 거야! 불고 말 거라고, 이 감옥에나 처박힐 인간 같으니…… 죽음을 조작하는 불한당 같으니. 꼭 불 거란 말이다!…… 아니면 지금 당장 이 모가지를 분질러버릴 테다! 내가 언제 내 직업에 대해 감춘 일이 있나? 그런데 왜 당신은 자기 일에 떳떳하지 못한 거야?…… 온 세상 사람들이 위선자만 아니어도, 난 지금처럼 내 꼬락서니를 수치스러워하지 않을 거야…… 이젠 정말 나 자신을 부끄러워하는 것도 지긋지긋하다고!…… 자, 그러니 어서 이 젊은이를 당신 손으로 처치했다고 말해! 어서, 부지유. 사나이 대 사나이로서 솔직히 털어놓는 거야! 당신이 이 친구를 수장시킨 걸 털어놓으면, 나도 어제 '잔 마리'호의 젊은 뱃사공을 어떻게 강바닥으로 잡아챘는지 말해주지……"

그런데 악에 받쳐 한참 내지르던 열변을 별안간 덜컥 멈추는 도미니크 위송…… 잠시 후 다시 씩씩대며 뱉어내는 그의 말은 더욱 험악했고, 얼굴 표정도 훨씬 더 일그러져갔다.

“하긴 부지유 당신이 털어놓든 말든 난 아무 상관 없지. 전혀 상관 안 한다, 이거야!…… 정 당신이 깨끗한 인간인 척 군다면, 나는 나대로 당신이 저지른 죄 값을 톡톡히 치르게끔 해줄 테니까…… 자, 이 시체를 똑똑히 봐(도미니크 위송은 딱한 부지유의 상체를 억지로 숙이게 해 팡도르의 몸을 굽어보게 만들었다), 똑똑히 보라고! 이제 난 이 시체와 함께 당신을 내 탱크 속에 던져넣을 거야…… 지금 당장!”

목이 붙잡힌 부지유는 거친 숨만 헐떡거릴 뿐이었다. 문득 제정신이 아닌 도미니크 위송이 협박을 정말로 실행에 옮기지 않을까 섬뜩한 기분이 들었고, 그러자 더더욱 숨이 막히는 것이었다……

나이에 비해 탄탄한 체력을 유지해온 부지유는 젖 먹던 힘을 다해 상대의 가슴팍에 주먹 한 방을 날렸다!

“이거 놓으시오!”

부지유는 완전히 이성을 잃은 상태였다. 무시무시한 압박에서 풀려나자마자 그는 팡도르 쪽으로 바짝 다가서더니, 옴짝달싹하지 않은 채 도미니크 위송이 보지 않을 때만 살짝살짝 숨을 쉬고 있는 신문기자를 불러대며 호들갑을 떠는 것이었다!

“팡도르 씨! 팡도르 씨!…… 어서 서둘러요! 다 듣지 않았습니까! 이자는 미쳤어요! 이자의 손에 우리 둘 다 죽을 순 없지 않겠소! 어서요, 어서!…… 지금 장난칠 때가 아니란 말이오. 빨리 도망칩시다, 팡도르 씨!…… 위급한 상황이라는 건 당신이 더 잘 알잖소!"

그렇게 난리를 치면 팡도르가 곧바로 자신의 제안을 수락하고 더이상 죽은 시늉을 하지 않을 것으로 계산한 모양이었다. 하지만 그건 젊은 신문기자의 대담한 성격과 범상치 않은 정신력을 전혀 모르기에 가능한 계산일 뿐이었다.

팡도르는 옆에서 펄펄 뛰던 부지유가 머쓱해질 정도로 꼼짝 않고 진짜 시체처럼 누워 있는 것이 아닌가!

한편, 저만치 나가떨어져 있던 도미니크 위송이 입가에 거품을 잔뜩 문 채 굵은 밧줄을 질질 끌면서 다가오고 있었다.

"아, 부지유! 어디 두고보자고…… 내가 본때를 보여줄 테니까……"

물론 부지유는 더이상 이 지옥 같은 곳에서 티격태격하고 싶은 마음이 없었다.

전혀 반응을 보이지 않는 팡도르도 끔찍했지만, 무시무시한 고통을 가하려고 슬금슬금 다가오는 미치광이의 모습에 혼비백산하지 않을 수 없었다.

"이런 제기랄! 정 그렇다면 둘이 어디 알아서 해보쇼!"

이렇게 내뱉고 나서 부지유는 광란에 사로잡혀 발작적인 행태를 보이는 도미니크 위송과 손수레에 조용히 누워 여전히 죽은 시체 노릇을 하고 있는 팡도르를 남겨둔 채, 마치 원숭이처럼 잽싸게 작업실을 가로질러 도망쳤다!

23
공포의 시간

부지유는 간신히 지옥에서 벗어났다……

그런데 정작 그를 놓쳐 애석해해야 마땅한 도미니크 위송이 사태의 전개를 오히려 반기며 즐거워하는 것이 아닌가!

희부연 조명 속에서 덩실덩실 춤을 추고, 대리석 테이블에 이리저리 부딪히고, 여기저기 쌓여 있던 뼈다귀들이 요란하게 허물어지고, 지저분한 핏물은 더욱 지저분하게 튀어오르고, 참지 못해 터지는 웃음과 갑자기 쾌활해진 태도 등등…… 그런 것들로 봐서는 누구라도 그가 즐거워한다고 믿을 만했다!

어쨌든 가엾은 의과대학 실험용 자재 공급자에게 난데없는 광기가 엄습한 것만은 분명해 보였다…… 뭇사람들로부터 혐오와 공포의 대상으로 손가락질받는 지극히 내성적인 인간이 지금 병적인 흥분 상태에 휩싸여 있는 것이다.

"아하, 부지유가 시체도 놔둔 채 줄행랑을 쳐버렸어! 엄청 겁을 집어먹은 거야…… 그야 당연한 일이지. 헤헤헤…… 잘하면 그자도 남들처럼 제대로 요리해버릴 수 있었을 텐데…… 아마 하얗고 예쁘장한 뼈를 가졌을 거야. 바로 이 젊은 친구처럼 말이지…… 부지유 그자가 원한 금액이 30프랑인데, 결국 한푼도 못 건졌으니!…… 이제는 시체를 돈 주고 살 필요도 없게 되었어. 시체가 필요하면 만들면 되니까!…… 훨씬 간단하고 경제적이잖아! 오호호호…… 죽은 몸뚱어리는 얼마든지 만들면 돼. 나처럼 말이야!……"

손수레에 꼼짝 않고 누운 팡도르는 상황이 심상치 않게 돌아감을 의식하고 있었다.

무엇보다 부지유가 떠난 상태였다. 별로 도움이 안 되는 사람이긴 하지만, 그래도 누군가 함께 있는 것과 없는 것에는 큰 차이가 있을 수밖에 없다. 지금 팡도르는 도미니크 위송의 광기에 가까운 흥분 상태에 무방비로 노출되어 있는 것이다!

팡도르는 여전히 손끝 하나 움직이지 않고(아직은 이쪽 전술을 알아차리게 해선 안 되었다), 광란에 휘둘리는 상대의 신경증적 발작을 유심히 바라보고 있었다.

도대체 저 기분 나쁜 밀거래자의 정체는 무엇일까?

저자는 과연 어떤 석연치 않은 일에 종사하고 있는 것일까?

저 인간에게 어떤 식으로 대처해야 할 것인가?

이곳에서 무사히, 그리고 이웃의 주의를 끌지 않고 가급적 조용히 탈출하려면 어떻게 해야 할까?

이런저런 고민을 하다보니, 결국 자신의 과도한 모험심과 평소의 무모한 열정 때문에 이렇게 시체 흉내를 내면서까지 사지로 뛰어든 것이 아닌가 하는 자책도 살짝 들기 시작했다.

가뜩이나 인상을 쓴 채 꼼짝 않고 있기도 힘든 판에 콧구멍이 사정없이 근질거려 당장이라도 재채기가 나올 것 같아 고민인 팡도르…… 그는 속으로 이렇게 중얼거리고 있었다.

'쥐브한테 미리 귀띔이라도 하고 올 것을…… 그러면 분명 함께해줬을 텐데…… 그러면 이 작전을 통해 진짜 쓸 만한 정보를 캐내는 건 시간문제였을 텐데……'

그나저나 팡도르는 왜 도미니크 위송의 작업실에 이런 식으로 잠입할 생각을 하게 된 것일까?

늘 현명한 상황 판단과 탁월한 탐정 솜씨를 유감없이 발휘해온 민완기자로서, 지금껏 단 한 번도 어설픈 행동을 저지른 적이 없지 않은가!

전날 그와 쥐브 두 사람은 강에서 나와 매서운 한기를 피하기 위해 자벨 역 쪽으로 이동하면서, 밤새 겪은 흥미진진한 경험에도 불구하고 죽어라 매달린 수수께끼의 해답은 여전히 오리무중이라는 데 동감했다.

팡도르가 말했다.

"이제 알아내야 할 사실은 두세 가지로 요약됩니다. 그렇게 생각하지 않으세요, 쥐브?"

"무슨 말인가?"

"우선 팡토마스의 딸이 어떻게 되었는지를 알아내야 합니다. 그다음, 아까 우리와 싸운 잠수부의 정확한 신원을 파악해야 하고요……"

"그러다보면 그자가 죽었는지 위기를 모면했는지도 자연히 알 수 있겠군?"

"그야 당연하죠…… 마지막으로 하나 덧붙이자면, 샤플라르의 시신을 운반했던 삯마차를 팡토마스의 딸이 몰고 있을 때, 하필 그 근처에 잠수부가 나타난 특별한 이유가 있는지 알아볼 필요가 있을 것 같습니다."

당시 쥐브는 팡도르의 말을 듣더니 눈에 띄게 신경질적인 태도로 어깨를 으쓱하며 이렇게 말할 뿐이었다.

"물론 모든 진상을 파악한다면 더할 나위 없이 좋겠지! 솔직히 팡도르 자네가 이렇게 해결해야 할 사항들을 정리해 제시하는 것만으로도 충분히 칭찬해줄 만하다고 생각하네…… 다만 그 해결이 결코 만만치 않다는 게 문제지……"

팡도르는 아무 대꾸도 하지 않았다. 쥐브의 말하는 투에서 그가 작금의 돌아가는 사태에 심히 불만임을 느낄 수 있었던 것이다.

그로부터 두 시간 후, 분통을 삭이지 못하는 쥐브에게 작별 인사를 한 뒤 집에 돌아온 팡도르는 계속 열띤 생각에 잠겨 있었다.

'오늘 우리가 맞닥뜨린 모든 일에는 분명 하나의 원인이 존재할 거야. 팡토마스가 푸앵 뒤 주르 쪽으로 샤플라르의 시신을 운반해가고, 바로 그 푸앵 뒤 주르 근처에서 쥐브와 내가 이상한 불빛의 장본인인 잠수부와 심야 삯마차 그리고 팡토마스의 딸까지 한꺼번에 맞닥뜨린 건 결코 우연일 수가 없어……'

그렇게 팡도르는 나름대로 조사 계획을 짜느라 머리를 이리 굴리고 저리 굴리며 밤새도록 고민했던 것이다.

어떻게 할 것인가?

사실 심야 삯마차라든가 그걸 몰던 마차꾼 그리고 정체불명의 불빛과 관련해 체험한 일들이 워낙 황당하고 초자연적이기까지 한지라, 팡도르는 그 모든 것이 단순한 우연의 일치가 아닐까 하는 생각도 잠시 해봤다.

하지만 아무리 그런 생각에 안주하려 애써봤자 소용이 없었다. 그런 생각은 나태한 본능만을 만족시킬 뿐, 사실이 그와 다름을 팡도르는 너무도 선명하게 인식하고 있었던 것이다.

먼동이 틀 즈음, 팡도르는 자리에서 일어나 부랴부랴 옷을 갈아입었다. 이번에는 대범한 계획을 품은 채 가장 빠른 지름길을 택해 부지유를 만나러 걸음을 재촉했다.

"아이고, 팡도르 씨가 이렇게 일찍 어인 일이시오?"

부지유는 신문기자를 보자마자 왠지 어색하게 호들갑을 떨었다.

"아…… 그럴 일이 좀 있습니다, 부지유."

"무슨 좋은 일이라도?"

"좀 험한 일입니다만…… 실은 몇 가지 심각한 문제를 따지러 왔어요……"

팡도르는 부지유와 얘기를 나눌 때마다 탁월한 귀납과 연역 솜씨를 유감없이 발휘해왔다. 어디까지나 형사 중의 형사인 쥐브의 휘하에서 충실한 훈련을 거쳐온 몸! 비록 아직은 젊기에 다소 충동적인 성향이 남아 있고 약간 개구쟁이다운 데가 있다 해도, 제롬 팡도르는 이미 훌륭한 심리학자가 되어 있으며, 자신이 상대하는 사람의 생각을 정확히 읽어낼 만한 능력을 갖추고 있었다.

이를테면 아주 유능한 수사판사 역할을 충분히 해낼 수 있었다.

지금 부지유와 대면한 상태에서도 팡도르는 이런 생각을 굴리고 있었으니……

'흠, 이 양반이 왜 이리 안절부절못할까?…… 혹시 무슨 켕기는 일이라도 있는 걸까?…… 무슨 찜찜한 거래라도 하고 있는 거야?'

부지유는 워낙 발이 넓은 사람이었다. 누구와 어떻게 만나 무슨 관계를 맺든, 언제나 찜찜한 거래가 가능한 사람이었다.

팡도르는 이쪽에서 의혹의 눈초리를 보내고 있다는 걸 상대가 감지할 수 있게끔 은근히 내색을 했다. 요컨대 그에 대한 매우 흥미로운 사실들을 이미 꿰고 왔으며, 설사 자진해서 모든 걸 털어놓지 않더라도 더욱 중대한 다른 사실들까지 알아내고 말 거라는 식의 분위기를 연출하는 것이었다.

과연 부지유는 점점 더 쩔쩔매는 눈치였다!

다짜고짜 천국의 온갖 성인들 이름을 줄줄이 들먹이면서, 자신은 양심에 전혀 부끄럼 없이 살고 있고, 누구로부터도 비난받을 일을 한 적이 없으며, 아주 건전하게, 완전히 정직한 장사로 먹고사는 중이라고 거듭 맹세하는 것이었다.

어디를 어떻게 쑤셔야 실토를 할지 도저히 감을 잡을 수 없었던 팡도르는 일단 우연의 효과와 자신의 탁월한 직감에 의존하기로 했다.

"흠, 그래요?…… 그래도 당신 장사에 관해 너무 많은 얘길 하는 건 별로 유리하지 못할 텐데 말이죠…… 푸앵 뒤 주르에서 무슨 일이 벌어지고 있는지 다 알고 왔습니다!"

그야말로 되는대로 내뱉은 말이었다.

한데 놀랍게도 부지유는 그 말을 듣자마자 한꺼번에 허물어지는 것이었다!

"아, 팡도르 씨…… 그건 말입니다……"

저항하기에는 이미 늦은 듯했다.

그때부터 팡도르는 단연 유리한 입장을 점유한 채 영감쟁이로부터 모든 긴요한 정보를 속속 빼내기 시작했다. 갑작스레 불어난 재산의 출처를 부지유는 자기도 모르게 조금씩 조금씩 털어놓았다……

한데 그 내용이라는 것이 생각보다 괴이하고 무척이나 흥미로웠다.

"저기 말입니다, 팡도르 씨…… 사실 지금 내가 이만큼 사는 건 모두 어느 날 정말 아무 생각 없이 센 강변을 이리저리 훑고 다닌 데서 비롯된 일입니다! 그러는 와중에 사람 시신을 구매하는 도미니크 위송이라는 사람을 알게 됐거든요……"

순간 팡도르는 사실 전혀 모르는 사람이면서도 이렇게 말했다.

"아, 그 사람! 나도 아는 사람이죠……"

"그 사람은 병원으로부터 사람 시신을 사서 유골만 조립해 다시 납품하는 일을 맡아 하는데, 늘 시신이 부족한 것 같더라고요……"

"그래서요, 부지유?"

"그래서 젠장…… 내가 따로 공급해주겠다고 약속해버렸죠…… 센 강 물줄기가 익사자의 시체를 실어다놓는 길목들만 몇 군데 꿰고 있으면 사람 몸뚱어리쯤 구하는 건 어려운 일이 아니거든요……"

"그 일로 그동안 먹고살았다, 이 말이군요?"

"그 일도 하고 다른 일들도 좀 하고 그런 셈이죠…… 사실 도미니크 위송에게 나는 여러 몰이꾼 중 한 명에 불과할 겁니다.

비록 나와 같은 일을 하는 사람들과 안면이 있지도 않고, 또 그들이 어디서 어떻게 시신을 구하는지도 모르지만, 나 말고도 그에게 익사체를 실어다주는 자들이 여럿 있다는 건 사실이거든요. 그 시신들은 옷을 입고 있어서 도미니크 위송이 내게 그 옷들을 팔고 있답니다……"

부지유는 한번 말문이 트이자 도무지 멈출 줄을 몰랐다.

그가 유골 제작자에게 파는 시신들은 널려 있는 것을 거둬들이기만 하면 되는 거였고, 워낙 수완 좋은 사람이라 위송의 작업실까지 운반하는 일에서도 깔끔하기 그지없었기에, 부지유의 새 일감은 그야말로 100퍼센트 이익이 보장되었다.

한데 부지유가 계속해서 주절대는 동안, 팡도르의 안색은 환해졌다 어두워졌다를 반복하고 있었다. 하긴 부지유의 입에서 마구잡이로 튀어나오는 말들이 팡도르에게는 얼마나 생소했겠는가! 이 왕년의 부랑자는 더할 나위 없이 중대한 정보들을 갑작스레 봇물 터뜨리듯 쏟아내고 있었다!

도대체 도미니크 위송이란 자는 누구인가? 어디서 불쑥 나타났으며, 무엇을 원하는가? 그의 직업은 정확히 무엇인가?

이런 의문들을 포함한 팡도르의 관심은 부지유가 무의식중에 내뱉은 말 한마디로 인해 단번에 증폭되고 말았다.

"어쨌든 그가 밤이면 인적이 뜸해지는 자벨 지구 내 푸앵 뒤 주르 근처에 살고 있다는 건 무척이나 다행이라고 할 수 있지요!"

옳거니! 그거면 대담하면서도 풍부한 결실을 보장하는 조사 계획을 즉각 마련하는 데 충분한 정보가 될 수 있었다!

아니나다를까, 그로부터 반시간이 채 지나지 않아 팡도르는 부지유를 붙잡고 더없이 황당무계한 희극에 참여할 것을 설득하고 있었다.

즉, 자신이 죽은 사람 흉내를 내겠다는 것이었다!

그러면 부지유가 그것을 도미니크 위송에게 파는 것이다. 물론 그 수익금은 전액 부지유의 몫이고 말이다.

팡도르는 이 일로 인해 부지유에게 어떤 불미스러운 일도 일어나지 않을 것임을 단단히 약속했다.

……그러나 아뿔싸, 그토록 치밀하게 짜서 실행에 옮긴 작전이 별다른 성과를 가져다주지 못했을 뿐만 아니라, 도미니크 위송의 뜻밖의 광란과 부지유의 이탈로 상황이 더 복잡하게 꼬이고 말았으니!

팡도르는 여전히 손수레에 꼼짝 않고 누워 죽은 시늉을 하고 있었다. 그러면서 머릿속으로는 자신도 여기서 탈출해 이 얼토당토않은 사태의 종지부를 찍어야 하는 게 아닌지 더없이 진지하게 고민하고 있었다. 그때였다. 작업실을 이리저리 휘저으며 광기 어린 춤사위를 펼치던 도미니크 위송이 갑자기 거친 비명을 내지르면서 흠칫 뒤로 물러나는 것이었다.

그러고는 극도로 놀란 표정을 지으며 작업실 한쪽 구석까지 뒷걸음질을 친 다음, 거기 웅크리고 앉아 몇 걸음 앞 바닥을 뚫어져라 바라보았다.

팡도르는 속으로 중얼거렸다.

'맙소사, 왜 또 저러는 거지?'

하지만 그런 의문은 오래가지 않았다. 곧바로 벌어진 상황에서 충분한 대답을 유추해낼 수 있었던 것이다.

팡도르는 귀를 잔뜩 기울인 채, 들키지 않게 조심하면서 고개를 살짝 돌렸다. 도미니크 위송이 바라보고 있는 지점을 조금이라도 시야에 잡아두기 위함이었다……

한데 다음 순간 팡도르는 부들부들 떨지 않으려고 단단히 마음을 다잡아야 했다!

'맙소사! 이건 또 뭐지?'

방금 그의 귀에 들린 소리, 지금도 들리는 저 소리는?……

바닥 아래에서 마치 무거운 걸음걸이처럼 느리고 둔탁한, 그러면서도 규칙적인 소리가 들리고 있었다!

'이 밑에서 누가 걸어다니고 있는 거야?…… 대체 누구지?'

한데 그 의문 역시 곧바로, 크나큰 충격과 더불어 확인됐다! 도미니크 위송이 아까부터 겁에 질린 눈으로 바라보던 바로 그 지점은 다름아닌 바닥과 평행하게 자리잡은 뚜껑문의 위치였던 것이다! 실제로 잠시 후, 뚜껑문이 번쩍 열리는가 싶더니 뒤로 홱 젖혀지면서 휑한 구멍이 드러났다……

'오호라, 저 안에서 누가 등장할지 기대되는걸!'

그 괴상한 통로로 모습을 드러낸 정체불명의 물체를 보는 순간, 팡도르는 죽은 척이고 뭐고 정말이지 놀라서 기절하는 줄 알았다!

우선 윤기가 반들거리는 둥근 금속 같은 덩어리가 천천히 구멍을 통과하는데, 도무지 뭐가 뭔지 알 수가 없었다.

무슨 기계인가?

하지만 그것 역시 얼마 지나지 않아 해소될 착각일 뿐이었다. 둥근 공 모양의 물체가 서서히 구멍 밖으로 솟아나온 뒤로, 고무옷을 착용한 사람의 신체가 물기 뚝뚝 떨어지고 초록빛 수초까지 덕지덕지 걸친 상태로 슬그머니 모습을 드러내는 것이 아닌가!

팡도르는 계속 유지해오던 찡그린 인상을 자기도 모르게 풀면서 속으로 중얼거렸다.

'맙소사! 저, 저건…… 어제 본 그 잠수부잖아!…… 드디어 올 것이 왔군! 저건 팡토마스야, 팡토마스!……'

하긴 달리 생각할 여지가 없었다. 도미니크 위송 같은 병적인 존재와 관계를 맺고, 더구나 이런 괴이한 방식으로 그의 거처를 드나들 만한 자가 팡토마스 말고 또 누가 있겠는가!…… 잠수부 복장을 한 채 센 강 바닥을 훑으면서 정체불명의 불빛으로 파리 시민의 심기를 그토록 오랫동안 어지럽힐 수 있는 존재가 과연 팡토마스 말고 누가 더 있겠느냔 말이다!

그러나 제아무리 그런 추론을 거쳐 팡토마스의 존재를 가늠했다 해도, 분명한 확신이 선 것은 아직 아니었다.

실제로 방금 뚜껑문에서 솟아나온 사람은 전신 잠수복을 착용하고 있었고, 머리에 쓴 무거운 금속 헬멧은 두꺼운 유리로 막힌 두 개의 작은 눈구멍 외엔 그 어떤 틈도 없어서, 안의 얼굴을 알아보기가 불가능했다.

전체적인 분위기가 왠지 기괴하고 무시무시하다는 것밖에는……

팡도르는 잠수부의 언뜻 머뭇거리는 듯한 거동을 조심스레 감시하면서 계속 머리를 굴렸다.

'가만있자…… 저 잠수부가 왠지 나만큼이나 이곳 구조에 익숙지 않은 것 같은데…… 그렇다면 팡토마스도 여길 처음 온 건가?'

하지만 그런 생각 역시 바로 다음에 벌어진 상황으로 인해 금세 접어야 했다!

뚜껑문에서 빠져나온 뒤 처음에는 분명 어설퍼 보이던 잠수부의 동작이 얼마 지나지 않아 확연히 달라지고 있었던 것이다. 꼼짝도 하지 않은 채 넋 나간 사람처럼 실실 웃고만 있는 도미니크 위송을 한참 동안 바라보던 잠수부가 천천히 뒤로 돌아 이번에는 팡도르 쪽을 유심히 바라보는 게 아닌가!

뿐만 아니라, 잠수부는 곧장 팔을 치켜들고서 신문기자 쪽으로 성큼성큼 다가오는 것이었다.

이번에는 팡도르도 가만히 누워만 있지는 않았다. 손수레에서 펄쩍 뛰어 일어남과 동시에 날쌔게 뒤로 물러서며 버럭 외쳤다.

"오냐, 팡토마스! 어서 덤벼라!"

반쯤 벌거벗은 상태인 팡도르는 부지유가 버리고 간 시체가 느닷없이 깨어난 상황에 더더욱 혼비백산해 있는 도미니크 위송 따윈 이제 안중에도 없었다! 젊은 민완기자는 무거운 복장 때문에 행동이 여의치 못한 틈을 노려 잠수부에게 먼저 달려들어 넘어뜨리려고 했다.

뜻밖에 허리를 붙잡힌 잠수부는 힘겹게 버틸 수밖에 없었다.

어스름한 새벽빛이 을씨년스러운 그림자를 벽면 가득 그려가고 있는 시체 처리 작업실…… 완전히 정신이 나가버린 도미니크 위송이 알아들을 수 없는 외마디 비명을 내지르고 차가운 기온에 휩싸인 모든 것이 공포의 사물로 전락해버린 그 가공할 공간에서, 팡도르와 잠수부의 끔찍한 결투는 흡사 죽음의 무도를 연상시킬 정도로 괴기스러운 양상으로 전개되고 있었다.

드디어 팡토마스를 잡았다고 확신한 팡도르…… 지금 악당을 완전히 쓰러뜨리지 않으면 자신이 당할 수도 있다는 걸 잘 아는 그는 자신의 몸을 사릴 수도, 그렇다고 상대를 봐줄 수도 없었다.

몸싸움을 하는 와중에도 간간이 악에 받친 팡도르의 고함이 터져나오고 있었다.

"팡토마스! 가만두지 않겠다, 팡토마스!…… 이제 넌 끝장이야!"

마침내 팡도르는 잠수부의 목을 움켜잡는 데 성공했다! 분노로 인해 더욱 거세진 완력을 십분 발휘하여 그는 점점 거세게 상대의 숨통을 조여가고 있었다.

'옳지…… 이제 거의 다 됐어……'

그런데 어쩌랴, 팡도르의 머릿속에 그런 생각이 스치는 순간…… 별안간 싸움의 양상이 바뀌기 시작했다. 그때까지 팡도르 쪽으로 완연히 기운 것만 같던 싸움의 판세가 필살의 기를 모아 반격을 시도한 잠수부 쪽으로 급격하게 반전되는 것이었다.

잠수부 역시 팡도르의 목을 틀어쥐더니, 거칠게 달려들면서 그를 뒤로 쓰러뜨렸다!

악착같이 버텼지만 결국 대리석 테이블을 등지고 눕는 처지가 된 팡도르…… 이러다간 끝장이라는 생각이 순간적으로 뇌리를 스쳤다.

육중한 상대의 몸에 짓눌린 채 신문기자는 맥없이 버둥거리고 있었다. 한쪽 팔마저 그의 무게에 눌려 움직일 수 없는 상황…… 숨이 턱 막혀오고 더는 몇 초도 못 버틸 것 같았다……

이제 생의 마지막을 거의 각오한 상황……

바로 그때였다. 잠수부의 행동이 전혀 예상치 못한 양상을 보이는 게 아닌가!

그의 공격은 상대의 마지막 남은 숨통을 완전히 조여버리는 것이 아니라, 그저 꼼짝 못하도록 제압하는 것에 그치고 있었다. 뿐만 아니라, 한쪽 무릎으로 상대의 가슴을 압박하고 오른손으로는 계속 목을 누른 채 왼손을 사용해 헬멧을 고정하고 있는 나사를 슬금슬금 돌리는 것이었다!

'아니…… 팡토마스가 나를 살려주겠다는 건가?……'

그런 생각과 더불어, 팡도르는 자칫 이러다가 또 볼모로 붙잡히는 것 아닌가 싶어 자기도 모르게 진저리를 쳤다.*

그나저나 살려주려는 것은 확실한가?

뒤로 넘어져 싸움 자체가 불가능해진 것을 직감한 다음부터 사실 별다른 저항 없이 가만히 누워 있는 거나 마찬가지였던 팡도르는 순간적으로 몸을 뒤틀어 탈출을 시도해보았다.

"에잇…… 제기랄!……"

역시 상대의 손은 빈틈없이 그의 목을 짓눌렀다.

한데 바로 그 순간, 얼굴이 하얗게 질리면서 무슨 말을 하려다 말고 얼른 입을 닫는 팡도르…… 뭔가에 깜짝 놀란 눈치였다.

가만 보니 위에서 내리누른 채 서로 얼굴이 스칠 정도로 잔뜩 상체를 숙인 잠수부의 자세가 어떤 의사를 전달하려는 듯했다…… 헬멧에 뚫린 눈구멍 속을 자세히 들여다보라는 뜻 같았

* 『팡토마스의 딸』에 나오는 내용.

다! 한데 두꺼운 유리 눈구멍 너머를 들여다보던 팡도르가 그 안에서 본 것은…… 팡토마스가 아니라…… 바로 쥐브였다!

그렇다, 쥐브. 그의 절친한 친구이자 스승인 쥐브 형사 말이다!

경악에 가까운 표정을 통해, 팡도르가 드디어 상황을 제대로 파악했다는 걸 감지한 잠수부, 아니, 쥐브는 비로소 몸을 일으키며 누르고 있던 목을 놓아주었다. 그러고 보니 아까 서로 격돌했을 때도 쥐브는 덮어놓고 달려드는 팡도르의 공세를 방어하기만 했다! 이제 그는 신문기자에게 거추장스러운 복장을 벗어버리는 거나 좀 도와달라고 손짓하고 있었다……

도대체 그동안 무슨 일이 벌어진 걸까?

쥐브와 팡도르 사이에 아무런 약속도 없는 상황에서 어떻게 이 사악하고 역겨운 소굴에서, 그것도 같은 시간에 서로 맞닥뜨릴 수 있었단 말인가?

하긴 쥐브와 팡도르 모두 만만치 않게 갖추고 있는 고도의 지능과 민활한 수완, 동물적인 직감을 고려한다면 딱히 이해 못할 일은 아닐 수도 있었다.

실제로 전날 밤 팡도르가 귀가한 뒤 부지유를 찾아가 추궁하고 또 시체로 가장해 도미니크 위송의 작업실에 침투할 결심을 굳히는 동안, 쥐브 역시 게으르게 시간만 때우고 있었던 건 결코 아니었다.

마침 팡도르에게 전화를 했지만 아침 일찍 집에서 나갔다는 얘기를 전해들은 쥐브는 자신의 계획을 알릴 생각은 포기한 채, 일단 독자적인 행동에 나서기로 작정했다. 그는 곧장 잠수장비를 다루는 가게로 가서 치안국 경감 신분증을 제시한 뒤, 적당한 장비 일체를 빌리는 데 성공했다. 이런 생각을 하면서 말이다……

'우선 중요한 건 어젯밤 날 수장시키려 한 자가 누구인지 알아내는 거야! 팡도르가 산소 호스를 요절내 퇴치해버린 그놈 말이야…… 만약 그 잠수부가 죽었다면 시신은 어떻게 되었을까? 그걸 알아내려면 센 강으로 들어가 직접 살펴보는 게 최선이겠지……'

물론 훤히 밝은 대낮에 그런 수중탐사를 벌일 수는 없는 노릇이었다. 그렇게 잔뜩 벌여놓고 진행하는 조사활동의 성과에 대해서는 자신할 수가 없었던 것이다. 그보다는 되도록 은밀하게 수행해야 뭐든 얻는 게 있으리라는 생각이었다.

드디어 어둠이 내리고, 형사는 센 강변에 도착했다. 밤 열시가 훌쩍 지난 시각. 더할 나위 없이 결연한 마음으로 쥐브는 한 발 두 발 검은 강물 속으로 걸어들어갔다……

'뭔가 찾아낼 수 있을까?……'

수면 아래로 잠기면서도 쥐브의 머릿속엔 계속 그 생각만 맴돌고 있었다.

다른 사람이라면 더럭 겁부터 났겠지만, 그는 오로지 호기심과 궁금증뿐이었다.

쥐브는 오랜 시간 강바닥을 뒤지고 또 뒤졌다. 하지만 물살이 워낙 거셌기 때문에, 아무리 강바닥이라도 그 수상쩍은 잠수부의 운명과 관련해 단서가 될 만한 것을 발견하기는 여간 어려워 보이지 않았다.

그야말로 죽었나 살았나, 그것이 관건이었다……

시체가 물살에 쓸려간 걸까? 아니면 위기를 벗어나 기슭에 가 닿은 걸까?

한 시간 이상 조사를 진행한 결과 쥐브는 그날은 더이상 얻을 것이 없다는 쪽으로 생각을 정리했다.

압축공기의 양이 그다지 충분하지 않다고 본 쥐브 형사가 그만 제방으로 돌아가리라 마음먹고 걸음을 떼는 순간, 강바닥의 뭔가가 발에 걸렸다. 처음에는 그게 뭔지 정확히 알 수가 없었다. 하지만 허리를 숙여 웅크리고 살펴보던 그는 소스라치게 놀라지 않을 수 없었다.

방금 발에 걸린 장애물은 다름아닌 뚜껑문의 고리 손잡이였던 것이다!

이건 어디로 통하는 문일까? 센 강의 물속으로 드나들게 되어 있는 뚜껑문이라니……

쥐브에게 즉각적으로 떠오른 의문은 대단히 구체적이었다.

'어젯밤의 그 잠수부가 만약 이곳을 통해 강으로 드나들었다면?'

무슨 수를 써서라도 이 문의 정체를 알아내야만 했다…… 쥐브는 곧바로 뚜껑문을 열고 물이 가득찬 좁은 통로로 더듬어들어갔다.

'어디로 통해 있는 걸까?……'

얼마 지나지 않아 통로는 비스듬히 오르막으로 전개되었다. 처음에는 경사가 완만했다가 갈수록 점점 가팔라졌다.

잠시 후 계단이 나타났다.

'어림잡아 지금까지 10여 미터는 지나온 것 같은데…… 기슭까지는 대략 5미터 이내로 접근해 있는 게 틀림없어. 지금은 아마 선로 아래를 통과했을 테고 말이야……'

계단을 다 오르자 일종의 작은 밀실이 나타났는데, 그곳 벽에 산소 호스가 절단된 잠수복이 걸려 있었다.

'옳거니…… 이걸 보니 어젯밤의 그 잠수부가 살아서 도망친 게 분명하구먼!'

자, 이제 어떻게 한다?

형사는 어느 때보다 빠르게 머리를 회전시켰다. 눈앞의 벽에는 사다리 역할을 할 수 있게끔 두어 개의 꺾쇠가 박혀 있었다. 쥐브는 잠수복 신발 밑창에 부착된 납덩이를 제거한 뒤 사다리를 기어올랐다. 밀실의 천장을 살펴보니 역시 또다른 공간으로 통하는 뚜껑문이 있었다.

쥐브는 지체 없이 그 뚜껑문을 밀어 열었다.

그렇게 해서 쥐브 형사는 도미니크 위송의 작업실로 불쑥 들어오게 된 것이다! 그러고는 곧이어 팡도르의 반벌거숭이 몸뚱어리를 발견하자, 그가 죽은 줄로만 알고 놀라서 성큼성큼 다가왔던 것이다……

팡도르가 쥐브를 알아보고 잠수복 벗는 걸 돕기 시작하면서부터 사태는 또 한번 걷잡을 수 없는 양상으로 치달았다.

갑자기 대문 쪽에서 한 무리의 사람들이 떠들썩하게 몰려드는 소리가 난 것이다.

문득 부지유의 외치는 소리가 팡도르의 귀에 잡혔다.

"시체를 찾으세요!…… 틀림없이 놈이 죽였을 겁니다! 아주 단단히 미쳤으니까 조심하십시오!"

팡도르는 사태가 또 뒤엉킨 것을 직감했다.

그는 쥐브가 알아들을 수 없다는 건 생각도 못하고 무의식중에 내뱉었다.

"아무래도 동지들이 온 모양입니다!"

하지만 쥐브도 마찬가지 생각을 하고 있었다.

서로 의논도 할 수 없는 상태였지만, 쥐브와 팡도르는 이번에도 역시 탁월한 임기응변을 십분 발휘했다.

우선 쥐브는 서둘러 헬멧을 다시 썼고, 뚜껑문으로 달려가 순식간에 아래로 사라졌다.

팡도르는 얼른 손수레로 돌아가 처음과 똑같은 자세로 누워 시체인 척했다.

"여긴가요?"

"그렇습니다, 여깁니다!……"

"자네들은 각자 자기 위치로 가서 지시에 철저히 따르도록. 내 말 알겠지? 무엇보다 꼭 필요한 경우 외에는 함부로 발포하지 말도록! 침착해야 하네! 그리고 당신…… 이름이 뭐죠?"

"부지유라고 합니다……"

"자, 부지유, 우리한테 즉시 용의자를 지목해야 합니다! 알겠죠? 준비됐습니까? 자, 그럼 두드립니다!……"

헌옷 장수 부지유의 신고로 함께 달려온 푸앵 뒤 주르 인근 경찰서 소속 경관 다섯 명은 신속하게 도미니크 위송의 공장을 포위했다. 그들은 사명감이 유독 투철해 보이는 반장의 지시를 일사불란하게 따르고 있었다.

반장은 부하들이 지시를 틀림없이 따르고 있는지 휙 둘러본 다음, 공격과 방어를 동시에 준비하면서 세차게 대문을 두드렸다.

"경찰이다, 문 열어라!"

아무런 반응이 없었다.

"경찰이다, 문 열어라!"

반복해서 외쳤으나 묵묵부답인 건 마찬가지였다.

"가만있자…… 이건 현행범이나 다름없으니 망설일 필요가 없지…… 그냥 치고 들어가자!"

반장의 한마디에 경찰관들은 기다렸다는 듯 대문 쪽으로 쇄도했다. 순식간에 거센 주먹질과 발길질이 문짝에 쏟아졌다. 잠시 후, 공권력을 대표하는 장정 여섯 명이 부지유와 함께 격렬한 싸움을 각오하면서 득달같이 마당 안으로 들이닥쳤다!

한데 개미새끼 한 마리 눈에 띄지 않았다!

다만 부지유가 멀찌감치 가리킨 작업실 출입문이 빠끔 열려 있는 것이 보였다. 경찰관들은 단숨에 달려들어 출입문을 열어젖혔다.

"경찰이다!"

도미니크 위송의 작업실 내부로 기세등등 난입한 경찰관들은 일제히 망연자실해져 할말을 잃고 멈춰 섰다.

작업실 안에 아무도 없었던 것이다!

결국 빈집 한 곳을 덮치기 위해 그 난리를 피운 격이 되고 말자, 반장은 부지유를 돌아보며 거칠게 내뱉었다.

"우리 모두를 이딴 식으로 헛물이나 켜게 만들려고 일부러 여기까지 오게 한 거요?"

부지유는 고개를 절레절레 흔들면서 이렇게 말했다.

"경관님, 분명 아까는 집주인이 이곳에 있었습니다…… 어? 저기요!…… 저기!……"

부지유는 말하다 말고 질겁한 듯 흠칫 뒤로 물러서더니, 방 저쪽 구석, 시체를 담가두는 대형 탱크들 중 하나를 가리켰다. 그는 너무 놀라 말도 제대로 나오지 않는 것 같았다.

부지유가 가리키는 쪽으로 일제히 고개를 돌린 경찰관들에게도 더이상의 설명은 필요치 않았다. 경악에 가까운 그의 반응이 무엇에서 비롯되었는지, 그들 역시 금세 알아챌 수 있었던 것이다!

거기, 탱크 꼭대기에 도미니크 위송이 걸터앉아 섬뜩한 표정으로 이쪽을 내려다보고 있는 게 아닌가! 그는 완전히 발가벗은 몸으로 격렬한 광기에 휩싸인 두 눈을 번뜩이며 잔뜩 인상을 찌푸린 채, 뼈 무더기에서 주운 듯한 사람의 기다란 대퇴골 두 개를 마치 몽둥이처럼 휘두르고 있었다……

용감하기로 유명한 반장이었지만, 뜻밖의 미친 사람 모습에 식겁한데다 죽음에 대한 미신적인 두려움도 없지 않은 터라, 다소 당황하지 않을 수 없었다.

"제기랄! 이를 어쩐다?……"

다행히 부하들은 대장보다 덜 예민했다. 경찰관 한 명이 광인의 말없는 위협엔 아랑곳하지 않고, 의자를 하나 옆에 대더니 쓱 올라서서 아무 스스럼 없이 도미니크 위송을 덥석 붙잡아 끌어내리는 것이었다.

뒤이어 광인과 경찰관들 사이에 짧지만 격렬한 몸싸움이 벌어졌다. 도미니크 위송은 작업실의 유골들에게 도와달라고 외치는가 하면, 경찰들을 죄다 죽여버리겠다는 둥, 모두 탱크 속에 처넣어버리겠다는 둥, 그들 역시 뼈만 발라내 유골 상태로 전시해놓겠다는 둥, 고래고래 악을 쓰며 닥치는 대로 깨물고 발버둥쳤다.

그나마 경찰관들 수가 많아서 다행이었다. 몇 분 지나지 않아 도미니크 위송은 완전히 제압되어 결박당하고 말았다.

흠씬 얻어터지고 나서야 반쯤 기절해 조용해진 용의자와 이마의 땀을 훔치는 부하들을 번갈아 돌아보며 반장이 말했다.

"다들 수고했다! 이제 일이 다 수습된 것 같구먼!…… 서장님이 정식 조사를 진행하면 별도의 지시가 있을 것이다. 자, 이만 철수한다!"

한데 출입구 쪽으로 몇 걸음 떼다 말고 별안간 반장이 외쳤다.

"잠깐! 부지유라는 그 신고자는 어디 있지?"

아닌 게 아니라, 부지유가 감쪽같이 사라지고 없었다!

사실 그는 도미니크 위송이 검거되는 와중에 팡도르의 시신이 슬쩍 움직이는 걸 눈치챘다. 그런 상황에서 신문기자의 죽음에 얽힌 진실까지 경찰관들에게 밝힐 생각일랑 추호도 없었다.

그는 아무 기척 없이 자리를 떴다…… 처음에는 까치발을 한 채 살금살금, 가능한 한 소리내지 않고…… 그리고 일단 둑길에 다다른 다음부터는 노년의 나이에도 불구하고 전속력으로 달리기 시작했다!

그는 그렇게 걸음아 날 살려라 도망치고 있었다……

24
논리정연한 추론

"쥐브! 쥐브!……"

경찰이 도미니크 위송을 데려가자마자, 가짜 송장은 벌떡 일어나 뚜껑문을 후딱 열어젖히고 소리쳐 불렀다.

두 친구는 그렇게 해서 다시 합류하게 되었다.

팡도르는 서로의 대화를 가로막고 있는 거추장스러운 잠수 헬멧부터 서둘러 벗겨주었다. 마침내 머리가 개운해지자, 쥐브가 다짜고짜 말했다.

"자, 어서 여기를 벗어나자고!"

팡도르가 한마디를 덧붙였다.

"네! 그리고 팡토마스를 잡으러 가야죠!"

아, 드디어 쥐브도 팡도르와 마찬가지로 앞으로 고수해야 할 행동노선, 어쩔 수 없이 헤쳐나가야 할 일들에 대해 더는 주저하지 않을 태세였다.

지금까지 적지 않은 시간 동안 부여잡고 씨름해온 기상천외한 사건들의 전모가 이제 불현듯, 비록 완벽한 수준은 아니지만 조금씩이나마 그 정체를 드러내는 듯했다.

쥐브도 팡도르도 남의 집 담벼락 뛰어넘기를 밥먹듯 해온지라, 도미니크 위송의 공장 대문을 찾아 시간을 허비하는 것이 여간 불만스럽지 않았다. 아니나다를까, 형사와 신문기자는 가장 가까운 담을 곧장 뛰어넘었고, 경찰이 광인을 연행한 지 십오 분도 채 되지 않아 미라보 다리 방향으로 센 강의 둑길을 성큼성큼 걷고 있었다.

"쥐브!"

"뭔가, 젊은 친구!"

"잠깐 제 윗도리와 구두를 찾으러 가도 괜찮을까요?"

"오, 괜찮다마다!"

"그럼 오른쪽으로 좀 돌아가야 합니다. 아까 죽은 척하기 전에 저쪽에 벗어놓고 갔거든요……"

팡도르가 보송보송하니 멀쩡하게 그대로 있는 옷을 기쁜 마음으로 걸쳐입는 사이, 쥐브는 호주머니에서 담배를 꺼내 물었다.

"팡도르……"

"네, 쥐브."

"어디, 자네가 이 모든 일들을 토대로 추론한 결과나 좀 들어볼까?"

팡도르는 평소 떠보듯 던지는 쥐브의 질문에 워낙 시달려온 터라, 이번에도 잔뜩 조심하고 있었다. 다시는 얼떨결에 어설픈 대답을 해서 핀잔이나 듣지는 않겠다는 생각이었다.

"오, 쥐브…… 학생이 선생님을 제치고 나설 수야 없지요. 먼저 말씀해보시죠!…… 자, 어떤 결론에 이르셨습니까?"

쥐브는 한마디로 잘라 대답했다.

"우리가 참으로 멍청하다는 것이네!"

"그것 참 유감스러운 결론이군요! 그런데 이유가 뭡니까, 쥐브?"

"어젯밤 센 강 바닥을 돌아다니면서 나를 골탕 먹이려다 실패한 자가 팡토마스가 아니기 때문이네……"

그 말에 팡도르는 옷을 입다 말고 멀뚱하니 서서 이렇게 대꾸했다.

"그건 또 무슨 말씀입니까? 그럼 대체 그 수수께끼 같은 잠수부가 누구란 말입니까? 이거야 원, 잠수복만 똑같이 걸쳤지 어제는 저 사람 오늘은 이 사람…… 도무지 모르겠군요! 오늘은 쥐브 당신인 건 알겠는데, 그럼 어제는 누구였느냔 말입니다!"

쥐브는 냉정한 표정으로 하늘을 향해 담배 연기를 내뿜고는 말했다.

"어제 말인가, 팡도르? 어제의 잠수부야 한 치 의혹도 없이 도미니크 위송이지!"

"도미니크 위송이라고요?"

"그렇다네. 따지고 보면 그리 놀랄 일도 아니지. 틀림없는 도미니크 위송이야. 그동안 센 강에 출몰한 의문의 불빛은 죄다 그 인간이 잠수복을 입고 강바닥을 돌아다니며 비춘 손전등이 원인이었네."

"그 사람이 강바닥에 무슨 볼일이 있다고요?"

"그 정도는 파악을 해야지, 팡도르."

"네, 하지만 모르겠습니다."

"좋아, 잘 들어보게…… 도미니크 위송이 사람의 시신을 거래해왔다는 건 자네도 잘 알 거야. 그에겐 독점권이 있어서 일정한 수준까지는 시신을 마음대로 거래할 수가 있었지. 하지만 그 이상은 불가능했어. 그런데 슬슬 그 장사가 돈이 되는 걸 깨닫자, 누가 장사꾼 아니랄까봐 가능한 한 많은 시신을 찾아다니기 시작했어. 이 점에 관해서는 조금도 환상을 품어선 안 되네. 그가 센 강 바닥을 괜히 어슬렁거린 게 아니라는 말이네. 오로지 익사체를 찾아 딴에는 열심히 헤집고 돌아다닌 거지…… 마찬가지로 부지유가 털어놓았듯이 그가 어떤 수상쩍은 인간들과 모종의 교류를 맺고 있다면, 그 또한 저들이 그에게 처치 곤란한 시체들을 조달해주고 있다는 얘기가 되네. 범죄 집단에 의해 매일같이 양산되는 변사체들 말이야!…… 이보게, 팡도르. 아직까지 경찰이 해결하지 못한 수많은 실종사건은 도미니크 위송의 시체 처리 탱크 속에 잠겨 있는 불행한 시신들의 신원만 밝혀내도 간단하게 해결될 것이 분명해……"

쥐브의 추론이 충분한 개연성을 확보하고 있어서 팡도르는 감히 반론을 펼 수가 없었다.

"좋습니다, 쥐브…… 팡토마스가 아니라 도미니크 위송이 잠수부였다는 점은 저도 수긍하겠습니다. 하지만 그렇다고 해서 도미니크 위송이 팡토마스와 아는 사이일 거라는 추측에 지장이 가지는 않을 겁니다. 우리가 도미니크 위송을 주시하기 시작한 것도 샤플라르의 시신을 운반하는 팡토마스를 추적하다가 우연히 그의 거처 근방까지 왔기 때문임을 잊어서는 안 됩니다!"

팡도르의 말에 쥐브는 빙그레 웃으면서 고개를 설레설레 흔들었다. 열띤 토론 중에도 전혀 다급해하는 눈치가 아니었다.

"팡도르, 이 친구야…… 자네는 내가 아는 가장 참신하고 매력적인 젊은이이긴 하지만, 더없이 간단한 문제들을 자꾸 복잡하게 만드는 버릇이 있다는 게 단점이야…… 지금도 우리가 겪은 모든 사건들을 모조리 뒤섞어서 생각하고 있어. 하지만 지금은 그럴 때가 아니네! 실타래를 엉키게 하지 말고 한 올 한 올 따로 풀어야 할 때야……"

팡도르는 즉각 발끈하며 대꾸했다.

"나 참, 한 올 한 올 풀어내는 게 그렇게 쉬운 일이라면 어디 한번 해보시죠!"

"쉽다니, 천만의 말씀…… 하지만 가능하긴 하네…… 예컨대 도미니크 위송의 역할을 한번 생각해보지. 일단 지금까지 그것에 대해 충분한 설명이 이루어졌다고 보는가?"

"네."

"그럼 다음 문제로 넘어가지. 심야 삯마차에 대해서는 어떻게 생각하나?"

순간 팡도르는 쥐브의 단순한 질문에 뭔가를 깨달은 듯 이마를 탁 치며 이렇게 말했다.

"아차! 이런 바보 같으니!…… 이제야 그놈의 심야 삯마차가 어디에 쓰이는 물건인지 알겠네…… 시체를 밀거래하는 놈들이 바로 그 마차에 변사체를 싣고 도미니크 위송에게 가져다주었던 거군요!"

"바로 그거야, 팡도르! 거기서 한 걸음 더 나아가면, 팡토마스가 심야 삯마차를 몰고 갔을 때 그는 다름아닌 샤플라르의 시신을 도미니크 위송에게 가져다주는 중이었다는 것도 자연스레 유추해낼 수가 있겠지."

팡도르는 잠시 생각하더니 고개를 끄덕이며 말했다.

"그럴 수 있겠네요. 하지만 그래도 도통 풀리지 않는 문제가 하나 남아 있습니다…… 제가 방치했다가 팡토마스가 다시 몰고 간 그 마차가 어떻게 해서 팡토마스의 딸인 레몽드의 손에 넘어

가게 됐는지 말입니다. 그 점은 어떻게 설명하시겠습니까? 그녀도 결국 한패란 뜻일까요? 정말 그렇게 생각하세요?…… 그렇다면 너무 끔찍한 일 아니겠습니까?"

쥐브는 활짝 웃으며 대답했다.

"어허, 너무 흥분하지 말게나…… 내가 그녀에 대해 뭐라고 하지도 않았는데 왜 지레 두둔하지 못해 난리인가! 자, 자, 우선 진정하고…… 자네, 팡토마스의 딸이 심야 삯마차 마부석에 어떤 연유로 앉게 되었을지를 생각해보면 뭔가 짚이는 일 없나?"

"글쎄요, 없는데요……"

"나는 있네…… 전에 자네가 나한테 해준 얘기 기억하나? '잔마리'호에 타고 있다는 젊은 뱃사공 얘기를 부지유한테서 들었다고 했지. 그래서 자네가 그 젊은이를 만나보려고 무척 애썼는데, 막상 바지선에 오르자 젊은이가 물로 뛰어들었다고 했어…… 마침 그 순간 강물 속에선 문제의 불빛이 나타났고 말이야……"

"아, 쥐브! 정말이지 형사 중의 형사라는 명성이 헛된 게 아니군요! 저 혼자라면 절대 깨닫지 못할 일들을 당신은 아무렇지도 않게, 불과 몇 단계 추론만으로 선명하게 정리해서 제시하다니요!"

팡도르가 또다시 이마를 탁 치며 외치자, 쥐브는 어깨를 으쓱하며 말했다.

"글쎄…… 내가 추론을 정확하게 했을 수는 있겠지…… 하지만, 팡도르. 그 모든 자초지종을 놓고 보다 정확한 평가를 내리자면, 모든 것이 자네 덕분에 가능했다고 보아야 할 걸세. 왜냐하면 그 젊은 뱃사공이 실종된 사실을 바로 자네를 통해서 알게 됐으니 말이야…… 자, 그럼 내 얘기를 듣고 자네가 깨달은 내용은 무엇인지 어디 한번 들어볼까?"

"그 젊은이는 당시 잠수복을 입은 도미니크 위송에 의해 익사 직전까지 갔던 겁니다!…… 도미니크 위송의 거처가 있는 곳 근방에서 우리가 팡토마스의 딸과 맞닥뜨린 것도 그 일과 관련이 있고 말이죠. 결국 그 젊은 뱃사공이 다름아닌 레몽드였고 또한 팡토마스의 딸이었다는 결론이 나는 셈입니다! 그렇지 않습니까, 쥐브?"

"바로 맞혔네, 팡도르! 한 가지 덧붙이자면, 이로써 레몽드의 명예가 회복되는 셈이라고 해야겠지! 삯마차를 몰고 나오던 그녀가 그때 도미니크 위송의 작업실에서 빠져나오는 길이었다면, 그건 곧 자의가 아니라 시체나 다름없는 상태로 거기까지 실려 갔다는 뜻일 테니 말이야!"

쥐브는 잠시 뜸을 들인 후 말을 이었다.

"이보게, 팡도르. 요컨대 팡토마스의 딸 레몽드는 이번 사건에서 철저히 희생자일 뿐이라는 게 나의 생각이네. 처음 백화점에서 실종됐을 때 희생자였고, 바지선에서 물로 뛰어들었을 때도 희생자였으며, 이젠 거의 확실시되는 얘기지만, 도미니크 위송의 작업실에서 도망쳐나오는 길에 자네와 맞닥뜨려 그 곤욕을 치렀을 때 역시 희생자의 입장이었던 거지……"

팡도르도 완전히 같은 의견이었다.

다만 좀더 깊은 생각 속을 헤집다가 문득 이렇게 말했다.

"그런데 말입니다, 쥐브. 이건 참 조심스러운 얘기지만, 그런 사실만으로는 별 의미가 없지 않나 싶습니다…… 무엇보다 처음에 레몽드가 실종된 이유를 밝혀내지 못하고 있으니까요! 과연 누가 레몽드를 납치했느냐는 겁니다! '파리 갈르리'에서 벌어진 온갖 참담한 사건들은 물론, 저 딱한 샤플라르 씨의 죽음을 위시해 그로부터 파생된 모든 일들이 따지고 보면 레몽드 납치 사건에서 촉발된 것 아니겠습니까?"

한데 그때까지 이야기를 경청하던 쥐브가 별안간 자세를 추스르더니 말을 잘랐다.

"팡도르!"

"네, 쥐브……"

"신발 다 신었나?"

"네? 갑자기 그건 왜요?"

쥐브는 신문기자의 팔을 잡아끌며 대답했다.

"다름아니라 지금 시각이 새벽 세시라는 거지! 즉, 잠자리에 들 시간이 한참 지났다 이 말이네!…… 그래, 자네 말이 맞아. 우리에겐 아직 풀어야 할 수수께끼가 남아 있네. 하지만 이제 어디로 가야 하는지는 제대로 감을 잡고 있어. 그것만 해도 대단한 일이지…… 게다가 지금은 레몽드가 누구인지도 확실히 알고 있네. 장담하건대 앞으로 우리의 조사는 그다지 질질 끌지 않고 신속히 진행될 거야!"

"그럼 이제 무얼 할지 생각해둔 일이라도 있습니까?"

팡도르의 질문에 쥐브는 싱글벙글 웃는 얼굴로 이렇게 대답했다.

"방금 내가 말한 것 같은데…… 일단 가서 잠부터 잘 거라고!"

"아, 그야 당장은 그렇겠죠…… 하지만 내일은요?"

"내일이라고 했나?…… 이보게, 팡도르, 내일은 아무것도 하지 않을 걸세……"

신문기자가 어이없다는 표정으로 쳐다보자, 쥐브는 얼른 이렇게 덧붙였다.

"암, 아무것도 안 하고말고…… 내일 오후도 마찬가지야…… 아주아주 중요한 어떤 일에 착수하는 것 말고는 말일세……"

"그게 뭔데요?"

"팡토마스를 체포하는 일!"

"체포한다고요?"

"당연하지!"

"오, 쥐브…… 또 수수께끼처럼 모호한 말씀을 하시는군요……"

"천만에! 나는 지극히 명확한 얘기를 하고 있네……"

쥐브는 특유의 명징한 정신력을 마지막으로 유감없이 발휘하며 이렇게 말했다.

"오늘밤 우린 정말 자세한 사항들을 많이 알게 되었네. 그중 일부는 단순히 흥미로운 정도이고, 나머지 일부는 매우 결정적인 정보들이지. 요컨대 이만큼 조사가 진행된 시점에서 우리가 취해야 할 행동은 단 하나뿐이네. 꼼짝 않고 있는 것! 잠시 자취를 감추는 것 말이야…… 아까도 줄곧 강조했지만, 팡토마스의 딸은 어디까지나 희생자네…… 그런데 이제 그 팡토마스의 딸이, 우리가 이미 간파한 성격 그대로라면, 자신이 겪은 모든 고통에 대해 어떻게든 앙갚음을 하려 들 거야. 그런가 하면 팡토마스 입장에서는 자기 딸을 되찾으려 할 것이 틀림없어…… 그래서 하는 얘기네, 팡도르…… 우리는 앞으로 벌어지는 사태를 잠자코 예의 주시하면 되는 거야! 내 분명히 장담하건대 이번 주말이 되기 전에, 그러니까 앞으로 사나흘만 지나면 팡토마스의 딸이든, 아니면 처음 그녀를 납치한 장본인이든, 그것도 아니면 팡토마스 본인이든 알아서 우리 앞에 모습을 드러내고야 말 거야!……"

쥐브의 태도가 어찌나 자신감에 차 있는지, 팡도르는 의심스러운 기색을 슬쩍 내비칠 엄두조차 나지 않았다.

25
정부情婦와 딸

무대의상처럼 반짝거리는 은박 장식이 달린 우아한 푸른색 실크 야회복이 마치 요정과도 같은 분위기를 연출했다…… 오늘 저녁 브레몽발 부인의 드레스는 한마디로 황홀할 정도였다. 성인군자마저 혹하게 만들 그녀의 미모는 평상시보다 훨씬 더 강렬한 빛을 내뿜고 있었다!

부인은 파우더 룸 한쪽 구석 전체를 차지하는 큼직한 전신거울 앞에 서서, 전문가 같은 기술로 머리를 매만져주는 하녀의 마지막 손질을 이리저리 살펴보고 있었다.

"아니야! 머리에 꽃은 꽂지 마! 단순한 것이 가장 아름답다는 내 원칙을 몰라서 그래?"

브레몽발 부인이 어떤 인위적인 꾸밈새보다 가운데 가르마를 곱게 탄 눈부신 금발 스타일을 선택한 것은 정말 잘한 일이었다. 그만큼 그녀의 금발은 비단결처럼 섬세하고 부드러웠으며, 햇살이 녹아든 것처럼 더없이 눈부셨다.

뿌듯해진 기분에 웨이브 진 머리 끄트머리를 손가락으로 살짝 퉁기면서 그녀는 이렇게 말했다.

"좋아! 이제야 내 마음에 꼭 드네. 자, 슬슬 손님들을 맞아야겠어……"

그날 저녁 브레몽발 부인의 집에서는 연회가 예정되어 있었다.

꽃으로 장식되고 예술적인 전등불이 근사한 가운데 정신을 몽롱하게 만드는 향기가 은은히 밴 자신의 아파트에서, 아리따운 모습의 마틸드는 절친한 친구들을 극진히 대접하곤 했다.

브레몽발 부인은 전신거울 앞을 떠나면서 하녀에게 마지막 주의를 주었다.

"아델, 저번처럼 손님들 외투 혼동하지 않도록 주의해. 항상 그것 때문에 말썽이잖아. 또다시 어리석은 일이 벌어지는 건 원치 않아……"

브레몽발 부인은 완벽한 집주인으로서 손색이 없었다.

그녀는 모든 점에서 최고의 연회를 종종 베푸는 대신 하인들에게는 꽤나 까다로운 편이었고, 지극히 사소한 잘못조차 그냥 넘어가는 법이 없었다. 그녀 특유의 간략하면서도 권위가 묻어나는 억양에 실려 지시가 떨어질 때면, 하인들은 바짝 긴장한 채 일사불란하게 움직여야 했다.

"식탁은 제대로 차려졌는지 좀 봐야겠군……"

그렇게 중얼거리면서 파우더 룸을 벗어난 브레몽발 부인은 아파트를 양분하는 긴 복도를 건너 화려한 식당으로 들어갔다. 식당에는 참나무 틀 속에 끼워진 고풍 찬연한 태피스트리가 깔려 있었고, 중간 높이의 벽들은 부조 장식이 가미된 목재 패널들로 빼곡히 덮여 있었다. 섬세한 은제 식기 세트들과 우아한 도자기들, 반짝거리는 크리스털 잔들 사이사이에 꽃들이 자리잡은, 정말이지 멋지게 차려진 식탁 위를 그녀는 이리저리 세심하게 굽어보았다.

보통 사람 같았으면 그 완벽한 준비 상태에 감탄을 금치 못했겠지만, 브레몽발 부인은 단번에 중대한 실수를 족집게처럼 짚어냈다.

"아니, 이럴 수가! 직접 일일이 살펴보지 않으면 항상 이런 어이없는 상황이 벌어진단 말이야……"

그녀는 식탁 밑에 감춰진 호출 벨을 신경질적으로 눌렀고, 잠시 후 하인이 당도했다.

"알프레드, 식탁 차린 사람이 누구죠?…… 당신이에요, 아니면 급사장이에요?"

"전부 다 함께 차렸습니다, 마님."

"도대체 이 꽃들은 뭡니까? 꽃꽂이 상태가 형편없잖아요!……

당장 바꾸도록 해요!"

브레몽발 부인은 식당에 잠시 더 머물면서 하인과 함께 희귀화 몇 종을 다시 손본 다음, 이번에는 거실로 향했다.

거실로 말하자면 아파트 전체에서도 정말 보기 드물게 정성 들여 가꾼 공간이었다. 부인은 그곳의 가구 배치며 여러 장식들에 섬세한 취향과 절묘한 솜씨를 유감없이 발휘해놓았다.

여유 있고 안락한 분위기에 늘 부드러운 빛이 감돌았고, 아주 오래된 판화와 조각 소장품 들이 벽을 돌아가며 촘촘히 진열되어 있었다.

사실 브레몽발 부인은 미美를 내세워 호사가들의 순진한 영혼을 착취하는 일이 빈번한 사교계에서 아주 유명한 예술품 수집가이기도 했다.

그녀는 문지방에 멈춰 선 채 안을 한차례 쓱 둘러보더니 입가에 미소를 띠며 중얼거렸다.

"여기는 나쁘지 않군…… 역시 거실은 제대로 되어 있어……"

그런데 이 젊은 귀부인은 오늘 저녁 어딘지 예민해 보였다. 심지어 거의 침울한 분위기마저 풍겼다. 나무랄 데 없는 여주인답게 집안 정리를 매우 예술적으로 잘 처리했음을 뿌듯하게 확인한 다음에도, 자기도 모르게 미간을 찌푸리며 자꾸 불길한 생각에 빠져드는 것이었다.

브레몽발 부인은 정교하게 세공된 추가 천천히 시간을 계산하는 오래된 괘종시계를 뚫어져라 바라보았다.

"일곱시 사십분이네! 이럴 리가 없어!…… 벌써 왔어야 하는데…… 무슨 일이지? 걱정돼죽겠네…… 아, 허구한 날 이렇게 두려움에 시달리고 벌벌 떨면서 무슨 끔찍한 일이 벌어지지 않을까 걱정해야 하니, 살아도 사는 게 아니야!……"

브레몽발 부인은 2인용 소파에 앉아 손닿는 곳에 있던 화보집 희귀본을 집어들고 뒤적이기 시작했다.

평소에는 책을 열심히 읽는 편이었지만, 지금은 정신이 딴 데가 있는 게 분명했다.

아, 도대체 얼마나 심각한 걱정거리가 있기에, 판화라면 사족을 못 쓰는 열정적인 수집가가 저렇게 정신을 놓고 있는 것일까!

이내 그녀는 책에서 고개를 들더니 두 눈을 감고 막연한 생각 속을 헤매기 시작했다.

'일곱시 사십오분이야…… 아, 미치겠네…… 그래도 오긴 올 텐데…… 그런 편지까지 보낸 마당에 내가 잘못 생각할 리는 없어…… 그에겐 분명 돈이 필요하고, 내가 그 돈을 줄 수 있단 말이야…… 아, 미치겠네……'

브레몽발 부인이 갑자기 벌떡 일어났다.

평소의 유연하고 우아한 걸음걸이와는 영 딴판으로, 그녀는 거실 안을 다급하게 가로질러갔다.

그리고 호출 벨을 거칠게 누르면서 이렇게 중얼거렸다.

"도대체 어찌된 영문인지 좀 알아봐야겠어……"

벨이 울리기가 무섭게 거실 문이 열리면서 깍듯한 목소리가 들렸다.

"부르셨습니까, 마님?"

브레몽발 부인은 고개도 돌리지 않은 채 대뜸 물었다.

"누가 날 찾아오지 않았나요?"

"네, 마님. 아직 찾아온 사람이 없었는데요."

"알겠어요. 내가 단골로 드나드는 가게 주인 몇 분이 오시기로 했으니, 도착하는 대로 알려줘요……"

"네, 알겠습니다, 마님."

"그럼 물러가도록 해요."

문은 소리 없이 닫혔고, 부인은 우울하고 괴로운 혼자만의 생각 속으로 다시 빠져들었다……

한데 방금 늙은 급사장이 들어와 주인마님에게 고한 내용은 사실이었을까? 아직 브레몽발 부인을 뵙겠다고 찾아온 사람이 아무도 없단 말인가?

거실 문이 닫힌 뒤 마틸드가 급사장의 표정을 볼 수만 있었다면 틀림없이 몸서리를 쳤을 텐데…… 그리고 눈치챘을 텐데 말이다!

담백한 성향을 타고난 브레몽발 부인은 지금처럼 으리으리한 사치를 누리고 살면서도 하인들의 일반적인 동태에는 그다지 관심을 두지 않는 편이었다.

믿을 만한 사람 한 명이 일종의 집사 자격으로, 파리에 있는 이 아파트는 물론 브르타뉴 지방에 있는 영지까지 모든 자잘한 사항들을 도맡아 관리하고 있었다.

그러다 보니 브레몽발 부인은 자기 집 하인들이 어떻게 생겼는지 일일이 못 알아보는 경우도 허다했다. 심지어 급사장이 새로운 사람으로 교체되었다는 사실도 전날에야 비로소 알았을 정도이다.

집사가 이렇게 알려주었던 것이다.

"마님, 급사장이 몸이 아파서 다른 사람을 고용했습니다……"

그때 브레몽발 부인은 그저 고개를 끄덕였을 뿐이다. 파리에 쓸 만한 하인은 넘쳐나는 실정이라, 그 정도 사소한 변동으로 다음날 있을 연회가 지장을 받을 리는 만무할 테니, 크게 신경쓸 일은 아니라고 본 것이다.

물론 집사가 새로 들인 급사장은 완벽한 일솜씨를 갖추고 있는 듯 보였다.

게다가 외모에서 풍기는 분위기부터 첫눈에 호감을 가질 만한 타입이었다. 깔끔히 면도한 양볼과 점잖은 외투, 육십대 남자의 살짝 벗어진 이마 등, 집안의 고용인으로서 잘 어울리는 신체적 조건을 갖추고 있었다.

어쨌든 브레몽발 부인이 그토록 애타게 기다리는 사람이 나타나지 않아 마음을 졸이는 동안, 급사장은 복도를 지나가면서 알 수 없는 미소를 짓고 있었으니……

주방으로 들어서면서 급사장은 나지막이 혼잣말을 중얼거렸다.

"당연히 누가 오긴 왔지요, 마님…… 하지만 나로선 당신의 그 교활한 계약을 무산시켜야만 했답니다…… 당연히 누가 와서 당신을 찾긴 했지만, 이 몸이 대신 나섰다, 이 말씀이외다……"

도대체 이 범상치 않은 하인이 무슨 얘길 하고 있는 건가?

사실 이십 분 전 브레몽발 부인이 화장을 마무리하느라 여념이 없는 사이, 하인 중 최고참인 옥타브가 급사장을 불렀다.

"누가 주방 문 앞에 와서 마님을 찾는데요?"

한창 과일을 잘라 다듬고 있던 급사장은 하던 일을 멈추고 하인 전용 계단 문 앞까지 나가보았다. 거기, 무척이나 마르고 키가 큰 사내 한 명이 왠지 겁에 잔뜩 질린 표정으로 서 있었다.

"무슨 일입니까?"

급사장이 묻자 사내는 변두리 억양이 강한 목소리로 이렇게 말했다.

"주인마님과 딱 삼 분만 이야기를 하고 싶습니다."

"마님과 무슨 이야기를 하려고요?"

"남이야…… 하여튼 난 당신이 아니라 주인마님과 할 얘기가 있단 말이오!"

난데없이 튀어나온 다소 거친 말투가 웬일인지 급사장의 입가에 은근한 미소를 감돌게 했다. 점잖은 그로서는 더이상 상대하지 않고 곧바로 하인을 시켜 돼먹지 못한 불청객을 당장 내쫓으라고 할 수도 있었다.

하지만 급사장은 오히려 더욱 친근한 미소를 머금으며 낮은 목소리로 이렇게 말하는 것이었다.

"당신 '가스불' 맞죠?"

이 짤막한 질문이 험악한 건달에게 엄청난 두려움을 불어넣은 건 확실해 보였다.

사내는 금세 한 발 뒤로 물러나더니, 여차하면 도망칠 태세로 이렇게 더듬대는 것이었다.

"어? 뭐요?…… 당신하곤 상관없는 일이라니까…… 남의 일엔 상관 말고 어서 주인마님께 알려나 주시오!"

급사장은 더더욱 서글서글한 태도로 말했다.

"허어, 그렇게 보채실 필요 없습니다…… 그러잖아도 당신이 올 거라는 얘기를 들었습니다."

"얘기를 듣다니?…… 누구한테?"

"그야 마님한테서죠."

'가스불'은 무척이나 당황한 기색이었지만, 그래도 지지 않고 말했다.

"오, 그래요, 그래! 충분히 그럴 수 있지…… 어쨌든 주인마님께서 그리 말씀하셨다면, 필경 내가 오는 대로 안으로 들이라는 지시도 내렸겠구먼……"

주방에서는 벌써부터 다들 무슨 일인가 하여 수군대는 분위기였다.

도대체 급사장이 어떻게 처리하려고 저러는 것일까?

마침내 점잖은 하인은 이렇게 말했다.

"사실 마님께서는 당신과 관련해서 제게 심부름을 하나 맡기셨습니다…… 우선 저랑 같이 가실까요?…… 오, 멀지 않습니다. 바로 옆이에요…… 당신께 전해드릴 봉투가 두 개 마련되어 있습니다……"

거실에서는 방금 여덟시를 알리는 종소리가 울렸다. 이제 완전히 안절부절못하는 상태인 브레몽발 부인은 기다리는 사람이 이토록 늦는 이유가 무언지 가슴 졸이며 따져보고 있었다.

'이제 조금 있으면 손님들이 몰려오고 여덟시 반이면 저녁식사가 시작될 텐데…… 아, 이를 어쩌나…… 이를 어째……'

브레몽발 부인은 다시 벌떡 일어나 두번째로 호출 벨을 울렸다.

역시 급사장이 다른 하인들을 제치고 거실로 달려왔다.

"부르셨습니까, 마님?"

"나 찾는 사람 없었어요?"

잠시 침묵이 흘렀다.

워낙 이상한 침묵이라, 왜 갑자기 대답을 하지 않는지 의아해진 부인은 슬그머니 돌아보다가 그만 깜짝 놀라고 말았다!

급사장이 등뒤로 문을 닫고 거실 한복판까지 성큼 들어와 있는 상태가 아닌가!

"아니…… 이, 이게 뭐하는 짓이죠?"

얼굴이 창백해지면서 브레몽발 부인이 더듬더듬 입을 열었다.

그러자 그윽하면서도 어딘지 빈정대는 듯한 목소리가 대답했다.

"뭐하는 짓이냐?…… 이봐요, 벨담 부인. 그래, 누가 당신을 찾아왔지. 바로 '가스불'이라고 하는 자…… 당신이 시킨 범행의 대가로 내가 당신 대신 그자한테 돈을 줘서 쫓아버렸으니, 이젠 감추고 자시고 할 일도 없어…… 자, 우리 어디 얘기나 한번 해볼까?"

아, 벨담 부인이라니!

자신을 그 이름으로 부르는 소리를 듣자마자 브레몽발 부인은 하얗게 질리면서 온몸을 부들부들 떨기 시작했다. 이제 그녀는 두 손을 모은 채, 마치 정신 나간 사람처럼 급사장을 향해 한 발 한 발 다가가며 중얼거렸다.

"당신! 당신이!……"

급사장은 소파 위에 편안하게 자리잡고 앉아 아무렇지도 않게 내뱉었다.

"그래, 나요…… 팡토마스!……"

오래전부터 서로를 사랑하면서도 증오해온 두 사람…… 이름만으로도 공포와 경악을 불러일으키는 고문 기술자이자 범죄의 제왕이며 신출귀몰한 팡토마스가 가짜 급사장이라니!…… 그리고 옛날에 그의 공범이자 정부였던 벨담 부인이 마틸드 드 브레몽발이라니!…… 이 세상 아무것도 거칠 것 없이 살아온 사내와 그 사내를 향한 사랑 하나로 모든 것을 감수하고 따랐던 아름다운 한 여인…… 이 운명적인 비극의 두 주인공 사이로 지금 끔찍한 적막이 흐르고 있었다!

하지만, 터질 것처럼 두방망이질하는 가슴을 두 손으로 꼭 누른 채 금방이라도 혼절할 것 같은 벨담 부인과는 달리, 가짜 급사장 팡토마스는 실실 웃고 있었다.

얼마나 지났을까, 악당의 입이 먼저 열렸다.

"부인, 우선 이렇게 불쑥 당신 앞에 나서게 된 점 양해해주길 바라오. 아울러 당신과 내가 연인 사이였던 그 시절처럼, 당신 집에서 내 멋대로 그 '가스불'인지 뭔지 하는 하바리 건달 녀석을 내쫓은 것 또한 깊은 아량으로 용서해주었으면 하오!…… 하긴 용서해줘야지 어쩌겠소. 천하의 마틸드 드 브레몽발이 벨담 부인이라는 걸 내가 안 지도 이제 겨우 이십사 시간밖에 안 됐으니……"

팡토마스는 한동안 침묵을 유지했고, 여자가 여전히 입을 다물고 있자 다시 말을 이었다.

"사실 내가 좀더 일찍 당신의 진짜 정체를 파악하지 못한 건 대단히 유감스러운 일이오. 나탈에서 돌아온 지 육 개월이나 됐지만, 그동안 내내 허탕만 치며 당신을 찾아 헤맸으니…… 당신은 내 앞에서 그야말로 감쪽같이 사라져버렸지. 어떤 감정에서 그랬는지는 모르겠지만, 벨담 부인 당신은 내가 그토록 사랑했음에도 불구하고 가차없이 도망쳐버렸던 거요!……"

한데 이건 좀 과한 얘기인 듯했다.

아무리 쥐고 흔드는 입장이라지만, 팡토마스가 방금 한 말은 그의 정부로서는 도저히 묵과하기 힘든 요설처럼 들렸던 것이다.

벨담 부인은 앙칼지게 외쳤다.

"파렴치한 사람……"

그녀는 활활 타는 분노 속에서도 무척이나 아름다웠다.

"이 파렴치한 사람 같으니…… 감히 그 입으로 나를 사랑했다고 말해? 천만에! 그건 아니지!…… 이제 거짓말이라면 신물이나! 배신이라면 지긋지긋하다고!…… 지금까지 난 당신을 너무 많이 용서해왔어. 하지만 이제는 증오할 뿐이야! 이제 더는 당신을 믿지 않아!…… 당신을 혐오한다고!……"

팡토마스는 지극히 침착하게 상대의 말을 끊었다.

"그러지 마, 벨담 부인…… 그래선 안 되지…… 사랑을, 우리의 사랑을 모독하지 마요……"

그는 소파에서 몸을 일으키더니 계속 말을 이어갔다. 그 완벽한 카리스마에 압도당한 브레몽발, 아니, 벨담 부인은 부들부들 떨면서 말 한 마디 한 마디를 경청할 수밖에 없었다.

"내가 아프리카에서 돌아왔을 때 당신이 내가 말한 그곳에 있었더라면, 지금까지 벌어진 일들은 전혀 겪지 않아도 됐을 거요……"

"아, 당신이 저지른 범행…… 그 가공할 범행들이……"

"모든 원인은 바로 당신에게 있지!"

사랑할 수밖에 없었던 악당이 급기야 부르르 떠는 목소리로 내뱉은 이 끔찍한 한마디에, 벨담 부인은 당장이라도 달려들듯 전율을 금치 못하면서 이렇게 외쳤다.

"뭐라고? 당신이 감히 그런 말을…… 내가 버젓이 두 눈 뜨고 살아 있는 앞에서 당신이 레몽드와……"

팡토마스는 여자 입에서 그 이름이 튀어나올 것을 예상한 듯, 거칠게 말을 잘랐다.

"닥쳐! 우리 얘기는 앞으로 몇 시간 후, 당신이 절친한 친지들을 맞이하게 될 저녁 만찬이 끝난 다음에 따로 끝장을 보도록 하지. 지금은 일단 뒤로 미루고……"

순간 벨담 부인이 격하게 흐느끼며 몸을 들썩이자, 팡토마스는 이렇게 덧붙였다.

"그만 좀 하지! 그렇게 울고 짜고 할 것도 없소! 내가 끔찍이 싫어하는 게 여자 눈물이라는 걸 잘 알 텐데…… 나중에 따로 얘기하자고 했잖소!…… 당신은 레몽드와 나 사이를 실제와는 다른 관계로 생각하는 모양인데……"

"거짓말!"

"정말이오! 솔직히 말해서 나는 레몽드에게 일어난 일이 당신 소행일 거라고는 짐작도 못했소. 그래서 오로지 샤플라르와 쥐브와 팡도르만 죽일 놈이라고 의심했지…… 이런 내 입장에서 보면, 오히려 원망받아야 할 사람은 바로 당신이라고!"

"나를? 나를 원망한다고요?"

"그래, 당신을 원망해!"

팡토마스는 안락의자에 털썩 주저앉으며 약간은 농담조로 말을 이었다.

"하지만 굳이 일개 아녀자를 원망할 것까지야 있겠느냐는 거지…… 쳇, 어제까지만 해도 나 역시 그 모든 자초지종을 이해하지 못하고 있었다니까! 오늘에야 그걸 깨닫고 보니 웃음부터 나오더군!"

"나쁜 사람 같으니……"

"천만에! 내가 웃는 건 어디까지나 질투에 눈먼 당신이 엉뚱한 짓을 저질렀기 때문이야! 내가 당신 잘못을 용서하기로 한 것도, 실은 나 역시 얼마든지 실수할 수 있음을 감안했기에 가능했고……"

"그렇다면…… 그 레몽드라는 여자는?……"

순간 수수께끼처럼 알쏭달쏭한 미소가 팡토마스의 입가를 스쳤다.

"이보시오, 부인…… 당신이 그토록 질투하는 레몽드라는 여자는 나의 정부가 아니오! 딱 한 시간 동안 내가 샤플라르의 자리를 대신 꿰차고 있었던 그날 당신이 치명적인 착각을 했을 뿐이지…… 당신한테 희생당한 레몽드는 당신이 그런 식으로 물고 늘어질 대상이 결코 아니란 말이오!"

"뭐라고요?…… 그러니까 나더러 당신 정부를 가만 내버려두라는 얘긴가요?"

벨담 부인이 그 말을 하는 사이 거실 문이 천천히 열리면서 하인이 조심스레 얼굴을 들이밀었다.

팡토마스는 주인마님의 지시를 받들러 온 하인처럼 부리나케 자세를 고쳤다.

"마님, 웬 꽃 파는 아가씨가 지금 당장 뵙고 드릴 말씀이 있다고 하는데요?"

순간 팡토마스는 부인의 귀에만 들어가게끔 나직이 속삭였다.

"보겠다고 하시오……"

벨담 부인은 자기도 모르게 중얼거렸다.

"들여보내세요……"

문이 닫히자 그녀는 얼른 물었다.

"그 여자가 누군데요?"

지난 일 년간 파리 사교계가 열광해마지않았던 마틸드 드 브레몽발이라는 이 아름다운 여인, 하지만 실상은 서글프기 그지없는 운명의 주인공인 벨담 부인은 팡토마스의 다음 대답을 듣고 또다시 경악을 금할 수 없었다!

"저 꽃 파는 아가씨가 바로 레몽드요. 당신은 지금 그녀를 친절히 맞아들여야만 해! 암, 더이상 거부해선 안 되지. 시간이 별로 없으니까…… 그녀를 맞아들이시오, 벨담 부인! 반시간만 원만하게 데리고 있어줘요. 걱정할 일은 전혀 없을 테니 안심하고…… 당신의 애인인 나 팡토마스를 생각하시오. 그 어떤 변수도 나 팡토마스한테는 통하지 않는다는 것, 나는 모든 사태를 내 뜻대로 좌지우지할 수 있다는 사실을 기억하시오!"

그는 깍듯하게 고개 숙여 인사를 한 뒤, 성큼성큼 거실을 가로지르며 이렇게 외쳤다.

"웃어요, 부인! 즐거워하란 말이오! 오늘 내가 이 말도 안 되는 수수께끼 전체를 속시원히 풀어드릴 테니까!……"

방금 전 꽃 파는 아가씨를 데리러 나간 하인이 다시 나타날 때까지 브레몽발 부인은 거실 한가운데에 꼼짝 않고 있었다.

하인은 남루한 복장에 손에는 큼직한 꽃다발을 쥔 아가씨를 앞세우며 말했다.

"들어가봐요, 아가씨…… 마님이십니다."

마땅히 예를 차릴 경황이 없었던 브레몽발 부인은 반쯤 몸을 등지고 서 있다가, 문이 닫히기를 기다려 손님 쪽을 향해 돌아섰다.

그녀는 창백한 얼굴로 부들부들 떠는 입술을 간신히 움직여 이렇게 말했다.

"무슨 일이죠, 아가씨?……"

그러면서도 애써 말꼬리를 끌면서 레몽드를 흘끔 흘겨보았다. 몇 발짝 걸어들어오기가 무섭게 마치 얼어버린 것처럼 꼼짝 않고 서 있는 레몽드 역시 안색이 창백하게 질려 있기는 마찬가지였다.

어렵게 성사된 자리인 만큼, 팡토마스의 딸은 이 우아한 여인의 질문에 가급적 뜸들이지 않고 대답해야 했다.

"부인, 여기까지 오려고 실은 내가 거짓말을 좀 했습니다! 이제껏 나를 꽃 파는 사람으로 소개했지만, 사실은 그렇지 않아요……"

"이것 보세요, 아가씨……"

처음에는 브레몽발 부인과 대면하는 것만으로도 심하게 얼어붙은 레몽드였으나, 이제는 서서히 자신만의 침착함을 찾아가고 있었다. 마틸드가 위아래로 훑어보고 있는 그 여자는 더이상 풋내기 아가씨가 아니었다. 대범하기가 이를 데 없는 엘렌이었고, 나탈에서 테디라는 이름으로 산전수전 다 겪으며 살아남아, 지금은 벨담 부인에게 죄과를 물으러 당당히 나선 여자였다!

아까 팡토마스가 그랬듯, 레몽드는 다분히 위압적인 모습으로 상대의 말허리를 과감히 끊었다.

"내 말부터 들으시지요, 부인! 굉장히 험악한 얘기가 될지도 모르지만 내 말부터 들으셔야 할 겁니다!……"

"아가씨……"

마틸드 드 브레몽발은 여전히 하얗게 질린 채, 감히 한마디도 제대로 내뱉지 못하고 있었다. 반면 레몽드는 상대를 다시 한번 노려보며 말을 이었다.

"당신이나 나나 서로를 잘못 파악한 탓에 해야 했던 이따위 연극은 더이상 계속할 필요가 없어요."

"지, 지금 무슨 얘기를 하는 겁니까?"

"바로 이런 얘기예요…… 나는 마틸드 드 브레몽발 당신이 누구인지 알고 있습니다. 당신은 팡토마스의 정부인 벨담 부인이죠! 처음에는 거언이라는 남자를, 이제는 바로 당신의 도움으로 온갖 범죄를 저지르다가 결국 그 어떤 천인공노할 죄악도 서슴지 않게 되어버린 공포의 거장 팡토마스를 끔찍스러운 고통과 불행 속에 몰아넣은 지독한 요부, 이른바 팜 파탈 말이에요!"

분노와 증오, 과격한 도발을 가득 담아 거침없이 말을 내뱉는 레몽드의 기세는 가히 압도적이라 할 만했다. 그 앞에서 브레몽발, 아니, 벨담 부인은 자기도 모르게 벌벌 떨고 있었다……

하지만 얼마 안 있어 부인도 발끈했다. 애인이 신신당부했던 것을 감쪽같이 잊은 채 벨담 부인도 울화가 치미는지 대차게 입을 열었다.

"좋아요! 그래, 맘대로 해봐요!…… 우리 둘 사이에 연극은 그만하겠다고 하니, 얼마든지 좋을 대로 하세요! 하지만 아가씨, 우리 거짓말은 조금 자제하는 게 어떨까요? 당신은 내가 팡토마스를 악인으로 만들었다며 분개했지만, 실은 그게 아니겠지요…… 당신이 화난 건 내가 팡토마스의 연인, 그가 사랑하는 여자이기 때문일 겁니다!……"

그렇게 벨담 부인이 자기 애인의 또다른 정부일 거라 믿어 의심치 않는 아가씨를 상대로 결정타를 먹이려 애쓰는 사이, 당사자인 레몽드는 느닷없이 태도가 돌변하며 이렇게 말했다.

"이것 보세요, 부인…… 당신 뭔가 단단히 착각하고 있군요! 얼마나 심성이 타락했으면 그런 얼토당토않은 오해를 밥먹듯 하는 겁니까? 당신은 내가 팡토마스의 정부라도 된다고 생각하나요?"

레몽드의 말투에서 내비치는 감정은 더이상 격렬한 분노가 아니라 싸늘한 조소, 경멸에 가까웠다.

벨담 부인이 얼떨떨한 표정으로 반문했다.

"그럼 아니란 말입니까?"

"당신이 나를 연적으로 삼을 만한 자격이나 있다고 생각하세요?"

"잔소리 말고 대답이나 어서 해요! 그럼 당신이 그이의 정부가 아니란 말인가요?"

"부인, 나는 당신이 생각하는 그런 사람이 아니에요……"

"그렇다면 당신이 레몽드가 아닌 거예요?"

"레몽드 맞습니다. 당신이 '가스불'이라는 건달을 사주해 납치했던 바로 그 여자 레몽드 맞아요…… 네, 그럼요! 한데 당신은 레몽드라는 여자가 누구인지 알고 있나요?"

그 대목에서 벨담 부인은 또다시 흥분해 닥치는 대로 내뱉기 시작했다.

"그야 팡토마스가 흑심을 품은 여자지! 그날 그이가 내 친구인 샤플라르인 척한 것도 다 당신을 차지하기 위해서였어…… 내가 '가스불'을 사주해 당신을 납치한 걸 갖고 지금 날 타박했어?…… 흥, 그게 뭐 어때서?…… 그럼 나를 엿 먹이고 남의 애인을 훔쳐가려고 한 사람은 누구지?…… 그러고도 내 앞에 뻔뻔히 나타나 화를 돋워? 이봐요, 아가씨. 나 그렇게 만만한 여자 아니야…… 난 당신을 증오해!…… 오, 웃음이 나와? 아직은 그렇게 기고만장할 때가 아닐 텐데…… 팡토마스가……"

방금 벨담 부인은 무슨 얘기를 하려고 한 걸까?

도대체 레몽드에게 또 무슨 협박을 가하려고 한 것일까?

레몽드는 금속성이 느껴질 만큼 절제된 목소리로 이렇게 말했는데, 그 억양이 영락없이 아버지 팡토마스를 연상시켰다.

"부인, 역시 또 헛다리를 짚으시는군요…… 나는 팡토마스와 그런 관계였던 적이 한 번도 없습니다…… 나는 그의 딸이에요! 이름은 엘렌, 엘렌 거언이고요…… 팡토마스는 나의 아버지입니다!"

전혀 뜻밖의 말…… 이 예기치 못한 사실이 마치 심장마비라도 일으킨 듯, 벨담 부인은 바닥 모를 충격 속으로 곤두박질쳤다. 팡토마스의 정부는 반쯤 죽은 사람처럼 그대로 두 무릎을 털썩 꿇었다!

"그의 딸이라고? 딸?…… 당신이…… 그 사람의 딸이야?……"

무릎을 꿇은 채 거친 숨을 헐떡거리는 벨담 부인도, 서서 팔짱을 낀 채 상대를 내려다보는 레몽드도 한동안 감히 침묵을 깨뜨리지 못하고 있었다……

결국 가짜 꽃장수가 먼저 입을 열었는데, 그 목소리에는 상대에 대한 경멸감이 물씬 배어 있었다.

"부인, 보아하니 오늘 정말 혹독한 교훈을 얻으신 것 같군요. 이제부터 무지막지한 속죄의 짐을 짊어지셔야 할 것 같습니다! 그리고 말이 나와서 말인데, 당신은 공범들도 너무 싸게 부렸어요. 그래서야 어디 당신 뜻대로 열심히 움직이게 만들 수 있겠어요? 게다가 하나같이 어쩜 그리 겁쟁이들인지…… 만약 내가 권총 하나 손에 쥐고 '가스불'의 입을 열게 하지 않았더라면, 당신이 누구인지, 나를 납치한 자가 당신인지, 그 모든 불행한 사태의 원인이 당신에게 있는지 감히 상상조차 못했을 겁니다!…… 결국 나의 적이 마틸드 드 브레몽발이라는 이름의 여자였다는 사실과 더불어, 나의 아버지 팡토마스가 샤플라르 씨의 행세를 하던 그날 우연히 현장을 목격한 당신이 나를 그의 정부로 오인했을 가능성 등을 이리저리 끼워맞추다보니, 마틸드 드 브레몽발이 다름아닌 벨담 부인이라는 걸 짐작하기는 그다지 어려운 일이 아니었지요…… 그래서 내가 이렇게 복수를 하러 당신 앞에 와 있는 거고요!"

그러나 레몽드는 더이상 말을 이어갈 수가 없었다.

요란하게 거실 문이 열리면서 급사장이 하인들을 모두 뒤에 달고 불쑥 안으로 들이닥치는 것이었다!

그는, 아니, 팡토마스는 고래고래 소리질렀다.

"마님! 마님! 거기 꼼짝 말고 계십시오!…… 저희가 왔습니다! 이제 아무 걱정 하실 필요 없습니다!…… 저희가 방금 엄청난 사실을 알아냈습니다! 아무도 이 집에서 나갈 수 없습니다!…… 저 아가씨는 도둑입니다! 마님의 보석이 모조리 사라졌어요!……"

26
여자 도둑

'아주 깍듯하게' 하인 전용 계단 아래까지 안내된 '가스불'은 급사장으로부터 대단히 무례한 말투로 작별 인사를 당한 뒤, 고개를 절레절레 흔들며 걸음을 뗐다.

브레몽발 부인 댁에서 한참 멀어질 때까지도 그는 계속해서 투덜대고 있었다.

"나 원, 별 황당한 인간 다 봤네! '하얀 배때기'*나 뻰대는 돼지새끼 같으니! 에잇, 얼간이 같은 자식!…… 어디 사제관 같은 데서 일했나보지. 50미터 전방에서도 성체 냄새나 풍길 인간이야…… 정말 난 저런 부류는 딱 질색이라니까!…… 말하는 투

* 배 부분이 하얀 급사장의 복장을 일컬음.

는 또 어떻고! '괜찮으시다면'에서 '반드시'까지, 툭하면 이랬다 저랬다 말투가 오락가락하잖아…… 사람을 완전히 가지고 놀더고만! 빌어먹을…… 아주 사글사글하니 정겨운 말투로 사람을 희롱하다가 느닷없이 뒤통수치는 식이니…… 아, 젠장! 뭐라고 토를 달 수가 있어야지!…… 사람 멀쩡히 세워놓고 이래라저래라 쥐고 흔드는 거나 마찬가지 아니었나 말이야…… 그러니 싫다고 말할 수가 있어야지. 그대로 수긍하고 나오는 수밖에……"

한참을 그렇게 투덜대던 '가스불'은 갑자기 걱정스레 코를 킁킁거리며 중얼거렸다.

"가만있자…… 그런데 그 심부름이라는 기 말이야…… 무슨 뚱딴지 같은 수작 아니야?"

그는 길을 건너려다 말고 보도 가장자리에 우두커니 멈춰 섰다. 그리고 저고리 호주머니를 뒤져 몇 분 전에 받은 봉투를 꺼내 떨리는 손으로 귀퉁이를 살짝 뜯어보았다.

"음, 그런대로 괜찮군그래…… 모두 열다섯 다발이니까…… 만 5천 프랑이군. 흠…… 제법 쏠쏠해…… 그리고 경찰서에 편지를 갖다주면 또 열다섯 다발이 생길 거라고 했겠다! 하지만 경찰서에 가는 건 좀 맘에 안 드네!…… 오, 정말 그건 안 돼. 짭새라면 아주 질색이라고! 그건 안 돼!……"

'가스불'은 점점 더 주저하는 기색이 짙어갔다.

그는 몇 걸음 더 걷다 말고 다시 가로등 앞으로 다가가더니,

호주머니에서 또다른 봉투를 꺼냈다. 하지만 감히 뜯어보진 못하고 겉만 유심히 살펴보는 것이었다.

"'경찰서장 귀하'라…… '긴급'이라고?…… 음, 영 맘에 안 들어…… 하지만 무려 만 5천 프랑인데 말이야…… 빌어먹을, 그놈의 만 5천 프랑……"

'가스불'은 다시 걸음을 뗐다가 또 멈추더니, 또다시 걸음을 옮겼다……

벨담 부인에게 고용되어 레몽드를 납치하는 일에는 전혀 망설임이 없었던 건달은 지금 당최 어떻게 해야 좋을지 갈피를 잡을 수 없을 만큼 흔들리고 있었다. 사실 그것은 소심한 성격 때문이 아니라, 그가 처한 상황이 실제로 좀 이상하고 불안해서 벌어지는 현상이었다.

'가스불'은 권총을 들이대며 추궁하는 레몽드에게 브레몽발 부인의 이름과 주소를 알려준 뒤부터 이미 간단한 추론을 하고 있었다.

'음, 아무래도 빌어먹을 벼룩이 사방을 돌아다니며 들쑤실 것 같아! 물리지 않으려면 어서 가서 깨끗이 몸단장이라도 해야겠는걸…… 고놈의 맹랑한 계집이 나한테서 알아낸 사실을 가지고 브레몽발 부인 댁에 가서 한바탕 소란을 피울 모양인데 말이야…… 젠장, 브레몽발이 골치를 썩든 말든 내 상관할 바가 아니지…… 어차피 그 여자도 좀 당해봐야 할 테니까! 신경이 좀 쓰이는 건 그 여자가 결코 멍청한 아녀자가 아니라는 점이야. 틀림없이 뒤늦게라도 내가 레몽드에게 까발린 걸 알게 될 텐데…… 그렇다면 다시는 브레몽발 부인을 보러 가지 않는 게 좋겠다, 이거지…… 자칫 이 일로 쓸데없는 곤욕을 치를 수도 있으니까……'

사실 브레몽발 부인이라고만 알고 있는 벨담 부인 댁을 방문할 때마다 꽤 짭짤한 원조금을 챙기지만 않았어도 '가스불'은 더 이상 그곳에 모습을 드러낼 생각을 하지 않았을 것이다.

그런데 레몽드가 들이댄 총구가 무서워 모든 걸 털어놓은 '가스불'은 이제 브레몽발 부인을 두려워할 입장에 처한 것이다……

'아, 빌어먹을! 도무지 맘 편히 지낼 방법이 없으니, 이래 갖고서야 어디 이 짓으로 밥 빌어먹고 살겠나! 자꾸 이런 식이라면 앞으로 개과천선이라도 해야 하는 거 아니야?……'

하지만 그런 생각도 잠시, '가스불'은 곧바로 잔머리를 굴리기 시작했다.

'그 레몽드라는 계집이 브레몽발 부인한테 가서 소란을 피우는 건 거의 기정사실이라 치고…… 그렇다고 당장 오늘 결행하진 않을 게 분명해! 아마도 내일쯤에야 행동에 나설 거라고…… 좋아, 그럼 내가 아직 그 집에 가서 돈 몇 푼 챙길 여유는 있다, 이 말이지……'

거기까지 생각이 미치자 '가스불'은 더이상 큰 걱정 없이 벨담 부인 집에 얼굴을 들이민 것이다!

물론 그즈음 돌아가는 상황에 대해서 그가 이해하고 있는 건 극히 적은 부분에 불과했다. 예컨대 브레몽발 부인 댁에 갔을 때 그를 맞이한 사람이 왜 급사장인가?…… 브레몽발 부인이 자신의 내밀한 사연을 비천한 종 따위에게 털어놓았을 리는 없을 터!

아니나다를까, 난데없이 급사장이라는 사람이 불쑥 나와 따라오라고 했을 때, 가뜩이나 혼란스러운 '가스불'에게 더더욱 당혹스러웠던 건 자신을 대하는 그 낯선 하인의 태도였다.

어딘지 압도하는 느낌을 주는 급사장은 지극히 자연스러운 얘기를 하듯 간단히 말했다.

"돈 가지러 오셨죠? 마님께서 제게 맡기셨습니다. 이 봉투 안에 만 5천 프랑이 들어 있습니다……"

'가스불'이 얼른 봉투를 호주머니에 쑤셔넣자, 급사장은 또 이렇게 덧붙였다.

"마님께서는 이 말도 전하라고 제게 말씀하셨습니다. '당신이 직접, 반드시 직접 가야 한다, 이 편지를 경찰서장에게 전달해주면 오늘밤 만 5천 프랑을 더 만질 수 있다'고 말입니다…… 그러고 나서는 그 상판대기를 가지고 영영 꺼져버리라고 하시더군요!"

한편 '가스불'은 열 번도 더 걸었다 섰다를 반복하고 있었다……

그러다 저만치 경찰서를 표시하는 빨간 등이 가까워지자 점점 더 불안해하면서 열심히 머리를 굴렸다.

'이 편지를 전달하면 내 손에 만 5천 프랑이 들어온다. 그럼 만 5천에 또 만 5천이니까 모두 합해 3만 프랑…… 엄청 대박나는 밤이 되는 셈인데 말이야…… 대신 이놈의 편지 때문에 잘못하면 쇠고랑을 차게 될지도 몰라…… 그럼 결국 오늘이 운수 개판인 날이 되겠지…… 흠……'

'가스불'은 겁쟁이이면서 그 이상으로 욕심꾸러기였다.

일단 그는 경찰서 앞을 그냥 지나가보았다. 그러면서 흘끔 안을 들여다보았는데, 하필 그때 안에 있던 경찰관 몇 명과 정통으로 눈이 마주쳤다. '가스불'은 그대로 지나쳐 잠시 걷다가 다시 길을 되밟으며 속으로 중얼거렸다.

'하긴 만 5천 프랑이면 한번 위험을 감수해볼 만하지 않을까?'

마침내 '가스불'은 결연한 동작으로 경찰서 문을 밀고 들어갔다. 그렇게 함으로써 자신이 팡토마스의 지시를 이행하고 있다는 건 꿈에도 짐작하지 못한 채 말이다……

"실례합니다, 경찰관님."

"무슨 일입니까?"

"서장님 좀 뵈러 왔는데요?"

"지금 안 계십니다만…… 무슨 용건이죠?"

"긴급한 용건인데요……"

"그 긴급한 용건이 대체 뭡니까?"

"전해드릴 편지가……"

"그럼 이리 주십시오. 서장님이 돌아오시면 전해드리겠습니다."

'가스불'은 다행히 경찰관이 자신에게 그다지 신경쓰지 않는 것 같아 절로 미소가 돌면서도 머뭇거렸다.

이것저것 신경쓰지 않고 경찰관에게 편지를 건네주고 나오면 간단했지만, 반드시 서장에게 직접 건네야만 한다는 급사장의 지시가 머리에 떠오른 것이다.

주어진 지시를 그대로 이행하지 않으면 약속된 돈 만 5천 프랑은 받을 수 없을 터였다. 제기랄! 어차피 위험을 무릅쓰고 경찰서 안에까지 들어온 마당에, 한번 더 용기를 내보기로 했다!

건달은 다시 말을 이었다.

"저기 말입니다, 이 편지는 정말 급한 겁니다. 가급적 서장님께서 즉시 받으셔야 할 것 같은데요……"

'가스불'은 그럴듯한 자신의 말투가 스스로 대견할 정도였다. 이윽고 반장인 듯한 경관 한 명이 다가와 이렇게 물었다.

"누가 보낸 편지인가요? 당신이 직접 쓴 편지는 아닌 것 같은데…… 맞습니까?"

"네…… 제가 쓴 건 아닙니다……"

"그럼 누가 쓴 거죠?"

"모르겠습니다……"

순간 반장은 미간을 찌푸렸다.

"아니, 보기에는 멀쩡하신 양반이 지금 무슨 엉뚱한 말씀을 하는 거요? 편지를 전하러 오셨으면, 누가 보내는 건지는 아셔야 할 것 아닙니까? 이 편지를 누구한테 받으셨느냐고요!……"

상황이 묘하게 돌아가고 있었다. '가스불'은 앞뒤 사정을 명확히 해야겠다는 생각이 퍼뜩 들었다. 요컨대 난처한 상황에 봉착했다는 판단이 확실해지면 그로부터 벗어나는 방법은 딱 하나, 과감한 정면 돌파뿐이라는 생각 말이다!

'가스불'은 정중하게 인사를 하면서 말했다.

"경찰관님, 제가 말씀드릴 수 있는 건 이 편지를 맡기면서 급한 용건이니 당장 달려가 직접 전하라고 당부한 사람이 브레몽발 부인 댁에서 일하는 급사장이라는 사실뿐입니다!"

브레몽발 부인이라는 이름은 곧바로 눈에 띄는 반응을 불러일으켰다.

반장과 나머지 경찰관들은 그 부유한 젊은 귀부인을 너무도 잘 알고 있었다. 그도 그럴 것이, 브레몽발 부인은 자기 아파트에서 연회가 열릴 때마다 이곳 경찰관들을 초대해 종종 넉넉한 기부금을 쾌척해왔던 것이다……

반장은 곧바로 이렇게 말했다.

"오호, 브레몽발 부인의 심부름으로 오셨다면 문제가 다르지요!"

그러고는 평소 움직이기 싫어하는 성격이면서도 복장을 추스르며 이렇게 말하는 것이었다.

"서장님이 오늘 들어오실지 내가 직접 알아보겠습니다. 여차하면 비서가 필요한 조치를 취할 거고요……"

한데 때마침 아직은 젊고 기운 팔팔해 보이는 한 사내가 경찰서 문을 밀치고 들어오며 소리쳤다.

"마송! 마송 반장! 지금 나를 찾고 있는 거요?"

"아, 서장님, 마침 오셨군요. 네, 서장님! 누가 편지를 전해드리러 왔습니다."

"어디 봅시다……"

경찰서장은 방금 저녁식사를 마치고 혹시나 해서 들러본 듯했다. 손에는 아직 굵은 시가가 들려 있었고 성격이 왠지 좋아 보였다. 하지만 '가스불' 같은 인간을 안심시킬 정도로 좋은 성격은 물론 아닐 터였다! 건달은 경찰서장의 갑작스러운 등장에 자기도 모르게 한쪽 구석으로 주춤주춤 물러났다.

서장은 입으로 휘파람을 흥얼거리면서 봉투를 뜯었다.

몇 줄 안 되게 흘려쓴 글자를 빠르게 훑어본 서장의 표정이 금세 바뀌었다.

"오, 정말 급한 내용이긴 하군…… 마송, 지금 즉시 경관 두 명을 데리고 이 편지를 가져온 사람을 따라가시오! 아 참, 그 사람은 어디 있지?"

순간 '가스불'의 뇌리엔 이런 생각이 스쳐지나갔다.

'드디어 올 것이 왔구나!'

그렇다고 이제 와서 저항할 수 있겠는가?

'가스불'은 앞으로 쓱 나섰다.

"여기 있습니다! 그런데 무슨 일이죠?"

"아, 당신입니까?…… 이 편지 내용을 알고 계십니까?"

"아뇨, 서장님. 전혀 모르고 있습니다."

"아, 그래요…… 미리 경고하고 싶지 않았던 게지…… 자, 자, 마송, 어서 이것부터 읽어보고…… 그래, 대충 파악은 됐겠지?…… 나도 곧 간다고 하시오!"

경찰서장은 더이상 아무 설명 없이 자기 집무실로 올라가면서 '가스불'에게 툭 던지듯 말했다.

"당신이 경관들 좀 인솔해주겠소? 필요하면 마차를 타고 가시오!"

마송 반장은 경찰서를 나서자마자 지나던 삯마차를 반강제로 세우더니, 마차꾼에게 브레몽발 부인의 주소를 휙 던져주며 말했다.

"빨리 갑시다! 빨리요!…… 도둑을 붙잡아야 하니 빨리요!"

경찰관들과 함께 마차에 끼어 탄 순간, '가스불'은 속이 뜨끔하면서 얼굴이 창백해졌다.

'도둑이라니…… 틀림없이 나를 노리는 거야!…… 아, 이런 빌어먹을!…… 그런데 왜 경찰서에서 당장 붙잡지 않고 거기까지 가는 거지?……'

건달이 속으로 그런 생각을 곱씹는 동안, 마송 반장은 부하들에게 다음과 같은 지시를 내리고 있었다.

"733번, 자네는 아파트 입구에서 대기하게. 아무도 올려보내선 안 돼! 그리고 647번, 자네는 나와 함께 올라가 집안 전체를 샅샅이 뒤지는 거야…… 아무래도 뭔가 심각한 사태인 것 같네……"

그로부터 오 분 뒤, 세 명의 경찰과 '가스불'은 브레몽발 부인 댁 앞에서 우르르 내렸다.

"누구십니까?"

"경찰입니다! 문 열어요!"

"아, 오셨군요. 어서 들어오십시오!…… 어서!"

마송 반장이 조심스레 두어 번 노크했을 뿐인데, 브레몽발 부인의 아파트 문이 활짝 열렸다.

건전한 공권력의 집행자들을 맞이한 사람은 다름아닌 급사장이었다.

그는 여전히 자신을 불편하게 여기고 앞으로 또 무슨 일이 벌어질까 전전긍긍하고 있는 '가스불'에게 살짝 미소를 보내고는,

경찰관들을 향해 말했다.

"어서요, 어서…… 지금 거실에 가시면 여자 도둑이 있을 겁니다! 제가 용케 붙잡아 의자에 묶어두었지요!"

경찰관들은 부리나케 쇄도해 들어갔다.

경관모와 망토를 착용한 그들은 섬세한 진열대 위의 깨지기 쉬운 조각상들이 흔들릴 정도로 쿵쾅거리면서, 그와는 대조적으로 날렵하게 걸어가는 급사장의 뒤를 따라 복도로 파고들었다.

"이쪽입니다!……"

이윽고 급사장이 거실 문을 활짝 열어젖혔다. 마송 반장은 첫눈에 방이 무척 어질러져 있음을 간파했다.

"경찰이다!"

다짜고짜 외치면서 거실 안으로 들어선 그는 굵은 밧줄로 의자에 묶여 있는 레몽드의 부들부들 떠는 어깨를 묵직한 손으로 덥석 붙잡았다.

"이 여자입니까?"

마송 반장의 질문에 급사장은 나직한 목소리로 대답했다.

"네, 그 여자가 도둑입니다! 브레몽발 부인과 함께 몸을 뒤졌더니 이처럼 반지와 귀금속 들이 쏟아져나오더군요……"

급사장이 손으로 가리킨 작은 탁자 위에는 과연 보는 것만으로도 눈이 휘둥그레질 수밖에 없는 엄청난 보석들이 널려 있었다.

반장은 레몽드를 위아래로 훑어보며 말했다.

"세상에, 이럴 수가!…… 당신이 저걸 다 훔쳤단 말이오?"

여자는 작은 목소리로 대답했다.

"아닙니다……"

"훔치지 않았다면 어떻게 저 모든 게 당신 몸에서 나온 거요?"

"제 몸에서 나온 것들이 아닙니다……"

"그럼 이분이 거짓말을 하고 있다는 거요?"

설마하는 심정으로 급사장을 가리킨 건데, 여자가 악착같이 자신을 변호하기는커녕 어깨만 으쓱하고 말자 반장은 갑자기 어리둥절해졌다.

반면 급사장은 적극적으로 나서는 분위기였다.

"맙소사, 경찰관 나리, 이 여자 좀 보십시오! 대담함이 아주 하늘을 찌릅니다! 다행히 확실한 증거들이 있습니다…… 마님도 증인이고요……"

"아, 그렇지, 참! 브레몽발 부인께선 어디 계시나요?"

"마님은 충격을 받으셔서 지금 침실에 누워 계십니다. 각성제가 있어야 깨어나실 겁니다."

그때였다. 누가 또 거실 문을 밀치고 불쑥 들어오는데, 다름아닌 경찰서장이었다.

"자, 자, 어떻게 된 일입니까?"

곧장 질문부터 던지는 서장에게 또다시 급사장이 쓱 나서며 대답했다.

"경찰서장님, 조금 전에 저와 마님이 보석을 훔치는 이 아가씨를 발견했습니다. 다행히 제가 쫓아가 붙잡을 수 있었고, 여기 보시는 대로 의자에 묶어놓았지요. 그런 다음 신속한 사태 수습을 위해 서장님께 와주십사 한 겁니다."

"예, 알겠습니다…… 근데 브레몽발 부인은 어디 계시죠?"

"지금 꼭 만나고 싶으신가요?"

"물론입니다!"

"그럼 일단 옆에 있는 작은 응접실로 가 계십시오. 제가 마님께 알려드리겠습니다."

"알겠습니다…… 아, 그전에 잠시만요!"

그렇게 내뱉고는 레몽드 앞에 서서 골똘히 내려다보는 경찰서장……

"무슨 할말 없습니까? 당신이 보석을 훔쳤다는 걸 인정하는 거요?"

경찰서장이 불쑥 물어보자 여자는 단호히 대답했다.

"그건 거짓입니다!"

"아, 그래요? 현행범이라는 걸 부정한다, 이거죠?"

"그래요……"

"알겠소…… 어디 두고봅시다……"

경찰서장은 더이상 추궁하지 않고 마송 반장을 돌아보며 지시했다.

"이 아가씨 신발을 벗기시오! 만약 이 아가씨가 진짜 도둑이라면, 십중팔구 신발 속에 아직도 반지 몇 개쯤 숨기고 있을 거요. 대개 도둑들이 잘 사용하는 방법이니까…… 자, 어디 볼까……"

순간 '귀하신 마송 반장님'께서 아녀자 신발에 손대는 궂은일을 하게끔 놔둘 순 없다는 듯, 먼저 급사장이 선뜻 무릎을 꿇고 경찰서장의 지시를 대신 이행하는 것이었다! 그러고는, 아니나 다를까, 잠시 후 여자의 한쪽 신발 속에서 찾아낸 반지 하나를 의기양양하게 치켜들며 말했다.

"아, 경찰서장님…… 정말이지 안타깝군요!……"

서장은 더는 고려할 필요도 없다는 듯 잘라 말했다.

"이로써 현행범임이 입증된 셈이로군! 이것으로 충분해!…… 마송 반장, 이 아가씨를 서까지 연행하시오. 잠시 후 내가 따로 신문할 테니까…… 아, 그리고 내 비서한테 미리 말해두시오. 아바스 통신사로 범인 검거 소식을 통보할 수 있도록 문서를 작성해놓으라고…… '브레몽발 부인 댁에 도난사건 발생'이라…… 조만간 파리 사교계가 시끌벅적해지겠군그래!"

이어서 그는 급사장을 돌아보며 말했다.

"자, 이곳 주인께 나를 데려다주시오!"

그로부터 십 분 후, 가엾은 레몽드는 경찰서로 연행되었다. 한데 어인 일인지 그녀는 자신의 처지에 거의 무관심해 보였고, 딱히 자신을 변호하려는 것 같지도 않았다. 그도 그럴 것이, 자신을 변호한다는 건 곧 급사장을 고발하는 것인데, 그 급사장이라는 사람이 자기 아버지라는 사실을 너무도 잘 알고 있었으니……

한편 브레몽발 부인은 경찰서장을 아파트 문 앞까지 배웅하고 나서 거실로 돌아오는 길에 급사장을 호출했다. 팡토마스가 나타나자, 그녀는 황당하다는 표정을 지으며 물었다.

"팡토마스, 정말 당신 딸 맞아요?…… 그 아가씨가 당신 딸이에요?"

"그렇다니까……"

"왜 진작 내게 얘길 안 해줬어요?"

"그럴 기회가 내게 있었던가?"

"그리고 이건 또 무슨 연극이죠? 그 아가씨는 도둑이 아니잖아요!"

벨담 부인의 질문에 팡토마스는 얼른 대답하려다 말고 입을 다물었다.

거실 문이 또 덜컥 열리는가 싶더니, 하인이 이렇게 외쳤던 것이다.

"페르브륀 백작님, 톨로자 후작님이 오셨습니다!"

브레몽발 부인의 손님들이 속속 도착하고 있었다……

27
'하얀 배때기'

지금 시각은 오전 열한시 오십오분. 공판이 이제 막 시작되려 하고 있었다.

여기는 법원 내 경범재판소.

오후 열두시 십오분에 11호 법정이 처음 열리는데, 안으로 들어가려면 반드시 거쳐야 하는 이중 회전문 쪽으로 벌써부터 수많은 방청객이 구름떼처럼 몰려들고 있었다.

당당한 체격에 위압감 넘치는 분위기의 법원경비가 문 앞 접근로를 떡하니 막아선 가운데, 소환장을 소지한 사람들은 정해진 시각이 될 때까지 천사 같은 인내심을 발휘하며 얌전히 모여서 있었다.

어느 순간 가벼운 동요가 일어서 살펴보니, 몸이 심하게 뒤틀린 자그마한 체구의 한 남자가 여기저기 꿰맨 더러운 모닝코트에 벨벳 빵모자를 쓴 채 어두운 복도를 걸어나오고 있었다.

그는 법원경비 쪽으로 천천히 다가오더니 까치발을 하고서 귓속말로 뭔가를 속삭인 뒤 곧바로 사라져버렸는데, 언뜻 보면 다른 일로 너무 바빠 허겁지겁 달아나는 것처럼 느껴졌다.

사실 경범재판소의 단골 방청객들은 그런 등장과 퇴장이 무얼 의미하는지 다들 알고 있었다. 아까 그 남자는 법원에서 일하는 공무원이었고, 현재 준비가 다 끝났으니 이제 슬슬 안으로 사람들을 들여보내라는 얘기를 경비에게 전하러 나타난 것이었다.

아닌 게 아니라, 법정 출입문이 슬그머니 열리고 있었다.

사람들이 일거에 몰리긴 했지만, 법원경비가 곧바로 제지하고는 각자 소환장부터 먼저 제시할 것을 일일이 요구했다.

실제로 재판에 관련이 있어서 온 사람들은 좌석에 앉도록 되어 있었고, 나머지, 호기심에서 구경 온 방청객들은 서 있어야 했다……

여기서 잠깐 법정 안을 살펴보자면 다음과 같다.

경범죄를 다루는 법정들은 모두 동일한 양식으로 지어졌다. 생트 샤펠 성당 앞 광장이 내다보이는 널찍한 창문으로 햇빛이 쏟아져 들어오기 때문에, 옛 법원 건물들에 속한 법정의 약간 떨리거나 숙연한 분위기는 전혀 느낄 수 없다.

그다지 화려한 장식이 있는 것도 아니지만, 전체 분위기는 밝고 쾌활한 편이다.

그렇다 해도 재판부에 할당된 구역만큼은 비교적 안정감을 고려해 집기를 배치하는 등 정돈이 잘 되어 있다.

판사석이 위치한 계단식 좌석에는 초록색 융단이 검사석까지 깔려 있다.

법정 양쪽에는 칸막이 좌석이 하나씩 있다. 그중 창문을 등진 채 들어가게끔 되어 있는 좌석에는 작은 책상이 마련되어 있다. 그곳은 법정 출입기자들을 위한 공간으로, 뭔가 화제가 될 만한 공판이 있을 경우 사용한다.

그 맞은편에 자리한 나머지 칸막이 좌석은 벽으로 문이 나 있어, 곧장 미결수 감방에 이르는 복도로 드나들게끔 되어 있다. 즉, 네다섯 명의 법원경비들에게 둘러싸인 미결수가 재판을 받기 위해 끌려나와 그곳에 착석하는 것이다.

변호인들은 재판부에서 가장 가까운 곳에 있는, 속을 두툼히 채운 기다란 가죽 의자에 착석한다.

그 뒤의 딱딱하고 비좁은, 평범한 나무 벤치들이 일반인들이 앉는 자리다.

보통 경범재판부는 일주일에 두 차례 사전 예심조차 필요치 않은 사건들을 모아 신속하게 판결해버리곤 한다. 물론 그 대부분이 취중 범행이라든가 경관 모독, 공공도로에서의 질서문란 행위, 경미한 사기 행각, 소매치기, 기타 검거된 용의자가 굳이 범행을 부인하지 않는 가벼운 사건들이다.

……그날 11호 법정은 구경하러 온 방청객들로 인산인해를 이루었다. 11호 법정은 법관들의 엄중하고 혹독한 재판 진행으로 악명이 자자했던 것이다.

그날따라 현행범을 다루는 재판이 예정돼 있는 터라, 단골 방청객들은 뜻밖의 충격적인 장면들이나 사건들을 구경하게 될 거라 잔뜩 기대하고 있었다.

사람들이 부랴부랴 정해진 좌석에 자리를 잡는 동안, 법정 좌측에 마련된 칸막이 피고석은 휑하니 벌어진 구멍처럼 텅 비어 있었다.

이윽고 벽에 난 작은 출입문이 빼끔 열리자, 방청석은 너 나 할 것 없이 "아!" 하는 탄성과 함께 술렁이기 시작했다. 먼저 법원경비 한 명이 모습을 드러냈는데, 더위를 많이 타 이마의 땀을 열심히 훔쳐가며 쩔쩔매는 꼴이 중요한 직무와는 별로 어울리지 않을 만큼 평범해 보였다.

칸막이 좌석 안쪽의 벤치 끄트머리에 착석한 그의 손에는 쇠사슬이 쥐어져 있었고, 그 끝에 하얀 턱수염이 무성한 노인 한 명이 구부정한 자세로 묶여 있었다. 그는 자신을 무기력한 존재로 구속하고 있는 수갑과 족쇄를 되도록 방청객의 시선에서 감추려고 애쓰는 눈치였다.

피고인이 착석하는 벤치는 오래지 않아 다 찼다……

하얀 턱수염의 노인 뒤로 흑인 한 명이 따라나왔고, 그다음으로는 엉망으로 헝클어진 머리에 광대뼈가 붉은 뚱보 여자가 뒤를 이었다. 뚱보 여자는 끊임없이 몸을 움직이고 수다를 떨면서 도무지 가만히 앉아 있지를 못했다. 그 옆으로 슬그머니 비집고 들어온 또하나의 피고인은 머리에 포마드를 잔뜩 바른 풋내기 건달이었다.

마지막으로 등장한 피고인이야말로 모든 이의 시선을 끌기에 부족함이 없었다!

허름하고 소박한 복장에도 불구하고 날씬한 몸매와 우아한 자태가 더할 나위 없는 미모와 기막히게 어울리는 젊은 여자였다. 모자를 쓰지 않은 채 큼직한 조개빗과 푸른색 벨벳 리본만으로 단장한 웨이브 진 금발이 가뜩이나 아름다운 얼굴 전체에 눈부신 광채를 드리우고 있었다……

그렇다. 바로 전날 마틸드 드 브레몽발의 호화 아파트에서 파렴치한 절도 현행범으로 체포된 레몽드가 결국 이런 수치스러운 자리까지 오게 된 것이다!

그녀는 공분과 호기심으로 똘똘 뭉친 군중 앞에 무방비로 나앉게 되자, 자기도 모르게 부르르 몸서리를 쳤다. 엄청난 수치심과 끔찍한 절망감에 목이 메면서 두 눈에 뜨거운 눈물이 울컥 치밀었다.

이런 극도의 모욕과 치욕의 자리에 앉아 있어야 할 무슨 잘못을 범했단 말인가! 파렴치한 범죄자들과 한데 뒤섞여 법질서와 사회 안정을 위해 마땅히 희생당해야 할 존재로 지목될 만큼 그녀에게 허물이 있단 말인가!

물론 그녀는 팡토마스의 딸답게 웬만한 시련엔 끄떡도 하지 않는 강인한 영혼을 가지고 있었다. 그 어떤 불안하고 초조한 상황에 처하더라도 정신적으로 결코 위축되거나 흔들리는 법이 없었다.

하지만 지금처럼 도둑질이라는 창피스러운 죄명을 억울하게 뒤집어쓰고 만인 앞에 출두해야 하는 상황만큼은 견딜 수 없는 치명타로 느껴지는 것이었다!

아무리 지독한 재앙 앞에서도 늘 담대하려고 노력해온 레몽드이지만, 눈앞에 닥친 끔찍하고 처참한 시간을 생각하자 사시나무 떨듯 떨 수밖에 없었다!

결코 형벌이 무서워서가 아니었다! 이 재판정에서 법적인 판결이 어떻게 내려질지도 별로 중요하지 않았다! 자신의 자유 또한 안중에도 없었다. 감옥에 처넣으려면 얼마든지 처넣으라는 생각이었다!

자유? 그걸로 무얼 할 수 있겠는가?

아, 물론 지금이라도 자신이 누구이고 어떤 연유로 도둑 누명을 쓰게 되었는지 낱낱이 밝힌다면…… 아울러 사교계의 여왕 마틸드 드 브레몽발로 알려져 있지만 실은 팡토마스의 공범이자 정부인 저 유명한 벨담 부인의 아파트에 어떻게 해서 들어가게 되었는지를 이 자리에서 공개할 생각만 있다면, 재판부로 하여금 얼마든지 자신의 진술에 귀기울이게 만들 수도 있을 터였다!

하지만 레몽드는 법관들의 질문에 철저한 침묵으로 대응하리라 결심하고 있었다. 어떠한 경우에도 아버지를 배신하거나 자신의 정체를 까발리는 짓은 하지 않겠다고 마음먹고 있었다!

조금이라도 버팀목이 되어주길 기대했던 사람들에게서 이미 모든 희망을 잃은 마당에, 삶이든 명예든 자유든 까짓 뭐가 중요하겠는가 말이다!

이제부터 세상 그 무엇도 그녀에게는 한낱 덧없는 티끌과도 같으리니……

……문득 눈을 든 레몽드, 아찔한 느낌에 금방이라도 혼절할 것 같았다.

바글바글 모여선 사람들 사이에서 방금 눈에 익은 얼굴 하나를 알아본 순간, 가슴이 무섭게 두방망이질치고 어떤 격렬한 감정이 마구 복받쳐오르는 것이었다!

"팡도르야!…… 제롬 팡도르가 와 있어!"

자기도 모르게 그렇게 중얼거리면서 여자는 눈을 질끈 감아버렸다. 그렇게 함으로써 머릿속에 남아 있는 그 남자의 잔상을 몰아내기라도 할 것처럼 말이다!

하지만 잠시 후 레몽드는 다시 눈을 뜨지 않을 수 없었다.

역시 잘 알고 있는 목소리가, 다름아닌 제롬 팡도르의 음성이 바로 귓가에서 소곤대는 게 아닌가!

신문기자는 사람들 속으로 교묘히 파고들어와 어느새 피고인들이 앉는 의자에까지 바짝 접근해 있었던 것이다.

그는 사람들이 무어라 생각할지 전혀 개의치 않고 젊은 여자에게 바짝 몸을 기울여 슬픔 가득한 목소리로 나직이 이름을 부르고 있었다.

하지만 레몽드는 신경질적인 경련과 함께 발끈하며 상대를 뿌리쳤다.

그러고는 두려움 반 증오 반인 눈빛을 이글거리며 신문기자를 쏘아보았다.

긴장된 표정으로 이를 악다문 레몽드는 이렇게 으르렁댔다.

"비겁한 남자 같으니!…… 나는 당신을 믿었는데 당신은 나를 배신했어! 당신한테 내 희망을 걸었는데 당신은 나를 버렸다고!"

이번에는 신문기자의 얼굴이 하얗게 질리고 있었다……

여자의 격한 반응을 그는 도무지 이해할 수가 없었다. 지금 당장 무리가 따르더라도, 여자의 태도에 대한 해명을 요구해야겠다고 생각했다. 한데 하필 그 순간, 경비가 팡도르의 어깨를 거칠게 낚아채더니 저 뒤 구석으로 끌어내는 것이었다!

그와 동시에 법정경위가 계단식 좌석에 버티고 서서 방청객들을 굽어보며 날카롭게 외쳤다.

"정숙! 전원 기립하십시오!"

모두 자리에서 일어났다.

마침내 재판장이 입장했고 곧이어 공판이 시작되었다.

처음에는 여기저기서 웅성거리는 소리가 어지럽게 들렸다.

판사석과 방청석 사이를 오가며 중계 역할을 하는 법정경위가 몇몇 사람들을 심판대에 세우자, 재판장은 올바른 진실 규명과 정의 구현을 위해 일주일간 미루어온 판결을 신속하게 진행했다.

먼저 소송 내용 소개와 함께, 공판에 참석한 피고인들이 호명되었다.

재판장은 구부정하게 서 있는 백발 턱수염의 노인 쪽으로 탐색의 눈초리를 굴리더니, 법정까지 오게 된 이유를 간단히 물었다.

그때까지만 해도 나무랄 데 없이 반듯한 삶을 영위해온 노인이 미성년자를 대상으로 성희롱을 시도했던 것이다. 재판장은 이 서글프면서도 한심한 사건을 빠르게 훑고 지나갔다.

노인은 집행유예 없이 십팔 개월의 징역형을 선고받자, 실신이라도 할 것처럼 울어댔다.

결국 탈진한 그를 경비들이 밖으로 끌어내야만 했다.

방세를 내지 않겠다며 고집을 부린 흑인에 대한 심리가 진행되자 방청석은 다시금 흥겨운 분위기로 돌아왔다. 사정인즉, 끔찍하게 취한 상태로는 계단을 제대로 올라가지 못할 거라며 집주인이 밤늦게 귀가한 자신을 집에 들어가지도 못하게 했다는 것이다.

흑인은 집주인한테 몇 번 손찌검을 했기 때문에 보름간의 구류에 처해졌고, 당사자도 그 정도에 만족했다.

그다음, 상습적으로 부당 상거래를 일삼은 수다쟁이 뚱보 여자 과일 행상에게는 비교적 장시간 지루한 심리가 이어졌다.

이윽고 레몽드 차례가 되었다.

재판장이 신호를 보내자 지체 없이 자리에서 일어난 그녀는 죽은 사람처럼 얼굴이 창백하게 질렸음에도 꼿꼿한 자세를 유지하고 있었다.

여자에 관한 기록을 살펴본 법정경위는 다소 놀란 듯한 기색으로 이렇게 외쳤다.

"로랑 피샤 사건입니다! 정숙해주십시오!…… 증인들께선 앞으로 나와주십시오!…… 룰로슈 씨, 제르맹 뒤발 씨, 오귀스타 양, 브레몽발 부인, 마송 반장!"

일순 소란스러운 분위기가 이는 가운데, 호명된 사람들이 하나둘 법정경위 앞으로 나가 증인 확인을 받은 다음, 일단 밖으로 내보내졌다.

한데 브레몽발 부인만은 끝내 보이지 않았다. 재판장은 씁쓸한 미소를 지으며 배석판사들에게 한 장의 향수 냄새 나는 편지를 건넸다. 갑작스러운 병으로 재판에 출석하지 못함을 양해해 달라는 귀부인의 전갈이었다……

한편 사람들 속에 섞여 점점 더 어이없다는 표정을 짓고 있던 팡도르가 옆 사람을 쿡 찌르며 속삭였다.

"쥐브, 저 사람들 알아보겠어요?"

형사는 고개를 끄덕이며 나지막이 대꾸했다.

"물론이지! 저 룰로슈라는 자는 소위 '가스불'이라는 별명으로 통하는 친구지…… 뒤발이라는 자와 오귀스타라는 아가씨는 아무래도 하인들 같은데…… 필경 브레몽발 부인 집에서 일하고 있을 거야! 마송 형사야 우리가 너무도 잘 알지!"

팡도르는 저쪽 끝, 구경꾼으로 참석한 것 같은 어떤 사람을 가리키며 말했다.

"쥐브, 저자는 '황소눈알' 아닙니까?…… '가스불'과는 아주 막역한 사이죠!"

아닌 게 아니라, '황소눈알'이 저만치 구석에 웅크리듯 서 있었다. 절친한 친구가 평소와 달리 피고인 신분이 아닌 당당한 증인으로 출두하자 구경 삼아 법정에 온 모양이었다.

주변 상황에 대한 일별은 그 정도로 접고, 쥐브와 팡도르는 이제부터 본격적으로 진행될 레몽드에 대한 심리의 향방에 촉각을 곤두세우기 시작했다.

바로 그날 아침, 형사와 신문기자는 이 뜻밖의 검거와 혐의 소식을 듣자마자 부리나케 달려왔다.

워낙 오랜 세월 인간사의 험한 꼴들에 몸으로 부닥쳐온 쥐브로 말하자면, 레몽드에게 죄가 있을 수도 있다는 생각을 잠시나마 한 것이 사실이었다!

하지만 치안국 형사반장보다는 충동적이고 덜 비관적인 팡도르는 여자의 결백을 적극적으로 주장했고, 결국 쥐브도 차츰 그 주장을 수긍하기에 이르렀다.

팡도르는 이렇게 말했다.

"이것 또한 팡토마스의 농간일 겁니다! 그나마 우리가 지키고 있어서 최악의 상황을 비껴갈 수만 있다면 얼마나 좋겠습니까!"

심지어 그는 펄펄 뛰는 혈기를 못 이겨 당장이라도 벌떡 일어나 재판장에게 다가가 레몽드의 정체를 밝히고, 아직 자세한 사정도 모르면서 열띤 변론이라도 펼칠 기세였다!

물론 훨씬 생각이 깊은 쥐브는 그와 같은 성급한 행동에 동의할 리 없었다.

"하긴, 레몽드에게 씌워진 혐의가 그녀의 끔찍한 아버지에 의한 것일 수도 있겠지…… 나 역시 그럴 가능성이 크다고 생각은 해. 하지만 그렇다고 해서 무슨 일인지도 모르는 사안을 두고 우리가 나서서 덮어놓고 여자를 두둔하는 건 그리 신중한 태도가 못 되네. 그러니 잠자코 사태를 지켜보자고. 모든 일에 대비는 하되, 선부른 행동은 최대한 자제하는 거야……"

쥐브의 현명한 조언을 팡도르는 순순히 받아들이지 않을 수 없었다.

그러면서도 레몽드가 간략한 몇 마디 말로 자신에 대한 반감을 표한 한 시간여 전부터 팡도르의 속은 계속 부글부글 끓고 있었다!

"이름은 무엇입니까?"

마침내 재판장의 심문이 시작되었다.

잠시 적막이 흘렀고, 레몽드는 머뭇거리며 얼른 대답을 못하고 있었다.

하긴, 그 대답 한마디에 비극적 사태의 전체 추이가 좌우될 마당이니 어찌 망설여지지 않겠는가!

여자는 목소리에 힘을 불어넣기라도 하듯 심호흡을 한 뒤, 어떤 감정도 드러내지 않는 차분한 목소리로 툭 던지듯 대답했다.

"다들 꽃순이라고 부릅니다!"

재판장은 고개를 설레설레 흔들더니, 펜대 끝으로 자신의 구레나룻을 살금살금 만져가면서 짐짓 태깔부리는 어조로 말했다.

"아하, '꽃순이'라! 하지만 그건 유감스럽게도 본명과는 무관한 이름 같군요…… 가능하다면 피고의 세례명이라도 좀 알려줄 수 있겠습니까?"

레몽드가 단호하게 고개를 가로젓자, 재판장은 곧바로 목소리에 준엄한 기운을 실으며 말했다.

"어서 똑바로 대답하세요!"

하지만 레몽드는 고집스레 똑같은 말을 반복했다.

"꽃순이입니다! 다른 이름은 없어요!"

재판장은 그 정도에서 멈추고 다른 질문으로 넘어갔다.

"몇 살입니까?"

"모릅니다."

"사는 곳은 어디입니까?"

"아무데나요……"

간명하면서도 모호한 대답들에 다소 호기심이 발동한 재판장은 조금은 부드러워진 표정으로 여자를 바라보았다. 출중한 미모 때문에 약간의 동정심이랄까, 심지어 호감까지 느껴지는 건 어쩔 수 없는 일이었다.

재판장은 어깨를 가볍게 으쓱하고는(필경 쉽게 체념하는 성격인 듯했다) 심문을 계속했다.

"인체 측정실에서는 당신에 대한 자료가 없다고 하는데…… 그렇다면 적어도 파리에서 당신은 초범이라는 얘깁니다. 그러니 굳이 신분을 숨긴다고 득 될 것이 없어요. 차라리 솔직하게 진술해야 재판부의 관용을 기대할 수 있을 것 같은데, 어떠시오?"

레몽드는 천천히 고개만 숙일 뿐, 아무런 대꾸도 하지 않았다.

재판장의 심문이 계속되었다.

"당신은 저녁 시간을 틈타 꽃을 파는 척하면서 브레몽발 부인 댁에 침입한 걸로 되어 있습니다. 그리고 하인들의 눈을 피해 반지, 브로치 등등 귀금속을 무려 만 5천 프랑어치나 훔친 것으로 기소되었어요. 불행인지 다행인지는 두고보면 알겠지만 하인 한 명이 결국 당신의 범행 순간을 목격했고, 몸을 뒤져 도난당할 뻔한 귀금속을 찾아냈지요. 그중 두 개는 당신 신발 속에 숨겨져 있었고요. 그 즉시 경찰관을 부르러 사람을 보냈고, 당신은 곧바로 서까지 연행되었습니다…… 지금까지 거론된 사실을 모두 인정합니까?"

순간 레몽드는 별안간 자세를 꼿꼿이 세우더니 버럭 외쳤다.

"저는 도둑질한 적이 없습니다! 저는 깨끗한 여자예요!"

"하지만 현행범으로 체포되지 않았습니까?"

"결코 그렇지 않습니다! 절대로 그렇지 않아요!"

이번에는 재판장뿐 아니라 모든 법관들이 어깨를 으쓱하며 난색을 표했다.

마침내 재판장의 지시가 떨어졌다.

"증인 진술을 들어봅시다!"

법정경위는 아까 내보낸 증인들이 대기중인 바깥 복도 출입구로 다가가 호명했다.

"마송 반장 입장하십시오!"

경찰관은 곧바로 법정에 들어와 투박한 목소리로 증언을 시작했다.

그는 브레몽발 부인 댁 하인들이 이미 여자 도둑을 붙잡아 결박까지 해놓은 뒤 자신을 부르러 서까지 찾아왔다고 했다. 따라서 범행을 직접 목격하지는 못했지만, 피고인의 신발에서 반짝거리는 반지를 꺼내는 현장은 직접 목격했다고 말했다.

"룰로슈 씨 입장하세요!"

법정경위의 호명에 모습을 드러낸 사람은 다름아닌 '가스불'이었다.

어두운 복도에서 밝은 법정 안으로 갑자기 들어서자 이 꺽다리 건달은 순간적으로 당황했는지 주춤주춤하며 증언대로 다가섰다. 여기저기 불안한 시선을 흘리는 꼴이 흡사 쫓기는 짐승 같았다……

자기 딴엔 되도록 선량한 얼굴을 꾸민답시고 잔뜩 애를 쓰던 그의 입에서 얼토당토않은 인사말이 튀어나온 건 바로 그때였다.

"안녕하십니까, 신사숙녀 여러분……"

별안간 떠나갈 듯한 폭소가 터졌고, 법정경위는 퇴장 조처를 운운하면서 간신히 분위기를 정리해야만 했다.

'가스불'은 먼저 진실만을 말할 것을 선서한 다음, 손등으로 콧수염을 다듬어가며 '하얀 배때기'가 어떻게, 왜 자신을 시켜 '짭새'들을 데려오게 했는지를 끔찍하리만치 산만하게 지껄여대기 시작했다.

터져나오려는 웃음을 애써 참던 재판장은 대뜸 말허리를 끊고 물었다.

"잠깐, '하얀 배때기'가 도대체 누굽니까?"

'가스불'은 아무렇지도 않게 대답했다.

"누구긴요, 그 집 하인이죠…… 아침 여섯시부터 자정까지 하루종일 연미복에 배가 다 드러나는 조끼만 입고 돌아다니는 집안 '따까리' 말입니다…… 거 왜 있잖아요, 하인들이 입는 제복요……"

바로 그때, 법정 저 구석에서 '황소눈알'이 작은 소란을 벌이기 시작했다!

그는 의자를 발로 차며 포복절도하고 있었다.

"우하하하하, 아이고…… '가스불' 저놈 말하는 것 좀 봐! 하여튼 보통 웃기는 놈이 아니라니까…… 저런 괴짜하고 지내면 도저히 심심하지가 않아요! 어떻게 저런 걸 끌어다 법정에 세울 수 있었는지 참…… 저 친구 저거, 차라리 전문 수다쟁이나 목사 행세를 하는 편이 나았겠어…… 천하의 '가스불'에겐 그런 직업이 어울린단 말이야!"

법정경위는 이제 단단히 화가 난 모양이었다. 한 번만 더 소란을 피우면 더는 엄포로 끝내지 않고 모두 밖으로 쫓아내겠다고 잘라 말했다.

한편 진술을 마무리한 '가스불'은 하체가 부실한 꺽다리 말라깽이답게 껄렁껄렁한 걸음걸이로 방청객 속에 섞여들어갔다. 그러면서도 판사석을 향해 몇 차례나 꾸벅꾸벅 인사를 했는지 모른다. 뿐만 아니라 들어가다 말고 비웃는 듯한 표정으로 레몽드를 흘끔 바라보았는데, 정신을 잃지 않으려고 이를 악다문 그녀를 향해 살짝 윙크까지 날리는 것이었다!

아니나다를까, '가스불'은 '황소눈알' 옆에 달라붙어 앉자마자 레몽드 쪽을 손으로 가리키며 말했다.

"저 여자가 나한테 한 짓을 방금 되갚아주었을 뿐이야!"

다음은 '하얀 배때기' 차례였다.

즉 제르맹 뒤발, 아니, 적어도 그런 이름을 내건 누군가가 모습을 드러냈다.

그는 브레몽발 부인 댁 급사장의 자격으로 법정에 출두했으며, 레몽드의 눈에는 아버지, 즉 팡토마스로서 거기 서 있는 셈이었다.

기상천외한 악당은 우선 현재의 위선적이고 말랑말랑한 모습에 어울리게끔 적절히 목소리를 변조해가며 상세한 이야기를 시작했다.

그는 이미 쥐브와 팡도르가 법정 안에 들어와 있다는 걸 눈치채고 있었다.

당연히 그때까지는 자신의 정체가 노출되는 것을 피해왔지만, 이렇게 만인의 주목이 쏠린 상황에서는 더이상 그런 것을 기대할 수는 없는 노릇이었다.

게다가 바로 옆에는 자신이 전날 고발했고 기어이 감옥에까지 보내려 하는 딸자식 레몽드가 끔찍하리만치 깨끗한 눈으로 뚫어져라 아버지를 쳐다보고 있지 않은가!

도대체 왜 이런 상황까지 오게 만들었을까?

언뜻 보기엔 이해할 수 없는 이번 사태에는 필경 분명한 목표가 숨어 있을 터였다. 팡토마스가 아무 뜻 없는 행동을 임의로 저지를 리는 만무하지 않은가!

어쨌든 그는 지금 엄청난 신념을 마음속에 단단히 품고 있는 것이 틀림없었다. 즉, 딸을 포함해 여기 있는 그 누구도 감히 자신의 진짜 정체를 까발리지는 못할 것이라는 확신 말이다!

물론 레몽드가 자칫 다음과 같은 돌발 발언을 할 수도 있다는 점을 전혀 고려해보지 않은 건 아니었다.

"나를 고발한 사람은 다름아닌 내 아버지입니다…… 나는 팡토마스의 딸이에요!"

딸이 그렇게 입을 뻥긋할 것에 대비해, 당연히 팡토마스는 우르르 달려드는 사람들을 멋지게 따돌리고 홀연히 자취를 감출 또다른 묘책을 준비해놓았을 테지만 말이다!

하지만 그런 상황은 일어나지 않았고, 팡토마스는 급사장으로서 아무런 의심도 받지 않을 진술을 끝까지 마무리했다. 그는 자신의 이야기를 지극히 평범하게 들리도록 함으로써 사람들의 별다른 주목을 끌지 않았다. 더욱이 재판부에서도 그의 무난한 진술을 통해 비로소 사태를 명확히 파악하게 되었다며 만족해하고 있었다. 즉 절도사건이 벌어졌다는 건 부정할 수 없는 사실이고 그 혐의도 확실해진 상황!

증언대에서 물러난 가짜 제르맹 뒤발은 슬금슬금 사람들 속으로 파고들더니 조금씩 출입구 쪽으로 다가갔다. 혹시라도 지금까지는 자기한테 전혀 주목하지 않고 있던 쥐브와 팡도르가 느닷없이 자신의 진짜 정체를 간파할 경우 눈 깜짝할 사이에 도망칠 만반의 태세를 갖추는 것이었다!

한편 재판부에서 형량을 놓고 논의가 진행되는 사이, 쥐브와 팡도르도 서로 열띤 의견을 교환하고 있었다.

"쥐브, 이젠 우리가 개입해야 하는 거 아닙니까? 지금이야말로 그녀를 구해야 할 때 아니냐고요! 저 여자가 무슨 말도 안 되는 생각으로 저러고 있는지는 몰라도, 당신에겐 그녀를 구해줄 증거와 비책이 있다고 제게 말하지 않았습니까!"

쥐브는 고개를 끄덕이더니, 아무 말 없이 신문기자의 손을 꽉 그러쥐었다. 마침내 사람들 사이를 뚫고 증언대까지 다가간 쥐브…… 자신감 넘치는 강한 어조로 외쳤다.

"재판장님!"

법관들이 일제히 고개를 들고 놀란 눈빛으로 쥐브 형사를 바라보았다.

제일 먼저 법정경위와 서기가 자리에서 벌떡 일어나 이 난데없는 훼방꾼을 제지하려고 다가드는 가운데, 재판장이 선뜻 반응을 보였다.

"네, 말씀해보십시오."

쥐브는 당황하지 않고 똑떨어지는 말투로 입을 열었다.

"먼저 제 소개부터 하겠습니다, 재판장님. 저는 치안국 소속 형사반장인 쥐브입니다. 실은 재판부에 공개할 사실이 있어서 이렇게 증언대에 섰습니다. 부디 잠시만 주목해주셨으면 합니다."

법관 모두가 이제는 적극적인 호기심을 표하며 이 유명한 형사를 바라보았고, 장내 분위기는 일거에 매혹이라도 된 듯 저절로 조용해지고 있었다……

여기저기 쥐브라는 이름이 수군수군 떠도는 가운데, 과연 그 입에서 무슨 얘기가 나올지 다들 주의깊게 경청하는 얼굴들이었다.

마침내 쥐브의 발언이 이어졌다.

"잠시 후 여러분들의 결정으로 운명이 정해질 여기 이 아가씨는 재판부의 관용을 누릴 충분한 권리를 가진 입장임을 먼저 말씀드립니다. 일단 그녀의 나이는 흔히 말해서 '아직은 분별력을 갖추기 어려운' 연령대에 속합니다. 따라서 피고의 무죄방면을 허락해주실 것을 재판부에 감히 요청합니다…… 아까 피고의 변호인께서도 이 사회가 불운한 젊은이들에게 때로는 따뜻한 아량을 베풀 줄 알아야 한다는 취지의 말씀을 하셨습니다. 우리 사회는 이제 충분히 그럴 역량과 준비를 갖추고 있습니다. 저는 아직은 어린 이 아가씨가 좀더 성숙해질 때까지 프랑스 국립 소녀협동농장에서 갱생의 기회를 가질 수 있도록 선처해주실 것을 재판부에 탄원하는 바입니다."

실제로 프랑스 국립 소녀협동농장은 비행 청소년을 위한 갱생 기관 중 가장 믿을 만한 수준을 갖춘 것으로 유명했다. 전임 대통령에 의해 설립된 그 기관은 피카르디 지방의 너른 부지에 세워진 복지 시설을 바탕으로 신뢰와 명망 차원에서 사법부의 높은 평가를 받고 있었다.

별안간 재판장이 말을 끊었다.

"실례지만, 쥐브 씨. 우리 역시 원칙적으로는 당신의 의견에 적극 동참하고픈 생각이 있습니다만, 불행히도 이 아가씨가 그렇게 어린 나이인지 아닌지조차 현재로선 알 수 없는 상황입니다. 무엇보다 본인 스스로 이름이든 나이든 밝히기를 꺼리고 있으니 말입니다."

그러자 쥐브는 자신의 말을 글자 그대로 집어삼킬 듯 귀기울여듣고 있는 레몽드를 지긋이 한 번 바라본 뒤 이렇게 말했다.

"본인 자신도 모르기 때문에 말을 못하는 것뿐입니다, 재판장님…… 하지만 저는 알고 있지요……"

쥐브는 다소 황당해 보일 수도 있는 설명을 덧붙이며 얘기를 이어갔다.

"사실 이 꽃 파는 아가씨의 진짜 이름은 엘렌, 엘렌 거언입니다. 남아프리카에서 태어났으며, 나이는 이제 겨우 열여섯 살입니다……"

쥐브는 강한 어조로 진술하는 것에 만족하지 않고, 증거물이라도 제시하려는 듯 열심히 지갑을 뒤지기 시작했다.

재판장은 점점 더 놀라는 눈치였다.

"그렇다면 왜 지금까지 그 모든 사실을 은폐해왔단 말입니까?"

쥐브는 격해진 감정 때문에 살짝 떨리는 목소리로 대꾸했다.

"재판장님, 벌써 잊으셨습니까? 대략 십여 년 전 파리를 발칵 뒤집어놓았던 그 끔찍한 사건을 말입니다…… 거언이라 하면, 모든 이가 붙잡으려고 그토록 애썼던 신출귀몰한 악당, 바로 그 사람의 성이 아닙니까!*…… 네, 그렇습니다. 엘렌 거언은 다름 아닌 팡토마스의 딸입니다!"

순간 법정은 그야말로 벼락이 내리친 것처럼 대혼란에 휩싸였다!

기겁을 한 법관들도 동요의 기색이 역력했다. 검사 역시 하늘을 향해 양손을 번쩍 치켜들었다가 망연자실한 표정으로 다음과 같이 외치면서 책상을 요란하게 내려치는 것이었다.

---

* 팡토마스 시리즈 1권 『팡토마스』 참조.

"팡토마스! 팡토마스라니!…… 아, 저 아가씨가 팡토마스의 딸이라니!"

이제는 법정경위가 아무리 애를 써도 잠잠해질 상황이 아니었다.

질서유지를 책임진 법원 소속 경비들 역시 상황을 더는 통제하지 못했다.

그러는 가운데 하늘을 찌를 듯한 비명소리와 함께 레몽드가 허물어지듯 의자에 주저앉는데…… 바로 그때였다. 누군가 증언대 쪽으로 무섭게 들이닥치더니, 보기 드문 완력으로 쥐브 형사를 바닥에 패대기치는 것이 아닌가!

쥐브 역시 악에 받친 고함을 내질렀으나, 쥐고 있던 지갑을 날치기당하는 건 순식간의 일이었다. 이 뜻밖의 상황은 아까 피고인에 대한 진술을 마치고 사람들 틈으로 섞여들어갔던 증인, 즉 '가스불'이 '하얀 배때기'라고 불렀던 바로 그자에 의해 저질러진 것이었다!

지갑을 탈취한 급사장은 놀랍도록 날쌘 동작으로 판사석에까지 뛰어올라가고 있었다.

마침 생트 샤펠 성당의 광장 쪽으로 유리창 하나가 열려 있었는데, 법정이 3층임에도 불구하고 사내는 아무 스스럼 없이 창문 밖으로 훌쩍 몸을 날렸다.

당연히 쥐브는 그가 누구인지 단번에 알아보았다. 한순간이지만 서로의 시선이 교차한 것은 물론, 가짜 하인의 입술이 사납게 일그러지면서 이런 말을 으르렁댔던 것이다……

"쥐브! 감히 팡토마스의 딸을 잡아보시겠다? 절대로 안 되지! 팡토마스의 딸은 팡토마스에게 맡겨!"

그러고는 한층 낮은 목소리로 이렇게 덧붙였다.

"그애는 내 거야……"

순간 형사는 결코 잡을 수 없는 신출귀몰 악당의 실체를 확실히 알아보았다.

그렇다. 팡토마스가 나타나 또다시 천적을 대상으로 아슬아슬한 승리를 낚아챈 셈이었다!

한데 창밖으로 뛰쳐나간 그는 어떻게 되었을까?

28
하나냐 둘이냐?

카자마졸 씨는 머리를 감싸쥔 채 연신 중얼거렸다.

"말도 안 돼! 대체 이 일을 어찌해야 하는 거지!…… 벌써 두 시간째 이해하려고 애써봤지만, 얘기를 들으면 들을수록 점점 모르겠는걸 어떡해!……"

실제로 검사실에서는 두 시간 전부터 많은 법관들과 형사들이 모여 골머리를 앓고 있었다.

이미 어둠이 내린 늦은 시각이었고, 법원 안은 사람들이 모두 빠져나간 뒤라 이곳저곳 썰렁한 상태였다. 하지만 검사는 그를 에워싼 사람들과 마찬가지로 전혀 퇴근할 기미를 보이지 않고 있었다……

실은 법정경위가 정중히 건네주는 프록코트와 실크해트를 기분좋게 받아들며 퇴근 준비를 하려는 찰나, 11호 경범재판부 법정에서 달려온 검사시보가 집무실 안으로 불쑥 들이닥쳤던 것이다!

허겁지겁 달려온 것이 분명한 젊은 검사시보의 당황하는 태도와 일그러진 표정이 워낙 심상치 않은 터라, 카자마졸 씨는 심각한 사태가 벌어진 걸 단번에 눈치챘다.

한데 황당하건 끔찍하건 자초지종을 들으면 무슨 일인지 파악될 거라 여기며 검사시보의 얘기에 귀기울여도 도무지 뭐가 뭔지 알 수가 없었다!

한편 검사시보는 공판 말미에 벌어진 사건들을 자신의 상관에게 가능한 한 명료하게 전달하려고 애썼지만, 어쩔 수 없이 두서없는 말들만 늘어놓을 수밖에 없었다……

예컨대, 쥐브 형사가 재판부를 향해 일련의 증거 서류까지 들이댈 태세로 피고인의 정체를 폭로하는 와중에 누군가 갑자기 뛰어들어 문제의 증거를 낚아챘고, 눈 깜짝할 사이에 유리창을 통해 도망쳐버렸다고 했다. 한데 유리창 위치가 3층이라 거기로 뛰어내렸으면 생트 샤펠 성당 앞 광장에 떨어져 그대로 뼈가 박살났을 텐데, 아무 일도 일어나지 않았다는 것이다. 창밖으로 도망친 사내가 땅에 떨어지는 대신 감쪽같이 사라져버렸다는 얘기인데……

도대체 그 사내는 어디로 간 것일까?

실상은 경범죄 법정의 창문으로 몸을 날린 그 황당한 사내가 놀랄 만한 민첩성과 순발력을 발휘해, 바닥으로 추락하는 대신 바로 옆 창문을 통해 판사 회의실로 난입하는 데 성공했던 것! 그는 곧장 복도로 난 문을 통해 도망치려 했으나, 피고인 감시를 맡은 법원경비와 맞닥뜨렸다. 마침 경비는 소란이 시작될 즈음 피고인을 법정 바깥으로 빼내 대기실로 호송하려던 차였고…… 불행하게도 경비는 자신의 합리적인 직무를 수행하기 직전, 가슴에 총알을 한 방 맞고 피를 토하며 쓰러졌다. 살인자는 분명 피고인을 탈출시키려고 작정한 듯한데, 그 계획의 첫 단추(경비를 쓰러뜨리는 일)는 제대로 꿴 셈이었다.

하지만 탈출시키려는 대상에 다가가는 일만은 여의치가 않았다!

총성을 듣고 달려온 누군가가 그를 향해 발포하는 바람에 앞뒤 볼 것 없이 반대 방향으로 줄행랑을 쳐야만 했던 것이다.

게다가 그때쯤 한꺼번에 몰려나온 사람들로 복도 전체가 아수라장이 되어가는 상황이었다. 방금 전까지 법정 안을 뒤집어 놓았던 소란이 이제는 더 심하게 증폭되어 복도까지 쏟아져나온 격이었다. 그런 혼란을 틈타 살인자는 완전히 자취를 감추었으며, 피고인 역시 정체 모를 누군가의 도움을 받아 도망치는 데 성공했다. 물론 그 와중에 이 드라마틱한 사태를 불러일으킨 장본인이 누구인지는 다들 알게 되었고 말이다! 지갑을 낚아챈 자를 알아보자마자 쥐브가 맨 먼저 그 이름 팡토마스를 들입다 외쳤고, 그 무시무시한 이름은 사람들의 입에서 입으로 전해져 마치 거대한 메아리처럼 퍼져나갔던 것이다……

11호 법정을 담당했던 검사시보가 카자마졸 씨에게 해준 이야기는 대충 여기까지였다.

카자마졸 씨의 집무실에는 여러 사람들이 속속 모여들고 있었다. 쥐브는 들어오자마자 검사시보가 전한 이야기를 모두 확인해주었다. 치안국장 아바르 씨 역시 급하게 연락을 받고 달려왔다. 그런가 하면 법원경비들은 사복형사들과 정복 경찰관들의 도움을 받아 11호 법정의 모든 출입구를 봉쇄한 채, 안에 남아 있는 사람들에 대한 신원 확인 절차에 들어갔다.

일단 사건과 직접 연관된 증인들의 신병은 그것으로 거의 다 확보된 상태. 아바르 씨는 잠시 검사실에서 나와 그 증인들 중 두 명, 즉 '가스불'과 '황소눈알'을 능숙한 솜씨로 조사했다. 둘은 혼란의 와중에 촉발된 말다툼 속에서 서로를 마구잡이로 씹어대는 중이었다.

특히 '황소눈알'은 '가스불'에게 한때나마 품었던 우애의 감정을 스스로 경멸하면서, 그가 정부인 '표범'을 죽이고 시체를 어딘가에 갖다 버렸다며 작심하고 폭로하는 것이었다!

잡아떼기에는 너무 흥분한 상태인 '가스불'은 문제의 살인 행각을 순순히 인정했을 뿐 아니라, 방금 전 재판을 받던 아가씨를 자신이 납치했다는 사실까지 털어놓고 있었다. 실은 자기도 남의 사주를 받아 저지른 행동이었으며, 여태껏 그 아가씨를 팡토마스의 딸이 아닌 '파리 갈르리'의 여점원 레몽드로만 알고 있었다는 항변 아닌 항변을 하기도 했다……

아바르 씨가 검사실로 챙겨온 수확 중 특히 '가스불'의 뜻하지 않은 자백은 쥐브로 하여금 지금까지의 사태를 전혀 새로운 시각으로 돌아보게끔 만들었다.

그는 이유는 설명하지 않고 지금 당장 형사 몇 명을 브레몽발 부인 댁으로 급파해야 한다고 강력히 요청했다.

어느 정도 예상한 일이지만, 얼마 후 다시 돌아온 형사들 얘기로는 브레몽발 부인이 간발의 차이로 집을 비웠으며, 행선지는 아무도 모르고 있다는 것이었다.

'그럼 그렇지! 내가 의심한 대로 착착 맞아떨어지는군……'

그제야 쥐브 역시 브레몽발 부인과 벨담 부인이 동일 인물임을 확신하는 모양이었다.

그러고 보니 레몽드에 대한 팡토마스의 그간의 태도 또한 너무도 간명하게 다가오는 것이었다.

일단 악당은 자기 딸을 영어囹圄의 몸으로 만드는 것이 목표였다. 큰 죄 말고 도둑질처럼 가벼운 죄목으로 가두어두는 것은 최소한 딸의 신병을 안전하게 확보해놓는 의미이니 말이다. 분명 팡토마스도 자신의 피를 물려받은 딸의 다스려지지 않는 품성을 염두에 두었기에 그 같은 고육책이라도 쓰지 않을 수 없었을 터!

그런데 레몽드가 팡토마스의 딸임을 공식적으로 증명할 수 있는 사람은 세상에 오직 딱 한 명, 자신밖에 없음을 쥐브는 잘 알고 있었다. 오래전부터 팡토마스가 차지하려고 애써온 중요한 서류들이 그의 수중에 있었던 것이다.*

한데 그만 성급하게도 법정에서 그 서류의 존재를 내비치고 그것이 자기 지갑 속에 차곡차곡 보존되어 있다는 사실까지 공개해버렸으니! 가뜩이나 서류의 행방을 찾아 혈안이 되어 있던 팡토마스가 절호의 기회를 놓칠 리 없는 건 당연하지 않은가! 이렇게 되면 그 소중한 서류는 영영 팡토마스의 손아귀에 떨어져 자취를 감추는 셈인데……

그렇다…… 적어도 팡토마스 본인에게는 그것이 의심의 여지없는 사실일 수도 있었다!

하지만 웬일인지 쥐브는 지갑을 날치기당한 일을 그다지 당혹스럽게 생각하지 않고 있었다. 신중함, 조심성, 매사 의심 어린 태도 등은 그에게 거의 습성으로 자리잡을 만큼 언제 어디서나 철두철미했으니……

팡토마스가 쥐브의 손에서 지갑을 낚아채 도망친 건 사실이었다.

---

* 『팡토마스의 딸』에 나오는 내용.

하지만 그 지갑 속에 들어 있는 것은 엘렌과 관련된 서류가 아니었다!

쥐브는 문제의 서류를 늘 옷의 비밀 주머니 속에 고이 간직하고 있었다.

요컨대 팡토마스의 날치기 행위는 아무 소용 없는 짓이나 마찬가지였고, 그날의 소동에서 최종 승리는 쥐브의 차지였다 해도 과언이 아닌 셈!

아직 형사의 마음속에는 또다른 승리에 대한 기대가 꿈틀거리고 있었다……

쥐브는 복도에서 팡토마스에게 총을 발사한 사내가 다름아닌 팡도르일 거라 믿어 의심치 않고 있었다. 그토록 과감하게 팡토마스를 저지할 사람은 그만한 용기와 배짱을 갖춘 팡도르 말고는 있을 수 없었다.

사실 팡도르가 결정적인 순간 팡토마스의 손아귀에서 딸을 벗어나게 해주었던 건 자기가 대신 그녀를 붙잡기 위해서였다……

생각이 거기까지 미치자, 쥐브는 검사실에서도 오로지 팡도르가 가져올 또하나의 승전보만을 즐거운 마음으로 기다리는 것이었다.

얼마나 지났을까, 문이 살짝 열리는가 싶더니 사환 한 명이 고개를 들이밀고 쥐브를 향해 이렇게 말했다.

"경감님, 복도에서 누가 뵙고 싶어하는데요. 친구 되시는 신문기자라고……"

쥐브는 더이상 듣지도 않고 총알같이 뛰쳐나갔다.

"그래, 어떻게 됐나? 여자는 어디 있어?"

신문기자를 보자마자 형사는 다짜고짜 질문을 퍼부었다.

한데 팡도르는 입술을 깨문 채 이렇게 중얼거리는 것이었다.

"쥐브…… 레몽드는 당신이나 저보다, 심지어 팡토마스보다 더 강한 여자였어요…… 자기 아버지한테 붙잡히지 않으려고 한 건 물론이고, 제 도움을 받는 것도 원치 않았어요…… 제가 팡토마스를 저지한 건 맞지만, 그건 어쩌면 팡토마스의 딸에게 결정적으로 날개를 달아준 행위가 되었을지도 모릅니다…… 이제 어떡하죠, 쥐브?"

잠시 생각을 정리하던 쥐브는 어딘지 의미심장한 미소를 지으며 이렇게 대답했다.

"어떡하긴 뭘 어떡하나…… 지금까지 우리에겐 상대해야 할 적이 하나였지만, 이제부터는 둘이 될지도 모르는 상황이 되었으니…… 어디 두고볼밖에!"

(5권으로 계속)

옮긴이 해설 4

팡토마스와 아르센 뤼팽

팡토마스 시리즈의 첫 작품 『팡토마스』가 1911년 2월 10일 발표되었을 당시, 아르센 뤼팽 시리즈는 이미 네번째 작품 『813의 비밀』까지 연재(1910년 3월~5월)가 끝나 세계적인 인기를 구가하는 상황이었다.* 이후 팡토마스 시리즈는 정확히 한 달에 한 번씩 새로운 작품을 연속적으로 발표해, 단 2년 7개월여 만에(1911년 2월 10일~1913년 9월 20일) 장편으로만 무려 서른두 권에 달하는 엄청난 세계를 기적처럼 선보였다. 반면 아르센 뤼팽 시리즈는 1905년 7월 단편 「아르센 뤼팽 체포되다」를 시작으

* 1910년이 되기 전까지 이미 십여 개 국가에서 아르센 뤼팽 시리즈에 속한 작품들이 번역 출간되었으며, 1910년대에 들어와서는 이집트와 중국과 같은 비서구권 국가에서까지 뤼팽을 본 딴 모작이 만들어졌다.

로 1939년 2월까지 장장 34년에 걸쳐 장편 16편, 중단편 37편에 이르는 방대한 작품세계를 꾸준히 펼쳐 보였다. 작품들이 발표되어 대중의 사랑을 얻어가는 시점이 일부 겹치긴 했어도, 추리문학 역사에서 아르센 뤼팽 시리즈는 분명 팡토마스 시리즈의 선배 격에 해당하는 위상을 가진다. 프랑스 추리문학 전체를 하나의 거대한 나무로 볼 때, 19세기 후반 에밀 가보리오(1832년~1873년)가 선보인 '르코크 탐정 시리즈'를 그 뿌리로 친다면, 20세기 초 더 정확하게는 1900년에서 1910년 사이에 시작된 모리스 르블랑의 '아르센 뤼팽 시리즈'와 가스통 르루의 '룰타비유 시리즈'는 같은 뿌리에서 우람하게 갈라져나간 양대兩大 가지들이라 볼 수 있다. 수베스트르와 알랭의 '팡토마스 시리즈'는 그렇게 골격을 갖춘 나무의 누구도 예기치 못한 첫 결실이랄까, 전대미문의 전쟁 직전 음산하고 불안한 기운이 낳은 기형적이나 대단히 아름다운 또하나의 가지인 셈이다.

무엇보다 범법자를 전면에 내세웠다는 점, 그리하여 탐정이 주도하는 추리문학의 기존 틀을 전복시켰다는 점에서 '뤼팽 시리즈'와 '팡토마스 시리즈'는 서로 공유하는 부분이 없지 않다. 당연히 후발 주자인 팡토마스의 벤치마킹이 의심(?)되지만, 실크해트를 쓴 턱시도 차림의 신사 이미지를 비롯해 작품 속 몇몇 장면들의 유사성이 전문가들 사이에서 회자된 지는 이미 오래다.* 주인공의 캐릭터에만 초점을 맞추어본다면, 아르센 뤼팽과 팡토

레오 퐁탕이 그린 아르센 뤼팽 (1905)

지노 스타라체가 그린 팡토마스 (1911)

마스 둘 다 소위 '얼굴 없는 영웅'의 계보에 속함을 알 수 있다. 즉, 가면으로 얼굴을 가린다든지, 분장 혹은 변장을 통해 자신의 정체를 못 알아보게 만듦으로써 신출귀몰한 일탈 행위가 가능해지는 대중문화 속 '슈퍼히어로'의 유형 말이다.** 원래 사육제의

---

* 주로 뤼팽 연구가들의 지적이지만, 레오 퐁탕(1884-1965)이 그린 그 유명한 '괴도신사'의 이미지는 단장이 단도로, 외눈안경이 무도회용 눈가면으로 바뀜으로써 지노 스타라체(1859-1950)가 그린 '공포의 거장' 이미지로 재탄생한 감이 없지 않다. 그런가 하면 『813의 비밀』을 시작하는 팔라스 호텔방 장면과 『팡토마스』 제10장의 로열 팰리스 호텔방 장면은 둘 다 밀실을 배경으로 연출된 몇 가지 설정들이 상당 부분 유사하다.

** 실존 인물이기도 한 비도크를 비롯해, 알렉상드르 뒤마가 창조해낸 몽테크리스토, 폴 페발이 쓴 『꼽추』의 주인공 라가르데르, 퐁송 뒤 테라유의 『로캉볼』은 모두 정체불명의 아우라를 두름으로써 비범한 능력을 발휘하는 캐릭터다. 그 밖에 조로, 배트맨, 스파이더맨, 론 레인저, 그린 호닛 등 펄프 픽션의 영웅들에게 가면은 영원히 사랑받는 액세서리다.

산물인 가면은 누구나 자신의 정체를 숨김으로써 일상의 구속과 사회적 금기에서 벗어날 수 있게 해주는 기능을 갖는다. 이는 일탈에 대한 일종의 면죄부 기능이라 할 수 있는데, 가면을 쓴 사람은—그리고 그의 일탈 행위를 지켜보는 관중은—내면의 억눌린 욕망이 자유롭게 분출하는 동안 평소에 없던 자신만의 에너지와 위력을 실감하게 된다.

그런 의미에서, 뤼팽과 팡토마스가 정체를 숨긴 채 저지르는 범죄 행각은 금전적 이득이나 권력 찬탈 같은 실용적인 목적보다 일탈 그 자체의 쾌감이 주도하는 자아도취적 퍼포먼스의 성격이 짙다. 뤼팽의 장기인 불법침입에 의한 절도cambriolage의 수행 과정을 살펴보면 단순한 범법 행위라기보다 일련의 행위예술을 감상하는 기분이 들 수밖에 없다. 말라키 성의 예술품을 도둑질할 때라든지 감옥에서 탈출할 때 동원한 방법들은 가히 기예技藝의 경지에 도달해 있다.* 팡토마스의 범행도 마찬가지다. '파리 갈르리' 백화점 대참사를 초래하는 과정이랄지 이자벨 드 게레를 살해하는 방식에선 범죄 자체를 즐기는 그로테스크함이 단연 돋보인다.** 극히 미세한 변수까지 치밀하게 계산해가면서 피해자의 육체는 물론 정신마저 자신의 통제권 안에 붙들어두는 팡토마스

* 『감옥에 간힌 아르센 뤼팽』『아르센 뤼팽 탈출하다』.

** 『심야의 삯마차』『잘린 손』.

의 범죄 행각은, 일체의 실수 가능성을 차단해가며 관객의 오감과 정신을 손짓 하나로 제어하는 마술사의 갈고 다듬은 퍼포먼스를 연상시킨다. 요컨대, 사회적 규범을 깨뜨리는 일탈 그 자체가 뤼팽과 팡토마스에게는 일종의 유희이자 예술인 것이다. 그것을 지배하는 것은 무엇보다 쾌락 추구의 원리이고, 그 추동하는 힘은 무의식 속에 웅크린 욕망이다.

재미있는 점은, 쾌락 추구의 원리와 욕망은 같으나 그 구체적인 양상에서 둘 사이에 좁히기 어려운 간극이 존재한다는 사실이다. 그리고 바로 그 점이 뤼팽과 팡토마스의 독자성을 떠받치는 핵심으로 작용한다. 추리문학 연구가인 프랑시스 라카생(1931-2008)은 이 문제를 다음과 같이 간명하게 요약했다.*

"(범죄를 통해 노리는 것은) 다분히 심리적인 차원의 만족이다. 사회에 도전하고, 지엄한 체제를 농락하며, 그 억압적 장치의 무기력함을 폭로하는 데서 오는 쾌감 말이다. 다만 뤼팽이 팡토마스와 다른 점은 그러한 도전 행위가 피를 동반하지 않는다는 사실이다. 팡토마스가 공포를 유발한다면, 뤼팽은 웃음을 불러온다"

* 프랑시스 라카생, 『추리소설의 신화』, 파리10/18, 1974.

'팡토마스는 공포를 유발하고, 뤼팽은 웃음을 불러온다'는 표현이 함축하는 내용은, 위에서 언급한 중요한 공통점들에도 불구하고 둘을 결코 하나의 범주로 묶어 논할 수 없게 만든다. 실제로 두 작품세계를 두루 감상하다보면, 같은 범법자이긴 하나 뤼팽과 팡토마스가 뜻과 행동을 함께하는 스토리는 결코 상상할 수 없을 거라는 확신이 든다. 예컨대 절도 행각의 경우, 뤼팽처럼 재물을 탈취했다가 도로 돌려준다든지 대의명분 같은 사회적 모럴이 결행을 좌우하는 일을 팡토마스에게선 기대할 수 없다. 의적까지라곤 할 수 없지만 분명 사회적 약자의 편인 뤼팽과는 달리, 팡토마스의 욕망 앞에 피아彼我의 구별은 없다. 뤼팽은 부하를 끌어안느라 어떤 모험도 감수하지만, 팡토마스는 부하의 실수 하나 용납하는 법 없이 엄혹하기만 하다. 여인에 대한 사랑 때문에 위험에 처하는 일이 비일비재한 뤼팽과는 판이하게, 팡토마스는 애인의 사랑을 범죄에 이용한다. 가장 주목할 점으로, 뤼팽은 살인을 끔찍이 혐오하는 데 반해 팡토마스에게 살인은 주특기다. 살인 행위를 앞두고 일말의 주저함도 없을뿐더러 살인, 살인교사, 자살방조, 대량학살에 이르기까지 그 양태도 다양하다. 팡토마스가 저지르는 범죄의 셋 중 하나가 살인이라는 통계결과까지 있다. 특히 그의 살인 행각은 또다른 장기인 변장술과 결합해, 살해당한 피해자의 정체성 찬탈로까지 이어진다는 점에서 매우 의미심장한 행위임이 분명하다.

변장이나 분장을 통해 자신의 정체를 감추고 위조하는 것이 뤼팽과 팡토마스 모두에게 얼마나 본질적인 의미를 갖는 행위인지는 앞서 언급한 대로다. 자신을 벗어나 그 누구로도 되고 싶고, 또 될 수 있다고 믿는 욕망. 그것은 자아에 대한 무한한 상상을 가능케 하고, 그 나르시시즘적 상상력 앞에서 현실의 감시와 억압은 무의미할 수밖에 없다. 그럼에도 뤼팽의 경우에는, 그렇게 획득한 허구적 정체성과 현실적 자아 사이의 괴리와 갈등이 여러 장면에서 노출되고 있는 것 또한 사실이다. 하지만 팡토마스가 누군가로 변신할 때 그런 불협화음은 전혀 찾아볼 수 없다. 갈등은커녕, 사람을 죽이고 그 희생자의 정체성을 취하는 태도가 인간을 타락시켜 그 영혼을 취하는 악마의 이미지를 연상시킨다. 주인공이 철저한 무도덕주의amoralisme를 고수한다는 점에서 팡토마스는 어쩌면 사드의 소설들 말고는 문학사상 유례를 찾기 힘든 인물 유형이 아닐까 싶다.

이런 고찰의 연장선상에, 팡토마스 시리즈가 아르센 뤼팽 시리즈보다 훨씬 더 쾌락주의적이며 오락성을 극단적으로 추구한 작품세계라는 결론이 위치한다. 보편적 상식이라든가 윤리적인 메시지를 담느라 고민하기보다는, 매 에피소드가 거듭될 때마다 독자의 흥미와 흥분을 유발하는 방법에 올인하여 탄생한 이야기라는 뜻이다.

『심야의 삯마차』는 서른 두 권의 팡토마스 시리즈 전체에서 아홉번째 에피소드에 해당하는 작품으로 1911년 10월에 발표되었다. 그후 1932년 12월에는 『팡토마스의 삯마차』라는 제목으로 재출간되기도 했다. 시리즈의 다른 작품들과 비교해 구성이 상당히 치밀하고 스토리라인이 선명한 편에 속한다. 장소와 시간의 배경이 다소 한정되어 있음에도, 집약된 액션의 연속이 박진감 있게 펼쳐진다. 특히 '파리 갈르리' 백화점의 참극을 수놓는 기발한 발상들이 기억에 남을 만하다.

2015년 봄

성귀수

지은이 **피에르 수베스트르**
1874년 프랑스 플로믈랭 출생. 대학에서 법학을 전공한 후 파리 변호사협회에서 활동을 하던 중 피에르 드 브레즈라는 필명으로 소설집과 시집을 한 권씩 발표했다. 유명 신문에 기고를 했고 몇 편의 소설을 연재했다. 마르셀 알랭과의 공동 집필로 1911년부터 1913년까지 32편의 팡토마스 시리즈를 이끌어나갔다. 1914년 폐충혈로 사망했다.

지은이 **마르셀 알랭**
1885년 프랑스 파리 출생. 대학에서 법학을 공부하다 기자 생활을 했다. 피에르 수베스트르에게 글쓰기 재능을 인정받아 함께 팡토마스 시리즈를 집필했다. 수베스트르의 사망 후 1926년부터 1963년까지 홀로 11편의 팡토마스 시리즈를 이어나갔다. 1969년 뇌충혈로 사망했다.

옮긴이 **성귀수**
시인. 전문번역가. 시집 『정신의 무거운 실험과 무한히 가벼운 실험정신』과 '내면일기' 『숭고한 노이로제』를 발표했으며 옮긴 책으로 『사드 전집』 『오페라의 유령』 『적의 화장법』 『아르센 뤼팽 전집』 『꽃의 지혜』 『자살가게』 『반란의 조짐』 『매그레 시리즈(공역)』 『O 이야기』 등이 있다.

문학동네 세계문학
팡토마스 ❹ 심야의 삯마차

초판인쇄 2015년 2월 10일 | 초판발행 2015년 2월 17일

지은이 피에르 수베스트르, 마르셀 알랭 | 옮긴이 성귀수 | 펴낸이 강병선
책임편집 김두리 | 편집 최정수 | 독자모니터 박미진
디자인 엄자영 이원경 엄혜리 | 저작권 한문숙 박혜연 김지영
마케팅 정민호 이미진 정진아 양서연 | 온라인마케팅 김희숙 김상만 한수진 이천희
제작 강신은 김동욱 임현식 | 제작처 한영문화사(인쇄) 경일제책사(제본)

펴낸곳 (주)문학동네
출판등록 1993년 10월 22일 제406-2003-000045호
주소 413-120 경기도 파주시 회동길 210
전자우편 editor@munhak.com | 대표전화 031) 955-8888 | 팩스 031) 955-8855
문의전화 031) 955-1927(마케팅) 031) 955-2691(편집)
문학동네카페 http://cafe.naver.com/mhdn | 트위터 @munhakdongne

ISBN 978-89-546-3504-2 04860
978-89-546-1763-5 (전5권)

www.munhak.com